Robert Chalmers

Majjhima-Nikaya

Vol.3

Robert Chalmers

Majjhima-Nikaya
Vol.3

ISBN/EAN: 9783337384807

Printed in Europe, USA, Canada, Australia, Japan

Cover: Foto ©Andreas Hilbeck / pixelio.de

More available books at **www.hansebooks.com**

Pali Text Society.

THE

MAJJHIMA-NIKĀYA.

EDITED BY

ROBERT CHALMERS

C.B.

LONDON:
PUBLISHED FOR THE PALI TEXT SOCIETY,
BY HENRY FROWDE,
OXFORD UNIVERSITY PRESS WAREHOUSE, AMEN CORNER, E.C.

18[illegible].

To

VAJIRAÑĀṆA:

A WESTERN TRIBUTE

TO

EASTERN SCHOLARSHIP.

MANUSCRIPTS CONSULTED.

---

1. S^k, S^t, B^m, Si and Bu,—as defined at the beginning of Volume II.

2. S^y is a manuscript (in Siṃhalese character) from the Kandy Oriental Library, for the loan of which I am indebted to the kindness of Mr. J. B. Yatawara, of Gampola. (It is closely related to S^k and S^t.)

R. C.

107.

Evaṁ me sutaṁ. Ekaṁ samayaṁ Bhagavā Sāvatthiyaṁ viharati Pubbārāme Migāramātu pāsāde. Atha kho Gaṇaka-Moggallāno brāhmaṇo yena Bhagavā ten' upasaṁkami, upasaṁkamitvā Bhagavatā saddhiṁ sammodi sammodanīyaṁ kathaṁ sārāṇīyaṁ vītisāretvā ekamantaṁ nisīdi. Ekamantaṁ nisinno kho Gaṇaka-Moggallāno brāhmaṇo Bhagavantaṁ etad avoca: Seyyathāpi, bho Gotama, imassa Migāramātu pāsādassa dissati anupubbasikkhā anupubbakiriyā anupubbapaṭipadā, yadidaṁ yāva pacchimā sopānakaḷebarā;[1] imesam pi hi, bho Gotama, brāhmaṇānaṁ dissati anupubbasikkhā anupubbakiriyā anupubbapaṭipadā, yadidaṁ ajjhene; imesam pi hi, bho Gotama, issāsānaṁ dissati anupubbasikkhā anupubbakiriyā anupubbapaṭipadā, yadidaṁ issatthe; amhākam pi hi, bho Gotama, gaṇakānaṁ gaṇanājīvānaṁ dissati anupubbasikkhā anupubbakiriyā anupubbapaṭipadā, yadidaṁ saṅkhāne. Mayaṁ hi, bho Gotama, antevāsiṁ labhitvā paṭhamaṁ evaṁ gaṇāpema: Ekaṁ ekakaṁ, dve dukā, tīṇi tikā, cattāri catukkā, pañca pañcakā, cha chakkā, satta sattakā, aṭṭha aṭṭhakā, nava navakā, dasa dasakā ti; satam pi mayaṁ, bho Gotama, gaṇāpema. Sakkā nu kho, bho Gotama, imasmim pi dhammavinaye evam eva anupubbasikkhā anupubbakiriyā anupubbapaṭipadā paññāpetun ti?"

[1] So Bu (the R.A.S. MS. correcting from s—varā); Si sopāṇakaḷevarā; S^a sopānakaḷeparā; S^t sopānakaleparā. Cf. supra II. 93, and II. Vinaya 128.

Sakkā, brāhmaṇa, imasmiṁ dhammavinaye anupubbasikkhā anupubbakiriyā anupubbapaṭipadā paññāpetuṁ. Seyyathāpi, brāhmaṇa, dakkho assadamako bhadraṁ assājānīyaṁ labhitvā paṭhamen' eva mukhādhāne[1] kāraṇaṁ karoti, atha uttariṁ kāraṇaṁ karoti;—evam eva kho, brāhmaṇa, Tathāgato purisadammaṁ labhitvā paṭhamaṁ evaṁ vineti: Ehi tvaṁ, bhikkhu, sīlavā hohi, pātimokkhasaṁvarasaṁvuto vihārāhi ācāragocarasampanno, aṇumattesu vajjesu bhayadassāvī samādāya sikkhassu sikkhāpadesūti.[2] Yato kho, brāhmaṇa, bhikkhu sīlavā hoti, pātimokkhasaṁvarasaṁvuto hoti ācāragocarasampanno, aṇumattesu vajjesu bhayadassāvī samādāya sikkhati sikkhāpadesu, tam enaṁ Tathāgato uttariṁ vineti: Ehi tvaṁ, bhikkhu, indriyesu guttadvāro hohi cakkhunā rūpaṁ disvā mā nimittaggāhī mā 'nubyañjanaggāhī. Yato 'dhikaraṇam[3] enaṁ cakkhundriyaṁ asaṁvutaṁ viharantaṁ abhijjhādomanassā pāpakā akusalā dhammā anvāssaveyyuṁ, tassa saṁvarāya paṭipajja, rakkha cakkhundriyaṁ, cakkhundriyasaṁvaraṁ āpajja; sotena saddaṁ sutvā—pe—ghānena gandhaṁ ghāyitvā—pe—jivhāya rasaṁ sāyitvā—pe—kāyena phoṭṭhabbaṁ phusitvā—pe—manasā dhammaṁ viññāya mā nimittaggāhī mā 'nubyañjanaggāhī. Yato 'dhikaraṇam enaṁ manindriyaṁ asaṁvutaṁ viharantaṁ abhijjhādomanassā pāpakā akusalā dhammā anvāssaveyyuṁ, tassa saṁvarāya paṭipajja, rakkha manindriyaṁ, manindriyasaṁvaraṁ āpajjāti. Yato kho, brāhmaṇa, bhikkhu indriyesu guttadvāro hoti, tam enaṁ Tathāgato uttariṁ vineti:—Ehi tvaṁ, bhikkhu, bhojane mattaññū hohi, paṭisaṅkhā yoniso āhāraṁ āhāreyyāsi n' eva davāya na madāya na maṇḍanāya na vibhūsanāya yāvad eva imassa kāyassa ṭhitiyā yāpanāya vihiṁsūparatiyā brahmacariyānuggahāya: Iti purāṇañ ca vedanaṁ paṭihaṅkhāmi, navañ ca vedanaṁ na uppādessāmi, yātrā ca me bhavissati anavajjatā ca phāsuvihāro cāti. Yato kho,

---

[1] So S^{kr}; Bu: mukhaṭhāne ti mukhaṭṭhapane. [2] So Si; S^{t} sikkhāpadehīti; S^{k} sikkhāpadādehīti. [3] Si yatvādhikaraṇaṁ.

brāhmaṇa, bhikkhu bhojane mattaññū hoti, tam enaṁ Tathāgato uttariṁ vineti: Ehi tvaṁ, bhikkhu, jāgariyaṁ anuyutto viharāhi, divasaṁ caṅkamena nisajjāya āvaraṇīyehi dhammehi cittaṁ parisodhehi, rattiyā paṭhamaṁ yāmaṁ caṅkamena nisajjāya āvaraṇīyehi dhammehi cittaṁ parisodhehi, rattiyā majjhimaṁ yāmaṁ dakkhiṇena passena sīhaseyyaṁ kappeyyāsi pāde pādaṁ accādhāya sato sampajāno uṭṭhānasaññaṁ manasikaritvā, rattiyā pacchimaṁ yāmaṁ paccuṭṭhāya caṅkamena nisajjāya āvaraṇīyehi dhammehi cittaṁ parisodhehīti. Yato kho, brāhmaṇa, bhikkhu jāgariyaṁ anuyutto hoti, tam enaṁ Tathāgato uttariṁ vineti: Ehi tvaṁ, bhikkhu, satisampajaññena samannāgato hohi, abhikkante paṭikkante sampajānakārī ālokite vilokite sampajānakārī, samiñjite pasārite sampajānakārī, saṅghāṭipattacīvaradhāraṇe sampajānakārī, asite pīte khāyite sāyite sampajānakārī, uccārapassāvakamme sampajānakārī, gate ṭhite nisinne sutte jāgarite bhāsite tuṇhībhāve sampajānakārī ti. Yato kho, brāhmaṇa, satisampajaññena samannāgato hoti, tam enaṁ Tathāgato uttariṁ vineti: Ehi tvaṁ, bhikkhu, vivittaṁ senāsanaṁ bhaja araññaṁ rukkhamūlaṁ pabbataṁ kandaraṁ giriguhaṁ susānaṁ vanapatthaṁ abbhokāsaṁ palālapuñjan ti. So vivittaṁ senāsanaṁ bhajati araññaṁ rukkhamūlaṁ pabbataṁ kandaraṁ giriguhaṁ susānaṁ vanapatthaṁ abbhokāsaṁ palālapuñjaṁ. So pacchābhattaṁ piṇḍapātapaṭikkanto nisīdati pallaṅkaṁ ābhujitvā ujuṁ kāyaṁ paṇidhāya parimukhaṁ satiṁ upaṭṭhapetvā. So abhijjhaṁ loke pahāya vigatābhijjhena cetasā viharati, abhijjhāya cittaṁ parisodheti; byāpādapadosaṁ pahāya abyāpannacitto viharati sabbapāṇabhūtahitānukampī, byāpādapadosā cittaṁ parisodheti; thīnamiddhaṁ pahāya vigatathīnamiddho viharati ālokasaññī sato sampajāno, thīnamiddhā cittaṁ parisodheti; uddhaccakukkuccaṁ pahāya anuddhato viharati ajjhattaṁ vūpasantacitto, uddhaccakukkuccā cittaṁ parisodheti; vicikicchaṁ pahāya tiṇṇavicikiccho viharati akathaṁkathī kusalesu dhammesu vicikicchāya cittaṁ parisodheti.

So ime pañca nīvaraṇe pahāya cetaso upakkilese paññāya dubbalīkaraṇe vivicc' eva kāmehi vivicca akusalehi dhammehi savitakkaṁ savicāraṁ vivekajaṁ pītisukhaṁ paṭhamajjhānaṁ upasampajja viharati; vitakkavicārānaṁ vūpasamā ajjhattaṁ sampasādanaṁ cetaso ekodibhāvaṁ avitakkaṁ avicāraṁ samādhijaṁ pītisukhaṁ dutiyajjhānaṁ upasampajja viharati; pītiyā ca virāgā upekhako ca viharati sato ca sampajāno sukhañ ca kāyena paṭisaṁvedeti yan taṁ ariyā ācikkhanti: Upekhako satimā sukhavihārī ti tatiyajjhānaṁ upasampajja viharati; sukhassa ca pahānā dukkhassa ca pahānā pubbe va somanassadomanassānaṁ atthaṅgamā adukkhamasukhaṁ upekhāsatipārisuddhiṁ catutthajjhānaṁ upasampajja viharati. Ye kho te, brāhmaṇa, bhikkhū sekhā appattamānasā anuttaraṁ yogakkhemaṁ patthayamānā viharanti, tesu me ayaṁ evarūpī anusāsanī hoti. Ye pana te bhikkhū arahanto khīṇāsavā vusitavanto katakaraṇīyā ohitabhārā anuppattasadatthā parikkhīṇabhavasaṁyojanā sammadaññā vimuttā, tesaṁ ime dhammā diṭṭhadhammasukhavihārāya c' eva saṁvattanti satisampajaññāya cāti.

Evaṁ vutte Gaṇaka-Moggallāno brāhmaṇo Bhagavantaṁ etad avoca: Kin nu kho bhoto Gotamassa sāvakā bhotā Gotamena evaṁ ovadiyamānā evaṁ anusāsiyamānā sabbe va accantaniṭṭhaṁ nibbānaṁ ārādhenti udāhu ekacce n' ārādhentīti?

Appekacce kho, brāhmaṇa, mama sāvakā evaṁ ovadiyamānā evaṁ anusāsiyamānā accantaniṭṭhaṁ nibbānaṁ ārādhenti; ekacce n' ārādhentīti.

Ko nu kho, bho Gotama, hetu ko paccayo yan tiṭṭhat' eva nibbānaṁ tiṭṭhati nibbānagāmimaggo tiṭṭhati bhavaṁ Gotamo samādapetā, atha ca pana bhoto Gotamassa sāvakā bhotā Gotamena evaṁ ovadiyamānā evaṁ anusāsiyamānā appekacce accantaniṭṭhaṁ nibbānaṁ ārādhenti, ekacce n' ārādhentīti?

Tena hi, brāhmaṇa, taṁ yev' ettha paṭipucchissāmi. Yathā te khameyya tathā naṁ byākareyyāsi. Taṁ kiṁ maññasi, brāhmaṇa? Kusalo tvaṁ Rājagaha-gāmissa maggassâti?

Evaṁ, bho; kusalo ahaṁ Rājagaha-gāmissa maggassāti.

Taṁ kiṁ maññasi, brāhmaṇa? Idha puriso āgaccheyya Rājagahaṁ gantukāmo: so taṁ upasaṁkamitvā evaṁ vadeyya: Icchām' ahaṁ, bhante, Rājagahaṁ gantuṁ; tassa me Rājagahassa maggaṁ[1] upadisāti. Tam enaṁ tvaṁ evaṁ vadeyyāsi: Evam, bho purisa; ayaṁ maggo Rājagahaṁ gacchati, tena muhuttaṁ gaccha; tena muhuttaṁ gantvā dakkhissasi amukaṁ nāma gāmaṁ, tena muhuttaṁ gaccha; tena muhuttaṁ gantvā dakkhissasi amukaṁ nāma nigamaṁ, tena muhuttaṁ gaccha; tena muhuttaṁ gantvā dakkhissasi Rājagahassa ārāmarāmaṇeyyakaṁ vanarāmaṇeyyakaṁ bhūmirāmaṇeyyakaṁ pokkharaṇirāmaṇeyyakan ti. So tayā evaṁ ovadiyamāno evaṁ anusāsiyamāno ummaggaṁ gahetvā pacchāmukho gaccheyya. Atha dutiyo puriso āgaccheyya Rājagahaṁ gantukāmo, so taṁ upasaṁkamitvā evaṁ vadeyya: Icchām' ahaṁ, bhante, Rājagahaṁ gantuṁ, tassa me Rājagahassa maggaṁ upadisāti. Tam enaṁ tvaṁ evaṁ vadeyyāsi: Evam, bho purisa; ayaṁ maggo Rājagahaṁ gacchati, tena muhuttaṁ gaccha; tena muhuttaṁ gantvā dakkhissasi amukaṁ nāma gāmaṁ, tena muhuttaṁ gaccha; tena muhuttaṁ gantvā dakkhissasi amukaṁ nāma nigamaṁ, tena muhuttaṁ gaccha; tena muhuttaṁ gantvā dakkhissasi Rājagahassa ārāmarāmaṇeyyakaṁ vanarāmaṇeyyakaṁ bhūmirāmaṇeyyakaṁ pokkharaṇirāmaṇeyyakan ti. So tayā evaṁ ovadiyamāno evaṁ anusāsiyamāno sotthinā Rājagahaṁ gaccheyya.—Ko nu kho, brāhmaṇa, hetu ko paccayo yaṁ tiṭṭhat' eva Rājagahaṁ tiṭṭhati Rājagahagāmimaggo tiṭṭhasi tvaṁ samādapetā, atha ca pana tayā evaṁ ovadiyamāno evaṁ anusāsiyamāno eko puriso ummaggaṁ gahetvā pacchāmukho gaccheyya, eko sotthinā Rājagahaṁ gaccheyyâti?

[1] So Si; S^T corrects maggaṁ to maggassa; S^T maggassa.

Ettha kyāhaṁ,[1] bho Gotama, karomi?—Maggakkhāyī 'haṁ,[2] bho Gotamāti.

Evam eva kho, brāhmaṇa, tiṭṭhat' eva nibbānaṁ tiṭṭhati nibbānagāmimaggo tiṭṭhām' ahaṁ samādapetā. Atha ca pana mama sāvakā mayā evaṁ ovadiyamānā evaṁ anusāsiyamānā appekacce accantaniṭṭhaṁ nibbānaṁ ārādhenti ekacce n' ārādhenti. Ettha kyāhaṁ, brāhmaṇa, karomi?—Maggakkhāyī, brāhmaṇa, Tathāgato ti.

Evaṁ vutte Gaṇaka-Moggallāno brāhmaṇo Bhagavantaṁ etad avoca: Ye 'me, bho Gotama, puggalā assaddhā[3] jīvikatthā[4] agārasmā anagāriyaṁ pabbajitā saṭhā māyāvino keṭubhino uddhatā unnaḷā[5] capalā mukharā vikiṇṇavācā indriyesu aguttadvārā bhojane amattaññuno jāgariyaṁ ananuyuttā sāmaññe anapekhavanto sikkhāya[6] na tibbagāravā bāhulikā[7] sāthalikā okkamane pubbaṅgamā paviveke nikkhittadhurā kusītā hīnaviriyā muṭṭhassatino[8] asampajānā asamāhitā vibbhantacittā duppaññā eḷamūgā,[9] na tehi bhavaṁ Gotamo saddhiṁ saṁvasati. Ye pana kulaputtā saddhā agārasmā anagāriyaṁ pabbajitā asaṭhā amāyāvino akeṭubhino anuddhatā anunnaḷā acapalā amukharā avikiṇṇavācā indriyesu guttadvārā bhojane mattaññuno jāgariyaṁ anuyuttā sāmaññe apekhavanto sikkhāya tibbagāravā na bāhulikā na sāthalikā okkamane nikkhittadhurā paviveke pubbaṅgamā āraddhaviriyā pahitattā upaṭṭhitassatino sampajānā samāhitā ekaggacittā paññavanto aneḷamūgā, tehi bhavaṁ Gotamo saddhiṁ saṁvasati. Seyyathāpi, bho Gotama, ye keci mūlagandhā kāḷānusārikaṁ tesaṁ aggam akkhāyati, ye keci sāragandhā lohitacandanaṁ tesaṁ aggam akkhāyati, ye keci pupphagandhā

[1] So S^{m}; Si kyāhaṁ.
[2] Si maggakkhāyāhaṁ.
[3] S^{ky} asaddhā.
[4] S^{t} adds: na saddhā; S^{k} adds: na saddhā.
[5] So S^{t}; S^{k} omits, but reads anunnaḷā infra; Si unnaḷā.
[6] Si anapekkhavanto s. na t.; S^{ky} anapekhavanto na s. t.
[7] So S^{ky}; Si bāhullikā.
[8] S^{ky} m—ati.
[9] So S^{ky} Si and Bu. Cf. I. Jāt. 247-8; but see Vol. I. of Majjhima, p. 527.

vassikaṁ tesaṁ aggam akkhāyati,—evam eva kho bhoto Gotamassa ovādo paramajjadhammesu. Abhikkantaṁ, bho Gotama, abhikkantaṁ, bho Gotama. Seyyathāpi, bho Gotama, nikkujjitaṁ vā ukkujjeyya, paṭicchannaṁ vā vivareyya, mūḷhassa vā maggaṁ ācikkheyya, andhakāre vā telapajjotaṁ dhāreyya: Cakkhumanto rūpāni dakkhintī ti;—evam eva bhotā Gotamena anekapariyāyena dhammo pakāsito. Esāhaṁ bhavantaṁ Gotamaṁ saraṇaṁ gacchāmi dhammañ ca bhikkhusaṅghañ ca; upāsakaṁ maṁ bhavaṁ Gotamo dhāretu ajjatagge pāṇupetaṁ saraṇaṁ gatan ti.

GAṆAKAMOGGALLĀNASUTTAṀ SATTAMAṀ.

108.

Evam me sutaṁ. Ekaṁ samayaṁ Ānando Rājagahe viharati Veḷuvane Kalandakanivāpe aciraparinibbute Bhagavati. Tena kho pana samayena rājā Māgadho Ajātasattu Vedehiputto Rājagahaṁ paṭisaṅkhārāpeti rañño Pajjotassa āsaṅkamāno. Atha kho āyasmā Ānando pubbaṇhasamayaṁ nivāsetvā pattacīvaram ādāya Rājagahaṁ piṇḍāya pāvisi. Atha kho āyasmato Ānandassa etad ahosi: Atippago kho tāva Rājagahaṁ piṇḍāya carituṁ; yannūnāhaṁ yena Gopaka-Moggallānassa brāhmaṇassa kammanto yena Gopaka-Moggallāno brāhmaṇo ten' upasaṅkameyyan ti. Atha kho āyasmā Ānando yena Gopaka-Moggallānassa brāhmaṇassa kammanto yena Gopaka-Moggallāno brāhmaṇo ten' upasaṅkami. Addasā kho Gopaka-Moggallāno brāhmaṇo āyasmantaṁ Ānandaṁ dūrato va āgacchantaṁ, disvā āyasmantaṁ Ānandaṁ etad avoca: Etu kho bhavaṁ Ānando, svāgataṁ bhoto Ānandassa, cirassaṁ kho bhavaṁ Ānando imaṁ pariyāyam akāsi yadidaṁ idh' āgamanāya. Nisīdatu bhavaṁ Ānando, idam āsanaṁ paññattan ti. Nisīdi kho āyasmā Ānando paññatte āsane. Gopaka-

Moggallāno pi kho brāhmaṇo aññataraṁ nīcaṁ āsanaṁ gahetvā ekamantaṁ nisīdi. Ekamantaṁ nisinno kho Gopaka-Moggallāno brāhmaṇo āyasmantaṁ Ānandaṁ etad avoca:—Atthi kho, Ānanda, ekabhikkhu pi tehi dhammehi sabbena sabbaṁ sabbathā sabbaṁ samannāgato, yehi dhammehi samannāgato so bhavaṁ Gotamo ahosi arahaṁ sammāsambuddho ti?

Na 'tthi kho, brāhmaṇa, ekabhikkhu pi tehi dhammehi sabbena sabbaṁ sabbathā sabbaṁ samannāgato, yehi dhammehi samannāgato so Bhagavā ahosi arahaṁ sammāsambuddho. So hi, brāhmaṇa, Bhagavā anuppannassa maggassa uppādetā asañjātassa maggassa sañjānetā, anakkhātassa maggassa akkhātā, maggaññū maggavidū maggakovido. Maggānugā ca pana etarahi sāvakā viharanti pacchā samannāgatā ti.

Ayañ ca hi idaṁ āyasmato Ānandassa Gopaka-Moggallānena brāhmaṇena saddhiṁ antarākathā vippakatā hoti. Atha Vassakāro brāhmaṇo Magadhamahāmatto Rājagahe kammante anusaññāyamāno yena Gopaka-Moggallānassa brāhmaṇassa kammanto yena āyasmā Ānando ten' upasaṁkami, upasaṁkamitvā āyasmatā Ānandena saddhiṁ sammodi sammodanīyaṁ kathaṁ sārāṇīyaṁ vītisāretvā ekamantaṁ nisīdi. Ekamantaṁ nisinno kho Vassakāro brāhmaṇo Magadhamahāmatto āyasmantaṁ Ānandaṁ etad avoca: Kāya nu 'ttha, Ānanda, etarahi kathāya sannisinnā ti? Kā ca pana vo antarākathā vippakatā ti?

Idha maṁ, brāhmaṇa, Gopaka-Moggallāno brāhmaṇo idam āha: Atthi nu kho, bho Ānanda, ekabhikkhu pi tehi dhammehi sabbena sabbaṁ sabbathā sabbaṁ samannāgato, yehi dhammehi samannāgato so bhavaṁ Gotamo ahosi arahaṁ sammāsambuddho ti? Evaṁ vutte ahaṁ, brāhmaṇa, Gopaka-Moggallānaṁ brāhmaṇaṁ etad avoca: Na 'tthi kho, brāhmaṇa, ekabhikkhu pi tehi dhammehi sabbena sabbaṁ sabbathā sabbaṁ samannāgato, yehi dhammehi samannāgato so Bhagavā ahosi arahaṁ sammāsambuddho. So hi, brāhmaṇa, Bhagavā anuppannassa maggassa uppādetā asañjātassa maggassa sañjanetā, anakkhātassa maggassa akkhātā, maggaññū maggavidū maggakovido. Maggānugā ca pana etarahi sāvakā viharanti pacchā samannāgatā ti.—Ayaṁ kho no, brāhmaṇa, Gopaka-Moggallānena brāhmaṇena saddhiṁ antarākathā vippakatā. Atha tvaṁ anuppatto ti.

Atthi nu kho, bho Ānanda, ekabhikkhu pi tena bhotā Gotamena ṭhapito: Ayaṁ vo mam' accayena paṭisaraṇaṁ bhavissatīti, yaṁ tumhe etarahi paṭidhāveyyāthāti?

Na 'tthi kho, brāhmaṇa, ekabhikkhu pi tena Bhagavatā jānatā passatā arahatā sammāsambuddhena ṭhapito: Ayaṁ vo mam' accayena paṭisaraṇaṁ bhavissatīti, yaṁ mayaṁ etarahi paṭidhāveyyāmāti.

Atthi pana kho, Ānanda, ekabhikkhu pi saṁghena sammato sambahulehi therehi bhikkhūhi ṭhapito: Ayaṁ no Bhagavato accayena paṭisaraṇaṁ bhavissatīti, yaṁ tumhe etarahi paṭidhāveyyāthāti?

Na 'tthi kho, brāhmaṇa, ekabhikkhu pi saṁghena sammato sambahulehi therehi bhikkhūhi ṭhapito: Ayaṁ no Bhagavato accayena paṭisaraṇaṁ bhavissatīti, yaṁ mayaṁ etarahi paṭidhāveyyāmāti.

Evaṁ appaṭisaraṇe ca pana, bho Ānanda, ko hetu sāmaggiyā ti?

Na kho mayaṁ, brāhmaṇa, appaṭisaraṇā; sappaṭisaraṇā mayaṁ, brāhmaṇa, dhammapaṭisaraṇā ti.

Atthi nu kho, bho Ānanda, ekabhikkhu pi tena bhotā Gotamena ṭhapito: Ayaṁ vo mam' accayena paṭisaraṇaṁ bhavissatīti, yaṁ tumhe etarahi paṭidhāveyyāthāti?—Iti puṭṭho samāno: Na 'tthi kho, brāhmaṇa, ekabhikkhu pi tena Bhagavatā jānatā passatā arahatā sammāsambuddhena ṭhapito: Ayaṁ vo mam' accayena paṭisaraṇaṁ bhavissatīti, yaṁ mayaṁ etarahi paṭidhāveyyāmāti vadesi. Atthi pana vo, bho Ānanda, ekabhikkhu pi saṁghena sammato sambahulehi therehi bhikkhūhi ṭhapito: Ayaṁ no Bhagavato accayena paṭisaraṇaṁ bhavissatīti, yaṁ tumhe etarahi paṭidhāveyyāthāti?—Iti puṭṭho samāno: Na 'tthi kho, brāhmaṇa, ekabhikkhu pi saṁghena sammato sambahulehi therehi bhikkhūhi ṭhapito: Ayaṁ no Bhagavato accayena paṭisaraṇaṁ bhavissatīti, yaṁ mayaṁ etarahi paṭidhāveyyāmāti vadesi. Evaṁ appaṭisaraṇe ca pana, bho Ānanda, ko hetu sāmaggiyā ti?—Iti puṭṭho samāno: Na kho mayaṁ, brāhmaṇa, appaṭisaraṇā; sappaṭisaraṇā mayaṁ, brāhmaṇa, dhammapaṭisaraṇā ti vadesi. Imassa pana, bho Ānanda, bhāsitassa kathaṁ attho daṭṭhabbo ti?

Atthi kho, brāhmaṇa, tena Bhagavatā jānatā passatā arahatā sammāsambuddhena bhikkhūnaṁ sikkhāpadaṁ paññattaṁ pātimokkhaṁ uddiṭṭhaṁ. Te mayaṁ tadahuposathe yāvatikā ekaṁ gāmakkhettaṁ upanissāya viharāma, te sabbe ekajjhaṁ sannipatāma,[1] sannipatitvā yassa taṁ vattati, taṁ[2] ajjhesāma. Tasmiṁ ce bhaññamāne hoti bhikkhussa āpatti hoti vītikkamo, taṁ mayaṁ yathādhammaṁ yathāsatthaṁ kāremāti.[3] Na kira no bhavanto kārenti; dhammo no kāretīti.

Atthi nu kho, bho Ānanda, ekabhikkhu pi yaṁ tumhe etarahi sakkarotha garukarotha mānetha pūjetha, sakkatvā garukatvā upanissāya viharathāti?—

Atthi kho, brāhmaṇa, ekabhikkhu pi yaṁ mayaṁ etarahi sakkaroma garukaroma mānema pūjema, sakkatvā garukatvā upanissāya viharāmāti.

Atthi nu kho, bho Ānanda, ekabhikkhu pi tena bhotā Gotamena ṭhapito: Ayaṁ vo mam' accayena paṭisaraṇaṁ bhavissatīti, yaṁ tumhe etarahi paṭidhāveyyāthāti?—Iti puṭṭho samāno: Na 'tthi kho, brāhmaṇa, ekabhikkhu pi tena Bhagavatā jānatā passatā arahatā sammāsambuddhena ṭhapito: Ayaṁ vo mam' accayena paṭisaraṇaṁ bhavissatīti, yaṁ mayaṁ etarahi paṭidhāveyyāmāti vadesi. Atthi pana vo, bho Ānanda, ekabhikkhu pi saṅghena sammato sambahulehi therehi bhikkhūhi ṭhapito: Ayaṁ no Bhagavato accayena paṭisaraṇaṁ bhavissatīti, yaṁ tumhe etarahi paṭi-

[1] S^{k} sannipatāma; Si sannipatitāma. [2] So Si Bu; S^{k} pavattitaṁ a. [3] So Bu; S^{k} y. y. karomāti; Si y. yathānusiṭṭhaṁ kāremāti. Na kira no, &c.

dhāveyyāthāti?—Iti puṭṭho samāno: Na 'tthi kho, brāhmaṇa, ekabhikkhu pi saṅghena sammato sambahulehi therehi bhikkhūhi ṭhapito: Ayaṁ no Bhagavato accayena paṭisaraṇaṁ bhavissatīti, yaṁ mayaṁ etarahi paṭidhāveyyāmāti vadesi. Atthi nu kho, bho Ānanda, ekabhikkhu pi yaṁ tumhe etarahi sakkarotha garukarotha mānetha pūjetha, sakkatvā garukatvā upanissāya viharathāti?—Iti puṭṭho samāno: Atthi kho, brāhmaṇa, ekabhikkhu pi yaṁ mayaṁ etarahi sakkaroma garukaroma mānema pūjema, sakkatvā garukatvā upanissāya viharāmāti vadesi. Imassa pana, bho Ānanda, bhāsitassa kathaṁ attho daṭṭhabbo ti?

Atthi kho, brāhmaṇa, tena Bhagavatā jānatā passatā arahatā sammāsambuddhena dasa pasādanīyā dhammā akkhātā. Yasmiṁ no ime dhammā saṁvijjanti, taṁ mayaṁ etarahi sakkaroma garukaroma mānema pūjema, sakkatvā garukatvā upanissāya viharāma. Katame dasa? Idha, brāhmaṇa, bhikkhu sīlavā hoti pātimokkhasaṁvarasaṁvuto viharati ācāragocarasampanno aṇumattesu[1] vajjesu bhayadassāvī samādāya sikkhati sikkhāpadesu. Bahussuto hoti sutadharo sutasannicayo; ye te dhammā ādikalyāṇā majjhimakalyāṇā pariyosānakalyāṇā sātthaṁ sabyañjanaṁ[2] kevalaparipuṇṇaṁ parisuddhaṁ brahmacariyaṁ abhivadanti, tathārūpā 'ssa dhammā bahussutā honti dhātā vacasā paricitā manasānupekkhitā diṭṭhiyā suppaṭividdhā. Santuṭṭho hoti cīvarapiṇḍapātasenāsanagilānapaccayabhesajjaparikkhārehi. Catunnaṁ jhānānaṁ ābhicetasikānaṁ[3] diṭṭhadhammasukhavihārānaṁ nikāmalābhī hoti akicchalābhī akasiralābhī, anekavihitaṁ iddhividhaṁ paccanubhoti. Eko pi hutvā bahudhā hoti, bahudhā pi hutvā eko hoti, āvibhāvaṁ tirobhāvaṁ tirokuḍḍaṁ tiropākāraṁ tiropabbataṁ asajjamāno gacchati seyyathāpi ākāse, paṭhaviyā pi ummujjanimmujjaṁ karoti seyyathāpi udake, udake pi abhijjamāno gacchati seyyathāpi paṭhaviyaṁ, ākāse pi

[1] So Si and Majjhima I., 520; Sky aṇumattesu [2] So Sky; Si sāttha sabyañjanā. [3] So Si and Vol. I., 520; Sky abhic°.

pallaṅkena caṅkamati seyyathāpi pakkhī sakuṇo, ime pi candimasuriye evaṁ mahiddhike evaṁ mahānubhāve pāṇinā parimasati parimajjati, yāva brahmalokā pi kāyena vasaṁ vatteti; dibbāya sotadhātuyā visuddhāya atikkantamānusikāya ubho sadde suṇāti dibbe ca mānuse ca ye dūre santike ca; parasattānaṁ parapuggalānaṁ cetasā ceto paricca pajānāti,—sarāgaṁ vā cittaṁ: Sarāgam cittan ti pajānāti, vītarāgaṁ vā cittaṁ: Vītarāgaṁ cittan ti pajānāti, sadosaṁ vā cittaṁ: Sadosaṁ cittan ti pajānāti, vītadosaṁ vā cittaṁ: Vītadosaṁ cittan ti pajānāti, samohaṁ vā cittaṁ: Samohaṁ cittan ti pajānāti, vītamohaṁ vā cittaṁ: Vītamohaṁ cittan ti pajānāti, saṅkhittaṁ vā cittaṁ: Saṅkhittaṁ cittan ti pajānāti, vikkhittaṁ vā cittaṁ: Vikkhittaṁ cittan ti pajānāti, mahaggataṁ vā cittaṁ: Mahaggataṁ cittan ti pajānāti, amahaggataṁ vā cittaṁ: Amahaggataṁ cittan ti pajānāti, sa-uttaraṁ vā cittaṁ: Sa-uttaraṁ cittan ti pajānāti, anuttaraṁ vā cittaṁ: Anuttaraṁ cittan ti pajānāti, samāhitaṁ vā cittaṁ: Samāhitaṁ cittan ti pajānāti, asamāhitaṁ vā cittaṁ: Asamāhitaṁ cittan ti pajānāti, vimuttaṁ vā cittaṁ: Vimuttaṁ cittan ti pajānāti, avimuttaṁ vā cittaṁ: Avimuttaṁ cittan ti pajānāti. Anekavihitaṁ pubbenivāsaṁ anussarati, seyyathīdaṁ: Ekam pi jātiṁ dve pi jātiyo . . . [1]anekavihitaṁ pubbenivāsaṁ anussarati. Dibbena cakkhunā visuddhena atikkantamānusakena satte passati cavamāne upapajjamāne, hīne paṇīte suvaṇṇe dubbaṇṇe sugate duggate[2] yathākammūpage satte pajānāti. Āsavānaṁ khayā anāsavaṁ cetovimuttiṁ paññāvimuttiṁ diṭṭhe va dhamme sayaṁ abhiññā sacchikatvā upasampajja viharati. Ime kho, brāhmaṇa, tena Bhagavatā jānatā passatā arahatā sammāsambuddhena dasa pasādaniyā dhammā akkhātā. Yasmiṁ no ime dhammā saṁvijjanti, taṁ mayaṁ etarahi sakkaroma garukaroma mānema pūjema, sakkatvā garukatvā upanissāya viharāmāti.

---

[1] Etc. as at Vol. II. p. 20.

[2] Si inserts pe.

Evaṁ vutte Vassakāro brāhmaṇo Magadhamahāmatto Upanandaṁ senāpatiṁ āmantesi: Taṁ kiṁ maññasi? Evaṁ, senāpati, yad' ime bhonto sakkātabbaṁ sakkaronti, garukātabbaṁ garukaronti, mānetabbaṁ mānenti, pūjetabbaṁ pūjenti,¹ taggh' ime bhonto sakkātabbaṁ sakkaronti garukātabbaṁ garukaronti mānetabbaṁ mānenti pūjetabbaṁ pūjenti. Imañ ca hi te bhonto na sakkareyyuṁ na garukareyyuṁ, na māneyyuṁ na pūjeyyuṁ, atha kiñcarahi te bhonto sakkareyyuṁ garukareyyuṁ māneyyuṁ pūjeyyuṁ sakkatvā garukatvā upanissāya vihareyyun ti.

Atha kho Vassakāro brāhmaṇo Magadhamahāmatto āyasmantaṁ Ānandaṁ etad avoca: Kahaṁ pana bhavaṁ Ānando etarahi viharatīti?

Veḷuvane kho ahaṁ, brāhmaṇa, etarahi viharāmīti.

Kacci, bho Ānanda, Veḷuvanaṁ ramaṇīyañ c' eva appasaddañ ca appanigghosañ ca vijanavātaṁ manussarāhaseyyakaṁ paṭisallānasāruppan ti?

Taggha, brāhmaṇa, Veḷuvanaṁ ramaṇīyañ c' eva appasaddañ ca appanigghosañ ca vijanavātaṁ manussarāhaseyyakaṁ paṭisallānasāruppaṁ, yathā taṁ tumhādisehi rakkhehi gopakehīti.

Taggha, bho Ānanda, Veḷuvanaṁ ramaṇīyañ c' eva appasaddañ ca appanigghosañ ca vijanavātaṁ manussarāhaseyyakaṁ paṭisallānasāruppaṁ yathā taṁ bhavantehi jhāyīhi jhānasīlīhi. Jhāyino c' eva bhavanto jhānasīlino ca. Ekam idāhaṁ, bho Ānanda, samayaṁ so bhavaṁ Gotamo Vesāliyaṁ viharati Mahāvane Kūṭāgārasālāyaṁ. Atha kho ahaṁ, bho Ānanda, yena Mahāvanaṁ Kūṭāgārasālā yena so bhavaṁ Gotamo ten' upasaṁkamiṁ. Tatra ca so bhavaṁ Gotamo anekapariyāyena jhānakathaṁ kathesi. Jhāyī c' eva so bhavaṁ Gotamo ahosi jhānasīlī ca; sabbañ ca pana so bhavaṁ Gotamo jhānaṁ vaṇṇesīti.

Na kho, brāhmaṇa, so Bhagavā sabbaṁ jhānaṁ vaṇṇesi, nāpi so Bhagavā sabbaṁ jhānaṁ na vaṇṇesi. Kathaṁrūpañ

¹ So Si. S^{kt} pūjentīti.

ca, brāhmaṇa, so Bhagavā jhānaṁ na vaṇṇesi? Idha, brāhmaṇa, ekacco kāmarāgapariyuṭṭhitena cetasā viharati kāmarāgaparetena, uppannassa ca kāmarāgassa nissaraṇaṁ yathābhūtaṁ nappajānāti; so kāmarāgaṁ yeva antaraṁ karitvā jhāyati pajjhāyati nijjhāyati apajjhāyati. Byāpādapariyuṭṭhitena cetasā viharati byāpādaparetena, uppannassa ca byāpādassa nissaraṇaṁ yathābhūtaṁ nappajānāti. So byāpādaṁ yeva antaraṁ karitvā jhāyati pajjhāyati nijjhāyati apajjhāyati. Thīnamiddhapariyuṭṭhitena cetasā viharati thīnamiddhaparetena, uppannassa ca thīnamiddhassa nissaraṇaṁ yathābhūtaṁ nappajānāti. So thīnamiddhaṁ yeva antaraṁ karitvā jhāyati pajjhāyati nijjhāyati apajjhāyati. Uddhaccakukkuccapariyuṭṭhitena cetasā viharati uddhaccakukkuccaparetena, uppannassa ca uddhaccakukkuccassa nissaraṇaṁ yathābhūtaṁ nappajānāti. So uddhaccakukkuccaṁ yeva antaraṁ karitvā jhāyati pajjhāyati nijjhāyati apajjhāyati. Vicikicchāpariyuṭṭhitena cetasā viharati vicikicchāparetena, uppannāya ca vicikicchāya nissaraṇaṁ yathābhūtaṁ nappajānāti. So vicikicchaṁ yeva antaraṁ karitvā jhāyati pajjhāyati nijjhāyati apajjhāyati. Evarūpaṁ kho, brāhmaṇa, so Bhagavā jhānaṁ na vaṇṇesi. Katharūpañ ca, brāhmaṇa, so Bhagavā jhānaṁ vaṇṇesi? Idha, brāhmaṇa, bhikkhu vivicc' eva kāmehi vivicca akusalehi dhammehi savitakkaṁ savicāraṁ vivekajaṁ pītisukhaṁ paṭhamajjhānaṁ upasampajja viharati. Vitakkavicārānaṁ vūpasamā ajjhattaṁ sampasādanaṁ cetaso ekodibhāvaṁ avitakkaṁ avicāraṁ samādhijaṁ pītisukhaṁ dutiyajjhānaṁ,[1] tatiyajjhānaṁ, catutthajjhānaṁ upasampajja viharati. Evarūpaṁ kho, brāhmaṇa, so Bhagavā jhānaṁ vaṇṇesīti.

Gārayhaṁ kira, bho Ānanda, bhavaṁ Gotamo jhānaṁ garahi, pāsaṁsaṁ[2] pasaṁsi. Handa ca dāni mayaṁ, bho Ānanda, gacchāma. Bahukiccā mayaṁ bahukaraṇīyā ti.

Yassa dāni tvaṁ, brāhmaṇa, kālaṁ maññasīti.

---

[1] So Si; S^{tr} recite this passage in full.
[2] So Si; S^{tr} pasaṁsaṁ pasaṁsi.

Atha kho Vassakāro brāhmaṇo Magadhamahāmatto āyasmato Ānandassa bhāsitaṁ abhinanditvā anumoditvā uṭṭhāy' āsanā pakkāmi. Atha kho Gopaka-Moggallāno brāhmaṇo acirapakkante Vassakāre brāhmaṇe Magadhamahāmatte āyasmantaṁ Ānandaṁ etad avoca: Yan no mayaṁ bhavantaṁ Ānandaṁ apucchimha,[1] taṁ no bhavaṁ Ānando na byākāsīti.

Api nu[2] te, brāhmaṇa, avocumha: Na 'tthi kho, brāhmaṇa, ekabhikkhu pi tehi dhammehi sabbena sabbaṁ sabbathā sabbaṁ samannāgato yehi dhammehi samannāgato so Bhagavā ahosi arahaṁ sammāsambuddho? So hi, brāhmaṇa, Bhagavā anuppannassa maggassa uppādetā asañjātassa maggassa sañjānetā anakkhātassa maggassa akkhātā maggaññū maggavidū maggakovido. Maggānugā ca pana etarahi sāvakā viharanti pacchā samannāgatā ti.

GOPAKAMOGGALLĀNASUTTAṀ AṬṬHAMAṀ.

—— ——

109.

Evam me sutaṁ. Ekaṁ samayaṁ Bhagavā Sāvatthiyaṁ viharati Pubbārāme Migāramātu pāsāde. Tena kho pana samayena Bhagavā tadahu 'posathe pannarase puṇṇāya puṇṇamāya rattiyā bhikkhusaṅghaparivuto abbhokāse nisinno hoti. Atha kho aññataro bhikkhu uṭṭhāy' āsanā ekaṁsaṁ cīvaraṁ katvā yena Bhagavā ten' añjaliṁ paṇāmetvā Bhagavantaṁ etad avoca: Puccheyyāhaṁ, bhante, Bhagavantaṁ kiñcid eva desaṁ, sace me Bhagavā okāsaṁ karoti pañhassa veyyākaraṇāyāti.

Tena hi tvaṁ, bhikkhu, sake āsane nisīditvā puccha yad ākaṅkhasīti.

Atha kho so bhikkhu sake āsane nisīditvā Bhagavantaṁ etad avoca: Ime nu kho, bhante, pañc' upādānakkhandhā,

[1] Si ap—hā, as usual. [2] So S^t: Si nanu.

seyyathīdaṁ—rūpūpādānakkhandho vedanūpādānakkhandho saññūpādānakkhandho saṁkhārūpādānakkhandho viññāṇūpādānakkhandho ti?

Ime kho, bhikkhu, panc' upādānakkhandhā, seyyathīdaṁ—rūpūpādānakkhandho vedanūpādānakkhandho saññūpādānakkhandho saṁkhārūpādānakkhandho viññāṇūpādānakkhandho ti.

Sādhu bhante ti kho so bhikkhu Bhagavato bhāsitaṁ abhinanditvā anumoditvā Bhagavantaṁ uttariṁ pañhaṁ apucchi: Ime pana, bhante, pañc' upādānakkhandhā kiṁmūlakā ti?

Ime kho, bhikkhu, pañc' upādānakkhandhā chandamūlakā ti.

Taṁ yeva nu kho, bhante, upādānaṁ te pañc' upādānakkhandhā? Udāhu aññatra pañc' upādānakkhandhehi upādānan ti?

Na kho, bhikkhu, taṁ yeva upādānaṁ te pañc' upādānakkhandhā, na pi aññatra pañc' upādānakkhandhehi upādānaṁ. Yo kho, bhikkhu, pañc' upādānakkhandhesu chandarāgo, taṁ tattha upādānan ti?

Siyā pana, bhante, pañc' upādānakkhandhesu[1] chandarāgavemattatā ti?

Siyā bhikkhūti Bhagavā avoca: Idha, bhikkhu, ekaccassa evaṁ hoti: evaṁrūpo siyaṁ[2] anāgatamaddhānaṁ, evaṁvedano siyaṁ anāgatamaddhānaṁ, evaṁsañño siyaṁ anāgatamaddhānaṁ, evaṁsaṁkhāro siyaṁ anāgatamaddhānaṁ, evaṁviññāṇo siyaṁ anāgatamaddhānan ti. Evaṁ kho, bhikkhu, pañc' upādānakkhandhesu chandarāgavemattatā ti.

Kittāvatā pana, bhante, khandhānaṁ khandhādhivacanaṁ hotīti?

Yaṁ kiñci, bhikkhu, rūpaṁ atītānāgatapaccuppannaṁ ajjhattaṁ vā bahiddhā vā oḷārikaṁ vā sukhumaṁ vā hīnaṁ vā paṇītaṁ vā yaṁ dūre santike vā, ayaṁ rūpakkhandho.

---

[1] S[1] pañcasu' up°; Si ad pañc' up°. [2] So Si; S[1] evarūpe siyā.

Yā kāci vedanā[1] atītānāgatapaccuppannā ajjhattaṁ vā bahiddhā vā oḷārikā vā sukhumā vā hīnā vā paṇītā vā yā dūre santike vā, ayaṁ vedanākkhandho. Yā kāci saññā atītānāgatapaccuppannā . . . santike vā, ayaṁ saññākkhandho. Ye keci saṅkhārā . . . santike vā, ayaṁ saṅkhārakkhandho. Yaṁ kiñci viññāṇaṁ . . . santike vā, ayaṁ viññāṇakkhandho. Ettāvatā kho, bhikkhu, khandhānaṁ khandhādhivacanaṁ hotīti.

Ko nu kho, bhante, hetu ko paccayo rūpakkhandhassa paññāpanāya? Ko hetu ko paccayo vedanākkhandhassa paññāpanāya? Ko hetu ko paccayo saññākkhandhassa paññāpanāya? Ko hetu ko paccayo saṅkhārakkhandhassa paññāpanāya? Ko hetu ko paccayo viññāṇakkhandhassa paññāpanāyāti?

Cattāro kho, bhikkhu, mahābhūtā hetu, cattāro mahābhūtā paccayo rūpakkhandhassa paññāpanāya. Phasso hetu phasso paccayo vedanākkhandhassa paññāpanāya. Phasso hetu phasso paccayo saññākkhandhassa paññāpanāya. Phasso hetu phasso paccayo saṅkhārakkhandhassa paññāpanāya. Nāmarūpaṁ kho, bhikkhu, hetu nāmarūpaṁ paccayo viññāṇakkhandhassa paññāpanāyāti.

Kathaṁ pana, bhante, sakkāyadiṭṭhi hotīti?

Idha, bhikkhu, assutavā puthujjano ariyānaṁ adassāvī ariyadhammassa akovido ariyadhamme avinīto sappurisānaṁ adassāvī sappurisadhammassa akovido sappurisadhamme avinīto,—rūpaṁ attato samanupassati, rūpavantaṁ vā attānaṁ, attani vā rūpaṁ, rūpasmiṁ vā attānaṁ; vedanaṁ attato samanupassati, vedanāvantaṁ vā attānaṁ, attani vā vedanaṁ, vedanāya vā attānaṁ; saññaṁ attato samanupassati, saññāvantaṁ vā attānaṁ, attani vā saññaṁ, saññāya vā attānaṁ; saṅkhāre attato samanupassati, saṅkhāravantaṁ vā attānaṁ, attani vā saṅkhāre, saṅkhāresu vā attānaṁ; viññāṇaṁ attato samanupassati, viññāṇavantaṁ vā attānaṁ,

[1] Si Yā kāci vedanā. Yā kāci saññā. Ye keci saṅkhārā. Yaṁ kiñci viññāṇaṁ atīt°.

attani vā viññāṇaṁ, viññāṇasmiṁ vā attānaṁ. Evaṁ kho, bhikkhu, sakkāyadiṭṭhi hotīti.

Kathaṁ pana, bhante, sakkāyadiṭṭhi na hotīti?

Idha, bhikkhu, sutavā ariyasāvako ariyānaṁ dassāvī ariyadhammassa kovido ariyadhamme suvinīto sappurisānaṁ dassāvī sappurisadhammassa kovido sappurisadhamme suvinīto,—na rūpaṁ attato samanupassati, na rūpavantaṁ vā attānaṁ, nāttani vā rūpaṁ, na rūpasmiṁ vā attānaṁ; na vedanaṁ attato samanupassati, na vedanāvantaṁ . . . na vedanāya vā attānaṁ; na saññaṁ . . . na saññāya vā attānaṁ; na saṁkhāre . . na saṁkhāresu vā attānaṁ; na viññāṇaṁ . . . na viññāṇasmiṁ vā attānaṁ. Evaṁ kho, bhikkhu, sakkāyadiṭṭhi na hotīti.

Ko nu kho, bhante, rūpe assādo ko ādīnavo kiṁ nissaraṇaṁ? Ko vedanāya assādo ko ādīnavo kiṁ nissaraṇaṁ? Ko saññāya assādo ko ādīnavo kiṁ nissaraṇaṁ? Ko saṁkhāresu assādo ko ādīnavo kiṁ nissaraṇaṁ? Ko viññāṇe assādo ko ādīnavo kiṁ nissaraṇan ti?

Yaṁ kho, bhikkhu, rūpaṁ paṭicca uppajjati sukhaṁ somanassaṁ, ayaṁ rūpe assādo. Yaṁ rūpaṁ aniccaṁ dukkhaṁ vipariṇāmadhammaṁ, ayaṁ rūpe ādīnavo. Yo rūpe chandarāgavinayo chandarāgapahānaṁ, idaṁ rūpe nissaraṇaṁ. Yaṁ kho,[1] bhikkhu, vedanaṁ paṭicca—pe[2]—saññaṁ paṭicca—pe[2]—saṁkhāre paṭicca—pe[2]—viññāṇaṁ paṭicca uppajjati sukhaṁ somanassaṁ, ayaṁ viññāṇe assādo. Yaṁ viññāṇaṁ aniccaṁ dukkhaṁ vipariṇāmadhammaṁ, ayaṁ viññāṇe ādīnavo. Yo viññāṇe chandarāgavinayo chandarāgapahānaṁ, idaṁ viññāṇe nissaraṇan ti.

Kathaṁ pana, bhante, jānato kathaṁ passato imasmiñ ca saviññāṇake kāye bahiddhā ca sabbanimittesu ahaṁkāramamaṁkāramānānusayā[3] na hontīti?

Yaṁ kiñci, bhikkhu, rūpaṁ atītānāgatapaccuppannaṁ ajjhattaṁ vā bahiddhā vā oḷārikaṁ vā sukhumaṁ vā hīnaṁ

[1] So S[1-3]; S[1] ca.

[2] S[1] omits pe and recites in full.

[3] So S[1]; S[3] ahiṁkāramamiṁkāramānānusayo hontīti.

vā paṇītaṁ vā yaṁ dūre santike vā sabbaṁ rūpaṁ: N' etaṁ mama, n' eso 'ham asmi, na me so attā ti,—evam etaṁ yathābhūtaṁ sammappaññāya passati. Yā kāci saññā—pe—ye keci saṅkhārā—pe—yaṁ kiñci viññāṇaṁ atītānāgatapaccuppannaṁ . . . sabbaṁ viññāṇaṁ; N' etaṁ . . . attā ti,—evam etaṁ yathābhūtaṁ sammappaññāya passati. Evaṁ kho, bhikkhu, jānato evaṁ passato imasmiñ ca saviññāṇake kāye bahiddhā ca sabbanimittesu ahaṁkāra-mamaṁkāramānānusayā na hontīti.

Atha kho aññatarassa bhikkhuno evaṁ cetaso parivitakko udapādi: Iti kira, bho, rūpaṁ anattā, vedanā anattā, saññā anattā, saṅkhārā anattā, viññāṇaṁ anattā, anattakatāni kammāni kam attānaṁ[1] phusissantīti?

Atha kho Bhagavā tassa bhikkhuno cetasā ceto parivitakkaṁ aññāya bhikkhū āmantesi:—Ṭhānaṁ kho pan' etaṁ, bhikkhave, vijjati yaṁ idh' ekacco moghapuriso avidvā[2] avijjāgato taṇhādhipateyyena cetasā Satthu sāsanaṁ atidhāvitabbaṁ maññeyya: Iti kira, bho, rūpaṁ anattā vedanā anattā saññā anattā saṅkhārā anattā viññāṇaṁ anattā anattakatāni kammāni kam attānaṁ phusissantīti? Paṭicca[3] vinītā kho me tumhe, bhikkhave, tatra tatra tesu tesu dhammesu. Taṁ kiṁ maññatha, bhikkhave? Rūpaṁ niccaṁ vā aniccaṁ vā ti?

Aniccaṁ, bhante.

Yaṁ panāniccaṁ, dukkhaṁ vā taṁ sukhaṁ vā ti?

Dukkhaṁ, bhante.

Yaṁ panāniccaṁ dukkhaṁ vipariṇāmadhammaṁ kallan nu taṁ samanupassituṁ: Etaṁ mama, eso 'ham asmi, eso me attā ti?

No h' etaṁ, bhante.

Taṁ kiṁ maññatha, bhikkhave? Vedanā—pe—saññā—pe—saṅkhārā—pe—viññāṇaṁ niccaṁ vā aniccaṁ vā ti?

Aniccaṁ, bhante.

---

[1] So S[tk] Bu; Si kammattānaṁ. [2] So S[t]; S[k] avitvā corrected to avidvā; Si aviddhā. [3] So S[tk]; Si paṭipuccha, with note that the Siṁhalese reading is paṭicca.

Yam panāniccaṁ, dukkhaṁ vā taṁ sukhaṁ vā ti?

Dukkhaṁ, bhante.

Yam panāniccaṁ dukkhaṁ vipariṇāmadhammaṁ kallan nu taṁ samanupassituṁ: Etaṁ mama, eso 'ham asmi, eso me attā ti?

No h' etaṁ, bhante.

Tasmātiha, bhikkhave, yaṁ kiñci rūpaṁ atītānāgatapaccuppannaṁ ajjhattaṁ vā . . . sabbaṁ rūpaṁ: N' etaṁ . . . attā ti,—evam etaṁ yathābhūtaṁ sammappaññāya daṭṭhabbaṁ. Yā kāci vedanā, yā kāci saññā, ye keci saṅkhārā, yaṁ kiñci viññāṇaṁ atītānāgatapaccuppannaṁ . . . sabbaṁ viññāṇaṁ: N' etaṁ . . . attā ti,—evam etaṁ yathābhūtaṁ sammappaññāya daṭṭhabbaṁ. Evaṁ passaṁ, bhikkhave, sutavā ariyasāvako rūpasmiṁ nibbindati, vedanāya nibbindati, saññāya nibbindati, saṅkhāresu nibbindati, viññāṇasmiṁ nibbindati; nibbindaṁ virajjati, virāgā vimuccati, vimuttasmiṁ vimuttam iti ñāṇaṁ hoti: Khīṇā jāti, vusitaṁ brahmacariyaṁ, kataṁ karaṇīyaṁ, nāparaṁ itthattāyāti pajānātīti.

Idam avoca Bhagavā. Attamanā te bhikkhū Bhagavato bhāsitaṁ abhinandun ti.[1]

Imasmiṁ kho pana veyyākaraṇasmiṁ bhaññamāne saṭṭhimattānaṁ bhikkhūnaṁ anupādāya āsavehi cittāni vimucciṁsūti.

MAHĀPUṆṆAMASUTTAṀ[2] NAVAMAṀ.

110.

Evam me sutaṁ. Ekaṁ samayaṁ Bhagavā Sāvatthiyaṁ viharati Pubbārāme Migāramātu pāsāde. Tena kho pana samayena Bhagavā tadahu 'posathe pannarase puṇṇāya

[1] So Si; S[tt] abhinandum.
[2] So Si Bu; S[tt] Mahāpuṇṇamāyaṁ.

puṇṇamāya rattiyā bhikkhusaṅghaparivuto abbhokāse nisinno hoti. Atha kho Bhagavā tuṇhībhūtaṁ tuṇhībhūtaṁ[1] bhikkhusaṅghaṁ anuviloketvā[2] bhikkhū āmantesi:—

Jāneyya nu kho, bhikkhave, asappuriso asappurisaṁ: Asappuriso ayaṁ bhavan ti?

No h' etaṁ, bhante.

Sādhu, bhikkhave; aṭṭhānam etaṁ, bhikkhave, anavakāso yaṁ asappuriso asappurisaṁ jāneyya: Asappuriso ayaṁ bhavan ti. Jāneyya pana, bhikkhave, asappuriso sappurisaṁ: Sappuriso ayaṁ bhavan ti?

No h' etaṁ, bhante.

Sādhu, bhikkhave; etam pi kho, bhikkhave, aṭṭhānaṁ anavakāso yaṁ asappuriso sappurisaṁ jāneyya: Sappuriso ayaṁ bhavan ti. Asappuriso, bhikkhave, asaddhammasamannāgato hoti, asappurisabhattī hoti, asappurisacintī hoti, asappurisamantī hoti, asappurisavāco hoti, asappurisakammanto hoti, asappurisadiṭṭhī hoti, asappurisadānaṁ deti. Kathañ ca, bhikkhave, asappuriso asaddhammasamannāgato hoti? Idha, bhikkhave, asappuriso asaddho hoti, ahiriko hoti, anottappī hoti, appassuto hoti, kusīto hoti, muṭṭhassatī hoti, duppañño hoti;—evaṁ kho, bhikkhave, asappuriso asaddhammasamannāgato hoti. Kathañ ca, bhikkhave, asappuriso asappurisabhattī hoti? Idha, bhikkhave, asappurisassa ye te samaṇabrāhmaṇā asaddhā ahirikā anottappino appassutā kusītā muṭṭhassatino duppaññā, tyāssa mittā honti te sahāyā;—evaṁ kho, bhikkhave, asappuriso asappurisabhattī hoti. Kathañ ca, bhikkhave, asappuriso asappurisacintī hoti? Idha, bhikkhave, asappuriso attabyābādhāya pi ceteti, parabyābādhāya pi ceteti, ubhayabyābādhāya pi ceteti;—evaṁ kho, bhikkhave, asappuriso asappurisacintī hoti. Kathañ ca, bhikkhave, asappuriso asappurisamantī hoti? Idha, bhikkhave, asappuriso attabyābādhāya pi manteti, parabyābādhāya pi manteti, ubhaya-

[1] Unlike S^{kt} and Bu, Si does not repeat this word.
[2] So Si Bu; S^{kt} a—itvā.

byāpādādhāya pi manteti;—evaṁ kho, bhikkhave, asappuriso asappurisamantī hoti. Kathañ ca, bhikkhave, asappuriso asappurisavāco hoti? Idha, bhikkhave, asappuriso musāvādo[1] hoti, pisuṇāvāco hoti, pharusāvāco hoti, samphappalāpī hoti;—evaṁ kho, bhikkhave, asappuriso asappurisavāco hoti. Kathañ ca, bhikkhave, asappuriso asappurisakammanto hoti? Idha, bhikkhave, asappuriso pāṇātipātī hoti, adinnādāyī hoti, kāmesu micchācārī hoti;—evaṁ kho, bhikkhave, asappuriso asappurisakammanto hoti. Kathañ ca, bhikkhave, asappuriso asappurisadiṭṭhi hoti? Idha, bhikkhave, asappuriso evaṁdiṭṭhi[2] hoti: Na 'tthi dinnaṁ, na 'tthi yiṭṭhaṁ, na 'tthi hutaṁ, na 'tthi sukaṭadukkaṭānaṁ kammānaṁ phalaṁ vipāko, na 'tthi ayaṁ loko, na 'tthi paro loko, na 'tthi mātā, na 'tthi pitā, na 'tthi sattā opapātikā, na 'tthi loke samaṇabrāhmaṇā sammaggatā sammāpaṭipannā, ye imañ ca lokaṁ parañ ca lokaṁ sayaṁ abhiññā sacchikatvā pavedentīti;—evaṁ kho, bhikkhave, asappuriso asappurisadiṭṭhi hoti. Kathañ ca, bhikkhave, asappuriso asappurisadānaṁ deti? Idha, bhikkhave, asappuriso asakkaccadānaṁ[3] deti, asahatthā dānaṁ deti, acittikatvā[4] dānaṁ deti, apaviddhaṁ[5] dānaṁ deti, anāgamanadiṭṭhiko dānaṁ deti;—evaṁ kho, bhikkhave, asappuriso asappurisadānaṁ deti. Sa kho so, bhikkhave, asappuriso evaṁ asaddhammasamannāgato, evaṁ asappurisabhattī, evaṁ asappurisacintī, evaṁ asappurisamantī, evaṁ asappurisavāco, evaṁ asappurisakammanto, evaṁ asappurisadiṭṭhī, evaṁ asappurisadānaṁ datvā kāyassa bhedā param maraṇā yā asappurisānaṁ gati, tattha upapajjati. Kā ca, bhikkhave, asappurisānaṁ gati?—Nirayo vā tiracchānayoni vā.

Jāneyya nu kho, bhikkhave, sappuriso sappurisaṁ: Sappuriso ayaṁ bhavan ti?

---

[1] Si musāvādī. [2] So S^{ky} here; S^{ky} infra and Si always evaṁdiṭṭhiko. [3] So Bu; S^{ky}.Si asakkaccaṁ dānaṁ [4] So Bu; S^{ky} acintikatvā; Si acittiṁ katvā. [5] So S^{ky} and Bu: Si apaviṭṭhaṁ.

Evaṃ bhante.

Sādhu bhikkhave; ṭhānam etaṃ, bhikkhave, vijjati yaṃ sappuriso sappurisaṃ jāneyya: Sappuriso ayaṃ bhavan ti. Jāneyya pana, bhikkhave, sappuriso asappurisaṃ: Asappuriso ayaṃ bhavan ti?

Evaṃ bhante.

Sādhu, bhikkhave, etam pi kho, bhikkhave, ṭhānaṃ vijjati yaṃ sappuriso asappurisaṃ jāneyya: Asappuriso ayaṃ bhavan ti. Sappuriso, bhikkhave, saddhammasamannāgato hoti, sappurisabhattī hoti, sappurisacintī hoti, sappurisamantī hoti, sappurisavāco hoti, sappurisakammanto hoti, sappurisadiṭṭhī hoti, sappurisadānaṃ deti. Kathañ ca, bhikkhave, sappuriso saddhammasamannāgato hoti? Idha, bhikkhave, sappuriso saddho hoti, hirimā hoti, ottappī hoti, bahussuto hoti, āraddhaviriyo hoti, upaṭṭhitasatī hoti, paññavā hoti:—evaṃ kho, bhikkhave, sappuriso saddhammasamannāgato hoti. Kathañ ca, bhikkhave, sappuriso sappurisabhattī hoti? Idha, bhikkhave, sappurisassa ye te samaṇabrāhmaṇā saddhā hirimanto ottappino bahussutā āraddhaviriyā upaṭṭhitasatino paññavanto, tyāssa mittā honti te sahāyā honti;—evaṃ kho, bhikkhave, sappuriso sappurisabhattī hoti. Kathañ ca, bhikkhave, sappuriso sappurisacintī hoti? Idha, bhikkhave, sappuriso n' ev' attabyābādhāya ceteti, na parabyābādhāya ceteti, na ubhayabyābādhāya ceteti: evaṃ kho, bhikkhave, sappuriso sappurisacintī hoti. Kathañ ca, bhikkhave, sappuriso sappurisamantī hoti? Idha, bhikkhave, sappuriso n' ev' attabyābādhāya manteti, na parabyābādhāya manteti, na ubhayabyābādhāya manteti:—evaṃ kho, bhikkhave, sappuriso sappurisamantī hoti. Kathañ ca, bhikkhave, sappuriso sappurisavāco hoti? Idha, bhikkhave, sappuriso musāvādā paṭivirato hoti, pisuṇāvācāya paṭivirato hoti, pharusāvācāya paṭivirato hoti, samphappalāpā paṭivirato hoti:—evaṃ kho, bhikkhave, sappuriso sappurisavāco hoti. Kathañ ca, bhikkhave, sappuriso sappurisakammanto hoti? Idha, bhikkhave, sappuriso pāṇātipātā paṭivirato hoti, adinnādānā paṭivirato hoti, kāmesu micchācārā paṭivirato hoti;—evaṁ kho, bhikkhave, sappuriso sappurisakammanto hoti. Kathañ ca, bhikkhave, sappuriso sappurisadiṭṭhī hoti? Idha, bhikkhave, sappuriso evaṁdiṭṭhī hoti: Atthi dinnaṁ, atthi yiṭṭhaṁ, atthi hutaṁ, atthi sukaṭadukkaṭānaṁ kammānaṁ phalaṁ vipāko, atthi ayaṁ loko, atthi paro loko, atthi mātā, atthi pitā, atthi sattā opapātikā, atthi loke samaṇabrāhmaṇā sammaggatā sammāpaṭipannā ye imañ ca lokaṁ parañ ca lokaṁ sayaṁ abhiññā sacchikatvā pavedentīti;—evaṁ kho, bhikkhave, sappuriso sappurisadiṭṭhī hoti. Kathañ ca, bhikkhave, sappuriso[1] sappurisadānaṁ deti? Idha, bhikkhave, sappuriso sakkaccadānaṁ deti, cittīkatvā[2] dānaṁ deti, parisuddhaṁ dānaṁ deti, āgamanadiṭṭhiko dānaṁ deti; —evaṁ kho, bhikkhave, sappuriso sappurisadānaṁ deti. Sa kho so, bhikkhave, sappuriso evaṁ saddhammasamannāgato evaṁ sappurisabhattī evaṁ sappurisacintī evaṁ sappurisamantī evaṁ sappurisavāco evaṁ sappurisakammanto evaṁ sappurisadiṭṭhī evaṁ sappurisadānaṁ datvā kāyassa bhedā paraṁ maraṇā yā sappurisānaṁ gati, tattha uppajjati. Kā ca, bhikkhave, sappurisānaṁ gati?—Devamahattatā[3] vā manussamahattatā vā ti.

Idam avoca Bhagavā. Attamanā te bhikkhū Bhagavato bhāsitaṁ abhinandun ti.

CŪḶAPUṆṆAMASUTTAṀ[4] DASAMAṀ.

DEVADAHAVAGGO PAṬHAMO.

[1] S^{tk} here insert pe. omitting the following down to "Sa kho so, bhikkhave, sappuriso," inclusive. [2] Si cittiṁ katvā. [3] So Si Bu; S^{k} devasambhattatā vā manussasambhattatā vā; S^{t} devattatā vā manussattatā vā. [4] So Si Bu; S^{tk}—puṇṇamāsa°.

111.

Evaṁ me sutaṁ. Ekaṁ samayaṁ Bhagavā Sāvatthiyaṁ viharati Jetavane Anāthapiṇḍikassa ārāme. Tatra kho Bhagavā bhikkhū āmantesi: Bhikkhavo ti. Bhadante ti te bhikkhū Bhagavato paccassosuṁ. Bhagavā etad avoca:—

Paṇḍito, bhikkhave, Sāriputto; mahāpañño, bhikkhave,[1] Sāriputto; puthupañño, bhikkhave, Sāriputto: hāsapañño,[2] bhikkhave, Sāriputto; javanapañño, bhikkhave, Sāriputto; tikkhapañño, bhikkhave, Sāriputto: nibbedhikapañño, bhikkhave, Sāriputto. Sāriputto, bhikkhave, aḍḍhamāsaṁ anupadadhammavipassanaṁ vipassi. Tatr' idaṁ, bhikkhave, Sāriputtassa anupadadhammavipassanāya hoti. Idha, bhikkhave, Sāriputto vivicc' eva kāmehi vivicca akusalehi dhammehi savitakkaṁ savicāraṁ vivekajaṁ pītisukhaṁ paṭhamajjhānaṁ upasampajja viharati. Ye ca paṭhamajjhāne dhammā vitakko ca vicāro ca pīti ca sukhañ ca cittekaggatā ca phasso vedanā saññā cetanā cittaṁ chando adhimokkho viriyaṁ sati upekhā manasikāro, tyāssa dhammā anupadavavatthitā honti, tyāssa dhammā viditā uppajjanti, viditā upaṭṭhahanti, viditā abbhatthaṁ gacchanti. So evaṁ pajānāti: Evaṁ kira me dhammā ahutvā sambhonti, hutvā paṭivedentîti.[3] So tesu dhammesu anupāyo anapāyo[4] anissito apaṭibaddho vippamutto visaṁyutto vimariyādikatena cetasā viharati: So: Atthi uttariṁ nissaraṇan ti pajānāti. Tabbahulīkārā atthi t' ev'[5] assa hoti.

Puna ca paraṁ, bhikkhave, Sāriputto vitakkavicārānaṁ vūpasamā ajjhattaṁ sampasādanaṁ cetaso ekodibhāvaṁ

[1] S^b has a lacuna from this point to ye on page 7, line 23.
[2] So Bu S^b; Si hāsapañño.
[3] Si Bu paṭiventi; so sometimes S^tr, which generally read paṭivedentīti.
[4] So Si Bu and (here) S^t; S^t and (infra) S^r anupāyo.
[5] So S^tr; Bu tovassa (?); Si tvev' assa, as S^t once infra.

avitakkaṁ avicāraṁ samādhijaṁ pītisukhaṁ dutiyajjhānaṁ upasampajja viharati. Ye ca dutiyajjhāne dhammā ajjhattasampasādo ca pīti ca sukhañ ca cittekaggatā ca phasso vedanā saññā cetanā cittaṁ chando adhimokkho viriyaṁ sati upekhā manasikāro, tyāssa dhammā anupadavavatthitā honti, tyāssa dhammā viditā uppajjanti, viditā upaṭṭhahanti, viditā abbhatthaṁ gacchanti. So evaṁ pajānāti: Evaṁ kira 'me dhammā ahutvā sambhonti, hutvā paṭiventīti. So tesu dhammesu anupāyo anapāyo anissito appaṭibaddho vippamutto visaṁyutto vimariyādikatena cetasā viharati. So: Atthi uttariṁ nissaraṇan ti pajānāti. Tabbahulīkārā atthi t' ev' assa hoti.

Puna ca paraṁ, bhikkhave, Sāriputto pītiyā ca virāgā upekhako ca viharati sato ca sampajāno sukhañ ca kāyena paṭisaṁvedeti, yan taṁ ariyā ācikkhanti: Upekhako satimā sukhavihārī ti, tatiyajjhānaṁ upasampajja viharati. Ye ca tatiyajjhāne dhammā upekhā ca sukhañ ca sati ca sampajaññañ ca cittekaggatā ca phasso vedanā saññā cetanā cittaṁ chando adhimokkho viriyaṁ upekhā manasikāro, tyāssa dhammā anupadavavatthitā honti, tyāssa dhammā viditā uppajjanti, viditā upaṭṭhahanti, viditā abbhatthaṁ gacchanti. So evaṁ pajānāti: Evaṁ kira 'me dhammā ahutvā sambhonti hutvā paṭiventīti. So tesu dhammesu anupāyo anapāyo anissito appaṭibaddho vippamutto visaṁyutto vimariyādikatena cetasā viharati. So: Atthi uttariṁ nissaraṇan ti pajānāti. Tabbahulīkārā atthi t' ev' assa hoti.

Puna ca paraṁ, bhikkhave, Sāriputto sukhassa ca pahānā dukkhassa ca pahānā pubbe va somanassadomanassānaṁ atthagamā adukkhamasukhaṁ upekhāsatipārisuddhiṁ catutthajjhānaṁ upasampajja viharati. Ye ca catutthajjhāne dhammā upekhā adukkhamasukhā vedanā passi vedanā cetaso anābhogo sati pārisuddhi cittekaggatā ca phasso vedanā saññā cetanā cittaṁ chando adhimokkho viriyaṁ sati upekhā manasikāro, tyāssa dhammā anupadavavatthitā honti, tyāssa dhammā viditā uppajjanti, viditā upaṭṭhahanti, viditā abbhatthaṁ gacchanti. So evaṁ pajānāti: Evaṁ kira 'me dhammā ahutvā sambhonti hutvā paṭivedentīti. So tesu dhammesu anupāyo anapāyo anissito appaṭibaddho vippamutto visaṁyutto vimariyādikatena cetasā viharati. So: Atthi uttariṁ nissaraṇan ti pajānāti. Tabbahulīkārā atthi t'ev' assa hoti.

[1] Puna ca paraṁ, bhikkhave, Sāriputto sabbaso rūpasaññānaṁ samatikkamā paṭighasaññānaṁ atthagamā nānattasaññānaṁ amanasikārā: Ananto ākāso ti ākāsānañcāyatanaṁ upasampajja viharati. Ye ca ākāsānañcāyatane dhammā ākāsānañcāyatanasaññā ca cittekaggatā ca phasso ca vedanā saññā cetanā cittaṁ chando adhimokkho viriyaṁ sati upekhā manasikāro, tyāssa dhammā anupadavavatthitā honti, tyāssa dhammā viditā uppajjanti, viditā upaṭṭhahanti, viditā abbhatthaṁ gacchanti. So evaṁ pajānāti: Evaṁ kira 'me dhammā ahutvā sambhonti, hutvā paṭivedentīti. So tesu dhammesu anupāyo anapāyo anissito appaṭibaddho vippamutto visaṁyutto vimariyādikatena cetasā viharati. So: Atthi uttariṁ nissaraṇan ti pajānāti.[2] Tabbahulīkārā atthi t' ev' assa hoti.

Puna ca paraṁ, bhikkhave, Sāriputto sabbaso ākāsānañcāyatanaṁ samatikkamā: Anantaṁ viññāṇan ti viññāṇañcāyatanaṁ upasampajja viharati. Ye ca viññāṇañcāyatane dhammā viññāṇañcāyatanasaññā ca cittekaggatā phasso vedanā saññā cetanā cittaṁ chando adhimokkho viriyaṁ sati upekhā manasikāro, tyāssa dhammā anupadavavatthitā honti, tyāssa dhammā viditā uppajjanti, viditā upaṭṭhahanti, viditā abbhatthaṁ gacchanti. So evaṁ pajānāti: Evaṁ kira 'me dhammā ahutvā sambhonti hutvā paṭivedentīti. So tesu dhammesu anupāyo anapāyo anissito appaṭibaddho vippamutto visaṁyutto vimariyādikatena cetasā viharati. So: Atthi uttariṁ nissaraṇan ti pajānāti. Tabbahulīkārā atthi t' ev' assa hoti.

---

[1] S^{ty} repeat this paragraph.

[2] S^{ty} omit from evaṁ kira to here.

Puna ca paraṁ, bhikkhave, Sāriputto sabbaso viññāṇañcāyatanaṁ samatikkamā: Na 'tthi kiñcīti ākiñcaññāyatanaṁ upasampajja viharati. Ye ca ākiñcaññāyatane dhammā ākiñcaññāyatanasaññā ca cittekaggatā ca phasso vedanā saññā cetanā cittaṁ chando adhimokkho viriyaṁ sati upekhā manasikāro, tyāssa dhammā anupadavavatthitā honti, tyāssa dhammā viditā uppajjanti, viditā upaṭṭhahanti, viditā abbhatthaṁ gacchanti. So evaṁ pajānāti: Evaṁ kira 'me dhammā ahutvā sambhonti hutvā paṭivedentīti. So tesu dhammesu anupāyo anapāyo anissito appaṭibaddho vippamutto visaṁyutto vimariyādikatena cetasā viharati. So: Atthi uttariṁ nissaraṇan ti pajānāti. Tabbahulīkārā atthi t' ev' assa hoti.

Puna ca paraṁ, bhikkhave, Sāriputto sabbaso ākiñcaññāyatanaṁ samatikkamā nevasaññānāsaññāyatanaṁ upasampajja viharati. So tāya samāpattiyā sato vuṭṭhahati. So tāya samāpattiyā sato vuṭṭhahitvā ye dhammā atītā niruddhā vipariṇatā te dhamme samanupassati: Evaṁ kira 'me dhammā ahutvā sambhonti hutvā paṭivedentīti. So tesu dhammesu anupāyo anapāyo anissito appaṭibaddho vippamutto visaṁyutto vimariyādikatena cetasā viharati. So: Atthi uttariṁ nissaraṇan ti pajānāti. Tabbahulīkārā atthi t' ev' assa hoti.

Puna ca paraṁ, bhikkhave, Sāriputto sabbaso nevasaññānāsaññāyatanaṁ samatikkamā saññāvedayitanirodhaṁ upasampajja viharati. Paññāya c' assa disvā āsavā parikkhīṇā honti. So tāya samāpattiyā sato vuṭṭhahati. So tāya samāpattiyā sato vuṭṭhahitvā ye te dhammā atītā niruddhā vipariṇatā te dhamme samanupassati: Evaṁ kira 'me dhammā ahutvā sambhonti hutvā paṭivedentīti. So tesu dhammesu anupāyo anapāyo anissito appaṭibaddho vippamutto visaṁyutto vimariyādikatena cetasā viharati. So: Na 'tthi uttariṁ nissaraṇan ti pajānāti. Tabbahulīkārā na 'tthi t' ev' assa hoti.

Yaṁ kho taṁ, bhikkhave, sammā vadamāno vadeyya: Vasippatto pāramippatto ariyasmiṁ sīlasmiṁ, vasippatto pāramippatto ariyasmiṁ samādhismiṁ, vasippatto pāramippatto ariyāya paññāya, vasippatto pāramippatto ariyāya vimuttiyā ti.—Sāriputtaṁ eva taṁ sammā vadamāno vadeyya: Vasippatto pāramippatto ariyasmiṁ sīlasmiṁ, vasippatto pāramippatto ariyasmiṁ samādhismiṁ, vasippatto pāramippatto ariyāya paññāya, vasippatto pāramippatto ariyāya vimuttiyā ti.

Yaṁ kho taṁ, bhikkhave, sammā vadamāno vadeyya: Bhagavato putto oraso mukhato jāto dhammajo dhammanimmito dhammadāyādo no āmisadāyādo ti.—Sāriputtaṁ eva taṁ sammā vadamāno vadeyya: Bhagavato putto oraso mukhato jāto dhammajo dhammanimmito dhammadāyādo no āmisadāyādo ti.

Sāriputto, bhikkhave, Tathāgatena anuttaraṁ dhammacakkaṁ pavattitaṁ sammad eva anuppavattetīti.

Idam avoca Bhagavā. Attamanā te bhikkhū Bhagavato bhāsitaṁ abhinandun ti.

ANUPADASUTTAṀ PAṬHAMAṀ.

112.

Evam me sutaṁ. Ekaṁ samayaṁ Bhagavā Sāvatthiyaṁ viharati Jetavane Anāthapiṇḍikassa ārāme. Tatra kho Bhagavā bhikkhū āmantesi: Bhikkhavo ti. Bhadante ti te bhikkhū Bhagavato paccassosuṁ. Bhagavā etad avoca:—

Idha, bhikkhave, bhikkhu aññaṁ byākaroti: Khīṇā jāti vusitaṁ brahmacariyaṁ kataṁ karaṇīyaṁ nāparaṁ itthattāyāti pajānāmīti. Tassa, bhikkhave, bhikkhuno bhāsitaṁ n' eva abhinanditabbaṁ nappaṭikkositabbaṁ; anabhinanditvā appaṭikkositvā pañho pucchitabbo: Cattāro 'me, āvuso, vohārā tena Bhagavatā jānatā passatā arahatā sammāsambuddhena sammad akkhātā. Katame cattāro. Diṭṭhe diṭṭhavāditā, sute sutavāditā, mute[1] mutavāditā, viññāte

---

[1] Sī mutto, and (infra) mute.

viññātavāditā. Ime kho, āvuso, cattāro vohārā tena Bhagavatā jānatā passatā arahatā sammāsambuddhena sammad akkhātā. Kathaṁ jānato pan' āyasmato kathaṁ passato imesu catusu vohāresu anupādāya āsavehi cittaṁ vimuttan ti? Khīṇāsavassa, bhikkhave, bhikkhuno vusitavato katakaraṇīyassa ohitabhārassa anuppattasadatthassa parikkhīṇabhavasaṁyojanassa sammadaññāvimuttassa ayam anudhammo hoti veyyākaraṇāya: Diṭṭhe kho ahaṁ, āvuso, anupāyo anapāyo anissito appaṭibaddho vippamutto visaṁyutto vimariyādikatena cetasā viharāmi: sute kho ahaṁ āvuso—pe—mute kho ahaṁ āvuso—pe—viññāte kho ahaṁ, āvuso, anupāyo anapāyo anissito appaṭibaddho vippamutto visaṁyutto vimariyādikatena cetasā viharāmi.—Evaṁ kho me, āvuso, jānato evaṁ passato imesu catusu vohāresu anupādāya āsavehi cittaṁ vimuttan ti. Tassa, bhikkhave, bhikkhuno Sādhūti bhāsitaṁ abhinanditabbaṁ anumoditabbaṁ; Sādhūti bhāsitaṁ abhinanditvā anumoditvā uttariṁ pañho pucchitabbo: Pañca kho ime, āvuso, upādānakkhandhā tena Bhagavatā jānatā passatā arahatā sammāsambuddhena sammad akkhātā. Katame pañca? Seyyathīdaṁ: rūpūpādānakkhandho vedanūpādānakkhandho saññūpādānakkhandho saṅkhārūpādānakkhandho viññāṇūpādānakkhandho; ime kho, āvuso, pañc' upādānakkhandhā tena Bhagavatā jānatā passatā arahatā sammāsambuddhena sammad akkhātā. Kathaṁ jānato pan' āyasmato kathaṁ passato imesu pañcasu 'pādānakkhandhesu anupādāya āsavehi cittaṁ vimuttan ti? Khīṇāsavassa, bhikkhave, bhikkhuno vusitavato katakaraṇīyassa ohitabhārassa anuppattasadatthassa parikkhīṇabhavasaṁyojanassa sammadaññāvimuttassa ayam anudhammo hoti veyyākaraṇāya:—Rūpaṁ kho ahaṁ, āvuso, abalaṁ virāgaṁ anassāsikaṁ[1] viditvā ye rūpe upāyupādānā[2]

[1] So Bu ("virāgan ti vigacchanasabhāvaṁ; anassāsikan ti assāsavirahitaṁ"): S^{kt} virāgukaṁ (S^{k} infra virāguṇathikaṁ) anassāsikaṁ; Si virāguṇaṁ anassāsikan ti. [2] So S^{kt} Bu; Si upadāyupādānā.

cetaso adhiṭṭhānābhinivesānusayā, tesaṁ khayā virāgā nirodhā cāgā paṭinissaggā vimuttam me cittan ti pajānāmi; vedanaṁ kho ahaṁ āvuso—pe—saññaṁ kho ahaṁ, āvuso—pe—saṅkhāre kho ahaṁ, āvuso—pe—viññāṇaṁ kho ahaṁ, āvuso, abalaṁ virāgaṁ anassāsikaṁ viditvā ye viññāṇe upāyupādānā cetaso adhiṭṭhānābhinivesānusayā, tesaṁ khayā virāgā nirodhā cāgā paṭinissaggā vimuttam me cittan ti pajānāmi.—Evaṁ kho me, āvuso, jānato evaṁ passato imesu pañcasu 'pādānakkhandhesu anupādāya āsavehi cittaṁ vimuttan ti. Tassa, bhikkhave, bhikkhuno Sādhūti bhāsitaṁ abhinanditabbaṁ anumoditabbaṁ; Sādhūti bhāsitaṁ abhinanditvā anumoditvā uttariṁ pañho pucchitabbo: Cha—y—imā, āvuso, dhātuyo tena Bhagavatā jānatā passatā arahatā sammāsambuddhena sammad akkhātā. Katamā cha? Paṭhavīdhātu āpodhātu tejodhātu vāyodhātu ākāsadhātu viññāṇadhātu: imā kho, āvuso, cha dhātuyo tena Bhagavatā jānatā passatā arahatā sammāsambuddhena sammad akkhātā. Kathaṁ jānato pan' āyasmato kathaṁ passato imāsu chasu dhātusu anupādāya āsavehi cittaṁ vimuttan ti? Khīṇāsavassa, bhikkhave, bhikkhuno vusitavato katakaraṇīyassa ohitabhārassa anuppattasadatthassa parikkhīṇabhavasaṁyojanassa sammadaññāvimuttassa ayam anudhammo hoti veyyākaraṇāya: Paṭhavīdhātuṁ kho ahaṁ, āvuso, anattato upagacchiṁ, na ca paṭhavīdhātunissitaṁ attānaṁ; ye ca paṭhavīdhātunissitā upāyupādānā cetaso adhiṭṭhānābhinivesānusayā, tesaṁ khayā virāgā nirodhā cāgā paṭinissaggā vimuttam me cittan ti pajānāmi. Āpodhātuṁ kho ahaṁ, āvuso—pe—tejodhātuṁ kho ahaṁ, āvuso—pe—vāyodhātuṁ kho ahaṁ, āvuso—pe ākāsadhātuṁ kho ahaṁ, āvuso—pe—viññāṇadhātuṁ kho ahaṁ, āvuso, anattato upagacchiṁ, na ca viññāṇadhātunissitaṁ attānaṁ; ye ca viññāṇadhātunissitā upāyupādānā cetaso adhiṭṭhānābhinivesānusayā, tesaṁ khayā virāgā nirodhā cāgā paṭinissaggā vimuttam me cittan ti pajānāmi.—Evaṁ kho me, āvuso, jānato evaṁ passato imāsu chasu dhātusu anupādāya āsavehi cittaṁ vimuttan ti. Tassa, bhikkhave, bhikkhuno Sādhūti bhāsitaṁ abhinanditabbaṁ anumoditabbaṁ: Sādhūti bhāsitaṁ abhinanditvā anumoditvā uttariṁ pañho pucchitabbo: Cha kho pan' imāni, āvuso, ajjhattikāni bāhirāni āyatanāni tena Bhagavatā jānatā passatā arahatā sammāsambuddhena sammad akkhātāni. Katamāni cha?—Cakkhu c' eva rūpā ca, sotañ ca saddā ca, ghānañ ca gandhā ca, jivhā ca rasā ca, kāyo ca phoṭṭhabbā ca, mano ca dhammā ca;—imāni kho, āvuso, cha ajjhattikabāhirāni āyatanāni tena Bhagavatā jānatā passatā arahatā sammāsambuddhena sammad akkhātāni. Kathaṁ jānato pan' āyasmato kathaṁ passato imesu chasu ajjhattikabāhiresu āyatanesu anupādāya āsavehi cittaṁ vimuttan ti? Khīṇāsavassa, bhikkhave, bhikkhuno vusitavato katakaraṇīyassa ohitabhārassa anuppattasadatthassa parikkhīṇabhavasaṁyojanassa sammadaññāvimuttassa ayam anudhammo hoti veyyākaraṇāya: Cakkhusmiṁ, āvuso, rūpe cakkhuviññāṇe cakkhuviññāṇaviññātabbesu dhammesu yo chando yo rāgo yā nandī yā taṇhā, ye upāyupādānā cetaso adhiṭṭhānābhinivesānusayā, tesaṁ khayā virāgā nirodhā cāgā paṭinissaggā vimuttam me cittan ti pajānāmi. Sotasmiṁ, āvuso, sadde sotaviññāṇe; ghānasmiṁ, āvuso, gandhe ghānaviññāṇe; jivhāya, āvuso, rase jivhāviññāṇe; kāyasmiṁ, āvuso, phoṭṭhabbe kāyaviññāṇe; manasmiṁ, āvuso, dhamme manoviññāṇe manoviññāṇaviññātabbesu dhammesu yo chando yo rāgo yā nandī yā taṇhā, ye upāyupādānā cetaso adhiṭṭhānābhinivesānusayā, tesaṁ khayā virāgā nirodhā cāgā paṭinissaggā vimuttam me cittan ti pajānāmi.—Evaṁ kho me, āvuso, jānato evaṁ passato imesu chasu ajjhattikabāhiresu āyatanesu anupādāya āsavehi cittaṁ vimuttan ti. Tassa, bhikkhave, bhikkhuno Sādhūti bhāsitaṁ abhinanditabbaṁ anumoditabbaṁ; Sādhūti bhāsitaṁ abhinanditvā anumoditvā uttariṁ pañho pucchitabbo: Kathaṁ jānato pan' āyasmato kathaṁ passato imasmiñ ca saviññāṇake kāye bahiddhā ca sabbanimittesu ahiṁkāramamiṁkāramānānusayā[1] susamūhatā ti?

[1] So S^{tr} Bu: Si ahaṁkāramamaṁkāramānānusayā.

Khīṇāsavassa, bhikkhave, bhikkhuno vusitavato katakaraṇīyassa ohitabhārassa anuppattasadatthassa parikkhīṇabhavasaṁyojanassa sammadaññāvimuttassa ayaṁ anudhammo hoti veyyākaraṇāya:—Pubbe kho ahaṁ, āvuso, agāriyabhūto[1] samāno aviddasu ahosiṁ; tassa me Tathāgato vā Tathāgatasāvako vā dhammaṁ desesi: tāhaṁ dhammaṁ sutvā[2] Tathāgate saddhaṁ paṭilabhiṁ; so tena saddhāpaṭilābhena samannāgato iti paṭisañcikkhiṁ:—Sambādho gharāvāso rajāpatho, abbhokāso pabbajjā; nayidaṁ sukaraṁ agāraṁ ajjhāvasatā ekantaparipuṇṇaṁ ekantaparisuddhaṁ saṅkhalikhitaṁ brahmacariyaṁ carituṁ; yannūnāhaṁ kesamassuṁ ohāretvā kāsāyāni vatthāni acchādetvā agārasmā anagāriyaṁ pabbajeyyan ti. So kho ahaṁ, āvuso, aparena samayena appaṁ vā bhogakkhandhaṁ pahāya mahantaṁ vā bhogakkhandhaṁ pahāya, appaṁ vā ñātiparivaṭṭaṁ pahāya mahantaṁ vā ñātiparivaṭṭaṁ pahāya, kesamassuṁ ohāretvā kāsāyāni vatthāni acchādetvā agārasmā anagāriyaṁ pabbajiṁ. So evaṁ pabbajito samāno bhikkhūnaṁ sikkhāsājīvasamāpanno pāṇātipātaṁ pahāya pāṇātipātā paṭivirato ahosiṁ, nihitadaṇḍo nihitasattho lajjī dayāpanno sabbapāṇabhūtahitānukampī vihāsiṁ. Adinnādānaṁ pahāya adinnādānā paṭivirato ahosiṁ dinnādāyī dinnapāṭikaṅkhī athenena sucibhūtena attanā vihāsiṁ. Abrahmacariyaṁ pahāya brahmacārī ahosiṁ ārācārī, virato methunā gāmadhammā. Musāvādaṁ pahāya musāvādā paṭivirato ahosiṁ saccavādī saccasandho theto paccayiko avisaṁvādako lokassa. Pisuṇaṁ vācaṁ pahāya pisuṇāya vācāya paṭivirato ahosiṁ, ito sutvā na amutra akkhātā imesaṁ bhedāya, amutra vā sutvā na imesaṁ akkhātā amūsaṁ bhedāya; iti bhinnānaṁ vā sandhātā, sahitānaṁ vā anuppadātā, samaggārāmo samaggarato samagganandī samaggakaraṇiṁ vācaṁ bhāsitā ahosiṁ. Pharusaṁ vācaṁ pahāya pharusāya vācāya paṭivirato ahosiṁ, yā sā vācā nelā kaṇṇasukhā

[1] Si ag°. [2] For the following passage, cf. Majjhima, Vol. I., p. 179, &c.

pemanīyā hadayaṅgamā porī bahujanakantā bahujanamanāpā tathārūpiṁ vācaṁ bhāsitā ahosiṁ. Samphappalāpaṁ pahāya samphappalāpā paṭivirato ahosiṁ, kālavādī bhūtavādī atthavādī dhammavādī vinayavādī, nidhānavatiṁ vācaṁ bhāsitā ahosiṁ kālena sāpadesaṁ pariyantavatiṁ atthasaṁhitaṁ. So bījagāmabhūtagāmasamārambhā paṭivirato ahosiṁ. Ekabhattiko ahosiṁ rattūparato, paṭivirato vikālabhojanā. Naccagītavāditavisūkadassanā paṭivirato ahosiṁ. Mālāgandhavilepanadhāraṇamaṇḍanavibhūsanaṭṭhānā paṭivirato ahosiṁ. Uccāsayanamahāsayanā paṭivirato ahosiṁ. Jātarūparajatapaṭiggahaṇā paṭivirato ahosiṁ. Āmakadhaññapaṭiggahaṇā paṭivirato ahosiṁ. Āmakamaṁsapaṭiggahaṇā paṭivirato ahosiṁ. Itthikumārikapaṭiggahaṇā paṭivirato ahosiṁ. Dāsidāsapaṭiggahaṇā paṭivirato ahosiṁ. Ajeḷakapaṭiggahaṇā paṭivirato ahosiṁ. Kukkuṭasūkarapaṭiggahaṇā paṭivirato ahosiṁ. Hatthigavāssavaḷavāpaṭiggahaṇā paṭivirato ahosiṁ. Khettavatthupaṭiggahaṇā paṭivirato ahosiṁ. Dūteyyapahiṇagamanānuyogā paṭivirato ahosiṁ. Kayavikkayā paṭivirato ahosiṁ. Tulākūṭakaṁsakūṭamānakūṭā paṭivirato ahosiṁ. Ukkoṭanavañcananikatisāciyogā paṭivirato ahosiṁ. Chedanavadhabandhanaviparāmosa—ālopasahasākārā paṭivirato ahosiṁ. So santuṭṭho ahosiṁ kāyaparihārikena cīvarena kucchiparihārikena piṇḍapātena, yena yen' eva pakkamiṁ samādāy' eva pakkamiṁ. Seyyathāpi nāma pakkhī sakuṇo yena yen' eva ḍeti sapattabhāro va ḍeti, evam eva kho ahaṁ, āvuso, santuṭṭho ahosiṁ kāyaparihārikena cīvarena kucchiparihārikena piṇḍapātena, yena yen' eva pakkamiṁ, samādāy' eva pakkamiṁ. So iminā ariyena sīlakkhandhena samannāgato ajjhattaṁ anavajjasukhaṁ paṭisaṁvedesiṁ. So cakkhunā rūpaṁ disvā na nimittaggāhī ahosiṁ nānubyañjanaggāhī. Yato 'dhikaraṇam'[1] enaṁ cakkhundriyaṁ asaṁvutaṁ viharantaṁ abhijjhādomanassā pāpakā akusalā dhammā anvāssaveyyuṁ, tassa saṁvarāya

---

[1] So Sᵏᵗ, Si yatvādh°.

paṭipajjiṁ, rakkhiṁ cakkhundriyaṁ, cakkhundriye saṁvaraṁ āpajjiṁ. Sotena saddaṁ sutvā—pe[1]—ghānena gandhaṁ ghāyitvā—pe—jivhāya rasaṁ sāyitvā—pe—kāyena phoṭṭhabbaṁ phusitvā—pe—manasā dhammaṁ viññāya na nimittaggāhī ahosiṁ nānubyañjanaggāhī. Yato 'dhikaraṇam enaṁ manindriyaṁ asaṁvutaṁ viharantaṁ abhijjhādomanassā pāpakā akusalā dhammā anvāssaveyyuṁ, tassa saṁvarāya paṭipajjiṁ, rakkhiṁ manindriyaṁ, manindriye saṁvaraṁ āpajjiṁ. So iminā ariyena indriyasaṁvarena samannāgato ajjhattaṁ abyāsekasukhaṁ paṭisaṁvedesiṁ. So abhikkante paṭikkante sampajānakārī ahosiṁ, ālokite vilokite sampajānakārī ahosiṁ, sammiñjite[2] pasārite sampajānakārī ahosiṁ, saṅghāṭipattacīvaradhāraṇe sampajānakārī ahosiṁ, asite pīte khāyite sāyite sampajānakārī ahosiṁ, uccārapassāvakamme sampajānakārī ahosiṁ, gate ṭhite nisinne sutte jāgarite bhāsite tuṇhībhāve sampajānakārī ahosiṁ.

So iminā ca ariyena sīlakkhandhena samannāgato iminā ca ariyena indriyasaṁvarena samannāgato iminā ca ariyena satisampajaññena samannāgato vivittaṁ senāsanaṁ bhajiṁ araññaṁ rukkhamūlaṁ pabbataṁ kandaraṁ giriguhaṁ susānaṁ vanapatthaṁ abbhokāsaṁ palālapuñjaṁ. So pacchābhattaṁ piṇḍapātapaṭikkanto nisīdiṁ pallaṅkaṁ ābhujitvā, ujuṁ kāyaṁ paṇidhāya, parimukhaṁ satiṁ upaṭṭhapetvā. So abhijjhaṁ loke pahāya vigatābhijjhena cetasā vihāsiṁ, abhijjhāya cittaṁ parisodhesiṁ, byāpādapadosaṁ pahāya abyāpannacitto vihāsiṁ sabbapāṇabhūtahitānukampī, byāpādapadosā cittaṁ parisodhesiṁ; thīnamiddhaṁ pahāya vigatathīnamiddho vihāsiṁ ālokasaññī sato sampajāno, thīnamiddhā cittaṁ parisodhesiṁ; uddhaccakukkuccaṁ pahāya anuddhato vihāsiṁ ajjhattaṁ vūpasantacitto, uddhaccakukkuccā cittaṁ parisodhesiṁ; vicikicchaṁ pahāya tiṇṇavicikiccho vihāsiṁ akathaṅkathī kusalesu dhammesu vicikicchāya cittaṁ parisodhesiṁ.

---

[1] Si omits pe here et infra. [2] So S^{kt} Si.

Ime pañca nīvaraṇe pahāya cetaso upakkilese paññāya dubbalīkaraṇe vivicc' eva kāmehi vivicca akusalehi dhammehi savitakkaṁ savicāraṁ vivekajaṁ pītisukhaṁ paṭhamajjhānaṁ upasampajja vihāsiṁ. Vitakkavicārānaṁ vūpasamā ajjhattaṁ sampasādanaṁ cetaso ekodibhāvaṁ, avitakkaṁ avicāraṁ samādhijaṁ pītisukhaṁ dutiyajjhānaṁ upasampajja vihāsiṁ. Pītiyā ca virāgā ca upekhako ca vihāsiṁ, sato ca sampajāno sukhañ ca kāyena paṭisaṁvedesiṁ, yan taṁ ariyā ācikkhanti: Upekhako satimā sukhavihārī ti tatiyajjhānaṁ upasampajja vihāsiṁ. Sukhassa ca pahānā dukkhassa ca pahānā pubbe va somanassadomanassānaṁ atthagamā adukkhamasukhaṁ upekhāsatipārisuddhiṁ catutthajjhānaṁ upasampajja vihāsiṁ. Evaṁ samāhite citte parisuddhe pariyodāte anaṅgaṇe vigatūpakkilese mudubhūte kammaniye ṭhite āṇañjappatte[1] āsavānaṁ khayañāṇāya cittaṁ abhininnāmesiṁ. So: Idaṁ dukkhan ti yathābhūtaṁ abbhaññāsiṁ; Ayaṁ dukkhasamudayo ti yathābhūtaṁ abbhaññāsiṁ; Ayaṁ dukkhanirodho ti yathābhūtaṁ abbhaññāsiṁ; Ayaṁ dukkhanirodhagāminī paṭipadā ti yathābhūtaṁ abbhaññāsiṁ; Ime āsavā ti yathābhūtaṁ abbhaññāsiṁ; Ayaṁ āsavasamudayo ti yathābhūtaṁ abbhaññāsiṁ; Ayaṁ āsavanirodho ti yathābhūtaṁ abbhaññāsiṁ; Ayaṁ āsavanirodhagāminī paṭipadā ti yathābhūtaṁ abbhaññāsiṁ. Tassa me evaṁ jānato evaṁ passato kāmāsavā pi cittaṁ vimuccittha, bhavāsavā pi cittaṁ vimuccittha, avijjāsavā pi cittaṁ vimuccittha, vimuttasmiṁ vimuttam iti ñāṇaṁ ahosi: Khīṇā jāti, vusitaṁ brahmacariyaṁ, kataṁ karaṇīyaṁ, nāparaṁ itthattāyāti abbhaññāsiṁ. Evaṁ kho me, āvuso, jānato evaṁ passato imasmiñ ca saviññāṇake kāye bahiddhā ca sabbanimittesu ahiṁkāramamiṁkāramānānusayā susamūhatā[2] ti. Tassa bhikkhave, bhikkhuno Sādhū ti bhāsitaṁ abhinanditabbaṁ anumoditabbaṁ; Sādhū ti bhāsitaṁ abhinanditvā anumoditvā evam assa vacanīyo: Lābhā no, āvuso, suladdh-

---

[1] Cf. Vol. II., p. 253 (note). S^tt here āneñja- (as Vol. I. p. 182).
[2] So Si (cf. p. 32); B^m sabbaso ti; S^t salagatā ti.

dhaṁ no, āvuso, ye mayaṁ[1] āyasmantaṁ tādisaṁ brahmacāriṁ passāmāti.

Idam avoca Bhagavā. Attamanā te bhikkhū Bhagavato bhāsitaṁ abhinandun ti.

CHABBISODHANASUTTAṀ[2] DUTIYAṀ.

113.

Evam me sutaṁ. Ekaṁ samayaṁ Bhagavā Sāvatthiyaṁ viharati Jetavane Anāthapiṇḍikassa ārāme. Tatra kho Bhagavā bhikkhū āmantesi: Bhikkhavo ti. Bhadante ti te bhikkhū Bhagavato paccassosuṁ. Bhagavā etad avoca: Sappurisadhammañ ca vo, bhikkhave, desissāmi asappurisadhammañ ca. Taṁ suṇātha sādhukaṁ manasikarotha, bhāsissāmīti. Evam bhante ti kho te bhikkhū Bhagavato paccassosuṁ. Bhagavā etad avoca:

Katamo ca, bhikkhave, asappurisadhammo? Idha, bhikkhave, asappuriso uccā kulā pabbajito hoti. So iti paṭisañcikkhati: Ahaṁ kho 'mhi uccā kulā pabbajito; ime pan' aññe bhikkhū na uccā kulā pabbajitā ti. So tāya uccākulīnatāya attān' ukkaṁseti paraṁ vambheti.[3] Ayam pi, bhikkhave, asappurisadhammo. Sappuriso ca kho, bhikkhave, iti paṭisañcikkhati: Na kho uccākulīnatāya lobhadhammā vā parikkhayaṁ gacchanti, dosadhammā vā parikkhayaṁ gacchanti, mohadhammā vā parikkhayaṁ gacchanti; no ce pi uccā[4] kulā pabbajito hoti, so ca hoti dhammānudhammapaṭipanno sāmīcipaṭipanno anudham-

---

[1] So Si; S^{bm} omit ye mayaṁ. [2] So Bu (ter); Si Chabbi°; S^{bm} Chabbidhodhana°. [3] So Si and (sic) S^{k}; S^{t} and (sic) S^{s} vambheti. Cf. Vol. II. 43 and I J. 191. [4] S^{bm} make pi follow uccā here, but not infra.

macārī, so tattha pujjo so tattha pāsaṁso ti. So paṭipadaṁ yeva antaraṁ karitvā tāya uccākulīnatāya n' ev' attān' ukkaṁseti na paraṁ vambheti. Ayaṁ, bhikkhave, sappurisadhammo.

Puna ca paraṁ, bhikkhave, asappuriso mahākulā pabbajito hoti—pe[1]—heṭṭhimanayena vitthāretabbaṁ—; mahābhogakulā pabbajito hoti; uḷārabhogakulā pabbajito hoti. So iti paṭisañcikkhati: Ahaṁ kho 'mhi uḷārabhogakulā pabbajito; ime pan' aññe bhikkhū na uḷārabhogakulā pabbajitā ti. So tāya uḷārabhogatāya attān' ukkaṁseti paraṁ vambheti. Ayaṁ pi, bhikkhave, asappurisadhammo. Sappuriso ca kho, bhikkhave iti, paṭisañcikkhati: Na kho uḷārabhogatāya lobhadhammā vā parikkhayaṁ gacchanti, dosadhammā vā parikkhayaṁ gacchanti, mohadhammā vā parikkhayaṁ gacchanti; no ce pi uḷārabhogakulā pabbajito hoti, so ca hoti dhammānudhammapaṭipanno sāmīcipaṭipanno anudhammacārī, so tattha pujjo so tattha pāsaṁso ti. So paṭipadaṁ yeva antaraṁ karitvā tāya uḷārabhogatāya n' ev' attān' ukkaṁseti na paraṁ vambheti. Ayam pi, bhikkhave, sappurisadhammo.

Puna ca paraṁ, bhikkhave, asappuriso ñāto hoti yasassī. So iti paṭisañcikkhati: Ahaṁ kho 'mhi ñāto yasassī, ime pan' aññe bhikkhū appaññātā[2] appesakkhā ti. So tena ñātattena[3] attān' ukkaṁseti paraṁ vambheti. Ayam pi, bhikkhave, asappurisadhammo. Sappuriso ca kho, bhikkhave, iti paṭisañcikkhati: Na kho ñātattena lobhadhammā vā parikkhayaṁ gacchanti, dosadhammā vā parikkhayaṁ gacchanti, mohadhammā vā parikkhayaṁ gacchanti; no ce pi ñāto hoti yasassī, so ca hoti dhammānudhammapaṭipanno sāmīcipaṭipanno anudhammacārī, so tattha pujjo so tattha pāsaṁso ti. So paṭipadaṁ yeva antaraṁ karitvā tena ñātattena n' ev' attān' ukkaṁseti na paraṁ vambheti. Ayam pi, bhikkhave, sappurisadhammo.

---

[1] So S^ky; Si omits pe heṭṭhimanayena v°. [2] Si appaññātā.
[3] So Si; S^ky ñātena.

Puna ca paraṁ, bhikkhave, asappuriso lābhī hoti cīvara-piṇḍapātasenāsanagilānapaccayabhesajjaparikkhārānaṁ. So iti paṭisañcikkhati: Ahaṁ kho 'mhi lābhī cīvarapiṇḍapāta-senāsanagilānapaccayabhesajjaparikkhārānaṁ, ime pan' aññe bhikkhū na lābhino cīvarapiṇḍapātasenāsanagilānapaccaya-bhesajjaparikkhārānan ti. So tena lābhena attān' ukkaṁseti paraṁ vambheti. Ayam pi, bhikkhave, asappurisadhammo. Sappuriso ca kho, bhikkhave, iti paṭisañcikkhati: Na kho lābhena lobhadhammā vā parikkhayaṁ gacchanti, dosa-dhammā vā parikkhayaṁ gacchanti, mohadhammā vā parikkhayaṁ gacchanti, no ce pi lābhī hoti cīvarapiṇḍapāta-senāsanagilānapaccayabhesajjaparikkhārānaṁ, so ca hoti dhammānudhammapaṭipanno sāmīcipaṭipanno anudhamma-cārī, so tattha pujjo so tattha pāsaṁso ti. So paṭipadaṁ yeva antaraṁ karitvā tena lābhena n' ev' attān' ukkaṁ-seti na paraṁ vambheti. Ayam pi, bhikkhave, sappurisa-dhammo.

Puna ca paraṁ, bhikkhave, asappuriso bahussuto hoti. So iti paṭisañcikkhati: Ahaṁ kho 'mhi bahussuto, ime pan' aññe bhikkhū na bahussutā ti. So tena bāhusaccena attān' ukkaṁseti paraṁ vambheti. Ayam pi, bhikkhave, asappurisadhammo. Sappuriso ca kho, bhikkhave, iti paṭisañcikkhati: Na kho bāhusaccena lobhadhammā vā parikkhayaṁ gacchanti, dosadhammā vā parikkhayaṁ gacchanti, mohadhammā vā parikkhayaṁ gacchanti, no ce pi bahussuto hoti, so ca hoti dhammānudhammapaṭipanno sāmīcipaṭipanno anudhammacārī, so tattha pujjo so tattha pāsaṁso ti. So paṭipadaṁ yeva antaraṁ karitvā tena bāhusaccena n' ev' attān' ukkaṁseti na paraṁ vambheti. Ayam pi, bhikkhave, sappurisadhammo.

Puna ca paraṁ, bhikkhave, asappuriso vinayadharo hoti. So iti paṭisañcikkhati: Ahaṁ kho 'mhi vinayadharo, ime pan' aññe bhikkhū na vinayadharā ti. So tena vinaya-dharattena attān' ukkaṁseti paraṁ vambheti. Ayam pi, bhikkhave, asappurisadhammo. Sappuriso ca kho, bhik-khave, iti paṭisañcikkhati: Na kho vinayadharattena lobhadhammā vā parikkhayaṁ gacchanti, dosadhammā vā parikkhayaṁ gacchanti, mohadhammā vā parikkhayaṁ gacchanti, no ce pi vinayadharo hoti, so ca hoti dhammānudhammapaṭipanno sāmīcipaṭipanno anudhammacārī, so tattha pujjo so tattha pāsaṁso ti. So paṭipadaṁ yeva antaraṁ karitvā tena vinayadharattena n' ev' attān' ukkaṁseti na paraṁ vambheti. Ayam pi, bhikkhave, sappurisadhammo.

Puna ca paraṁ, bhikkhave, asappuriso dhammakathiko hoti. So iti paṭisañcikkhati: Ahaṁ kho 'mhi dhammakathiko, ime pan' aññe bhikkhū na dhammakathikā ti. So tena dhammakathikattena attān' ukkaṁseti paraṁ vambheti. Ayam pi, bhikkhave, asappurisadhammo. Sappuriso ca kho, bhikkhave, iti paṭisañcikkhati: Na kho dhammakathikattena lobhadhammā vā parikkhayaṁ gacchanti, dosadhammā vā parikkhayaṁ gacchanti, mohadhammā vā parikkhayaṁ gacchanti; no ce pi dhammakathiko hoti, so ca hoti dhammānudhammapaṭipanno sāmīcipaṭipanno anudhammacārī, so tattha pujjo so tattha pāsaṁso ti. So paṭipadaṁ yeva antaraṁ karitvā tena dhammakathikattena n' ev' attān' ukkaṁseti na paraṁ vambheti. Ayam pi, bhikkhave, sappurisadhammo.

Puna ca paraṁ, bhikkhave, asappuriso āraññako hoti. So iti paṭisañcikkhati: Ahaṁ kho 'mhi āraññako, ime pan' aññe bhikkhū na āraññakā ti. So tena āraññakattena attān' ukkaṁseti paraṁ vambheti. Ayam pi, bhikkhave, asappurisadhammo. Sappuriso ca kho, bhikkhave, iti paṭisañcikkhati: Na kho āraññakattena lobhadhammā vā parikkhayaṁ gacchanti, dosadhammā vā parikkhayaṁ gacchanti, mohadhammā vā parikkhayaṁ gacchanti; no ce pi āraññako hoti, so ca hoti dhammānudhammapaṭipanno sāmīcipaṭipanno anudhammacārī, so tattha pujjo so tattha pāsaṁso ti. So paṭipadaṁ yeva antaraṁ karitvā tena āraññakattena n' ev' attān' ukkaṁseti na paraṁ vambheti. Ayam pi, bhikkhave, sappurisadhammo.

Puna ca paraṁ, bhikkhave, asappuriso paṁsukūliko hoti.

So iti paṭisañcikkhati: Ahaṁ kho 'mhi paṁsukūliko, ime pan' aññe bhikkhū na paṁsukūlikā ti. So tena paṁsukūlikattena attān' ukkaṁseti paraṁ vambheti. Ayam pi, bhikkhave, asappurisadhammo. Sappuriso ca kho, bhikkhave, iti paṭisañcikkhati: Na kho paṁsukūlikattena lobhadhammā vā parikkhayaṁ gacchanti, dosadhammā vā parikkhayaṁ gacchanti, mohadhammā vā parikkhayaṁ gacchanti; no ce pi paṁsukūliko hoti, so ca hoti dhammānudhammapaṭipanno sāmīcipaṭipanno anudhammacārī, so tattha pujjo so tattha pāsaṁso ti. So paṭipadaṁ yeva antaraṁ karitvā tena paṁsukūlikattena n' ev' attān' ukkaṁseti na paraṁ vambheti. Ayam pi, bhikkhave, sappurisadhammo.

Puna ca paraṁ, bhikkhave, asappuriso piṇḍapātiko hoti. So iti paṭisañcikkhati: Ahaṁ kho 'mhi piṇḍapātiko, ime pan' aññe bhikkhū na piṇḍapātikā ti. So tena piṇḍapātikattena attān' ukkaṁseti paraṁ vambheti. Ayam pi, bhikkhave, asappurisadhammo. Sappuriso ca kho, bhikkhave, iti paṭisañcikkhati: Na kho piṇḍapātikattena lobhadhammā vā parikkhayaṁ gacchanti, dosadhammā vā parikkhayaṁ gacchanti, mohadhammā vā parikkhayaṁ gacchanti; no ce pi piṇḍapātiko hoti, so ca hoti dhammānudhammapaṭipanno sāmīcipaṭipanno anudhammacārī, so tattha pujjo so tattha pāsaṁso ti. So paṭipadaṁ yeva antaraṁ karitvā tena piṇḍapātikattena n' ev' attān' ukkaṁseti na paraṁ vambheti. Ayam pi, bhikkhave, sappurisadhammo.

Puna ca paraṁ, bhikkhave, asappuriso rukkhamūliko hoti. So iti paṭisañcikkhati: Ahaṁ kho 'mhi rukkhamūliko, ime pan' aññe bhikkhū na rukkhamūlikā ti. So tena rukkhamūlikattena attān' ukkaṁseti paraṁ vambheti. Ayam pi, bhikkhave, asappurisadhammo. Sappuriso ca kho, bhikkhave, iti paṭisañcikkhati: Na kho rukkhamūlikattena lobhadhammā vā parikkhayaṁ gacchanti, dosadhammā vā parikkhayaṁ gacchanti, mohadhammā vā parikkhayaṁ gacchanti; no ce pi rukkhamūliko hoti, so ca hoti dhammānudhammapaṭipanno sāmīcipaṭipanno anudhammacārī, so tattha pujjo so tattha pāsaṁso ti. So paṭipadaṁ yeva antaraṁ karitvā tena rukkhamūlikattena n' ev' attān' ukkaṁseti na paraṁ vambheti. Ayam pi, bhikkhave, sappurisadhammo.

Puna ca paraṁ, bhikkhave, asappuriso sosāniko hoti—pe[1]—abbhokāsiko hoti—pe—nesajjiko hoti—pe—yathāsanthatiko[2] hoti—pe—ekāsaniko[3] hoti. So iti paṭisañcikkhati: Ahaṁ kho 'mhi ekāsaniko, ime pan' aññe bhikkhū na ekāsanikā ti. So tena ekāsanikattena attān' ukkaṁseti paraṁ vambheti. Ayam pi, bhikkhave, asappurisadhammo. Sappuriso ca kho, bhikkhave, iti paṭisañcikkhati: Na kho ekāsanikattena lobhadhammā vā parikkhayaṁ gacchanti, dosadhammā vā parikkhayaṁ gacchanti, mohadhammā vā parikkhayaṁ gacchanti; no ce pi ekāsaniko hoti, so ca hoti dhammānudhammapaṭipanno sāmīcipaṭipanno anudhammacārī, so tattha pujjo so tattha pāsaṁso ti. So paṭipadaṁ yeva antaraṁ karitvā tena ekāsanikattena n' ev' attān' ukkaṁseti na paraṁ vambheti. Ayam pi, bhikkhave, sappurisadhammo.

Puna ca paraṁ, bhikkhave, asappuriso vivicc' eva kāmehi vivicc' akusalehi dhammehi savitakkaṁ savicāraṁ vivekajaṁ pītisukhaṁ paṭhamajjhānaṁ upasampajja viharati. So iti paṭisañcikkhati: Ahaṁ kho 'mhi paṭhamajjhānasamāpattiyā lābhī, ime pan' aññe bhikkhū na paṭhamajjhānasamāpattiyā lābhino ti.[4] So tāya paṭhamajjhānasamāpattiyā attān' ukkaṁseti paraṁ vambheti. Ayam pi, bhikkhave, asappurisadhammo. Sappuriso ca kho, bhikkhave, iti paṭisañcikkhati: Paṭhamajjhānasamāpattiyā pi kho atammayatā[5] vuttā Bhagavatā; yena yena hi maññanti tato taṁ hoti aññathā ti. So

[1] Si omits pe here et infra. [2] So S^{tk}; Si yathāsantiko. [3] Before ekāsaniko S^{tk} insert: Puna ca paraṁ, bhikkhave, asappuriso. [4] S^{t} has a lacuna from this point down to vaggasandi in Sutta No. 114 on page 48 line 10 (S^{k} has been copied for this lacuna.) [5] S^{tk} akammayatā (generally) and (sts.) akammayatā; Si agammayatā throughout; Bu: Atammayā ti. Tammayatā vuccati taṇhā. Nittaṇhatā ti attho.

atammayataṁ yeva antaraṁ karitvā tāya paṭhamajjhānasamāpattiyā n' eva attān' ukkaṁseti na paraṁ vambheti. Ayam pi, bhikkhave, sappurisadhammo.

Puna ca paraṁ, bhikkhave, asappuriso vitakkavicārānaṁ vūpasamā ajjhattaṁ sampasādanaṁ cetaso ekodibhāvaṁ avitakkaṁ avicāraṁ samādhijaṁ pītisukhaṁ dutiyajjhānaṁ — tatiyajjhānaṁ — catutthajjhānaṁ upasampajja viharati. So iti paṭisaṁcikkhati: Ahaṁ kho 'mhi catutthajjhānasamāpattiyā lābhī, ime pan' aññe bhikkhū catutthajjhānasamāpattiyā na lābhino ti. So tāya catutthajjhānasamāpattiyā attān' ukkaṁseti paraṁ vambheti. Ayam pi, bhikkhave, asappurisadhammo. Sappuriso ca kho, bhikkhave, iti paṭisaṁcikkhati: Catutthajjhānasamāpattiyā pi kho atammayatā vuttā Bhagavatā; yena yena hi maññanti tato taṁ hoti aññathā ti. So atammayataṁ yeva antaraṁ karitvā tāya catutthajjhānasamāpattiyā n' ev' attān' ukkaṁseti na paraṁ vambheti. Ayam pi, bhikkhave, sappurisadhammo.

Puna ca paraṁ, bhikkhave, asappuriso rūpasaññānaṁ samatikkamā paṭighasaññānaṁ atthagamā nānattasaññānaṁ amanasikārā: Ananto ākāso ti ākāsānañcāyatanaṁ upasampajja viharati. So iti paṭisaṁcikkhati: Ahaṁ kho 'mhi ākāsānañcāyatanasamāpattiyā lābhī, ime pan' aññe bhikkhū ākāsānañcāyatanasamāpattiyā na lābhino ti. So tāya ākāsānañcāyatanasamāpattiyā attān' ukkaṁseti paraṁ vambheti. Ayam pi, bhikkhave, asappurisadhammo. Sappuriso ca, bhikkhave, iti paṭisaṁcikkhati: Ākāsānañcāyatanasamāpattiyā pi kho atammayatā vuttā Bhagavatā; yena yena hi maññanti tato taṁ hoti aññathā ti. So atammayataṁ yeva antaraṁ karitvā tāya ākāsānañcāyatanasamāpattiyā n' ev' attān' ukkaṁseti na paraṁ vambheti. Ayam pi, bhikkhave, sappurisadhammo.

Puna ca paraṁ, bhikkhave, asappuriso ākāsānañcāyatanaṁ samatikkamā: Anantaṁ viññāṇan ti viññāṇañcāyatanaṁ upasampajja viharati. So iti paṭisaṁcikkhati: Ahaṁ kho 'mhi viññāṇañcāyatanasamāpattiyā lābhī, ime pan' aññe bhikkhū viññāṇañcāyatanasamāpattiyā na lābhino ti. So tāya viññāṇañcāyatanasamāpattiyā attān' ukkaṁseti paraṁ vambheti. Ayaṁ pi, bhikkhave, asappurisadhammo. Sappuriso ca kho, bhikkhave, iti paṭisaṁcikkhati: Viññāṇañcāyatanasamāpattiyā pi kho atammayatā vuttā Bhagavatā; yena yena hi maññanti tato taṁ hoti aññathā ti. So atammayataṁ yeva antaraṁ karitvā tāya viññāṇañcāyatanasamāpattiyā n' eva attān' ukkaṁseti na paraṁ vambheti. Ayaṁ pi, bhikkhave, sappurisadhammo.

Puna ca paraṁ, bhikkhave, asappuriso sabbaso viññāṇañcāyatanaṁ samatikkamā N' atthi kiñcīti ākiñcaññāyatanaṁ upasampajja viharati. So iti paṭisaṁcikkhati: Ahaṁ kho 'mhi ākiñcaññāyatanasamāpattiyā lābhī, ime pan' aññe bhikkhū ākiñcaññāyatanasamāpattiyā na lābhino ti. So tāya ākiñcaññāyatanasamāpattiyā attān' ukkaṁseti paraṁ vambheti. Ayaṁ pi, bhikkhave, asappurisadhammo. Sappuriso ca kho, bhikkhave, iti paṭisaṁcikkhati: Ākiñcaññāyatanasamāpattiyā pi kho atammayatā vuttā Bhagavatā; yena yena hi maññanti tato taṁ hoti aññathā ti. So atammayataṁ yeva antaraṁ karitvā tāya ākiñcaññāyatanasamāpattiyā n' eva attān' ukkaṁseti na paraṁ vambheti. Ayaṁ pi, bhikkhave, sappurisadhammo.

Puna ca paraṁ, bhikkhave, asappuriso ākiñcaññāyatanaṁ samatikkamā nevasaññānāsaññāyatanaṁ upasampajja viharati. So iti paṭisaṁcikkhati: Ahaṁ kho 'mhi nevasaññānāsaññāyatanasamāpattiyā lābhī, ime pan' aññe bhikkhū nevasaññānāsaññāyatanasamāpattiyā na lābhino ti. So tāya nevasaññānāsaññāyatanasamāpattiyā attān' ukkaṁseti paraṁ vambheti. Ayaṁ pi, bhikkhave, asappurisadhammo. Sappuriso ca kho, bhikkhave, iti paṭisaṁcikkhati: Nevasaññānāsaññāyatanasamāpattiyā pi kho atammayatā vuttā Bhagavatā; yena yena hi maññanti tato taṁ hoti aññathā ti. So atammayataṁ yeva antaraṁ karitvā tāya nevasaññānāsaññāyatanasamāpattiyā n' eva attān' ukkaṁseti na paraṁ vambheti. Ayaṁ pi, bhikkhave, sappurisadhammo.

Puna ca paraṁ, bhikkhave, sappuriso sabbaso nevasaññā-nāsaññāyatanaṁ samatikkamma saññāvedayitanirodhaṁ upasampajja viharati, paññāya c' assa disvā āsavā parikkhayāpenti. Ayam pi, bhikkhave, bhikkhu na kiñci maññati, na kuhiñci maññati,[1] na kenaci maññatīti.

Idam avoca Bhagavā. Attamanā te bhikkhū Bhagavato bhāsitaṁ abhinandun ti.

SAPPURISASUTTAṀ TATIYAṀ.

—

114.

[2] Evam me sutaṁ. Ekaṁ samayaṁ Bhagavā Sāvatthi-yaṁ viharati Jetavane Anāthapiṇḍikassa ārāme. Tatra kho Bhagavā bhikkhū āmantesi: Bhikkhavo ti. Bhadante ti te bhikkhū Bhagavato paccassosuṁ. Bhagavā etad avoca: Sevitabbāsevitabbaṁ vo, bhikkhave, dhammapariyāyaṁ desessāmi. Taṁ suṇātha sādhukaṁ manasikarotha, bhāsis-sāmīti. Evam bhante ti kho te bhikkhū Bhagavato paccassosuṁ. Bhagavā etad avoca:

Kāyasamācāraṁ p' ahaṁ, bhikkhave, duvidhena vadāmi sevitabbam pi asevitabbam pi, tañ ca aññamaññaṁ kāyasa-mācāraṁ; vacīsamācāraṁ p' ahaṁ, bhikkhave, duvidhena vadāmi sevitabbam pi asevitabbam pi, tañ ca aññamaññaṁ vacīsamācāraṁ; manosamācāraṁ p' ahaṁ, bhikkhave, duvi-dhena vadāmi sevitabbam pi asevitabbam pi, tañ ca aññam-aññaṁ manosamācāraṁ; cittuppādaṁ p' ahaṁ,[3] bhikkhave, duvidhena vadāmi sevitabbam pi asevitabbam pi, tañ ca

[1] So S[t], Bu kuhiñci na maññati. S[tr] omit. [2] The lacuna in S[t] extends to p. 48 l. 10 in this Sutta. [3] S[t] adds saññā-paṭilābhaṁ.

aññamaññaṁ cittuppādaṁ. Saññāpaṭilābhaṁ p' ahaṁ, bhikkhave, duvidhena vadāmi sevitabbam pi asevitabbam pi, tañ ca aññamaññaṁ saññāpaṭilābhaṁ. Diṭṭhipaṭilābhaṁ p' ahaṁ, bhikkhave, duvidhena vadāmi sevitabbam pi asevitabbam pi, tañ ca aññamaññaṁ diṭṭhipaṭilābhaṁ. Attabhāvapaṭilābhaṁ p' ahaṁ, bhikkhave, duvidhena vadāmi sevitabbam pi asevitabbam pi, tañ ca aññamaññaṁ attabhāvapaṭilābhan ti.

Evaṁ vutte āyasmā Sāriputto Bhagavantaṁ etad avoca: Imassa kho ahaṁ, bhante, Bhagavatā saṁkhittena bhāsitassa vitthārena atthaṁ avibhattassa evaṁ vitthārena atthaṁ ājānāmi:—

"'Kāyasamācāraṁ p' ahaṁ,'[1] bhikkhave, duvidhena vadāmi sevitabbam pi asevitabbam pi, tañ ca aññamaññaṁ kāyasamācāran ti"—iti kho pan' etaṁ vuttaṁ Bhagavatā. Kiñ c' etaṁ paṭicca vuttaṁ? Yathārūpaṁ, bhante, kāyasamācāraṁ sevato akusalā dhammā abhivaḍḍhanti kusalā dhammā parihāyanti, evarūpo kāyasamācāro na sevitabbo. Yathārūpañ ca kho, bhante, kāyasamācāraṁ sevato akusalā dhammā parihāyanti kusalā dhammā abhivaḍḍhanti, evarūpo kāyasamācāro sevitabbo.

Kathaṁrūpaṁ, bhante, kāyasamācāraṁ sevato akusalā dhammā abhivaḍḍhanti kusalā dhammā parihāyanti? Idha, bhante, ekacco pāṇātipātī hoti, luddo lohitapāṇī hatapahate niviṭṭho adayāpanno pāṇabhūtesu.[2] Adinnādāyī kho pana hoti; yan taṁ parassa paravittūpakaraṇaṁ gāmagataṁ vā araññagataṁ vā, taṁ adinnaṁ theyyasaṁkhātaṁ ādātā hoti. Kāmesu micchācārī kho pana hoti, yā tā māturakkhitā piturakkhitā[3] bhāturakkhitā[4] bhaginirakkhitā ñātirakkhitā sassāmikā saparidaṇḍā antamaso mālāguḷaparikkhittā[5] pi, tathārūpāsu cārittaṁ āpajjitā hoti. Evarūpaṁ, bhante,

---

1 S^{tr} omit p' ahaṁ.
2 S^{t} prefixes sabba to pāṇ°.
3 Si adds mātāpiturakkhitā.
4 S^{tr} here omit.
5 So S^{tr} infra; S^{tr} here mālāguḷap. Si (and S^{tr} once infra) mālāguṇaparikkhittā.

kāyasamācāraṁ sevato akusalā dhammā abhivaḍḍhanti kusalā dhammā parihāyanti.

Kathaṁrūpaṁ, bhante, kāyasamācāraṁ sevato akusalā dhammā parihāyanti kusalā dhammā abhivaḍḍhanti? Idha, bhante, ekacco pāṇātipātaṁ pahāya pāṇātipātā paṭivirato hoti, nihitadaṇḍo nihitasattho lajjī dayāpanno sabbapāṇabhūtahitānukampī viharati. Adinnādānaṁ pahāya adinnādānā paṭivirato hoti; yan taṁ parassa paravittūpakaraṇaṁ gāmagataṁ vā araññagataṁ vā taṁ adinnaṁ theyyasaṁkhātaṁ na[1] ādātā hoti. Kāmesu micchācāraṁ pahāya kāmesu micchācārā paṭivirato hoti, yā tā māturakkhitā piturakkhitā bhāturakkhitā bhaginirakkhitā ñātirakkhitā sassāmikā saparidaṇḍā antamaso mālāguḷaparikkhittā pi, tathārūpāsu cārittaṁ na āpajjitā hoti. Evarūpaṁ, bhante, kāyasamācāraṁ sevato akusalā dhammā parihāyanti kusalā dhammā abhivaḍḍhanti.

"Kāyasamācāraṁ, p' ahaṁ, bhikkhave, duvidhena vadāmi sevitabbam pi asevitabbam pi, tañ ca aññamaññaṁ kāyasamācāran ti" iti yan taṁ vuttaṁ Bhagavatā idam etaṁ paṭicca vuttaṁ.

"Vacīsamācāraṁ p' ahaṁ, bhikkhave, duvidhena vadāmi sevitabbam pi asevitabbam pi, tañ ca aññamaññaṁ vacīsamācāran ti" iti kho pan' etaṁ vuttaṁ Bhagavatā. Kiñ c' etaṁ paṭicca vuttaṁ? Yathārūpaṁ, bhante, vacīsamācāraṁ sevato akusalā dhammā abhivaḍḍhanti kusalā dhammā parihāyanti, evarūpo vacīsamācāro na sevitabbo. Yathārūpañ ca kho, bhante, vacīsamācāraṁ sevato akusalā dhammā parihāyanti kusalā dhammā abhivaḍḍhanti, evarūpo vacīsamācāro sevitabbo.

Kathaṁrūpaṁ, bhante, vacīsamācāraṁ sevato akusalā dhammā abhivaḍḍhanti kusalā dhammā parihāyanti? Idha, bhante, ekacco musāvādī hoti sabhāgato[2] vā parisāgato vā

[1] S^tk read nā here, and omit infra. [2] So S^m and S^t infra; Si sabhaggato, parisaggato and ñ—aggato.

ñātimajjhagato vā pūgamajjhagato vā [1] rājakulamajjhagato vā abhinīto sakkhī [2] puṭṭho: Evaṁ [3] bho purisa yaṁ jānāsi taṁ vadehīti. So ajānaṁ vā āha Jānāmīti, jānaṁ vā āha Na jānāmīti; apassaṁ vā āha Passāmīti, passaṁ vā āha Na passāmīti, iti [4] attahetu vā parahetu vā āmisakiñcikkhahetu vā sampajānamusā bhāsitā hoti. Pisuṇāvāco [5] kho pana hoti, ito sutvā amutra akkhātā imesaṁ bhedāya, amutra vā sutvā imesaṁ akkhātā amūsaṁ bhedāya, iti samaggānaṁ vā bhettā [6] bhinnānaṁ vā anuppadātā [7] vaggārāmo vaggarato vagganandī [8] vaggakaraṇiṁ vācaṁ [9] bhāsitā hoti. Pharusavāco kho pana hoti; yā sā vācā aṇḍakā kakkasā [10] parakaṭukā [11] parābhisajjanī kodhasāmantā asamādhisaṁvattanikā, tathārūpiṁ vācaṁ bhāsitā hoti. Samphappalāpī kho pana hoti akālavādī abhūtavādī anatthavādī adhammavādī avinayavādī, anidhānavatiṁ [12] vācaṁ bhāsitā akālena anapadesaṁ [13] apariyantavatiṁ anatthasaṁhitaṁ,—evarūpaṁ, bhante, vacīsamācāraṁ sevato akusalā dhammā abhivaḍḍhanti kusalā dhammā parihāyanti.

Kathaṁrūpaṁ, bhante, vacīsamācāraṁ sevato akusalā dhammā parihāyanti kusalā dhammā abhivaḍḍhanti? Idha, bhante, ekacco musāvādaṁ pahāya musāvādā paṭivirato hoti sabhāgato vā parisāgato vā ñātimajjhagato vā pūgamajjhagato vā rājakulamajjhagato vā abhinīto sakkhī puṭṭho: Evaṁ bho purisa, yaṁ jānāsi taṁ vadehīti; so ajānaṁ vā āha Na jānāmīti, jānaṁ vā āha Jānāmīti, apassaṁ vā āha Na passāmīti, passaṁ vā āha

---

1 So Si; S^{tk} omit these two words here, but not infra.
2 So S^{t}; S^{k} (and S^{b} infra) sakkhi; Si sakkhiṁ.
3 So S^{bk} and S^{t} once infra; Si ab' ambho; S^{t} once infra ehi ambho.
4 Si omits iti here, not infra.
5 So S^{tk} and infra S^{t}; Si pisuṇavāco.
6 So S^{t} infra; S^{tk} bhedā; Si bhedetā.
7 So Si and S^{t} infra; S^{tk} uppādetā.
8 At this point there ends the lacuna in S^{t} which began at p. 42 in No. 113.
9 So Si, S^{tk} v—nīvācaṁ.
10 So Si S^{t}, S^{k} vācā akakkasā.
11 Si kaṭukā.
12 So Si S^{t} and S^{k} infra; S^{k} here an—tvācaṁ.
13 Si anappadesaṁ.

Passāmīti; iti attahetu vā parahetu vā āmisakiñcikkhahetu vā na sampajānamusā bhāsitā hoti. Pisuṇaṁ vācaṁ pahāya pisuṇāya vācāya paṭivirato hoti; ito sutvā na amutra akkhātā imesaṁ bhedāya, amutra vā sutvā na imesaṁ akkhātā amūsaṁ bhedāya; iti bhinnānaṁ vā sandhātā sahitānaṁ vā anuppadātā samaggārāmo samaggarato samagganandī samaggakaraṇiṁ vācaṁ bhāsitā hoti. Pharusaṁ vācaṁ pahāya pharusāya vācāya paṭivirato hoti; yā sā vācā nelā kaṇṇasukhā pemanīyā[1] hadayaṅgamā porī bahujanakantā bahujanamanāpā tathārūpiṁ vācaṁ bhāsitā hoti. Samphappalāpaṁ pahāya samphappalāpā paṭivirato hoti; kālavādī bhūtavādī atthavādī dhammavādī vinayavādī nidhānavatiṁ vācaṁ bhāsitā kālena sāpadesaṁ pariyantavatiṁ atthasaṁhitaṁ. Evarūpaṁ, bhante, vacīsamācāraṁ sevato akusalā dhammā parihāyanti kusalā dhammā abhivaḍḍhanti.

"Vacīsamācāram p' ahaṁ, bhikkhave, duvidhena vadāmi sevitabbam pi asevitabbam pi, tañ c' aññamaññaṁ vacīsamācāran ti," iti yaṁ taṁ vuttaṁ Bhagavatā idam etaṁ paṭicca vuttaṁ.

"Manosamācāram p' ahaṁ, bhikkhave, duvidhena vadāmi sevitabbam pi asevitabbam pi, tañ c' aññamaññaṁ manosamācāran ti" iti kho pan' etaṁ vuttaṁ Bhagavatā. Kiñ c' etaṁ paṭicca vuttaṁ? Yathārūpaṁ, bhante, manosamācāraṁ sevato akusalā dhammā abhivaḍḍhanti kusalā dhammā parihāyanti, evarūpo manosamācāro na sevitabbo. Yathārūpañ ca kho, bhante, manosamācāraṁ sevato akusalā dhammā parihāyanti kusalā dhammā abhivaḍḍhanti, evarūpo manosamācāro sevitabbo.

Kathaṁrūpaṁ, bhante, manosamācāraṁ sevato akusalā dhammā abhivaḍḍhanti kusalā dhammā parihāyanti? Idha, bhante, ekacco abhijjhālū hoti: yan taṁ parassa paravittūpakaraṇaṁ taṁ abhijjhitā[2] hoti: Aho vata yaṁ parassa taṁ mama assāti. Vyāpannacitto kho pana hoti paduṭṭhamana-

[1] S^{ts} pemaniyā

[2] So S^t Si; S^k abhijjhātā.

saṅkappo: Ime sattā haññantu vā vajjhantu vā ucchijjantu vā vinassantu vā mā ahesuṁ vā ti,[1] iti vā evarūpaṁ, bhante, manosamācāraṁ sevato akusalā dhammā abhivaḍḍhanti kusalā dhammā parihāyanti. Kathaṁrūpaṁ, bhante, manosamācāraṁ sevato akusalā dhammā parihāyanti kusalā dhammā abhivaḍḍhanti? Idha, bhante, ekacco anabhijjhālū hoti, yan taṁ parassa paravittūpakaraṇaṁ, taṁ nābhijjhitā hoti: Aho vata yaṁ parassa taṁ mama assāti. Avyāpannacitto kho pana hoti appaduṭṭhamanasaṅkappo: Ime sattā averā avyāpajjhā anīghā sukhī attānaṁ pariharantūti. Evarūpaṁ, bhante, manosamācāraṁ sevato akusalā dhammā parihāyanti kusalā dhammā abhivaḍḍhanti.

"Manosamācāraṁ p' ahaṁ, bhikkhave, duvidhena vadāmi sevitabbam pi asevitabbam pi, tañ c' aññamaññaṁ manosamācāran ti," iti yan taṁ vuttaṁ Bhagavatā idam etaṁ paṭicca vuttaṁ.

"Cittuppādaṁ p' ahaṁ, bhikkhave, duvidhena vadāmi sevitabbam pi asevitabbam pi tañ c' aññamaññaṁ cittuppādan ti"—iti kho pan' etaṁ vuttaṁ Bhagavatā. Kiñ c' etaṁ paṭicca vuttaṁ? Yathārūpaṁ, bhante, cittuppādaṁ sevato akusalā dhammā abhivaḍḍhanti kusalā dhammā parihāyanti, evarūpo cittuppādo na sevitabbo. Yathārūpañ ca kho, bhante, cittuppādaṁ sevato akusalā dhammā parihāyanti kusalā dhammā abhivaḍḍhanti, evarūpo cittuppādo sevitabbo.

Kathaṁrūpaṁ, bhante, cittuppādaṁ sevato akusalā dhammā abhivaḍḍhanti kusalā dhammā parihāyanti? Idha, bhante, ekacco abhijjhālū hoti abhijjhāsahagatena cetasā viharati, vyāpādavā hoti vyāpādasahagatena cetasā viharati, vihesāvā[2] hoti vihesāsahagatena cetasā viharati. Evarūpaṁ, bhante, cittuppādaṁ sevato akusalā dhammā abhivaḍḍhanti kusalā dhammā parihāyanti. Kathaṁrūpaṁ, bhante, cittuppādaṁ sevato akusalā dhammā parihāyanti

---

[1] So Si; S^t ucchijjantu vā ahesuṁ iti vā evarūpaṁ; S^k ucchijjantu vā mā vā ahesuṁ iti vā iti evarūpaṁ. [2] So S^{tk}; Si vihesavā (bis)

kusalā dhammā abhivaḍḍhanti? Idha bhante ekacco anabhijjhālū hoti anabhijjhāsahagatena cetasā viharati, avyāpādavā hoti avyāpādasahagatena cetasā viharati, avihesāvā hoti avihesāsahagatena cetasā viharati. Evarūpaṁ, bhante, cittuppādaṁ sevato akusalā dhammā parihāyanti kusalā dhammā abhivaḍḍhanti.

"Cittuppādaṁ p' ahaṁ, bhikkhave, duvidhena vadāmi sevitabbam pi asevitabbam pi, tañ c' aññamaññaṁ cittuppādan ti"—iti yan taṁ vuttaṁ Bhagavatā idaṁ etaṁ paṭicca vuttaṁ.

"Saññāpaṭilābhaṁ p' ahaṁ, bhikkhave, duvidhena vadāmi sevitabbam pi asevitabbam pi, tañ ca aññamaññaṁ saññāpaṭilābhan ti"—iti kho pan' etaṁ vuttaṁ Bhagavatā. Kiñ c' etaṁ paṭicca vuttaṁ? Yathārūpaṁ, bhante, saññāpaṭilābhaṁ sevato akusalā dhammā abhivaḍḍhanti kusalā dhammā parihāyanti, evarūpo saññāpaṭilābho na sevitabbo. Yathārūpañ ca kho, bhante, saññāpaṭilābhaṁ sevato akusalā dhammā parihāyanti kusalā dhammā abhivaḍḍhanti, evarūpo saññāpaṭilābho sevitabbo. Kathaṁrūpaṁ, bhante, saññāpaṭilābhaṁ sevato akusalā dhammā abhivaḍḍhanti kusalā dhammā parihāyanti? Idha, bhante, ekacco abhijjhālū hoti abhijjhāsahagatāya saññāya viharati, vyāpādavā hoti vyāpādasahagatāya saññāya viharati, vihesāvā hoti vihesāsahagatāya saññāya viharati. Evarūpaṁ, bhante, saññāpaṭilābhaṁ sevato akusalā dhammā abhivaḍḍhanti kusalā dhammā parihāyanti. Kathaṁrūpaṁ, bhante, saññāpaṭilābhaṁ sevato akusalā dhammā parihāyanti kusalā dhammā abhivaḍḍhanti? Idha, bhante, ekacco anabhijjhālū hoti anabhijjhāsahagatāya saññāya viharati, avyāpādavā hoti avyāpādasahagatāya saññāya viharati, avihesāvā hoti avihesāsahagatāya saññāya viharati. Evarūpaṁ, bhante, saññāpaṭilābhaṁ sevato akusalā dhammā parihāyanti kusalā dhammā abhivaḍḍhanti.

"Saññāpaṭilābhaṁ p' ahaṁ, bhikkhave, duvidhena vadāmi sevitabbam pi asevitabbam pi, tañ c' aññamaññaṁ saññāpaṭilābhan ti"—iti yan taṁ vuttaṁ Bhagavatā idaṁ etaṁ paṭicca vuttaṁ.

"Diṭṭhipaṭilābhaṁ p' ahaṁ, bhikkhave, duvidhena vadāmi sevitabbam pi asevitabbam pi tañ c' aññamaññaṁ diṭṭhipaṭilābhan ti" iti kho pan' etaṁ vuttaṁ Bhagavatā. Kiñ c' etaṁ paṭicca vuttaṁ? Yathārūpaṁ, bhante, diṭṭhipaṭilābhaṁ sevato akusalā dhammā abhivaḍḍhanti kusalā dhammā parihāyanti, evarūpo diṭṭhipaṭilābho na sevitabbo. Yathārūpañ ca kho, bhante, diṭṭhipaṭilābhaṁ sevato akusalā dhammā parihāyanti kusalā dhammā abhivaḍḍhanti, evarūpo diṭṭhipaṭilābho sevitabbo. Kathaṁrūpaṁ, bhante, diṭṭhipaṭilābhaṁ sevato akusalā dhammā abhivaḍḍhanti kusalā dhammā parihāyanti? Idha, bhante, ekacco evaṁdiṭṭhiko hoti: Na 'tthi dinnaṁ na 'tthi yiṭṭhaṁ, na 'tthi hutaṁ na 'tthi sukaṭadukkaṭānaṁ kammānaṁ phalaṁ vipāko, na 'tthi ayaṁ loko na 'tthi paro loko, na 'tthi mātā na 'tthi pitā, na 'tthi sattā opapātikā, na 'tthi loke samaṇabrāhmaṇā sammaggatā sammāpaṭipannā ye imañ ca lokaṁ parañ ca lokaṁ sayaṁ abhiññā sacchikatvā pavedentīti. Evarūpaṁ, bhante, diṭṭhipaṭilābhaṁ sevato akusalā dhammā abhivaḍḍhanti kusalā dhammā parihāyanti. Kathaṁrūpaṁ, bhante, diṭṭhipaṭilābhaṁ sevato akusalā dhammā parihāyanti kusalā dhammā abhivaḍḍhanti? Idha, bhante, ekacco evaṁdiṭṭhiko hoti: Atthi dinnaṁ atthi yiṭṭhaṁ, atthi hutaṁ atthi sukaṭadukkaṭānaṁ kammānaṁ phalaṁ vipāko, atthi ayaṁ loko atthi paro loko, atthi mātā atthi pitā, atthi sattā opapātikā, atthi loke samaṇabrāhmaṇā sammaggatā sammāpaṭipannā ye imañ ca lokaṁ parañ ca lokaṁ sayaṁ abhiññā sacchikatvā pavedentīti. Evarūpaṁ, bhante, diṭṭhipaṭilābhaṁ sevato akusalā dhammā parihāyanti kusalā dhammā abhivaḍḍhanti. "Diṭṭhipaṭilābhaṁ p' ahaṁ, bhikkhave, duvidhena vadāmi sevitabbam pi asevitabbam pi tañ c' aññamaññaṁ diṭṭhipaṭilābhan ti" iti yan taṁ vuttaṁ Bhagavatā idam etaṁ paṭicca vuttaṁ.

"Attabhāvapaṭilābhaṁ p' ahaṁ, bhikkhave, duvidhena sevitabbam pi asevitabbam pi tañ c' aññamaññaṁ attabhāvapaṭilābhan ti" iti kho pan' etaṁ vuttaṁ Bhagavatā. Kiñ c' etaṁ paṭicca vuttaṁ? Yathārūpaṁ, bhante, attabhāvapaṭilābhaṁ sevato akusalā dhammā abhivaḍḍhanti kusalā dhammā parihāyanti, evarūpo attabhāvapaṭilābho na sevitabbo. Yathārūpañ ca kho, bhante, attabhāvapaṭilābhaṁ sevato akusalā dhammā parihāyanti kusalā dhammā abhivaḍḍhanti, evarūpo attabhāvapaṭilābho sevitabbo. Kathaṁrūpaṁ, bhante, attabhāvapaṭilābhaṁ sevato akusalā dhammā abhivaḍḍhanti kusalā dhammā parihāyanti? Savyāpajjhaṁ,[1] bhante, attabhāvapaṭilābhaṁ abhinibbattayato[2] apariniṭṭhitabhāvāya akusalā dhammā abhivaḍḍhanti kusalā dhammā parihāyanti. Kathaṁrūpaṁ, bhante, attabhāvapaṭilābhaṁ sevato akusalā dhammā parihāyanti kusalā dhammā abhivaḍḍhanti? Avyāpajjhaṁ, bhante, attabhāvapaṭilābhaṁ abhinibbattayato[2] pariniṭṭhitabhāvāya akusalā dhammā parihāyanti kusalā dhammā abhivaḍḍhanti. "Attabhāvapaṭilābhaṁ p' ahaṁ, bhikkhave, duvidhena vadāmi sevitabbam pi asevitabbam pi tañ c' aññamaññaṁ attabhāvapaṭilābhan ti" iti yan taṁ vuttaṁ Bhagavatā idaṁ etaṁ paṭicca vuttaṁ.

Imassa kho ahaṁ, bhante, Bhagavatā saṁkhittena bhāsitassa vitthārena atthaṁ avibhattassa evaṁ vitthārena atthaṁ ājānāmīti.

Sādhu sādhu, Sāriputta; sādhu kho tvaṁ, Sāriputta, imassa mayā saṁkhittena bhāsitassa vitthārena atthaṁ avibhattassa evaṁ vitthārena atthaṁ ājānāsi.

"Kāyasamācāram p' ahaṁ, bhikkhave, duvidhena vadāmi sevitabbam pi asevitabbam pi tañ c' aññamaññaṁ kāyasamācāran ti" iti kho pan' etaṁ vuttaṁ mayā.[3] Kiñ c' etaṁ paṭicca vuttaṁ? Yathārūpaṁ, Sāriputta, kāyasamācāraṁ sevato akusalā dhammā abhivaḍḍhanti kusalā dhammā parihāyanti, evarūpo kāyasamācāro na sevitabbo. Yathārūpañ ca kho, Sāriputta, kāyasamācāraṁ sevato akusalā dhammā parihāyanti kusalā dhammā abhivaḍḍhanti, evarūpo kāyasamācāro sevitabbo.

---

[1] So Bu S^t; S^p avyāpajjhaṁ; S^k byāpajjhaṁ. [2] So S^p; S^k (bis) abhinibbattassa yato. [3] S^{tr} add pi.

Kathaṁrūpaṁ, Sāriputta, kāyasamācāraṁ sevato akusalā dhammā abhivaḍḍhanti kusalā dhammā parihāyanti? Idha, Sāriputta, ekacco pāṇātipātī hoti luddo lohitapāṇi hatapahate niviṭṭho adayāpanno pāṇabhūtesu. Adinnādāyī kho pana hoti; yaṁ taṁ parassa paravittūpakaraṇaṁ gāmagataṁ vā araññagataṁ vā, taṁ adinnaṁ theyyasaṅkhātaṁ ādātā hoti. Kāmesu micchācārī kho pana hoti; yā tā māturakkhitā piturakkhitā bhāturakkhitā bhaginirakkhitā ñātirakkhitā sassāmikā saparidaṇḍā antamaso mālāguḷaparikkhittā pi, tathārūpāsu cārittaṁ āpajjitā hoti. Evarūpaṁ, Sāriputta, kāyasamācāraṁ sevato akusalā dhammā abhivaḍḍhanti kusalā dhammā parihāyanti. Kathaṁrūpaṁ, Sāriputta, kāyasamācāraṁ sevato akusalā dhammā parihāyanti kusalā dhammā abhivaḍḍhanti? Idha, Sāriputta, ekacco pāṇātipātaṁ pahāya pāṇātipātā paṭivirato hoti nihitadaṇḍo nihitasattho lajjī dayāpanno sabbapāṇabhūtahitānukampī viharati. Adinnādānaṁ pahāya adinnādānā paṭivirato hoti; yaṁ taṁ parassa paravittūpakaraṇaṁ gāmagataṁ vā araññagataṁ vā, taṁ adinnaṁ theyyasaṅkhātaṁ na[1] ādātā hoti. Kāmesu micchācāraṁ pahāya kāmesu micchācārā paṭivirato hoti; yā tā māturakkhitā piturakkhitā bhāturakkhitā bhaginirakkhitā ñātirakkhitā sassāmikā saparidaṇḍā antamaso mālāguḷaparikkhittā pi, tathārūpāsu cārittaṁ na āpajjitā hoti. Evarūpaṁ, Sāriputta, kāyasamācāraṁ sevato akusalā dhammā parihāyanti kusalā dhammā abhivaḍḍhanti. "Kāyasamācāraṁ p' ahaṁ, bhikkhave,[2] duvidhena vadāmi sevitabbam pi asevitabbam pi tañ c' aññamaññaṁ kāyasamācāran ti" iti yan taṁ vuttaṁ mayā idam etaṁ paṭicca vuttaṁ.

"Vacīsamācāraṁ p' ahaṁ, bhikkhave,[3] duvidhena

[1] So Si: S^{tt} omit here. [2] So Si; S^{tt} Sāriputta, as generally hereafter. [3] After bhikkhave Si continues—pe—manosamācāraṁ p' ahaṁ, bhikkhave. Cittuppādam p' ahaṁ, bhikkhave. Saññāpaṭilābhaṁ, p' ahaṁ, bhikkhave. Diṭṭhipaṭilābham. p' ahaṁ. bhikkhave. Attabhāvapaṭilābhaṁ p' ahaṁ, bhikkhave, duvidhena vadāmi (&c. in extenso).—S^{tt} recite in full.

vadāmi sevitabbam pi asevitabbam pi tañ c' aññamaññaṁ vacīsamācāran ti" iti kho pan' etaṁ vuttaṁ mayā. Kiñ c' etaṁ paṭicca vuttaṁ? Yathārūpaṁ, Sāriputta, vacīsamācāraṁ sevato akusalā dhammā abhivaḍḍhanti kusalā dhammā parihāyanti, evarūpo vacīsamācāro na sevitabbo. Yathārūpañ ca kho, Sāriputta, vacīsamācāraṁ sevato akusalā dhammā parihāyanti kusalā dhammā abhivaḍḍhanti, evarūpo kāyasamācāro sevitabbo. Kathaṁrūpaṁ, Sāriputta, vacīsamācāraṁ sevato akusalā dhammā abhivaḍḍhanti kusalā dhammā parihāyanti? Idha, Sāriputta, ekacco musāvādī hoti sabhāgato vā . . . (*etc. as above page 47, last line, to page 53 line 15*) . . . "Attabhāvapaṭilābham p' ahaṁ, bhikkhave, duvidhena vadāmi sevitabbam pi asevitabbam pi tañ c' aññamaññaṁ attabhāvapaṭilābhan ti" iti yan taṁ vuttaṁ mayā idaṁ etaṁ paṭicca vuttaṁ.

Imassa kho, Sāriputta, mayā saṁkhittena bhāsitassa[1] evaṁ vitthārena attho daṭṭhabbo.

Cakkhuviññeyyaṁ rūpaṁ p' ahaṁ, Sāriputta,[2] duvidhena vadāmi sevitabbam pi asevitabbam pi; sotaviññeyyaṁ saddaṁ p' ahaṁ, Sāriputta, duvidhena vadāmi sevitabbam pi asevitabbam pi; ghānaviññeyyaṁ gandhaṁ p' ahaṁ, Sāriputta, duvidhena vadāmi sevitabbam pi asevitabbam pi; jivhāviññeyyaṁ rasaṁ p' ahaṁ, Sāriputta, duvidhena vadāmi sevitabbam pi asevitabbam pi; kāyaviññeyyaṁ phoṭṭhabbaṁ p' ahaṁ, Sāriputta, duvidhena vadāmi sevitabbam pi asevitabbam pi; manoviññeyyaṁ dhammaṁ p' ahaṁ, Sāriputta, duvidhena vadāmi sevitabbam pi asevitabbam piti.

Evaṁ vutte āyasmā Sāriputto Bhagavantaṁ etad avoca: Imassa kho ahaṁ, bhante, Bhagavatā saṁkhittena bhāsitassa vitthārena atthaṁ avibhattassa evaṁ vitthārena atthaṁ ājānāmi:—

"Cakkhuviññeyyaṁ rūpaṁ p' ahaṁ, Sāriputta, duvi-

[1] Si adds vitthārena atthaṁ avibhattassa. [2] S^{tt} insert bhikkhave before Sāriputta.

dhena vadāmi sevitabbam pi asevitabbam pīti" iti kho pan' etaṁ vuttaṁ Bhagavatā. Kiñ c' etaṁ paṭicca vuttaṁ? Yathārūpaṁ, bhante, cakkhuviññeyyaṁ rūpaṁ sevato akusalā dhammā abhivaḍḍhanti kusalā dhammā parihāyanti, evarūpaṁ cakkhuviññeyyaṁ rūpaṁ na sevitabbaṁ. Yathārūpañ ca kho, bhante, cakkhuviññeyyaṁ rūpaṁ sevato akusalā dhammā parihāyanti kusalā dhammā abhivaḍḍhanti, evarūpaṁ cakkhuviññeyyaṁ rūpaṁ sevitabbaṁ. "Cakkhuviññeyyaṁ rūpaṁ p' ahaṁ, Sāriputta, duvidhena vadāmi sevitabbam pi asevitabbam pīti" iti yan taṁ vuttaṁ Bhagavatā idam etaṁ paṭicca vuttaṁ.¹

"Sotaviññeyyaṁ saddaṁ p' ahaṁ, Sāriputta, duvidhena vadāmi sevitabbam pi asevitabbam pīti" iti kho pan' etaṁ vuttaṁ Bhagavatā. Kiñ c' etaṁ paṭicca vuttaṁ? Yathārūpaṁ, bhante, sotaviññeyyaṁ saddaṁ sevato akusalā dhammā abhivaḍḍhanti kusalā dhammā parihāyanti, evarūpo sotaviññeyyo saddo na sevitabbo. Yathārūpañ ca kho, bhante, sotaviññeyyaṁ saddaṁ sevato akusalā dhammā parihāyanti kusalā dhammā abhivaḍḍhanti, evarūpo sotaviññeyyo saddo sevitabbo. "Sotaviññeyyaṁ saddaṁ p' ahaṁ, Sāriputta, duvidhena vadāmi sevitabbam pi asevitabbam pīti" iti yan taṁ vuttaṁ Bhagavatā idam etaṁ paṭicca vuttaṁ.

"Ghānaviññeyyaṁ gandhaṁ p' ahaṁ, Sāriputta, duvidhena vadāmi sevitabbam pi asevitabbam pīti" iti kho pan' etaṁ vuttaṁ Bhagavatā. Kiñ c' etaṁ paṭicca vuttaṁ? Yathārūpaṁ, bhante, ghānaviññeyyaṁ gandhaṁ sevato akusalā dhammā abhivaḍḍhanti kusalā dhammā parihāyanti,

¹ Si continues:—pe—evarūpo sotaviññeyyo saddo na sevitabbo.—pe—evarūpo sotaviññeyyo saddo sevitabbo.—pe—evarūpo ghānaviññeyyo gandho na sevitabbo.—pe—evarūpo gh. g. sevitabbo.—pe—evarūpo jivhāviññeyyo raso na sevitabbo.—pe—evarūpo jivhāviññeyyo [raso] sevitabbo.—pe—evarūpo kāyaviññeyyo phoṭṭhabbo na sevitabbo.—pe—evarūpo kāyaviññeyyo phoṭṭhabbo sevitabbo.—pe—Manoviññeyyaṁ dhammaṁ p' ahaṁ (&c. in full).

evarūpo ghānaviññeyyo gandho na sevitabbo. Yathārūpañ ca kho, bhante, ghānaviññeyyaṁ gandhaṁ sevato akusalā dhammā parihāyanti kusalā dhammā abhivaḍḍhanti, evarūpo ghānaviññeyyo gandho sevitabbo. "Ghānaviññeyyaṁ gandhaṁ p' ahaṁ, Sāriputta, duvidhena vadāmi sevitabbam pi asevitabbam pīti" iti yan taṁ vuttaṁ Bhagavatā idam etaṁ paṭicca vuttaṁ.

Jivhāviññeyyaṁ rasaṁ p' ahaṁ, Sāriputta, duvidhena vadāmi sevitabbam pi asevitabbam pīti" iti kho pan' etaṁ vuttaṁ Bhagavatā. Kiñ c' etaṁ paṭicca vuttaṁ? Yathārūpaṁ, bhante, jivhāviññeyyaṁ rasaṁ sevato akusalā dhammā abhivaḍḍhanti kusalā dhammā parihāyanti, evarūpo jivhāviññeyyo raso na sevitabbo. Yathārūpañ ca kho, bhante, jivhāviññeyyaṁ rasaṁ sevato akusalā dhammā parihāyanti kusalā dhammā abhivaḍḍhanti, evarūpo jivhāviññeyyo raso sevitabbo. "Jivhāviññeyyaṁ rasaṁ p' ahaṁ, Sāriputta, duvidhena vadāmi sevitabbam pi asevitabbam pīti" iti yan taṁ vuttaṁ Bhagavatā idam etaṁ paṭicca vuttaṁ.

"Kāyaviññeyyaṁ phoṭṭhabbaṁ p' ahaṁ, Sāriputta, duvidhena vadāmi sevitabbam pi asevitabbam pīti" iti kho pan' etaṁ vuttaṁ Bhagavatā. Kiñ c' etaṁ paṭicca vuttaṁ? Yathārūpaṁ, bhante, kāyaviññeyyaṁ phoṭṭhabbaṁ sevato akusalā dhammā abhivaḍḍhanti kusalā dhammā parihāyanti, evarūpo kāyaviññeyyo phoṭṭhabbo na sevitabbo. Yathārūpañ ca kho, bhante, kāyaviññeyyaṁ phoṭṭhabbaṁ sevato akusalā dhammā parihāyanti kusalā dhammā abhivaḍḍhanti, evarūpo kāyaviññeyyo phoṭṭhabbo sevitabbo. "Kāyaviññeyyaṁ phoṭṭhabbaṁ p' ahaṁ, Sāriputta, duvidhena vadāmi sevitabbam pi asevitabbam pīti" iti yan taṁ vuttaṁ Bhagavatā idam etaṁ paṭicca vuttaṁ.

"Manoviññeyyaṁ dhammaṁ p' ahaṁ, Sāriputta, duvidhena vadāmi sevitabbam pi asevitabbam pīti" iti kho pan' etaṁ vuttaṁ Bhagavatā. Kiñ c' etaṁ paṭicca vuttaṁ? Yathārūpaṁ, bhante, manoviññeyyaṁ dhammaṁ sevato akusalā dhammā abhivaḍḍhanti kusalā dhammā parihāyanti, evarūpo manoviññeyyo dhammo na sevitabbo. Yathārūpañ ca kho, bhante, manoviññeyyaṁ dhammaṁ sevato akusalā dhammā parihāyanti kusalā dhammā abhivaḍḍhanti, evarūpo manoviññeyyo dhammo sevitabbo. "Manoviññeyyaṁ dhammaṁ p' ahaṁ, Sāriputta, duvidhena vadāmi sevitabbam pi asevitabbam pīti" iti yan taṁ vuttaṁ Bhagavatā idam etaṁ paṭicca vuttaṁ.

Imassa kho ahaṁ, bhante,[1] Bhagavatā saṁkhittena bhāsitassa vitthārena atthaṁ avibhattassa evaṁ vitthārena atthaṁ ājānāmīti.

Sādhu sādhu, Sāriputta; sādhu kho tvaṁ, Sāriputta, imassa mayā saṁkhittena bhāsitassa vitthārena atthaṁ avibhattassa vitthārena atthaṁ ājānāsi.

"Cakkhuviññeyyaṁ rūpaṁ p' ahaṁ, Sāriputta, duvidhena vadāmi sevitabbam pi asevitabbam pīti" iti kho pan etaṁ vuttaṁ mayā. Kiñ c' etaṁ paṭicca vuttaṁ? Yathārūpaṁ . . . (&c. as above). . . . "Manoviññeyyaṁ dhammaṁ p' ahaṁ, Sāriputta, duvidhena vadāmi sevitabbam pi asevitabbam pīti" iti yan taṁ vuttaṁ mayā idam etaṁ paṭicca vuttaṁ.

Imassa kho, Sāriputta, mayā saṁkhittena bhāsitassa evaṁ vitthārena attho daṭṭhabbo.

Cīvaraṁ p' ahaṁ, Sāriputta, duvidhena vadāmi sevitabbam pi asevitabbam pi; piṇḍapātaṁ p' ahaṁ, Sāriputta, duvidhena vadāmi sevitabbam pi asevitabbam pi; senāsanaṁ p' ahaṁ, Sāriputta, duvidhena vadāmi sevitabbam pi asevitabbam pi; gāmaṁ p' ahaṁ, Sāriputta, duvidhena vadāmi sevitabbam pi asevitabbam pi; nigamaṁ p' ahaṁ, Sāriputta, duvidhena vadāmi sevitabbam pi asevitabbam pi; nagaraṁ p' ahaṁ, Sāriputta, duvidhena vadāmi sevitabbam pi asevitabbam pi; janapadaṁ p' ahaṁ, Sāriputta, duvidhena vadāmi sevitabbam pi asevitabbam pi; puggalaṁ p' ahaṁ, Sāriputta, duvidhena vadāmi sevitabbam pi asevitabbam pīti.

[1] S^a omit bhante.

Evaṁ vutte āyasmā Sāriputto Bhagavantaṁ etad avoca: Imassa kho ahaṁ, bhante, Bhagavatā saṁkhittena bhāsitassa vitthārena atthaṁ avibhattassa evaṁ vitthārena atthaṁ ājānāmi:—

"Cīvaraṁ p' ahaṁ, Sāriputta, duvidhena vadāmi sevitabbam pi asevitabbam pīti" iti kho pan' etaṁ vuttaṁ Bhagavatā. Kiñ c' etaṁ paṭicca vuttaṁ? Yathārūpaṁ, bhante, cīvaraṁ sevato akusalā dhammā abhivaḍḍhanti kusalā dhammā parihāyanti, evarūpaṁ cīvaraṁ na sevitabbaṁ. Yathārūpañ ca kho, bhante, cīvaraṁ sevato akusalā dhammā parihāyanti kusalā dhammā abhivaḍḍhanti, evarūpaṁ cīvaraṁ sevitabbaṁ. "Cīvaraṁ p' ahaṁ, Sāriputta, duvidhena vadāmi sevitabbam pi asevitabbam pīti" iti yan taṁ vuttaṁ Bhagavatā idam etaṁ paṭicca vuttaṁ.

"Piṇḍapātaṁ p' ahaṁ, Sāriputta, duvidhena vadāmi . . . etaṁ paṭicca vuttaṁ.

"Senāsanaṁ p' ahaṁ, Sāriputta, duvidhena vadāmi . . . etaṁ paṭicca vuttaṁ.

"Gāmaṁ p' ahaṁ, Sāriputta, . . . etaṁ paṭicca vuttaṁ.

"Nigamaṁ p' ahaṁ, Sāriputta, . . . etaṁ paṭicca vuttaṁ.

"Nagaraṁ p' ahaṁ, Sāriputta, . . . etaṁ paṭicca vuttaṁ.

"Janapadaṁ p' ahaṁ, Sāriputta, . . . etaṁ paṭicca vuttaṁ.

"Puggalaṁ p' ahaṁ, Sāriputta, . . . etaṁ paṭicca vuttaṁ."

Imassa kho ahaṁ, bhante, Bhagavatā saṁkhittena bhāsitassa vitthārena atthaṁ avibhattassa evaṁ vitthārena atthaṁ ājānāmīti.

Sādhu sādhu, Sāriputta; sādhu kho tvaṁ, Sāriputta, imassa mayā saṁkhittena bhāsitassa vitthārena atthaṁ avibhattassa vitthārena atthaṁ ājānāsi.

"Cīvaraṁ p' ahaṁ, Sāriputta, duvidhena vadāmi sevitabbam pi asevitabbam pīti" iti kho pan' etaṁ vuttaṁ mayā. Kiñ c' etaṁ paṭicca vuttaṁ? Yathārūpaṁ, Sāriputta, cīvaraṁ sevato akusalā dhammā abhivaḍḍhanti . . . idaṁ etaṁ paṭicca vuttaṁ.

"Piṇḍapātaṁ p' ahaṁ, Sāriputta, duvidhena vadāmi sevitabbaṁ asevitabbam pīti" iti kho pan' etaṁ vuttaṁ mayā. Kiñ c' etaṁ paṭicca vuttaṁ? . . . idaṁ etaṁ paṭicca vuttaṁ.

Senāsanaṁ p' ahaṁ, Sāriputta, duvidhena vadāmi sevitabbaṁ asevitabbam pīti—pe—evarūpaṁ senāsanaṁ na sevitabbaṁ—pe—evarūpaṁ senāsanaṁ sevitabbaṁ—pe—evarūpo gāmo na sevitabbo—pe—evarūpo gāmo sevitabbo—pe—evarūpaṁ nagaraṁ na sevitabbaṁ—pe—evarūpaṁ nagaraṁ sevitabbaṁ—pe—evarūpo janapado na sevitabbo—pe—evarūpo janapado sevitabbo—pe—. "Puggalaṁ p' ahaṁ, Sāriputta, duvidhena vadāmi sevitabbam pi asevitabbam pīti" iti kho pan' etaṁ vuttaṁ mayā. Kiñ c' etaṁ paṭicca vuttaṁ? Yathārūpam, Sāriputta, . . . idaṁ etaṁ paṭicca vuttaṁ.

Imassa kho, Sāriputta, mayā saṁkhittena bhāsitassa evaṁ vitthārena attho daṭṭhabbo.

Sabbe pi ce, Sāriputta, khattiyā imassa mayā saṁkhittena bhāsitassa evaṁ vitthārena atthaṁ ājāneyyuṁ, sabbesānaṁ[1] p' assa khattiyānaṁ dīgharattaṁ hitāya sukhāya. Sabbe pi ce, Sāriputta, brāhmaṇā—pe[2]—vessā—pe—sabbe pi ce, Sāriputta, suddā imassa mayā saṁkhittena bhāsitassa evaṁ vitthārena atthaṁ ājāneyyuṁ, sabbesānaṁ[1] p' assa suddānaṁ dīgharattaṁ hitāya sukhāya. Sadevako ce pi, Sāriputta, loko samārako sabrahmako sassamaṇabrāhmaṇī pajā sadevamanussā imassa mayā saṁkhittena bhāsitassa evaṁ vitthārena atthaṁ ājāneyyuṁ, sadevakassa lokassa samārakassa sabrahmakassa sassamaṇabrāhmaṇiyā pajāya sadevamanussāya dīgharattaṁ hitāya sukhāyāti.

[1] So all MSS.

[2] Si omits pe and adds sabbe pi ce Sāriputta before vessā.

Idaṁ avoca Bhagavā. Attamano āyasmā Sāriputto Bhagavato bhāsitaṁ abhinandīti.

SEVITABBA-ASEVITABBASUTTAṀ [1] CATUTTHAṀ.

115.

Evam me sutaṁ. Ekaṁ samayaṁ Bhagavā Sāvatthiyaṁ viharati Jetavane Anāthapiṇḍikassa ārāme. Tatra kho Bhagavā bhikkhū āmantesi: Bhikkhavo ti. Bhadante ti te bhikkhū Bhagavato paccassosuṁ. Bhagavā etad avoca:—

Yāni kānici, bhikkhave, bhayāni uppajjanti, sabbāni tāni bālato uppajjanti no paṇḍitato. Ye keci upaddavā uppajjanti, sabbe te bālato uppajjanti no paṇḍitato. Ye keci upasaggā uppajjanti, sabbe te bālato uppajjanti no paṇḍitato. Seyyathāpi, bhikkhave, naḷāgārā vā tiṇāgārā vā [2] aggimukko [3] kūṭāgārāni pi ḍahati [4] ullittāvalittāni nivātāni [5] phussitaggaḷāni pihitavātapānāni,—evam eva kho, bhikkhave, yāni kānici bhayāni uppajjanti, sabbāni tāni bālato uppajjanti no paṇḍitato; ye keci upaddavā uppajjanti, sabbe te bālato uppajjanti no paṇḍitato; ye keci upasaggā uppajjanti, sabbe te bālato uppajjanti no paṇḍitato. Iti kho, bhikkhave, sappaṭibhayo bālo, appaṭibhayo paṇḍito; sa-upaddavo bālo, anupaddavo paṇḍito; sa-upasaggo bālo, anupasaggo paṇḍito. Na 'tthi, bhikkhave, paṇḍitato bhayaṁ, na 'tthi paṇḍitato upaddavo, na 'tthi paṇḍitato upasaggo. Tasmātiha, bhikkhave, paṇḍitā bhavissāma vīmaṁsakā ti [6]; evaṁ hi vo, bhikkhave, sikkhitabban ti.

---

1 So Bu; Si Sevitabbāsevitabbasuttaṁ; S^{kt} Sevitabbasuttaṁ.
2 So Si Bu; S^{kt} n—ro va t—ro vā. 3 So S^{kt}; Si aggimutto.
4 So S^{kt}; Si ḍahati. 5 Si omits here. Cf. Vol. II. p. 8.
6 Si bhavissāmāti, omitting vīmaṁsakā.

Evaṁ vutte āyasmā Ānando Bhagavantaṁ etad avoca:—Kittāvatā nu kho, bhante, paṇḍito bhikkhu vīmaṁsako ti alaṁ vacanāyāti?

Yato kho, Ānanda, bhikkhu, dhātukusalo ca hoti āyatanakusalo ca hoti paṭiccasamuppādakusalo ca hoti ṭhānāṭṭhānakusalo ca hoti, ettāvatā kho, Ānanda, paṇḍito bhikkhu vīmaṁsako ti alaṁ vacanāyāti.

Kittāvatā pana, bhante, bhikkhu dhātukusalo ti alaṁ vacanāyāti?

Aṭṭhārasa kho imā, Ānanda, dhātuyo:—Cakkhudhātu, rūpadhātu, cakkhuviññāṇadhātu; sotadhātu, saddadhātu, sotaviññāṇadhātu; ghānadhātu, gandhadhātu, ghānaviññāṇadhātu; jivhādhātu, rasadhātu, jivhāviññāṇadhātu; kāyadhātu, phoṭṭhabbadhātu, kāyaviññāṇadhātu; manodhātu, dhammadhātu, manoviññāṇadhātūti. Imā kho, Ānanda, aṭṭhārasa dhātuyo yato jānāti passati, ettāvatā pi kho, Ānanda, dhātukusalo bhikkhūti alaṁ vacanāyāti.

Siyā pana, bhante, añño pi pariyāyo yathā dhātukusalo bhikkhūti alaṁ vacanāyāti?

Siyā, Ānanda. Cha-y-imā, Ānanda, dhātuyo: Paṭhavīdhātu, āpodhātu, vāyodhātu, tejodhātu, ākāsadhātu, viññāṇadhātu. Imā kho, Ānanda, cha dhātuyo yato jānāti passati, ettāvatā pi kho, Ānanda, dhātukusalo bhikkhūti alaṁ vacanāyāti.

Siyā pana, bhante, añño pi pariyāyo yathā dhātukusalo bhikkhūti alaṁ vacanāyāti?

Siyā, Ānanda. Cha-y-imā, Ānanda, dhātuyo: Sukhadhātu, dukkhadhātu, somanassadhātu, domanassadhātu, upekhādhātu, avijjādhātu. Imā kho, Ānanda, cha dhātuyo yato jānāti passati, ettāvatā pi kho, Ānanda, dhātukusalo bhikkhūti alaṁ vacanāyāti.

Siyā pana, bhante, añño pi pariyāyo yathā dhātukusalo bhikkhūti alaṁ vacanāyāti?

Siyā, Ānanda. Cha-y-imā, Ānanda, dhātuyo: Kāmadhātu, nekkhammadhātu, vyāpādadhātu, avyāpādadhātu, vihesādhātu,[1] avihesādhātu. Imā kho, Ānanda, dhātuyo yato jānāti passati, ettāvatā pi kho, Ānanda, dhātukusalo bhikkhūti alaṁ vacanāyāti.

Siyā pana, bhante, añño pi pariyāyo yathā dhātukusalo bhikkhūti alaṁ vacanāyāti?

Siyā, Ānanda. Tisso imā, Ānanda, dhātuyo: Kāmadhātu, rūpadhātu, arūpadhātu. Imā kho, Ānanda, tisso dhātuyo yato jānāti passati, ettāvatā pi kho, Ānanda, dhātukusalo bhikkhūti alaṁ vacanāyāti.

Siyā pana, bhante, añño pariyāyo yathā dhātukusalo bhikkhūti alaṁ vacanāyāti?

Siyā, Ānanda. Dve imā, Ānanda, dhātuyo: Saṁkhatā ca dhātu asaṁkhatā ca dhātu. Imā kho, Ānanda, dve dhātuyo yato jānāti passati, ettāvatā pi kho, Ānanda, dhātukusalo bhikkhūti alaṁ vacanāyāti.

Kittāvatā pana, bhante, āyatanakusalo bhikkhūti alaṁ vacanāyāti?

Cha kho pan' imāni, Ānanda, ajjhattikabāhirāni āyatanāni: Cakkhuñ[2] c' eva rūpañ ca, sotañ ca saddo ca, ghānañ ca gandho ca, jivhā ca raso ca, kāyo ca phoṭṭhabbo ca, mano ca dhammā ca. Imāni kho, Ānanda, cha[3] ajjhattikabāhirāni āyatanāni yato jānāti passati, ettāvatā kho, Ānanda, āyatanakusalo bhikkhūti alaṁ vacanāyāti.

Kittāvatā pana, bhante, paṭiccasamuppādakusalo bhikkhūti alaṁ vacanāyāti?

Idh', Ānanda, bhikkhu evaṁ jānāti: Imasmiṁ sati, idaṁ hoti; imass' uppādā idaṁ uppajjati; imasmiṁ asati, idaṁ na hoti; imassa nirodhā idaṁ nirujjhati;- yadidaṁ avijjāpaccayā saṁkhārā, saṁkhārapaccayā viññāṇaṁ, viññāṇapaccayā nāmarūpaṁ, nāmarūpapaccayā saḷāyatanaṁ, saḷāyatanapaccayā phasso, phassapaccayā vedanā, vedanāpaccayā taṇhā, taṇhāpaccayā upādānaṁ, upādānapaccayā

---

[1] So S^{ky}; Si vihiṁsādhātu and avihiṁsādhātu. [2] So S^{ky}; Si cakkhu. [3] S^{ky} omit cha.

bhavo, bhavapaccayā jāti, jātipaccayā jarāmaraṇaṁ sokaparidevadukkhadomanassupāyāsā sambhavanti. Evam etassa kevalassa dukkhakkhandhassa samudayo hoti—avijjāya tveva[1] asesavirāganirodhā saṁkhāranirodho, saṁkhāranirodhā viññāṇanirodho, viññāṇanirodhā nāmarūpanirodho, nāmarūpanirodhā saḷāyatananirodho, saḷāyatananirodhā phassanirodho, phassanirodhā vedanānirodho, vedanānirodhā taṇhānirodho, taṇhānirodhā upādānanirodho, upādānanirodhā bhavanirodho, bhavanirodhā jātinirodho, jātinirodhā jarāmaraṇaṁ sokaparidevadukkhadomanassupāyāsā nirujjhanti. Evam etassa kevalassa dukkhakkhandhassa nirodho hoti. Ettāvatā kho, Ānanda, paṭiccasamuppādakusalo bhikkhūti alaṁ vacanāyāti.

Kittāvatā pana, bhante, ṭhānāṭṭhānakusalo bhikkhūti alaṁ vacanāyāti?

Idh', Ānanda, bhikkhu: Aṭṭhānam etaṁ anavakāso yaṁ diṭṭhisampanno puggalo kiñci saṁkhāraṁ niccato upagaccheyya, n' etaṁ ṭhānaṁ vijjatīti pajānāti; Ṭhānañ ca kho etaṁ vijjati yaṁ puthujjano kiñci saṁkhāraṁ niccato upagaccheyya, ṭhānam etaṁ vijjatīti pajānāti; Aṭṭhānam etaṁ anavakāso yaṁ diṭṭhisampanno puggalo kiñci saṁkhāraṁ sukhato upagaccheyya, n' etaṁ ṭhānaṁ vijjatīti pajānāti; Ṭhānañ ca kho etaṁ vijjati yaṁ puthujjano kiñci saṁkhāraṁ sukhato upagaccheyya, ṭhānam etaṁ vijjatīti pajānāti; Aṭṭhānam etaṁ anavakāso yaṁ diṭṭhisampanno puggalo kiñci dhammaṁ attato[2] upagaccheyya, n' etaṁ ṭhānaṁ vijjatīti pajānāti; Ṭhānañ ca kho etaṁ vijjati yaṁ puthujjano kiñci dhammaṁ attato upagaccheyya ṭhānam etaṁ vijjatīti pajānāti; Aṭṭhānam etaṁ anavakāso yaṁ diṭṭhisampanno puggalo mātaraṁ jīvitā voropeyya, n' etaṁ ṭhānaṁ vijjatīti pajānāti; Ṭhānañ ca kho etaṁ vijjati yaṁ puthujjano mātaraṁ jīvitā voropeyya, ṭhānam etaṁ vijjatīti pajānāti; Aṭṭhānam etaṁ anavakāso yaṁ

[1] So Si; S^{t} avijjāyave: S^{m} avijjāyantveva.
[2] So Si; S^{tm} attano.

diṭṭhisampanno puggalo pitaraṁ jīvitā voropeyya—pa[1]—arahantaṁ jīvitā voropeyya[2]—pa—; Aṭṭhānam etaṁ anavakāso yaṁ diṭṭhisampanno puggalo duṭṭhacitto Tathāgatassa lohitaṁ uppādeyya, n' etaṁ ṭhānaṁ vijjatīti pajānāti: Ṭhānañ ca kho etaṁ vijjati yaṁ puthujjano duṭṭhacitto Tathāgatassa lohitaṁ uppādeyya, ṭhānam etaṁ vijjatīti pajānāti: Aṭṭhānam etaṁ anavakāso yaṁ diṭṭhisampanno puggalo saṁghaṁ bhindeyya, n' etaṁ ṭhānaṁ vijjatīti pajānāti: Ṭhānañ ca kho etaṁ vijjati yaṁ puthujjano saṁghaṁ bhindeyya, ṭhānam etaṁ vijjatīti pajānāti: Aṭṭhānam etaṁ anavakāso yaṁ diṭṭhisampanno puggalo aññaṁ Satthāraṁ uddiseyya, n' etaṁ ṭhānaṁ vijjatīti pajānāti; Ṭhānañ ca kho etaṁ vijjati yaṁ puthujjano aññaṁ Satthāraṁ uddiseyya, ṭhānam etaṁ vijjatīti pajānāti; Aṭṭhānam etaṁ anavakāso yaṁ ekissā lokadhātuyā dve arahanto Sammāsambuddhā apubbaṁ acarimaṁ uppajjeyyuṁ, n' etaṁ ṭhānaṁ vijjatīti pajānāti; Ṭhānañ ca kho etaṁ vijjati yaṁ ekissā lokadhātuyā eko arahaṁ Sammāsambuddho uppajjeyya, ṭhānam etaṁ vijjatīti pajānāti; Aṭṭhānam etaṁ anavakāso yaṁ ekissā lokadhātuyā dve rājāno cakkavattino[3] apubbaṁ acarimaṁ uppajjeyyuṁ, n' etaṁ ṭhānaṁ vijjatīti pajānāti; Ṭhānañ ca kho etaṁ vijjati yaṁ ekissā lokadhātuyā eko rājā cakkavattī[4] uppajjeyya, ṭhānam etaṁ vijjatīti pajānāti; Aṭṭhānam etaṁ anavakāso yaṁ itthi arahaṁ assa Sammāsambuddho, n' etaṁ ṭhānaṁ vijjatīti pajānāti; Ṭhānañ ca kho etaṁ vijjati yaṁ puriso arahaṁ assa Sammāsambuddho, ṭhānam etaṁ vijjatīti pajānāti; Aṭṭhānam etaṁ anavakāso yaṁ itthi rājā assa cakkavattī, n' etaṁ ṭhānaṁ vijjatīti pajānāti; Ṭhānañ ca kho etaṁ vijjati yaṁ puriso rājā assa cakkavattī, ṭhānam etaṁ vijjatīti pajānāti; Aṭṭhānam etaṁ anavakāso yaṁ itthi Sakkattaṁ

---

[1] Si adds: n' etaṁ ṭhānaṁ vijjatīti pajānāti. Ṭhānañ ca kho etaṁ vijjati yaṁ puthujjano pitaraṁ jīvitā voropeyya. [2] Si adds: ṭhānam etaṁ vijjatīti pajānāti. [3] So Si; Sto c—t. [4] Si °tī always.

kareyya,[1] n' etaṁ ṭhānaṁ vijjatīti pajānāti; Ṭhānañ ca kho etaṁ vijjati yaṁ puriso Sakkattaṁ kareyya, ṭhānam etaṁ vijjatīti pajānāti; Aṭṭhānam etaṁ anavakāso yaṁ itthi Mārattaṁ kareyya, n' etaṁ ṭhānaṁ vijjatīti pajānāti; Ṭhānañ ca kho etaṁ vijjati yaṁ puriso Mārattaṁ kareyya, ṭhānam etaṁ vijjatīti pajānāti: Aṭṭhānam etaṁ anavakāso yaṁ itthi Brahmattaṁ kareyya, n' etaṁ ṭhānaṁ vijjatīti, pajānāti; Ṭhānañ ca kho etaṁ vijjati yaṁ puriso Brahmattaṁ kareyya, ṭhānam etaṁ vijjatīti pajānāti: Aṭṭhānam etaṁ anavakāso yaṁ kāyaduccaritassa iṭṭho kanto manāpo vipāko nibbatteyya, n' etaṁ ṭhānaṁ vijjatīti pajānāti; Ṭhānañ ca kho etaṁ vijjati yaṁ kāyaduccaritassa aniṭṭho akanto amanāpo vipāko nibbatteyya, ṭhānam etaṁ vijjatīti pajānāti: Aṭṭhānam etaṁ anavakāso yaṁ vacīduccaritassa—pe[2]— yaṁ manoduccaritassa iṭṭho kanto manāpo vipāko nibbatteyya, n' etaṁ ṭhānaṁ vijjatīti pajānāti; Ṭhānañ ca kho etaṁ vijjati yaṁ manoduccaritassa aniṭṭho akanto amanāpo vipāko nibbatteyya, ṭhānam etaṁ vijjatīti pajānāti; Aṭṭhānam etaṁ anavakāso yaṁ kāyasucaritassa aniṭṭho akanto amanāpo vipāko nibbatteyya, n' etaṁ ṭhānaṁ vijjatīti pajānāti; Ṭhānañ ca kho etaṁ vijjati yaṁ kāyasucaritassa iṭṭho kanto manāpo vipāko nibbatteyya, ṭhānam etaṁ vijjatīti pajānāti; Aṭṭhānam etaṁ anavakāso yaṁ vacīsucaritassa —pe[2]—yaṁ manosucaritassa aniṭṭho akanto amanāpo vipāko nibbatteyya, n' etaṁ ṭhānaṁ vijjatīti pajānāti; Ṭhānañ ca kho etaṁ vijjati yaṁ manosucaritassa iṭṭho kanto manāpo vipāko nibbatteyya, ṭhānam etaṁ vijjatīti pajānāti: Aṭṭhānam etaṁ anavakāso yaṁ kāyaduccaritasamaṅgī tannidānā tappaccayā kāyassa bhedā param maraṇā sugatiṁ saggaṁ lokaṁ upapajjeyya, n' etaṁ ṭhānaṁ vijjatīti pajānāti; Ṭhānañ ca kho etaṁ vijjati yaṁ kāyaduccari-

---

[1] Si reads kāreyya and continues: Mārattaṁ kāreyya; Brahmattaṁ kāreyya n' etaṁ ṭhānaṁ vijjatīti pajānāti. Ṭhānañ ca kho etaṁ vijjati, yaṁ puriso Sakkattaṁ kāreyya, Mārattaṁ kāreyya, Brahmattaṁ kāreyya, ṭhānam etaṁ (&c.). [2] Si omits.

tasamaṅgī tannidānā tappaccayā kāyassa bhedā paraṁ maraṇā apāyaṁ duggatiṁ vinipātaṁ nirayaṁ uppajjeyya, ṭhānam etaṁ vijjatīti pajānāti; Aṭṭhānam etaṁ anavakāso yaṁ vacīduccaritasamaṅgī — pe — yaṁ manoduccaritasamaṅgī tannidānā tappaccayā kāyassa bhedā paraṁ maraṇā sugatiṁ saggaṁ lokaṁ uppajjeyya, n' etaṁ ṭhānaṁ vijjatīti pajānāti; Ṭhānañ ca kho etaṁ vijjati yam manoduccaritasamaṅgī tannidānā tappaccayā kāyassa bhedā paraṁ maraṇā apāyaṁ duggatiṁ vinipātaṁ nirayaṁ uppajjeyya, ṭhānam etaṁ vijjatīti pajānāti; Aṭṭhānam etaṁ anavakāso yaṁ kāyasucaritasamaṅgī tannidānā tappaccayā kāyassa bhedā paraṁmaraṇā apāyaṁ duggatiṁ vinipātaṁ nirayaṁ uppajjeyya, n' etaṁ ṭhānaṁ vijjatīti pajānāti; Ṭhānañ ca kho etaṁ vijjati yaṁ kāyasucaritasamaṅgī tannidānā tappaccayā kāyassa bhedā paraṁ maraṇā sugatiṁ saggaṁ lokaṁ uppajjeyya, ṭhānam etaṁ vijjatīti pajānāti; Aṭṭhānam etaṁ anavakāso yaṁ vacīsucaritasamaṅgī—pe—yaṁ manosucaritasamaṅgī tannidānā tappaccayā kāyassa bhedā apāyaṁ duggatiṁ vinipātaṁ nirayaṁ uppajjeyya, n' etaṁ ṭhānaṁ vijjatīti pajānāti; Ṭhānañ ca kho etaṁ vijjati yaṁ manosucaritasamaṅgī tannidānaṁ tappaccayā kāyassa bhedā paraṁ maraṇā sugatiṁ saggaṁ lokaṁ uppajjeyya, ṭhānam etaṁ vijjatīti pajānāti.—Ettāvatā kho, Ānanda, ṭhānāṭṭhānakusalo bhikkhūti alaṁ vacanāyāti.

Evaṁ vutte āyasmā Ānando Bhagavantaṁ etad avoca: Acchariyaṁ, bhante; abbhutaṁ, bhante. Konāmo ayaṁ, bhante, dhammapariyāyo ti?

Tasmātiha tvaṁ, Ānanda, imaṁ dhammapariyāyaṁ Bahudhātuko ti pi naṁ dhārehi, Catuparivaṭṭo ti pi naṁ dhārehi, Dhammādāso ti pi naṁ dhārehi, Amatadundubhīti pi naṁ dhārehi, Anuttaro Saṅgāmavijayo ti pi naṁ dhārehīti.

Idam avoca Bhagavā. Attamano āyasmā Ānando Bhagavato bhāsitaṁ abhinandīti.

BAHUDHĀTUKASUTTAṀ PAÑCAMAṀ.

116.

Evaṃ me sutaṃ. Ekaṃ samayaṃ Bhagavā Rājagahe viharati Isigilismiṃ pabbate. Tatra kho Bhagavā bhikkhū āmantesi: Bhikkhavo ti. Bhadante ti te bhikkhū Bhagavato paccassosuṃ. Bhagavā etad avoca: Passatha no tumhe, bhikkhave, etaṃ Vebhāraṃ pabbatan ti?

Evaṃ, bhante.

Etassa pi kho, bhikkhave, Vebhārassa pabbatassa aññā va samaññā ahosi aññā paññatti. Passatha no tumhe, bhikkhave, etaṃ Paṇḍavaṃ pabbatan ti?

Evaṃ, bhante.

Etassa pi kho, bhikkhave, Paṇḍavassa pabbatassa aññā va samaññā ahosi aññā paññatti. Passatha no tumhe, bhikkhave, etaṃ Vepullaṃ pabbatan ti?

Evaṃ, bhante.

Etassa pi kho, bhikkhave, Vepullassa pabbatassa aññā va samaññā ahosi aññā paññatti. Passatha no tumhe, bhikkhave, etaṃ Gijjhakūṭaṃ pabbatan ti?

Evaṃ, bhante.

Etassa pi kho, bhikkhave, Gijjhakūṭassa pabbatassa aññā va samaññā ahosi aññā paññatti. Passatha no tumhe, bhikkhave, imaṃ Isigiliṃ pabbatan ti?

Evaṃ, bhante.

Imassa[1] kho, bhikkhave, Isigilissa pabbatassa esā va samaññā ahosi esā paññatti.

Bhūtapubbaṃ, bhikkhave, pañca Paccekabuddha-satāni imasmiṃ Isigilismiṃ pabbate ciranivāsino ahesuṃ. Te imaṃ pabbataṃ pavisantā dissanti paviṭṭhā na dissanti. Tam enaṃ manussā disvā evam āhaṃsu: Ayaṃ pabbato ime isī gilatīti Isigili Isigili tveva samaññā udapādi. Ācikkhissāmi, bhikkhave, Paccekabuddhānaṃ nāmāni; kittayissāmi, bhikkhave, Paccekabuddhānaṃ nāmāni; desissāmi,

[1] Si adds pi.

bhikkhave, Paccekabuddhānaṁ nāmāni. Taṁ suṇātha, sādhukaṁ manasikarotha; bhāsissāmīti.

Evaṁ bhante ti kho te bhikkhū Bhagavato paccassosuṁ.

Bhagavā etad avoca:—

Ariṭṭho nāma, bhikkhave, paccekabuddho[1] imasmiṁ Isigilismiṁ pabbate ciranivāsī ahosi; Upariṭṭho nāma, bhikkhave, paccekabuddho imasmiṁ Isigilismiṁ ciranivāsī ahosi; Tagarasikhī nāma, bhikkhave, paccekabuddho imasmiṁ Isigilismiṁ ciranivāsī ahosi; Yasassī nāma, bhikkhave, paccekabuddho imasmiṁ Isigilismiṁ ciranivāsī ahosi; Sudassano nāma, bhikkhave, paccekabuddho imasmiṁ Isigilismiṁ ciranivāsī ahosi; Piyadassī nāma, bhikkhave, paccekabuddho imasmiṁ Isigilismiṁ ciranivāsī ahosi; Gandhāro nāma, bhikkhave, paccekabuddho imasmiṁ Isigilismiṁ ciranivāsī ahosi; Piṇḍolo nāma, bhikkhave, paccekabuddho imasmiṁ Isigilismiṁ ciranivāsī ahosi; Upāsabho nāma, bhikkhave, paccekabuddho imasmiṁ Isigilismiṁ ciranivāsī ahosi; Nītho[2] nāma, bhikkhave, paccekabuddho imasmiṁ Isigilismiṁ ciranivāsī ahosi; Tatho nāma, bhikkhave, paccekabuddho imasmiṁ Isigilismiṁ ciranivāsī ahosi; Sutavā nāma, bhikkhave, paccekabuddho imasmiṁ Isigilismiṁ ciranivāsī ahosi; Bhāvitatto nāma, bhikkhave, paccekabuddho imasmiṁ Isigilismiṁ ciranivāsī ahosi.

Ye sattasārā anīghā nirāsā paccekam ev' ajjhagamuṁ
subodhiṁ,
Tesaṁ visallānaṁ naruttamānaṁ nāmāni me kittayato
suṇātha
Ariṭṭho Upariṭṭho Tagarasikhī Yasassī Sudassano Piyadassī
ca buddho
Gandhāro Piṇḍolo Upāsabho ca Nītho Tatho Sutavā
Bhāvitatto

[1] S^{ky} Si throughout the following prose passage read paccekasambuddho, supra et infra paccekale, [2] Si Nīto.

Sumbho Subho Methulo Aṭṭhamo ca Athassumegho Anigho Sudāṭho

Paccekabuddhā bhavanettikhīṇā Hiṅgū ca Hiṅgo ca mahānubhāvā

Dve Jālino munino Aṭṭhako ca atha Kosalo buddho atho Subāhu

Upanemi so Nemi so Santacitto sacco tatho virajo paṇḍito ca

Kāḷūpakāḷā Vijito Jito ca Aṅgo ca Paṅgo ca Guttijito[1] ca.

Passī jahi[2] upadhiṁ dukkhamūlaṁ Aparājito Mārabalaṁ ajesi.

Satthā Pavattā Sarabhaṅgo Lomahaṁso Uccaṅgamāyo Asito Anāsavo

Manomayo mānacchido ca Bandhumā Tadādhimutto vimalo ca ketumā

Ketumbharāgo ca Mātaṅgo Ariyo ath' Accuto Accutagāmabyāmako

Sumaṅgalo Dabbilo Supatiṭṭhito Asayho Khemābhirato ca Sorato

Durannayo Saṅgho atho pi Ujjayo aparo munī[3] Sayho anomanikkamo

Ānanda-Nando Upanando dvādasa Bhāradvājā[4] antimadehadhārī

Bodhi-Mahānāmo atho pi uttaro kesī sikhī sundaro Bhāradvājo

Tissūpatissā bhavabandhanacchidā Upasīdarī taṇhacchido ca Sīdarī

Buddho ahu Maṅgalo vītarāgo Usabh' acchidā jāliniṁ dukkhamūlaṁ

Santaṁ padaṁ ajjhagamā Upaṇīto Uposatho sundaro saccanāmo

Jeto Jayanto Padumo Uppalo ca Padumuttaro Rakkhito Pabbato ca

---

[1] Si Guticchito. [2] So S^{ky} Bu; Si Passijahi. [3] Si muni.
[4] So Bu; S^{k} Bhāradvāyojā; S^{t} Si Bhāradvājo.

Mānatthaddho sobhito Vītarāgo Kaṇho ca Buddho suvimuttacitto,
Ete ca aññe ca mahānubhāvā paccekabuddhā bhavanettikhīṇā.
Te sabbasaṅgātigate[1] mahesī parinibbute vandatha appameyye ti.

Isigilisuttaṃ chaṭṭhaṃ.

117.

Evaṃ me sutaṃ. Ekaṃ samayaṃ Bhagavā Sāvatthiyaṃ viharati Jetavane Anāthapiṇḍikassa ārāme. Tatra kho Bhagavā bhikkhū āmantesi: Bhikkhavo ti. Bhadante ti te bhikkhū Bhagavato paccassosuṃ. Bhagavā etad avoca: Ariyaṃ vo, bhikkhave, sammāsamādhiṃ desissāmi sa-upanisaṃ saparikkhāraṃ. Taṃ suṇātha sādhukaṃ manasikarotha, bhāsissāmīti. Evaṃ bhante ti kho te bhikkhū Bhagavato paccassosuṃ. Bhagavā etad avoca:—

Katamo ca, bhikkhave, ariyo sammāsamādhi sa-upaniso saparikkhāro? Seyyathīdaṃ: sammādiṭṭhi sammāsaṅkappo sammāvācā sammākammanto samma-ājīvo sammāvāyāmo sammāsati. Yā kho, bhikkhave, imehi sattaṅgehi cittassa ekaggatā parikkhatā, ayaṃ vuccati, bhikkhave, ariyo sammāsamādhi sa-upaniso iti pi, saparikkhāro iti pi.

Tatra, bhikkhave, sammādiṭṭhi pubbaṅgamā hoti. Kathañ ca, bhikkhave, sammādiṭṭhi pubbaṅgamā hoti? Micchādiṭṭhiṃ: Micchādiṭṭhīti pajānāti, sammādiṭṭhiṃ: Sammādiṭṭhīti pajānāti. Sā 'ssa hoti sammādiṭṭhi. Katamā ca, bhikkhave, micchādiṭṭhi? Na 'tthi dinnaṃ, na 'tthi yiṭṭhaṃ, na 'tthi hutaṃ, na 'tthi sukaṭadukkaṭānaṃ kammānaṃ phalaṃ vipāko, na 'tthi ayaṃ loko, na 'tthi paro loko, na 'tthi mātā, na 'tthi pitā, na 'tthi sattā opapātikā, na

[1] So Stk; Si s—dhigate.

'tthi loke samaṇabrāhmaṇā sammaggatā sammāpaṭipannā ye imañ ca lokaṁ parañ ca lokaṁ sayaṁ abhiññā sacchikatvā pavedentīti; ayaṁ, bhikkhave, micchādiṭṭhi.

Katamā ca, bhikkhave, sammādiṭṭhi? Sammādiṭṭhiṁ p' ahaṁ, bhikkhave, dvayaṁ vadāmi. Atthi, bhikkhave, sammādiṭṭhi sāsavā puññābhāgiyā[1] upadhivepakkā; atthi, bhikkhave, sammādiṭṭhi ariyā anāsavā lokuttarā maggaṅgā. Katamā ca, bhikkhave, sammādiṭṭhi sāsavā puññābhāgiyā upadhivepakkā? Atthi dinnaṁ, atthi yiṭṭhaṁ, atthi hutaṁ, atthi sukaṭadukkaṭānaṁ kammānaṁ phalaṁ vipāko, atthi ayaṁ loko, atthi paro loko, atthi mātā, atthi pitā, atthi sattā opapātikā, atthi loke samaṇabrāhmaṇā sammaggatā sammāpaṭipannā ye imañ ca lokaṁ parañ ca lokaṁ sayaṁ abhiññā sacchikatvā pavedentīti: ayaṁ, bhikkhave, sammādiṭṭhi sāsavā puññābhāgiyā upadhivepakkā.

Katamā ca, bhikkhave, sammādiṭṭhi ariyā anāsavā lokuttarā maggaṅgā?

Yā kho, bhikkhave, ariyacittassa anāsavacittassa[2] ariyamaggassa[3] samaṅgino ariyamaggaṁ bhāvayato paññā paññindriyaṁ paññābalaṁ dhammavicayasambojjhaṅgo sammādiṭṭhi maggaṅgā, — ayaṁ, bhikkhave, sammādiṭṭhi ariyā anāsavā lokuttarā maggaṅgā. Yo[4] micchādiṭṭhiyā pahānāya vāyamati sammādiṭṭhiyā upasampadāya, sāssa[5] hoti sammāvāyāmo. So sato micchādiṭṭhiṁ pajahati, sato sammādiṭṭhiṁ upasampajja viharati; sāssa hoti sammāsati. Itiss' ime tayo dhammā sammādiṭṭhiṁ anuparidhāvanti anuparivattanti, seyyathīdaṁ: sammādiṭṭhi sammāvāyāmo sammāsati.

Tatra, bhikkhave, sammādiṭṭhi pubbaṅgamā hoti. Kathañ ca, bhikkhave, sammādiṭṭhi pubbaṅgamā hoti? Micchāsaṅkappaṁ: Micchāsaṅkappo ti pajānāti, sammāsaṅkappaṁ: Sammāsaṅkappo ti pajānāti—sā 'ssa hoti

---

[1] So S^kt; Si Bu puññabh°.
[2] So Si; S^kt omit.
[3] So S^kt; Si ariyamaggasamaṅgino
[4] So S^kt; Si so.
[5] So S^kt and (once) Si; Si usually svāssa.

sammādiṭṭhi. Katamo ca, bhikkhave, micchāsaṅkappo? Kāmasaṅkappo, vyāpādasaṅkappo, vihiṃsāsaṅkappo, ayaṃ, bhikkhave, micchāsaṅkappo. Katamo ca, bhikkhave, sammāsaṅkappo? Sammāsaṅkappam p' ahaṃ, bhikkhave, dvayaṃ vadāmi. Atthi, bhikkhave, sammāsaṅkappo sāsavo puññābhāgiyo upadhivepakko; atthi, bhikkhave, sammāsaṅkappo ariyo anāsavo lokuttaro maggaṅgo. Katamo ca, bhikkhave, sammāsaṅkappo sāsavo puññābhāgiyo upadhivepakko? Nekkhammasaṅkappo, avyāpādasaṅkappo avihiṃsāsaṅkappo,—ayaṃ, bhikkhave, sammāsaṅkappo sāsavo puññābhāgiyo upadhivepakko. Katamo ca, bhikkhave, sammāsaṅkappo ariyo anāsavo lokuttaro maggaṅgo? Yo kho, bhikkhave, ariyacittassa anāsavacittassa ariyamaggasamaṅgino ariyamaggaṃ bhāvayato takko vitakko saṅkappo appanāvyappanā cetaso abhiniropanā vācāsaṅkhāro,[1] ayaṃ, bhikkhave, sammāsaṅkappo ariyo anāsavo lokuttaro maggaṅgo. So micchāsaṅkappassa pahānāya vāyamati sammāsaṅkappassa upasampadāya; so 'ssa[2] hoti sammāvāyāmo. So sato micchāsaṅkappaṃ pajahati, sato sammāsaṅkappaṃ upasampajja viharati. Sā 'ssa hoti sammāsati. Iti 'ssime tayo dhammā sammāsaṅkappaṃ anuparidhāvanti anuparivattanti, seyyathīdaṃ: sammādiṭṭhi sammāvāyāmo sammāsati.

Tatra, bhikkhave, sammādiṭṭhi pubbaṅgamā hoti. Kathañ ca, bhikkhave, sammādiṭṭhi pubbaṅgamā hoti? Micchāvācaṃ: Micchāvācā ti pajānāti; sammāvācaṃ: Sammāvācā ti pajānāti; sā 'ssa hoti sammādiṭṭhi. Katamā ca, bhikkhave, micchāvācā? Musāvādo, pisuṇā vācā, pharusā vācā, samphappalāpo;—ayaṃ, bhikkhave, micchāvācā. Katamā ca, bhikkhave, sammāvācā? Sammāvācaṃ p' ahaṃ, bhikkhave, dvayaṃ vadāmi. Atthi, bhikkhave, sammāvācā sāsavā puññābhāgiyā upadhivepakkā; atthi,

---

[1] S[tk] Si vacīsaṅkhāro. Buddhaghosa (MS. of R.A.S.) has the following. Vācāsaṅkhāroti vacīsaṅkhāro. My own MS. of Bu reads Vācāsaṅkhāroti.

[2] So S[tk]; Si svāssa.

bhikkhave, sammāvācā ariyā anāsavā lokuttarā maggaṅgā. Katamā ca, bhikkhave, sammāvācā sāsavā puññābhāgiyā upadhivepakkā? Musāvādā veramaṇī, pisuṇāya vācāya veramaṇī, pharusāya vācāya veramaṇī, samphappalāpā veramaṇī,—ayaṁ, bhikkhave, sammāvācā sāsavā puññābhāgiyā upadhivepakkā. Katamā ca, bhikkhave, sammāvācā ariyā anāsavā lokuttarā maggaṅgā? Yā kho, bhikkhave, ariyacittassa anāsavacittassa ariyamaggasamaṅgino ariyamaggaṁ bhāvayato catūhi pi vacīduccaritehi ārati virati paṭivirati veramaṇī,—ayaṁ, bhikkhave, sammāvācā ariyā anāsavā lokuttarā maggaṅgā. So micchāvācāya pahānāya vāyamati, sammāvācāya upasampadāya; so 'ssa hoti sammāvāyāmo. So sato micchāvācaṁ pajahati, sato sammāvācaṁ upasampajja viharati; sā 'ssa hoti sammāsati. Itiʼssime tayo dhammā sammāvācaṁ anuparidhāvanti anuparivattanti, seyyathīdaṁ: sammādiṭṭhi, sammāvāyāmo, sammāsati.

Tatra, bhikkhave, sammādiṭṭhi pubbaṅgamā hoti. Kathañ ca, bhikkhave, sammādiṭṭhi pubbaṅgamā hoti? Micchākammantaṁ: Micchākammanto ti pajānāti; sammākammantaṁ: Sammākammanto ti pajānāti; sā 'ssa hoti sammādiṭṭhi. Katamo ca, bhikkhave, micchākammanto? Pāṇātipāto, adinnādānaṁ, kāmesu micchācāro,—ayaṁ, bhikkhave, micchākammanto. Katamo ca, bhikkhave, sammākammanto? Sammākammantam p' ahaṁ, bhikkhave, dvayaṁ vadāmi. Atthi, bhikkhave, sammākammanto sāsavo puññābhāgiyo upadhivepakko; atthi, bhikkhave, sammākammanto ariyo anāsavo lokuttaro maggaṅgo. Katamo ca, bhikkhave, sammākammanto sāsavo puññābhāgiyo upadhivepakko? Atthi, bhikkhave, pāṇātipātā veramaṇī, adinnādānā veramaṇī, kāmesu micchācārā veramaṇī: ayaṁ, bhikkhave, sammākammanto sāsavo puññābhāgiyo upadhivepakko. Katamo ca, bhikkhave, sammākammanto ariyo anāsavo lokuttaro maggaṅgo? Yā kho, bhikkhave, ariyacittassa anāsavacittassa ariyamaggasamaṅgino ariyamaggaṁ bhāvayato tīhi pi kāyaduccaritehi ārati virati paṭivirati veramaṇī: ayaṁ bhikkhave, sammākammanto ariyo anāsavo lokuttaro maggaṅgo. So micchākammantassa pahānāya vāyamati sammākammantassa upasampadāya; so 'ssa hoti sammāvāyāmo. So sato micchākammantaṁ pajahati, sato sammākammantaṁ upasampajja viharati; sā 'ssa hoti sammāsati. Itissime tayo dhammā sammākammantaṁ anuparidhāvanti anuparivattanti, seyyathīdaṁ: sammādiṭṭhi, sammāvāyāmo, sammāsati.

Tatra, bhikkhave, sammādiṭṭhi pubbaṅgamā hoti. Kathañ ca, bhikkhave, sammādiṭṭhi pubbaṅgamā hoti? Micchā-ājīvaṁ: Micchā-ājīvo ti pajānāti; sammā-ājīvaṁ: Sammā-ājīvo ti pajānāti; sā 'ssa hoti sammādiṭṭhi. Katamo ca, bhikkhave, micchā-ājīvo? Kuhanā[1] lapanā nemittakatā nippesikatā lābhena lābhaṁ nijigiṁsanatā,—ayaṁ, bhikkhave, micchā-ājīvo. Katamo ca, bhikkhave, sammā-ājīvo? Sammā-ājīvaṁ p' ahaṁ, bhikkhave, dvayaṁ vadāmi. Atthi, bhikkhave, sammā-ājīvo sāsavo puññābhāgiyo upadhivepakko; atthi, bhikkhave, sammā-ājīvo ariyo anāsavo lokuttaro maggaṅgo. Katamo ca, bhikkhave, sammā-ājīvo sāsavo puññābhāgiyo upadhivepakko? Idha, bhikkhave, ariyasāvako micchā-ājīvaṁ pahāya sammā-ājīvena jīvikaṁ kappeti; ayaṁ, bhikkhave, sammā-ājīvo sāsavo puññābhāgiyo upadhivepakko. Katamo ca, bhikkhave, sammā-ājīvo ariyo anāsavo lokuttaro maggaṅgo? Yā kho, bhikkhave, ariyacittassa anāsavacittassa ariyamaggasamaṅgino ariyamaggaṁ bhāvayato micchā-ājīvā ārati virati paṭivirati veramaṇī; ayaṁ, bhikkhave, sammā-ājīvo ariyo anāsavo lokuttaro maggaṅgo. So micchā-ājīvassa pahānāya vāyamati sammā-ājīvassa upasampadāya; so 'ssa hoti sammāvāyāmo. So sato micchā-ājīvaṁ pajahati, sato sammā-ājīvaṁ upasampajja viharati; sā 'ssa hoti sammāsati. Itissime tayo dhammā sammā-ājīvaṁ anuparidhāvanti anuparivattanti, seyyathīdaṁ: sammādiṭṭhi, sammāvāyāmo, sammāsati.

Tatra, bhikkhave, sammādiṭṭhi pubbaṅgamā hoti. Kathañ ca, bhikkhave, sammādiṭṭhi pubbaṅgamā hoti?

[1] So Si Bu; S^ky kuhanalapanā

Sammādiṭṭhissa, bhikkhave, sammāsaṅkappo pahoti; sammāsaṅkappassa sammāvācā pahoti; sammāvācassa sammākammanto pahoti; sammākammantassa sammā-ājīvo pahoti; sammā-ājīvassa sammāvāyāmo pahoti; sammāvāyāmassa sammāsati pahoti; sammāsatissa sammāsamādhi pahoti; sammāsamādhissa sammāñāṇaṃ pahoti; sammāñāṇassa sammāvimutti pahoti. Iti kho, bhikkhave, aṭṭhaṅgasamannāgato sekho paṭipado[1] dasaṅgasamannāgato[2] arahā hoti.

Tatra, bhikkhave, sammādiṭṭhi pubbaṅgamā hoti. Kathañ ca, bhikkhave, sammādiṭṭhi pubbaṅgamā hoti? Sammādiṭṭhissa bhikkhave, micchādiṭṭhi nijjiṇṇā hoti; ye ca micchādiṭṭhipaccayā aneke pāpakā akusalā dhammā sambhavanti, te c' assa nijjiṇṇā honti; sammādiṭṭhipaccayā ca aneke kusalā dhammā bhāvanāpāripūriṃ[3] gacchanti. Sammāsaṅkappassa, bhikkhave, micchāsaṅkappo nijjiṇṇo hoti[4]; ye ca micchāsaṅkappapaccayā aneke pāpakā akusalā dhammā sambhavanti, te c' assa nijjiṇṇā honti; sammāsaṅkappapaccayā ca aneke kusalā dhammā bhāvanāpāripūriṃ gacchanti. Sammāvācassa, bhikkhave, micchāvācā nijjiṇṇā hoti; ye ca micchāvācāpaccayā aneke pāpakā akusalā dhammā sambhavanti, te c' assa nijjiṇṇā honti, sammāvācāpaccayā ca aneke kusalā dhammā bhāvanāpāripūriṃ gacchanti. Sammākammantassa, bhikkhave, micchākammanto nijjiṇṇo hoti; ye ca micchākammantapaccayā aneke pāpakā akusalā dhammā sambhavanti, te c' assa nijjiṇṇā honti, sammākammantapaccayā aneke kusalā dhammā bhāvanāpāripūriṃ gacchanti. Sammā-ājīvassa, bhikkhave, micchā-ājīvo nijjiṇṇo hoti; ye ca micchā-ājīvapaccayā aneke

---

[1] So S[tk]; Si omits. [2] Si dasaṅgas°. [3] Si bh—parip.
[4] Si continues:—pe—sammāvācassa, bhikkhave, micchāvācā nijjiṇṇā hoti. Sammākammantassa, bhikkhave, micchākammanto nijjiṇṇo hoti. Sammā-ājīvassa, bhikkhave, sammā-ājīvo nijjiṇṇo hoti. Sammāvāyāmassa . . . hoti. Sammāñāṇassa . . . hoti. Sammāvimuttassa, bhikkhave, micchāvimutti nijjiṇṇā hoti, ye ca! &c., &c.).

pāpakā akusalā dhammā sambhavanti, te c' assa nijjiṇṇā honti, sammā-ājīvapaccayā aneke kusalā dhammā bhāvanāpāripūriṁ gacchanti. Sammāvāyāmassa, bhikkhave, micchāvāyāmo nijjiṇṇo hoti; ye ca micchāvāyāmapaccayā aneke pāpakā akusalā dhammā sambhavanti, te c' assa nijjiṇṇā honti, sammāvāyāmapaccayā ca aneke kusalā dhammā bhāvanāpāripūriṁ gacchanti. Sammāsatissa, bhikkhave, micchāsati nijjiṇṇā hoti; ye ca micchāsatipaccayā aneke pāpakā akusalā dhammā sambhavanti, te c' assa nijjiṇṇā honti, sammāsatipaccayā ca aneke kusalā dhammā bhāvanāpāripūriṁ gacchanti. Sammāsamādhissa, bhikkhave, micchāsamādhi nijjiṇṇo hoti; ye ca micchāsamādhipaccayā aneke pāpakā akusalā dhammā sambhavanti, te c' assa nijjiṇṇā honti, sammāsamādhipaccayā ca aneke kusalā dhammā bhāvanāpāripūriṁ gacchanti. Sammāñāṇassa, bhikkhave, micchāñāṇaṁ nijjiṇṇaṁ hoti; ye ca micchāñāṇapaccayā aneke pāpakā akusalā dhammā sambhavanti, te c' assa nijjiṇṇā honti, sammāñāṇapaccayā ca aneke kusalā dhammā bhāvanāpāripūriṁ gacchanti. Sammāvimuttassa, bhikkhave, micchāvimutti nijjiṇṇā hoti; ye ca micchāvimuttipaccayā aneke pāpakā akusalā dhammā sambhavanti, te c' assa nijjiṇṇā honti, sammāvimuttipaccayā ca aneke kusalā dhammā bhāvanāpāripūriṁ gacchanti. Iti, kho, bhikkhave, vīsati kusalapakkhā vīsati akusalapakkhā. Mahācattārīsako dhammapariyāyo pavattito appativattiyo samaṇena vā brāhmaṇena vā devena vā Mārena vā[1] Brahmunā vā kenaci vā lokasmiṁ.[2] Yo hi koci,[3] bhikkhave, samaṇo vā brāhmaṇo vā, imaṁ mahācattārīsakaṁ dhammapariyāyaṁ garahitabbaṁ paṭikkositabbaṁ maññeyya, tassa diṭṭhe va dhamme dasa sahadhammikā vādānuvādā[4] gārayhaṁ[5] ṭhānaṁ āgacchanti. Sammādiṭṭhiñ ce bhavaṁ garahati, ye ca micchādiṭṭhī[6] samaṇabrāhmaṇā te bhoto pujjā te bhoto pāsaṁsā. Sammāsaṅkappañ ce bhavaṁ

[1] Sī omits Mārena vā. [2] Sī lokasmin ti. [3] Sky yo hi keci. [4] So Sī; Sky vādānupātā as at II. Maj. p. 127. [5] Sī gārayhaṭṭhānaṁ. [6] Sī micchādiṭṭhi, Sky micchādiṭṭhino.

garahati, ye ca micchāsaṅkappā samaṇabrāhmaṇā te bhoto pujjā te bhoto pāsaṁsā. Sammāvācañ ce bhavaṁ garahati,[1] ye ca . . . pāsaṁsā. Sammākammantañ ce . . . pāsaṁsā. Sammā-ājīvañ ce . . . pāsaṁsā. Sammāvāyāmañ ce . . . pāsaṁsā. Sammāsatiñ ce . . . pāsaṁsā. Sammāsamādhiñ ce . . . pāsaṁsā. Sammāñāṇañ ce . . . pāsaṁsā. Sammāvimuttiñ ce bhavaṁ garahati, ye ca micchāvimuttī samaṇabrāhmaṇā te bhoto pujjā te bhoto pāsaṁsā. Yo hi[2] koci, bhikkhave, samaṇo vā brāhmaṇo vā imaṁ mahācattārīsakaṁ dhammapariyāyaṁ garahitabbaṁ paṭikkositabbaṁ maññeyya, tassa diṭṭhe va dhamme ime dasa sahadhammikā vādānuvādā gārayhaṁ ṭhānaṁ āgacchanti. Ye pi te, bhikkhave, ahesuṁ Okkalā[3] Vassa-Bhaññā ahetuvādā akiriyavādā natthikavādā, te pi mahācattārīsakaṁ dhammapariyāyaṁ na garahitabbaṁ na paṭikkositabbaṁ maññeyyuṁ. Taṁ kissa hetu? Nindābyārosa-upārambhabhayā[4] ti.

Idam avoca Bhagavā. Attamanā te bhikkhū Bhagavato bhāsitaṁ abhinandun ti.

MAHĀCATTĀRĪSAKASUTTAṀ SATTAMAṀ.

118.

Evaṁ me sutaṁ. Ekaṁ samayaṁ Bhagavā Sāvatthiyaṁ viharati Pubbārāme Migāramātu pāsāde sambahulehi abhiññātehi abhiññātehi therehi sāvakehi saddhiṁ,—āyasmatā ca Sāriputtena, āyasmatā ca Mahā-Moggallānena, āyasmatā ca Mahā-Kassapena, āyasmatā ca Mahā-Kaccāyanena, āyasmatā ca Mahā-Koṭṭhitena, āyasmatā ca Mahā-Kappinena,[5] āyasmatā ca Mahā-Cundena, āyasmatā ca

---

[1] Si omits rest of sentence, here et infra, resuming full recital with Sammāvimuttiṁ. [2] Si omits hi. [3] So Bu; S^{tk} Si Ukkalā. [4] So S^{tk} Si; Bu nindāvyāpārosa. [5] S^t omits.

Anuruddhena,[1] āyasmatā ca Revatena, āyasmatā ca Ānandena,—aññehi ca abhiññātehi abhiññātehi therehi sāvakehi saddhiṃ. Tena kho pana samayena therā bhikkhū nave bhikkhū ovadanti anusāsanti. Appekacce therā bhikkhū dasa pi bhikkhū ovadanti anusāsanti, appekacce therā bhikkhū vīsatim[2] pi bhikkhū ovadanti anusāsanti, appekacce therā bhikkhū tiṃsam pi bhikkhū ovadanti anusāsanti, appekacce therā bhikkhū cattārīsam pi bhikkhū ovadanti anusāsanti.[3] Te ca navā bhikkhū therehi bhikkhūhi ovadiyamānā anusāsiyamānā uḷāraṃ[4] pubbenāparaṃ visesaṃ jānanti.[5] Tena kho pana samayena Bhagavā tadahu 'posathe pannarase pavāraṇāya puṇṇāya puṇṇamāya rattiyā bhikkhu-saṅghaparivuto abbhokāse nisinno hoti.

Atha kho Bhagavā tuṇhībhūtaṃ tuṇhībhūtaṃ bhikkhu-saṅghaṃ anuviloketvā bhikkhū āmantesi: Āraddho 'smi, bhikkhave, imāya paṭipadāya, āraddhacitto 'smi, bhikkhave, imāya paṭipadāya. Tasmātiha, bhikkhave, bhiyyosomattāya viriyaṃ ārabhatha appattassa pattiyā, anadhigatassa adhigamāya, asacchikatassa sacchikiriyāya. Idh' evāhaṃ Sāvatthiyaṃ Komudiṃ cātumāsiniṃ āgamissāmīti. Assosuṃ kho jānapadā bhikkhū: Bhagavā kira tatth' eva Sāvatthiyaṃ Komudiṃ cātumāsiniṃ āgamissatīti. Te ca[6] jānapadā bhikkhū Sāvatthiṃ[7] osaranti Bhagavantaṃ dassanāya. Te ca therā bhikkhū bhiyyosomattāya nave bhikkhū ovadanti anusāsanti. Appekacce therā bhikkhū dasa pi bhikkhū ovadanti anusāsanti, appekacce therā bhikkhū vīsatim pi bhikkhū ovadanti anusāsanti, appekacce therā bhikkhū tiṃsam pi bhikkhū ovadanti anusāsanti, appekacce therā bhikkhū cattārīsam pi bhikkhū ovadanti anusāsanti.[8] Te ca navā bhikkhū therehi bhikkhūhi ovadiyamānā anusāsiyamānā

---

[1] Si omits,—thus leaving at nine the number of theras named, though Bu says: pāḷiyaṃ āgatā dasa there.
[2] Si vīsaṃ.
[3] S^{tk} omit this clause here, but not infra.
[4] Si oḷāraṃ.
[5] So Bu; S^{tk} sañjānanti; Si pajānanti.
[6] Si omits ca.
[7] So Bu; S^{tk} Si Sāvatthiyaṃ.
[8] S^{tk} omit this clause here, but not infra.

uḷāraṁ[1] pubbenāparaṁ visesaṁ jānanti.[2] Tena kho pana samayena Bhagavā tadahu 'posathe pannarase Komudiyā cātumāsiniyā puṇṇāya puṇṇamāya rattiyā bhikkhusaṁghaparivuto abbhokāse nisinno hoti.

Atha kho Bhagavā tuṇhībhūtaṁ tuṇhībhūtaṁ bhikkhusaṁghaṁ anuviloketvā bhikkhū āmantesi: Apalāpā 'yaṁ, bhikkhave, parisā, nippalāpā 'yaṁ, bhikkhave, parisā, suddhāsāre patiṭṭhitā. Tathārūpo ayaṁ, bhikkhave, bhikkhusaṁgho, tathārūpā 'yaṁ, bhikkhave, parisā yathārūpā parisā āhuneyyo pāhuneyyo dakkhiṇeyyo añjalikaraṇīyo. Anuttaraṁ puññakkhettaṁ lokassāti.[3] Tathārūpo ayaṁ, bhikkhave, bhikkhusaṁgho tathārūpā 'yaṁ, bhikkhave, parisā yathārūpāya parisāya appaṁ dinnaṁ bahuṁ[4] hoti bahuṁ[4] dinnaṁ bahutaraṁ. Tathārūpo ayaṁ, bhikkhave bhikkhusaṁgho tathārūpā 'yaṁ, bhikkhave, parisā yathārūpā parisā dullabhā dassanāya lokassa. Tathārūpo ayaṁ, bhikkhave, bhikkhusaṁgho tathārūpā 'yaṁ, bhikkhave, parisā, yathārūpaṁ parisaṁ alaṁ yojanagaṇanāni[5] dassanāya gantuṁ puṭosenāpi.[6] Tathārūpo ayaṁ, bhikkhave, bhikkhusaṁgho, tathārūpā 'yaṁ, bhikkhave, parisā.[7] Santi, bhikkhave, bhikkhū imasmiṁ bhikkhusaṁghe arahanto khīṇāsavā vusitavanto katakaraṇīyā ohitabhārā anuppattasadatthā parikkhīṇabhavasaṁyojanā sammadaññā vimuttā;—evarūpā pi, bhikkhave, santi bhikkhū imasmiṁ bhikkhusaṁghe. Santi, bhikkhave, bhikkhū imasmiṁ bhikkhusaṁghe pañcannaṁ orambhāgiyānaṁ saṁyojanānaṁ parikkhayā opapātikā tattha parinibbāyino anāvattidhammā tasmā lokā;—evarūpā pi, bhikkhave, santi bhikkhū imasmiṁ bhikkhusaṁghe. Santi, bhikkhave, bhikkhū imasmiṁ bhikkhusaṁghe tiṇṇaṁ saṁyojanānaṁ parikkhayā rāgadosamohānaṁ tanuttā sakadāgāmino sakid eva imaṁ lokaṁ āgantvā

[1] Si uḷāraṁ. [2] So Bu; S^tr aññajānanti; Si pajānanti. [3] So S^tr; Si āhuneyyā p—ā d—ā . . lokassa. [4] Si bahu. [5] Bu yojanagaṇāni. [6] So Bu (adding: puṭaṁsena ti pi pāṭho); Si puṭaṁsenāpi; S^t puṭaṁsenāti; S^k puṭaṁsenāti. [7] So Si; S^tr omit these four words.

dukkhass' antaṁ karissanti;—evarūpā pi, bhikkhave, santi bhikkhū imasmiṁ bhikkhusaṅghe. Santi, bhikkhave, bhikkhū imasmiṁ bhikkhusaṅghe tiṇṇaṁ saṁyojanānaṁ parikkhayā sotāpannā avinipātadhammā niyatā sambodhiparāyanā;—evarūpā pi, bhikkhave, santi bhikkhū imasmiṁ bhikkhusaṅghe. Santi, bhikkhave, bhikkhū imasmiṁ bhikkhusaṅghe catunnaṁ satipaṭṭhānānaṁ bhāvanānuyogam anuyuttā viharanti;—evarūpā pi, bhikkhave, santi bhikkhū imasmiṁ bhikkhusaṅghe.[1] Santi, bhikkhave, bhikkhū imasmiṁ bhikkhusaṅghe catunnaṁ sammappadhānānaṁ bhāvanānuyogam anuyuttā viharanti;—evarūpā pi, bhikkhave, santi bhikkhū imasmiṁ bhikkhusaṅghe. Santi, bhikkhave, bhikkhū imasmiṁ bhikkhusaṅghe catunnaṁ iddhipādānaṁ bhāvanānuyogam anuyuttā viharanti;—evarūpā pi, bhikkhave, santi bhikkhū imasmiṁ bhikkhusaṅghe. Santi, bhikkhave, bhikkhū imasmiṁ bhikkhusaṅghe pañcannaṁ indriyānaṁ bhāvanānuyogam anuyuttā viharanti;—evarūpā pi, bhikkhave, santi bhikkhū imasmiṁ bhikkhusaṅghe. Santi, bhikkhave, bhikkhū imasmiṁ bhikkhusaṅghe pañcannaṁ balānaṁ bhāvanānuyogam anuyuttā viharanti;—evarūpā pi, bhikkhave, santi bhikkhū imasmiṁ bhikkhusaṅghe. Santi, bhikkhave, bhikkhū imasmiṁ bhikkhusaṅghe sattannaṁ bojjhaṅgānaṁ bhāvanānuyogam anuyuttā viharanti;—evarūpā pi, bhikkhave, santi bhikkhū imasmiṁ bhikkhusaṅghe. Santi, bhikkhave, bhikkhū imasmiṁ bhikkhusaṅghe ariyassa aṭṭhaṅgikassa maggassa bhāvanānuyogam anuyuttā viharanti;—evarūpā pi bhikkhave, santi bhikkhū imasmiṁ bhikkhusaṅghe. Santi, bhikkhave, imasmiṁ bhikkhusaṅghe mettābhāvanānuyogam anuyuttā viharanti;[2]—evarūpā pi, bhikkhave, santi bhikkhū

[1] Si continues: Catunnaṁ iddhipādānaṁ. Pañcannaṁ indriyānaṁ. Pañcannaṁ balānaṁ. Sattannaṁ bojjhaṅgānaṁ. Ariyassa aṭṭhaṅgikassa maggassa (*&c. as text*). [2] Si continues: Karuṇābhāvanānuyogam anuyuttā viharanti. Muditābhāvanānuyogam anuyuttā viharanti, . . . *&c., similarly down to* . . . aniccasaññābhāvanānuyogam anuyuttā viharanti;—evarūpā pi (*&c., as in text*).

imasmiṁ bhikkhusaṅghe. Santi, bhikkhave, bhikkhū imasmiṁ bhikkhusaṅghe karuṇābhāvanānuyogam anuyuttā viharanti;—evarūpā pi, bhikkhave, santi bhikkhū imasmiṁ bhikkhusaṅghe. Santi, bhikkhave, bhikkhū imasmiṁ bhikkhusaṅghe muditābhāvanānuyogam anuyuttā viharanti;—evarūpā pi, bhikkhave, santi bhikkhū imasmiṁ bhikkhusaṅghe. Santi, bhikkhave, bhikkhū imasmiṁ bhikkhusaṅghe upekhābhāvanānuyogam anuyuttā viharanti;—evarūpā pi, bhikkhave, santi bhikkhū imasmiṁ bhikkhusaṅghe. Santi, bhikkhave, bhikkhū imasmiṁ bhikkhusaṅghe asubhabhāvanānuyogam anuyuttā viharanti;—evarūpā pi, bhikkhave, santi bhikkhū imasmiṁ bhikkhusaṅghe. Santi, bhikkhave, bhikkhū imasmiṁ bhikkhusaṅghe aniccasaññābhāvanānuyogam anuyuttā viharanti;—evarūpā pi, bhikkhave, santi bhikkhū imasmiṁ bhikkhusaṅghe. Santi, bhikkhave, bhikkhū imasmiṁ bhikkhusaṅghe ānāpānasatibhāvanānuyogam anuyuttā viharanti. Ānāpānasati, bhikkhave, bhāvitā bahulīkatā mahapphalā hoti mahānisaṁsā; ānāpānasati, bhikkhave, bhāvitā bahulīkatā cattāro satipaṭṭhāne paripūreti; cattāro satipaṭṭhānā bhāvitā bahulīkatā satta bojjhaṅge paripūrenti; satta bojjhaṅgā bhāvitā bahulīkatā vijjāvimuttiṁ paripūrenti. Kathaṁ bhāvitā ca, bhikkhave, ānāpānasati? Kathaṁ bahulīkatā? Kathaṁ mahapphalā hoti mahānisaṁsā? Idha, bhikkhave, bhikkhu araññagato vā rukkhamūlagato vā suññāgāragato vā nisīdati pallaṅkaṁ ābhujitvā ujuṁ kāyaṁ paṇidhāya parimukhaṁ satiṁ upaṭṭhapetvā. So sato va assasati, sato passasati; dīghaṁ vā assasanto: Dīghaṁ assasāmīti pajānāti; dīghaṁ vā passasanto: Dīghaṁ passasāmīti pajānāti; rassaṁ vā assasanto: Rassaṁ assasāmīti pajānāti; rassaṁ vā passasanto: Rassaṁ passasāmīti pajānāti; Sabbakāyapaṭisaṁvedī assasissāmīti sikkhati; Sabbakāyapaṭisaṁvedī passasissāmīti sikkhati; Passambhayaṁ kāyasaṅkhāraṁ assasissāmīti sikkhati; Passambhayaṁ kāyasaṅkhāraṁ passasissāmīti sikkhati; Pītipaṭisaṁvedī assasissāmīti sikkhati; Pītipaṭisaṁvedī passasissāmīti sikkhati; Sukhapaṭisaṁvedī assasissāmīti sikkhati; Sukhapaṭisaṁvedī passasissāmīti sikkhati; Cittasaṁkhārapaṭisaṁvedī assasissāmīti sikkhati; Cittasaṁkhārapaṭisaṁvedī passasissāmīti sikkhati; Passambhayaṁ cittasaṁkhāraṁ assasissāmīti sikkhati; Passambhayaṁ cittasaṁkhāraṁ passasissāmīti sikkhati; Cittapaṭisaṁvedī assasissāmīti sikkhati; Cittapaṭisaṁvedī passasissāmīti sikkhati; Abhippamodayaṁ cittaṁ assasissāmīti sikkhati; Abhippamodayaṁ cittaṁ passasissāmīti sikkhati; Samādahaṁ cittaṁ assasissāmīti sikkhati; Samādahaṁ cittaṁ passasissāmīti sikkhati; Vimocayaṁ cittaṁ assasissāmīti sikkhati; Vimocayaṁ cittaṁ passasissāmīti sikkhati; Aniccānupassī assasissāmīti sikkhati; Aniccānupassī passasissāmīti sikkhati; Virāgānupassī assasissāmīti sikkhati; Virāgānupassī passasissāmīti sikkhati; Nirodhānupassī assasissāmīti sikkhati; Nirodhānupassī passasissāmīti sikkhati; Paṭinissaggānupassī assasissāmīti sikkhati; Paṭinissaggānupassī passasissāmīti sikkhati;—evaṁ bhāvitā kho, bhikkhave, ānāpānasati, evaṁ bahulīkatā mahapphalā hoti mahānisaṁsā.

Kathaṁ bhāvitā ca, bhikkhave, ānāpānasati? Kathaṁ bahulīkatā cattāro satipaṭṭhāne paripūreti?[1] Yasmiṁ samaye, bhikkhave, bhikkhu dīghaṁ vā assasanto: Dīghaṁ assasāmīti pajānāti; dīghaṁ vā passasanto: Dīghaṁ passasāmīti pajānāti; rassaṁ vā assasanto: Rassaṁ assasāmīti pajānāti; rassaṁ vā passasanto: Rassaṁ passasāmīti pajānāti; Sabbakāyapaṭisaṁvedī assasissāmīti sikkhati; Sabbakāyapaṭisaṁvedī passasissāmīti sikkhati; Passambhayaṁ kāyasaṁkhāraṁ assasissāmīti sikkhati; Passambhayaṁ kāyasaṁkhāraṁ passasissāmīti sikkhati;—kāye kāyānupassī, bhikkhave, tasmiṁ samaye bhikkhu viharati ātāpī sampajāno satimā, vineyya loke abhijjhādomanassaṁ. Kāyesu kāyaññatarāhaṁ, bhikkhave, etaṁ vadāmi yadidaṁ assāsapassāsaṁ. Tasmātiha, bhikkhave, kāye kāyānupassī tasmiṁ samaye bhikkhu viharati ātāpī sampajāno satimā, vineyya loke abhijjhādomanassaṁ. Yasmiṁ samaye, bhikkhave,

[1] MSS. p—enti.

bhikkhu: Pītipaṭisaṁvedī assasissāmīti sikkhati, Pītipaṭisaṁvedī passasissāmīti sikkhati. Sukhapaṭisaṁvedī assasissāmīti sikkhati, Sukhapaṭisaṁvedī passasissāmīti sikkhati. Cittasaṁkhārapaṭisaṁvedī assasissāmīti sikkhati, Cittasaṁkhārapaṭisaṁvedī passasissāmīti sikkhati. Passambhayaṁ cittasaṁkhāraṁ assasissāmīti sikkhati, Passambhayaṁ cittasaṁkhāraṁ passasissāmīti sikkhati;—vedanāsu vedanānupassī, bhikkhave, tasmiṁ samaye bhikkhu viharati ātāpī sampajāno satimā, vineyya loke abhijjhādomanassaṁ. Vedanāsu[1] vedanāññatarāhaṁ,[1] bhikkhave, etaṁ vadāmi yadidaṁ assāsapassāsānaṁ sādhukaṁ manasikāraṁ. Tasmātiha, bhikkhave, vedanāsu[2] vedanānupassī tasmiṁ samaye bhikkhu viharati ātāpī sampajāno satimā, vineyya loke abhijjhādomanassaṁ. Yasmiṁ samaye, bhikkhave, bhikkhu: Cittapaṭisaṁvedī assasissāmīti sikkhati, Cittapaṭisaṁvedī passasissāmīti sikkhati. Abhippamodayaṁ cittaṁ assasissāmīti sikkhati, Abhippamodayaṁ cittaṁ passasissāmīti sikkhati. Samādahaṁ cittaṁ assasissāmīti sikkhati, Samādahaṁ cittaṁ passasissāmīti sikkhati. Vimocayaṁ cittaṁ assasissāmīti sikkhati, Vimocayaṁ cittaṁ passasissāmīti sikkhati;—citte cittānupassī, bhikkhave, tasmiṁ samaye bhikkhu viharati ātāpī sampajāno satimā, vineyya loke abhijjhādomanassaṁ. Nāhaṁ, bhikkhave, muṭṭhassatissa[3] asampajānassa ānāpānasatibhāvanaṁ[4] vadāmi. Tasmātiha, bhikkhave, citte cittānupassī tasmiṁ samaye bhikkhu viharati ātāpī sampajāno satimā, vineyya loke abhijjhādomanassaṁ. Yasmiṁ samaye, bhikkhave, bhikkhu: Aniccānupassī assasissāmīti sikkhati, Aniccānupassī passasissāmīti sikkhati, Virāgānupassī . . . Nirodhānupassī . . ., Paṭinissaggānupassī assasissāmīti sikkhati, Paṭinissaggānupassī passasissāmīti sikkhati,—dhammesu dhammānupassī, bhikkhave, tasmiṁ samaye bhikkhu viharati ātāpī sampajāno satimā, vineyya loke abhijjhādomanassaṁ. So yaṁ taṁ abhijjhādomanassa-

1 S^{tk} vedanāññatarahaṁ. 2 S^{tr} omit. 3 So S^{t} Bu; Si muṭṭhasatissa. 4 Si ānāpānasatiṁ vadāmi.

sānaṁ pahānaṁ taṁ paññāya disvā sādhukaṁ ajjhupekkhitā hoti. Tasmātiha, bhikkhave, dhammesu dhammānupassī tasmiṁ samaye bhikkhu viharati ātāpī sampajāno satimā, vineyya loke abhijjhādomanassaṁ. Evaṁ bhāvitā kho, bhikkhave, ānāpānasati, evaṁ bahulīkatā cattāro satipaṭṭhāne paripūreti.

Kathaṁ bhāvitā ca, bhikkhave, cattāro satipaṭṭhānā kathaṁ bahulīkatā satta bojjhaṅge paripūrenti? Yasmiṁ samaye, bhikkhave, bhikkhu kāye kāyānupassī viharati ātāpī sampajāno satimā, vineyya loke abhijjhādomanassaṁ, upaṭṭhit' assa tasmiṁ samaye sati hoti asammuṭṭhā.[1] Yasmiṁ samaye, bhikkhave, bhikkhuno upaṭṭhitā sati hoti asammuṭṭhā, satisambojjhaṅgo tasmiṁ samaye bhikkhuno āraddho hoti; satisambojjhaṅgaṁ tasmiṁ samaye bhikkhu bhāveti; satisambojjhaṅgo tasmiṁ samaye bhikkhuno bhāvanāpāripūriṁ gacchati. So tathāsato[2] viharanto taṁ dhammaṁ paññāya pavicinati pavicarati parivīmaṁsaṁ āpajjati. Yasmiṁ samaye, bhikkhave, bhikkhu tathāsato viharanto taṁ dhammaṁ paññāya pavicinati pavicarati parivīmaṁsaṁ āpajjati, dhammavicayasambojjhaṅgo tasmiṁ samaye bhikkhuno āraddho hoti, dhammavicayasambojjhaṅgaṁ tasmiṁ samaye bhikkhu bhāveti, dhammavicayasambojjhaṅgo tasmiṁ samaye bhikkhuno bhāvanāpāripūriṁ gacchati. Tassa taṁ[3] dhammaṁ paññāya pavicinato pavicarato parivīmaṁsaṁ āpajjato āraddhaṁ hoti viriyaṁ asallīnaṁ. Yasmiṁ samaye, bhikkhave, bhikkhuno taṁ dhammaṁ paññāya pavicinato pavicarato parivīmaṁsaṁ āpajjato āraddhaṁ hoti viriyaṁ asallīnaṁ,[4] viriyasambojjhaṅgo tasmiṁ samaye bhikkhuno āraddho hoti, viriyasambojjhaṅgaṁ tasmiṁ samaye bhikkhu bhāveti, viriyasambojjhaṅgo tasmiṁ samaye bhikkhuno bhāvanāpāripūriṁ gacchati. Āraddhaviriyassa uppajjati pīti nirāmisā. Yasmiṁ samaye, bhikkhave, bhikkhuno āraddhaviriyassa uppajjati

---

[1] So S^{m}; Si appamuṭṭhā. [2] So Si and S^{k} infra; S^{a} here and S^{t} (bis) Tathāgato. [3] Si omits. [4] Si omits these four words.

pīti nirāmisā, pītisambojjhaṅgo tasmiṁ samaye bhikkhuno āraddho hoti, pītisambojjhaṅgaṁ tasmiṁ samaye bhikkhu bhāveti, pītisambojjhaṅgo tasmiṁ samaye bhikkhuno bhāvanāpāripūriṁ gacchati. Pītimanassa kāyo pi passambhati, cittam pi passambhati. Yasmiṁ samaye, bhikkhave, bhikkhuno pītimanassa kāyo pi passambhati cittam pi passambhati, passaddhisambojjhaṅgo tasmiṁ samaye bhikkhuno āraddho hoti, passaddhisambojjhaṅgaṁ tasmiṁ samaye bhikkhu bhāveti, passaddhisambojjhaṅgo tasmiṁ samaye bhikkhuno bhāvanāpāripūriṁ gacchati. Passaddhakāyassa sukhino cittaṁ samādhiyati. Yasmiṁ samaye, bhikkhave, bhikkhuno passaddhakāyassa sukhino cittaṁ samādhiyati, samādhisambojjhaṅgo tasmiṁ samaye bhikkhuno āraddho hoti, samādhisambojjhaṅgaṁ tasmiṁ samaye bhikkhu bhāveti, samādhisambojjhaṅgo tasmiṁ samaye bhikkhuno bhāvanāpāripūriṁ gacchati. So tathāsamāhitaṁ cittaṁ sādhukaṁ ajjhupekkhitā hoti. Yasmiṁ samaye, bhikkhave, bhikkhuno tathāsamāhitaṁ cittaṁ sādhukaṁ ajjhupekkhitā hoti, upekhāsambojjhaṅgo tasmiṁ samaye bhikkhuno āraddho hoti, upekhāsambojjhaṅgaṁ tasmiṁ samaye bhikkhu bhāveti, upekhāsambojjhaṅgo tasmiṁ samaye bhikkhuno bhāvanāpāripūriṁ gacchati. Yasmiṁ samaye, bhikkhave, bhikkhu vedanāsu—pe—citte[1]—pe—dhammesu dhammānupassī viharati ātāpī sampajāno satimā, vineyya loke abhijjhādomanassaṁ, upaṭṭhit' assa tasmiṁ samaye sati hoti asammuṭṭhā. Yasmiṁ samaye, bhikkhave, bhikkhuno upaṭṭhitā sati hoti asammuṭṭhā, satisambojjhaṅgo tasmiṁ samaye bhikkhuno āraddho hoti, satisambojjhaṅgaṁ tasmiṁ samaye bhikkhu bhāveti, satisambojjhaṅgo tasmiṁ samaye bhikkhuno bhāvanāpāripūriṁ gacchati. So tathāsato viharanto taṁ dhammaṁ paññāya pavicinati pavicarati parivīmaṁsaṁ āpajjati. Yasmiṁ samaye, bhikkhave, bhikkhu tathāsato viharanto taṁ dhammaṁ paññāya pavicinati pavicarati parivīmaṁsaṁ āpajjati, dhammavicayasambojjhaṅgo tasmiṁ samaye bhikkhuno āraddho hoti, dhammavicaya-

[1] Si cittesu, omitting pe before and after.

sambojjhaṅgaṁ tasmiṁ samaye bhikkhu bhāveti, dhammavicayasambojjhaṅgo tasmiṁ samaye bhikkhuno bhāvanāpāripūriṁ gacchati. Tassa taṁ dhammaṁ paññāya pavicinato pavicarato parivīmaṁsaṁ āpajjato āraddhaṁ hoti viriyaṁ asallīnaṁ. Yasmiṁ samaye, bhikkhave, bhikkhuno taṁ dhammaṁ paññāya pavicinato pavicarato parivīmaṁsaṁ āpajjato āraddhaṁ hoti viriyaṁ asallīnaṁ, viriyasambojjhaṅgo tasmiṁ samaye bhikkhuno āraddho hoti, viriyasambojjhaṅgaṁ tasmiṁ samaye bhikkhu bhāveti, viriyasambojjhaṅgo tasmiṁ samaye bhikkhuno bhāvanāpāripūriṁ gacchati. Āraddhaviriyassa uppajjati pīti nirāmisā. Yasmiṁ samaye, bhikkave, bhikkhuno āraddhaviriyassa uppajjati pīti nirāmisā, pītisambojjhaṅgo tasmiṁ samaye bhikkhuno āraddho hoti, pītisambojjhaṅgaṁ tasmiṁ samaye bhikkhu bhāveti, pītisambojjhaṅgo tasmiṁ samaye bhikkhuno bhāvanāpāripūriṁ gacchati. Pītimanassa kāyo pi passambhati, cittam pi passambhati. Yasmiṁ samaye, bhikkhave, bhikkhuno pītimanassa kāyo pi passambhati cittam pi passambhati, passaddhisambojjhaṅgo tasmiṁ samaye, bhikkhave, bhikkhuno āraddho hoti, passaddhisambojjhaṅgaṁ tasmiṁ samaye bhikkhu bhāveti, passaddhisambojjhaṅgo tasmiṁ samaye bhikkhuno bhāvanāpāripūriṁ gacchati. Passaddhakāyassa sukhino cittaṁ samādhiyati. Yasmiṁ samaye, bhikkhave, bhikkhuno passaddhakāyassa sukhino cittaṁ samādhiyati, samādhisambojjhaṅgo tasmiṁ samaye bhikkhuno āraddho hoti, samādhisambojjhaṅgaṁ tasmiṁ samaye bhikkhu bhāveti, samādhisambojjhaṅgo tasmiṁ samaye bhikkhuno bhāvanāpāripūriṁ gacchati. So tathāsamāhitaṁ cittaṁ sādhukaṁ ajjhupekkhitā hoti. Yasmiṁ samaye, bhikkhave, bhikkhu tathāsamāhitaṁ cittaṁ sādhukaṁ ajjhupekkhitā hoti, upekhāsambojjhaṅgo tasmiṁ samaye bhikkhuno āraddho hoti, upekhāsambojjhaṅgaṁ tasmiṁ samaye bhikkhu bhāveti, upekhāsambojjhaṅgo tasmiṁ samaye bhikkhuno bhāvanāpāripūriṁ gacchati.

Evaṁ bhāvitā kho, bhikkhave, cattāro satipaṭṭhānā, evaṁ bahulīkatā satta sambojjhaṅge paripūrenti.

Kathaṁ bhāvitā ca, bhikkhave, satta bojjhaṅgā? Kathaṁ bahulīkatā vijjāvimuttiṁ paripūrenti? Idha, bhikkhave, bhikkhu satisambojjhaṅgaṁ bhāveti vivekanissitaṁ virāganissitaṁ nirodhanissitaṁ vossaggapariṇāmiṁ; dhammavicayasambojjhaṅgaṁ bhāveti—pe¹—viriyasambojjhaṅgaṁ bhāveti—pe—pītisambojjhaṅgaṁ bhāveti—pe—passaddhisambojjhaṅgaṁ bhāveti—pe—samādhisambojjhaṅgaṁ bhāveti—pe—upekhāsambojjhaṅgaṁ bhāveti vivekanissitaṁ virāganissitaṁ nirodhanissitaṁ vossaggapariṇāmiṁ. Evaṁ bhāvitā kho, bhikkhave, satta bojjhaṅgā, evaṁ bahulīkatā vijjāvimuttiṁ paripūrentīti.

Idam avoca Bhagavā. Attamanā te bhikkhū Bhagavato bhāsitaṁ abhinandun ti.

ĀNĀPĀNASATISUTTAṀ AṬṬHAMAṀ.

119.

Evam me sutaṁ. Ekaṁ samayaṁ Bhagavā Sāvatthiyaṁ viharati Jetavane Anāthapiṇḍikassa ārāme. Atha kho sambahulānaṁ bhikkhūnaṁ pacchābhattaṁ piṇḍapātapaṭikkantānaṁ upaṭṭhānasālāyaṁ sannisinnānaṁ sannipatitānaṁ ayam antarākathā udapādi: Acchariyaṁ āvuso, abbhutaṁ āvuso yāvañ c' idaṁ tena Bhagavatā jānatā passatā arahatā sammāsambuddhena kāyagatā sati bhāvitā bahulīkatā mahapphalā vuttā mahānisaṁsā ti. Ayañ ca h' idaṁ² tesaṁ bhikkhūnaṁ antarākathā vippakatā hoti. Atha kho Bhagavā sāyaṇhasamayaṁ paṭisallāṇā³ vuṭṭhito yen' upaṭṭhānasālā ten' upasaṅkami upasaṅkamitvā paññatte āsane nisīdi. Nisajja kho Bhagavā bhikkhū āmantesi: Kāya nu 'ttha, bhikkhave, etarahi kathāya sannisinnā? Kā ca pana vo antarākathā vippakatā ti?

---

¹ Si omits pe throughout.

² Si ayañ ca kho idaṁ S^{ky} ayañcarahidaṁ.

³ So S^{ky}; Si paṭis°.

Idha, bhante, amhākaṁ pacchābhattaṁ piṇḍapātapaṭikkantānaṁ upaṭṭhānasālāyaṁ sannisinnānaṁ sannipatitānaṁ ayaṁ antarākathā udapādi: Acchariyaṁ āvuso, abbhutaṁ āvuso yāvañ c' idaṁ tena Bhagavatā jānatā passatā arahatā sammāsambuddhena kāyagatā sati bhāvitā bahulīkatā mahapphalā vuttā mahānisaṁsā ti. Ayaṁ no,[1] bhante, antarākathā vippakatā, atha Bhagavā anuppatto ti.

Kathaṁ bhāvitā ca, bhikkhave, kāyagatā sati, kathaṁ bahulīkatā[2] mahapphalā hoti mahānisaṁsā? Idha, bhikkhave, bhikkhu araññagato vā rukkhamūlagato vā suññāgāragato vā nisīdati pallaṅkaṁ ābhujitvā ujuṁ kāyaṁ paṇidhāya parimukhaṁ satiṁ upaṭṭhapetvā. So sato va assasati sato passasati. Dīghaṁ vā assasanto: Dīghaṁ assasāmīti pajānāti, dīghaṁ vā passasanto: Dīghaṁ passasāmīti pajānāti; rassaṁ vā assasanto: Rassaṁ assasāmīti pajānāti, rassaṁ vā passasanto: Rassaṁ passasāmīti pajānāti. Sabbakāyapaṭisaṁvedī assasissāmīti sikkhati; Sabbakāyapaṭisaṁvedī passasissāmīti sikkhati; Passambhayaṁ kāyasaṅkhāraṁ assasissāmīti sikkhati; Passambhayaṁ kāyasaṅkhāraṁ passasissāmīti sikkhati. Tassa evaṁ appamattassa ātāpino pahitattassa viharato ye gehasitā sarasaṅkappā te pahīyanti, tesaṁ pahānā ajjhattam eva cittaṁ santiṭṭhati sannisīdati ekodihoti[3] samādhiyati. Evam pi, bhikkhave, bhikkhu kāyagataṁ satiṁ bhāveti.

Puna ca paraṁ, bhikkhave, bhikkhu gacchanto vā Gacchāmīti pajānāti; ṭhito vā Ṭhito 'mhīti pajānāti; nisinno vā Nisinno 'mhīti pajānāti; sayāno vā Sayāno 'mhīti pajānāti; yathā yathā vā pan' assa kāyo paṇihito hoti, tathā tathā naṁ pajānāti. Tassa evaṁ appamattassa ātāpino pahitattassa viharato ye te[4] gehasitā sarasaṅkappā te pahīyanti, tesaṁ pahānā ajjhattam eva cittaṁ santiṭṭhati sannisīdati ekodihoti samādhiyati. Evam pi, bhikkhave, bhikkhu kāyagataṁ satiṁ bhāveti.

---

[1] So Si; S^{ky} kho.
[2] S^{ky} add; sati kathaṁ bahulīkatā.
[3] So S^{ky}; Si ekodibhoti. Cf. ekodikaroti infra at p. 111.
[4] Si omits.

Puna ca paraṁ, bhikkhave, bhikkhu abhikkante paṭikkante sampajānakārī hoti, ālokite vilokite sampajānakārī hoti, sammiñjite pasārite sampajānakārī hoti, saṅghāṭipattacīvaradhāraṇe sampajānakārī hoti, asite pīte khāyite sāyite sampajānakārī hoti, uccārapassāvakamme sampajānakārī hoti, gate ṭhite nisinne sutte jāgarite bhāsite tuṇhībhāve sampajānakārī hoti. Tassa evaṁ appamattassa ātāpino pahitattassa viharato ye te [1] gehasitā sarasaṅkappā te pahīyanti, tesaṁ pahānā ajjhattam eva cittaṁ santiṭṭhati sannisīdati ekodihoti samādhiyati. Evam pi, bhikkhave, bhikkhu kāyagataṁ satiṁ bhāveti.

Puna ca paraṁ, bhikkhave, bhikkhu imam eva kāyaṁ uddhaṁ pādatalā adho kesamatthakā tacapariyantaṁ pūran nānappakārassa asucino paccavekkhati: Atthi imasmiṁ kāye kesā lomā nakhā dantā taco maṁsaṁ nahārū aṭṭhī aṭṭhimiñjā [2] vakkaṁ hadayaṁ yakanaṁ kilomakaṁ pihakaṁ papphāsaṁ antaṁ antaguṇaṁ udariyaṁ karīsaṁ pittaṁ semhaṁ pubbo lohitaṁ sedo medo assu vasā khelo siṅghāṇikā lasikā muttan ti. [3] Seyyathāpi, bhikkhave, ubhato mukhā mūtoḷī pūrā nānāvihitassa dhaññassa seyyathīdaṁ,—sālīnaṁ vīhīnaṁ muggānaṁ māsānaṁ tilānaṁ taṇḍulānaṁ: tam enaṁ cakkhumā puriso muñcitvā paccavekkheyya: Ime sālī ime vīhī ime muggā ime māsā ime tilā ime taṇḍulā ti;—evam eva kho, bhikkhave, imam eva kāyaṁ uddhaṁ pādatalā adho kesamatthakā tacapariyantaṁ pūran nānappakārassa asucino paccavekkhati: Atthi imasmiṁ kāye kesā lomā nakhā dantā taco maṁsaṁ nahārū aṭṭhī aṭṭhimiñjā [2] vakkaṁ hadayaṁ yakanaṁ kilomakaṁ pihakaṁ papphāsaṁ antaṁ antaguṇaṁ udariyaṁ karīsaṁ pittaṁ semhaṁ pubbo lohitaṁ sedo medo assu vasā khelo siṅghāṇikā lasikā muttan ti. Tassa evaṁ appamattassa ātāpino pahitattassa viharato ye te gehasitā sarasaṅkappā te pahīyanti, tesaṁ pahānā ajjhattam eva cittaṁ santiṭṭhati sannisīdati ekodihoti samādhiyati. Evam pi, bhikkhave, bhikkhu kāyagataṁ satiṁ bhāveti.

[1] Si omits. [2] Si aṭṭhimiñjaṁ. [3] S^{kr} muttaṁ.

Puna ca paraṁ, bhikkhave, bhikkhu imam eva kāyaṁ yathāṭhitaṁ yathāpaṇihitaṁ dhātuso paccavekkhati: Atthi imasmiṁ kāye paṭhavīdhātu āpodhātu tejodhātu vāyodhātu. Seyyathāpi, bhikkhave, dakkho goghātako vā goghātakantevāsī vā gāviṁ vadhitvā cātummahāpathe bilaso[1] paṭibhajitvā[2] nisinno assa,—evam eva kho, bhikkhave, bhikkhu imam eva kāyaṁ yathāṭhitaṁ yathāpaṇihitaṁ dhātuso paccavekkhati: Atthi imasmiṁ kāye paṭhavīdhātu āpodhātu tejodhātu vāyodhātū ti. Tassa evaṁ appamattassa ātāpino pahitattassa viharato ye te gehasitā sarasaṁkappā te pahīyanti, tesaṁ pahānā ajjhattam eva cittaṁ santiṭṭhati sannisīdati ekodihoti samādhiyati. Evam pi, bhikkhave, bhikkhu kāyagataṁ satiṁ bhāveti.

Puna ca paraṁ, bhikkhave, bhikkhu seyyathāpi passeyya sarīraṁ sīvathikāyaṁ chaḍḍitaṁ ekāhamataṁ vā dvīhamataṁ vā tīhamataṁ vā uddhumātakaṁ vinīlakaṁ vipubbakajātaṁ; so imam eva kāyaṁ upasaṁharati: Ayam pi kho kāyo evaṁdhammo evaṁbhāvī evaṁanatīto ti. Tassa evaṁ appamattassa ātāpino pahitattassa viharato ye te gehasitā sarasaṁkappā te pahīyanti, tesaṁ pahānā ajjhattam eva cittaṁ santiṭṭhati sannisīdati ekodihoti samādhiyati. Evam pi, bhikkhave, bhikkhu kāyagataṁ satiṁ bhāveti.

Puna ca paraṁ, bhikkhave, bhikkhu seyyathāpi passeyya sarīraṁ sīvathikāyaṁ chaḍḍitaṁ kākehi vā khajjamānaṁ kulalehi vā khajjamānaṁ gijjhehi vā khajjamānaṁ suvāṇehi[3] vā khajjamānaṁ sigālehi[4] vā khajjamānaṁ vividhehi vā pāṇakajātehi khajjamānaṁ; so imam eva kāyaṁ upasaṁharati: Ayam pi kho kāyo evaṁdhammo evaṁbhāvī evaṁanatīto ti. Tassa evaṁ[5] appamattassa ātāpino pahitattassa viharato ye te gehasitā sarasaṁkappā te pahīyanti, tesaṁ pahānā ajjhattam eva cittaṁ santiṭṭhati sannisīdati ekodihoti samādhiyati. Evam pi, bhikkhave, bhikkhu kāyagataṁ satiṁ bhāveti.

[1] So S^k; S^t biḷaso; Si vilaso. [2] So S^{kt}; Si vibhajitvā. [3] So Si; S^{kt} supāṇehi. [4] Si siṅgālehi. [5] Here and subsequently, Si after appamattassa inserts pe, resuming at evam pi.

Puna ca paraṁ, bhikkhave, bhikkhu seyyathāpi passeyya sarīraṁ sivathikāyaṁ chaḍḍitaṁ aṭṭhikasaṅkhalikaṁ samaṁsalohitaṁ nahārusambandhaṁ aṭṭhikasaṅkhalikaṁ nimmaṁsalohitamakkhitaṁ nahārusambandhaṁ aṭṭhikasaṅkhalikaṁ apagatamaṁsalohitaṁ nahārusambandhaṁ aṭṭhikāni apagatasambandhāni disāvidisāsu vikkhittāni[1] aññena hatthaṭṭhikaṁ aññena pādaṭṭhikaṁ aññena jaṅghaṭṭhikaṁ aññena ūraṭṭhikaṁ aññena kaṭiṭṭhikaṁ[2] aññena piṭṭhikaṇṭakaṁ aññena sīsakaṭāhaṁ. So imam eva kāyaṁ upasaṁharati: Ayam pi kho kāyo evaṁdhammo evaṁbhāvī evaṁanatīto ti. Tassa evaṁ appamattassa ātāpino pahitattassa viharato ye te gehasitā sarasaṅkappā te pahīyanti, tesaṁ pahānā ajjhattam eva cittaṁ santiṭṭhati sannisīdati ekodihoti samādhiyati. Evam pi, bhikkhave, bhikkhu kāyagataṁ satiṁ bhāveti.

Puna ca paraṁ, bhikkhave, bhikkhu seyyathāpi passeyya sarīraṁ sivathikāyaṁ chaḍḍitaṁ aṭṭhikāni setāni saṅkhavaṇṇūpanibhāni aṭṭhikāni puñjakajātāni[3] aṭṭhikāni terovassikāni pūtīni cuṇṇakajātāni. So imam eva kāyaṁ upasaṁharati: Ayam pi kho kāyo evaṁdhammo evaṁbhāvī evaṁanatīto ti. Tassa evaṁ appamattassa . . . kāyagataṁ satiṁ bhāveti.

Puna ca paraṁ, bhikkhave, bhikkhu vivicc' eva kāmehi vivicca akusalehi dhammehi savitakkaṁ savicāraṁ vivekajaṁ pītisukhaṁ paṭhamajjhānaṁ upasampajja viharati. So imam eva kāyaṁ vivekajena pītisukhena abhisandeti parisandeti paripūreti parippharati, nāssa kiñci sabbāvato kāyassa vivekajena pītisukhena apphutaṁ hoti. Seyyathāpi, bhikkhave, dakkho nahāpako vā nahāpakantevāsī vā kaṁsathāle nahāniyacuṇṇāni ākiritvā udakena paripphosakaṁ paripphosakaṁ sanneyya, sā 'ssa nahāniyapiṇḍī snehānugatā snehaparetā santarabāhirā phuṭā snehena, na ca paggharinī;—evam eva kho, bhikkhave, bhikkhu imam eva kāyaṁ vivekajena pītisu-

[1] Si vikkhitāni.
[2] S^(T) kaṭaṭṭhikaṁ.
[3] So S^(P); Si puñjakitāni. S^(P) puñjānikāni.
[4] Cf. Vol. II p. 15.

khena abhisandeti parisandeti paripūreti parippharati, nāssa kiñci sabbāvato kāyassa vivekajena pītisukhena apphutaṁ hoti. Tassa evaṁ appamattassa . . . satiṁ bhāveti.

Puna ca paraṁ, bhikkhave, bhikkhu vitakkavicārānaṁ vūpasamā ajjhattaṁ sampasādanaṁ cetaso ekodibhāvaṁ avitakkaṁ avicāraṁ samādhijaṁ pītisukhaṁ[1] dutiyajjhānaṁ upasampajja viharati. So imam eva kāyaṁ samādhijena pītisukhena abhisandeti parisandeti paripūreti parippharati, nāssa kiñci sabbāvato kāyassa samādhijena pītisukhena apphutaṁ hoti. Seyyathāpi, bhikkhave, udakarahado ubbhidodako, tassa n' ev' assa puratthimāya disāya udakass' āyamukhaṁ, na pacchimāya disāya udakass' āyamukhaṁ, na uttarāya disāya udakass' āyamukhaṁ, na dakkhiṇāya disāya udakass' āyamukhaṁ, devo ca kālena kālaṁ sammā-dhāraṁ anuppaveccheyya; atha kho tamhā va udakarahadā sītā vāridhārā ubbhijjitvā tam eva udakarahadaṁ sītena vārinā abhisandeyya parisandeyya paripūreyya paripphareyya, nāssa kiñci sabbāvato udakarahadassa sītena vārinā apphutaṁ assa;—evam eva kho, bhikkhave, bhikkhu imam eva kāyaṁ samādhijena pītisukhena abhisandeti parisandeti paripūreti parippharati, nāssa kiñci sabbāvato kāyassa samādhijena pītisukhena apphutaṁ hoti. Tassa evaṁ appamattassa . . . satiṁ bhāveti.

Puna ca paraṁ, bhikkhave, bhikkhu pītiyā ca virāgā upekhako ca viharati sato ca sampajāno, sukhañ ca kāyena paṭisaṁvedeti, yan taṁ ariyā ācikkhanti: Upekhako satimā sukhavihārī ti[2] tatiyajjhānaṁ upasampajja viharati. So imam eva kāyaṁ nippītisukhena abhisandeti parisandeti paripūreti parippharati, nāssa kiñci sabbāvato kāyassa nippītikena sukhena apphutaṁ hoti. Seyyathāpi, bhikkhave, uppaliniyaṁ vā paduminiyaṁ vā puṇḍarīkiniyaṁ vā appekaccāni uppalāni vā padumāni vā puṇḍarīkāni vā udake jātāni udake saṁvaddhāni udakā 'nuggatāni antonimug-

[1] Si omits words after vūpasamā, inserting pe. [2] Si omits words after virāgā, inserting pe.

gaposīni, tāni yāva c' aggā yāva ca mūlā sītena vārinā abhisannāni parisannāni paripūrāni paripphutāni, nāssa kiñci sabbāvataṁ uppalānaṁ vā padumānaṁ vā puṇḍarīkānaṁ vā vārinā apphutaṁ assa;—evam eva kho, bhikkhave, bhikkhu imam eva kāyaṁ nippītikena sukhena abhisandeti parisandeti paripūreti parippharati, nāssa kiñci sabbāvato kāyassa nippītikena sukhena apphutaṁ hoti. Tassa evaṁ appamattassa . . . satiṁ bhāveti.

Puna ca paraṁ, bhikkhave, bhikkhu sukhassa ca pahānā[1] dukkhassa ca pahānā pubbe va somanassadomanassānaṁ atthaṅgamā adukkhaṁ asukhaṁ upekhāsatipārisuddhiṁ catutthajjhānaṁ upasampajja viharati. So imam eva kāyaṁ parisuddhena cetasā pariyodātena pharitvā nisinno hoti, nāssa kiñci sabbāvato kāyassa parisuddhena cetasā pariyodātena apphutaṁ hoti. Seyyathāpi, bhikkhave, puriso odātena vatthena sasīsaṁ pārupitvā nisinno assa, nāssa kiñci sabbāvato odātena vatthena apphutaṁ assa;—evam eva kho, bhikkhave, bhikkhu imam eva kāyaṁ parisuddhena cetasā pariyodātena pharitvā nisinno hoti, nāssa kiñci sabbāvato kāyassa parisuddhena cetasā pariyodātena apphutaṁ hoti. Tassa evam appamattassa . . . satiṁ bhāveti.

Yassa kassaci, bhikkhave, kāyagatā sati bhāvitā bahulīkatā antogadhā tassa kusalā dhammā ye keci vijjābhāgiyā. Seyyathāpi, bhikkhave, yassa kassaci mahāsamuddo cetasā phuṭo antogadhā tassa kunnadiyo yā kāci samuddaṅgamā,—evam eva kho, bhikkhave, yassa kassaci kāyagatā sati bhāvitā bahulīkatā antogadhā tassa kusalā dhammā ye keci vijjābhāgiyā. Yassa kassaci, bhikkhave, bhikkhuno kāyagatā sati abhāvitā abahulīkatā, labhati tassa Māro otāraṁ, labhati tassa Māro ārammaṇaṁ. Seyyathāpi, bhikkhave, puriso garukaṁ silāguḷaṁ allamattikāpuñje pakkhipeyya, taṁ kiṁ maññatha, bhikkhave? Api nu taṁ garukaṁ silāguḷaṁ allamattikāpuñje labhetha otāran ti?

Evaṁ, bhante.

[1] Si here inserts pe and omits words before catuttha°.

Evam eva kho, bhikkhave, yassa kassaci kāyagatā sati abhāvitā abahulīkatā, labhati tassa Māro otāraṁ, labhati tassa Māro ārammaṇaṁ. Seyyathāpi, bhikkhave, sukkhaṁ kaṭṭhaṁ koḷāpaṁ,[1] atha puriso āgaccheyya uttarāraṇiṁ ādāya: Aggiṁ abhinibbattessāmi[2] tejo pātukarissāmīti;[3] taṁ kiṁ maññatha, bhikkhave? Api nu so puriso amuṁ sukkhaṁ kaṭṭhaṁ koḷāpaṁ uttarāraṇiṁ ādāya abhimatthento aggiṁ abhinibbatteyya tejo pātukareyyāti?

Evaṁ, bhante.

Evam eva kho, bhikkhave, yassa kassaci kāyagatā sati abhāvitā abahulīkatā, labhati tassa Māro otāraṁ, labhati tassa Māro ārammaṇaṁ. Seyyathāpi, bhikkhave, udakamaṇiko ritto tuccho ādhāre ṭhito, atha puriso āgaccheyya udakabhāraṁ[4] ādāya; taṁ kiṁ maññatha, bhikkhave? Api nu so puriso labhetha udakassa nikkhepanan[5] ti?

Evaṁ, bhante.

Evam eva kho, bhikkhave, yassa kassaci kāyagatā sati abhāvitā abahulīkatā, labhati tassa Māro otāraṁ, labhati tassa Māro ārammaṇaṁ.

Yassa kassaci, bhikkhave, kāyagatā sati bhāvitā bahulīkatā, na tassa labhati Māro otāraṁ, na tassa labhati Māro ārammaṇaṁ. Seyyathāpi, bhikkhave, puriso lahukaṁ suttaguḷaṁ sabbasāramaye aggaḷaphalake pakkhipeyya; taṁ kiṁ maññatha, bhikkhave? Api nu taṁ lahukaṁ suttaguḷaṁ sabbasāramaye aggaḷaphalake labhetha otāran ti?

No h' etaṁ, bhante.

Evam eva kho, bhikkhave, yassa kassaci kāyagatā sati bhāvitā bahulīkatā, na tassa labhati Māro otāraṁ, na tassa labhati Māro ārammaṇaṁ. Seyyathāpi, bhikkhave, allaṁ kaṭṭhaṁ sasnehaṁ, atha puriso āgaccheyya uttarāraṇiṁ ādāya: Aggiṁ abhinibbattessāmi tejo pātukarissāmīti; taṁ

---

[1] So S^{ky}; Si kolāpaṁ.
[2] So Si; S^{ky} abhinibbattessāmi.
[3] So S^{ky}; Si tejodhātuṁ karissāmīti.
[4] So Si; S^{t} udakagāraṁ; S^{k} udagāraṁ.
[5] S^{t} bhikkhavepanaṁ.

kiṁ maññatha, bhikkhave? Api nu so puriso amuṁ allaṁ kaṭṭhaṁ sasnehaṁ uttarāraṇiṁ ādāya abhimanthento aggiṁ abhinibbatteyya tejo pātukareyyāti?

No h' etaṁ, bhante.

Evam eva kho, bhikkhave, yassa kassaci kāyagatā sati bhāvitā bahulīkatā, na tassa labhati Māro otāraṁ, na tassa labhati Māro ārammaṇaṁ. Seyyathāpi, bhikkhave, udakamaṇiko pūro udakassa samatittiko kākapeyyo ādhāre ṭhapito, atha puriso āgaccheyya udakabhāraṁ ādāya;—taṁ kiṁ maññatha, bhikkhave? Api nu so puriso labhetha udakassa nikkhepanan ti?

No h' etaṁ, bhante.

Evam eva kho, bhikkhave, yassa kassaci kāyagatā sati bhāvitā bahulīkatā, na tassa labhati Māro otāraṁ, na tassa labhati Māro ārammaṇaṁ.

Yassa kassaci, bhikkhave, kāyagatā sati bhāvitā bahulīkatā, so yassa yassa abhiññā[1]-sacchikaraṇīyassa dhammassa cittaṁ abhininnāmeti abhiññāsacchikiriyāya, tatra tatr' eva sakkhibhabbataṁ[2] pāpuṇāti sati sati āyatane. Seyyathāpi, bhikkhave, udakamaṇiko pūro udakassa samatittiko kākapeyyo ādhāre ṭhapito, taṁ enaṁ balavā puriso yato yato[3] āvajjeyya,[4]—āgaccheyya udakan ti?

Evaṁ, bhante.

Evam eva kho, bhikkhave, yassa kassaci kāyagatā sati bhāvitā bahulīkatā so yassa yassa abhiññāsacchikaraṇīyassa dhammassa cittaṁ abhininnāmeti abhiññāsacchikiriyāya, tatra tatr' eva sakkhibhabbataṁ pāpuṇāti sati sati āyatane. Seyyathāpi same bhūmibhāge caturassā[5] pokkharaṇī āḷibaddhā[6] pūrā udakassa samatittikā kākapeyyā, taṁ enaṁ balavā puriso yato yato āḷiṁ muñceyya,[7]—āgaccheyya udakan ti?

---

[1] Bu abhiññāya. [2] So S^{kt}; Si sakkhibyataṁ; Bu: Sakkhibhabbataṁ pāpuṇāti paccakkhabhāvaṁ pāpuṇāti [3] S^{kt} omit. [4] Si āpajjeyya. [5] S^{kt} bhūmibhāge caturassaṁ. [6] So S^{t} Si; S^{k} Bu ālibaddhā. [7] Si paccheyya, with note that the Sinhalese reading is muñceyya.

Evaṁ bhante.[1]

Evaṁ eva kho, bhikkhave, yassa kassaci kāyagatā sati bhāvitā bahulīkatā, so yassa yassa abhiññāsacchikaraṇīyassa dhammassa cittaṁ abhininnāmeti abhiññāsacchikiriyāya, tatra tatr' eva sakkhibhabbataṁ pāpuṇāti sati sati āyatane. Seyyathāpi, bhikkhave, subhūmiyaṁ cātummahāpathe ājaññaratho yutto assa ṭhito odhastapatodo,[2] tam enaṁ dakkho yoggācariyo assadammasārathi abhiruhitvā vāmena hatthena rasmiyo gahetvā dakkhiṇena hatthena patodaṁ gahetvā yenicchakaṁ sāreyya:[3]—evam eva kho, bhikkhave, yassa kassaci kāyagatā sati bhāvitā bahulīkatā, so yassa yassa abhiññāsacchikaraṇīyassa dhammassa cittaṁ abhininnāmeti abhiññāsacchikiriyāya, tatra tatr' eva sakkhibhabbataṁ pāpuṇāti sati sati āyatane.

Kāyagatāya, bhikkhave, satiyā āsevitāya bhāvitāya bahulīkatāya yānīkatāya[4] vatthukatāya anuṭṭhitāya paricitāya susamāraddhāya ime[5] das'[6] ānisaṁsā pāṭikaṅkhā. Katame dasa?[7]

Aratiratisaho hoti, na ca taṁ arati sahati, uppannaṁ aratiṁ abhibhuyya abhibhuyya[8] viharati. Bhayabheravasaho hoti, na ca taṁ bhayabheravaṁ sahati, uppannaṁ bhayabheravaṁ abhibhuyya abhibhuyya viharati. Khamo hoti sītassa uṇhassa jighacchāya[9] pipāsāya ḍaṁsamakasavātātapasiriṁsapasamphassānaṁ duruttānaṁ durāgatānaṁ vacanapathānaṁ uppannānaṁ sārīrikānaṁ vedanānaṁ dukkhānaṁ tippānaṁ kharānaṁ[10] kaṭukānaṁ asātānaṁ amanāpānaṁ pāṇaharānaṁ adhivāsakajātiko hoti. Catunnaṁ jhānānaṁ abhicetasikānaṁ diṭṭhadhamma-

---

[1] S^ky omit these two words. [2] So S^ky; Si abbhantara-patodo, with note that the Siṁhalese reading is odhastapatodo. [3] S^ky yenicchakaṁ sāreyyāpi. Si yadicchakaṁ yadicchakaṁ sāreyya. [4] So S^ky Bu; Si yānikatāya. [5] S^ky omit ime. [6] So all MSS. here; infra S^ky read ekādasa, as at 5 Jāt. 61. [7] Si omits these two words. [8] Si does not repeat this word. [9] S^ky digh°; Si khigh°. [10] Si omits.

sukhavihārānaṁ nikāmalābhī hoti akicchalābhī akasiralābhī.[1] Anekavihitaṁ iddhividhaṁ[2] paccanubhoti,—eko pi hutvā bahudhā hoti, bahudhā pi hutvā eko hoti, āvibhāvaṁ[3] tirobhāvaṁ tirokuḍḍaṁ tiropākāraṁ tiropabbataṁ asajjamāno gacchati seyyathāpi ākāse, paṭhaviyā pi ummujjanimujjaṁ karoti seyyathāpi udake, udake pi abhijjamāno gacchati seyyathāpi paṭhaviyaṁ, ākāse pi pallaṅkena kamati[4] seyyathāpi pakkhī sakuṇo, ime pi candimasuriye evaṁmahiddhike evaṁmahānubhāve pāṇinā parimasati parimajjati, yāva brahmalokā pi kāyena vasaṁ vatteti.[5] Dibbāya sotadhātuyā visuddhāya atikkantamānusikāya[6] ubho sadde suṇāti dibbe ca mānuse ca ye dūre ca santike ca. Parasattānaṁ parapuggalānaṁ cetasā ceto paricca pajānāti:—sarāgaṁ vā cittaṁ Sarāgaṁ cittan ti pajānāti, vītarāgaṁ vā cittaṁ[7] Vītarāgaṁ cittan ti pajānāti, sadosaṁ vā cittaṁ Sadosaṁ cittan ti pajānāti, vītadosaṁ vā cittaṁ Vītadosaṁ cittan ti pajānāti, samohaṁ vā cittaṁ Samohaṁ cittan ti pajānāti, vītamohaṁ vā cittaṁ Vītamohaṁ cittan ti pajānāti, saṁkhittaṁ vā cittaṁ Saṁkhittaṁ cittan ti pajānāti, vikkhittaṁ vā cittaṁ Vikkhittaṁ cittan ti pajānāti, mahaggataṁ vā cittaṁ Mahaggataṁ cittan ti pajānāti, amahaggataṁ vā cittaṁ Amahaggataṁ cittan ti pajānāti, sa-uttaraṁ vā cittaṁ Sa-uttaraṁ cittan ti pajānāti, anuttaraṁ vā cittaṁ Anuttaraṁ cittan ti pajānāti, samāhitaṁ vā cittaṁ Samāhitaṁ cittan ti pajānāti, asamāhitaṁ vā cittaṁ Asamāhitaṁ cittan ti pajānāti, vimuttaṁ vā cittaṁ Vimuttaṁ cittan ti pajānāti, avimuttaṁ vā cittaṁ Avimuttaṁ cittan ti pajānāti. Anekavihitaṁ pubbenivāsaṁ anussarati seyyathīdaṁ ekam

[1] Si inserts hoti before and after this word, and inserts so at the beginning of the next sentence. [2] Si iddhividhiṁ here. [3] Si inserts pe and omits the following down to yāva b. [4] S[?] caṅkamati. [5] Cf. Vol II. p. 18. Sk here ca saṁvatteti; Si kāyena saṁvatteti. [6] So even Si here. [7] Si here inserts pe. and continues as follows: Sadosaṁ vā cittaṁ. Vītadosaṁ vā cittaṁ (&c., &c.) . . . Avimuttaṁ vā cittaṁ Avimuttaṁ cittan ti pajānāti.

pi jātiyo dve pi jātiyo—pe—iti sākāraṁ sa-uddesaṁ anekavihitaṁ pubbenivāsaṁ anussarati. Dibbena cakkhunā visuddhena atikkantamānusakena satte passati cavamāne upapajjamāne hīne paṇīte suvaṇṇe dubbaṇṇe sugate duggate,[1] yathākammūpage satte pajānāti. Āsavānaṁ khayā anāsavaṁ cetovimuttiṁ paññāvimuttiṁ diṭṭhe va dhamme sayaṁ abhiññā sacchikatvā upasampajja viharati.

Kāyagatāya, bhikkhave, satiyā āsevitāya bhāvitāya bahulīkatāya yānikatāya vatthukatāya anuṭṭhitāya paricitāya susamāraddhāya ime das'[2] ānisaṁsā pāṭikaṅkhā ti.

Idam avoca Bhagavā. Attamanā te bhikkhū Bhagavato bhāsitaṁ abhinandun ti.

KĀYAGATĀSATISUTTAṀ NAVAMAṀ.

— — —

120.

Evam me sutaṁ. Ekaṁ samayaṁ Bhagavā Sāvatthiyaṁ viharati Jetavane Anāthapiṇḍikassa ārāme. Tatra kho Bhagavā bhikkhū āmantesi: Bhikkhavo ti. Bhadante ti te bhikkhū Bhagavato paccassosuṁ. Bhagavā etad avoca: Saṅkhāruppattiṁ[3] vo, bhikkhave, desissāmi. Taṁ suṇātha sādhukaṁ manasikarotha, bhāsissāmīti. Evam bhante ti kho te bhikkhū Bhagavato paccassosuṁ. Bhagavā etad avoca:—

Idha, bhikkhave, bhikkhu saddhāya samannāgato hoti, sīlena samannāgato hoti, sutena samannāgato hoti, cāgena samannāgato hoti, paññāya samannāgato hoti. Tassa evaṁ hoti: Aho vatāhaṁ kāyassa bhedā parammaraṇā khattiyamahāsālānaṁ[4] sahavyataṁ uppajjeyyan ti. So taṁ cittaṁ dahati, taṁ cittaṁ adhiṭṭhāti, taṁ cittaṁ

[1] Si adds pe.
[2] S^kt ekādas'.
[3] Si saṅkhārūpapattiṁ and (infra) saṅkhārūpapattiyā.
[4] All MSS. add vā.

bhāveti; tassa te saṅkhārā ca vihāro[1] c' evaṁ bhāvitā bahulīkatā tatr' uppattiyā saṁvattanti. Ayaṁ, bhikkhave, maggo ayaṁ paṭipadā tatr' uppattiyā saṁvattati.

Puna ca paraṁ, bhikkhave, bhikkhu saddhāya samannāgato hoti, sīlena samannāgato hoti, sutena samannāgato hoti, cāgena samannāgato hoti, paññāya samannāgato hoti. Tassa evaṁ hoti: Aho vatāhaṁ kāyassa bhedā parammaraṇā brāhmaṇamahāsālānaṁ vā—pe—gahapatimahāsālānaṁ vā sahavyataṁ uppajjeyyan ti. So taṁ cittaṁ dahati taṁ cittaṁ adhiṭṭhāti taṁ cittaṁ bhāveti; tassa te saṅkhārā ca vihāro ca evaṁ bhāvitā evaṁ bahulīkatā tatr' uppattiyā saṁvattanti. Ayaṁ, bhikkhave, maggo ayaṁ paṭipadā tatr' uppattiyā saṁvattati.

[2] Puna ca paraṁ, bhikkhave, bhikkhu saddhāya samannāgato hoti, sīlena samannāgato hoti, sutena samannāgato hoti, cāgena samannāgato hoti, paññāya samannāgato hoti. Tassa sutaṁ hoti: Cātummahārājikā devā dīghāyukā vaṇṇavanto sukhabahulā ti. Tassa evaṁ hoti: Aho vatāhaṁ kāyassa bhedā parammaraṇā Cātummahārājikānaṁ devānaṁ sahavyataṁ uppajjeyyan ti. So taṁ cittaṁ dahati taṁ cittaṁ adhiṭṭhāti taṁ cittaṁ bhāveti; tassa te saṅkhārā ca vihāro ca . . . tatr' uppattiyā saṁvattati.

Puna ca paraṁ, bhikkhave, bhikkhu saddhāya samannāgato hoti, sīlena samannāgato hoti, sutena samannāgato hoti, cāgena samannāgato hoti, paññāya samannāgato hoti. Tassa sutaṁ hoti: Tāvatiṁsā devā—pe—Yāmā devā—pe[3]—Tusitā devā—pe—Nimmānaratī devā—pe—Paranimmitavasavattino devā dīghāyukā vaṇṇavanto sukhabahulā ti. Tassa evaṁ hoti: Aho vatāhaṁ kāyassa bhedā parammaraṇā Paranimmitavasavattīnaṁ devānaṁ sahavyataṁ uppajjeyyan ti. So taṁ cittaṁ dahati . . . tatr' uppattiyā saṁvattati.

Puna ca paraṁ, bhikkhave, bhikkhu saddhāya samanna-

[1] So Bu; Si vihārā; S^m virāgā.
[2] Si omits this paragraph.
[3] Si omits pe here et infra.

nāgato hoti, sīlena samannāgato hoti, sutena samannāgato hoti, cāgena samannāgato hoti, paññāya samannāgato hoti. Tassa evaṁ hoti: Sahasso Brahmā dīghāyuko vaṇṇavā sukhabahulo ti. Sahasso, bhikkhave, Brahmā sahassīlokadhātuṁ pharitvā adhimuccitvā viharati; ye pi tattha sattā uppannā, te pi pharitvā adhimuccitvā viharati. Seyyathāpi, bhikkhave, cakkhumā puriso ekaṁ āmaṇḍaṁ hatthe karitvā paccavekkheyya, evam eva kho, bhikkhave, Sahasso Brahmā sahassīlokadhātuṁ pharitvā adhimuccitvā viharati; ye pi tattha sattā uppannā, te pi pharitvā adhimuccitvā viharati. Tassa evaṁ hoti: Aho vatāhaṁ kāyassa bhedā parammaraṇā Sahassassa Brahmuno sahavyataṁ uppajjeyyan ti. So taṁ cittaṁ dahati . . . tatr' uppattiyā saṁvattati.

Puna ca paraṁ, bhikkhave, bhikkhu saddhāya . . . paññāya samannāgato hoti. Tassa sutaṁ hoti: Dvisahasso Brahmā—pe—Tisahasso Brahmā—pe—Catusahasso Brahmā—pe—Pañcasahasso Brahmā dīghāyuko vaṇṇavā sukhabahulo ti. Pañcasahasso pi, bhikkhave, Brahmā pañcasahassīlokadhātuṁ pharitvā adhimuccitvā viharati; ye pi tattha sattā uppannā, te pi pharitvā adhimuccitvā viharati. Seyyathāpi, bhikkhave, cakkhumā puriso pañca āmaṇḍāni hatthe karitvā paccavekkheyya, evam eva kho, bhikkhave, Pañcasahasso Brahmā pañcasahassīlokadhātuṁ pharitvā adhimuccitvā viharati; ye pi tattha sattā uppannā, te pi pharitvā adhimuccitvā viharati. Tassa evaṁ hoti: Aho vatāhaṁ kāyassa bhedā parammaraṇā Pañcasahassassa Brahmuno sahavyataṁ uppajjeyyan ti. So taṁ cittaṁ dahati . . . tatr' uppattiyā saṁvattati.

Puna ca paraṁ, bhikkhave, bhikkhu saddhāya samannāgato hoti—pe—sīlena—pe—sutena—pe—cāgena—pe[1]—paññāya samannāgato hoti. Tassa sutaṁ hoti: Dasasahasso Brahmā dīghāyuko vaṇṇavā sukhabahulo ti. Dasasahasso, bhikkhave, Brahmā dasasahassīlokadhātuṁ pharitvā

[1] Si recites the whole of the foregoing in full.

adhimuccitvā viharati; ye pi tattha sattā uppannā, te pi pharitvā adhimuccitvā viharati. Seyyathāpi, bhikkhave, maṇi veḷuriyo subho jātimā aṭṭhaṁso suparikammakato paṇḍukambale nikkhitto bhāsati ca virocati ca, evam eva kho, bhikkhave, Dasasahasso Brahmā dasasahassilokadhātuṁ pharitvā adhimuccitvā viharati; ye pi tattha sattā uppannā, te pi pharitvā adhimuccitvā viharati. Tassa evaṁ hoti: Aho vatāhaṁ kāyassa bhedā parammaraṇā Dasasahassassa Brahmuno sahavyataṁ uppajjeyyan ti. So taṁ cittaṁ dahati . . . tatr' uppattiyā saṁvattati.

Puna ca paraṁ, bhikkhave, bhikkhu saddhāya . . . paññāya samannāgato hoti. Tassa sutaṁ hoti: Satasahasso Brahmā dīghāyuko vaṇṇavā sukhabahulo ti. Satasahasso, bhikkhave, Brahmā satasahassilokadhātuṁ pharitvā adhimuccitvā viharati; ye pi tattha sattā uppannā, te pi pharitvā adhimuccitvā viharati. Seyyathāpi, bhikkhave, nekkhaṁ jambonadaṁ dakkhakammāraputta-ukkāmukha-sukusalasampahaṭṭhaṁ paṇḍukambale nikkhittaṁ bhāsati ca tapati ca[1] virocati ca, evam eva kho, bhikkhave, Satasahassassa Brahmuno satasahassilokadhātuṁ pharitvā . . . viharati. Tassa evaṁ hoti: Aho vatāhaṁ kāyassa bhedā parammaraṇā Satasahassassa Brahmuno sahavyataṁ uppajjeyyan ti. So taṁ cittaṁ dahati . . . saṁvattati.

Puna ca paraṁ, bhikkhave, bhikkhu saddhāya . . . paññāya samannāgato hoti. Tassa sutaṁ hoti: Ābhā devā —pe— Parittābhā devā; Appamāṇābhā devā; Ābhassarā devā dīghāyukā vaṇṇavanto sukhabahulā ti. Tassa evaṁ hoti: Aho vatāhaṁ . . . saṁvattati.

Puna ca paraṁ, bhikkhave, bhikkhu saddhāya . . . paññāya samannāgato hoti. Tassa sutaṁ hoti: Subhā devā; Parittasubhā devā; Appamāṇasubhā devā; Subhakiṇṇā[2] devā dīghāyukā vaṇṇavanto sukhabahulā ti. Tassa evaṁ hoti: Aho vatāhaṁ . . . saṁvattati.

Puna ca paraṁ, bhikkhave, bhikkhu saddhāya . . .

[1] So Si; S^{tr} bhāsate ca tapate ca.

[2] Si Subhakiṇhā.

Tassa sutaṁ hoti: Vehapphalā devā; Avihā devā; Atappā devā; Sudassī [1] devā; Akaniṭṭhā devā dīghāyukā vaṇṇavanto sukhabahulā ti. Tassa evaṁ hoti: Aho vatāhaṁ kāyassa bhedā parammaraṇā Akaniṭṭhānaṁ devānaṁ sahavyataṁ uppajjeyyan ti. So taṁ cittaṁ dahati . . . saṁvattati.

Puna ca paraṁ, bhikkhave, bhikkhu saddhāya . . . paññāya samannāgato hoti. Tassa sutaṁ hoti: Ākāsānañcāyatanūpagā devā dīghāyukā ciraṭṭhitikā sukhabahulā ti. Tassa evaṁ hoti. Aho vatāhaṁ . . . saṁvattati.

Puna ca paraṁ, bhikkhave, bhikkhu saddhāya . . . paññāya samannāgato hoti. Tassa sutaṁ hoti: Viññāṇañcāyatanūpagā devā; [2] Ākiñcāyatanūpagā devā; Nevasaññānāsaññāyatanūpagā devā dīghāyukā ciraṭṭhitikā sukhabahulā ti. Tassa evaṁ hoti: Aho vatāhaṁ . . . saṁvattati.

Puna ca paraṁ, bhikkhave, bhikkhu saddhāya . . . paññāya samannāgato hoti. Tassa evaṁ hoti: Aho vatāhaṁ āsavānaṁ khayā anāsavaṁ cetovimuttiṁ paññāvimuttiṁ diṭṭhe va dhamme sayaṁ abhiññā sacchikatvā upasampajja vihareyyan ti. So āsavānaṁ khayā anāsavaṁ cetovimuttiṁ paññāvimuttiṁ diṭṭhe va dhamme sayaṁ abhiññā sacchikatvā upasampajja viharati. Ayaṁ,[3] bhikkhave, bhikkhu na katthaci [4] uppajjati na kuhiñci [5] uppajjatīti.

Idam avoca Bhagavā. Attamanā te bhikkhū Bhagavato bhāsitaṁ abhinandun ti.

SAṀKHĀRUPPATTISUTTAṀ [6] DASAMAṀ

— — —

ANUPADAVAGGO DUTIYO.

---

[1] Si Sudassā. [2] Si continues as follows: dīghāyukā . . . uppajjeyyan ti—pe—ayaṁ, bhikkhave, maggo . . . saṁvattati. . . . Puna ca paraṁ . . . samannāgato hoti. Tassa sutaṁ hoti: Ākiñcaññāyatanūpagā devā; Nevasaññānāsaññāyatanūpagā devā dīghāyukā (&c.). [3] S^th add pi. [4] S^th add na. [5] So S^t; S^r nahiñci; Si omits [illegible] na kuhiñci. [6] Si saṁkhārūpapattisuttaṁ.

121.

Evam me sutaṁ. Ekaṁ samayaṁ Bhagavā Sāvatthiyaṁ viharati Pubbārāme Migāramātu pāsāde. Atha kho āyasmā Ānando sāyaṇhasamayaṁ paṭisallāṇā [1] vuṭṭhito yena Bhagavā ten' upasaṁkami upasaṁkamitvā Bhagavantaṁ abhivādetvā ekamantaṁ nisīdi. Ekamantaṁ nisinno kho āyasmā Ānando Bhagavantaṁ etad avoca: Ekamidaṁ,[2] bhante, samayaṁ Bhagavā Sakkesu viharati. Nagarakaṁ nāma Sakyānaṁ nigamo. Tattha me, bhante, Bhagavato sammukhā sutaṁ sammukhā paṭiggahītaṁ: Suññatāvihārenāhaṁ, Ānanda, etarahi bahulaṁ viharāmīti. Kacci me taṁ, bhante, sussutaṁ suggahītaṁ [3] sumanasikataṁ sūpadhāritan ti?

Taggha te etaṁ, Ānanda, sussutaṁ suggahītaṁ sumanasikataṁ sūpadhāritaṁ. Pubbe cāhaṁ, Ānanda, etarahi ca suññatāvihārena bahulaṁ viharāmi. Seyyathāpi ayaṁ Migāramātu pāsādo suñño hatthigavāssavaḷavena, suñño jātarūparajatena, suññaṁ itthipurisasannipātena; atthi c' ev' idaṁ asuññataṁ yadidaṁ bhikkhusaṁghaṁ paṭicca ekattaṁ;—evam eva kho, Ānanda, bhikkhu amanasikaritvā gāmasaññaṁ amanasikaritvā manussasaññaṁ araññasaññaṁ paṭicca manasikaroti ekattaṁ. Tassa araññasaññāya cittaṁ pakkhandati pasīdati santiṭṭhati vimuccati.[4] So evaṁ pajānāti: Ye assu darathā gāmasaññaṁ paṭicca, te 'dha na santi; ye assu darathā manussasaññaṁ paṭicca, te 'dha na santi; atthi c' evāyaṁ darathamattā yadidaṁ araññasaññaṁ paṭicca ekattan ti. So: Suññam idaṁ saññāgataṁ gāmasaññāyāti pajānāti: Suññam idaṁ saññāgataṁ manussasaññāyāti pajānāti. Atthi c' ev' idaṁ asuññataṁ yadidaṁ araññasaññaṁ paṭicca ekattan ti. Iti yaṁ hi kho tattha na hoti, tena taṁ suññaṁ samanupassati; yaṁ pana tattha

---

1 So Bmr; Si paṭisallānā.
2 So Si Bu; Sk ekamidāhaṁ.
3 Si sussutaṁ sugahītaṁ.
4 So Bu and Sk generally; Si adhimuccati.

avasiṭṭhaṁ hoti, taṁ santaṁ idam atthīti pajānāti. Evam pi 'ssa esā, Ānanda, yathābhuccā avipallatthā parisuddhā suññatāvakkan ti bhavati.

Puna ca paraṁ, Ānanda, bhikkhu amanasikaritvā manussasaññaṁ amanasikaritvā araññasaññaṁ paṭhavīsaññaṁ paṭicca manasikaroti ekattaṁ. Tassa paṭhavīsaññāya cittaṁ pakkhandati pasīdati santiṭṭhati vimuccati. Seyyathāpi, Ānanda, usabhacammaṁ[1] saṅkusatena suvihataṁ[2] vigatavalikaṁ;[3]—evam eva kho, Ānanda, bhikkhu yaṁ imissā paṭhaviyā ukkūlavikkūlaṁ[4] nadīviduggaṁ khāṇukaṇṭakādhānaṁ[5] pabbatavisamaṁ, taṁ sabbaṁ amanasikaritvā paṭhavīsaññaṁ paṭicca manasikaroti ekattaṁ. Tassa paṭhavīsaññāya cittaṁ pakkhandati pasīdati santiṭṭhati vimuccati. So evaṁ pajānāti: Ye assu darathā manussasaññaṁ paṭicca te 'dha na santi; ye assu darathā araññasaññaṁ paṭicca te 'dha na santi; atthi c' evāyaṁ darathamattā,[6] yadidaṁ paṭhavīsaññaṁ paṭicca ekattan ti. So: Suññam idaṁ saññāgataṁ manussasaññāyāti pajānāti. Suññam idaṁ saññāgataṁ[7] araññasaññāyāti pajānāti. Atthi c' ev' idaṁ asuññataṁ, yadidaṁ paṭhavīsaññaṁ paṭicca ekattan ti. Iti yaṁ hi kho tattha na hoti, tena taṁ suññaṁ samanupassati; yam pana tattha avasiṭṭhaṁ hoti, taṁ santaṁ idam atthīti pajānāti. Evam pi 'ssa esā, Ānanda, yathābhuccā avipallatthā parisuddhā suññatāvakkan ti bhavati.

Puna ca paraṁ, Ānanda, bhikkhu amanasikaritvā araññasaññaṁ amanasikaritvā paṭhavīsaññaṁ ākāsānañcāyatanasaññaṁ paṭicca manasikaroti ekattaṁ. Tassa ākāsānañcāyatanasaññāya cittaṁ pakkhandati pasīdati santiṭṭhati vimuccati. So evaṁ pajānāti: Ye assu darathā araññasaññaṁ paṭicca te 'dha na santi; ye assu darathā[8]

---

[1] Si āsabhacammaṁ; S^{tr} usambhaṁ cammaṁ; Bu: Usabhassa etan ti āsabhaṁ. [2] So Si Bu; S^{tr} suvihitaṁ. [3] S^{tr} v—likaṁ. [4] So S^{tr} Bu; Si ukkulavikulaṁ. [5] S^{tr} kaṇ-. Si kh—adharaṁ. [6] So Si Bu; S^{tr} darathāmattā. [7] S^{tr} omit manussasaññāyāti pajānāti, suññam idaṁ saññāgataṁ. [8] S^{tr} omit araññasaññaṁ . . . darathā.

paṭhavīsaññaṁ paṭicca te 'dha na santi; atthi c' evāyaṁ darathamattā yadidaṁ ākāsānañcāyatanaṁ paṭicca ekattan ti. So: Suññam idaṁ saññāgataṁ araññasaññāyāti pajānāti; Suññam idaṁ saññāgataṁ paṭhavīsaññāyāti pajānāti. Atthi c' ev' idaṁ asuññataṁ, yadidaṁ ākāsānañcāyatanasaññaṁ paṭicca ekattan ti. Iti yaṁ hi kho tattha na hoti, tena taṁ suññaṁ samanupassati; yaṁ pana tattha avasiṭṭhaṁ hoti, Taṁ santaṁ idam atthīti pajānāti. Evam pi 'ssa esā, Ānanda, yathābhuccā avipallatthā parisuddhā suññatāvakkanti bhavati.

Puna ca paraṁ, Ānanda, bhikkhu amanasikaritvā paṭhavīsaññaṁ amanasikaritvā ākāsānañcāyatanasaññaṁ viññāṇañcāyatanaṁ paṭicca manasikaroti ekattaṁ. Tassa viññāṇañcāyatanasaññāya cittaṁ pakkhandati pasīdati santiṭṭhati vimuccati. So evaṁ pajānāti: Ye assu darathā paṭhavīsaññaṁ paṭicca te 'dha na santi; ye assu darathā ākāsānañcāyatanasaññaṁ paṭicca te 'dha na santi; atthi c' evāyaṁ darathamattā yadidaṁ viññāṇañcāyatanasaññaṁ paṭicca ekattan ti. So: Suññam idaṁ saññāgataṁ paṭhavīsaññāyāti pajānāti; Suññam idaṁ saññāgataṁ ākāsānañcāyatanasaññāyāti pajānāti. Atthi c' ev' idaṁ asuññataṁ, yadidaṁ viññāṇañcāyatanasaññaṁ paṭicca ekattan ti. Iti yaṁ hi kho tattha na hoti, tena taṁ suññaṁ samanupassati; yam pana tattha avasiṭṭhaṁ hoti, Taṁ santaṁ idam atthīti pajānāti. Evam pi 'ssa esā, Ānanda, yathābhuccā avipallatthā parisuddhā suññatāvakkanti bhavati.

Puna ca paraṁ, Ānanda, bhikkhu amanasikaritvā ākāsānañcāyatanasaññaṁ amanasikaritvā viññāṇañcāyatanasaññaṁ ākiñcaññāyatanasaññaṁ paṭicca manasikaroti ekattaṁ. Tassa ākiñcaññāyatanasaññāya cittaṁ pakkhandati pasīdati santiṭṭhati vimuccati. So evaṁ pajānāti: Ye assu darathā ākāsānañcāyatanasaññaṁ paṭicca te 'dha na santi; ye assu darathā viññāṇañcāyatanasaññaṁ paṭicca te 'dha na santi; atthi c' evāyaṁ darathamattā, yadidaṁ ākiñcaññāyatanasaññaṁ paṭicca ekattan ti. So: Suññam idaṁ saññāgataṁ ākāsānañcāyatanasaññāyāti pajānāti; Suññam idaṁ saññāgataṁ viññāṇañcāyatanasaññāyāti pajānāti. Atthi c' ev' idaṁ asuññataṁ yadidaṁ ākiñcaññāyatanasaññaṁ paṭicca ekattan ti. Iti yaṁ hi kho tattha na hoti, tena taṁ suññaṁ samanupassati; yaṁ pi tattha avasiṭṭhaṁ hoti, Taṁ santaṁ idam atthīti pajānāti. Evam pi 'ssa esā, Ānanda, yathābhuccā avipallatthā parisuddhā suññatāvakkanti bhavati.

Puna ca paraṁ, Ānanda, bhikkhu amanasikaritvā viññāṇañcāyatanasaññaṁ amanasikaritvā ākiñcaññāyatanasaññaṁ nevasaññānāsaññāyatanasaññaṁ paṭicca manasikaroti ekattaṁ. Tassa nevasaññānāsaññāyatanasaññāya cittaṁ pakkhandati pasīdati santiṭṭhati vimuccati. So evaṁ pajānāti: Ye assu darathā viññāṇañcāyatanasaññaṁ paṭicca, te 'dha na santi; ye assu darathā ākiñcaññāyatanasaññaṁ paṭicca te 'dha na santi; atthi c' evāyaṁ darathamattā, yadidaṁ nevasaññānāsaññāyatanasaññaṁ paṭicca ekattan ti. So: Suññam idaṁ saññāgataṁ viññāṇañcāyatanasaññāyāti pajānāti; Suññam idaṁ saññāgataṁ ākiñcaññāsaññāyāti pajānāti. Atthi c' ev' idaṁ asuññataṁ, yadidaṁ nevasaññānāsaññāyatanasaññaṁ paṭicca ekattan ti. Iti yaṁ hi kho tattha na hoti, tena taṁ suññaṁ samanupassati; yaṁ pi tattha avasiṭṭhaṁ hoti, Taṁ santaṁ idam atthīti pajānāti. Evam pi 'ssa esā, Ānanda, yathābhuccā avipallatthā parisuddhā suññatāvakkanti bhavati.

Puna ca paraṁ, Ānanda, bhikkhu amanasikaritvā ākiñcaññāyatanasaññaṁ amanasikaritvā nevasaññānāsaññāyatanasaññaṁ animittaṁ cetosamādhiṁ paṭicca manasikaroti ekattaṁ. Tassa animitte[1] cetosamādhimhi cittaṁ pakkhandati pasīdati santiṭṭhati vimuccati. So evaṁ pajānāti: Ye assu darathā ākiñcaññāyatanasaññaṁ paṭicca, te 'dha na santi; ye assu darathā nevasaññānāsaññāyatanasaññaṁ paṭicca, te 'dha na santi; atthi c' evāyaṁ darathamattā yadidaṁ[2] imam eva kāyaṁ paṭicca saḷāyatanikaṁ

[1] So Si; S^{tt} animittaṁ. [2] S^{tt} insert kho.

jīvitapaccayā ti. So: Suññam idaṁ saññāgataṁ ākiñcaññāyatanasaññāyāti pajānāti; Suññam idaṁ saññāgataṁ nevasaññānāsaññāyatanasaññāyāti pajānāti. Atthi c' ev' idaṁ asuññataṁ, yadidaṁ imam eva kāyaṁ paṭicca saḷāyatanikaṁ jīvitapaccayā ti. Iti yaṁ hi kho tattha na hoti, tena taṁ suññaṁ samanupassati; yaṁ pana tattha avasiṭṭhaṁ hoti, Taṁ santaṁ idam atthīti pajānāti. Evam pi 'ssa esā, Ānanda, yathābhuccā avipallatthā parisuddhā suññatāvakkanti bhavati.

Puna ca paraṁ, Ānanda, bhikkhu amanasikaritvā ākiñcaññāyatanasaññaṁ amanasikaritvā nevasaññānāsaññāyatanasaññaṁ animittaṁ cetosamādhiṁ paṭicca manasikaroti ekattaṁ. Tassa animitte cetosamādhimhi cittaṁ pakkhandati pasīdati santiṭṭhati vimuccati. So evaṁ pajānāti: Ayam pi[1] kho animitto cetosamādhi[2] abhisaṅkhato abhisañcetayito. Yaṁ kho pana kiñci abhisaṅkhataṁ[3] abhisañcetayitaṁ, tad aniccaṁ nirodhadhamman ti pajānāti. Tassa evaṁ jānato[4] evaṁ passato kāmāsavā pi cittaṁ vimuccati, bhavāsavā pi cittaṁ vimuccati, avijjāsavā pi cittaṁ vimuccati; vimuttasmiṁ vimuttam iti ñāṇaṁ hoti: Khīṇā jāti, vusitaṁ brahmacariyaṁ, kataṁ karaṇīyaṁ, nāparaṁ itthattāyāti pajānāti. So evaṁ pajānāti: Ye assu darathā kāmāsavaṁ paṭicca, te 'dha na santi; ye assu darathā bhavāsavaṁ paṭicca, te 'dha na santi; ye assu darathā avijjāsavaṁ paṭicca, te 'dha na santi; atthi c' evāyaṁ darathamattā, yadidaṁ imam eva kāyaṁ paṭicca saḷāyatanikaṁ jīvitapaccayā ti. So: Suññam idaṁ saññāgataṁ kāmāsavenāti pajānāti; Suññam idaṁ saññāgataṁ bhavāsavenāti pajānāti; Suññam idaṁ saññāgataṁ avijjāsavenāti pajānāti. Atthi c' ev' idaṁ asuññataṁ, yadidaṁ imam eva kāyaṁ paṭicca saḷāyatanikaṁ jīvitapaccayā ti. Iti yaṁ hi kho tattha na hoti, tena taṁ suññaṁ samanupassati; yaṁ pana tattha avasiṭṭhaṁ hoti, Taṁ santaṁ idam atthīti pajānāti. Evam assa esā, Ānanda, yathābhuccā

[1] Si hi [2] S[br] animittaṁ ce—dhiṁ. [3] S[br] omit. [4] S[br] pajānato.

avipallatthā parisuddhā paramānuttarā suññatāvakkanti bhavati. Ye hi keci, Ānanda, atītam addhānaṁ samaṇā vā brāhmaṇā vā parisuddhaṁ paramānuttaraṁ suññataṁ upasampajja vihariṁsu, sabbe te imaṁ yeva parisuddhaṁ paramānuttaraṁ suññataṁ upasampajja vihariṁsu. Ye hi keci, Ānanda, anāgatam addhānaṁ samaṇā vā brāhmaṇā vā parisuddhaṁ paramānuttaraṁ suññataṁ upasampajja viharissanti, sabbe te imaṁ yeva parisuddhaṁ paramānuttaraṁ suññataṁ upasampajja viharissanti. Ye hi keci, Ānanda, etarahi samaṇā vā brāhmaṇā vā parisuddhaṁ paramānuttaraṁ suññataṁ upasampajja viharanti, sabbe te imaṁ yeva parisuddhaṁ paramānuttaraṁ suññataṁ upasampajja viharanti. Tasmātiha, Ānanda, Parisuddhaṁ paramānuttaraṁ suññataṁ upasampajja viharissāmīti,—evaṁ hi vo, Ānanda, sikkhitabban ti.

Idam avoca Bhagavā. Attamano āyasmā Ānando Bhagavato bhāsitaṁ abhinandīti.

CŪḶASUÑÑATASUTTAṀ PAṬHAMAṀ.

122.

Evam me sutaṁ. Ekaṁ samayaṁ Bhagavā Sakkesu viharati Kapilavatthusmiṁ Nigrodhārāme. Atha kho Bhagavā pubbaṇhasamayaṁ nivāsetvā pattacīvaraṁ ādāya Kapilavatthuṁ[1] piṇḍāya pāvisi. Kapilavatthusmiṁ piṇḍāya caritvā pacchābhattaṁ piṇḍapātapaṭikkanto yena Kāḷakhemakassa[2] Sakkassa vihāro ten' upasaṅkami divāvihārāya. Tena kho pana samayena Kāḷakhemakassa Sakkassa vihāre sambahulāni senāsanāni paññattāni honti. Addasā kho Bhagavā Kāḷakhemakassa Sakkassa vihāre sambahulāni

[1] So Si; S^{tt} Kapilavatthusmiṁ. [2] So S^{tu} Bu; Si Kāl°.

senāsanāni paññattāni: disvāna Bhagavato etad ahosi: Sambahulāni kho Kāḷakhemakassa Sakkassa vihāre senāsanāni paññattāni.[1] Sambahulā nu kho idha bhikkhū viharantīti?

Tena kho pana samayena āyasmā Ānando sambahulehi bhikkhūhi saddhiṁ Ghaṭāya-Sakkassa vihāre cīvarakammaṁ karoti. Atha kho Bhagavā sāyaṇhasamayaṁ paṭisallānā vuṭṭhito yena Ghaṭāya-Sakkassa vihāro ten' upasaṅkami, upasaṅkamitvā paññatte āsane nisīdi. Nisajja kho Bhagavā āyasmantaṁ Ānandaṁ āmantesi: Sambahulāni kho, Ānanda, Kāḷakhemakassa Sakkassa vihāre senāsanāni paññattāni. Sambahulā nu kho ettha bhikkhū viharantīti?

Sambahulāni, bhante, Kāḷakhemakassa Sakkassa vihāre senāsanāni paññattāni; sambahulā ettha bhikkhū viharanti. Cīvarakārasamayo no, bhante, vattatīti.

Na kho, Ānanda, bhikkhu sobhati saṅgaṇikārāmo saṅgaṇikārato saṅgaṇikārāmataṁ anuyutto gaṇārāmo gaṇarato gaṇasammudito. So vat', Ānanda, bhikkhu saṅgaṇikārāmo saṅgaṇikārato saṅgaṇikārāmataṁ anuyutto gaṇārāmo gaṇarato gaṇasammudito, yan taṁ nekkhammasukhaṁ pavivekasukhaṁ upasamasukhaṁ sambodhasukhaṁ,[2] tassa sukhassa nikāmalābhī bhavissati akicchalābhī akasiralābhī ti,—n' etaṁ ṭhānaṁ vijjati. Yo ca kho so, Ānanda, bhikkhu eko gaṇasmā vūpakaṭṭho viharati, tass' etaṁ bhikkhuno pāṭikaṅkhaṁ, yan taṁ nekkhammasukhaṁ pavivekasukhaṁ upasamasukhaṁ sambodhasukhaṁ, tassa sukhassa nikāmalābhī bhavissati akicchalābhī akasiralābhī ti,—ṭhānam etaṁ vijjati. So vat', Ānanda, bhikkhu saṅgaṇikārāmo saṅgaṇikārato saṅgaṇikārāmataṁ anuyutto gaṇārāmo gaṇarato gaṇasammudito sāmāyikaṁ vā kantaṁ cetovimuttiṁ upasampajja viharissati asāmāyikaṁ vā akuppan ti,—n' etaṁ ṭhānaṁ vijjati: Yo ca kho so, Ānanda, bhikkhu eko gaṇasmā vūpakaṭṭho viharati, tass' etaṁ bhikkhuno pāṭikaṅkhaṁ sāmāyikaṁ vā kantaṁ

[1] S^{tr} omit this word here. [2] Si sambodhisukhaṁ.

cetovimuttiṁ upasampajja viharissati sāmāyikaṁ vā akuppan ti,—ṭhānam etaṁ vijjati. Nāhaṁ, Ānanda, ekaṁ rūpam[1] pi samanupassāmi, yattha ratassa yatthābhiratassa[2] rūpassa vipariṇāmaññathābhāvā na uppajjeyyuṁ sokaparidevadukkhadomanassupāyāsā.

Ayaṁ kho pan'[3] Ānanda, vihāro Tathāgatena abhisambuddho, yadidaṁ sabbanimittānaṁ amanasikārā[4] ajjhattaṁ suññataṁ upasampajja viharituṁ.[5] Tatra ce, Ānanda, Tathāgataṁ iminā vihārena viharantaṁ bhavanti[6] upasaṁkamitāro[7] bhikkhū bhikkhuniyo upāsakā upāsikāyo rājāno rājamahāmattā titthiyā titthiyasāvakā,—tatr', Ānanda, Tathāgato vivekaninnen' eva cittena vivekapoṇena vivekapabbhārena vūpakaṭṭhena nekkhammābhiratena byantibhūtena sabbaso āsavaṭṭhāniyehi dhammehi aññadatthu[8] uyyojaniyapaṭisaṁyuttaṁ[9] yeva kathaṁ kattā hoti. Tasmātih', Ānanda, bhikkhu ce pi ākaṅkheyya: Ajjhattaṁ suññataṁ upasampajja vihareyyan ti,—ten', Ānanda, bhikkhunā ajjhattam eva cittaṁ saṇṭhapetabbaṁ sannisādetabbaṁ ekodikātabbaṁ samādahātabbaṁ.

Kathañ ca, Ānanda, bhikkhu ajjhattam eva cittaṁ saṇṭhapeti sannisādeti ekodikaroti samādahati? Idh', Ānanda, bhikkhu vivicc' eva kāmehi vivicca akusalehi dhammehi savitakkaṁ savicāraṁ vivekajaṁ pītisukhaṁ[10] paṭhamajjhānaṁ upasampajja viharati: vitakkavicārānaṁ vūpasamā ajjhattaṁ sampasādanaṁ cetaso ekodibhāvaṁ avitakkaṁ avicāraṁ samādhijaṁ pītisukhaṁ[11] dutiyajjhānaṁ — tatiyajjhānaṁ — catutthajjhānaṁ upasampajja viharati. Evaṁ kho, Ānanda, bhikkhu ajjhattam eva cittaṁ saṇṭhapeti sannisādeti ekodikaroti samādahati.

[1] So Si and (?) Bu; S^{ky} ekarūpaṁ. [2] So S^{ky} and Bu; Si rattassa yatthābhirattassa tassa. [3] So Si Bu; S^{ky} omit pana. [4] Si am—karā. [5] S^{ky} viharataṁ; Si viharati. [6] Si Bhagavantaṁ. [7] S^{ky} upasaṁkamitā te. [8] Si a—uṁ. [9] So Si Bu; S^{ky} uyyojanik'. [10] S^{ky} omit; Si, after paṭhamaṁ jhānaṁ, continues: Dutiyaṁ jhānaṁ. Tatiyaṁ jhānaṁ. Catutthaṁ jhānaṁ upasampajja viharati. [11] S^{ky} here insert pe.

So ajjhattaṁ suññataṁ manasikaroti; tassa ajjhattaṁ suññataṁ[1] manasikaroto ajjhattaṁ suññatāya cittaṁ na pakkhandati nappasīdati na santiṭṭhati na vimuccati. Evaṁ santaṁ etaṁ, Ānanda, bhikkhu evaṁ pajānāti: Ajjhattaṁ suññataṁ[1] kho me manasikaroto ajjhattaṁ suññatāya cittaṁ na pakkhandati nappasīdati na santiṭṭhati na vimuccatīti. Itiha tattha sampajāno hoti. So bahiddhā suññataṁ manasikaroti; so ajjhattabahiddhā suññataṁ manasikaroti; so āṇañjaṁ[2] manasikaroti; tassa āṇañjaṁ manasikaroto āṇañje cittaṁ na pakkhandati nappasīdati na santiṭṭhati na vimuccati. Evaṁ santaṁ etaṁ, Ānanda, bhikkhu evaṁ pajānāti: Āṇañjaṁ kho me manasikaroto āṇañje cittaṁ na pakkhandati nappasīdati na santiṭṭhati na vimuccatīti. Itiha tattha sampajāno hoti. Ten', Ānanda, bhikkhunā tasmiṁ yeva purimasmiṁ samādhinimitte ajjhattam eva cittaṁ saṇṭhapetabbaṁ sannisādetabbaṁ ekodikātabbaṁ samādahātabbaṁ. So ajjhattaṁ suññataṁ manasikaroti; tassa ajjhattaṁ suññataṁ manasikaroto ajjhattaṁ suññatāya cittaṁ pakkhandati pasīdati santiṭṭhati vimuccati. Evaṁ santaṁ etaṁ, Ānanda, bhikkhu evaṁ pajānāti: Ajjhattaṁ suññataṁ kho me manasikaroto ajjhattaṁ suññatāya cittaṁ pakkhandati pasīdati santiṭṭhati vimuccatīti. Itiha tattha sampajāno hoti. So bahiddhā suññataṁ manasikaroti; so ajjhattabahiddhā suññataṁ manasikaroti; so āṇañjaṁ manasikaroti; tassa āṇañjaṁ manasikaroto āṇañje cittaṁ pakkhandati pasīdati santiṭṭhati vimuccati. Evaṁ santaṁ etaṁ, Ānanda, bhikkhu evaṁ pajānāti: Āṇañjaṁ kho me manasikaroto āṇañje cittaṁ pakkhandati pasīdati santiṭṭhati vimuccatīti. Itiha tattha sampajāno hoti.

Tassa ce, Ānanda, bhikkhuno iminā vihārena viharato caṅkamāya cittaṁ namati, so caṅkamati: Evaṁ maṁ caṅkamantaṁ nābhijjhādomanassā pāpakā akusalā dhammā

---

[1] Si omits. [2] So S^{ky}; Si aneñjaṁ (and infra aneñjāya). Cf. supra Sutta No. 112 (in fine) and Vol II. p. 263.

anvāssavissantīti,[1]—itiha tattha sampajāno hoti. Tassa ce, Ānanda, bhikkhuno iminā vihārena viharato ṭhānāya cittaṁ namati so tiṭṭhati: Evaṁ maṁ tiṭṭhantaṁ[2] nābhijjhādomanassā pāpakā akusalā dhammā anvāssavissantīti;—itiha tattha sampajāno hoti. Tassa ce, Ānanda, bhikkhuno, iminā vihārena viharato nisajjāya cittaṁ namati, so nisīdati: Evaṁ maṁ nisinnaṁ nābhijjhādomanassā pāpakā akusalā dhammā anvāssavissantīti:—itiha tattha sampajāno hoti. Tassa ce, Ānanda, bhikkhuno iminā vihārena viharato sayanāya cittaṁ namati, so sayati: Evaṁ maṁ sayantaṁ nābhijjhādomanassā pāpakā akusalā dhammā anvāssavissantīti;—itiha tattha sampajāno hoti. Tassa ce, Ānanda, bhikkhuno iminā vihārena viharato bhassāya[3] cittaṁ namati, so: Yāyaṁ kathā hīnā gammā pothujjanikā anariyā anatthasaṁhitā na nibbidāya na virāgāya na nirodhāya na upasamāya na abhiññāya na sambodhāya na nibbānāya saṁvattati,—seyyathīdaṁ: rājakathā corakathā mahāmattakathā senākathā bhayakathā yuddhakathā annakathā pānakathā vatthakathā sayanakathā mālākathā gandhakathā ñātikathā yānakathā gāmakathā nigamakathā nagarakathā janapadakathā itthikathā sūrakathā visikhākathā kumbhaṭṭhānakathā pubbapetakathā nānattakathā lokakkhāyikā samuddakkhāyikā itibhavābhavakathā iti vā iti evarūpiṁ kathaṁ na kathessāmīti. Itiha tattha sampajāno hoti. Yā ca kho ayaṁ, Ānanda, kathā abhisallekhikā cetovivaraṇasappāyā[4] ekantanibbidāya virāgāya nirodhāya upasamāya abhiññāya sambodhāya nibbānāya saṁvattati,—seyyathīdaṁ: appicchakathā santuṭṭhikathā pavivekakathā asaṁsaggakathā viriyārambhakathā sīlakathā samādhikathā paññākathā vimuttikathā vimuttiñāṇadassanakathā iti evarūpiṁ kathaṁ kathessāmīti. Itiha tattha sampajāno hoti. Tassa ce, Ānanda, bhikkhuno iminā vihārena viharato

[1] So Si; S^{kt} anvāssabhavissatīti [2] Si ṭhitaṁ. [3] So Si; S^{kt} bhassāyaṁ, which spelling is supported by Bu. [4] Si cetovicāraṇasa°.

vitakkāya cittaṁ namati. so: Ye 'me vitakkā hīnā gammā pothujjanikā anariyā anatthasaṁhitā na nibbidāya na virāgāya na nirodhāya na upasamāya na abhiññāya na sambodhāya na nibbānāya saṁvattanti,—seyyathīdaṁ: kāmavitakko byāpādavitakko vihiṁsāvitakko iti evarūpe vitakke na vitakkessāmīti;—itiha tattha sampajāno hoti. Ye ca kho ime, Ānanda, vitakkā ariyā niyyānikā niyyanti takkarassa sammādukkhakkhayāya, seyyathīdaṁ:—nekkhammavitakko abyāpādavitakko avihiṁsāvitakko iti evarūpe vitakke vitakkessāmīti;—itiha tattha sampajāno hoti.

Pañca kho ime, Ānanda, kāmaguṇā. Katame pañca? Cakkhuviññeyyā rūpā iṭṭhā kantā manāpā piyarūpā kāmūpasaṁhitā rajanīyā; sotaviññeyyā saddā; ghānaviññeyyā gandhā; jivhāviññeyyā rasā; kāyaviññeyyā phoṭṭhabbā iṭṭhā kantā manāpā piyarūpā kāmūpasaṁhitā rajanīyā. Ime kho, Ānanda, pañca kāmaguṇā. Yattha bhikkhunā abhikkhaṇaṁ sakaṁ cittaṁ paccavekkhitabbaṁ: Atthi nu kho me[1] imesu pañcasu kāmaguṇesu aññatarasmiṁ vā aññatarasmiṁ vā āyatane uppajjati cetaso samudācāro ti? Sace, Ānanda, bhikkhu paccavekkhamāno evaṁ pajānāti: Atthi kho me imesu pañcasu kāmaguṇesu aññatarasmiṁ vā aññatarasmiṁ vā āyatane uppajjati cetaso samudācāro ti,—evaṁ santam etaṁ, Ānanda, bhikkhu evaṁ pajānāti: Yo kho me pañcasu kāmaguṇesu chandarāgo, so appahīno ti. Itiha tattha sampajāno hoti. Sace pan', Ānanda, bhikkhu paccavekkhamāno evaṁ pajānāti: Na 'tthi kho me imesu pañcasu kāmaguṇesu aññatarasmiṁ vā aññatarasmiṁ vā āyatane uppajjati cetaso samudācāro ti,—evaṁ santam etaṁ, Ānanda, bhikkhu evaṁ pajānāti: Yo kho me pañcasu kāmaguṇesu chandarāgo, so me pahīno ti. Itiha sampajāno hoti.

Pañca kho 'me, Ānanda, upādānakkhandhā. Yattha bhikkhunā udayabbayānupassinā viharitabbaṁ. Iti rūpaṁ iti rūpassa samudayo iti rūpassa atthagamo; iti vedanā iti

[1] S^{tt} omit kho me here (but not infra).

vedanāya samudayo iti vedanāya atthagamo; iti saññā . . .; iti saṅkhārā . . .; iti viññāṇaṁ iti viññāṇassa samudayo iti viññāṇassa atthagamo ti. Tassa imesu pañcasu upādānakkhandhesu udayabbayānupassino viharato yo pañcas' upādānakkhandhesu asmimāno so pahīyati. Evaṁ santam etaṁ, Ānanda, bhikkhu evaṁ pajānāti: Yo kho me pañcas' upādānakkhandhesu asmimāno, so me pahīno ti. Itiha tattha sampajāno hoti. Ime kho te, Ānanda, dhammā ekantakusalāyatikā[1] ariyā lokuttarā anavakkantā pāpimatā.

Taṁ kiṁ maññasi, Ānanda? Kaṁ atthavasaṁ sampassamāno arahati sāvako satthāraṁ anubandhituṁ api payujjamāno ti?[2]

Bhagavaṁ-mūlakā no, bhante, dhammā Bhagavaṁ-nettikā Bhagavaṁ-paṭisaraṇā; sādhu vata, bhante, Bhagavantaṁ yeva paṭibhātu etassa bhāsitassa attho; Bhagavato sutvā bhikkhū dhāressantīti.

Na kho, Ānanda, arahati sāvako satthāraṁ anubandhituṁ yadidaṁ suttaṁ geyyaṁ veyyākaraṇassa hetu. Taṁ kissa hetu? Dīgharattassa hi vo, Ānanda, dhammā sutā dhatā vacasā paricitā manasā 'nupekkhitā diṭṭhiyā suppaṭividdhā. Yā ca kho ayaṁ, Ānanda, kathā abhisallekhikā cetovivaraṇasappāyā ekantanibbidāya virāgāya nirodhāya upasamāya abhiññāya sambodhāya nibbānāya saṁvattati, —seyyathīdaṁ: appicchakathā santuṭṭhikathā pavivekakathā asaṁsaggakathā viriyārambhakathā sīlakathā samādhikathā paññākathā vimuttikathā vimuttiñāṇadassanakathā,—evarūpiyā kho, Ānanda, kathāya hetu arahati sāvako satthāraṁ anubandhituṁ api payujjamāno.

Evaṁ sante kho, Ānanda, ācariyūpaddavo hoti; evaṁ sante antevāsūpaddavo hoti; evaṁ sante brahmacariyūpaddavo hoti.[3] Kathañ c', Ānanda, ācariyūpaddavo hoti? Idh', Ānanda, ekacco satthā vivittaṁ senāsanaṁ bhajati araññaṁ rukkhamūlaṁ pabbataṁ kandaraṁ giriguhaṁ susānaṁ

[1] So Si Bu: S^{k} ekantakusalānayatikā; S^{t} ekantakusalāniyānikā.
[2] So Si: S^{kt} (here) and S^{t} infra also apipanujjamāno pīti: S^{k} infra apipanujjamano pi.
[3] S^{kt} have ūppadavo.

vanapatthaṁ abbhokāsaṁ palālapuñjaṁ. Tassa tathāvūpakaṭṭhassa viharato anvāvaṭṭanti brāhmaṇagahapatikā negamā c' eva jānapadā ca; so anvāvaṭṭesu brāhmaṇagahapatikesu negamesu c' eva jānapadesu ca mucchati kāmayati[1] gedhiṁ[2] āpajjati āvaṭṭati bāhullāya. Ayaṁ vuccat', Ānanda, upaddavo[3] ācariyo; ācariyūpaddavena avadhiṁsu naṁ pāpakā akusalā dhammā saṅkilesikā ponobbhavikā[4] sadarā dukkhavipākā āyatiṁ jātijarāmaraṇiyā. Evaṁ kho, Ānanda, ācariyūpaddavo hoti. Kathañ c', Ānanda, antevāsūpaddavo hoti? Tass' eva kho pan', Ānanda, satthu sāvako tassa satthu vivekaṁ anubrūhayamāno vivittaṁ senāsanaṁ bhajati araññaṁ rukkhamūlaṁ pabbataṁ kandaraṁ giriguhaṁ susānaṁ vanapatthaṁ abbhokāsaṁ palālapuñjaṁ. Tassa tathāvūpakaṭṭhassa viharato anvāvaṭṭanti brāhmaṇagahapatikā negamā c' eva jānapadā ca; so anvāvaṭṭesu brāhmaṇagahapatikesu negamesu c' eva jānapadesu ca mucchati kāmayati gedhiṁ āpajjati āvaṭṭati bāhullāya. Ayaṁ vuccat', Ānanda, upaddavo antevāsī; antevāsūpaddavena avadhiṁsu naṁ pāpakā akusalā dhammā saṅkilesikā ponobbhavikā sadarā dukkhavipākā āyatiṁ jātijarāmaraṇiyā. Evaṁ kho, Ānanda, antevāsūpaddavo hoti. Kathañ c', Ānanda, brahmacariyūpaddavo hoti? Idh', Ānanda, Tathāgato loke uppajjati arahaṁ sammāsambuddho vijjācaraṇasampanno sugato lokavidū anuttaro purisadammasārathi satthā devamanussānaṁ buddho bhagavā. So vivittaṁ senāsanaṁ bhajati araññaṁ rukkhamūlaṁ pabbataṁ kandaraṁ giriguhaṁ susānaṁ vanapatthaṁ abbhokāsaṁ palālapuñjaṁ. Tassa tathāvūpakaṭṭhassa viharato anvāvaṭṭanti brāhmaṇagahapatikā negamā c' eva jānapadā ca; so anvāvaṭṭesu brāhmaṇagahapatikesu negamesu c' eva jānapadesu ca na mucchati kāmayati na gedhiṁ āpajjati na

[1] So S^kt; Si mucchaṁ nikāmayati. Bu: kāmayatīti mucchanakāmataṁ patthetī pavattetīti attho. [2] So Si; S^k geyi; S^t gedhi; S^kt (infra) gethiṁ (but S^t once gedhiṁ). [3] Si upaddavo ācariyo ācariyūpaddavena. Avahiṁsu naṁ, &c. [4] Si ponobbhavikā, as S^kt infra.

āvaṭṭati bāhullāya. Tass' eva kho pan', Ānanda, Satthu sāvako tassa Satthu vivekam anuyutto brūhayamāno vivittaṁ senāsanaṁ bhajati araññaṁ rukkhamūlaṁ pabbataṁ kandaraṁ giriguhaṁ susānaṁ vanapatthaṁ abbhokāsaṁ palālapuñjaṁ. Tassa tathāvūpakaṭṭhassa viharato anvāvaṭṭanti brāhmaṇagahapatikā negamā c' eva jānapadā ca; so anvāvaṭṭesu brāhmaṇagahapatikesu negamesu c' eva jānapadesu ca mucchati kāmayati gedhiṁ āpajjati āvaṭṭati bāhullāya. Ayaṁ vuccat', Ānanda, upaddavo brahmacārī; brahmacārūpaddavena avadhiṁsu naṁ pāpakā akusalā dhammā saṁkilesikā ponobhavikā sadarā dukkhavipākā āyatiṁ jātijarāmaraṇiyā. Evaṁ kho, Ānanda, brahmacārūpaddavo hoti. Tatr', Ānanda, yo c' evāyaṁ ācariyūpaddavo yo ca antevāsūpaddavo ayan tehi brahmacārūpaddavo dukkhavipākataro c' eva kaṭukavipākataro ca api ca vinipātāya saṁvattati. Tasmātiha maṁ, Ānanda, mittavatāya samudācaratha, mā sapattavatāya; taṁ vo bhavissati dīgharattaṁ hitāya sukhāya. Kathañ c', Ānanda, satthāraṁ sāvakā sapattavatāya samudācaranti no mittavatāya? Idh', Ānanda, satthā sāvakānaṁ dhammaṁ deseti anukampako hitesī anukampaṁ upādāya. Idaṁ vo hitāya idaṁ vo sukhāyāti. Tassa sāvakā na sussūsanti na sotaṁ odahanti aññaṁ[1] cittaṁ upaṭṭhapenti, vokkamma ca satthu sāsanā[2] vattanti. Evaṁ kho, Ānanda, satthāraṁ sāvakā sapattavatāya samudācaranti no[3] mittavatāya. Kathañ c', Ānanda, satthāraṁ sāvakā mittavatāya samudācaranti no sapattavatāya? Idh', Ānanda, satthā sāvakānaṁ dhammaṁ deseti anukampako hitesī anukampaṁ upādāya: Idaṁ vo hitāya idaṁ vo sukhāyāti. Tassa sāvakā sussūsanti sotaṁ odahanti na[4] aññaṁ cittaṁ upaṭṭhapenti na vokkamma ca[5] satthu sāsanā vattanti. Evaṁ kho, Ānanda, satthāraṁ sāvakā mittavatāya samudācaranti no sapattavatāya. Tasmā-

[1] Si na aññā. [2] So Sky Bu; Si sāsanato. [3] So Si; Sky yo no. [4] Sky Si omit na here, though Sky insert it before sussūsanti and sotaṁ in this sentence. [5] Si na ca v.

tiha maṁ, Ānanda, mittavatāya samudācaratha mā sapattavatāya. Taṁ vo bhavissati dīgharattaṁ hitāya sukhāya. Na vo[1] ahaṁ, Ānanda, tathā parakkamissāmi yathā kumbhakāro āmake āmakamatte; niggayha niggayhāhaṁ, Ānanda, vakkhāmi, pavayha pavayha.[2] Yo sāro so ṭhassatīti.[3]

Idam avoca Bhagavā. Attamano āyasmā Ānando Bhagavato bhāsitaṁ abhinandīti.

MAHĀSUÑÑATASUTTAṀ DUTIYAṀ.

—— — — ——

123.

Evam me sutaṁ. Ekaṁ samayaṁ Bhagavā Sāvatthiyaṁ viharati Jetavane Anāthapiṇḍikassa ārāme. Atha kho sambahulānaṁ bhikkhūnaṁ pacchābhattaṁ piṇḍapātapaṭikkantānaṁ upaṭṭhānasālāyaṁ sannisinnānaṁ sannipatitānaṁ ayam antarākathā udapādi:—Acchariyaṁ, āvuso, abbhutaṁ,[4] āvuso, Tathāgatassa mahiddhikatā mahānubhāvatā,[5] yatra hi nāma Tathāgato atīte Buddhe parinibbute chinnapapañce chinnavaṭume[6] pariyādinnavaṭṭe[7] sabbadukkhavītivatte jānissati: Evaṁ-jaccā te Bhagavanto ahesuṁ iti pi, evaṁnāmā te Bhagavanto ahesuṁ iti pi, evaṁ-gottā te Bhagavanto ahesuṁ iti pi, evaṁ-sīlā . . . evaṁ-dhammā . . . evaṁ-paññā . . . evaṁ-vihārī . . . evaṁ-vimuttā te Bhagavanto ahesuṁ iti pīti. Evaṁ vutte, āyasmā Ānando te bhikkhū etad avoca:—Acchariyā c'eva, āvuso, Tathāgatā acchariyadhammasamannāgatā ca; abbhutā[8] c'eva, āvuso, Tathāgatā abbhutadhammasamannāgatā cāti.

---

[1] Si te; S^{tk} kho. [2] Si adds Ānanda vakkhāmi. [3] So Si Bu and Dhp. p. 271; S^t ṭhassatīti; S^k sassatīti. [4] Si omits here but not infra. [5] Si m—vakatā. [6] So S^{tk} Bu; Si o—ṭṭume. [7] So Bu (one MS. reading —ṇṇ—); Si pariyādiṇṇavaṭṭe; S^k pariyādichinnavaṭṭe; S^t pariyādichinnavaddhe. Cf. Vol. II. p. 172. [8] Si abbhutā, as throughout.

Ayañ ca h' idan tesaṁ bhikkhūnaṁ antarākathā vippakatā hoti. Atha Bhagavā sāyaṇhasamayaṁ paṭisallānā vuṭṭhito yen' upaṭṭhānasālā ten' upasaṁkami upasaṁkamitvā paññatte āsane nisīdi. Nisajja kho Bhagavā bhikkhū āmantesi:—Kāya nu 'ttha, bhikkhave, etarahi kathāya sannisinnā? Kā ca pana vo antarākathā vippakatā ti?

Idha, bhante, amhākaṁ pacchābhattaṁ piṇḍapātapaṭikkantānaṁ upaṭṭhānasālāyaṁ sannisinnānaṁ sannipatitānaṁ ayaṁ antarākathā udapādi: Acchariyaṁ, āvuso, . . . (*etc. as above, down to*) . . . evaṁ-vimuttā te Bhagavanto ahesuṁ iti pīti. Evaṁ vutte, bhante, āyasmā Ānando amhe etad avoca: Acchariyā . . . abbhutadhammasamannāgatā cāti. Ayaṁ kho no, bhante, antarākathā vippakatā. Atha Bhagavā anuppatto ti.

Atha kho Bhagavā āyasmantaṁ Ānandaṁ āmantesi:—Tasmātiha taṁ, Ānanda, bhiyyosomattāya paṭibhantu Tathāgatassa acchariyā abbhutadhammā ti.

Sammukhā me taṁ, bhante, Bhagavato sutaṁ, sammukhā paṭiggahītaṁ: Sato sampajāno uppajjamāno, Ānanda, Bodhisatto Tusitaṁ kāyaṁ uppajjiti; yam pi, bhante, sato sampajāno Bodhisatto Tusitaṁ kāyaṁ uppajji, idam ahaṁ, bhante, Bhagavato acchariyaṁ abbhutadhammaṁ dhāremi.

Sammukhā me taṁ, bhante, Bhagavato sutaṁ sammukhā paṭiggahītaṁ: Sato sampajāno, Ānanda, Bodhisatto Tusite kāye aṭṭhāsīti; yam pi, bhante, sato sampajāno Bodhisatto Tusite kāye aṭṭhāsi, idam p' ahaṁ, bhante, Bhagavato acchariyaṁ abbhutadhammaṁ dhāremi.

Sammukhā me taṁ, bhante, Bhagavato sutaṁ sammukhā paṭiggahītaṁ:—Yāvatāyukaṁ, Ānanda, Bodhisatto Tusite kāye aṭṭhāsīti; yam pi, bhante, yāvatāyukaṁ Bodhisatto Tusite kāye aṭṭhāsi, idam p' ahaṁ, bhante, Bhagavato acchariyaṁ abbhutadhammaṁ dhāremi.

Sammukhā me taṁ, bhante, Bhagavato sutaṁ sammukhā paṭiggahītaṁ:—Sato sampajāno, Ānanda, Bodhisatto Tusitā kāyā cavitvā mātu kucchiṁ okkamatīti; yam pi, bhante, sato sampajāno Bodhisatto Tusitā kāyā cavitvā mātu kucchiṁ okkami, idam p' ahaṁ Bhagavato acchariyaṁ abbhutadhammaṁ dhāremi.

Sammukhā me taṁ, bhante, Bhagavato sutaṁ sammukhā paṭiggahītaṁ:—Yadā, Ānanda, Bodhisatto Tusitā kāyā cavitvā mātu kucchiṁ okkami, atha sadevake loke samārake sabrahmake sassamaṇabrāhmaṇiyā pajāya sadevamanussāya appamāṇo uḷāro[1] obhāso pātubhavati atikkamm' eva devānaṁ devānubhāvaṁ. Yā pi tā lokantarikā aghā asaṁvutā andhakārā andhakāratimisā, yattha p' ime candimasuriyā evaṁ-mahiddhikā[2] evaṁ-mahānubhāvā ābhāya nānubhonti, tattha pi appamāṇo uḷāro obhāso pātubhavati atikkamm' eva devānaṁ devānubhāvaṁ; ye pi tattha sattā upapannā, te pi ten' obhāsena aññamaññaṁ sañjānanti: Aññe pi kira bho santi sattā idh' upapannā. Ayañ ca dasasahassilokadhātu saṅkampati sampakampati sampavedhati, appamāṇo ca uḷāro obhāso loke pātubhavati atikkamm' eva devānaṁ devānubhāvan ti. Yam pi, bhante, . . . idam p' ahaṁ, bhante, Bhagavato acchariyaṁ abbhutadhammaṁ dhāremi.

Sammukhā me taṁ, bhante, Bhagavato sutaṁ sammukhā paṭiggahītaṁ:—Yadā, Ānanda, Bodhisatto mātu kucchiṁ okkanto hoti, cattāro naṁ devaputtā catuddisārakkhāya upagacchanti: Mā naṁ kho Bodhisattaṁ vā Bodhisattamātaraṁ vā manusso vā amanusso vā koci vā[3] viheṭhesīti.[4] Yam pi, bhante, . . . idam p' ahaṁ, bhante, Bhagavato acchariyaṁ abbhutadhammaṁ dhāremi.

Sammukhā me taṁ, bhante, Bhagavato sutaṁ sammukhā paṭiggahītaṁ:—Yadā, Ānanda, Bodhisatto mātu kucchiṁ okkanto hoti, pakatiyā sīlavatī Bodhisattamātā hoti, viratā pāṇātipātā viratā adinnādānā viratā kāmesu micchācārā viratā musāvādā viratā surāmerayamajjapamādaṭṭhānā ti. Yam pi, bhante, . . . idam p' ahaṁ, bhante, Bhagavato acchariyaṁ abbhutadhammaṁ dhāremi.

---

[1] So S^ky Bu; Si oḷāro. [2] Si omits. [3] S^ky mā.
[4] S^ky viheṭṭhessati; Si vihesessati

Sammukhā me taṁ, bhante, Bhagavato sutaṁ sammukhā paṭiggahitaṁ:—Yadā, Ānanda, Bodhisatto mātu kucchiṁ okkanto hoti, na Bodhisattamātu purisesu mānasaṁ uppajjati kāmaguṇūpasaṁhitaṁ,[1] anatikkamanīyā ca Bodhisattamātā hoti kenaci purisena rattacittenāti. Yam pi, bhante, . . . idam p' ahaṁ, bhante, acchariyaṁ abbhutadhammaṁ dhāremi.

Sammukhā me taṁ, bhante, Bhagavato sutaṁ sammukhā paṭiggahitaṁ:—Yadā, Ānanda, Bodhisatto mātu kucchiṁ okkanto hoti, lābhinī Bodhisattamātā hoti pañcannaṁ kāmaguṇānaṁ, sā pañcahi kāmaguṇehi samappitā samaṅgibhūtā[2] parivāretīti. Yam pi, bhante . . . idam p' ahaṁ, bhante, Bhagavato acchariyaṁ abbhutadhammaṁ dhāremi.

Sammukhā me taṁ, bhante, Bhagavato sutaṁ sammukhā paṭiggahitaṁ:—Yadā, Ānanda, Bodhisatto mātu kucchiṁ okkanto hoti, na[3] Bodhisattamātu koci eva ābādho uppajjati, sukhinī Bodhisattamātā hoti akilantakāyā, Bodhisattañ ca Bodhisattamātā tirokucchigataṁ passati sabbaṅgapaccaṅgaṁ abhinindriyaṁ.[4] Seyyathāpi, Ānanda, maṇi veḷuriyo subho jātimā aṭṭhaṁso suparikammakato; tatr' assa suttaṁ āvutaṁ nīlaṁ vā pītaṁ vā lohitaṁ vā odātaṁ vā paṇḍusuttaṁ vā; tam enaṁ cakkhumā puriso hatthe karitvā paccavekkheyya: Ayaṁ kho maṇi veḷuriyo subho jātimā aṭṭhaṁso suparikammakato, tatr' idaṁ suttaṁ āvutaṁ nīlaṁ vā pītaṁ vā lohitaṁ vā odātaṁ vā paṇḍusuttaṁ vā ti:—evam eva kho, Ānanda, yadā Bodhisatto mātu kucchiṁ okkanto hoti, na Bodhisattamātu koci eva ābādho uppajjati, sukhinī Bodhisattamātā hoti akilantakāyā. Bodhisattañ ca Bodhisattamātā tirokucchigataṁ passati sabbaṅgapaccaṅgaṁ abhinindriyaṁ. Yam pi, bhante, . . . idam p' ahaṁ, bhante, Bhagavato acchariyaṁ abbhutadhammaṁ dhāremi.

[1] So S^{tk} Bu; Si kāmaguṇop°. [2] Si samaṅgibhūtā. [3] S^{m} insert na after ābādho here, but not infra. [4] So S^{k}; Si ahinindriyaṁ.

Sammukhā me taṁ, bhante, Bhagavato sutaṁ sammukhā paṭiggahītaṁ:—Sattāhajāte, Ānanda, Bodhisatte Bodhisattamātā kālaṁ karoti, Tusitaṁ kāyaṁ uppajjatîti. Yam pi, bhante, . . . idam p' ahaṁ, bhante, Bhagavato acchariyaṁ abbhutadhammaṁ dhāremi.

Sammukhā me taṁ, bhante, Bhagavato sutaṁ sammukhā paṭiggahītaṁ:—Yathā kho pan', Ānanda aññā itthikā nava vā dasa vā māse gabbhaṁ kucchinā pariharitvā vijāyanti, na h' evaṁ Bodhisattaṁ Bodhisattamātā vijāyati;[1] das' eva māsāni Bodhisattaṁ Bodhisattamātā kucchinā pariharitvā vijāyatîti. Yam pi, bhante, . . . idam p' ahaṁ, bhante, acchariyaṁ abbhutadhammaṁ dhāremi.

Sammukhā me taṁ, bhante, Bhagavato sutaṁ sammukhā paṭiggahītaṁ:—Yathā kho pan', Ānanda, aññā itthikā nisinnā vā nipannā vā vijāyanti, na h' evaṁ Bodhisattaṁ Bodhisattamātā vijāyati; ṭhitā va Bodhisattaṁ Bodhisattamātā vijāyatîti. Yam pi, bhante, . . . idam p' ahaṁ, bhante, acchariyaṁ abbhutadhammaṁ dhāremi.

Sammukhā me taṁ, bhante, Bhagavato sutaṁ sammukhā paṭiggahītaṁ:—Yadā, Ānanda, Bodhisatto mātu kucchismā nikkhamati, devā paṭhamaṁ paṭigganhanti pacchā manussā ti. Yam pi, bhante, . . . idam p' ahaṁ, bhante, Bhagavato acchariyaṁ abbhutadhammaṁ dhāremi.

Sammukhā me taṁ, bhante, Bhagavato sutaṁ sammukhā paṭiggahītaṁ:—Yadā, Ānanda,[2] Bodhisatto mātu kucchismā nikkhamati, appatto va Bodhisatto paṭhaviṁ hoti; cattāro naṁ devaputtā paṭiggahetvā mātu purato ṭhapenti: Attamanā devī hohi,[3] mahesakkho te putto uppanno ti. Yam pi, bhante, . . . idam p' ahaṁ, bhante, Bhagavato acchariyaṁ abbhutadhammaṁ dhāremi.

Sammukhā me taṁ, bhante, Bhagavato sutaṁ sammukhā paṭiggahītaṁ:—Yadā, Ānanda, Bodhisatto mātu kucchismā nikkhamati, visado va nikkhamati amakkhito uddena amakkhito semhena amakkhito ruhirena[4] amakkhito

[1] S^m omit vijāyati. [2] Si adds so. [3] Si hotu.
[4] Si adds amakkhito pubbena

kenaci asucinā suddho visado.[1] Seyyathāpi, Ānanda, maṇiratanaṃ kāsike vatthe nikkhittaṃ,[2] n' eva maṇiratanaṃ kāsikaṃ vatthaṃ makkheti nāpi kāsikaṃ vatthaṃ maṇiratanaṃ makkheti;—taṃ kissa hetu? ubhinnaṃ suddhattā;[3]—evam eva kho, Ānanda, yadā Bodhisatto mātu kucchismā nikkhamati, visado va nikkhamati amakkhito uddena amakkhito semhena amakkhito ruhirena amakkhito kenaci asucinā suddho visado ti. Yam pi, bhante, . . . idam p' ahaṃ, bhante, Bhagavato acchariyaṃ abbhutadhammaṃ dhāremi.

Sammukhā me taṃ, bhante, Bhagavato sutaṃ sammukhā paṭiggahītaṃ:—Yadā, Ānanda, Bodhisatto mātu kucchismā nikkhamati, dve udakassa dhārā antalikkhā pātubhavanti, ekā sītassa ekā uṇhassa, yena Bodhisattassa udakakiccaṃ karonti[4] mātu cāti. Yam pi, bhante, . . . idam p' ahaṃ, bhante, Bhagavato acchariyaṃ abbhutadhammaṃ dhāremi.

Sammukhā me taṃ, bhante, Bhagavato sutaṃ sammukhā paṭiggahītaṃ:—Sampatijāto, Ānanda, Bodhisatto samehi pādehi[5] patiṭṭhahitvā uttarābhimukho sattapadavītihārena gacchati, setamhi chatte anudhārīyamāne sabbā ca disā viloketi, āsabhiñ[6] ca vācaṃ bhāsati: Aggo 'ham asmi lokassa, seṭṭho 'ham asmi lokassa, jeṭṭho 'ham asmi lokassa, ayam antimā jāti, na 'tthi dāni punabbhavo ti. Yam pi, bhante, . . . idam p' ahaṃ, bhante, Bhagavato acchariyaṃ abbhutadhammaṃ dhāremi.

Sammukhā me taṃ, bhante, Bhagavato sutaṃ sammukhā paṭiggahītaṃ:—Yadā, Ānanda, Bodhisatto mātu kucchismā nikkhamati, atha sadevake loke samārake sabrahmake sassamaṇabrāhmaṇiyā pajāya sadevamanussāya appamāṇo uḷāro obhāso pātubhavati atikkamm' eva devānaṃ devānubhāvaṃ; yā pi tā lokantarikā aghā asaṃvutā andhakārā andhakāratimisā, yattha p' ime candimasuriyā evaṃ mahiddhikā evaṃ mahānubhāvā ābhāya nānubhonti, tattha

[1] Si visuddho. [2] Si nikkhittaṃ. [3] Si suddhattā. [4] Si karoti.
[5] Si inserts paṭhaviyaṃ. [6] So all MSS. Cf. 1 Jat. 53.

pi appamāṇo uḷāro obhāso pātubhavati atikamm' eva devānaṁ devānubhāvaṁ; ye pi tattha sattā upapannā te pi ten' obhāsena aññamaññaṁ sañjānanti: Aññe pi kira bho santi sattā idhūpapannā ti. Ayaṁ pi ca dasasahassīlokadhātu saṅkampati sampakampati sampavedhati appamāṇo ca uḷāro obhāso loke pātubhavati atikamm' eva devānaṁ devānubhāvan ti. Yam pi, bhante, . . . idam p' ahaṁ, bhante, Bhagavato acchariyaṁ abbhutadhammaṁ dhāremīti.

Tasmātiha tvaṁ, Ānanda, idam pi Tathāgatassa acchariyaṁ abbhutadhammaṁ dhārehi.[1] Idh', Ānanda, Tathāgatassa viditā vedanā uppajjanti, viditā upaṭṭhahanti, viditā abbhatthaṁ gacchanti; viditā saññā;[2] viditā vitakkā uppajjanti, viditā upaṭṭhahanti, viditā abbhatthaṁ gacchanti. Idam pi kho tvaṁ, Ānanda, Tathāgatassa acchariyaṁ abbhutadhammaṁ dhārehīti.

Yam pi, bhante, Bhagavato viditā vedanā uppajjanti, viditā upaṭṭhahanti, viditā abbhatthaṁ gacchanti; viditā saññā; viditā vitakkā uppajjanti, viditā upaṭṭhahanti, viditā abbhatthaṁ gacchanti,—idam p' ahaṁ, bhante, Bhagavato acchariyaṁ abbhutadhammaṁ dhāremīti.

Idam avoca āyasmā Ānando. Samanuñño Satthā ahosi. Attamanā te bhikkhū āyasmato Ānandassa bhāsitaṁ abhinandun ti.

ACCHARIYABBHUTADHAMMASUTTAṀ[3] TATIYAṀ.

124.

Evam me sutaṁ. Ekaṁ samayaṁ āyasmā Bakkulo Rājagahe viharati Veḷuvane Kalandakanivāpe. Atha kho Acela-Kassapo[4] āyasmato Bakkulassa purāṇagihisahāyo[5]

---

[1] Si dhārehīti. [2] Sᵏ adds uppajjanti. [3] So Si; Sᵏ Acchariyabbhutasuttaṁ; Bu Acchariyadhammasuttaṁ. [4] Si Acelo Kassapo. [5] Si —gihi—.

yen' āyasmā Bakkulo ten' upasaṁkami, upasaṁkamitvā āyasmatā Bakkulena saddhiṁ sammodi sammodanīyaṁ kathaṁ sārāṇīyaṁ vītisāretvā ekamantaṁ nisīdi. Ekamantaṁ nisinno kho Acela-Kassapo āyasmantaṁ Bakkulaṁ etad avoca: Kīvacīraṁ pabbajito si, āvuso Bakkulāti?

Asīti me, āvuso, vassāni pabbajitassāti.

Imehi pana te, āvuso Bakkula, asītiyā vassehi katikkhattuṁ methuno dhammo paṭisevito ti?

Na kho maṁ, āvuso Kassapa, evaṁ pucchitabbaṁ: Imehi pana te, āvuso Bakkula, asītiyā vassehi katikkhattuṁ methuno dhammo paṭisevito ti? Evañ ca kho maṁ, āvuso Kassapa, pucchitabbaṁ: Imehi pana te, āvuso Bakkula, asītiyā vassehi katikkhattuṁ kāmasaññā uppannapubbā ti?

Imehi pana te, āvuso Bakkula, asītiyā vassehi katikkhattuṁ kāmasaññā uppannapubbā ti? [1]

Asīti me, āvuso Kassapa, vassāni pabbajitassa nābhijānāmi kāmasaññaṁ uppannapubbaṁ.

(Yam p' āyasmā Bakkulo asītiyā vassehi nābhijānāti kāmasaññaṁ uppannapubbaṁ, idam pi mayaṁ āyasmato Bakkulassa acchariyaṁ abbhutaṁ dhammaṁ dhārema.[2])

Asīti me, āvuso, vassāni pabbajitassa nābhijānāmi byāpādasaññaṁ vihiṁsāsaññaṁ uppannapubbaṁ.

(Yam p' āyasmā Bakkulo asītiyā vassehi nābhijānāti byāpādasaññaṁ vihiṁsāsaññaṁ uppannapubbaṁ, idam pi mayaṁ āyasmato Bakkulassa acchariyaṁ abbhutaṁ dhammaṁ dhārema.)

Asīti me, āvuso, vassāni pabbajitassa nābhijānāmi kāmavitakkaṁ uppannapubbaṁ.

Yam p' āyasmā . . . dhārema.

Asīti me, āvuso, vassāni pabbajitassa nābhijānāmi byāpādavitakkaṁ, vihiṁsāvitakkaṁ uppannapubbaṁ.

Yam p' āyasmā . . . dhārema.

---

[1] So S^{tr}; Si omits this repetition. [2] Bu has the following note: *Yam p' āyasmā* ādini padāni sabbavāresu Dhammasaṅgāhe therehi niyametvā ṭhapitāni.

Asīti me, āvuso, vassāni pabbajitassa nābhijānāmi gahapaticīvaraṁ sāditā.[1]

Yam p' āyasmā . . . dhārema.

Asīti . . . nābhijānāmi satthena cīvaraṁ chinditā.[2]

Yam p' . . . dhārema.

Asīti . . nābhijānāmi sūciyā cīvaraṁ sibbitā.

Yam p' . . . dhārema.

Asīti . . . nābhijānāmi rajanāya cīvaraṁ rajitā.

Yam p' . . . dhārema.

Asīti . . . kaṭhine cīvaraṁ sibbitā.

Yam p' . . . dhārema.

Asīti . . . nābhijānāmi sabrahmacārīcīvarakamme[3] byāpāritā[4] . . . nimantanaṁ sāditā . . . evarūpaṁ cittaṁ uppannapubbaṁ: Aho vata maṁ koci nimanteyyāti.

Yam p' . . . dhārema.

Asīti . . . antaraghare nisīditā . . . antaraghare bhuñjitā . . . mātugāmassa anubyañjanaso nimittaṁ gahetā . . . mātugāmassa dhammaṁ desitā, antamaso catuppadam pi gāthaṁ . . . bhikkhunīpassayaṁ[5] upasaṅkamitā . . . bhikkhuniyā dhammaṁ desitā—pe—nābhijānāmi sikkhamānāya dhammaṁ desitā, nābhijānāmi sāmaṇerāya dhammaṁ desitā.

Yam p' āyasmā Bakkulo asītiyā vassehi nābhijānāti sāmaṇerāya dhammaṁ desitā, idam pi mayaṁ āyasmato Bakkulassa acchariyaṁ abbhutaṁ dhammaṁ dhārema.[6]

Asīti me, āvuso, vassāni pabbajitassa nābhijānāmi pabbājetā[7]—pe[8]—upasampādetā—nābhijānāmi nissayaṁ detā; nābhijānāmi sāmaṇeraṁ upaṭṭhāpetā . . . jantāghare nahāyitā . . . cuṇṇena nahāyitā . . . sabrahmacārīgattaparikam-

---

[1] So Si; S^k sāditā, chinditā, &c. [2] Si continues here (as S^k infra):—Nābhijānāmi sūciyā cīvaraṁ sibbitā. Nābhijānāmi rajanāya cīvaraṁ rajitā, &c. [3] So S^{kr}; Si sabrahmacārīnaṁ c. [4] Si vicāritā. [5] S^{kr}: bhikkhunī. [6] Si omits this paragraph—continuing: nābhijānāmi pabbājetā. [7] S^k pabbājento; S^r pabbājentā (corrected from pabbājetā). [8] Si omits.

me byāpajjitā[1] . . . ābādhaṁ uppannapubbaṁ, antamaso gaddūhanamattam[2] pi . . . bhesajjaṁ pariharitā antamaso harītakīkhaṇḍam[3] pi . . . apassenakaṁ apassetā[4] . . . seyyaṁ kappetā . . . gāmantasenāsane vassaṁ upagantā.

Yaṁ p' āyasmā Bakkulo asītiyā vassehi nābhijānāti gāmantasenāsane vassaṁ upagantā, idam pi . . . dhārema.

Sattāham eva kho ahaṁ, āvuso, sāṇo[5] raṭṭhapiṇḍaṁ bhuñjiṁ, atha aṭṭhamiyaṁ aññā udapādi.

Yaṁ p' āyasmā Bakkulo sattāham eva sāṇo raṭṭhapiṇḍaṁ bhuñji atha aṭṭhamiyaṁ aññā udapādi, idam pi mayaṁ āyasmato Bakkulassa acchariyaṁ abbhutaṁ dhammaṁ dhārema.

Labheyyāhaṁ, āvuso Bakkula, imasmiṁ dhammavinaye pabbajjaṁ, labheyyaṁ upasampadan ti. Alattha kho Acela-Kassapo imasmiṁ dhammavinaye pabbajjaṁ alattha upasampadaṁ. Acirūpasampanno kho pan' āyasmā Kassapo eko vūpakaṭṭho appamatto ātāpī pahitatto viharanto na cirass' eva yass' atthāya kulaputtā sammadeva agārasmā anagāriyaṁ pabbajanti, tad anuttaraṁ brahmacariyapariyosānaṁ diṭṭhe va dhamme sayaṁ abhiññā sacchikatvā upasampajja vihāsi; Khīṇā jāti vusitaṁ brahmacariyaṁ kataṁ karaṇīyaṁ nāparaṁ itthattāyāti abbhaññāsi. Aññataro kho pan' āyasmā Kassapo arahataṁ ahosi.

Atha kho āyasmā Bakkulo apareṇa samayena apāpuraṇaṁ ādāya vihārena vihāraṁ upasaṅkamitvā evam āha: Abhikkamath' āyasmanto, abhikkamath' āyasmanto; ajja me parinibbānaṁ bhavissatīti.

Yaṁ p' āyasmā Bakkulo apāpuraṇaṁ ādāya vihārena vihāraṁ upasaṅkamitvā evam āha: Abhikkamath' āyasmanto, abhikkamath' āyasmanto; ajja me parinibbānaṁ bhavissatīti,—idam pi mayaṁ āyasmato Bakkulassa acchariyaṁ abbhutaṁ dhammaṁ dhārema.

---

1 So Bu; S^{kt} vyāpāritā; Si sādhitā. 2 So S^{kt} Si; Bu gadduh°. 3 Si harit. 4 S^{kt} apassetā; Si apassenakaṁ apassayitā; Bu apassenattā. 5 So S^{kt} Bu (sāṇo ti sakileso) Si sāraṇo.

Atha kho āyasmā Bakkulo majjhe bhikkhusaṅghassa nisinnako parinibbāyi.

Yam p' āyasmā Bakkulo majjhe bhikkhusaṅghassa nisinnako parinibbāyi, idam pi mayaṁ āyasmato Bakkulassa acchariyaṁ abbhutaṁ dhammaṁ dhāremāti.

BAKKULASUTTAṀ[1] CATUTTHAṀ.

125.

Evaṁ me sutaṁ. Ekaṁ samayaṁ Bhagavā Rājagahe viharati Veḷuvane Kalandakanivāpe. Tena kho pana samayena Aciravato samaṇuddeso Araññakuṭikāyaṁ viharati. Atha kho Jayaseno rājakumāro jaṅghāvihāraṁ anucaṅkamamāno anuvicaramāno, yena Aciravato samaṇuddeso ten' upasaṅkami, upasaṅkamitvā Aciravatena samaṇuddesena saddhiṁ sammodi, sammodanīyaṁ kathaṁ sārāṇīyaṁ vītisāretvā ekamantaṁ nisīdi. Ekamantaṁ nisinno kho Jayaseno rājakumāro Aciravataṁ samaṇuddesaṁ etad avoca:—Sutam me taṁ, bho Aggivessana: Idha bhikkhu appamatto ātāpī pahitatto viharanto phuseyya cittassa ekaggatan ti.

Evaṁ etaṁ, rājakumāra; evaṁ etaṁ, rājakumāra. Idha bhikkhu appamatto ātāpī pahitatto viharanto phuseyya cittassa ekaggatan ti.

Sādhu me bhavaṁ Aggivessano yathāsutaṁ yathāpariyattaṁ dhammaṁ desetūti.

Na kho te ahaṁ, rājakumāra, sakkomi yathāsutaṁ yathāpariyattaṁ dhammaṁ desetuṁ. Ahañ carahi te, rājakumāra, yathāsutaṁ yathāpariyattaṁ dhammaṁ deseyyaṁ; tvañ ca me bhāsitassa atthaṁ na ājāneyyāsi. So mam' assa kilamatho, sā mam' assa vihesā ti.

---

[1] So Bu; Si Bakkulatheracchariyabbhuta°; Sk Bakkulatherassa acchariyabbhutasuttaṁ.

Desetu maṁ bhavaṁ Aggivessano yathāsutaṁ yathāpariyattaṁ dhammaṁ. Appeva nām' ahaṁ bhoto Aggivessanassa bhāsitassa atthaṁ ājāneyyan ti.

Deseyyaṁ kho te ahaṁ, rājakumāra, yathāsutaṁ yathāpariyattaṁ dhammaṁ. Sace me tvaṁ bhāsitassa atthaṁ ājāneyyāsi, icc'[1] etaṁ kusalaṁ; no ce me tvaṁ bhāsitassa atthaṁ ājāneyyāsi, yathāsake tiṭṭheyyāsi; na maṁ tattha uttariṁ paṭipuccheyyāsīti.

Desetu me bhavaṁ Aggivessano yathāsutaṁ yathāpariyattaṁ dhammaṁ. Sace ahaṁ bhoto Aggivessanassa bhāsitassa atthaṁ ājānissāmi, icc' etaṁ kusalaṁ; no ce ahaṁ bhoto Aggivessanassa bhāsitassa atthaṁ ājānissāmi, yathāsake tiṭṭhissāmi; nāhaṁ tattha bhavantaṁ Aggivessanaṁ uttariṁ paṭipucchissāmīti.

Atha kho Aciravato samaṇuddeso Jayasenassa rājakumārassa yathāsutaṁ yathāpariyattaṁ dhammaṁ desesi. Evaṁ vutte Jayaseno rājakumāro Aciravataṁ samaṇuddesaṁ etad avoca: Aṭṭhānam etaṁ, bho Aggivessana, anavakāso yaṁ bhikkhu appamatto ātāpī pahitatto viharanto phuseyya cittassa ekaggatan ti. Atha kho Jayaseno rājakumāro Aciravatassa samaṇuddesassa aṭṭhānañ ca anavakāsañ ca pavedetvā uṭṭhāy' āsanā pakkāmi.

Atha kho Aciravato samaṇuddeso, acirapakkante Jayasene rājakumāre, yena Bhagavā ten' upasaṅkami, upasaṅkamitvā Bhagavantaṁ abhivādetvā ekamantaṁ nisīdi. Ekamantaṁ nisinno kho Aciravato samaṇuddeso yāvatako ahosi Jayasenena rājakumārena saddhiṁ kathāsallāpo taṁ sabbaṁ Bhagavato ārocesi. Evaṁ vutte Bhagavā Aciravataṁ samaṇuddesaṁ etad avoca:—Taṁ kut' ettha, Aggivessana, labbhā? Yan taṁ nekkhammena ñātabbaṁ, nekkhammena daṭṭhabbaṁ, nekkhammena pattabbaṁ, nekkhammena sacchikātabbaṁ, taṁ vata Jayaseno rājakumāro kāmamajjhe vasanto kāme paribhuñjanto kāmavitakkehi khajjamāno kāmapariḷāhena pariḍayhamāno kāmapa-

[1] St here idh', and infra instead.

riyesanāya ussukko ñassati vā dakkhati[1] vā sacchi vā karissatīti n' etaṁ ṭhānaṁ vijjati. Seyyathāpi 'ssu, Aggivessana, dve hatthidammā vā assadammā vā godammā vā sudantā suvinītā; dve hatthidammā vā assadammā vā godammā vā adantā avinītā. Taṁ kiṁ maññasi, Aggivessana? Ye te dve hatthidammā vā assadammā vā godammā vā sudantā suvinītā, api nu te dantā dantakāraṇaṁ gaccheyyuṁ, dantā va dantabhūmiṁ sampāpuṇeyyun ti?

Evaṁ, bhante.

Ye pan' ete dve hatthidammā vā assadammā vā godammā vā adantā avinītā, api nu te adantā va dantakāraṇaṁ gaccheyyuṁ, adantā va dantabhūmiṁ sampāpuṇeyyuṁ, seyyathāpi te dve hatthidammā vā assadammā vā godammā vā sudantā suvinītā ti?

No h' etaṁ, bhante.

Evaṁ eva kho, Aggivessana, yan taṁ nekkhammena ñātabbaṁ nekkhammena daṭṭhabbaṁ nekkhammena pattabbaṁ nekkhammena sacchikātabbaṁ, taṁ vata Jayaseno rājakumāro kāmamajjhe vasanto kāme paribhuñjanto kāmavitakkehi khajjamāno kāmapariḷāhena pariḍayhamāno kāmapariyesanāya ussukko ñassati vā dakkhati vā sacchi vā karissatīti, n' etaṁ ṭhānaṁ vijjati.

Seyyathāpi, Aggivessana, gāmassa vā nigamassa vā avidūre mahā pabbato; tam enaṁ dve sahāyakā tamhā gāmā vā nigamā vā nikkhamitvā hatthavilaṅghakena[2] yena so pabbato ten' upasaṅkameyyuṁ, upasaṅkamitvā eko sahāyako heṭṭhāpabbatapāde tiṭṭheyya eko sahāyako uparipabbataṁ āroheyya; tam enaṁ heṭṭhāpabbatapāde ṭhito sahāyako uparipabbate ṭhitaṁ sahāyakaṁ evaṁ vadeyya: Yaṁ,[3] samma, kiṁ tvaṁ passasi uparipabbate ṭhito? So evaṁ vadeyya: Passāmi kho ahaṁ, samma, uparipabbate ṭhito ārāmarāmaṇeyyakaṁ vanarāmaṇeyyakaṁ bhūmirāmaṇeyyakaṁ pokkharaṇirāmaṇeyyakan ti. So evaṁ vadeyya: Aṭṭhānaṁ kho etaṁ,

[1] So Si S^kt here: S^kt infra dakkhiti.
[2] So S^kt Si; Bu hatthavilaṅgakenāti hatthaṁ gahetvā.
[3] So Si; S^kt vadeyyāhaṁ.

samma, anavakāso yaṁ tvaṁ uparipabbate ṭhito passeyyāsi ārāmarāmaṇeyyakaṁ vanarāmaṇeyyakaṁ bhūmirāmaṇeyyakaṁ pokkharaṇirāmaṇeyyakan ti. Tam enaṁ uparipabbate ṭhito sahāyako heṭṭhāpabbatapādaṁ orohitvā taṁ sahāyakaṁ bāhāya gahetvā uparipabbataṁ āropetvā muhuttaṁ assāsetvā evaṁ vadeyya: Yaṁ, samma, kiṁ tvaṁ passasi uparipabbate ṭhito ti? So evaṁ vadeyya: Passāmi kho ahaṁ, samma, uparipabbate ṭhito ārāmarāmaṇeyyakaṁ vanarāmaṇeyyakaṁ bhūmirāmaṇeyyakaṁ pokkharaṇirāmaṇeyyakan ti. So evaṁ vadeyya: Idān' eva kho te, samma, bhāsitaṁ mayaṁ evaṁ ājānāma: Aṭṭhānaṁ kho etaṁ, samma, anavakāso yaṁ tvaṁ uparipabbate ṭhito passeyyāsi ārāmarāmaṇeyyakaṁ . . . pokkharaṇirāmaṇeyyakan ti. Idān' eva ca pana te bhāsitaṁ mayaṁ evaṁ ājānāma: Passāmi kho ahaṁ, samma, uparipabbate ṭhito ārāmarāmaṇeyyakaṁ . . . pokkharaṇirāmaṇeyyakan ti. So evaṁ vadeyya: Tathā hi panāhaṁ, samma, iminā mahatā pabbatena āvuto[1] daṭṭheyyaṁ nāddasan ti.

Evam eva kho[2] ato mahantatarena kho, Aggivessana, avijjākhandhena Jayaseno rājakumāro āvuto nivuto ovuto pariyonaddho. So vata yan taṁ nekkhammena ñātabbaṁ nekkhammena daṭṭhabbaṁ nekkhammena pattabbaṁ nekkhammena sacchikātabbaṁ, taṁ vata Jayaseno rājakumāro kāmamajjhe vasanto kāme paribhuñjanto kāmavitakkehi khajjamāno kāmapariḷāhena pariḍayhamāno[3] kāmapariyesanāya ussukko ñassati vā dakkhati vā sacchi vā karissatīti n' etaṁ ṭhānaṁ vijjati.[4]

Sace kho taṁ, Aggivessana, Jayasenassa rājakumārassa ime dve upamā paṭibhāseyyuṁ, anacchariyaṁ te Jayaseno rājakumāro pasīdeyya pasanno ca te pasannākāraṁ kareyyāti.

Kuto pana maṁ, bhante, Jayasenassa rājakumārassa imā dve upamā paṭibhāsissanti anacchariyā pubbe assutapubbā seyyathāpi Bhagavantan ti?

[1] So S^k Bu; S^i āvuto; S^t āvāṭo. [2] S^{kp} omit these three words. [3] S^i omits these two words. [4] So S^t; S^k S^i vijjatīti.

Seyyathāpi, Aggivessana, rājā khattiyo muddhāvasitto[1] nāgavanikaṁ āmanteti: Tvaṁ,[2] samma nāgavanika, rañño nāgaṁ abhiruhitvā nāgavanaṁ pavisitvā āraññakaṁ nāgaṁ atipassitvā rañño nāgassa gīvāya[3] upanibandhāhīti. Evaṁ devāti kho, Aggivessana, nāgavaniko rañño khattiyassa muddhāvasittassa paṭissutvā rañño nāgaṁ abhiruhitvā nāgavanaṁ pavisitvā āraññakaṁ nāgaṁ atipassitvā rañño nāgassa gīvāya upanibandhati; tam enaṁ rañño nāgo abbhokāsaṁ nīharati; ettāvatā ca[4] kho, Aggivessana, āraññako nāgo abbhokāsaṁ gato hoti; etagedhā[5] hi, Aggivessana, āraññako nāgo[6] yad idaṁ nāgavanaṁ; tam enaṁ nāgavaniko rañño khattiyassa muddhāvasittassa āroceti: Abbhokāsagato kho, deva, āraññako nāgo ti; tam enaṁ rājā khattiyo muddhāvasitto hatthidamakaṁ āmanteti: Ehi tvaṁ, samma hatthidamaka, āraññakaṁ nāgaṁ damayāhi āraññakānañ c' eva sīlānaṁ abhinimmadanāya āraññakānañ c' eva sarasaṅkappānaṁ abhinimmadanāya āraññakānañ c' eva darathakilamathapariḷāhānaṁ abhinimmadanāya gāmante abhiramāpanāya manussakantesu sīlesu samādapanāyāti. Evaṁ devāti kho, Aggivessana, hatthidamako rañño khattiyassa muddhāvasittassa paṭissutvā mahantaṁ thambhaṁ paṭhaviyaṁ nikhaṇitvā āraññakassa nāgassa gīvāya upanibandhati āraññakānañ c' eva sīlānaṁ abhinimmadanāya āraññakānañ c' eva sarasaṅkappānaṁ abhinimmadanāya āraññakānañ c' eva darathakilamathapariḷāhānaṁ abhinimmadanāya gāmante abhiramāpanāya manussakantesu sīlesu samādapanāya; tam enaṁ hatthidamako yā sā vācā nelā kaṇṇasukhā pemanīyā hadayaṅgamā porī bahujanakantā bahujanamanāpā tathārūpāhi vācāhi samudācarati. Yato kho, Aggivessana, āraññako nāgo hatthidamakassa yā sā vācā nelā kaṇṇasukhā pemanīyā hadayaṅgamā porī bahujanakantā

---

1 So S^{tt}; Si m—ito. 2 Si ehi tvaṁ. 3 Si gīvāyaṁ. 4 Si omits ca 5 So S^{tt} Bu (etagedhā ti etasmiṁ pavatta gedhā); Si ettha godhā. 6 Si ār—ā nāgā.

bahujanamanāpā tathārūpāhi vācāhi samudācariyamāno sussūsati sotaṁ odahati aññā cittaṁ upaṭṭhapeti, tam enaṁ hatthidamako uttariṁ tiṇaghāsodakaṁ anuppavecchati. Yato kho, Aggivessana, āraññako nāgo hatthidamakassa tiṇaghāsodakaṁ paṭigaṇhāti, tattha hatthidamakassa evaṁ hoti: Jīvissati kho dāni rañño[1] nāgo ti; tam enaṁ hatthidamako uttariṁ kāraṇaṁ karoti[2]: Ādissa bho, nikkhipa[3] bho ti. Yato kho, Aggivessana, rañño nāgo hatthidamakassa ādānanikkhepo[4] vacanakaro hoti ovādapaṭikaroti, tam enaṁ hatthidamako uttariṁ kāraṇaṁ karoti: Abhikkama bho, paṭikkama bho ti. Yato kho, Aggivessana, rañño nāgo hatthidamakassa abhikkamapaṭikkamo vacanakaro hoti ovādapaṭikaroti, tam enaṁ hatthidamako uttariṁ kāraṇaṁ karoti: Uṭṭhaha bho, nisīda[5] bho ti. Yato kho, Aggivessana, rañño nāgo hatthidamakassa uṭṭhānanisajjāya[6] vacanakaro hoti ovādapaṭikaroti, tam enaṁ hatthidamako uttariṁ ānejjaṁ[7] nāma kāraṇaṁ karoti. Mahantassa phalakaṁ soṇḍāya upanibandhati, tomarahattho ca[8] puriso upari gīvāya nisinno hoti, samantato ca tomarahatthā purisā parivāretvā ṭhitā honti, hatthidamako ca dīghatomarayaṭṭhiṁ gahetvā purato ṭhito hoti. So ānejjakāraṇaṁ kāriyamāno n' eva purime pāde copeti[9] na pacchime pāde copeti[10] na purimaṁ kāyaṁ copeti na pacchimaṁ kāyaṁ copeti na sīsaṁ copeti na kaṇṇaṁ copeti na dante copeti na naṅguṭṭhaṁ copeti na soṇḍaṁ copeti. So hoti rañño nāgo khamo sattippahārānaṁ asippahārānaṁ usuppahārānaṁ parasattuppahārānaṁ[11] bheripaṇava[12]—saṅkhatiṇava[13]—ninnādasaddānaṁ sabbavaṅkadosanihitaninnītakasāvo[14] rājāraho rājabhoggo rañño aṅgan t' eva saṅkhaṁ gacchati.

---

[1] Si āraññako here, but not infra. [2] Si kāreti. [3] So Si; S^{br} abhikkama bho paṭikkama bho ti. [4] So Si; S^{br} ādānanikkhapo. [5] Si nipajja. [6] Si u—nipajjāya. [7] So S^{br}; Si āneñjaṁ. Cf. supra p. 112. [8] S^{br} omit ca. [9] So Si; S^{br} dhopeti usually. [10] S^{br} omit these four words. [11] So Si; S^{br} omit this word. [12] Si bheripaṇḍava; S^{br} Bu—paṇava—. [13] So S^{br}; Si saṅkhadindima—. [14] Si —ninnita—.

Evaṁ eva kho, Aggivessana, idha Tathāgato loke uppajjati arahaṁ sammāsambuddho . . . (&c., as Vol. I. p. 179, lines 2-20) . . agārasmā anagāriyaṁ pabbajati. Ettāvatā kho, Aggivessana, ariyasāvako abbhokāsagato hoti. Etagedhā hi, Aggivessana, devamanussā yadidaṁ pañca kāmaguṇā. Tam enaṁ Tathāgato uttariṁ vineti: Ehi tvaṁ, bhikkhu, sīlavā hohi, pātimokkhasaṁvarasaṁvuto viharāhi ācāragocarasampanno, aṇumattesu vajjesu bhayadassāvī samādāya sikkhāhi[1] sikkhāpadesūti. Yato kho, Aggivessana, ariyasāvako sīlavā hoti, pātimokkhasaṁvarasaṁvuto viharati ācāragocarasampanno, aṇumattesu vajjesu bhayadassāvī samādāya sikkhati sikkhāpadesu, tam enaṁ Tathāgato uttariṁ vineti: Ehi tvaṁ, bhikkhu, indriyesu guttadvāro hohi. Cakkhunā rūpaṁ disvāna mā nimittaggāhī[2] mā 'nubyañjanaggāhī, yatvādhikaraṇam enaṁ cakkhundriyaṁ asaṁvutaṁ viharantaṁ abhijjhādomanassā pāpakā akusalā dhammā anvāssaveyyuṁ, tassa saṁvarāya paṭipajja rakkha cakkhundriyaṁ cakkhundriye saṁvaraṁ āpajja.[3] Sotena saddaṁ sutvā ghānena gandhaṁ ghāyitvā jivhāya rasaṁ sāyitvā kāyena phoṭṭhabbaṁ phusitvā manasā dhammaṁ viññāya mā nimittaggāhī mā 'nubyañjanaggāhī yatvādhikaraṇam enaṁ manindriyaṁ asaṁvutaṁ viharantaṁ abhijjhādomanassā pāpakā akusalā dhammā anvāssaveyyuṁ tassa saṁvarāya paṭipajja rakkha manindriyaṁ manindriye saṁvaraṁ āpajjāti.[4] Yato kho, Aggivessana, ariyasāvako indriyesu guttadvāro hoti, tam enaṁ Tathāgato uttariṁ vineti: Ehi tvaṁ, bhikkhu, bhojane mattaññū hohi paṭisaṅkhā yoniso āhāraṁ āhāreyyāsi n' eva davāya na madāya na maṇḍanāya na vibhūsanāya, yāvad eva imassa kāyassa ṭhitiyā yāpanāya, vihiṁsūparatiyā brahmacariyānuggahāya: Iti purāṇañ ca vedanaṁ paṭihaṅkhāmi navañ ca vedanaṁ na-y-uppādessāmi, yatrā ca me bhavissati anavajjatā ca phāsuvihāro cāti. Yato

[1] Si sikkhassu. [2] Si here inserts pe and omits to So ime pañca nīvaraṇe on page 136. [3] SBr add ti. [4] SBr āpajja.

kho, Aggivessana, ariyasāvako bhojane mattaññū hoti, tam enaṁ Tathāgato uttariṁ vineti: Ehi tvaṁ, bhikkhu, jāgariyaṁ anuyutto viharāhi, divasaṁ caṅkamena nisajjāya āvaraṇīyehi dhammehi cittaṁ parisodhehi, rattiyā paṭhamaṁ yāmaṁ caṅkamena nisajjāya āvaraṇīyehi dhammehi cittaṁ parisodhehi, rattiyā majjhimaṁ yāmaṁ dakkhiṇena passena sīhaseyyaṁ kappeyyāsi pāde pādaṁ accādhāya sato sampajāno uṭṭhānasaññaṁ manasikaritvā, rattiyā pacchimaṁ yāmaṁ paccuṭṭhāya caṅkamena nisajjāya āvaraṇīyehi dhammehi cittaṁ parisodhehīti. Yato kho, Aggivessana, ariyasāvako jāgariyaṁ anuyutto hoti, tam enaṁ Tathāgato uttariṁ vineti: Ehi tvaṁ, bhikkhu, satisampajaññena samannāgato hohi, abhikkante paṭikkante sampajānakārī ālokite vilokite sampajānakārī sammiñjite pasārite sampajānakārī saṅghāṭipattacīvaradhāraṇe sampajānakārī asite pīte khāyite sampajānakārī uccārapassāvakamme sampajānakārī gate ṭhite nisinne sutte jāgarite bhāsite tuṇhībhāve sampajānakārī hohīti.[1] Yato kho, Aggivessana, ariyasāvako satisampajaññena samannāgato hoti, tam enaṁ Tathāgato uttariṁ vineti: Ehi tvaṁ, bhikkhu, vivittaṁ senāsanaṁ bhaja araññaṁ rukkhamūlaṁ pabbataṁ kandaraṁ giriguhaṁ susānaṁ vanapatthaṁ abbhokāsaṁ palālapuñjan ti. So vivittaṁ senāsanaṁ bhajati araññaṁ rukkhamūlaṁ pabbataṁ kandaraṁ giriguhaṁ susānaṁ vanapatthaṁ abbhokāsaṁ palālapuñjaṁ; so pacchābhattaṁ piṇḍapātapaṭikkanto nisīdati pallaṅkaṁ ābhujitvā ujuṁ kāyaṁ paṇidhāya parimukhaṁ satiṁ upaṭṭhapetvā; so abhijjhaṁ loke pahāya vigatābhijjhena cetasā viharati abhijjhāya cittam parisodheti, byāpādapadosaṁ pahāya abyāpannacitto viharati sabbapāṇabhūtahitānukampī byāpādapadosā cittaṁ parisodheti, thīnamiddhaṁ pahāya vigatathīnamiddho viharati ālokasaññī sato sampajāno thīnamiddhā cittaṁ parisodheti, uddhaccakukkuccaṁ pahāya anuddhato viharati ajjhattaṁ vūpasantacitto uddhaccakukkuccā cittaṁ parisodheti, vici-

[1] S^k hoti; S^t hohi.

kicchaṁ pahāya tiṇṇavicikiccho viharati akathaṁkathī kusalesu dhammesu vicikicchāya cittaṁ parisodheti. So ime pañca nīvaraṇe pahāya cetaso upakkilese paññāya dubbalīkaraṇe kāye kāyānupassī viharati ātāpī sampajāno satimā, vineyya loke abhijjhādomanassaṁ; vedanāsu—pe—; citte dhammesu dhammānupassī viharati ātāpī sampajāno satimā, vineyya loke abhijjhādomanassaṁ.

Seyyathāpi, Aggivessana, hatthidamako mahantaṁ thambhaṁ paṭhaviyaṁ nikhaṇitvā āraññakassa nāgassa gīvāya upanibandhati āraññakānañ c' eva sīlānaṁ abhinimmadanāya āraññakānañ c' eva saṅkappānaṁ abhinimmadanāya āraññakānañ c' eva darathakilamathapariḷāhānaṁ abhinimmadanāya gāmante abhiramāpanāya manussakantesu sīlesu samādapanāya,—evam eva kho, Aggivessana, ariyasāvakassa ime cattāro satipaṭṭhānā cetaso upanibandhanā honti gehasitānañ c' eva sīlānaṁ abhinimmadanāya gehasitānañ c' eva saṅkappānaṁ abhinimmadanāya gehasitānañ c' eva darathakilamathapariḷāhānaṁ abhinimmadanāya ñāyassa adhigamāya nibbānassa sacchikiriyāya.

Tam enaṁ Tathāgato uttariṁ vineti: Ehi tvaṁ, bhikkhu, kāye kāyānupassī viharāhi mā ca kāyūpasaṁhitaṁ vitakkaṁ vitakkesi, vedanāsu vedanānupassī viharāhi mā ca vedanūpasaṁhitaṁ vitakkaṁ vitakkesi, citte cittānupassī viharāhi mā ca cittūpasaṁhitaṁ vitakkaṁ vitakkesi, dhammesu dhammānupassī viharāhi mā ca dhammūpasaṁhitaṁ vitakkaṁ vitakkesīti. So vitakkavicārānaṁ vūpasamā ajjhattaṁ sampasādanaṁ cetaso ekodibhāvaṁ avitakkaṁ avicāraṁ samādhijaṁ pītisukhaṁ dutiyajjhānaṁ, tatiyajjhānaṁ upasampajja viharati. So evaṁ samāhite citte . . . (&c. as Vol. I. p. 347, l. 24 to p. 348, l. 34.) . . . nāparaṁ itthattāyāti pajānāti.

So[1] bhikkhu khamo sītassa uṇhassa jighacchāya pipāsāya ḍaṁsamakasavātātapasiriṁsapasamphassānaṁ duruttānaṁ durāgatānaṁ vacanapathānaṁ uppannānaṁ sārīrikā-

[1] S^{tk} omit.

naṁ vedanānaṁ dukkhānaṁ tippānaṁ kharānaṁ[1] kaṭukānaṁ asātānaṁ amanāpānaṁ pāṇaharānaṁ adhivāsakajātiko[2] hoti sabbarāgadosamohanihitaninnītakasāvo[3] āhuneyyo pāhuneyyo[4] dakkhiṇeyyo añjalikaraṇīyo anuttaraṁ puññakkhettaṁ lokassāti.

Mahallako ce pi, Aggivessana, rañño nāgo adanto avinīto kālaṁ karoti, Adantamaraṇaṁ mahallako rañño nāgo[5] kālakato tveva[6] saṅkhaṁ gacchati; majjhimo ce pi, Aggivessana, rañño nāgo; daharo ce pi, Aggivessana, rañño nāgo adanto avinīto kālaṁ karoti, Adantamaraṇaṁ daharo rañño nāgo kālakato tveva saṅkhaṁ gacchati.—Evam eva kho, Aggivessana, thero ce pi bhikkhu akhīṇāsavo kālaṁ karoti, Adantamaraṇaṁ thero bhikkhu kālakato tveva saṅkhaṁ gacchati; majjhimo ce pi, Aggivessana, bhikkhu; navo ce pi, Aggivessana, bhikkhu akhīṇāsavo kālaṁ karoti, Adantamaraṇaṁ navo bhikkhu kālakato tveva saṅkhaṁ gacchati. Mahallako ce pi, Aggivessana, rañño nāgo sudanto suvinīto kālaṁ karoti, Dantamaraṇaṁ mahallako rañño nāgo kālakato tveva saṅkhaṁ gacchati; majjhimo ce pi, Aggivessana, rañño nāgo; daharo ce pi, Aggivessana, rañño nāgo sudanto suvinīto kālaṁ karoti, Dantamaraṇaṁ daharo rañño nāgo kālakato tveva saṅkhaṁ gacchati.—Evam eva kho, Aggivessana, thero ce pi bhikkhu khīṇāsavo kālaṁ karoti, Dantamaraṇaṁ thero bhikkhu kālakato tveva saṅkhaṁ gacchati; majjhimo ce pi, Aggivessana, bhikkhu; navo ce pi, Aggivessana, bhikkhu khīṇāsavo kālaṁ karoti, Dantamaraṇaṁ navo bhikkhu kālakato tveva saṅkhaṁ gacchatīti.

Idam avoca Bhagavā. Attamano Aciravato samaṇuddeso Bhagavato bhāsitaṁ abhinandīti.

DANTABHŪMISUTTAṀ PAÑCAMAṀ.

---

1 Si omits. 2 So S^{ky}; Si adhivāsikaj. 3 S^{ky} Sabbarāgadosamohāni. 4 Si āhuṇeyyo pāhuṇeyyo. 5 Si, unlike S^{ky} and Bu, adds mato. 6 Si and (infra) S^{ky} t' eva.

126.

Evaṁ me sutaṁ. Ekaṁ samayaṁ Bhagavā Rājagahe viharati Veḷuvane Kalandakanivāpe. Atha kho āyasmā Bhūmijo pubbaṇhasamayaṁ nivāsetvā pattacīvaraṁ ādāya yena Jayasenassa rājakumārassa nivesanaṁ ten' upasaṁkami, upasaṁkamitvā paññatte āsane nisīdi. Atha kho Jayaseno rājakumāro yen' āyasmā Bhūmijo ten' upasaṁkami, upasaṁkamitvā āyasmatā Bhūmijena saddhiṁ sammodi sammodanīyaṁ kathaṁ sārāṇīyaṁ vītisāretvā ekamantaṁ nisīdi. Ekamantaṁ nisinno kho Jayaseno rājakumāro āyasmantaṁ Bhūmijaṁ etad avoca:—Santi, bho Bhūmija, eke samaṇabrāhmaṇā evaṁvādino evaṁdiṭṭhino: Āsañ ce pi karitvā brahmacariyaṁ carati,[1] abhabbo phalassa adhigamāya; anāsañ ce pi karitvā brahmacariyaṁ carati, abhabbo phalassa adhigamāya; āsañ ca[2] anāsañ ce pi karitvā brahmacariyaṁ carati, abhabbo phalassa adhigamāya; n' ev' āsaṁ nānāsañ ce pi karitvā brahmacariyaṁ carati, abhabbo phalassa adhigamāyāti. Idha bhoto Bhūmijassa satthā kiṁvādī[3] kimakkhāyī ti?

Na kho me taṁ, rājakumāra, Bhagavato sammukhā sutaṁ sammukhā paṭiggahitaṁ. Ṭhānañ ca kho etaṁ vijjati yaṁ Bhagavā evaṁ vyākareyya:—Āsañ ce pi karitvā ayoniso brahmacariyaṁ carati, abhabbo phalassa adhigamāya; anāsañ ce pi karitvā ayoniso brahmacariyaṁ carati, abhabbo phalassa adhigamāya; āsañ ca[4] anāsañ ce pi karitvā ayoniso brahmacariyaṁ carati, abhabbo phalassa adhigamāya; n' ev' āsaṁ nānāsañ ce pi karitvā ayoniso brahmacariyaṁ carati, abhabbo phalassa adhigamāya. Āsañ ce pi karitvā yoniso brahmacariyaṁ carati, bhabbo phalassa

[1] So S^{tk}; Si caranti abhabbā throughout. [2] So Si throughout, and S^{tr} ca; S^{ky} generally āsañ ce pi anāsañ ce pi. Bu āsañ ca anāsañ cāti kālena āsaṁ kālena anāsaṁ. [3] Si adds Kiṁdiṭṭhī here and evaṁdiṭṭhī infra. [4] S^{ky} Si add pi here and infra.

adhigamāya; anāsañ ce pi karitvā yoniso brahmacariyaṁ carati, bhabbo phalassa adhigamāya; āsañ[1] ca anāsañ ce pi karitvā yoniso brahmacariyaṁ carati, bhabbo phalassa adhigamāya; n' ev' āsaṁ nānāsañ ce pi karitvā yoniso brahmacariyaṁ carati, bhabbo phalassa adhigamāyāti. Na kho me taṁ, rājakumāra, Bhagavato sammukhā sutaṁ sammukhā paṭiggahītaṁ, ṭhānañ ca kho etaṁ vijjati yaṁ Bhagavā evaṁ vyākareyyāti.

Sace kho bhoto Bhūmijassa satthā evaṁvādī evamakkhāyī, addhā bhoto Bhūmijassa satthā sabbesaṁ yeva puthusamaṇabrāhmaṇānaṁ muddhānaṁ[2] maññe āhacca tiṭṭhatīti. Atha kho Jayaseno rājakumāro āyasmantaṁ Bhūmijaṁ saken' eva thālipākena parivisi.

Atha kho āyasmā Bhūmijo pacchābhattaṁ piṇḍapātapaṭikkanto yena Bhagavā ten' upasaṁkami, upasaṁkamitvā Bhagavantaṁ abhivādetvā ekamantaṁ nisīdi. Ekamantaṁ nisinno kho āyasmā Bhūmijo Bhagavantaṁ etad avoca:— Idhāhaṁ, bhante, pubbaṇhasamayaṁ nivāsetvā pattacīvaraṁ ādāya yena Jayasenassa rājakumārassa nivesanaṁ ten' upasaṁkamiṁ upasaṁkamitvā paññatte āsane nisīdiṁ. Atha kho, bhante, Jayaseno rājakumāro yenāhaṁ ten' upasaṁkami upasaṁkamitvā mama[3] saddhiṁ sammodi sammodanīyaṁ kathaṁ sārāṇīyaṁ vītisāretvā ekamantaṁ nisīdi. Ekamantaṁ nisinno kho, bhante, Jayaseno rājakumāro maṁ etad avoca: Santi, bho Bhūmija, eke . . . satthā kiṁvādī kimakkhāyī ti? Evaṁ vutte ahaṁ, bhante, Jayasenaṁ rājakumāraṁ etad avoca: Na kho me taṁ, rājakumāra, Bhagavato sammukhā . . . maññe āhacca tiṭṭhatīti. Kacci,[4] bhante, evaṁ puṭṭho evaṁ vyākaramāno vuttavādī c' eva Bhagavato homi, na ca Bhagavantaṁ abhūtena abbhācikkhāmi dhammassa cānudhammaṁ vyākaromi na ca koci sahadhammiko vādānuvādo[5] gārayhaṁ ṭhānaṁ āgacchatīti?

---

[1] Si so āsañ. [2] So Si; S^{kt} buddhānaṁ. [3] So S^{kt}; Si mayā. [4] Si kaccāhaṁ. [5] S^{kt} vādānuvāto. Cf. vol. ii. p. 127.

Taggha tvaṁ, Bhūmija, evaṁ puṭṭho evaṁ vyākaramāno vuttavādī c' eva Bhagavato [1] hosi na ca maṁ abhūtena abbhācikkhasi dhammassa c' ānudhammaṁ vyākarosi na ca koci sahadhammiko vādānuvādo gārayhaṁ ṭhānaṁ āgacchati.

Ye hi keci, Bhūmija, samaṇā vā brāhmaṇā vā micchādiṭṭhino micchāsaṁkappā micchāvācā micchākammantā micchā-ājīvā micchāvāyāmā micchāsatī [2] micchāsamādhino,[3] te [4] āsañ ce pi karitvā brahmacariyaṁ caranti, abhabbā phalassa adhigamāya: anāsavañ ce pi karitvā brahmacariyaṁ caranti, abhabbā phalassa adhigamāya; āsañ ca anāsañ ce pi . . . adhigamāya; n' ev' āsaṁ nānāsañ ce pi . . . adhigamāya. Taṁ kissa hetu? Ayoni h' esā,[5] Bhūmija, phalassa adhigamāya.

Seyyathāpi, Bhūmija, puriso telatthiko telagavesī telapariyesanañ caramāno vālikaṁ doṇiyā ākiritvā udakena paripphosakaṁ paripphosakaṁ pīḷeyya; āsañ ce pi karitvā vālikaṁ doṇiyā ākiritvā udakena paripphosakaṁ paripphosakaṁ pīḷeyya, abhabbo telassa adhigamāya; anāsañ ce karitvā vālikaṁ doṇiyā ākiritvā udakena paripphosakaṁ paripphosakaṁ pīḷeyya, abhabbo telassa adhigamāya; āsañ ca anāsañ ce pi karitvā vālikaṁ doṇiyā udakena paripphosakaṁ paripphosakaṁ pīḷeyya, abhabbo telassa adhigamāya; n' ev' āsaṁ nānāsañ ce pi karitvā vālikaṁ doṇiyā ākiritvā udakena paripphosakaṁ paripphosakaṁ pīḷeyya, abhabbo telassa adhigamāya. Taṁ kissa hetu? Ayoni h' esā,[6] Bhūmija, telassa, adhigamāya.—Evam eva kho, Bhūmija, ye hi keci samaṇā vā brāhmaṇā va micchādiṭṭhī micchāsaṁkappā . . . micchāsamādhino, te āsañ ce pi karitvā brahmacariyaṁ caranti, abhabbā phalassa adhigamāya; anāsañ ce pi . . . adhigamāya; āsañ ca anāsañ ce pi . . . adhigamāya; n' ev' āsaṁ nānāsañ ce pi . . . adhigamāya.

---

[1] Si me. [2] So Si; S^{tt} m—i, and supra micchādiṭṭhi. [3] So Si; S^{tt} m—dhi. [4] S^{tt} add ce. [5] Si throughout and S^{tt} sts. ayoniso: Si omits hesā. Cf. Childers sub voce yoniso. [6] Si omits.

Taṁ kissa hetu? Ayoni h' esā, Bhūmija, phalassa adhigamāya.

Seyyathāpi, Bhūmija, puriso khīratthiko khīragavesī khīrapariyesanaṁ caramāno gāviṁ taruṇavacchaṁ visāṇato āviñjeyya; āsañ ce pi karitvā gāviṁ taruṇavacchaṁ visāṇato āviñjeyya, abhabbo khīrassa adhigamāya; anāsañ ce pi karitvā—pe—n' ev' āsaṁ nānāsañ ce pi karitvā gāviṁ taruṇavacchaṁ visāṇato āviñjeyya, abhabbo khīrassa adhigamāya. Taṁ kissa hetu? Ayoni h' esā, Bhūmija, khīrassa adhigamāya.—Evam eva kho, Bhūmija, ye hi keci samaṇā vā brāhmaṇā vā micchādiṭṭhī—pe—micchāsamādhino, te āsañ ce pi karitvā brahmacariyaṁ caranti, abhabbā phalassa adhigamāya; anāsañ ce pi karitvā; āsañ ca anāsañ ce pi karitvā; n' ev' āsaṁ nānāsañ ce pi karitvā brahmacariyaṁ caranti, abhabbā phalassa adhigamāya. Taṁ kissa hetu? Ayoni h' esā, Bhūmija, phalassa adhigamāya.

Seyyathāpi, Bhūmija, puriso nonītatthiko[1] nonītagavesī nonītapariyesanaṁ caramāno udakaṁ kalase āsiñcitvā matthena āviñjeyya, āsañ ce pi karitvā udakaṁ kalase āsiñcitvā matthena āviñjeyya, abhabbo nonītassa adhigamāya; anāsañ ce pi karitvā; āsañ ca anāsañ ce pi karitvā, n' ev' āsaṁ nānāsañ ce pi karitvā udakaṁ kalase āsiñcitvā matthena āviñjeyya, abhabbo nonītassa adhigamāya. Taṁ kissa hetu? Ayoni h' esā, Bhūmija,[2] nonītassa adhigamāya.—Evam eva kho, Bhūmija, ye hi keci samaṇā vā brāhmaṇā vā micchādiṭṭhī—pe—micchāsamādhino, te āsañ ce pi karitvā brahmacariyaṁ caranti, abhabbā phalassa adhigamāya; anāsañ ce pi karitvā; āsañ ca anāsañ ce pi karitvā; n' ev' āsaṁ nānāsañ ce pi karitvā brahmacariyaṁ caranti, abhabbā phalassa adhigamāya. Taṁ kissa hetu? Ayoni h' esā, Bhūmija, phalassa adhigamāya.

Seyyathāpi, Bhūmija, puriso aggitthiko aggigavesī aggipariyesanaṁ caramāno allaṁ kaṭṭhaṁ sasnehaṁ uttarā-

[1] Si navanītatthiko, &c. [2] Si here, and in next passage, bho Bhūmija.

raṇiṁ ādāya abhimattheyya, āsañ ce pi karitvā allaṁ kaṭṭhaṁ sasnehaṁ uttarāraṇiṁ ādāya abhimattheyya, abhabbo aggissa adhigamāya; anāsañ ce pi karitvā; āsañ ca anāsañ ce pi karitvā; n' ev' āsaṁ nānāsañ ce pi karitvā allaṁ kaṭṭhaṁ sasnehaṁ uttarāraṇiṁ ādāya abhimattheyya, abhabbo aggissa adhigamāya. Taṁ kissa hetu? Ayoni h' esā, Bhūmija, aggissa adhigamāya.—Evam eva kho, Bhūmija, ye hi keci samaṇā vā brāhmaṇā vā micchādiṭṭhī—pe—micchāsamādhino, te āsañ ce pi karitvā brahmacariyaṁ caranti, abhabbā phalassa adhigamāya; anāsañ ce pi karitvā; āsañ ca anāsañ ce pi karitvā; n' ev' āsañ ca nānāsañ ce pi karitvā brahmacariyaṁ caranti, abhabbā phalassa adhigamāya. Taṁ kissa hetu? Ayoni h' esā, Bhūmija, phalassa adhigamāya.

Ye hi[1] keci, Bhūmija, samaṇā vā brāhmaṇā vā sammādiṭṭhī sammāsaṁkappā sammāvācā sammākammantā sammā-ājīvā sammāvāyāmā sammāsatī sammāsamādhino, te āsañ ce pi karitvā brahmacariyaṁ caranti, bhabbā phalassa adhigamāya; anāsañ ce pi karitvā brahmacariyaṁ caranti, bhabbā phalassa adhigamāya; āsañ ca anāsañ ce pi karitvā brahmacariyaṁ caranti, bhabbā phalassa adhigamāya; n' ev' āsaṁ nānāsañ ce pi karitvā brahmacariyaṁ caranti, bhabbā phalassa adhigamāya. Taṁ kissa hetu? Yoni h' esā, Bhūmija, phalassa adhigamāya.

Seyyathāpi, Bhūmija, puriso telatthiko telagavesī telapariyesanaṁ caramāno tilapiṭṭhaṁ doṇiyā ākiritvā udakena paripphosakaṁ paripphosakaṁ pīḷeyya, āsañ ce pi karitvā tilapiṭṭhaṁ ākiritvā udakena paripphosakaṁ paripphosakaṁ pīḷeyya, bhabbo telassa adhigamāya; anāsañ ce pi karitvā; āsañ ca anāsañ ce pi karitvā; n' ev' āsaṁ nānāsañ ce pi . . . telassa adhigamāya. Taṁ kissa hetu? Yoni h' esā, Bhūmija, telassa adhigamāya.—Evam eva kho, Bhūmija, ye hi keci samaṇā vā brāhmaṇā vā sammādiṭṭhī—pe—sammāsamādhino, te āsañ ce pi karitvā brahmacariyaṁ caranti,

[1] Si Ye ca kho.

bhabbā phalassa adhigamāya; anāsañ ce pi karitvā; āsañ ca anāsañ ce pi karitvā; n' ev' āsaṁ nānāsañ ce pi karitvā brahmacariyaṁ caranti, bhabbā phalassa adhigamāya. Taṁ kissa hetu? Yoni h' esā, Bhūmija, phalassa adhigamāya.

Seyyathāpi, Bhūmija, puriso khīratthiko khīragavesī khīrapariyesanañ caramāno gāviṁ taruṇavacchaṁ thanato āviñjeyya, āsañ ce karitvā gāviṁ taruṇavacchaṁ thanato āviñjeyya, bhabbo khīrassa adhigamāya; anāsañ ce pi karitvā; āsañ ca anāsañ ce pi karitvā; n' ev' āsaṁ nānāsañ ce pi karitvā . . . khīrassa adhigamāya. Taṁ kissa hetu? Yoni h' esā, Bhūmija, khīrassa adhigamāya.—Evam eva kho, Bhūmija, ye hi keci samaṇā vā brāhmaṇā vā sammādiṭṭhī—pe—sammāsamādhino, te āsañ ce pi karitvā brahmacariyaṁ caranti, bhabbā phalassa adhigamāya; anāsañ ce pi karitvā; āsañ ca anāsañ ce pi karitvā; n' ev' āsaṁ nānāsañ ce pi karitvā brahmacariyaṁ caranti, bhabbā phalassa adhigamāya. Taṁ kissa hetu? Yoni h' esā, Bhūmija, phalassa adhigamāya.

Seyyathāpi, Bhūmija, puriso navanītatthiko navanītagavesī navanītapariyesanañ caramāno dadhiṁ kalase āsiñcitvā matthena āviñjeyya, āsañ ce pi karitvā dadhiṁ kalase āsiñcitvā matthena āviñjeyya, bhabbo navanītassa adhigamāya; anāsañ ce pi karitvā; āsañ ca anāsañ ce pi karitvā; n' ev' āsaṁ nānāsañ ce pi karitvā dadhiṁ kalase āsiñcitvā matthena āviñjeyya, bhabbo navanītassa adhigamāya. Taṁ kissa hetu? Yoni h' esā, Bhūmija, navanītassa adhigamāya.—Evam eva kho, Bhūmija, ye hi keci samaṇā vā brāhmaṇā vā sammādiṭṭhī—pe—sammāsamādhino, te āsañ ce pi karitvā brahmacariyaṁ caranti, bhabbā phalassa adhigamāya; āsañ ca anāsañ ce pi karitvā; n' ev' āsaṁ nānāsañ ce pi karitvā brahmacariyaṁ caranti, bhabbā phalassa adhigamāya. Taṁ kissa hetu? Yoni h' esā, Bhūmija, phalassa adhigamāya.

Seyyathāpi, Bhūmija, puriso aggitthiko aggigavesī aggipariyesanañ caramāno sukkhaṁ kaṭṭhaṁ koḷāpaṁ uttarāraṇiṁ ādāya abhimattheyya, bhabbo aggissa adhigamāya; anāsañ ce pi karitvā sukkhaṁ kaṭṭhaṁ koḷāpaṁ uttarāraṇiṁ ādāya abhimattheyya, bhabbo aggissa adhigamāya; āsañ ca anāsañ ce pi karitvā sukkhaṁ kaṭṭhaṁ koḷāpaṁ uttarāraṇiṁ ādāya abhimattheyya, bhabbo aggissa adhigamāya; n' ev' āsaṁ nānāsañ ce pi karitvā sukkhaṁ kaṭṭhaṁ koḷāpaṁ uttarāraṇiṁ ādāya abhimattheyya, bhabbo aggissa adhigamāya. Taṁ kissa hetu? Yoni h' esā, Bhūmija, aggissa adhigamāya.—Evam eva kho, Bhūmija, ye hi keci samaṇā vā brāhmaṇā vā sammādiṭṭhī . . . sammāsamādhino, te āsañ ce pi karitvā brahmacariyaṁ caranti, bhabbā phalassa adhigamāya; anāsañ ce pi karitvā brahmacariyaṁ caranti, bhabbā phalassa adhigamāya; āsañ ca anāsañ ce pi karitvā brahmacariyaṁ caranti, bhabbā phalassa adhigamāya, n' ev' āsaṁ nānāsañ ce pi karitvā brahmacariyaṁ caranti, bhabbā phalassa adhigamāya. Taṁ kissa hetu? Yoni h' esā, Bhūmija, phalassa adhigamāya.

Sace kho,[1] Bhūmija, Jayasenassa rājakumārassa imā catasso upamā paṭibhāseyyuṁ, anacchariyaṁ te Jayaseno rājakumāro pasīdeyya, pasanno ca te pasannākāraṁ kareyyāti. Kuto pana maṁ, bhante, Jayasenassa rājakumārassa imā catasso upamā paṭibhāsissanti anacchariyā pubbe assutapubbā, seyyathāpi Bhagavantan ti.

Idam avoca Bhagavā. Attamano āyasmā Bhūmijo Bhagavato bhāsitaṁ abhinanditi.

BHŪMIJASUTTAṀ CHAṬṬHAṀ.

127.

Evam me sutaṁ. Ekaṁ samayaṁ Bhagavā Sāvatthiyaṁ viharati Jetavane Anāthapiṇḍikassa ārāme. Atha kho Pañcakaṅgo thapati aññataraṁ purisaṁ āmantesi: Ehi tvaṁ, ambho purisa, yen' āyasmā Anuruddho ten' upasaṅkama,[2] upasaṅkamitvā mama vacanena āyasmato Anu-

[1] S^t adds taṁ. [2] S^{tr} upasaṅkami.

ruddhassa pāde sirasā vandāhi evañ ca vadehi[1]:—Pañcakaṅgo, bhante, thapati āyasmato Anuruddhassa pāde sirasā vandati evañ ca vadeti: Adhivāsetu kira, bhante, āyasmā Anuruddho Pañcakaṅgassa thapatissa svātanāya attacatuttho bhattaṁ; yena ca kira, bhante, āyasmā Anuruddho pagevataraṁ[2] āgaccheyya. Pañcakaṅgo thapati bahukicco bahukaraṇīyo rājakaraṇīyenāti. Evaṁ bhante ti kho so puriso Pañcakaṅgassa thapatissa paṭissutvā yen' āyasmā Anuruddho ten' upasaṁkami, upasaṁkamitvā āyasmantaṁ Anuruddhaṁ abhivādetvā ekamantaṁ nisīdi. Ekamantaṁ nisinno kho so puriso āyasmantaṁ Anuruddhaṁ etad avoca: Pañcakaṅgo thapati āyasmato Anuruddhassa pāde sirasā vandati evañ ca vadeti: Adhivāsetu kira, bhante, āyasmā Anuruddho Pañcakaṅgassa thapatissa svātanāya attacatuttho bhattaṁ; yena ca kira, bhante, āyasmā Anuruddho pagevataraṁ āgaccheyya, Pañcakaṅgo thapati bahukicco bahukaraṇīyo rājakaraṇīyenāti. Adhivāsesi kho āyasmā Anuruddho tuṇhībhāvena. Atha kho āyasmā Anuruddho tassā rattiyā accayena pubbaṇhasamayaṁ nivāsetvā pattacīvaraṁ ādāya yena Pañcakaṅgassa thapatissa nivesanaṁ ten' upasaṁkami, upasaṁkamitvā paññatte āsane nisīdi. Atha kho Pañcakaṅgo thapati āyasmantaṁ Anuruddhaṁ paṇītena khādanīyena bhojanīyena sahatthā santappesi sampavāresi.[3] Atha kho Pañcakaṅgo thapati āyasmantaṁ Anuruddhaṁ bhuttāviṁ onītapattapāṇiṁ aññataraṁ nīcaṁ āsanaṁ gahetvā ekamantaṁ nisīdi. Ekamantaṁ nisinno kho Pañcakaṅgo thapati āyasmantaṁ Anuruddhaṁ etad avoca:—Idha,[4] bhante, therā bhikkhū upasaṁkamitvā evam āhaṁsu: Appamāṇaṁ, gahapati, cetovimuttiṁ bhāvehīti; ekacce therā evam āhaṁsu: Mahaggataṁ, gahapati, cetovimuttiṁ bhāvehīti. Yā cāyaṁ, bhante, appamāṇā cetovimutti yā ca mahaggatā cetovimutti,—ime dhammā nānaṭṭhā[5] c' eva

[1] Si S^{ky} omit these three words here but not infra. [2] So Si (bis) and S^{k} infra; S^{k} (bis) and S^{y} here pagetaraṁ. [3] S^{ky} repeat this sentence. [4] Si inserts man. [5] So Bu S^{ky}; Si nānatthā, &c.

nānābyañjanā ca? udāhu ekaṭṭhā, byañjanam eva nānan ti?

Tena hi, gahapati,[1] taṁ yev' ettha paṭibhātu, apaṇṇakan[2] te ito bhavissatīti.

Mayhaṁ kho, bhante, evaṁ hoti: Yā cāyaṁ[3] appamāṇā cetovimutti yā ca mahaggatā cetovimutti, ime dhammā ekaṭṭhā byañjanam eva nānan ti.

Yā cāyaṁ, gahapati, appamāṇā cetovimutti yā ca mahaggatā cetovimutti, ime dhammā nānaṭṭhā c' eva nānābyañjanā ca. Tad aminā p' etaṁ,[4] gahapati, pariyāyena veditabbaṁ, yathā[5] ime dhammā nānaṭṭhā c' eva nānābyañjanā ca.

Katamā ca, gahapati, appamāṇā cetovimutti? Idha, gahapati, bhikkhu mettāsahagatena cetasā ekaṁ disaṁ pharitvā viharati, tathā dutiyaṁ, tathā tatiyaṁ, tathā catutthiṁ iti uddhamadhotiriyaṁ sabbadhi sabbattatāya sabbāvantaṁ lokaṁ mettāsahagatena cetasā vipulena mahaggatena appamāṇena averena abyāpajjhena pharitvā viharati; karuṇāsahagatena cetasā; muditāsahagatena cetasā; upekhāsahagatena cetasā ekaṁ disaṁ pharitvā . viharati.—Ayaṁ vuccati, gahapati, appamāṇā cetovimutti.

Katamā, gahapati, mahaggatā cetovimutti? Idha, gahapati, bhikkhu yāvatā ekaṁ rukkhamūlaṁ mahaggatan ti pharitvā adhimuccitvā viharati.—Ayaṁ vuccati, gahapati, mahaggatā cetovimutti. Idha,[6] gahapati, bhikkhu yāvatā dve vā tīṇi vā rukkhamūlāni mahaggatan ti pharitvā adhimuccitvā viharati.—Ayam pi[7] vuccati, gahapati, mahaggatā cetovimutti. Idha, gahapati, yāvatā ekaṁ gāmakkhettaṁ mahaggatan ti pharitvā adhimuccitvā viharati.—Ayam pi vuccati, gahapati, mahaggatā cetovimutti. Idha,

[1] S^{km} repeat: appamāṇaṁ . . . mahaggataṁ . . . bhāvehīti, as above. [2] So Si Bu; S^{km} apaṇṇakaṁ. [3] Both S^{k} and S^{t} cāyaṁ, omitting following ca. [4] S^{km} tad aminā ca tad aminā pe gahapati. [5] Si yathā pan'; S^{km} yathā v'. [6] Si adds pana here and in following sentences. [7] Si omits pi here and in the following sentences.

gahapati, bhikkhu yāvatā dve vā tīṇi vā gāmakkhettāni mahaggatan ti pharitvā adhimuccitvā viharati.—Ayam pi vuccati, gahapati, mahaggatā cetovimutti. Idha, gahapati, bhikkhu yāvatā ekaṁ mahārajjaṁ mahaggatan ti pharitvā adhimuccitvā viharati.—Ayaṁ vuccati, gahapati, mahaggatā cetovimutti. Idha, gahapati, bhikkhu yāvatā dve vā tīṇi vā mahārajjāni mahaggatan ti pharitvā adhimuccitvā viharati.—Ayam pi vuccati, gahapati, mahaggatā cetovimutti. Idha, gahapati, bhikkhu yāvatā samuddapariyantaṁ paṭhaviṁ mahaggatan ti pharitvā adhimuccitvā viharati.—Ayam pi vuccati, gahapati, mahaggatā cetovimutti. Iminā kho etaṁ, gahapati, pariyāyena veditabbaṁ yathā ime dhammā nānatthā c' eva nānābyañjanā ca.

Catasso kho imā, gahapati, bhavūpapattiyo. Katamā catasso? Idha,[1] gahapati, ekacco parittābhā ti[2] pharitvā adhimuccitvā viharati; so kāyassa bhedā param maraṇā Parittābhānaṁ devānaṁ sahavyataṁ uppajjati. Idha,[3] gahapati, ekacco appamāṇā ti pharitvā adhimuccitvā viharati; so kāyassa bhedā param maraṇā Appamāṇābhānaṁ devānaṁ sahavyataṁ uppajjati. Idha, gahapati, ekacco saṁkiliṭṭhābhā ti pharitvā adhimuccitvā viharati; so kāyassa bhedā param maraṇā Saṁkiliṭṭhābhānaṁ devānaṁ sahavyataṁ uppajjati. Idha, gahapati, ekacco parisuddhābhā ti pharitvā adhimuccitvā viharati; so kāyassa bhedā param maraṇā Parisuddhābhānaṁ devānaṁ sahavyataṁ uppajjati. Imā kho, gahapati, catasso bhavūpapattiyo.

Hoti kho so, gahapati, samayo yā tā devatā ekajjhaṁ sannipatanti, tāsaṁ ekajjhaṁ sannipatitānaṁ vaṇṇanānattaṁ hi kho paññāyati no ca ābhānānattaṁ. Seyyathāpi, gahapati, puriso sambahulāni telappadīpāni[4] ekaṁ gharaṁ paveseyya, tesaṁ[5] gharaṁ pavesitānaṁ accinānattaṁ hi kho paññāyetha, no ca ābhānānattaṁ;—evam eva kho, gahapati, hoti[6] so samayo yā tā devatā ekajjhaṁ sanni-

---

[1] S^{tk} add pana. [2] So S^{tk} Bu; Si parittābhāni, &c. [3] Si adds pana. [4] Si telapadīpāni. [5] Si adds ekaṁ. [6] Si adds kho.

patanti, tāsaṁ ekajjhaṁ sannipatitānaṁ vaṇṇanānattaṁ hi kho paññāyati, no ca ābhānānattaṁ. Hoti kho so, gahapati, samayo yaṁ tā devatā tato vipakkamanti, tāsaṁ tato vipakkamantīnaṁ[1] vaṇṇanānattañ c' eva paññāyati ābhānānattañ ca. Seyyathāpi, gahapati, puriso tāni sambahulāni telappadīpāni tamhā gharā nīhareyya, tesaṁ tato nīharantānaṁ acciṇānattañ c' eva paññāyetha ābhānānattañ ca;—evam eva kho, gahapati, hoti so samayo yaṁ tā devatā tato vipakkamanti tāsaṁ tato vipakkamantīnaṁ vaṇṇanānattañ c' eva paññāyati ābhānānattañ ca. Na kho, gahapati, tāsaṁ devatānaṁ evaṁ hoti: Idaṁ amhākaṁ niccan ti vā dhuvan ti vā sassatan ti vā; api ca yattha yatth' eva tā[2] devatā abhinivisanti,[3] tattha tatth' eva tā devatā abhiramanti. Seyyathāpi, gahapati, makkhikānaṁ kājena[4] vā piṭakena vā hariyamānānaṁ na evaṁ hoti: Idaṁ amhākaṁ[5] niccan ti vā dhuvan ti vā sassatan ti vā; api ca yattha yatth' eva tā makkhikā abhinivisanti tattha tatth' eva tā makkhikā abhiramanti;—evam eva kho, gahapati, tāsaṁ devatānaṁ na evaṁ hoti: Idaṁ amhākaṁ niccan ti vā dhuvan ti vā sassatan ti vā; api ca yattha yatth' eva tā devatā abhinivisanti tattha tatth' eva tā devatā abhiramantīti.

Evaṁ vutte āyasmā Abhiyo[6] Kaccāno āyasmantaṁ Anuruddhaṁ etad avoca: Sādhu, bhante Anuruddha; atthi ca me ettha uttariṁ paṭipucchitabbaṁ.[7] Yā tā, bhante, devatā ābhā, sabbā tā parittābhā? udāhu sant' ettha ekaccā devatā appamāṇābhā ti?

Tadaṅgena kho, āvuso Kaccāna, sant'[8] ettha ekaccā devatā parittābhā, santi pan' etth' ekaccā devatā appamāṇābhā ti.

Ko nu kho, bhante Anuruddha, hetu ko paccayo yena tāsaṁ devatānaṁ ekaṁ devanikāyaṁ upapannānaṁ sant'

---

[1] S^{ky} v—ānaṁ. [2] Si yā; S^{ky} omit (S^{k} omits also the following tā). [3] So S^{ky} Si; Bu (?) abhivasanti. [4] So Si Bu (kacenāti pi pāṭho); S^{ky} kācena. [5] Si here as elsewhere read idasmhākaṁ. [6] So Si; S^{ky} Sabhiyo. [7] So Si and S^{ky} infra; S^{ky} here parip. [8] S^{ky} santi pan'.

ettha' ekaccā devatā parittābhā santi pan' ettha' ekaccā devatā appamāṇābhā ti?

Tena,[1] āvuso Kaccāna, taṁ yev' ettha paṭipucchissāmi. Yathā te khameyya, tathā naṁ vyākareyyāsi. Taṁ kiṁ maññasi, āvuso Kaccāna? Yvāyaṁ bhikkhu yāvatā ekaṁ rukkhamūlaṁ mahaggatan ti pharitvā adhimuccitvā viharati, yo cāyaṁ bhikkhu yāvatā dve vā tīṇi vā rukkhamūlāni mahaggatan ti pharitvā adhimuccitvā viharati,—imāsaṁ ubhinnaṁ cittabhāvanānaṁ katamā cittabhāvanā mahaggatatarā ti?

Yvāyaṁ, bhante, bhikkhu yāvatā dve vā tīṇi vā rukkhamūlāni mahaggatan ti pharitvā adhimuccitvā viharati, ayaṁ imāsaṁ ubhinnaṁ cittabhāvanānaṁ mahaggatatarā ti.

Taṁ kiṁ maññasi, āvuso Kaccāna? Yvāyaṁ bhikkhu yāvatā dve vā tīṇi vā rukkhamūlāni mahaggatan ti pharitvā adhimuccitvā viharati, yo cāyaṁ bhikkhu yāvatā ekaṁ gāmakkhettaṁ mahaggatan ti pharitvā adhimuccitvā viharati,—imāsaṁ ubhinnaṁ cittabhāvanānaṁ katamā cittabhāvanā mahaggatatarā ti?

Yvāyaṁ, bhante, bhikkhu yāvatā ekaṁ gāmakkhettaṁ mahaggatan ti pharitvā adhimuccitvā viharati, ayaṁ imāsaṁ ubhinnaṁ cittabhāvanānaṁ mahaggatatarā ti.

Taṁ kiṁ maññasi, āvuso Kaccāna? Yvāyaṁ bhikkhu yāvatā ekaṁ gāmakkhettaṁ mahaggatan ti pharitvā adhimuccitvā viharati, yo cāyaṁ bhikkhu yāvatā dve vā tīṇi vā gāmakkhettāni mahaggatan ti pharitvā adhimuccitvā viharati,—imāsaṁ ubhinnaṁ cittabhāvanānaṁ katamā cittabhāvanā mahaggatatarā ti?

Yvāyaṁ, bhante, bhikkhu yāvatā dve vā tīṇi vā gāmakkhettāni mahaggatan ti pharitvā adhimuccitvā viharati, ayaṁ imāsaṁ ubhinnaṁ cittabhāvanānaṁ mahaggatatarā ti.

Taṁ kiṁ maññasi, āvuso Kaccāna? Yvāyaṁ bhikkhu yāvatā dve vā tīṇi vā gāmakkhettāni mahaggatan ti pharitvā

[1] Si tena h'.

adhimuccitvā viharati, yo cāyaṁ bhikkhu yāvatā ekaṁ mahārajjaṁ mahaggatan ti pharitvā adhimuccitvā viharati, —imāsaṁ ubhinnaṁ cittabhāvanānaṁ katamā cittabhāvanā mahaggatatarā ti?

Yvāyaṁ, bhante, bhikkhu yāvatā ekaṁ mahārajjaṁ mahaggatan ti pharitvā adhimuccitvā viharati, ayaṁ imāsaṁ ubhinnaṁ cittabhāvanānaṁ mahaggatatarā ti.

Taṁ kiṁ maññasi, āvuso Kaccāna? Yvāyaṁ bhikkhu yāvatā ekaṁ mahārajjaṁ mahaggatan ti pharitvā adhimuccitvā viharati, yo cāyaṁ bhikkhu yāvatā dve vā tīṇi vā mahārajjāni mahaggatan ti pharitvā adhimuccitvā viharati, imāsaṁ ubhinnaṁ cittabhāvanānaṁ katamā cittabhāvanā mahaggatatarā ti?

Yvāyaṁ bhikkhu, bhante, yāvatā dve vā tīṇi vā mahārajjāni mahaggatan ti pharitvā adhimuccitvā viharati, ayaṁ imāsaṁ ubhinnaṁ cittabhāvanānaṁ mahaggatatarā ti.

Taṁ kiṁ maññasi, āvuso Kaccāna? Yvāyaṁ bhikkhu yāvatā dve vā tīṇi vā mahārajjāni mahaggatan ti pharitvā adhimuccitvā viharati, yo cāyaṁ bhikkhu yāvatā samuddapariyantaṁ paṭhaviṁ mahaggatan ti pharitvā adhimuccitvā viharati, — imāsaṁ ubhinnaṁ cittabhāvanānaṁ katamā cittabhāvanā mahaggatatarā ti?

Yvāyaṁ, bhante, bhikkhu yāvatā samuddapariyantaṁ paṭhaviṁ mahaggatan ti pharitvā adhimuccitvā viharati, ayaṁ imāsaṁ ubhinnaṁ cittabhāvanānaṁ mahaggatatarā ti.

Ayaṁ kho, āvuso Kaccāna, hetu ayaṁ paccayo yena tāsaṁ devatānaṁ ekaṁ devanikāyaṁ upapannānaṁ sant' etth' ekaccā devatā parittābhā santi pan' etth' ekaccā devatā appamāṇābhā ti.

Sādhu, bhante Anuruddha; atthi ca me ettha uttariṁ paṭipucchitabbaṁ.[1] Yāvatā, bhante, devatā ābhā, sabbā tā saṁkiliṭṭhābhā?[2] udāhu sant' etth' ekaccā devatā parisuddhābhā ti?

---

[1] S^ss Si here paṭipr. [2] So Si; S^k saṁkiliṭṭhā here, but not infra.

Tadaṅgena kho, āvuso Kaccāna, sant' etth' ekaccā devatā saṁkiliṭṭhābhā, santi pan' etth' ekaccā devatā parisuddhābhā ti.

Ko nu kho, bhante Anuruddha, hetu ko paccayo yena tāsaṁ devatānaṁ ekaṁ devanikāyaṁ upapannānaṁ sant' etth' ekaccā devatā saṁkiliṭṭhābhā, santi pan' etth' ekaccā devatā parisuddhābhā ti?

Tena, āvuso Kaccāna, upamaṁ te karissāmi. Upamāya p' idh' ekacco[1] viññū puriso bhāsitassa atthaṁ ājānāti. Seyyathāpi, āvuso Kaccāna, telappadīpassa jhāyato telam pi aparisuddhaṁ[2] vaṭṭi[3] pi aparisuddhā; so telassa pi aparisuddhattā vaṭṭiyā pi aparisuddhattā andhandhaṁ viya jhāyati, —evam eva kho, āvuso Kaccāna, idh' ekacco bhikkhu saṁkiliṭṭhābhaṁ[4] pharitvā adhimuccitvā viharati; tassa kāyaduṭṭhullam pi na suppaṭippasaddhaṁ hoti, thīnamiddham pi na susamūhataṁ hoti, uddhaccakukkuccam pi na suppaṭivinītaṁ hoti; so kāyaduṭṭhullassa pi na suppaṭippasaddhattā thīnamiddhassa pi na susamūhatattā uddhaccakukkuccassa pi na suppaṭivinītattā andhandhaṁ viya jhāyati. So kāyassa bhedā paraṁ maraṇā Saṁkiliṭṭhābhānaṁ devānaṁ sahavyataṁ uppajjati. Seyyathāpi, āvuso Kaccāna, telappadīpassa jhāyato telam pi parisuddhaṁ vaṭṭi pi parisuddhā, so telassa pi parisuddhattā vaṭṭiyā pi parisuddhattā na andhandhaṁ viya jhāyati,—evam eva kho, āvuso Kaccāna, idh' ekacco bhikkhu parisuddhābhaṁ[5] pharitvā adhimuccitvā viharati, tassa kāyaduṭṭhullam pi suppaṭippassaddhaṁ hoti, thīnamiddham pi susamūhataṁ hoti, uddhaccakukkuccam pi suppaṭivinītaṁ hoti; so kāyaduṭṭhullassa pi suppaṭippassaddhattā thīnamiddhassa pi susamūhatattā uddhaccakukkuccassa pi suppaṭivinītattā na andhandhaṁ viya jhāyati. So kāyassa bhedā paraṁ maraṇā parisuddhābhānaṁ devānaṁ sahavyataṁ uppajjati.

---

[1] Si puts the following in the plural. [2] S^{kt} omit this word. [3] S^k vaddhi; S^t vaddha. [4] So Si; S^{kt} s—bhā. [5] So Si; S^{kt} parisuddhā bhikkhu parisuddhābhā ti.

Ayaṁ kho, āvuso Kaccāna, hetu ayaṁ paccayo yena tāsaṁ devatānaṁ ekaṁ devanikāyaṁ upapannānaṁ sant' etth' ekaccā devatā saṅkiliṭṭhābhā, santi pan' etth' ekaccā devatā parisuddhābhā ti.

Evaṁ vutte āyasmā Abhiyo Kaccāno āyasmantaṁ Anuruddhaṁ etad avoca:—Sādhu, bhante Anuruddha; na, bhante, āyasmā Anuruddho evam āha: Evam me sutaṁ ti vā, evaṁ arahati bhavituṁ ti vā; atha ca pana, bhante, āyasmā Anuruddho: Evam pi tā devatā iti pi[1] devatā tveva[2] bhāsati. Tassa mayhaṁ, bhante, evaṁ hoti: Addhā āyasmatā Anuruddhena tāhi devatāhi saddhiṁ sannivutthapubbañ c' eva sallapitapubbañ ca sākacchā ca samāpajjitapubbā ti.

Addhā kho te[3] ayaṁ, āvuso Kaccāna, āsajja upanīyavācā bhāsitā; api ca te ahaṁ vyākarissāmi. Dīgharattaṁ vo me, āvuso Kaccāna, tāhi devatāhi saddhiṁ sannivutthapubbañ c' eva sallapitapubbañ ca sākacchā ca samāpajjitapubbā ti.

Evaṁ vutte āyasmā Abhiyo Kaccāno Pañcakaṅgaṁ thapatiṁ etad avoca: Lābhā te, gahapati, suladdhaṁ te, gahapati, yaṁ tvañ c' eva taṁ kaṅkhādhammaṁ pahāsi yam p' imaṁ dhammapariyāyaṁ alatthamhā savanāyāti.

ANURUDDHASUTTAṀ SATTAMAṀ.

128.

[4]Evaṁ me sutaṁ. Ekaṁ samayaṁ Bhagavā Kosambiyaṁ viharati Ghositārāme. Tena kho pana samayena Kosambiyaṁ bhikkhū bhaṇḍanajātā kalahajātā vivādāpannā aññamaññaṁ mukhasattīhi vitudantā viharanti. Atha kho aññataro bhikkhu yena Bhagavā ten' upasaṅkami upasaṅ-

[1] Si adds tā. [2] Si tve. [3] Si omits te.
[4] Cf. I. Vin. p. 341.

kamitvā Bhagavantaṁ abhivādetvā ekamantaṁ aṭṭhāsi. Ekamantaṁ ṭhito kho so bhikkhu Bhagavantaṁ etad avoca: Idha, bhante, Kosambiyaṁ bhikkhū bhaṇḍanajātā kalahajātā vivādāpannā aññamaññaṁ mukhasattīhi vitudantā viharanti. Sādhu, bhante, Bhagavā yena te bhikkhū ten' upasaṅkamatu anukampaṁ upādāyāti. Adhivāsesi Bhagavā tuṇhībhāvena. Atha kho Bhagavā yena te bhikkhū ten' upasaṅkami upasaṅkamitvā te bhikkhū etad avoca: Alaṁ, bhikkhave: mā bhaṇḍanaṁ mā kalahaṁ mā viggahaṁ mā vivādan ti.

Evaṁ vutte aññataro bhikkhu Bhagavantaṁ etad avoca: Āgametu, bhante, Bhagavā dhammassāmi: appossukko, bhante, Bhagavā diṭṭhadhammasukhavihāraṁ anuyutto viharatu: mayam etena bhaṇḍanena kalahena viggahena vivādena paññāyissāmāti.

Dutiyam pi kho Bhagavā te bhikkhū etad avoca: Alaṁ, bhikkhave; mā bhaṇḍanaṁ mā kalahaṁ mā viggahaṁ mā vivādan ti. Dutiyam pi kho so bhikkhu Bhagavantaṁ etad avoca: Āgametu, bhante, Bhagavā dhammassāmi; appossukko, bhante, Bhagavā diṭṭhadhammasukhavihāraṁ anuyutto viharatu; mayam etena bhaṇḍanena kalahena viggahena vivādena paññāyissāmāti.

Tatiyam pi kho Bhagavā te bhikkhū etad avoca: Alaṁ, bhikkhave; mā bhaṇḍanaṁ mā kalahaṁ mā viggahaṁ mā vivādan ti. Tatiyam pi kho so bhikkhu Bhagavantaṁ etad avoca: Āgametu, bhante, Bhagavā dhammassāmi; appossukko, bhante, Bhagavā diṭṭhadhammasukhavihāraṁ anuyutto viharatu; mayam etena bhaṇḍanena kalahena viggahena vivādena paññāyissāmāti.

Atha kho Bhagavā pubbaṇhasamayaṁ nivāsetvā pattacīvaraṁ ādāya Kosambiṁ[1] piṇḍāya pāvisi. Kosambiyaṁ piṇḍāya caritvā pacchābhattaṁ piṇḍapātapaṭikkanto senāsanaṁ saṁsāmetvā pattacīvaraṁ ādāya ṭhitako va imā gāthā[2] abhāsi:—

[1] So Sī; S[tr] Kosambiyam, as usual. [2] Cf. I. Vin. 349; Udāna p. 61; Dhp. vv. 3–6, 328–330; III. Jātaka 488; S.N. 7.

Puthusaddo samajano[1] na bālo koci maññatha,[2]
Saṁghasmiṁ bhijjamānasmiṁ nāññaṁ bhiyyo amaññaruṁ.[3]
Parimuṭṭhā paṇḍitā bhāsā vācā gocarabhāṇino
Yāv' icchanti mukhāyāmaṁ yena nītā na taṁ vidū.
Akkocchi maṁ avadhi maṁ ajini maṁ ahāsi me,—
Ye[4] taṁ upanayhanti veraṁ tesaṁ na sammati.
Akkocchi maṁ avadhi maṁ ajini maṁ ahāsi me,—
Ye taṁ na upanayhanti[5] veraṁ tesūpasammati.
Na hi verena verāni sammantīdha[6] kudācanaṁ,
Averena ca sammanti;—esa dhammo sanantano.
Pare ca na vijānanti Mayam ettha yamāmase;[7]
Ye ca tattha vijānanti tato sammanti medhagā.
Aṭṭhicchidā pāṇaharā[8] gavāssadhanahārino
Raṭṭhaṁ vilumpamānānaṁ tesam pi hoti saṁgati;
Kasmā tumhāka[9] no siyā?
Sace labhetha nipakaṁ sahāyaṁ saddhiñcaraṁ sādhuvihāridhīraṁ,
Abhibhuyya sabbāni parissayāni careyya ten' attamano satīmā.[10]
No ce labhetha nipakaṁ sahāyaṁ saddhiñcaraṁ sādhuvihāridhīraṁ,
Rājā va raṭṭhaṁ vijitaṁ pahāya eko care mātaṅg' araññe va nāgo.
Ekassa caritaṁ seyyo, na 'tthi bāle sahāyatā;
Eko care na ca pāpāni kayirā appossukko mātaṅg' araññe va nāgo ti.

[11] Atha kho Bhagavā ṭhitako va imā gāthā bhāsitvā yena Bālakaloṇakāragāmo ten' upasaṁkami. Tena kho pana

[1] Bu: sampajāno ti samāno; Si S^{ky} samajano. [2] Bu maññetha. [3] So Bu; Si S^{ky} amaññatha. [4] So S^{ky} Bu; Si adds ca. [5] So S^{ky}; Si ye ca taṁ na up. [6] Si sammant' idha. [7] So S^{ky} Bu; Si yamāmhase. [8] So S^{ky}; Si pāṇā harā (as S^{k} before correction). [9] Si tumhākaṁ. [10] So S^{ky}; Si satimā. [11] Cf. I. Vin. 350.

samayena āyasmā Bhagu Bālakaloṇakāragāme viharati. Addasā kho āyasmā Bhagu Bhagavantaṁ dūrato va āgacchantaṁ, disvāna āsanaṁ paññāpesi udakañ ca pādānaṁ. Nisīdi Bhagavā paññatte āsane, nisajja pāde pakkhālesi. Āyasmā pi kho Bhagu Bhagavantaṁ abhivādetvā ekamantaṁ nisīdi. Ekamantaṁ nisinnaṁ kho āyasmantaṁ Bhaguṁ Bhagavā etad avoca: Kacci, bhikkhu, khamanīyaṁ, kacci yāpanīyaṁ, kacci piṇḍakena na kilamasīti?— Khamanīyaṁ Bhagavā, yāpanīyaṁ Bhagavā, na cāhaṁ bhante, piṇḍakena kilamāmīti.—Atha kho Bhagavā āyasmantaṁ Bhaguṁ dhammiyā kathāya sandassetvā samādapetvā samuttejetvā sampahaṁsetvā uṭṭhāy' āsanā yena Pācīnavaṁsadāyo ten' upasaṁkami. [1]Tena kho pana samayena āyasmā ca Anuruddho āyasmā ca Nandiyo āyasmā ca Kimbilo[2] Pācīnavaṁsadāye viharanti. Addasā kho dāyapālo Bhagavantaṁ dūrato va āgacchantaṁ, disvāna Bhagavantaṁ etad avoca: Mā, samaṇa, etaṁ dāyaṁ pāvisi; sant' ettha tayo kulaputtā attakāmarūpā viharanti; mā tesaṁ aphāsum akāsīti. Assosi kho āyasmā Anuruddho dāyapālassa Bhagavatā saddhiṁ mantayamānassa, sutvāna dāyapālaṁ etad avoca: Mā, āvuso dāyapāla, Bhagavantaṁ vāresi; satthā no Bhagavā anuppatto ti. Atha kho āyasmā Anuruddho yen' āyasmā ca Nandiyo āyasmā ca Kimbilo ten' upasaṁkami, upasaṁkamitvā āyasmantañ ca Nandiyaṁ āyasmantañ ca Kimbilaṁ etad avoca: Abhikkamath' āyasmanto, abhikkamath' āyasmanto; satthā no Bhagavā anuppatto ti. Atha kho āyasmā ca Anuruddho āyasmā ca Nandiyo āyasmā ca Kimbilo Bhagavantaṁ paccuggantvā eko Bhagavato pattacīvaraṁ paṭiggahesi, eko āsanaṁ paññāpesi, eko pādodakaṁ upaṭṭhapesi. Nisīdi Bhagavā paññatte āsane: nisajja pāde pakkhālesi. Te pi kho āyasmanto Bhagavantaṁ abhivādetvā ekamantaṁ nisīdiṁsu. Ekamantaṁ nisinnaṁ kho āyasmantaṁ Anuruddhaṁ Bhagavā etad avoca: Kacci vo, Anuruddhā, khamanīyaṁ, kacci yāpanīyaṁ, kacci piṇḍakena na kilamathāti?

---

[1] Cf. Vol. I. p. 205 foll.   [2] Si Kimmilo.

Khamanīyaṁ Bhagavā, yāpanīyaṁ Bhagavā, na ca mayaṁ, bhante, piṇḍakena kilamāmāti.

Kacci pana vo, Anuruddhā, samaggā sammodamānā avivadamānā khīrodakībhūtā aññamaññaṁ piyacakkhūhi sampassantā viharathāti?

Taggha mayaṁ, bhante, samaggā sammodamānā avivadamānā khīrodakībhūtā aññamaññaṁ piyacakkhūhi sampassantā viharāmāti.

Yathākathaṁ pana tumhe, Anuruddhā, samaggā sammodamānā avivadamānā khīrodakībhūtā aññamaññaṁ piyacakkhūhi sampassantā viharathāti?

Idha mayhaṁ, bhante, evaṁ hoti: Lābhā vata me suladdhaṁ vata me yo 'haṁ evarūpehi sabrahmacārīhi saddhiṁ viharāmīti. Tassa mayhaṁ, bhante, imesu āyasmantesu mettaṁ kāyakammaṁ paccupaṭṭhitaṁ āvī c' eva raho ca, mettaṁ vacīkammaṁ,[1] mettaṁ manokammaṁ paccupaṭṭhitaṁ āvī c' eva raho ca. Tassa mayhaṁ, bhante, evaṁ hoti: Yannūnāhaṁ sakaṁ cittaṁ nikkhipitvā imesaṁ yeva āyasmantānaṁ cittassa vasena vatteyyan ti. So kho ahaṁ, bhante, sakaṁ cittaṁ nikkhipitvā imesaṁ yeva āyasmantānaṁ cittassa vasena vattāmi. Nānā hi kho no, bhante, kāyā, ekañ ca pana maññe cittan ti.

Āyasmā pi kho Nandiyo, āyasmā pi Kimbilo Bhagavantaṁ etad avocuṁ: Mayhaṁ pi kho, bhante, evaṁ hoti: Lābhā vata me suladdhaṁ vata me yo 'haṁ . . . &c. *as above* . . ekañ ca pana maññe cittan ti.

Evaṁ kho mayaṁ, bhante, samaggā sammodamānā avivadamānā[2] khīrodakībhūtā aññamaññaṁ piyacakkhūhi sampassantā[3] viharāmāti.

Sādhu sādhu, Anuruddhā. Kacci pana vo, Anuruddhā, appamattā ātāpino pahitattā viharathāti?

---

[1] Si adds: paccupaṭṭhitaṁ āvī c' eva raho ca. [2] Si omits. [3] Sᵏ here sampassamānā.

Taggha mayaṁ, bhante, appamattā ātāpino pahitattā viharāmāti.

Yathākathaṁ pana tumhe, Anuruddhā, appamattā ātāpino pahitattā viharathāti?

Idha, bhante, amhākaṁ yo paṭhamaṁ gāmato piṇḍāya paṭikkamati, so āsanāni paññāpeti, pānīyaṁ paribhojanīyaṁ upaṭṭhapeti, avakkārapātiṁ [upaṭṭhapeti. Yo pacchā gāmato piṇḍāya paṭikkamati, sace hoti bhuttāvaseso, sace ākaṅkhati, bhuñjati; no ce ākaṅkhati, appaharite vā chaḍḍeti, appāṇake vā udake opilāpeti; so āsanāni paṭisāmeti, pānīyaṁ paribhojanīyaṁ paṭisāmeti, avakkārapātiṁ][1] dhovitvā[2] paṭisāmeti bhattaggaṁ sammajjati. Yo passati pānīyaghaṭaṁ vā paribhojanīyaghaṭaṁ vā[3] rittaṁ tucchaṁ, so upaṭṭhapeti; sac' assa hoti avisayhaṁ hatthavikārena dutiyaṁ āmantetvā hatthavilaṅghakena[4] upaṭṭhapema. Na tveva mayaṁ, bhante, tappaccayā vācaṁ bhindāma. Pañcāhikaṁ kho pana mayaṁ, bhante, sabbarattiyaṁ[5] dhammiyā kathāya sannisīdāma.—Evaṁ kho mayaṁ, bhante, appamattā ātāpino pahitattā viharāmāti.

Sādhu sādhu, Anuruddhā. Atthi pana vo, Anuruddhā, evaṁ appamattānaṁ ātāpīnaṁ pahitattānaṁ viharantānaṁ uttarimanussadhammā alamariyañāṇadassanaviseso adhigato phāsuvihāro ti?

Idha mayaṁ, bhante, appamattā ātāpino pahitattā viharantā obhāsañ c' eva sañjānāma dassanañ ca rūpānaṁ. So kho pana no obhāso na cirass' eva antaradhāyati dassanañ ca rūpānaṁ; tañ ca nimittaṁ na paṭivijjhāmāti.

Taṁ kho pana vo, Anuruddhā, nimittaṁ paṭivijjhitabbaṁ. Aham pi sudaṁ, Anuruddhā, pubbe va sambodhā anabhisambuddho Bodhisatto va samāno obhāsañ c' eva sañjānāmi dassanañ ca rūpānaṁ. So kho pana me obhāso

1 Skt omit passage in brackets. 2 Si omits. 3 Si substitutes vaccaghaṭaṁ vā, which perhaps should be added to text as at I. Vin. 352. 4 Cf. supra p. 130; Si adds: pānīyaghaṭaṁ vā paribhojanīyaghaṭaṁ vā. 5 Skt s—iyā.

na cirass' eva antaradhāyati dassanañ ca rūpānaṁ. Tassa mayhaṁ, Anuruddhā, etad ahosi: Ko nu kho hetu ko paccayo yena me obhāso antaradhāyati dassanañ ca rūpānan ti? Tassa mayhaṁ, Anuruddhā, etad ahosi: Vicikicchā kho me udapādi, vicikicchādhikaraṇañ ca pana me samādhi cavi, samādhimhi cute obhāso antaradhāyati dassanañ ca rūpānaṁ; so 'haṁ tathā karissāmi yathā me puna na vicikicchā uppajjissatīti. So kho ahaṁ, Anuruddhā, appamatto ātāpī pahitatto viharanto obhāsañ c' eva sañjānāmi dassanañ ca rūpānaṁ. So kho pana me obhāso na cirass' eva antaradhāyati dassanañ ca rūpānaṁ. Tassa mayhaṁ, Anuruddhā, etad ahosi: Ko nu kho hetu ko paccayo yena me obhāso antaradhāyati dassanañ ca rūpānan ti? Tassa mayhaṁ, Anuruddhā, etad ahosi: Amanasikāro kho me udapādi, amanasikārādhikaraṇañ ca pana[1] me samādhi cavi, samādhimhi cute obhāso antaradhāyati dassanañ ca rūpānaṁ. So 'haṁ tathā karissāmi yathā me puna na vicikicchā uppajjissati na amanasikāro ti. So kho ahaṁ, Anuruddhā, —pe— tassa mayhaṁ, Anuruddhā, etad ahosi: Thīnamiddhaṁ kho me udapādi, thīnamiddhādhikaraṇañ ca pana me samādhi cavi, samādhimhi cute obhāso antaradhāyati dassanañ ca rūpānaṁ. So 'haṁ tathā karissāmi yathā me puna na vicikicchā uppajjissati na amanasikāro na thīnamiddhan ti. So kho ahaṁ, Anuruddhā,—pe—tassa mayhaṁ, Anuruddhā, etad ahosi: Chambhitattaṁ kho me udapādi, chambhitattādhikaraṇañ ca pana me samādhi cavi, samādhimhi cute obhāso antaradhāyati dassanañ ca rūpānaṁ. (Seyyathāpi, Anuruddhā, puriso addhānamaggapaṭipanno, tassa ubhatopasse vadhakā uppateyyuṁ,[2] tassa ubhatonidānaṁ[3] chambhitattaṁ uppajjeyya,—evam eva kho me, Anuruddhā, chambhitattaṁ udapādi, chambhitattādhikaraṇañ ca pana me samādhi cavi, samādhimhi cute obhāso antaradhāyati dassanañ ca rūpānaṁ.) So 'haṁ tathā karis-

[1] So Si; S[ky] omit pana here and generally. [2] Si uppajjeyyuṁ. [3] Si tato nidānaṁ, S[ky] ubhato tā nidānaṁ.

sāmi yathā me puna na vicikicchā uppajjissati na amanasikāro na thīnamiddhaṁ na chambhitattaṁ ti. So kho ahaṁ, Anuruddhā,—pe—tassa mayhaṁ, Anuruddhā, etad ahosi: Ubbillaṁ[1] kho me udapādi, ubbillādhikaraṇañ ca pana me samādhi cavi, samādhimhi cute obhāso antaradhāyati dassanañ ca rūpānaṁ. (Seyyathāpi, Anuruddhā, puriso ekaṁ nidhimukhaṁ gavesanto sakideva pañca nidhimukhāni adhigaccheyya, tassa tatonidānaṁ ubbillaṁ uppajjeyya,—evam eva kho, Anuruddhā, ubbillaṁ kho me udapādi, ubbillādhikaraṇañ ca pana me samādhi cavi, samādhimhi cute obhāso antaradhāyati dassanañ ca rūpānaṁ.) So 'haṁ tathā karissāmi yathā me puna na vicikicchā uppajjissati na amanasikāro na thīnamiddhaṁ na chambhitattaṁ na ubbillan ti. So kho ahaṁ, Anuruddhā—pe—tassa mayhaṁ, Anuruddhā, etad ahosi: Duṭṭhullaṁ kho me udapādi, duṭṭhullādhikaraṇañ ca pana me samādhi cavi, samādhimhi cute obhāso antaradhāyati dassanañ ca rupānaṁ. So 'haṁ tathā karissāmi yathā me puna na vicikicchā uppajjissati na amanasikāro na thīnamiddhaṁ na chambhitattaṁ na ubbillaṁ na duṭṭhullan ti. So kho ahaṁ, Anuruddhā—pe—tassa mayhaṁ, Anuruddhā, etad ahosi: Accāraddhaviriyaṁ kho me udapādi, accāraddhaviriyādhikaraṇañ ca pana me samādhi cavi, samādhimhi cute obhāso antaradhāyati dassanañ ca rūpānaṁ. (Seyyathāpi, Anuruddhā, puriso ubhohi hatthehi vaṭṭakaṁ gāḷhaṁ gaṇheyya,[2] so tatth' eva matameyya,[3]—evam eva kho, Anuruddhā, accāraddhaviriyaṁ udapādi accāraddhaviriyādhikaraṇañ ca . . . dassanañ ca rūpānaṁ.) So 'haṁ tathā karissāmi yathā me puna na vicikicchā uppajjissati na amanasikāro na thīnamiddhaṁ na chambhitattaṁ na ubbillaṁ na duṭṭhullaṁ na accāraddhaviriyan ti. So kho ahaṁ, Anuruddhā—pe—tassa mayhaṁ, Anuruddhā, etad ahosi: Atilīnaviriyaṁ kho me

---

[1] So S^{kT} Bu; Si ubbilaṁ throughout. [2] S^{kT} continue: tatth' eva pana mayhaṁ evam eva kho. [3] So Si (corr.); Bu patamoyyāti mareyya (Morris MS. of R.A.S. pameyyāsi mareyya).

udapādi atilīnaviriyādhikaraṇañ ca . . . dassanañ ca rūpānaṁ. (Seyyathāpi, Anuruddhā, puriso vaṭṭakaṁ sithilaṁ gaṇheyya, so tassa[1] hatthato uppateyya,—evam eva kho me, Anuruddhā, atilīnaviriyaṁ udapādi . . . dassanañ ca rūpānaṁ.) So 'haṁ tathā karissāmi yathā me puna na vicikicchā uppajjissati na amanasikāro . . . na accāraddhaviriyaṁ na atilīnaviriyan ti. So kho ahaṁ, Anuruddhā—pe—tassa mayhaṁ, Anuruddhā, etad ahosi: Abhijappā kho me udapādi abhijappādhikaraṇañ ca pana . . . dassanañ ca rūpānaṁ. So 'haṁ tathā karissāmi yathā me puna na vicikicchā uppajjissati . . . na atilīnaviriyaṁ na abhijappā ti. So kho ahaṁ, Anuruddhā—pe—tassa mayhaṁ, Anuruddhā, etad ahosi: Nānattasaññā kho me udapādi . . . dassanañ ca rūpānaṁ. So 'haṁ tathā karissāmi yathā me puna na vicikicchā uppajjissati . . . na abhijappā na nānattasaññā ti.

So kho ahaṁ, Anuruddhā, appamatto ātāpī pahitatto viharanto obhāsañ c' eva sañjānāmi dassanañ ca rūpānaṁ. So kho pana me obhāso na cirass' eva antaradhāyati dassanañ ca rūpānaṁ. Tassa mayhaṁ, Anuruddhā, etad ahosi: Ko nu kho hetu ko paccayo yena me obhāso antaradhāyati dassanañ ca rūpānan ti? Tassa mayhaṁ, Anuruddhā, etad ahosi: Atinijjhāyitattaṁ kho me rūpānaṁ udapādi . . . dassanañ ca rūpānaṁ. So 'haṁ tathā karissāmi yathā me puna na vicikicchā uppajjissati . . . na nānattasaññā na atinijjhāyitattaṁ rūpānan ti. So kho ahaṁ, Anuruddhā, Vicikicchā cittassa upakkileso ti iti viditvā vicikicchaṁ cittassa upakkilesaṁ pajahiṁ; Amanasikāro cittassa upakkileso ti iti viditvā amanasikāraṁ cittassa upakkilesaṁ pajahiṁ; Thīnamiddhaṁ cittassa upakkileso ti . . . pajahiṁ; Chambhitattaṁ . . . pajahiṁ; Ubbillaṁ . . . pajahiṁ; Duṭṭhullaṁ . . . pajahiṁ; Accāraddhaviriyaṁ . . . pajahiṁ; Atilīnaviriyaṁ . . . pajahiṁ; Abhijappā . . . pajahiṁ; Nānattasaññā . . . pajahiṁ; Atinijjhāyitattaṁ rūpānaṁ

[1] S[kt] omit.

cittassa upakkileso ti iti viditvā atinijjhāyitattaṁ rūpānaṁ cittassa upakkilesaṁ pajahiṁ.

So kho ahaṁ, Anuruddhā, appamatto ātāpī pahitatto viharanto obhāsaṁ hi kho sañjānāmi na ca rūpāni passāmi; rūpāni hi kho passāmi na ca obhāsaṁ sañjānāmi kevalam pi rattiṁ kevalam pi divasaṁ kevalam pi rattindivaṁ. Tassa mayhaṁ, Anuruddhā, etad ahosi: Ko nu kho hetu ko paccayo yo 'haṁ obhāsaṁ hi kho sañjānāmi na ca rūpāni passāmi, rūpāni hi kho passāmi na ca obhāsaṁ sañjānāmi kevalam pi rattiṁ kevalam pi divasaṁ kevalam pi rattindivan ti? Tassa mayhaṁ, Anuruddhā, etad ahosi: Yasmiṁ kho ahaṁ samaye rūpanimittaṁ amanasikaritvā obhāsanimittaṁ manasikaromi, obhāsaṁ hi kho tamhi samaye sañjānāmi na ca rūpāni passāmi. Yasmiṁ panāhaṁ samaye obhāsanimittaṁ amanasikaritvā rūpanimittaṁ manasikaromi, rūpāni hi kho tamhi samaye passāmi na ca obhāsaṁ sañjānāmi kevalam pi rattiṁ kevalam pi divasaṁ kevalam pi rattindivan ti.

So kho ahaṁ, Anuruddhā, appamatto ātāpī pahitatto viharanto parittañ c' eva obhāsaṁ sañjānāmi parittāni ca rūpāni passāmi, appamāṇañ ca obhāsaṁ sañjānāmi appamāṇāni ca rūpāni passāmi kevalam pi rattiṁ kevalam pi divasaṁ kevalam pi rattindivaṁ. Tassa mayhaṁ, Anuruddhā, etad ahosi: Ko nu kho hetu ko paccayo yo 'haṁ parittañ c' eva obhāsaṁ sañjānāmi parittāni ca rūpāni passāmi appamāṇañ c' eva obhāsaṁ sañjānāmi appamāṇāni ca rūpāni passāmi kevalam pi rattiṁ kevalam pi divasaṁ kevalam pi rattindivan ti? Tassa mayhaṁ, Anuruddhā, etad ahosi: Yasmiṁ kho samaye paritto samādhi hoti, parittam me tamhi samaye cakkhu hoti; so 'haṁ parittena cakkhunā parittañ c' eva obhāsaṁ sañjānāmi parittāni ca rūpāni passāmi. Yasmiṁ pana samaye apparitto me samādhi hoti, appamāṇaṁ me tamhi samaye cakkhu hoti; so 'haṁ appamāṇena cakkhunā appamāṇañ c' eva obhāsaṁ sañjānāmi appamāṇāni ca rūpāni passāmi kevalam pi rattiṁ kevalam pi divasaṁ kevalam pi rattindivan ti. Yato kho me, Anuruddhā, Vicikicchā cittassa upakkileso ti iti viditvā vicikicchā cittassa upakkileso pahīno ahosi; Amanasikāro cittassa upakkileso ti iti viditvā amanasikāro cittassa upakkileso pahīno ahosi; Thīnamiddhaṁ . . . pahīno ahosi; Chambhitattaṁ . . . pahīno ahosi; Ubbillaṁ . . . pahīno ahosi; Duṭṭhullaṁ . . . pahīno ahosi; Accāraddhaviriyaṁ . . . pahīno ahosi; Atilīnaviriyaṁ . . . pahīno ahosi; Abhijappā . . . pahīno ahosi; Nānattasaññā . . . pahīno ahosi; Atinijjhāyitattaṁ rūpānaṁ cittassa upakkileso ti iti viditvā atinijjhāyitattaṁ rūpānaṁ cittassa upakkileso pahīno ahosi. Tassa mayhaṁ, Anuruddhā, etad ahosi: Ye kho me cittassa upakkilesā,[1] te me pahīnā. Handa dānāhaṁ tividhena samādhiṁ bhāvemīti.[2] So kho ahaṁ, Anuruddhā, savitakkam pi savicāraṁ samādhiṁ bhāvesiṁ, avitakkam pi vicāramattaṁ samādhiṁ bhāvesiṁ, avitakkam pi avicāraṁ samādhiṁ bhāvesiṁ, sappītikam pi samādhiṁ bhāvesiṁ, nippītikam pi samādhiṁ bhāvesiṁ, sātasahagatam pi samādhiṁ bhāvesiṁ, upekhāsahagatam pi samādhiṁ bhāvesiṁ. Yato kho me, Anuruddhā, savitakko[3] savicāro samādhi bhāvito ahosi, avitakko vicāramatto samādhi bhāvito ahosi, avitakko avicāro samādhi bhāvito ahosi, sappītiko pi samādhi bhāvito ahosi, nippītiko[3] pi samādhi bhāvito ahosi, upekhāsahagato samādhi bhāvito ahosi, ñāṇañ ca pana me dassanaṁ udapādi: Akuppā me vimutti, ayam antimā jāti, na 'tthi dāni punabbhavo ti.

Idam avoca Bhagavā. Attamano āyasmā Anuruddho Bhagavato bhāsitaṁ abhinandīti.

UPAKKILESASUTTAṀ[4] AṬṬHAMAṀ.

[1] MSS. upakkileso. [2] Si bhāvesiṁ ti. [3] Si adds pi in each clause. [4] So Si Bu; S^{kt} (cf. title of No. 131) Upakkilesiyasuttaṁ.

129.

Evaṁ me sutaṁ. Ekaṁ samayaṁ Bhagavā Sāvatthiyaṁ viharati Jetavane Anāthapiṇḍikassa ārāme. Tatra kho Bhagavā bhikkhū āmantesi: Bhikkhavo ti. Bhadante ti te bhikkhū Bhagavato paccassosuṁ. Bhagavā etad avoca:—

Tīṇ' imāni, bhikkhave, bālassa bālalakkhaṇāni bālanimittāni bālapadānāni.[1] Katamāni tīṇi? Idha, bhikkhave, bālo duccintitacintī ca hoti dubbhāsitabhāsī dukkatakammakārī.[2] No ce taṁ, bhikkhave, bālo duccintitacintī ca abhavissa dubbhāsitabhāsī dukkatakammakārī, kena naṁ[3] paṇḍitā jāneyyuṁ: Bālo ayaṁ bhavaṁ asappuriso ti? Yasmā ca kho, bhikkhave, bālo duccintitacintī ca hoti dubbhāsitabhāsī dukkatakammakārī, tasmā naṁ paṇḍitā jānanti: Bālo ayaṁ bhavaṁ asappuriso ti. Sa kho so, bhikkhave, bālo tividhaṁ diṭṭh' eva dhamme dukkhaṁ domanassaṁ paṭisaṁvedeti. Sace, bhikkhave, bālo sabhāyaṁ vā nisinno hoti rathiyāya[4] vā nisinno hoti siṅghāṭake vā nisinno hoti, tatra ce[5] jano tajjaṁ tassāruppaṁ kathaṁ manteti, sace, bhikkhave, bālo pāṇātipātī hoti adinnādāyī hoti kāmesu micchācārī hoti musāvādī hoti surāmerayamajjapamādaṭṭhāyī hoti, tatra, bhikkhave, bālassa evaṁ hoti: Yaṁ kho jano tajjaṁ tassāruppaṁ kathaṁ manteti, saṁvijjante te ca dhammā mayi ahañ ca tesu dhammesu sandissāmīti.—Idaṁ, bhikkhave, bālo paṭhamaṁ diṭṭh' eva dhamme dukkhaṁ domanassaṁ paṭisaṁvedeti.

[6] Puna ca paraṁ, bhikkhave, bālo passati rājāno coraṁ āgucāriṁ gahetvā vividhā kammakāraṇā[7] kārente kasāhi pi

---

[1] So S[k] Bu; Si S[t] bālāp. [2] Si dukkaṭak as in I. Aṅg. 102. Si also inserts ca after and before this word both here and infra. [3] So S[kt]; Si ke naṁ here and infra. [4] So S[kt]; Si rathiyā. Cf. vol. ii. 108. [5] So S[kt] Bu; Si omits. [6] Cf. for this list I. Aṅguttara 47, Milinda 197. [7] So Si; S[kt] k—karaṇā here, but k—kāraṇā etc. infra.

tāḷente, vettehi pi tāḷente, addhadaṇḍakehi pi tāḷente, hatthaṁ pi chindante, pādaṁ pi chindante, hatthapādaṁ pi chindante, kaṇṇaṁ pi chindante, nāsaṁ pi chindante, kaṇṇanāsaṁ pi chindante, bilaṅgathālikaṁ pi karonte, saṅkhamuṇḍikaṁ pi karonte, Rāhumukhaṁ pi karonte, jotimālikaṁ pi karonte, hatthapajjotikaṁ pi karonte, erakavattikaṁ pi karonte, cīrakavāsikaṁ pi karonte, eṇeyyakaṁ pi karonte, baḷisamaṁsikaṁ pi karonte, kahāpaṇakaṁ pi karonte, khārāpatacchikaṁ pi karonte, palighaparivattikaṁ pi karonte, palālapīṭhakaṁ pi karonte, tattena pi telena osiñcante, sunakhehi khādāpente, jīvantaṁ pi sūle uttāsente, asinā pi sīsaṁ chindante. Tatra, bhikkhave, bālassa evaṁ hoti: Yathārūpānaṁ kho pāpakānaṁ kammānaṁ hetu rājāno coraṁ āgucāriṁ gahetvā vividhā kammakāraṇā kārenti kasāhi pi tāḷenti, vettehi pi tāḷenti, addhadaṇḍakehi pi tāḷenti,[1] hatthaṁ pi chindanti, pādaṁ pi chindanti, hatthapādaṁ pi . . . asinā pi sīsaṁ chindanti,—vijjante te ca dhammā mayi, ahañ ca tesu dhammesu sandissāmi. Mañ ce pi rājāno jāneyyuṁ, mam pi rājāno gahetvā vividhā kammakāraṇā kāreyyuṁ, kasāhi pi tāḷeyyuṁ, vettehi pi tāḷeyyuṁ,[2] . . . asinā pi sīsaṁ chindeyyuṁ ti.—Idam pi, bhikkhave, bālo dutiyaṁ diṭṭh' eva dhamme dukkhaṁ domanassaṁ paṭisaṁvedeti.

Puna ca paraṁ, bhikkhave, bālaṁ pīṭhasamāruḷhaṁ[3] vā mañcasamāruḷhaṁ vā chamāya[4] vā semānaṁ yāni 'ssa pubbe pāpakāni kammāni kāyena duccaritāni vācāya duccaritāni manasā duccaritāni, tāni 'ssa tamhi samaye olambanti ajjholambanti abhippalambanti. Seyyathāpi, bhikkhave, mahantānaṁ pabbatakūṭānaṁ chāyā sāyaṇhasamayaṁ paṭhaviyā olambanti ajjholambanti abhippalambanti,—evam eva kho, bhikkhave, bālaṁ pīṭhasamāruḷhaṁ vā mañcasamāruḷhaṁ vā chamāya vā semānaṁ yāni 'ssa pubbe pāpa-

---

[1] Si tāḷenti—pe—asinā pi sīsaṁ chindanti. [2] Si tāḷeyyuṁ—pe—jīvantaṁ pi sūle uttāseyyuṁ, asinā sīsaṁ chindeyyuṁ ti.
[3] So S^tr; Si p—ūḷhaṁ, throughout. [4] Si chamāyaṁ.

kāni kammāni katāni kāyena duccaritāni vācāya duccaritāni manasā duccaritāni tāni 'ssa tamhi samaye olambanti ajjholambanti abhippalambanti. Tatra, bhikkhave, bālassa evaṁ hoti: Akataṁ vata me kalyāṇaṁ akataṁ kusalaṁ akataṁ bhīruttāṇaṁ, kataṁ pāpaṁ kataṁ luddaṁ kataṁ kibbisaṁ; yāvatā hoti akatakalyāṇānaṁ akatakusalānaṁ akatabhīruttāṇānaṁ katapāpānaṁ kataluddānaṁ katakibbisānaṁ gati, taṁ gatiṁ pecca gacchāmīti. So socati kilamati paridevati, urattāḷiṁ kandati sammohaṁ āpajjati.—Idaṁ kho, bhikkhave, bālo tatiyaṁ diṭṭh' eva dhamme dukkhaṁ domanassaṁ paṭisaṁvedeti.

Sa kho so bhikkhu bālo kāyena duccaritaṁ caritvā vācāya duccaritaṁ caritvā manasā duccaritaṁ caritvā kāyassa bhedā paraṁ maraṇā apāyaṁ duggatiṁ vinipātaṁ nirayaṁ uppajjati. Yaṁ kho taṁ, bhikkhave, sammā vadamāno vadeyya: Ekan taṁ aniṭṭhaṁ ekan taṁ akantaṁ ekan taṁ amanāpan ti nirayam eva etaṁ sammā vadamāno vadeyya: Ekan taṁ aniṭṭhaṁ ekan taṁ akantaṁ ekan taṁ amanāpan ti. Yāvañcidaṁ, bhikkhave, upamā pi na sukarā yāva dukkhā nirayā ti.

Evaṁ vutte aññataro bhikkhu Bhagavantaṁ etad avoca: Sakkā pana me, bhante, upamā kātun ti?

Sakkā bhikkhū ti Bhagavā avoca: Seyyathāpi, bhikkhu, coraṁ āgucāriṁ gahetvā rañño dasseyyuṁ: Ayan te, deva, coro āgucārī, imassa yaṁ icchasi taṁ daṇḍaṁ paṇehīti; tam enaṁ rājā evaṁ vadeyya: Gacchatha bho imaṁ purisaṁ pubbaṇhasamayaṁ sattisatena hanathāti; tam enaṁ pubbaṇhasamayaṁ sattisatena haneyyuṁ. Atha rājā majjhantikaṁ samayaṁ evaṁ vadeyya: Ambho kathaṁ so puriso ti?—Tath' eva deva jīvatīti.—Tam enaṁ rājā evaṁ vadeyya: Gacchatha bho taṁ purisaṁ majjhantikaṁ samayaṁ sattisatena hanathāti; tam enaṁ majjhantikaṁ samayaṁ sattisatena haneyyuṁ. Atha rājā sāyaṇhasamayaṁ evaṁ vadeyya: Ambho kathaṁ so puriso ti?—Tath' eva deva jīvatīti.—Tam enaṁ rājā evaṁ vadeyya: Gacchatha bho taṁ purisaṁ sāyaṇhasamayaṁ sattisatena hanathāti; tam enaṁ sāyaṇhasammayaṁ sattisatena haneyyuṁ. Taṁ kiṁ maññatha, bhikkhave? Api nu so puriso tīhi sattisatehi haññamāno tatonidānaṁ dukkhaṁ domanassaṁ paṭisaṁvediyethāti?

Ekissā pi, bhante, sattiyā haññamāno so puriso tatonidānaṁ dukkhaṁ domanassaṁ paṭisaṁvediyetha; ko pana vādo tīhi sattisatehīti?

Atha kho Bhagavā parittaṁ pāṇimattaṁ pāsāṇaṁ gahetvā bhikkhū āmantesi: Taṁ kiṁ maññatha, bhikkhave? Katamo nu kho mahantataro,—yo cāyaṁ mayā paritto pāṇimatto pāsāṇo gahito Himavā vā pabbatarājā ti?

Appamatto kho ayaṁ, bhante, Bhagavatā paritto pāṇimatto pāsāṇo gahito, Himavantaṁ pabbatarājānaṁ upanidhāya saṅkham pi na upeti kalabhāgam pi na upeti upanidhim[1] pi na upetīti.

Evam eva kho, bhikkhave, yaṁ so puriso tīhi sattisatehi haññamāno tatonidānaṁ dukkhaṁ domanassaṁ paṭisaṁvedeti, taṁ nerayikassa[2] upanidhāya saṅkham pi na upeti kalabhāgam pi na upeti upanidhim pi na upeti. Tam enaṁ, bhikkhave, nirayapālā pañcavidhabandhanaṁ nāma kāraṇaṁ karonti: tattaṁ ayokhilaṁ hatthe gamenti tattaṁ ayokhilaṁ dutiye hatthe gamenti tattaṁ ayokhilaṁ pāde gamenti tattaṁ ayokhilaṁ dutiye pāde gamenti, tattaṁ ayokhilaṁ majjhe urasmiṁ gamenti. So tattha dukkhā tippā kaṭukā vedanā vedeti; na ca tāva kālaṁ karoti yāva na taṁ pāpaṁ kammaṁ byantihoti. Tam enaṁ nirayapālā saṁvesetvā[3] kuṭhārīhi[4] tacchanti. So tattha dukkhā tippā[5] kaṭukā vedanā vedeti, na ca tāva kālaṁ karoti yāva na taṁ pāpaṁ kammaṁ byantihoti. Tam enaṁ, bhikkhave, nirayapālā uddhaṁ pādaṁ adho siraṁ ṭhapetvā vāsīhi tacchanti. So tattha[6]—pe—yāva na taṁ pāpaṁ kammaṁ byantihoti. Tam enaṁ, bhikkhave, nirayapālā rathe yojetvā ādittāya paṭhaviyā sampajjalitāya sañjotibhūtāya[7] sārenti pi

---

[1] So Bu and S^{tr} infra: Si, and S^{tr} here, upanidhaṁ. [2] Si nirayassa dukkhaṁ. [3] Bu s—itvā; Si saṁvedhetvā. [4] Si kudhārīhi. [5] Si tippā—pe—byantihoti. [6] Si adds dukkhā tippā, and omits yāva . . . kammaṁ. [7] S^{tr} sajot.

paccāsārenti pi. So tattha—pe—yāva na taṁ pāpaṁ kammaṁ byantihoti. Taṁ enaṁ, bhikkhave, nirayapālā mahantaṁ aṅgārapabbataṁ ādittaṁ sampajjalitaṁ sañjotibhūtaṁ āropenti pi oropenti pi. So tattha dukkhā tippā kaṭukā vedanā vedeti, na ca tāva kālaṁ karoti yāva na taṁ pāpaṁ kammaṁ byantihoti. Taṁ enaṁ, bhikkhave, nirayapāla uddhaṁ pādaṁ adho siraṁ gahetvā tattāya lohakumbhiyā pakkhipanti ādittāya sampajjalitāya sañjotibhūtāya. So tattha pheṇuddehakaṁ paccati. So tattha pheṇuddehakaṁ paccamāno sakiṁ pi uddhaṁ gacchati, sakiṁ pi adho gacchati, sakiṁ pi tiriyaṁ. So tattha dukkhā tippā kaṭukā vedanā vedeti na ca tāva kālaṁ karoti yāva na taṁ pāpaṁ kammaṁ byantihoti. Taṁ enaṁ, bhikkhave, nirayapālā Mahāniraye pakkhipanti. So kho pana, bhikkhave, Mahānirayo catukkaṇṇo catudvāro vibhatto bhāgaso mito ayopākārapariyanto ayasā paṭikujjito: tassa ayomayā bhūmi jalitā tejasā yutā samantā yojanasataṁ pharitvā tiṭṭhati sabbadā.[1]

Anekapariyāyena pi kho ahaṁ, bhikkhave, nirayakathaṁ katheyyaṁ, yāvañcidaṁ, bhikkhave, na sukaraṁ akkhānena pāpuṇituṁ yāva dukkhā nirayā.

Santi, bhikkhave, tiracchānagatā pāṇā tiṇabhakkhā. Te allāni pi tiṇāni sukkhāni dantullehakaṁ khādanti. Katame ca, bhikkhave, tiracchānagatā pāṇā tiṇabhakkhā?—Assā goṇā gadrabhā ajā migā, ye vā pan' aññe pi keci tiracchānagatā pāṇā tiṇabhakkhā. Sa kho so, bhikkhave, bālo idha pubbe rasādo idha pāpāni kammāni karitvā kāyassa bhedā paraṁ maraṇā tesaṁ sattānaṁ sahavyataṁ uppajjati ye te sattā tiṇabhakkhā.

Santi, bhikkhave, tiracchānagatā pāṇā gūthabhakkhā: te dūrato va gūthagandhaṁ ghāyitvā dhāvanti: Ettha bhuñjissāma, ettha bhuñjissāmāti. Seyyathāpi nāma brāhmaṇā āhutigandhena[2] dhāvanti: Ettha bhuñjissāma, ettha bhuñjissāmāti,—evam eva kho, bhikkhave, santi tiracchānagatā pāṇā gūthabhakkhā; te dūrato va gūtha-

---

[1] See note 4 p. 183. [2] So Si; S^{kt} āhuti. Cf. S.N., p. 21.

gandhaṁ ghāyitvā dhāvanti: Ettha bhuñjissāma, ettha bhuñjissāmāti. Katame ca, bhikkhave, tiracchānagatā pāṇā gūthabhakkhā?—Kukkuṭā sūkarā soṇā sigālā, ye vā pan' aññe pi keci tiracchānagatā pāṇā gūthabhakkhā. Sa kho so, bhikkhave, bālo idha pubbe rasādo idha pāpāni kammāni karitvā kāyassa bhedā paraṁ maraṇā tesaṁ sattānaṁ sahavyataṁ uppajjati ye te sattā gūthabhakkhā.

Santi, bhikkhave, tiracchānagatā pāṇā andhakāre jāyanti andhakāre jīyanti andhakāre mīyanti. Katame ca, bhikkhave, tiracchānagatā pāṇā andhakāre jāyanti andhakāre jīyanti andhakāre mīyanti?—Kīṭā puḷavā gaṇḍuppādā ye vā pan' aññe pi keci tiracchānagatā pāṇā andhakāre jāyanti andhakāre jīyanti andhakāre mīyanti. Sa kho so, bhikkhave, bālo idha pubbe rasādo idha pāpāni kammāni karitvā kāyassa bhedā paraṁ maraṇā tesaṁ sattānaṁ sahavyataṁ uppajjati ye te sattā andhakāre jāyanti andhakāre jīyanti andhakāre mīyanti.

Santi, bhikkhave, tiracchānagatā pāṇā udakasmiṁ jāyanti udakasmiṁ jīyanti udakasmiṁ mīyanti. Katame ca, bhikkhave, tiracchānagatā pāṇā udakasmiṁ jāyanti udakasmiṁ jīyanti udakasmiṁ mīyanti?—Macchā kacchapā suṁsumārā ye vā pan' aññe pi keci tiracchānagatā pāṇā udakasmiṁ jāyanti udakasmiṁ jīyanti udakasmiṁ mīyanti. Sa kho so, bhikkhave, bālo idha pubbe rasādo idha pāpāni kammāni karitvā kāyassa bhedā paraṁ maraṇā tesaṁ sattānaṁ sahavyataṁ uppajjati ye te sattā udakasmiṁ jāyanti udakasmiṁ jīyanti udakasmiṁ mīyanti.

Santi, bhikkhave, tiracchānagatā pāṇā asucismiṁ jāyanti asucismiṁ jīyanti asucismiṁ mīyanti. Katame ca, bhikkhave, tiracchānagatā pāṇā asucismiṁ jāyanti asucismiṁ jīyanti asucismiṁ mīyanti?—Ye te, bhikkhave, sattā pūtimacche vā jāyanti pūtimacche vā jīyanti pūtimacche vā mīyanti; pūtikuṇape vā; pūtikummāse vā; candanikāya vā; oḷigalle[1] vā jāyanti—pe[2]—. Sa kho so, bhikkhave,

[1] So all MSS. [2] Si adds: ye vā pan' . . . mīyanti.

bālo idha pubbe rasādo idha pāpāni kammāni karitvā kāyassa bhedā param maraṇā tesaṁ sattānaṁ sahavyataṁ upapajjati ye te sattā asucismiṁ jāyanti asucismiṁ jīyanti asucismiṁ mīyanti.

Anekapariyāyena pi kho ahaṁ, bhikkhave, tiracchānayonikathaṁ katheyyaṁ, yāvañ c' idaṁ, bhikkhave, na sukaraṁ akkhānena pāpuṇituṁ yāva dukkhā tiracchānayoni.

Seyyathāpi puriso, bhikkhave, ekacchiggaḷaṁ yugaṁ samudde pakkhipeyya, tam enaṁ puratthimo vāto pacchimena saṁhareyya pacchimo vāto puratthimena saṁhareyya uttaro vāto dakkhiṇena saṁhareyya dakkhiṇo vāto uttarena saṁhareyya; tatr' assa kāṇo kacchapo; so vassasatassa[1] accayena sakiṁ ummujjeyya.—Taṁ kiṁ maññatha, bhikkhave? Api nu so kāṇo kacchapo amukasmiṁ ekacchiggaḷe yuge gīvaṁ paveseyyāti?

Yadi nūna, bhante, kadāci karahaci dīghassa addhuno accayenāti.

Khippataraṁ kho so, bhikkhave, kāṇo kacchapo amukasmiṁ ekacchiggaḷe yuge gīvaṁ paveseyya, ato dullabhataraṁ, bhikkhave, manussattaṁ vadāmi sakiṁ vinipātagatena bālena. Taṁ kissa hetu? Na h' ettha, bhikkhave, atthi dhammacariyā samacariyā kusalakiriyā puññakiriyā, aññamaññakhādikā ettha, bhikkhave, vattati dubbalamārikā.[2] Sa kho so, bhikkhave, bālo sace kadāci karahaci dīghassa addhuno accayena manussattaṁ āgacchati, yāni tāni nīcakulāni—caṇḍālakulaṁ vā nesādakulaṁ vā veṇakulaṁ[3] vā rathakārakulaṁ vā pukkusakulaṁ vā—tathārūpe kule paccājāyati daḷidde appannapānabhojane kasiravuttike, yattha kasirena ghāsacchādo labbhati. So ca hoti dubbaṇṇo duddasiko okoṭimako bavhābādho kāṇo vā kuṇī vā khañjo vā pakkhahato vā na lābhī annassa pānassa vat-

[1] S^{ky} add: vassasatassa vassasatasahassassa. [2] So Si; S^{ky} dubbalakhādikā. [3] Si veṇukulaṁ; S^{ky} veṇakulaṁ. Cf. vol. ii. 183.

thassa yānassa mālāgandhavilepanassa seyyāvasathapadīpeyyassa; so kāyena duccaritaṁ carati vācāya duccaritaṁ carati manasā duccaritaṁ carati; so kāyena duccaritaṁ caritvā vācāya duccaritaṁ caritvā manasā duccaritaṁ caritvā kāyassa bhedā param maraṇā apāyaṁ duggatiṁ vinipātaṁ nirayaṁ uppajjati.

Seyyathāpi, bhikkhave, akkhadhutto paṭhamen' eva kaliggahena puttam pi jīyetha dāram pi jīyetha sabbasāpateyyam[1] pi jīyetha, uttarim pi anubandhaṁ[2] nigaccheyya. Appamattako so, bhikkhave, kaliggaho yaṁ so akkhadhutto paṭhamen' eva kaliggahena puttam pi jīyetha dāram pi jīyetha sabbasāpateyyam pi jīyetha uttarim pi anubandhaṁ nigaccheyya. Atha kho ayam eva mahantataro kaliggaho yaṁ so bālo kāyena duccaritaṁ caritvā vācāya duccaritaṁ caritvā manasā duccaritaṁ caritvā kāyassa bhedā param maraṇā apāyaṁ duggatiṁ vinipātaṁ nirayaṁ uppajjati. Ayam pi, bhikkhave, kevalaparipūrā[3] bālabhūmi.

Tīṇ' imāni, bhikkhave, paṇḍitassa paṇḍitalakkhaṇāni paṇḍitanimittāni paṇḍitapadānāni. Katamāni tīṇi? Idha, bhikkhave, paṇḍito sucintitacintī ca hoti subhāsitabhāsī sukatakammakārī. No ce taṁ, bhikkhave, paṇḍito sucintitacintī ca abhavissa subhāsitabhāsī sukatakammakārī, kena naṁ paṇḍitā jāneyyuṁ: Paṇḍito ayaṁ bhavaṁ sappuriso ti? Yasmā ca kho, bhikkhave, paṇḍito sucintitacintī ca hoti subhāsitabhāsī sukatakammakārī, tasmā naṁ paṇḍitā jānanti: Paṇḍito ayaṁ bhavaṁ sappuriso ti. Sa kho so, bhikkhave, ayaṁ paṇḍito tividhaṁ diṭṭhe va dhamme sukhaṁ somanassaṁ paṭisaṁvedeti. Sace, bhikkhave, paṇḍito sabhāya vā nisinno hoti rathiyāya vā nisinno hoti siṅghāṭake vā nisinno hoti, tatra ce[4] jano tajjaṁ tassāruppaṁ kathaṁ manteti, sace, bhikkhave, paṇḍito pāṇātipātā paṭivirato hoti adinnādānā paṭivirato hoti kāmesu micchā-

[1] Si sabbaṁ s. [2] So S^{kt} Bu ("attanā pi bandhaṁ nig."); Si andhubandhaṁ. [3] Si kevala p here and in fine. [4] Si omits; S^{kt} ca. Cf. supra p. 163.

cārā paṭivirato hoti musāvādā paṭivirato hoti surāmerayamajjapamādaṭṭhānā paṭivirato hoti,—tatra, bhikkhave, paṇḍitassa evaṁ hoti: Yaṁ kho jano tajjaṁ tassāruppaṁ kathaṁ manteti, saṁvijjante te dhammā mayi ahañ ca tesu dhammesu sandissāmīti.—Idaṁ, bhikkhave, paṇḍito paṭhamaṁ diṭṭhe va dhamme sukhaṁ somanassaṁ paṭisaṁvedeti.

Puna ca paraṁ, bhikkhave, paṇḍito passati rājāno coraṁ āgucāriṁ gahetvā vividhā kammakāraṇā kārente kasāhi pi tāḷente vettehi pi tāḷente . . . (*&c., as page* 164) . . . asinā pi sīsaṁ chindante. Tatra, bhikkhave, paṇḍitassa evaṁ hoti: Yathārūpānaṁ kho pāpakānaṁ kammānaṁ hetu rājāno coraṁ āgucāriṁ gahetvā vividhā kammakāraṇā kārenti,—kasāhi pi tāḷenti vettehi pi tāḷenti . . . asinā pi sīsaṁ chindanti,—na te dhammā mayi saṁvijjanti, ahañ ca na tesu dhammesu sandissāmīti.—Idaṁ, bhikkhave, paṇḍito dutiyaṁ diṭṭhe va dhamme sukhaṁ somanassaṁ paṭisaṁvedeti.

Puna ca paraṁ, bhikkhave, paṇḍitaṁ pīṭhasamāruḷhaṁ vā mañcasamāruḷhaṁ vā chamāya vā semānaṁ yāni 'ssa pubbe kalyāṇāni kammāni katāni kāyena sucaritāni vācāya sucaritāni manasā sucaritāni tāni 'ssa tamhi samaye olambanti ajjholambanti abhippalambanti. Seyyathāpi, bhikkhave, mahantānaṁ pabbatakūṭānaṁ chāyā sāyaṇhasamayaṁ paṭhaviyā olambanti ajjholambanti abhippalambanti,—evaṁ eva kho, bhikkhave, paṇḍitaṁ pīṭhasamāruḷhaṁ vā mañcasamāruḷhaṁ vā chamāya vā semānaṁ yāni 'ssa pubbe kalyāṇāni . . . ajjholambanti abhippalambanti. Tatra, bhikkhave, paṇḍitassa evaṁ hoti: Akataṁ vata me pāpaṁ akataṁ luddaṁ akataṁ kibbisaṁ, kataṁ kalyāṇaṁ kataṁ kusalaṁ kataṁ bhīruttāṇaṁ; yāvatā hoti akatapāpānaṁ akataluddānaṁ akatakibbisānaṁ katakalyāṇānaṁ katakusalānaṁ katabhīruttāṇānaṁ gati, taṁ gatiṁ pecca gacchāmīti. So na socati na kilamati na paridevati na urattāḷiṁ kandati na sammohaṁ āpajjati.—Idaṁ, bhikkhave, paṇḍito tatiyaṁ diṭṭhe va dhamme sukhaṁ somanassaṁ paṭisaṁvedeti.

Sa kho so, bhikkhave, paṇḍito kāyena sucaritaṁ caritvā vācāya sucaritaṁ caritvā manasā sucaritaṁ caritvā kāyassa bhedā paraṁ maraṇā sugatiṁ saggaṁ lokaṁ uppajjati. Yaṁ kho taṁ, bhikkhave, sammā vadamāno vadeyya: Ekan taṁ iṭṭhaṁ ekan taṁ kantaṁ[1] ekan taṁ manāpan ti, saggam eva taṁ sammā vadamāno vadeyya: Ekan taṁ iṭṭhaṁ ekan taṁ kantaṁ ekan taṁ manāpan ti. Yāvañcidaṁ, bhikkhave, upamā pi na sukarā yāva sukhā saggā ti.

Evaṁ vutte aññataro bhikkhu Bhagavantaṁ etad avoca: Sakkā pana, bhante, upamā kātun ti?

Sakkā bhikkhūti Bhagavā avoca; Seyyathāpi, bhikkhu, rājā cakkavatti sattahi ratanehi samannāgato catuhi ca iddhīhi, tatonidānaṁ sukhaṁ somanassaṁ paṭisaṁvedeti.

Katamehi sattahi?

Idha, bhikkhu, rañño khattiyassa muddhāvasittassa tadahu 'posathe pannarase sīsaṁ nahātassa uposathikassa uparipāsādavaragatassa dibbaṁ cakkaratanaṁ pātubhavati sahassāraṁ sanemikaṁ sanābhikaṁ sabbākāraparipūraṁ; disvāna rañño khattiyassa muddhāvasittassa evaṁ hoti[2]:— Sutaṁ kho pana me taṁ: Yassa rañño khattiyassa muddhāvasittassa tadahu 'posathe pannarase sīsaṁ nahātassa uposathikassa uparipāsādavaragatassa dibbaṁ cakkaratanaṁ pātubhavati sahassāraṁ sanemikaṁ sanābhikaṁ sabbākāraparipūraṁ, so hoti rājā cakkavattīti.[3] Assaṁ nu kho ahaṁ rājā cakkavattīti? Atha kho, bhikkhave, rājā khattiyo muddhāvasitto uṭṭhāy' āsanā[4] vāmena hatthena bhiṅkāraṁ[5] gahetvā dakkhiṇena hatthena cakkaratanaṁ abbhukkirati:[6] Pavattatu bhavaṁ cakkaratanaṁ, abhivijinātu bhavaṁ cakkaratanan ti. Atha kho taṁ, bhikkhave, cakkaratanaṁ puratthimaṁ disaṁ pavattati, anvad eva rājā cakkavatti saddhiṁ caturaṅginiyā senāya. Yasmiṁ kho pana, bhikkhave, padese cakkaratanaṁ patiṭṭhāti, tatra rājā cakkavatti vāsaṁ upeti saddhiṁ caturaṅginiyā senāya. Ye kho pana,

---

[1] Sky omit ekan taṁ kantaṁ. [2] Si etad ahosi. [3] MSS. omit ti. [4] So Si Bu; Sky omit uṭṭhāy' āsanā. [5] Si bhiṅgāraṁ. [6] Si abbhukirati.

bhikkhave, puratthimāya disāya paṭirājāno, te rājānaṁ cakkavattiṁ upasaṁkamitvā evaṁ āhaṁsu: Ehi kho mahārāja; svāgataṁ mahārāja; sakan te mahārāja; anusāsa mahārājāti. Rājā cakkavattī evam āha: Pāṇo na hantabbo, adinnaṁ nādātabbaṁ, kāmesu micchā na caritabbā, musā na bhāsitabbā, majjaṁ na pātabbaṁ, yathābhuttañ[1] ca bhuñjathāti. Ye kho pana, bhikkhave, puratthimāya disāya paṭirājāno, te rañño cakkavattissa anuyuttā bhavanti.[2] Atha kho taṁ, bhikkhave, cakkaratanaṁ puratthimaṁ samuddaṁ ajjhogahetvā paccuttaritvā dakkhiṇaṁ disaṁ pavattati — pe — dakkhiṇaṁ[3] samuddaṁ ajjhogahetvā paccuttaritvā pacchimaṁ disaṁ pavattati — pe — pacchimaṁ[3] samuddaṁ paccuttaritvā uttaraṁ disaṁ pavattati, anvad eva rājā cakkavattī saddhiṁ caturaṅginiyā senāya. Yasmiṁ kho pana, bhikkhave, padese cakkaratanaṁ patiṭṭhāti, tattha rājā cakkavatti vāsaṁ upeti saddhiṁ caturaṅginiyā senāya. Ye kho pana, bhikkhave, uttarāya disāya paṭirājāno, te rājānaṁ cakkavattiṁ upasaṁkamitvā evaṁ āhaṁsu: Ehi kho mahārāja; svāgataṁ mahārāja; sakan te mahārāja; anusāsa mahārājāti. Rājā cakkavattī evam āha: Pāṇo na hantabbo . . . bhuñjathāti. Ye kho pana, bhikkhave, uttarāya disāya paṭirājāno te rañño cakkavattissa anuyuttā bhavanti. Atha kho taṁ, bhikkhave, cakkaratanaṁ samuddapariyantaṁ paṭhaviṁ abhivijinitvā tam eva[4] rājadhāniṁ paccāgantvā rañño cakkavattissa antepuradvāre akkhāhataṁ maññe tiṭṭhati, rañño cakkavattissa antepuradvāraṁ upasobhayamānaṁ. Rañño, bhikkhave, cakkavattissa evarūpaṁ cakkaratanaṁ pātubhavati.

Puna ca paraṁ, bhikkhave, rañño cakkavattissa hatthiratanaṁ pātubhavati, sabbaseto sattappatiṭṭho iddhimā vehāsaṅgamo Uposatho nāma nāgarājā. Disvāna rañño cakkavattissa cittaṁ pasīdati: Bhaddakaṁ vata bho hatthiyānaṁ, sace damathaṁ upeyyāti. Atha kho taṁ, bhikkhave,

[1] Si yathābhuttaṁ (bis). Cf. S.B.E. xi. 253 (note). [2] Si ahesuṁ. [3] Si (but not Bu) adds disaṁ. [4] Si tam evaṁ.

hatthiratanaṁ seyyathāpi nāma bhaddo hatthājānīyo dīgharattaṁ suparidanto, evam eva damathaṁ upeti. Bhūtapubbaṁ, bhikkhave, rājā cakkavattī tam eva hatthiratanaṁ vīmaṁsamāno pubbaṇhasamayaṁ abhirūhitvā samuddapariyantaṁ paṭhaviṁ anusaṁyāyitvā[1] tam eva rājadhāniṁ paccāgantvā pātarāsam akāsi. Rañño, bhikkhave, cakkavattissa evarūpaṁ hatthiratanaṁ pātubhavati.

Puna ca paraṁ, bhikkhave, rañño cakkavattissa assaratanaṁ pātubhavati, sabbaseto kāḷasīso muñjakeso iddhimā vehāsaṅgamo Valāho[2] nāma assarājā. Disvāna rañño cakkavattissa cittaṁ pasīdati: Bhaddakaṁ vata bho assayānaṁ sace damathaṁ upeyyāti. Atha kho taṁ, bhikkhave, assaratanaṁ seyyathāpi nāma bhaddo assājānīyo dīgharattaṁ suparidanto, evam eva damathaṁ upeti. Bhūtapubbaṁ, bhikkhave, rājā cakkavattī tam eva assaratanaṁ vīmaṁsamāno pubbaṇhasamayaṁ abhirūhitvā samuddapariyantaṁ paṭhaviṁ anusaṁyāyitvā tam eva rājadhāniṁ paccāgantvā pātarāsam akāsi. Rañño, bhikkhave, cakkavattissa evarūpaṁ assaratanaṁ pātubhavati.

Puna ca paraṁ, bhikkhave, rañño cakkavattissa maṇiratanaṁ pātubhavati. So hoti maṇi veḷuriyo subho jātimā aṭṭhaṁso suparikammakato. Tassa kho pana, bhikkhave, maṇiratanassa ābhā samantā yojanaṁ phuṭā hoti. Bhūtapubbaṁ, bhikkhave, rājā cakkavattī tam eva maṇiratanaṁ vīmaṁsamāno caturaṅginiṁ senaṁ sannayhitvā maṇiṁ dhajaggaṁ āropetvā rattandhakāratimisāyaṁ pāyāsi. Ye kho pana, bhikkhave, samantā gāmā ahesuṁ, te ten' obhāsena kammante payojesuṁ Divā ti maññamānā. Rañño, bhikkhave, cakkavattissa evarūpaṁ maṇiratanaṁ pātubhavati.

Puna ca paraṁ, bhikkhave, rañño cakkavattissa itthiratanaṁ pātubhavati,[3] abhirūpā dassanīyā pāsādikā paramāya vaṇṇapokkharatāya samannāgatā nātidīghā nātirassā nāti-

---

[1] So Sky; Si anupariyāyitva.
[2] So Sky Bu; Si Valāhako.
[3] Si adds sā.

kisā[1] nātithūlā nātikāḷī[2] nāccodātā atikkantā mānusaṁ vaṇṇaṁ appattā dibbaṁ vaṇṇaṁ. Tassa kho pana, bhikkhave, itthiratanassa evarūpo kāyasamphasso hoti, seyyathāpi nāma tūlapicuno vā kappāsapicuno vā. Tassa kho pana, bhikkhave, itthiratanassa sīte uṇhāni gattāni honti, uṇhe sītāni gattāni honti. Tassa kho pana, bhikkhave, itthiratanassa kāyato candanagandho vāyati, mukhato uppalagandho vāyati. Taṁ kho pana, bhikkhave, itthiratanaṁ rañño cakkavattissa pubbuṭṭhāyinī hoti pacchānipātinī kiṁkārapaṭissāvinī manāpacārinī piyavādinī. Taṁ kho pana, bhikkhave, itthiratanaṁ rājānaṁ cakkavattiṁ manasā pi no aticarati kuto[3] kāyena. Rañño, bhikkhave, cakkavattissa evarūpaṁ itthiratanaṁ pātubhavati.

Puna ca paraṁ, bhikkhave, rañño cakkavattissa gahapatiratanaṁ pātubhavati. Tassa kammavipākajaṁ dibbaṁ cakkhu pātubhavati yena nidhiṁ passati sassāmikam pi asāmikam pi. So rājānaṁ cakkavattiṁ upasaṅkamitvā evam āha: Appossukko tvaṁ, deva, hohi; ahan te dhanena dhanakaraṇīyaṁ karissāmīti. Bhūtapubbaṁ, bhikkhave, rājā cakkavattī tam eva gahapatiratanaṁ vīmaṁsamāno nāvaṁ abhirūhitvā majjhe Gaṅgāya nadiyā sotaṁ ogahetvā[4] gahapatiratanaṁ etad avoca: Attho me, gahapati, hiraññasuvaṇṇenāti.—Tena hi, mahārāja, ekaṁ tīraṁ nāvā upetūti.—Idh' eva me, gahapati, attho hiraññasuvaṇṇenāti.—Atha kho taṁ, bhikkhave, gahapatiratanaṁ ubhohi hatthehi udakaṁ[5] omasitvā pūraṁ hiraññasuvaṇṇassa kumbhiṁ ubbharitvā rājānaṁ cakkavattiṁ evam āha: Alam ettāvatā mahārāja; kataṁ ettāvatā mahārāja; pūjitaṁ ettāvatā[6] mahārājāti. Rājā cakkavattī evam āha: Alaṁ ettāvatā gahapati; kataṁ ettāvatā gahapati; pūjitaṁ ettāvatā gahapatīti. Rañño, bhikkhave, cakkavattissa evarūpaṁ gahapatiratanaṁ pātubhavati.

Puna ca paraṁ, bhikkhave, rañño cakkavattissa pariṇā-

[1] Si nātikisā. Cf. vol. ii. 121. [2] Si nātikāḷikā.
[3] Si adds pana. [4] So Sᵗʳ; Si ogāhitvā. [5] Si udake.
[6] Sᵗʳ omit this line.

yakaraṇatanaṁ pātubhavati, paṇḍito vyatto medhāvī paṭibalo[1] rājānaṁ cakkavattiṁ upaṭṭhapetabbaṁ upaṭṭhapetuṁ apayāpetabbaṁ apayāpetuṁ ṭhapetabbaṁ ṭhapetuṁ. So rājānaṁ cakkavattiṁ upasaṁkamitvā evam āha: Appossukko tvaṁ, deva, hohi; ahaṁ anusāsissāmīti. Rañño, bhikkhave, cakkavattissa evarūpaṁ pariṇāyakaratanaṁ pātubhavati.

Rājā, bhikkhave, cakkavattī imehi sattahi[2] ratanehi samannāgato hoti.

Katamāhi catuhi iddhīhi?

Idha, bhikkhave, rājā cakkavattī abhirūpo hoti dassanīyo pāsādiko paramāya vaṇṇapokkharatāya samannāgato ativiya aññehi manussehi. Rājā, bhikkhave, cakkavattī imāya paṭhamāya iddhiyā samannāgato hoti.

Puna ca paraṁ, bhikkhave, rājā cakkavattī dīghāyuko hoti ciraṭṭhitiko ativiya aññehi manussehi. Rājā, bhikkhave, cakkavattī imāya dutiyāya iddhiyā samannāgato hoti.

Puna ca paraṁ, bhikkhave, rājā cakkavattī appābādho hoti appātaṅko samavepākiniyā gahaṇiyā samannāgato nātisītāya nāccuṇhāya ativiya aññehi manussehi. Rājā, bhikkhave, cakkavattī imāya tatiyāya iddhiyā samannāgato hoti.

Puna ca paraṁ, bhikkhave, rājā cakkavattī brāhmaṇagahapatikānaṁ piyo hoti manāpo. Seyyathāpi, bhikkhave, pitā puttānaṁ piyo hoti manāpo, evaṁ eva kho, bhikkhave, rājā cakkavattī brāhmaṇagahapatikānaṁ piyo hoti manāpo. Rañño pi, bhikkhave, cakkavattissa brāhmaṇagahapatikā piyā honti manāpā. Seyyathāpi, bhikkhave, pitu puttā piyā honti manāpā, evam eva kho, bhikkhave, rañño cakkavattissa brāhmaṇagahapatikā piyā honti manāpā. Bhūtapubbaṁ, bhikkhave, rājā cakkavattī caturaṅginiyā senāya uyyānabhūmiṁ niyyāsi. Atha kho, bhikkhave, brāhmaṇagahapatikā rājānaṁ cakkavattiṁ upasaṁkamitvā evaṁ āhaṁsu: Ataramāno, deva, yāhi yathā taṁ mayaṁ cirataraṁ passeyyāmāti. Rājā pi, bhikkhave, cakkavattī sārathiṁ āmantesi;

[1] Si paṭibalo.

[2] Si [illegible]

Atappamāno, sārathi, pessāhi yathā 'haṁ brāhmaṇagahapatike ciratarāṁ passeyyan ti. Rājā, bhikkhave, cakkavattī imāya catutthāya iddhiyā samannāgato hoti.

Rājā, bhikkhave, cakkavattī imāhi catuhi iddhīhi samannāgato hoti.

Taṁ kiṁ maññatha, bhikkhave? Api nu kho rājā cakkavattī imehi sattahi ratanehi samannāgato imāhi catuhi ca iddhīhi tatonidānaṁ sukhaṁ somanassaṁ paṭisaṁvediyethāti?

Ekamekena pi tena, bhante, ratanena samannāgato rājā cakkavattī tatonidānaṁ sukhaṁ somanassaṁ paṭisaṁvediyetha; ko pana vādo sattahi ratanehi catuhi ca iddhīhīti.

Atha kho Bhagavā parittaṁ pāṇimattaṁ pāsāṇaṁ gahetvā bhikkhū āmantesi:—Taṁ kiṁ maññatha, bhikkhave? Katamo nu kho mahantataro? Yo cāyaṁ mayā paritto pāṇimatto pāsāṇo gahito Himavā vā pabbatarājā ti?

Appamattako ayaṁ, bhante, Bhagavatā paritto pāṇimatto pāsāṇo gahito, Himavantaṁ pabbatarājānaṁ upanidhāya saṅkham pi na upeti kalabhāgam pi na upeti upanidhim pi na upetīti.

Evam eva kho, bhikkhave, yaṁ [1] rājā cakkavattī sattahi ratanehi catuhi ca iddhīhi tatonidānaṁ sukhaṁ somanassaṁ paṭisaṁvedeti, taṁ dibbassa sukhassa upanidhāya saṅkham pi na upeti kalabhāgam pi na upeti upanidhim pi na upeti. Sa kho so, bhikkhave, paṇḍito sace kadāci karahaci dīghassa addhuno accayena manussattaṁ āgacchati, yāni tāni uccākulāni—khattiyamahāsālakulaṁ vā brāhmaṇamahāsālakulaṁ vā gahapatimahāsālakulaṁ vā—tathārūpe kule paccājāyati aḍḍhe [2] mahaddhane mahābhoge pahutajātarūparajate pahutavittūpakaraṇe pahutadhanadhaññe; so ca hoti abhirūpo dassanīyo pāsādiko paramāya vaṇṇapokkharatāya samannāgato, lābhī annassa pānassa vatthassa yānassa mālāgandhavilepanassa seyyāvasathapadīpeyyassa. So kāyena sucaritaṁ carati vācāya sucaritaṁ carati manasā sucaritaṁ carati; so

[1] S^{kr} omit; Si ayaṁ.

[2] Si aḍḍhe.

kāyena sucaritaṁ caritvā vācāya sucaritaṁ caritvā manasā sucaritaṁ caritvā kāyassa bhedā paraṁ maraṇā sugatiṁ saggaṁ lokaṁ uppajjati. Seyyathāpi, bhikkhave, akkhadhutto paṭhamen' eva kaṭaggahena mahantaṁ bhogakkhandhaṁ adhigaccheyya. Appamattako so, bhikkhave, kaṭaggaho yaṁ so akkhadhutto paṭhamen' eva kaṭaggahena mahantaṁ bhogakkhandhaṁ adhigaccheyya. Atha kho ayam eva tato mahantataro kaṭaggaho yaṁ so paṇḍito kāyena sucaritaṁ caritvā vācāya sucaritaṁ caritvā manasā sucaritaṁ caritvā kāyassa bhedā paraṁ maraṇā sugatiṁ saggaṁ lokaṁ uppajjati. Ayaṁ, bhikkhave, kevalaparipūrā paṇḍitabhūmīti.

Idam avoca Bhagavā. Attamanā te bhikkhū Bhagavato bhāsitaṁ abhinandun ti.

BĀLAPAṆḌITASUTTAṀ NAVAMAṀ.

130.

Evam me sutaṁ. Ekaṁ samayaṁ Bhagavā Sāvatthiyaṁ viharati Jetavane Anāthapiṇḍikassa ārāme. Tatra kho Bhagavā bhikkhū āmantesi: Bhikkhavo ti. Bhadante ti te bhikkhū Bhagavato paccassosuṁ. Bhagavā etad avoca: Seyyathāpi, bhikkhave, dve agārā sadvārā, tattha cakkhumā puriso majjhe ṭhito passeyya manusse gehaṁ pavisante pi nikkhamante pi anusañcarante pi anuvicarante pi,—evam eva kho ahaṁ, bhikkhave, dibbena cakkhunā visuddhena atikkantamānusakena satte passāmi cavamāne upapajjamāne hīne paṇīte suvaṇṇe dubbaṇṇe sugate duggate yathākammūpage satte pasāmi:—Ime vata bhonto sattā kāyasucaritena samannāgatā vacī—pe—manosucaritena samannāgatā ariyānaṁ anupavādakā sammādiṭṭhikā sammādiṭṭhikammasamādānā, te kāyassa bhedā paraṁ maraṇā sugatiṁ saggaṁ lokaṁ upapannā. Ime vā pana bhonto sattā kāyasucaritena samannāgatā vacī—pe—manosucaritena samannāgatā ariyānaṁ anupavādakā sammādiṭṭhikā sammādiṭṭhikammasamādānā, te kāyassa bhedā paraṁ maraṇā manussesu upapannā. Ime vata bhonto sattā kāyaduccaritena samannāgatā vacī—pe—manoduccaritena ariyānaṁ upavādakā micchādiṭṭhikā micchādiṭṭhikammasamādānā, te kāyassa bhedā paraṁ maraṇā pettivisayaṁ upapannā. Ime vā pana bhonto sattā kāyaduccaritena samannāgatā vacī—pe—manoduccaritena samannāgatā ariyānaṁ upavādakā micchādiṭṭhikā micchādiṭṭhikammasamādānā, te kāyassa bhedā paraṁ maraṇā tiracchānayoniṁ upapannā. Ime vā pana bhonto sattā kāyaduccaritena . . . te kāyassa bhedā paraṁ maraṇā apāyaṁ duggatiṁ vinipātaṁ nirayaṁ upapannā ti.

[1] Tam enaṁ, bhikkhave, nirayapālā nānābāhāsu gahetvā Yamassa rañño dassenti [: Ayaṁ, deva, puriso amatteyyo asāmañño abrahmañño na kule jeṭṭhāpacayī; imassa devo daṇḍaṁ paṇetū ti.][2]

Tam enaṁ, bhikkhave, Yamo rājā paṭhamaṁ devadūtaṁ samanuyuñjati samanugāhati samanubhāsati: Ambho purisa, na tvaṁ addasa manussesu paṭhamaṁ devadūtaṁ pātubhūtan ti?—So evam āha: Nāddasaṁ, bhante ti.—Tam enaṁ, bhikkhave, Yamo rājā evam āha: Ambho purisa, na tvaṁ addasa manussesu daharaṁ kumāraṁ mandaṁ uttānaseyyakaṁ sake muttakarīse palipannaṁ semānan ti?—So evam āha: Addasaṁ, bhante ti.—Tam enaṁ, bhikkhave, Yamo rājā evam āha: Ambho purisa, tassa te viññussa sato mahallakassa na[3] etad ahosi: Aham pi kho 'mhi jātidhammo jātiṁ anatīto, handāhaṁ kalyāṇaṁ karomi kāyena vācāya manasā ti?—So evam āha: Nāsakkhissaṁ, bhante; pamādassaṁ, bhante ti.—Tam enaṁ, bhikkhave, Yamo rājā evam āha: Ambho purisa, pamādavatāya na kalyāṇam akāsi kāyena vācāya manasā. Taggha tvaṁ, ambho purisa, tathā karissanti yathā taṁ pamattaṁ. Taṁ kho pana te etaṁ pāpaṁ kammaṁ n' eva mātarā kataṁ na pitarā

[1] Cf. I. Aṅg. 138, and J.P.T.S. for 1885, p. 62. [2] S[tt] omit the bracketed passage. [3] Si omits here and infra.

kataṁ na bhātarā kataṁ na bhaginiyā kataṁ na mittāmaccehi kataṁ na ñātisālohitehi kataṁ na samaṇabrāhmaṇehi kataṁ na devatāhi kataṁ; tayā v' etaṁ pāpaṁ kammaṁ kataṁ; tvañ ñeva etassa vipākaṁ paṭisaṁvedissasīti.

Tam enaṁ, bhikkhave, Yamo rājā paṭhamaṁ devadūtaṁ samanuyuñjitvā samanugāhitvā samanubhāsitvā dutiyaṁ devadūtaṁ samanuyuñjati samanugāhati samanubhāsati: Ambho purisa, na tvaṁ addasa manussesu dutiyaṁ devadūtaṁ pātubhūtan ti?—So evam āha: Nāddasaṁ, bhante ti.—Tam enaṁ, bhikkhave, Yamo rājā evam āha: Ambho purisa, na tvaṁ addasa manussesu itthiṁ vā purisaṁ vā asītikaṁ vā navutikaṁ vā vassasatikaṁ vā jātiyā[1] jiṇṇaṁ gopānasivaṅkaṁ bhoggaṁ daṇḍaparāyanaṁ pavedhamānaṁ gacchantaṁ āturaṁ gatayobbanaṁ khaṇḍadantaṁ palitakesaṁ vilūnaṁ khalitasiraṁ[2] valīnaṁ tilakāhatagattan ti?—So evam āha: Addasaṁ bhante ti.—Tam enaṁ, bhikkhave, Yamo rājā evam āha: Ambho purisa, tassa te viññussa sato mahallakassa na etad ahosi: Aham pi kho 'mhi jarādhammo jaraṁ anatīto, handāhaṁ kalyāṇaṁ karomi kāyena vācāya manasā ti?—So evam āha: Nāsakkhissaṁ, bhante; pamādassaṁ, bhante ti.—Tam enaṁ, bhikkhave, Yamo rājā evam āha: Ambho purisa, pamādavatāya na kalyāṇaṁ akāsi kāyena vācāya manasā; taggha tvaṁ, ambho purisa, tathā karissanti yathā taṁ pamattaṁ. Taṁ kho pana te etaṁ pāpaṁ kammaṁ n' eva mātarā kataṁ na pitarā kataṁ na bhātarā kataṁ na bhaginiyā kataṁ na mittāmaccehi kataṁ na ñātisālohitehi kataṁ na samaṇabrāhmaṇehi kataṁ na devatāhi kataṁ; tayā v' etaṁ pāpaṁ kammaṁ kataṁ; tvañ ñeva etassa vipākaṁ paṭisaṁvedissasīti.

Tam enaṁ, bhikkhave, Yamo rājā dutiyaṁ devadūtaṁ samanuyuñjitvā samanugāhitvā samanubhāsitvā tatiyaṁ devadūtaṁ samanuyuñjati samanugāhati samanubhāsati:

[1] S^{ky} omit asītikaṁ . . . jātiyā. [2] So Si, S^{ky} khalitasiravalinaṁ.

Ambho purisa, na tvaṁ addasa manussesu tatiyaṁ devadūtaṁ pātubhūtan ti?—So evam āha: Nāddasaṁ bhante ti.—Tam enaṁ, bhikkhave, Yamo rājā evam āha: Ambho purisa, na tvaṁ addasa manussesu itthiṁ vā purisaṁ vā ābādhikaṁ dukkhitaṁ bāḷhagilānaṁ sake muttakarīse palipannaṁ semānaṁ aññehi vuṭṭhāpiyamānaṁ aññehi saṁvesiyamānan ti?—So evam āha: Addasaṁ, bhante ti.—Tam enaṁ, bhikkhave, Yamo rājā evam āha: Ambho purisa, tassa te viññussa sato mahallakassa na etad ahosi: Aham pi kho 'mhi byādhidhammo byādhiṁ anatīto; handāhaṁ kalyāṇaṁ karomi kāyena vācāya manasā ti?—So evam āha: Nāsakkhissaṁ bhante; pamādassaṁ bhante ti.—Tam enaṁ, bhikkhave, Yamo rājā evam āha: Ambho purisa, pamādavatāya na kalyāṇam akāsi kāyena vācāya manasā; taggha tvaṁ, ambho purisa, tathā karissanti yathā taṁ pamattaṁ. Taṁ kho pana te etaṁ pāpaṁ kammaṁ n' eva mātarā kataṁ na pitarā kataṁ na bhātarā kataṁ na bhaginiyā kataṁ na mittāmaccehi kataṁ na ñātisālohitehi kataṁ na samaṇabrāhmaṇehi kataṁ na devatāhi kataṁ; tayā v' etaṁ pāpaṁ kammaṁ kataṁ; tvañ ñeva tassa vipākaṁ paṭisaṁvedissasīti.

Tam enaṁ, bhikkhave, Yamo rājā tatiyaṁ devadūtaṁ samanuyuñjitvā samanugāhitvā samanubhāsitvā catutthaṁ devadūtaṁ samanuyuñjati samanugāhati samanubhāsati: Ambho purisa, na tvaṁ addasa manussesu catutthaṁ devadūtaṁ pātubhūtan ti?—So evam āha: Nāddasaṁ bhante ti.—Tam enaṁ, bhikkhave, Yamo rājā evam āha: Ambho purisa, na tvaṁ addasa manussesu rājāno coraṁ āgucāriṁ gahetvā vividhā kammakāraṇā kārente,—kasāhi pi tāḷente vettehi pi tāḷente addhadaṇḍakehi pi . . . (*&c., as p. 164*) . . . asinā pi sīsaṁ chindante ti?—So evam āha: Addasaṁ, bhante ti.—Tam enaṁ, bhikkhave, Yamo rājā evam āha: Ambho purisa, tassa te viññussa sato mahallakassa na etad ahosi: Ye kira bho pāpakāni kammāni karonti, te diṭṭh' eva dhamme evarūpā vividhā kammakāraṇā kariyanti, kimaṅga pana parattha; handāhaṁ kalyāṇaṁ karomi kāyena vācāya manasā ti?—So evaṁ āha: Nāsakkhissaṁ bhante: pamādassaṁ bhante ti.—Taṁ enaṁ, bhikkhave, Yamo rājā evaṁ āha: Ambho purisa, pamādavatāya na kalyāṇaṁ akāsi kāyena vācāya manasā: taggha tvaṁ, ambho purisa, tathā karissanti yathā taṁ pamattaṁ. Taṁ kho pana te etaṁ pāpaṁ kammaṁ n' eva mātarā kataṁ na pitarā kataṁ . . . na devatāhi kataṁ: tayā v' etaṁ pāpaṁ kammaṁ kataṁ; tvañ ñeva tassa vipākaṁ paṭisaṁvedissasīti.

Taṁ enaṁ, bhikkhave, Yamo rājā catutthaṁ devadūtaṁ samanuyuñjitvā samanugāhitvā samanubhāsitvā, pañcamaṁ devadūtaṁ samanuyuñjati samanugāhati samanubhāsati: Ambho purisa, na tvaṁ addasa manussesu pañcamaṁ devadūtaṁ pātubhūtan ti?—So evaṁ āha: Nāddasaṁ bhante ti.—Taṁ enaṁ, bhikkhave, Yamo rājā evaṁ āha: Ambho purisa, na tvaṁ addasa manussesu itthiṁ vā purisaṁ vā ekāhamataṁ vā dvīhamataṁ vā tīhamataṁ vā uddhumātakaṁ[1] vinīlakaṁ vipubbakajātan ti?—So evaṁ āha: Addasaṁ, bhante ti.—Taṁ enaṁ, bhikkhave, Yamo rājā evaṁ āha: Ambho purisa, tassa te viññussa sato mahallakassa na etad ahosi: Ahaṁ pi kho 'mhi maraṇadhammo maraṇaṁ anatīto; handāhaṁ kalyāṇaṁ karomi kāyena vācāya manasā ti?—So evaṁ āha: Nāsakkhissaṁ bhante, pamādassaṁ bhante ti.—Taṁ enaṁ, bhikkhave, Yamo rājā evaṁ āha: Ambho purisa, pamādavatāya na kalyāṇaṁ akāsi kāyena vācāya manasā; taggha tvaṁ, ambho purisa, tathā karissanti yathā taṁ pamattaṁ. Taṁ kho pana te etaṁ pāpaṁ kammaṁ n' eva mātarā kataṁ na pitarā kataṁ . . . na devatāhi kataṁ; tayā v' etaṁ pāpaṁ kammaṁ kataṁ; tvañ ñeva tassa vipākaṁ paṭisaṁvedissasīti.

Taṁ enaṁ, bhikkhave, Yamo rājā pañcamaṁ devadūtaṁ samanuyuñjitvā samanugāhitvā samanubhāsitvā tuṇhī hoti.

Taṁ enaṁ, bhikkhave, nirayapālā pañcavidhabandha-

[1] Si uddumātakaṁ.

naṁ nāma kāraṇaṁ karonti, tattaṁ ayokhilaṁ hatthe gamenti, tattaṁ ayokhilaṁ dutiye hatthe gamenti, tattaṁ ayokhilaṁ pāde gamenti, tattaṁ ayokhilaṁ dutiye pāde gamenti, tattaṁ ayokhilaṁ majjhe urasmiṁ gamenti. So tattha dukkhā tippā kaṭukā vedanā vedeti, na ca tāva kālaṁ karoti yāva na taṁ pāpaṁ kammaṁ byantihoti. Tam enaṁ, bhikkhave, nirayapālā saṁvesitvā kuṭhārīhi tacchanti; so tattha dukkhā —pe—.[1] Tam enaṁ, bhikkhave, nirayapālā uddhapādaṁ adhosiraṁ ṭhapetvā[2] vāsīhi tacchanti; so tattha dukkhā —pe—. Tam enaṁ, bhikkhave, nirayapālā rathe yojetvā ādittāya paṭhaviyā[3] sampajjalitāya sañjotibhūtāya sārenti pi paccāsārenti pi; so tattha dukkhā—pe—. Tam enaṁ, bhikkhave, nirayapālā mahantaṁ aṅgārapabbataṁ ādittaṁ sampajjalitaṁ sañjotibhūtaṁ āropenti pi oropenti pi; so tattha dukkhā—pe—. Tam enaṁ, bhikkhave, nirayapālā uddhapādaṁ gahetvā tattāya lohakumbhiyā pakkhipanti ādittāya sampajjalitāya sañjotibhūtāya. So tattha pheṇuddehakaṁ paccati, so tattha pheṇuddehakaṁ paccamāno sakim pi uddhaṁ gacchati sakim pi adho gacchati sakim pi tiriyaṁ gacchati. So tattha dukkhā tippā kaṭukā vedanā vedeti, na ca tāva kālaṁ karoti yāva na taṁ pāpaṁ kammaṁ byantihoti.

Tam enaṁ, bhikkhave, nirayapālā Mahāniraye pakkhipanti. So kho pana, bhikkhave, Mahānirayo—

Catukkaṇṇo catudvāro vibhatto bhāgaso mito
Ayopākārapariyanto ayasā paṭikujjito.
Tassa ayomayā bhūmi jalitā tejasā yutā
Samantā yojanasataṁ pharitvā tiṭṭhati sabbadā.[4]

Tassa kho pana, bhikkhave, Mahānirayassa puratthimāya bhittiyā acci uṭṭhahitvā pacchimāya bhittiyā paṭihaññati; pacchimāya bhittiyā acci uṭṭhahitvā puratthimāya

[1] Si omits throughout the words: so tattha dukkhā—pe—.
[2] Si gahetvā, as S^{tr} infra.
[3] Si tattāya bhūmiyā ādittāya.
[4] Si prints these lines as prose, as ([illegible]) p. 167 supra. Cf. I Aṅg. 141.

bhittiyā paṭihaññati;[1] uttarāya bhittiyā acci uṭṭhahitvā dakkhiṇāya bhittiyā paṭihaññati; dakkhiṇāya bhittiyā acci uṭṭhahitvā uttarāya bhittiyā paṭihaññati; heṭṭhā[2] acci uṭṭhahitvā upari paṭihaññati; uparito acci uṭṭhahitvā heṭṭhā[2] paṭihaññati. So tattha dukkhā tippā kaṭukā vedanā vedeti na ca tāva kālaṁ karoti yāva na taṁ pāpaṁ kammaṁ byantihoti.

Hoti[3] kho so, bhikkhave, samayo yaṁ kadāci karahaci dīghassa addhuno accayena tassa[4] Mahānirayassa puratthimadvāraṁ apāpurīyati.[5] So tattha sīghena javena dhāvati: tassa sīghena javena dhāvato chavim pi ḍayhati, cammam pi ḍayhati, maṁsam pi ḍayhati, nahārum pi ḍayhati, aṭṭhīni pi sampadhūmāyanti, ubbhataṁ tādisam eva hoti. Yato ca kho so, bhikkhave, bahusampatto[6] hoti, atha taṁ dvāraṁ pithīyati. So tattha dukkhā tippā kaṭukā vedanā vedeti, na ca tāva kālaṁ karoti yāva na taṁ pāpaṁ kammaṁ byantihoti.

Hoti kho so, bhikkhave, samayo yaṁ kadāci karahaci dīghassa addhuno accayena tassa Mahānirayassa pacchimadvāraṁ apāpurīyati—pe—uttaradvāraṁ apāpurīyati—pe—dakkhiṇadvāraṁ apāpurīyati. So tattha sīghena javena dhāvati; tassa sīghena javena dhāvato chavim pi ḍayhati . . . dvāraṁ pithīyati. So tattha dukkhā tippā kaṭukā vedanā vedeti, na ca tāva kālaṁ karoti yāva na taṁ pāpaṁ kammaṁ byantihoti.

Hoti kho so, bhikkhave, samayo yaṁ kadāci karahaci dīghassa addhuno accayena tassa Mahānirayassa puratthimadvāraṁ apāpurīyati. So tattha sīghena javena dhāvati . . . ubbhataṁ tādisam eva hoti.

So tena dvārena nikkhamati.

Tassa kho pana, bhikkhave, Mahānirayassa samanan-

[1] S^{b} repeats this sentence. [2] So Si; S^{tk} heṭṭhimāya; Bu (?) heṭṭhato. [3] So Si; S^{tk} sa kho so. [4] Si omits. [5] S^{tk} avāpurīyati. [6] So Si; S^{tk} Bu ("bahūni vassasatasahassāni sampatto") bahūsampatto.

tarā sahitaṁ eva mahanto Gūthanirayo. So tattha papatati.[1] Tasmiṁ kho pana, bhikkhave, Gūthanirayo sūcimukhā pāṇā chaviṁ chindanti, chaviṁ chetvā cammaṁ chindanti, cammaṁ chetvā maṁsaṁ chindanti, maṁsaṁ chetvā nahāruṁ chindanti, nahāruṁ chetvā aṭṭhiṁ chindanti, aṭṭhiṁ chetvā aṭṭhimiñjaṁ khādanti. So tattha dukkhā tippā kaṭukā vedanā vedeti, na ca tāva kālaṁ karoti yāva na taṁ pāpaṁ kammaṁ byantihoti.

Tassa kho pana, bhikkhave, Gūthanirayassa samanantarā sahitaṁ eva mahanto Kukkuḷanirayo. So tattha papatati. So tattha dukkhā tippā kaṭukā vedanā vedeti na ca tāva kālaṁ karoti yāva na taṁ pāpaṁ kammaṁ byantihoti.

Tassa kho pana, bhikkhave, Kukkuḷanirayassa samanantarā sahitaṁ eva mahantaṁ Simbalivanaṁ uddhaṁ yojanaṁ uggataṁ[2] soḷasaṅgulakaṇṭakaṁ ādittaṁ sampajjalitaṁ sañjotibhūtaṁ. Tattha[3] tattha ārop enti pi oropenti pi. So tattha dukkhā tippā kaṭukā vedanā vedeti na ca tāva kālaṁ karoti yāva na taṁ pāpaṁ kammaṁ byantihoti.

Tassa kho pana, bhikkhave, Simbalivanassa samanantarā sahitaṁ eva mahantaṁ Asipattavanaṁ. So tattha pavisati. Tassa vāteritāni pattāni hatthaṁ pi chindanti pādaṁ pi chindanti hatthapādaṁ pi chindanti kaṇṇaṁ pi chindanti nāsaṁ pi chindanti kaṇṇanāsaṁ pi chindanti. So tattha dukkhā tippā kaṭukā vedanā vedeti, na ca tāva kālaṁ karoti yāva na taṁ pāpaṁ kammaṁ byantihoti.

Tassa kho pana, bhikkhave, Asipattavanassa samanantarā sahitaṁ eva mahatī Khārodakā nadī. So tattha papatati. So tattha anusotam pi vuyhati paṭisotam pi vuyhati anusotapaṭisotam pi vuyhati. So tattha dukkhā tippā kaṭukā vedanā vedeti, na ca tāva kālaṁ karoti yāva na taṁ pāpaṁ kammaṁ byantihoti.

Tam enaṁ, bhikkhave, nirayapālā baḷisena[4] uddha-

---

[1] So Bu & (ata.) S^{kt}; Si patati. [2] So S^{kt}; Si uccaṁ yojanasamuggataṁ. [3] $S^{p?}$ omit. [4] So S^{k} Si; S^{p} balisena.

ritvā[1] thale paṭiṭṭhāpetvā evaṁ āhaṁsu: Ambho purisa, kiṁ icchasīti?—So evam āha: Jighacchito 'smi, bhante ti.—Taṁ enaṁ, bhikkhave, nirayapālā tattena ayosaṅkunā mukhaṁ vivaritvā ādittena sampajjalitena sañjotibhūtena tattaṁ lohaguḷaṁ mukhe pakkhipanti ādittaṁ sampajjalitaṁ sañjotibhūtaṁ. Tassa[2] oṭṭham pi ḍayhati mukham pi ḍayhati kaṇṭham pi ḍayhati uram[3] pi ḍayhati, antam pi antaguṇam pi ādāya adhobhāgā nikkhamati. So tattha dukkhā tippā kaṭukā vedanā vedeti, na ca tāva kālaṁ karoti yāva na taṁ pāpaṁ kammaṁ byantihoti.

Taṁ enaṁ, bhikkhave, nirayapālā evam āhaṁsu: Ambho purisa, kiṁ icchasīti?—So evam āha: Pipāsito 'smi, bhante ti.—Taṁ enaṁ, bhikkhave, nirayapālā tattena ayosaṅkunā mukhaṁ vivaritvā ādittena sampajjalitena sañjotibhūtena tattaṁ tambalohaṁ mukhe āsiñcanti ādittaṁ sampajjalitaṁ sañjotibhūtaṁ. Taṁ tassa oṭṭham pi ḍayhati mukham pi ḍayhati kaṇṭham pi ḍayhati uram pi ḍayhati, antaṁ pi antaguṇam pi ādāya adhobhāgā nikkhamati. So tattha dukkhā tippā kaṭukā vedanā vedeti, na ca tāva kālaṁ karoti yāva na taṁ pāpaṁ kammaṁ byantihoti.

Taṁ enaṁ, bhikkhave, nirayapālā puna Mahāniraye pakkhipanti.

Bhūtapubbaṁ, bhikkhave, Yamassa rañño etad ahosi: Ye kira bho loke pāpakāni kammāni karonti, te evarūpā vividhā kammakāraṇā kariyanti[4]:—Aho vatāhaṁ manussattaṁ labheyyaṁ, Tathāgato ca loke uppajjeyya arahaṁ sammāsambuddho, tañ cāhaṁ Bhagavantaṁ payirupāseyyaṁ, so ca me Bhagavā dhammaṁ deseyya, tassa cāhaṁ Bhagavato dhammaṁ ājāneyyan ti.

Taṁ kho panāhaṁ, bhikkhave, nāññassa[5] samaṇassa vā brāhmaṇassa vā sutvā vadāmi; api ca[6] yad eva me sāmañ ñātaṁ, sāmaṁ diṭṭhaṁ, sāmaṁ viditaṁ,—tam evāhaṁ vadāmīti.

[1] Si uddaritvā. [2] Si: So tassa. [3] Si udaraṁ.
[4] So S^{tr}; Si kāriyanti. [5] Si adds kassaci. [6] Si adds kho.

Idaṁ avoca Bhagavā. Idaṁ vatvā Sugato athāparaṁ etad avoca Satthā:

Coditā devadūtehi ye pamajjanti māṇavā,
Te dīgharattaṁ socanti hīnakāyūpagā[1] narā.
Ye ca kho devadūtehi santo sappurisā idha
Coditā nappamajjanti, ariyadhamme kudācanaṁ
Upādāne bhayaṁ disvā jātimaraṇasambhave
Anupādā vimuccanti jātimaraṇasaṅkhaye
Te khemappattā sukhino diṭṭhadhammābhinibbutā
Sabbaverabhayātītā sabbadukkhaṁ upaccagun ti.

DEVADŪTASUTTAṀ DASAMAṀ.

SUÑÑATAVAGGO TATIYO.

131.

Evaṁ me sutaṁ. Ekaṁ samayaṁ Bhagavā Sāvatthiyaṁ viharati Jetavane Anāthapiṇḍikassa ārāme. Tatra kho Bhagavā bhikkhū āmantesi: Bhikkhavo ti. Bhadante ti te bhikkhū Bhagavato paccassosuṁ. Bhagavā etad avoca. Bhaddekarattassa vo, bhikkhave, uddesañ ca vibhaṅgañ ca desissāmi. Taṁ suṇātha manasikarotha, bhāsissāmī ti. Evaṁ bhante ti kho te bhikkhū Bhagavato paccassosuṁ. Bhagavā etad avoca:

Atītaṁ nānvāgameyya, nappaṭikaṅkhe anāgataṁ.
Yad atītaṁ pahīnan taṁ, appattañ ca anāgataṁ.
Paccuppannañ ca yo dhammaṁ tattha tattha vipassati,
Asaṁhīraṁ asaṁkuppaṁ taṁ vidvā[2] manubrūhaye.
Ajj' eva kiccam ātappaṁ; ko jaññā maraṇaṁ suve?
Na hi no saṅgaran tena mahāsenena maccunā.
Evaṁvihāriṁ ātāpiṁ ahorattam atanditaṁ
Taṁ ve bhaddekaratto ti santo ācikkhate muni.

[1] So S^tr; Bu h—kā; Si h—upagā. [2] Si viddha.

Kathañ ca, bhikkhave, atītaṁ anvāgameti?—Evarūpo ahosiṁ atītam addhānan ti tattha nandiṁ samanvāneti; evaṁvedano ahosiṁ atītam addhānan ti tattha nandiṁ samanvāneti; evaṁsañño ahosiṁ atītam addhānan ti tattha nandiṁ samanvāneti; evaṁsaṅkhāro ahosiṁ atītam addhānan ti tattha nandiṁ samanvāneti, evaṁviññāṇo ahosiṁ atītam addhānan ti tattha nandiṁ samanvāneti.—Evaṁ kho, bhikkhave, atītaṁ anvāgameti.

Kathañ ca, bhikkhave, atītaṁ nānvāgameti? Evarūpo ahosiṁ atītam addhānan ti tattha nandiṁ na samanvāneti; evaṁvedano ahosiṁ atītam addhānan ti tattha nandiṁ na samanvāneti; evaṁsañño . . . evaṁviññāṇo ahosiṁ atītam addhānan ti tattha nandiṁ na samanvāneti.—Evaṁ kho, bhikkhave, atītaṁ nānvāgameti.

Kathañ ca, bhikkhave, anāgataṁ paṭikaṅkhati? Evarūpo siyaṁ anāgatam addhānan ti tattha nandiṁ samanvāneti; evaṁvedano siyaṁ anāgatam addhānan ti tattha nandiṁ samanvāneti; evaṁsañño . . . evaṁviññāṇo siyaṁ anāgatam addhānan ti tattha nandiṁ samanvāneti.—Evaṁ kho, bhikkhave, anāgataṁ paṭikaṅkhati.

Kathañ ca, bhikkhave, anāgataṁ nappaṭikaṅkhati? Evarūpo siyaṁ anāgatam addhānan ti tattha nandiṁ samanvāneti; evaṁvedano siyaṁ—pe—; evaṁsañño siyaṁ—pe—; evaṁsaṅkhāro siyaṁ—pe—; evaṁviññāṇo siyaṁ anāgatam addhānan ti tattha nandiṁ samanvāneti.—Evaṁ kho, bhikkhave, anāgataṁ paṭikaṅkhati.

Kathañ ca, bhikkhave, paccuppannesu dhammesu saṁhīrati? Idha, bhikkhave, assutavā puthujjano ariyānaṁ adassāvī ariyadhammassa akovido ariyadhamme avinīto sappurisānaṁ adassāvī sappurisadhammassa akovido sappurisadhamme avinīto rūpaṁ attato samanupassati, rūpavantaṁ vā attānaṁ, attani vā rūpaṁ, rūpasmiṁ vā attānaṁ, vedanaṁ attato samanupassati, vedanāvantaṁ vā attānaṁ, attani vā vedanaṁ, vedanāya vā attānaṁ; saññaṁ attato samanupassati, saññāvantaṁ vā attānaṁ, attani vā saññaṁ, saññāya vā attānaṁ; saṅkhāre attato samanupassati, saṅkhāravantaṁ vā attānaṁ, attani vā saṅkhāre, saṅkhāresu vā attānaṁ; viññāṇaṁ attato samanupassati, viññāṇavantaṁ vā attānaṁ, attani vā viññāṇaṁ, viññāṇasmiṁ vā attānaṁ.—Evaṁ kho, bhikkhave, paccuppannesu dhammesu saṁhīrati.

Kathañ ca, bhikkhave, paccuppannesu dhammesu na saṁhīrati? Idha, bhikkhave, sutavā ariyasāvako ariyānaṁ dassāvī ariyadhammassa kovido ariyadhamme vinīto sappurisānaṁ dassāvī sappurisadhammassa kovido sappurisadhamme vinīto na rūpaṁ attato samanupassati, na rūpavantaṁ vā attānaṁ, na attani vā rūpaṁ, na rūpasmiṁ vā attānaṁ; na vedanaṁ—pe—; na saññaṁ—pe—: na saṅkhāre—pe—; na viññāṇaṁ attato samanupassati, na viññāṇavantaṁ vā attānaṁ, na attani vā viññāṇaṁ, na viññāṇasmiṁ vā attānaṁ.—Evaṁ kho, bhikkhave, paccuppannesu dhammesu na saṁhīrati.

Atītaṁ nānvāgameyya, nappaṭikaṅkhe anāgataṁ
. . . (*etc., as above*) . . .
Taṁ ve bhaddekaratto ti santo ācikkhate munīti

Bhaddekarattassa vo, bhikkhave, uddesañ ca vibhaṅgañ ca desissāmīti iti yan taṁ vuttaṁ idam etaṁ paṭicca vuttan ti.

Idam avoca Bhagavā. Attamanā te bhikkhū Bhagavato bhāsitaṁ abhinandun ti.

BHADDEKARATTASUTTAṀ PAṬHAMAṀ.

132.

Evam me sutaṁ. Ekaṁ samayaṁ Bhagavā Sāvatthiyaṁ viharati Jetavane Anāthapiṇḍikassa ārāme. Tena kho pana samayena āyasmā Ānando upaṭṭhānasālāyaṁ bhikkhū dhammiyā kathāya sandasseti samādapeti samuttejesi sampahaṁseti; bhaddekarattassa uddesañ ca vibhaṅgañ ca bhāsati. Atha kho Bhagavā sāyaṇhasamayaṁ paṭisallānā vuṭṭhito yena upaṭṭhānasālā ten' upasaṅkami, upasaṅkamitvā paññatte āsane nisīdi. Nisajja kho Bhagavā bhikkhū āmantesi: Ko nu kho, bhikkhave, upaṭṭhānasālāyaṁ bhikkhū dhammiyā kathāya sandassesi samādapesi samuttejesi sampahaṁsesi; bhaddekarattassa uddesañ ca vibhaṅgañ ca abhāsīti?

Āyasmā, bhante, Ānando upaṭṭhānasālāyaṁ bhikkhū dhammiyā kathāya sandassesi samādapesi samuttejesi sampahaṁsesi: bhaddekarattassa uddesañ ca vibhaṅgañ ca abhāsīti.

Atha kho Bhagavā āyasmantaṁ Ānandaṁ āmantesi: Yathākathaṁ pana tvaṁ, Ānanda, bhikkhū dhammiyā kathāya sandassesi samādapesi samuttejesi sampahaṁsesi; bhaddekarattassa uddesañ ca vibhaṅgañ ca abhāsīti?

Evaṁ kho ahaṁ, bhante, bhikkhū dhammiyā kathāya sandassesiṁ samādapesiṁ samuttejesiṁ sampahaṁsesiṁ; bhaddekarattassa uddesañ ca vibhaṅgañ ca abhāsiṁ:—

Atītaṁ nānvāgameyya, nappaṭikaṅkhe anāgataṁ.
Yad atītam pahīnan taṁ, appattañ ca anāgataṁ.
Paccuppannañ ca yo dhammaṁ tattha tattha vipassati,
Asaṁhīraṁ asaṁkuppaṁ taṁ vidvā-m-anubrūhaye.
Ajj' eva kiccam ātappaṁ, ko jaññā maraṇaṁ suve?
Na hi no saṅgaran tena mahāsenena maccunā.
Evaṁvihāriṁ ātāpiṁ ahorattam atanditaṁ
Taṁ ve bhaddekaratto ti santo ācikkhate muni.

Kathañ c', āvuso, atītaṁ anvāgameti? Evaṁrūpo ahosiṁ atītam addhānan ti tattha nandiṁ samanvāneti; evaṁvedano ahosiṁ atītam addhānan ti tattha nandiṁ samanvāneti. . . . (*&c., as in foregoing Sutta*[1]) . . . Evaṁ kho, āvuso, paccuppannesu dhammesu na saṁhīrati.

[1] Substituting āvuso for bhikkhave throughout.

Atītaṁ nānvāgameyya, nappaṭikaṅkhe anāgataṁ.
. . . (*etc., as above*) . . .
Taṁ ve bhaddekaratto ti santo ācikkhate munīti.

Evaṁ kho ahaṁ, bhante, bhikkhū dhammiyā kathāya sandassesiṁ samādapesiṁ samuttejesiṁ sampahaṁsesiṁ; bhaddekarattassa uddesañ ca vibhaṅgañ ca abhāsiṁ ti.

Sādhu sādhu, Ānanda; sādhu kho tvaṁ, Ānanda, bhikkhū dhammiyā kathāya sandassesi samādapesi samuttejesi sampahaṁsesi; bhaddekarattassa uddesañ ca vibhaṅgañ ca abhāsi.

Atītaṁ nānvāgameyya . . . .
—pe—
Taṁ ve bhaddekaratto ti santo ācikkhate munīti.

Kathañ c', Ānanda, atītaṁ anvāgameti?—pe—. Evaṁ kho, Ānanda, atītaṁ anvāgameti. Kathañ c', Ānanda, atītaṁ nānvāgameti?—pe—. Evaṁ kho, Ānanda, atītaṁ nānvāgameti. Kathañ c', Ānanda, anāgataṁ paṭikaṅkhati? —pe—. Evaṁ kho, Ānanda, anāgataṁ paṭikaṅkhati. Kathañ c', Ānanda, anāgataṁ nappaṭikaṅkhati?—pe—. Evaṁ kho, Ānanda, anāgataṁ na paṭikaṅkhati. Kathañ c', Ānanda, paccuppannesu dhammesu saṁhīrati?—pe—. Evaṁ kho, Ānanda, paccuppannesu dhammesu saṁhīrati. Kathañ c', Ānanda, paccuppannesu dhammesu na saṁhīrati? —pe—. Evaṁ kho, Ānanda, paccuppannesu dhammesu na saṁhīrati.

Atītaṁ nānvāgameyya . . . .
—pe—
Taṁ ve bhaddekaratto ti santo ācikkhate munīti.

Idam avoca Bhagavā. Attamano āyasmā Ānando Bhagavato bhāsitaṁ abhinandīti.

ĀNANDABHADDEKARATTASUTTAṀ[1] DUTIYAṀ.

[1] So Si Bu; Sky Ānandattherassa bhaddekarattiyasuttanto.

133.

Evaṁ me sutaṁ. Ekaṁ samayaṁ Bhagavā Rājagahe viharati Tapodārāme. Atha kho āyasmā Samiddhi rattiyā paccūsasamayaṁ paccuṭṭhāya yena Tapodo ten' upasaṁkami gattāni parisiñcituṁ. Tapode gattāni parisiñcitvā paccuttaritvā ekacīvaro aṭṭhāsi gattāni pubbāpayamāno. Atha kho aññatarā devatā abhikkantāya rattiyā abhikkantavaṇṇā kevalakappaṁ Tapodaṁ obhāsetvā yen' āyasmā Samiddhi ten' upasaṁkami upasaṁkamitvā ekamantaṁ aṭṭhāsi. Ekamantaṁ ṭhitā kho sā devatā āyasmantaṁ Samiddhiṁ etad avoca: Dhāresi tvaṁ, bhikkhu, bhaddekarattassa uddesañ ca vibhaṅgañ cāti?

Na kho ahaṁ, āvuso, dhāremi bhaddekarattassa uddesañ ca vibhaṅgañ ca. Tvaṁ pan', āvuso, dhāresi bhaddekarattassa uddesañ ca vibhaṅgañ cāti?

Ahaṁ pi kho, bhikkhu, na dhāremi bhaddekarattassa uddesañ ca vibhaṅgañ ca. Dhāresi pana tvaṁ, bhikkhu, bhaddekarattiyo gāthā ti?

Na kho ahaṁ, āvuso, dhāremi bhaddekarattiyo gāthā. Tvaṁ pan', āvuso, dhāresi bhaddekarattiyo gāthā ti?

Ahaṁ pi kho, bhikkhu, na dhāremi bhaddekarattiyo gāthā. Uggaṇhāhi tvaṁ, bhikkhu, bhaddekarattassa uddesañ ca vibhaṅgañ ca; pariyāpuṇāhi tvaṁ, bhikkhu, bhaddekarattassa uddesañ ca vibhaṅgañ ca; dhārehi tvaṁ, bhikkhu, bhaddekarattassa uddesañ ca vibhaṅgañ ca; atthasaṁhito, bhikkhu, bhaddekarattassa uddeso ca vibhaṅgo ca ādibrahmacariyako ti

Idam avoca sā devatā: idaṁ vatvā tatth' ev' antaradhāyi. Atha kho āyasmā Samiddhi tassā rattiyā accayena yena Bhagavā ten' upasaṁkami, upasaṁkamitvā Bhagavantaṁ abhivādetvā ekamantaṁ nisīdi. Ekamantaṁ nisinno kho āyasmā Samiddhi Bhagavantaṁ etad avoca: Idhāhaṁ, bhante, rattiyā paccūsasamayaṁ paccuṭṭhāya yena Tapodo ten' upasaṁkamiṁ gattāni parisiñcituṁ,

Tapode[1] gattāni parisiñcitvā paccuttaritvā ekacīvaro aṭṭhāsiṁ gattāni pubbāpayamāno. Atha kho, bhante, aññatarā devatā abhikkantāya rattiyā . . . (*&c., as above*) . . . ādibrahmacariyako ti. Idam avoca, bhante, sā devatā; idaṁ vatvā tatth' ev' antaradhāyi. Sādhu me, bhante, Bhagavā bhaddekarattassa uddesañ ca vibhangañ ca desetūti.

Tena hi, bhikkhu, suṇāhi sādhukaṁ manasikarohi, bhāsissāmīti.—Evaṁ bhante ti kho āyasmā Samiddhi Bhagavato paccassosi. Bhagavā etad avoca:

Atītaṁ nānvāgameyya, nappaṭikaṅkhe anāgataṁ.
Yad atītam pahīnan taṁ, appattañ ca anāgataṁ.
Paccuppannañ ca yo dhammaṁ tattha tattha vipassati,
Asaṁhīraṁ asaṁkuppaṁ tam vidvā-m-anubrūhaye.
Ajj' eva kiccam ātappaṁ; ko jaññā maraṇaṁ suve?
Na hi no saṁgaran tena mahāsenena maccunā.
Evaṁvihārim ātāpiṁ ahorattam atanditaṁ
Taṁ ve bhaddekaratto ti santo ācikkhate munīti.

Idam avoca Bhagavā. Idaṁ vatvā Sugato uṭṭhāy' āsanā vihāram pāvisi.

Atha kho tesaṁ bhikkhūnaṁ acirapakkantassa Bhagavato etad ahosi:—Idaṁ kho no, āvuso, Bhagavā saṁkhittena uddesaṁ uddisitvā vitthārena atthaṁ avibhajitvā uṭṭhāy' āsanā vihāraṁ paviṭṭho:

Atītaṁ nānvāgameyya, nappaṭikaṅkhe anāgataṁ.
. . . (*&c., as above*) . . .
Taṁ ve bhaddekaratto ti santo ācikkhate munīti.

Ko nu kho imassa Bhagavatā saṁkhittena uddesassa uddiṭṭhassa vitthārena atthaṁ avibhattassa vitthārena atthaṁ vibhajjeyyāti?

---

[1] Sk adds 'haṁ; St Tapodahaṁ.

Atha kho tesaṁ bhikkhūnaṁ etad ahosi: Ayaṁ kho āyasmā Mahā-Kaccāno Satthu c' eva saṁvaṇṇito sambhāvito ca viññūnaṁ sabrahmacārīnaṁ; pahoti c' āyasmā Mahā-Kaccāno imassa Bhagavatā saṁkhittena uddesassa uddiṭṭhassa vitthārena atthaṁ avibhattassa vitthārena atthaṁ vibhajituṁ. Yan nūna mayaṁ yen' āyasmā Mahā-Kaccāno ten' upasaṁkameyyāma upasaṁkamitvā āyasmantaṁ Mahā-Kaccānaṁ etam atthaṁ paṭipuccheyyāmāti? Atha kho te bhikkhū yen' āyasmā Mahā-Kaccāno ten' upasaṁkamiṁsu, upasaṁkamitvā āyasmatā Mahā-Kaccānena saddhiṁ sammodiṁsu sammodanīyaṁ kathaṁ sārāṇīyaṁ vītisāretvā ekamantaṁ nisīdiṁsu. Ekamantaṁ nisinnā kho te bhikkhū āyasmantaṁ Mahā-Kaccānaṁ etad avocuṁ:—Idaṁ kho no, āvuso Kaccāna, Bhagavā saṁkhittena uddesaṁ uddisitvā vitthārena atthaṁ avibhajitvā uṭṭhāy' āsanā vihāraṁ paviṭṭho:

Atītaṁ nānvāgameyya —pe—
Taṁ ve bhaddekaratto ti santo ācikkhate munīti.

Tesan no, āvuso Kaccāna, amhākaṁ acirapakkantassa Bhagavato etad ahosi: Idaṁ kho no, āvuso,[1] Bhagavā saṁkhittena uddesaṁ uddisitvā vitthārena atthaṁ avibhajitvā uṭṭhāy' āsanā vihāraṁ paviṭṭho:

Atītaṁ nānvāgameyya —pe—
Taṁ ve bhaddekaratto ti santo ācikkhate munīti.

Ko nu kho imassa Bhagavatā saṁkhittena uddesassa uddiṭṭhassa vitthārena atthaṁ avibhattassa vitthārena atthaṁ vibhajeyyāti? Tesan no, āvuso Kaccāna, amhākaṁ etad ahosi: Ayaṁ kho āyasmā Mahā-Kaccāno Satthu c' eva saṁvaṇṇito . . . paṭipuccheyyāmāti? Vibhajat' āyasmā Mahā-Kaccāno ti.

Seyyathāpi, āvuso, puriso sāratthiko sāragavesī sārapariyesanaṁ caramāno mahato rukkhassa tiṭṭhato sāravato

[1] S^{ky} add Kaccāna,

atikkamm' eva mūlaṁ atikamma khandhaṁ sākhāpalāse sāraṁ pariyesitabbaṁ[1] maññeyya,—evaṁ sampadam idaṁ. —Āyasmantānaṁ Satthari sammukhībhūte taṁ Bhagavantaṁ atisitvā amhe etam atthaṁ paṭipucchitabbaṁ maññetha. So h', āvuso, Bhagavā jānaṁ jānāti passaṁ passati cakkhubhūto ñāṇabhūto dhammabhūto brahmabhūto vattā pavattā atthassa ninnetā amatassa dātā dhammassāmī Tathāgato. So c' eva pan' etassa kālo hoti[2] yaṁ Bhagavantaṁ yeva etam atthaṁ paṭipuccheyyātha. Yathā vo Bhagavā byākareyya, tathā naṁ dhāreyyāthāti.

Addhā, 'vuso Kaccāna, Bhagavā jānaṁ jānāti . . . kālo hoti yaṁ Bhagavantaṁ etam atthaṁ paṭipuccheyyāma. Yathā no Bhagavā byākareyya, tathā naṁ dhāreyyāma. Api c' āyasmā Mahā-Kaccāno Satthu c' eva saṁvaṇṇito sambhāvito ca viññūnaṁ sabrahmacārīnaṁ; pahoti c' āyasmā Mahā-Kaccāno imassa Bhagavatā saṁkhittena uddesassa uddiṭṭhassa vitthārena atthaṁ avibhattassa vitthārena atthaṁ vibhajituṁ. Vibhajat' āyasmā Mahā-Kaccāno agarukaritvā ti.

Tena h', āvuso, suṇātha sādhukaṁ manasikarotha, bhāsissāmīti.—Evam āvuso ti kho te bhikkhū āyasmato Mahā-Kaccānassa paccassosuṁ.—Āyasmā Mahā-Kaccāno etad avoca:—

Yaṁ kho no, āvuso, Bhagavā saṁkhittena uddesaṁ uddisitvā vitthārena atthaṁ avibhajitvā uṭṭhāy' āsanā vihāraṁ paviṭṭho:

Atītaṁ nānvāgameyya —pe—
Taṁ ve bhaddekaratto ti santo ācikkhate munīti.

—imassa kho ahaṁ, āvuso, Bhagavatā saṁkhittena uddesassa uddiṭṭhassa vitthārena atthaṁ avibhattassa evaṁ vitthārena atthaṁ ājānāmi.

Kathañ c', āvuso, atītaṁ anvāgameti?—Iti me cak-

[1] Sky pariyesitaṁ yaṁ.
[2] Si ahosi.

khuṁ[1] ahosi atītam addhānaṁ iti rūpā[2] ti tattha chandarāgapaṭibaddhaṁ hoti viññāṇaṁ; chandarāgapaṭibaddhattā viññāṇassa tad abhinandati; tad abhinandanto atītaṁ anvāgameti. Iti me sotaṁ ahosi atītam addhānaṁ iti saddo ti—pe—. Iti me ghānaṁ ahosi atītam addhānaṁ iti gandhā ti—pe—. Iti me jivhā ahosi atītam addhānaṁ iti rasā ti—pe— Iti me kāyo ahosi atītam addhānaṁ iti me phoṭṭhabbā ti—pe—. Iti me mano ahosi atītam addhānaṁ iti dhammā ti chandarāgapaṭibaddhaṁ hoti viññāṇaṁ; chandarāgapaṭibaddhattā viññāṇassa tad abhinandati; tad abhinandanto atītaṁ anvāgameti.—Evaṁ kho, āvuso, atītaṁ anvāgameti.

Kathañ c', āvuso, atītaṁ nānvāgameti?—Iti me cakkhuṁ ahosi atītam addhānaṁ iti rūpā ti na tattha chandarāgapaṭibaddhaṁ hoti viññāṇaṁ; na chandarāgapaṭibaddhattā viññāṇassa na tad abhinandati; na tad abhinandanto atītaṁ nānvāgameti. Iti me sotaṁ ahosi atītam addhānaṁ iti saddā ti—pe—. Iti me ghānaṁ ahosi atītam addhānaṁ iti gandhā ti—pe—. Iti me jivhā ahosi atītam addhānaṁ iti rasā ti—pe—. Iti me kāyo ahosi atītam addhānaṁ iti phoṭṭhabbā ti—pe—. Iti me mano ahosi atītam addhānaṁ iti dhammā ti na tattha chandarāgapaṭibaddhaṁ hoti viññāṇaṁ; na chandarāgapaṭibaddhattā viññāṇassa na tad abhinandati; na tad abhinandanto atītaṁ nānvāgameti.—Evaṁ kho, āvuso, atītaṁ nānvāgameti.

Kathañ c', āvuso, anāgataṁ paṭikaṅkhati?—Iti me cakkhuṁ siyā anāgatam addhānaṁ iti rūpā ti appaṭiladdhassa paṭilābhāya cittaṁ paṇidahati; cetaso paṇidhānapaccayā tad abhinandati; tad abhinandanto anāgataṁ paṭikaṅkhati. Iti me sotaṁ siyā anāgatam addhānaṁ iti saddā ti—pe—. Iti me ghānaṁ siyā anāgatam addhānaṁ iti gandhā ti—pe. Iti me jivhā siyā anāgatam addhānaṁ iti rasā ti—pe—. Iti me kāyo siyā anāgatam addhānaṁ iti phoṭṭhabbā ti—pe—. Iti me mano siyā anāgatam addhānaṁ

[1] So Bu (bis); S^{kt} Si cakkhu

[2] Si Bu rūpā; S^{kt} usually rūpan.

iti dhammā ti appaṭiladdhassa paṭilābhāya cittaṁ paṇidahati; cetaso paṇidhānapaccayā tad abhinandati; tad abhinandanto anāgataṁ paṭikaṅkhati.—Evaṁ kho, āvuso, anāgataṁ paṭikaṅkhati.

Kathañ c', āvuso, anāgataṁ na paṭikaṅkhati?—Iti me cakkhuṁ siyā anāgatam addhānaṁ iti rūpā ti appaṭiladdhassa paṭilābhāya cittaṁ na paṇidahati; cetaso appaṇidhānapaccayā na tad abhinandati; na tad abhinandanto anāgataṁ na paṭikaṅkhati. Iti me sotaṁ. . . . Iti me mano siyā anāgatam addhānaṁ iti dhammā ti appaṭiladdhassa paṭilābhāya cittaṁ na paṇidahati; cetaso appaṇidhānapaccayā na tad abhinandati; na tad abhinandanto anāgataṁ na paṭikaṅkhati.—Evaṁ kho, āvuso, anāgataṁ na paṭikaṅkhati.

Kathañ c', āvuso, paccuppannesu dhammesu saṁhīrati?—Yañ c', āvuso, cakkhuṁ ye ca rūpā ubhayam etaṁ paccuppannaṁ; tasmiṁ yeva paccuppanne chandarāgapaṭibaddhaṁ hoti viññāṇaṁ; chandarāgapaṭibaddhattā viññāṇassa tad abhinandati; tad abhinandanto paccuppannesu dhammesu saṁhīrati. Yañ c', āvuso, sotaṁ ye ca saddā—pe— Yañ c', āvuso, ghānaṁ ye ca gandhā—pe—. Yā c', āvuso, jivhā ye ca rasā—pe—. Yo c', āvuso, kāyo ye ca phoṭṭhabbā—pe—. Yo c', āvuso, mano ye ca dhammā ubhayam etaṁ paccuppannaṁ . . . paccuppannesu dhammesu saṁhīrati.—Evaṁ kho, āvuso, paccuppannesu dhammesu saṁhīrati.

Kathañ c', āvuso, paccuppannesu dhammesu na saṁhīrati?—Yañ c', āvuso, cakkhuṁ ye ca rūpā ubhayam etaṁ paccuppannaṁ; tasmiṁ yeva paccuppanne[1] na chandarāgapaṭibaddhaṁ hoti viññāṇaṁ; na chandarāgapaṭibaddhattā viññāṇassa na tad abhinandati; na tad abhinandanto paccuppannesu dhammesu na saṁhīrati. Yañ c', āvuso, sotaṁ ye ca saddā—pe—. Yañ c', āvuso, ghānaṁ ye ca gandhā—pe—. Yā c', āvuso, jivhā ye ca rasā—pe—. Yo c', āvuso, kāyo ye ca phoṭṭhabbā—pe—. Yo c', āvuso, mano ye ca dhammā ubhayam etaṁ paccuppannaṁ; tasmiṁ yeva

---

[1] S[tu] tass' eva paccuse.

paccuppanne na chandarāgapaṭibaddhaṁ hoti viññāṇaṁ; na chandarāgapaṭibaddhattā viññāṇassa na tad abhinandati; na tad abhinandanto paccuppannesu dhammesu na saṁhīrati.—Evaṁ kho, āvuso, paccuppannesu dhammesu na saṁhīrati.

Yaṁ kho no, āvuso, Bhagavā saṁkhittena uddesaṁ uddisitvā vitthārena atthaṁ avibhajitvā uṭṭhāy' āsanā vihāraṁ paviṭṭho:

Atītaṁ nānvāgameyya —pe—
Taṁ ve bhaddekaratto ti santo ācikkhate munīti

imassa kho 'haṁ, āvuso, Bhagavatā saṁkhittena uddesassa uddiṭṭhassa vitthārena atthaṁ avibhattassa evaṁ vitthārena atthaṁ ājānāmi. Ākaṅkhamānā ca pana tumhe, āyasmanto, Bhagavantaṁ yeva upasaṁkamitvā etam atthaṁ paṭipuccheyyātha. Yathā vo Bhagavā byākaroti tathā naṁ dhāreyyāthāti.

Atha kho te bhikkhū āyasmato Mahā-Kaccānassa bhāsitaṁ abhinanditvā anumoditvā uṭṭhāy' āsanā yena Bhagavā ten' upasaṁkamiṁsu upasaṁkamitvā Bhagavantaṁ abhivādetvā ekamantaṁ nisīdiṁsu. Ekamantaṁ nisinnā kho te bhikkhū Bhagavantaṁ etad avocuṁ: Yaṁ kho no, bhante, Bhagavā saṁkhittena uddesaṁ uddisitvā vitthārena atthaṁ avibhajitvā uṭṭhāy' āsanā vihāraṁ paviṭṭho:

Atītaṁ nānvāgameyya —pe—
Taṁ ve bhaddekaratto ti santo ācikkhate munīti

tesaṁ no, bhante, amhākaṁ acirapakkantassa Bhagavato etad ahosi: Idaṁ kho no, āvuso, Bhagavā saṁkhittena uddesaṁ uddisitvā vitthārena atthaṁ avibhajitvā vihāraṁ paviṭṭho:

Atītaṁ nānvāgameyya, nappaṭikaṅkhe anāgataṁ
. . . (*etc., as above*) . . .
Taṁ ve bhaddekaratto ti santo ācikkhate munīti

Ko nu kho imassa Bhagavatā saṁkhittena uddesassa uddiṭṭhassa vitthārena atthaṁ avibhattassa vitthārena atthaṁ vibhajeyyāti? Tesan no, bhante, amhākaṁ etad ahosi: Ayaṁ kho, āvuso, Mahā-Kaccāno Satthu c' eva saṁvaṇṇito . . . etaṁ atthaṁ paṭipuccheyyāmāti. Atha kho mayaṁ, bhante, yen' āyasmā Mahā-Kaccāno ten' upasaṁkamimhā, upasaṁkamitvā āyasmantaṁ Mahā-Kaccānaṁ etaṁ atthaṁ paṭipucchimhā. Tesan no, bhante, āyasmatā Mahā-Kaccānena imehi ākārehi imehi padehi imehi byañjanehi attho vibhatto ti.

Paṇḍito bhikkhave Mahā-Kaccāno mahāpañño bhikkhave Mahā-Kaccāno. Mañ ce pi tumhe, bhikkhave, etaṁ atthaṁ paṭipuccheyyātha, aham pi taṁ evaṁ evaṁ byākareyyaṁ yathā taṁ Mahā-Kaccānena byākataṁ. Eso c' eva tassa[1] attho evañ ca naṁ dhārethāti.

Idam avoca Bhagavā. Attamanā te bhikkhū Bhagavato bhāsitaṁ abhinandun ti.

MAHĀKACCĀNABHADDEKARATTASUTTAṀ[2] TATIYAṀ.

134.

Evam me sutaṁ. Ekaṁ samayaṁ Bhagavā Sāvatthiyaṁ viharati Jetavane Anāthapiṇḍikassa ārāme. Tena kho pana samayena āyasmā Lomasakaṅgiyo Sakkesu viharati Kapilavatthusmiṁ Nigrodhārāme. Atha kho Candano devaputto abhikkantāya rattiyā abhikkantavaṇṇo kevalakappaṁ Nigrodhārāmaṁ obhāsetvā yen' āyasmā Lomasakaṅgiyo ten' upasaṁkami, upasaṁkamitvā ekamantaṁ aṭṭhāsi. Ekamantaṁ ṭhito kho Candano devaputto āyasmantaṁ Lomasakaṅgiyaṁ etad avoca: Dhāresi tvaṁ, bhikkhu, Bhaddekarattassa uddesañ ca vibhaṅgañ cāti?

[1] So Si; S[kt] so c' etassa. [2] So Bu; Si omits Mahā, S[tr] Mahākaccānattherassa bhaddekarattiyasuttanto.

Na kho ahaṁ, āvuso, dhāremi Bhaddekarattassa uddesañ ca vibhaṅgañ ca. Tvaṁ pan', āvuso, dhāresi Bhaddekarattassa uddesañ ca vibhaṅgañ cāti?

Aham pi kho, bhikkhu, na dhāremi Bhaddekarattassa uddesañ ca vibhaṅgañ ca. Dhāresi pana tvaṁ, bhikkhu, Bhaddekarattiyo gāthā ti?

Na kho ahaṁ, āvuso, dhāremi Bhaddekarattiyo gāthā. Tvaṁ pan' āvuso, dhāresi Bhaddekarattiyo gāthā ti?

Dhāremi kho 'haṁ, bhikkhu, Bhaddekarattiyo gāthā ti.

Yathākatham pana tvaṁ, āvuso, dhāresi Bhaddekarattiyo gāthā ti?

Ekamidaṁ, bhikkhu, samayaṁ Bhagavā devesu Tāvatiṁsesu viharati Pāricchattakamūle Paṇḍukambalasilāyaṁ. Tatra Bhagavā devānaṁ Tāvatiṁsānaṁ Bhaddekarattassa uddesañ ca vibhaṅgañ ca abhāsi:

Atītaṁ nānvāgameyya, nappaṭikaṅkhe anāgataṁ.
Yad atītam pahīnan taṁ, appattañ ca anāgataṁ.
Paccuppannañ ca yo dhammaṁ tattha tattha vipassati,
Asaṁhīram asaṁkuppaṁ taṁ vidvā-m-anubrūhaye.
Ajj' eva kiccam ātappaṁ; ko jaññā maraṇaṁ suve?
Na hi no saṁgaran tena mahāsenena maccunā.
Evaṁvihāriṁ ātāpiṁ ahorattam atanditaṁ
Taṁ ve bhaddekaratto ti santo ācikkhate munīti.

Evaṁ kho ahaṁ, bhikkhu, dhāremi Bhaddekarattiyo gāthā. Uggaṇhāhi tvaṁ, bhikkhu, Bhaddekarattassa uddesañ ca vibhaṅgañ ca; pariyāpuṇāhi tvaṁ, bhikkhu, Bhaddekarattassa uddesañ ca vibhaṅgañ ca; dhārehi tvaṁ, bhikkhu, Bhaddekarattassa uddesañ ca vibhaṅgañ ca; atthasaṁhito, bhikkhu, Bhaddekarattassa uddeso ca vibhaṅgo ca ādibrahmacariyako ti. Idam avoca Candano devaputto, idaṁ vatvā tatth' ev' antaradhāyi.

Atha kho āyasmā Lomasakaṅgiyo tassā rattiyā accayena senāsanaṁ saṁsāmetvā pattacīvaraṁ ādāya yena Sāvatthī tena cārikaṁ pakkāmi. Anupubbena cārikaṁ caramāno yena Sāvatthī Jetavanaṁ Anāthapiṇḍikassa ārāmo yena Bhagavā ten' upasaṅkami, upasaṅkamitvā Bhagavantaṁ abhivādetvā ekamantaṁ nisīdi. Ekamantaṁ nisinno kho āyasmā Lomasakaṅgiyo Bhagavantaṁ etad avoca: Ekamidaṁ, bhante, samayaṁ Sakkesu viharāmi Kapilavatthusmiṁ Nigrodhārāme. Atha kho, bhante, aññataro devaputto abhikkantāya rattiyā abhikkantavaṇṇo kevalakappaṁ Nigrodhārāmaṁ obhāsetvā yenāhaṁ ten' upasaṅkami, upasaṅkamitvā ekamantaṁ aṭṭhāsi. Ekamantaṁ ṭhito kho, bhante, so devaputto maṁ etad avoca: Dhāresi tvaṁ, bhikkhu, Bhaddekarattassa uddesañ ca vibhaṅgañ cāti? Evaṁ vutte ahaṁ, bhante, taṁ devaputtaṁ etad avocaṁ: Na kho ahaṁ, āvuso, dhāremi Bhaddekarattassa uddesañ ca vibhaṅgañ ca. Tvaṁ pan' āvuso, dhāresi . . . vibhaṅgo ca ādibrahmacariyako ti. Idam avoca so, bhante, devaputto, idaṁ vatvā tatth' ev' antaradhāyi. Sādhu me, bhante, Bhagavā Bhaddekarattassa uddesañ ca vibhaṅgañ ca desetūti.

Jānāsi pana tvaṁ, bhikkhu, taṁ devaputtan ti?

Na kho ahaṁ, bhante, jānāmi taṁ devaputtan ti.

Candano nām' eso, bhikkhu, devaputto. Candano, bhikkhu, devaputto aṭṭhikatvā manasikatvā sabbaṁ cetaso samannāharitvā ohitasoto dhammaṁ suṇāti. Tena hi, bhikkhu, suṇāhi sādhukaṁ manasikarohi, bhāsissāmīti.—Evaṁ bhante ti kho āyasmā Lomasakaṅgiyo Bhagavato paccassosi. Bhagavā etad avoca:

Atītaṁ nānvāgameyya, nappaṭikaṅkhe anāgataṁ.
. . . (*&c., as above*) . . .
Taṁ ve bhaddekaratto ti santo ācikkhate munīti.

Kathañ ca, bhikkhu, atītaṁ anvāgameti? Evaṁrūpo ahosiṁ atītam addhānan ti tattha nandiṁ samanvāneti; evaṁvedano ahosiṁ—pe—; evaṁsañño ahosiṁ—pe—; evaṁsaṅkhāro ahosiṁ—pe—; evaṁviññāṇo ahosiṁ atītam addhānan ti tattha nandiṁ samanvāneti.—Evaṁ kho, bhikkhu, atītaṁ anvāgameti.

Kathañ ca, bhikkhu, atītaṁ nānvāgameti?—Evaṁrūpo ahosiṁ . . . atītaṁ nānvāgameti.

Kathañ ca, bhikkhu, anāgataṁ paṭikaṅkhati? . . . (&c., *as in No.* 131, pp. 188-9). . . —Evaṁ kho, bhikkhu, paccuppannesu dhammesu na saṁhīrati.

Atītaṁ nānvāgameyya —pe—
Taṁ ve bhaddekaratto ti santo ācikkhate munīti.

Idam avoca Bhagavā. Attamano āyasmā Lomasakaṅgiyo Bhagavato bhāsitaṁ abhinandīti.

LOMASAKAṄGIYABHADDEKARATTASUTTAṀ[1] CATUTTHAṀ.

135.

Evaṁ me sutaṁ. Ekaṁ samayaṁ Bhagavā Sāvatthiyaṁ viharati Jetavane Anāthapiṇḍikassa ārāme. Atha kho Subho māṇavo Todeyyaputto yena Bhagavā ten' upasaṁkami, upasaṁkamitvā Bhagavatā saddhiṁ sammodi sammodanīyaṁ kathaṁ sārāṇīyaṁ vītisāretvā ekamantaṁ nisīdi. Ekamantaṁ nisinno kho Subho māṇavo Todeyyaputto Bhagavantaṁ etad avoca: Ko nu kho, bho Gotama, hetu ko paccayo yena manussānaṁ yeva sataṁ manussabhūtānaṁ dissati hīnappaṇītatā? Dissanti hi,[2] bho Gotama, manussā appāyukā, dissanti dīghāyukā; dissanti bavhābādhā,[3] dissanti appābādhā; dissanti dubbaṇṇā, dissanti vaṇṇavanto; dissanti appesakkhā, dissanti mahesakkhā; dissanti appabhogā, dissanti mahābhogā; dissanti nīcākulīnā, dissanti uccākulīnā; dissanti duppaññā,[4] dissanti

---

[1] So Si Bu; Sr Lomasakaṅgiyattherassa Bhaddekarattiyasuttanto. [2] Si omits. [3] Si bahv., here et infra. [4] Si appapaññā.

paññāvanto.[1] Ko nu kho, bho Gotama, hetu ko paccayo yena manussānaṁ yeva sataṁ manussabhūtānaṁ dissati hīnappaṇītatā ti?

Kammassakā, māṇava, sattā kammadāyādā kammayonī kammabandhū kammapaṭisaraṇā. Kammaṁ satte vibhajati yadidaṁ hīnappaṇītatāyāti.

Na kho ahaṁ imassa bhoto Gotamassa saṅkhittena bhāsitassa vitthārena atthaṁ avibhattassa vitthārena atthaṁ ājānāmi. Sādhu me bhavaṁ Gotamo tathā dhammaṁ desetu yathā 'haṁ imassa bhoto Gotamassa saṅkhittena bhāsitassa vitthārena atthaṁ avibhattassa vitthārena atthaṁ ājāneyyan ti.

Tena hi, māṇava, suṇāhi sādhukaṁ manasikarohi, bhāsissāmīti.—Evaṁ bho ti kho Subho māṇavo Todeyyaputto Bhagavato paccassosi.—Bhagavā etad avoca:—

Idha, māṇava, ekacco itthī vā puriso vā pāṇātipātī hoti luddo lohitapāṇī, hatapahate niviṭṭho adayāpanno pāṇabhūtesu. So tena kammena evaṁ samattena evaṁ samādinnena kāyassa bhedā paraṁ maraṇā apāyaṁ duggatiṁ vinipātaṁ nirayaṁ uppajjati. No ce kāyassa bhedā paraṁ maraṇā apāyaṁ duggatiṁ vinipātaṁ nirayaṁ uppajjati, sace manussattaṁ āgacchati, yattha yattha paccājāyati[2] appāyuko hoti. Appāyukasaṁvattanikā esā, māṇava, paṭipadā, yadidaṁ pāṇātipātī hoti luddo lohitapāṇī hatapahate niviṭṭho adayāpanno pāṇabhūtesu.

Idha pana, māṇava, ekacco itthī vā puriso vā pāṇātipātaṁ pahāya pāṇātipātā paṭivirato hoti nihitadaṇḍo nihitasattho lajjī dayāpanno sabbapāṇabhūtahitānukampī viharati. So tena kammena evaṁ samattena evaṁ samādinnena kāyassa bhedā paraṁ maraṇā sugatiṁ saggaṁ lokaṁ uppajjati. No ce kāyassa bhedā paraṁ maraṇā sugatiṁ saggaṁ lokaṁ uppajjati, sace manussattaṁ āgacchati, yattha yattha paccājāyati dīghāyuko hoti. Dīghāyukasaṁvattanikā esā, māṇava, paṭipadā yadidaṁ pāṇātipātaṁ pahāya pāṇātipātā

[1] Si paññav.   [2] Si pacchā jāyati.

paṭivirato hoti nihitadaṇḍo nihitasattho lajjī dayāpanno sabbapāṇabhūtahitānukampī viharati.

Idha, māṇava, ekacco itthī vā puriso vā sattānaṁ viheṭhakajātiko hoti pāṇinā vā leḍḍunā vā daṇḍena vā satthena vā. So tena kammena evaṁ samattena evaṁ samādinnena kāyassa bhedā param maraṇā apāyaṁ duggatiṁ vinipātaṁ nirayaṁ uppajjati. No ce kāyassa bhedā param maraṇā apāyaṁ duggatiṁ vinipātaṁ nirayaṁ uppajjati, sace manussattaṁ āgacchati, yattha yattha paccājāyati bavhābādho hoti. Bavhābādhasaṁvattanikā esā, māṇava, paṭipadā yadidaṁ sattānaṁ viheṭhakajātiko hoti pāṇinā vā leḍḍunā vā daṇḍena vā satthena vā.

Idha pana, māṇava, ekacco itthī vā puriso vā sattānaṁ aviheṭhakajātiko hoti pāṇinā vā leḍḍunā vā daṇḍena vā satthena vā. So tena kammena evaṁ samattena . . . sugatiṁ . . . appābādho hoti. Appābādhasaṁvattanikā esā . . . aviheṭhakajātiko . . . satthena vā.

Idha, māṇava, ekacco itthī vā puriso vā kodhano hoti upāyāsabahulo appam pi vutto samāno abhisajjati kuppati byāpajjati patitthīyati, kopañ ca dosañ ca appaccayañ ca pātukaroti. So tena kammena evaṁ samattena . . . apāyaṁ . . . dubbaṇṇo hoti. Dubbaṇṇasaṁvattanikā esā, māṇava, paṭipadā yadidaṁ kodhano . . . appaccayañ ca pātukaroti.

Idha pana, māṇava, ekacco itthī vā puriso vā akkodhano hoti anupāyāsabahulo bahum pi vutto samāno nābhisajjati na kuppati na byāpajjati na patitthīyati na kopañ ca dosañ ca appaccayañ ca pātukaroti. So tena kammena evaṁ samattena . . . sugatiṁ . . . pāsādiko hoti. Pāsādikasaṁvattanikā esā, māṇava, paṭipadā yadidaṁ akkodhano . . . appaccayañ ca pātukaroti.

Idha, māṇava, ekacco itthī vā puriso vā issāmanako hoti paralābhasakkāragarukāramānanavandanapūjanāsu issati upadussati issaṁ bandhati. So tena kammena evaṁ samattena . . . upāyaṁ . . . appesakkho hoti. Appesakkhasaṁvattanikā esā, māṇava, paṭipadā yadidaṁ issāmanako . . . issaṁ bandhati.

Idha pana, māṇava, ekacco itthī vā puriso vā anissāmanako hoti paralābhasakkāragarukāramānanavandanapūjanāsu na issati na upadussati na issaṁ bandhati. So tena kammena . . sugatiṁ . . mahesakkho hoti. Mahesakkhasaṁvattanikā . . . na issaṁ bandhati.

Idha, māṇava, ekacco itthī vā puriso vā na dātā hoti samaṇassa vā brāhmaṇassa vā annaṁ pānaṁ vatthaṁ yānaṁ mālāgandhavilepanaṁ seyyāvasathapadīpeyyaṁ.[1] So tena kammena . . . apāyaṁ . . . appabhogo hoti. Appabhogasaṁvattanikā . . . seyyāvasathapadīpeyyaṁ.

Idha pana, māṇava, ekacco itthī vā puriso vā dātā hoti samaṇassa vā brāhmaṇassa vā annaṁ pānaṁ . . . seyyāvasathapadīpeyyaṁ. So tena kammena . . . sugatiṁ . . . mahābhogo hoti. Mahābhogasaṁvattanikā . . . seyyāvasathapadīpeyyaṁ.

Idha, māṇava, ekacco itthī vā puriso vā thaddho hoti atimānī abhivādetabbaṁ na abhivādeti paccuṭṭhātabbaṁ na paccuṭṭheti āsanārahassa āsanaṁ na deti maggārahassa na maggaṁ deti sakkātabbaṁ na sakkaroti garukātabbaṁ na garukaroti mānetabbaṁ na māneti pūjetabbaṁ na pūjeti. So tena kammena . . . apāyaṁ . . . nīcākulīno[2] hoti. Nīcākulīnasaṁvattanikā . . . pūjetabbaṁ na pūjeti.

Idha pana, māṇava, ekacco itthī vā puriso vā atthaddho hoti anatimānī abhivādetabbaṁ abhivādeti . . . pūjetabbaṁ pūjeti. So tena kammena . . . sugatiṁ . . . uccākulīno hoti. Uccākulīnasaṁvattanikā . . . pūjetabbaṁ pūjeti.

Idha, māṇava, itthī vā puriso vā samaṇaṁ vā brāhmaṇaṁ vā upasaṁkamitvā na paripucchitā hoti: Kiṁ, bhante, kusalaṁ? Kiṁ akusalaṁ? Kiṁ sāvajjaṁ? Kiṁ anavajjaṁ? Kiṁ sevitabbaṁ? Kiṁ na sevitabbaṁ? Kiṁ me kayiramānaṁ[3] dīgharattaṁ ahitāya dukkhāya hoti? Kiṁ vā pana me kayiramānaṁ dīgharattaṁ hitāya sukhāya hoti? So tena kammena . . . apāyaṁ . . . duppañño hoti. Duppaññasaṁvattanikā . . . hitāya sukhāya hoti?

[1] Si seyyāvasathaṁ. [2] Si nīcakūlīno, &c. [3] Si kariyamānaṁ.

Idha pana, māṇava, ekacco itthī vā puriso vā samaṇaṁ vā brāhmaṇaṁ vā upasaṅkamitvā paripucchitā hoti: Kiṁ, bhante, kusalaṁ? . . . hitāya sukhāya hotīti? So tena kammena . . . sugatiṁ . . . mahāpañño hoti. Mahāpaññasaṁvattanikā . . . hitāya sukhāya hotīti?

Iti kho, māṇava, appāyukasaṁvattanikā paṭipadā appāyukattaṁ upaneti, dīghāyukasaṁvattanikā paṭipadā dīghāyukattaṁ upaneti; bavhābādhasaṁvattanikā paṭipadā bavhābādhattaṁ upaneti, appābādhasaṁvattanikā paṭipadā appābādhattaṁ upaneti; dubbaṇṇasaṁvattanikā paṭipadā dubbaṇṇattaṁ upaneti; pāsādikasaṁvattanikā paṭipadā pāsādikattaṁ upaneti, appesakkhasaṁvattanikā paṭipadā appesakkhattaṁ upaneti, mahesakkhasaṁvattanikā paṭipadā mahesakkhattaṁ upaneti; appabhogasaṁvattanikā paṭipadā appabhogattaṁ upaneti, mahābhogasaṁvattanikā paṭipadā mahābhogattaṁ upaneti; nīcākulīnasaṁvattanikā paṭipadā nīcākulīnattaṁ upaneti; uccākulīnasaṁvattanikā paṭipadā uccākulīnattaṁ upaneti; duppaññasaṁvattanikā paṭipadā duppaññattaṁ upaneti, mahāpaññasaṁvattanikā paṭipadā mahāpaññattaṁ upaneti.

Kammassakā, māṇava, sattā kammadāyādā kammayonī kammabandhū kammapaṭisaraṇā. Kammaṁ satte vibhajati yadidaṁ hīnappaṇītatāyāti.

Evaṁ vutte Subho māṇavo Todeyyaputto Bhagavantaṁ etad avoca: Abhikkantaṁ bho Gotama, abhikkantaṁ bho Gotama. Seyyathāpi, bho Gotama, nikkujjitaṁ vā . . . dakkhintīti, evam eva bhotā Gotamena anekapariyāyena dhammo pakāsito. Esāhaṁ bhavantaṁ Gotamaṁ saraṇaṁ gacchāmi dhammañ ca bhikkhusaṅghañ ca. Upāsakaṁ maṁ bhavaṁ Gotamo dhāretu ajjatagge pāṇupetaṁ saraṇaṁ gatan ti.

CŪḶAKAMMAVIBHAṄGASUTTAṀ[1] PAÑCAMAṀ.

---

[1] So S^{m} Si; Bu: Subhasuttaṁ pañcamaṁ. Cūḷakammavibhaṅgasuttan ti pi vuccati.

136.

Evam me sutaṁ. Ekaṁ samayaṁ Bhagavā Rājagahe viharati Veḷuvane Kalandakanivāpe. Tena kho pana samayena āyasmā Samiddhi araññakuṭikāya viharati. Atha kho Potaliputto paribbājako jaṅghāvihāraṁ anucaṅkamamāno anuvicaramāno yen' āyasmā Samiddhi ten' upasaṅkami, upasaṅkamitvā āyasmatā Samiddhinā saddhiṁ sammodi sammodanīyaṁ kathaṁ sārāṇīyaṁ vītisāretvā ekamantaṁ nisīdi. Ekamantaṁ nisinno kho Potaliputto paribbājako āyasmantaṁ Samiddhiṁ etad avoca: Sammukhā me taṁ, āvuso Samiddhi, samaṇassa Gotamassa sutaṁ sammukhā paṭiggahitaṁ: Moghaṁ kāyakammaṁ, moghaṁ vacīkammaṁ, manokammam eva saccan ti; atthi ca sā samāpatti yaṁ samāpattiṁ samāpanno na kiñci vediyatīti.

Mā evaṁ, āvuso Potaliputta, avaca; mā evaṁ, āvuso Potaliputta, avaca[1]; mā Bhagavantaṁ abbhācikkhi: na hi sādhu Bhagavato abbhakkhānaṁ: na hi Bhagavā evaṁ vadeyya: Moghaṁ kāyakammaṁ, moghaṁ vacīkammaṁ, manokammam eva saccan ti; atthi ca kho sā, āvuso, samāpatti yaṁ samāpattiṁ samāpanno na kiñci vediyatīti.

Kīvaciraṁ pabbajito si, āvuso Samiddhīti?

Na ciraṁ, āvuso; tīṇi vassānīti.

Ettha dāni mayaṁ theraṁ bhikkhuṁ kiṁ vakkhāma, yatra hi nāma evaṁ navo bhikkhu Satthāraṁ parirakkhitabbaṁ maññissati? Sañcetanikaṁ, āvuso Samiddhi, kammaṁ katvā kāyena vācāya manasā, kiṁ so vediyatīti?

Sañcetanikaṁ, āvuso Potaliputta, kammaṁ katvā kāyena vācāya manasā, dukkhaṁ so vediyatīti.

Atha kho Potaliputto paribbājako āyasmato Samiddhissa bhāsitaṁ n'eva abhinandi na paṭikkosi, anabhinanditvā appaṭikkositvā uṭṭhāy' āsanā pakkāmi.

Atha kho āyasmā Samiddhi acirapakkante Potaliputte paribbājake yen' āyasmā Ānando ten' upasaṅkami, upasaṅ-

[1] Si omits this repetition.

kamitvā āyasmatā Ānandena saddhiṁ sammodi, sammodanīyaṁ kathaṁ sārāṇīyaṁ vītisāretvā ekamantaṁ nisīdi. Ekamantaṁ nisinno kho āyasmā Samiddhi yāvatako ahosi Potaliputtena paribbājakena saddhiṁ kathāsallāpo taṁ sabbaṁ āyasmato Ānandassa ārocesi. Evaṁ vutte āyasmā Ānando āyasmantaṁ Samiddhiṁ etad avoca: Atthi kho idaṁ, āvuso Samiddhi, kathāpābhataṁ Bhagavantaṁ dassanāya. Āyām', āvuso Samiddhi, yena Bhagavā ten' upasaṅkameyyāma, upasaṅkamitvā etam atthaṁ Bhagavato āroceyyāma; yathā no Bhagavā byākarissati, tathā naṁ dhāreyyāmāti.

Evam āvuso ti kho āyasmā Samiddhi āyasmato Ānandassa paccassosi. Atha kho āyasmā ca Ānando āyasmā ca Samiddhi yena Bhagavā ten' upasaṅkamiṁsu, upasaṅkamitvā Bhagavantaṁ abhivādetvā ekamantaṁ nisīdiṁsu. Ekamantaṁ nisinno kho āyasmā Ānando yāvatako ahosi āyasmato Samiddhissa Potaliputtena paribbājakena saddhiṁ kathāsallāpo taṁ sabbaṁ Bhagavato ārocesi.

Evaṁ vutte Bhagavā āyasmantaṁ Ānandaṁ etad avoca: Dassanam pi kho ahaṁ, Ānanda, Potaliputtassa paribbājakassa nābhijānāmi, kuto pan' evarūpaṁ kathāsallāpaṁ. Iminā ca, Ānanda, Samiddhinā moghapurisena Potaliputtassa paribbājakassa vibhajja byākaraṇīyo pañho ekaṁsena byākato ti.

Evaṁ vutte āyasmā Udāyi Bhagavantaṁ etad avoca: Sace pana, bhante, āyasmatā Samiddhinā idaṁ sandhāya bhāsitaṁ, yaṁ kiñci vedayitaṁ taṁ dukkhasmin ti.

Atha kho Bhagavā āyasmantaṁ Ānandaṁ āmantesi: Passa kho tvaṁ, Ānanda, imassa Udāyissa moghapurisassa ummaṅgaṁ. Aññāsiṁ kho ahaṁ, Ānanda, idān' evāyaṁ Udāyi moghapuriso ummujjamāno ayoniso ummujjissati; ādiso va,[1] Ānanda, Potaliputtena paribbājakena tisso vedanā pucchitā. Sacāyaṁ,[2] Ānanda, Samiddhi moghapuriso

[1] So S^t Bu (ādimhi yeva); Si ādiṁ yeva. [2] So Si; S^t yvāyaṁ.

Potaliputtassa paribbājakassa evaṁ puṭṭho evaṁ vyākareyya: Sañcetanikaṁ, āvuso Potaliputta, kammaṁ katvā kāyena vācāya manasā sukhavedanīyaṁ, sukhaṁ so vediyati. Sañcetanikaṁ, āvuso Potaliputta, kammaṁ katvā kāyena vācāya manasā dukkhavedanīyaṁ, dukkhaṁ so vediyati. Sañcetanikaṁ, āvuso Potaliputta, kammaṁ katvā kāyena vācāya manasā adukkhamasukhavedanīyaṁ, adukkhamasukhaṁ so vediyatīti;—evaṁ vyākaramāno kho, Ānanda, Samiddhi moghapuriso Potaliputtassa paribbājakassa sammā vyākareyya. Api c', Ānanda, ke ca[1] aññatitthiyaparibbājakā bālā avyattā ke ca[2] Tathāgatassa mahākammavibhaṅgaṁ jānissanti, sace tumhe, Ānanda, suṇeyyātha Tathāgatassa mahākammavibhaṅgaṁ vibhajantassāti.

Etassa, Bhagavā, kālo, etassa, Sugata, kālo yaṁ Bhagavā mahākammavibhaṅgaṁ vibhajeyya. Bhagavato sutvā bhikkhū dhāressantīti.

Tena h', Ānanda, suṇāhi sādhukaṁ manasikarohi, bhāsissāmīti. Evaṁ bhante ti kho āyasmā Ānando Bhagavato paccassosi. Bhagavā etad avoca:

Cattāro 'me, Ānanda, puggalā santo saṁvijjamānā lokasmiṁ. Katame cattāro? Idh', Ānanda, ekacco puggalo idha pāṇātipātī hoti adinnādāyī hoti kāmesu micchācārī hoti musāvādī hoti pisuṇāvāco hoti pharusāvāco hoti samphappalāpī hoti abhijjhālū hoti vyāpannacitto hoti micchādiṭṭhī hoti. So kāyassa bhedā param maraṇā apāyaṁ duggatiṁ vinipātaṁ nirayaṁ uppajjati.

Idha pan', Ānanda, ekacco puggalo idha pāṇātipātī hoti . . . (*etc., as in foregoing paragraph*) . . . micchādiṭṭhī hoti. So kāyassa bhedā param maraṇā sugatiṁ saggaṁ lokaṁ uppajjati.

Idh', Ānanda, ekacco puggalo pāṇātipātā paṭivirato hoti adinnādānā paṭivirato hoti kāmesu micchācārā paṭivirato hoti musāvādā paṭivirato hoti pisuṇāvācā paṭivirato hoti

[1] Si te aññatitthiyap.; S[k] kheñño titth. corr. to ñūño t.; S[t] kheñño ti.

[2] So all MSS.

pharusāvācā paṭivirato hoti samphappalāpā paṭivirato hoti anabhijjhālū hoti avyāpannacitto hoti sammādiṭṭhī hoti. So kāyassa bhedā paraṁ maraṇā sugatiṁ saggaṁ lokaṁ uppajjati.

Idha pan', Ānanda, ekacco puggalo idha pāṇātipātā paṭivirato hoti . . . (*&c., as in foregoing paragraph*) . . . sammādiṭṭhī hoti. So kāyassa bhedā paraṁ maraṇā apāyaṁ duggatiṁ vinipātaṁ nirayaṁ uppajjati.

Idh', Ānanda, ekacco samaṇo vā brāhmaṇo vā ātappam anvāya padhānam anvāya anuyogam anvāya appamādam anvāya sammāmanasikāram anvāya tathārūpaṁ cetosamādhiṁ phusati, yathā samāhite citte dibbena cakkhunā visuddhena atikkantamānusakena amuṁ puggalaṁ passati idha pāṇātipātiṁ adinnādāyiṁ kāmesu micchācāriṁ musāvādiṁ pisuṇāvāciṁ pharusāvāciṁ samphappalāpiṁ abhijjhāluṁ vyāpannacittaṁ micchādiṭṭhiṁ, kāyassa bhedā paraṁ maraṇā passati apāyaṁ duggatiṁ vinipātaṁ nirayaṁ upapannaṁ. So evam āha: Atthi kira bho pāpakāni kammāni, atthi duccaritassa vipāko; apāhaṁ[1] puggalaṁ addasaṁ idha pāṇātipātiṁ adinnādāyiṁ . . . pisuṇāvāciṁ—pe—micchādiṭṭhiṁ, kāyassa bhedā paraṁ maraṇā passāmi apāyaṁ duggatiṁ vinipātaṁ nirayaṁ upapannan[2] ti. So[3] evam āha:—Yo kira bho pāṇātipātī adinnādāyī—pe—micchādiṭṭhī, sabbo[4] so kāyassa bhedā paraṁ maraṇā apāyaṁ duggatiṁ vinipātaṁ nirayaṁ uppajjati. Ye evaṁ jānanti, te sammā jānanti. Ye aññathā jānanti, micchā tesaṁ ñāṇan ti. Iti so yad eva tassa sāmaṁ ñātaṁ sāmaṁ diṭṭhaṁ sāmaṁ viditaṁ, tad eva tattha thāmasā parāmassa[5] abhinivissa voharati: Idam eva saccaṁ mogham aññan ti.

Idha pan', Ānanda, ekacco samaṇo vā brāhmaṇo vā

[1] Si amāhaṁ, with note that the Sinhalese reading is apāhaṁ (which S^{tk} read infra); S^{tk} here apāyaṁ. [2] Si omits. [3] S^{tk} add kira. [4] So all MSS. here. [5] So S^{tk}; Bu "parāmasati diṭṭhiparāmāsena"; Si parāmasā, with note that the Sinhalese reading is parāmassa.

ātappam anvāya padhānam anvāya . . . amuṁ puggalaṁ passati idha pāṇātipātiṁ adinnādāyiṁ—pe—micchādiṭṭhiṁ, kāyassa bhedā param maraṇā passati sugatiṁ saggaṁ lokaṁ upapannaṁ. So evam āha: Na 'tthi kira bho pāpakāni kammāni; na 'tthi duccaritassa vipāko; apāhaṁ puggalaṁ addasaṁ idha pāṇātipātiṁ adinnādāyiṁ—pe—micchādiṭṭhiṁ, kāyassa bhedā passāmi sugatiṁ saggaṁ lokaṁ upapannan ti. So evam āha: Yo kira bho pāṇātipātī adinnādāyī—pe—micchādiṭṭhī, sabbo[1] so kāyassa bhedā param maraṇā sugatiṁ saggaṁ lokaṁ uppajjati. Ye evaṁ jānanti, te sammā jānanti. Ye aññathā jānanti, micchā tesaṁ ñāṇan ti. Iti so yad eva tassa sāmaṁ ñātaṁ sāmaṁ diṭṭhaṁ sāmaṁ viditaṁ, tad eva tattha thāmasā parāmassa abhinivissa voharati: Idam eva saccaṁ mogham aññan ti.

Idh', Ānanda, ekacco samaṇo vā brāhmaṇo vā ātappam anvāya padhānam anvāya . . . amuṁ puggalaṁ passati idha pāṇātipātā paṭivirataṁ adinnādānā paṭivirataṁ kāmesu micchācārā paṭivirataṁ musāvādā paṭivirataṁ pisuṇāvācā paṭivirataṁ pharusāvācā paṭivirataṁ samphappalāpā paṭivirataṁ anabhijjhāluṁ avyāpannacittaṁ sammādiṭṭhiṁ, kāyassa bhedā param maraṇā passati sugatiṁ saggaṁ lokaṁ upapannaṁ. So evam āha: Atthi kira bho kalyāṇāni kammāni; atthi sucaritassa vipāko; apāhaṁ puggalaṁ addasaṁ idha pāṇātipātā paṭivirataṁ—pe—sammādiṭṭhiṁ, kāyassa bhedā param maraṇā passāmi sugatiṁ saggaṁ lokaṁ upapannan ti. So evam āha: Yo kira bho pāṇātipātā paṭivirato adinnādānā paṭivirato—pe—sammādiṭṭhī, sabbo so kāyassa bhedā param maraṇā sugatiṁ saggaṁ lokaṁ uppajjati. Ye evaṁ jānanti, te sammā jānanti. Ye aññathā jānanti, micchā tesaṁ ñāṇan ti. Iti so yad eva tassa sāmaṁ ñātaṁ sāmaṁ diṭṭhaṁ sāmaṁ viditaṁ, tad eva tattha thāmasā parāmassa abhinivissa voharati: Idam eva saccaṁ mogham aññan ti.

Idha pan', Ānanda, ekacco samaṇo vā . . . amuṁ pug-

---

[1] So Si S[t]; S[k] here and infra, so kho.

galaṁ passati idha pāṇātipātā paṭivirataṁ adinnādānā paṭivirataṁ—pe—sammādiṭṭhiṁ, kāyassa bhedā param maraṇā passati apāyaṁ vinipātaṁ nirayaṁ upapannaṁ. So evam āha: Na 'tthi kira bho kalyāṇāni kammāni; na 'tthi sucaritassa vipāko; apāhaṁ puggalaṁ addasaṁ idha pāṇātipātā paṭivirataṁ adinnādānā paṭivirataṁ—pe—sammādiṭṭhiṁ, kāyassa bhedā passāmi apāyaṁ duggatiṁ vinipātaṁ upapannan ti. So evam āha: Yo kira bho pāṇātipātā paṭivirato adinnādānā paṭivirato—pe—micchādiṭṭhī, sabbo so kāyassa bhedā param maraṇā apāyaṁ . . . mogham aññan ti.

Tatr', Ānanda, yvāyaṁ samaṇo vā brāhmaṇo vā evam āha: Atthi kira bho pāpakāni kammāni, atthi duccaritassa vipāko ti, idam assa anujānāmi. Yam pi so evam āha: Apāhaṁ puggalaṁ addasaṁ idha pāṇātipātiṁ adinnādāyiṁ—pe—micchādiṭṭhiṁ, kāyassa bhedā param maraṇā passāmi apāyaṁ duggatiṁ vinipātaṁ upapannan ti, idam pi 'ssa anujānāmi. Yañ ca kho so evam āha: Yo kira bho pāṇātipātī adinnādāyī—pe—micchādiṭṭhī, sabbo so kāyassa bhedā param maraṇā apāyaṁ duggatiṁ vinipātaṁ nirayaṁ uppajjatīti, idam assa nānujānāmi. Yam pi so evam āha: Ye evaṁ jānanti te sammā jānanti, ye aññathā jānanti micchā tesaṁ ñāṇan ti, idam pi 'ssa nānujānāmi. Yam pi so yad eva tassa sāmaṁ ñātaṁ sāmaṁ diṭṭhaṁ sāmaṁ viditaṁ, tad eva tattha thāmasā parāmassa abhinivissa voharati: Idam eva saccaṁ mogham aññan ti,—idam pi 'ssa nānujānāmi. Taṁ kissa hetu? Aññathā hi, Ānanda, Tathāgatassa mahākammavibhaṅge ñāṇam hoti.

Tatr' Ānanda, yvāyaṁ samaṇo vā brāhmaṇo vā evam āha: Na 'tthi kira bho pāpakāni kammāni na 'tthi duccaritassa vipāko ti,—idam assa nānujānāmi. Yañ ca kho so evam āha: Apāhaṁ puggalaṁ addasaṁ idha pāṇātipātiṁ adinnādāyiṁ—pe—micchādiṭṭhiṁ, kāyassa bhedā param maraṇā passāmi sugatiṁ saggaṁ lokaṁ upapannan ti,—idam assa anujānāmi. Yañ ca kho so evam āha: Yo kira bho pāṇātipātī adinnādāyī—pe—micchādiṭṭhī, sabbo so kāyassa bhedā param maraṇā sugatiṁ saggaṁ lokaṁ uppajjatīti,—

idam assa nānujānāmi. Yam pi so evam āha: Ye evaṁ jānanti te sammā jānanti, ye aññathā jānanti micchā tesaṁ ñāṇan ti,—idam pi 'ssa nānujānāmi. Yam pi so yad eva tassa sāmaṁ ñātaṁ sāmaṁ diṭṭhaṁ sāmaṁ viditaṁ, tad eva tattha thāmasā parāmassa abhinivissa voharati: Idam eva saccaṁ mogham aññan ti,—idam pi 'ssa nānujānāmi. Taṁ kissa hetu? Aññathā hi, Ānanda, Tathāgatassa mahākammavibhaṅge ñāṇaṁ hoti.

Tatr', Ānanda, yvāyaṁ samaṇo vā brāhmaṇo vā evam āha: Atthi kira bho kalyāṇāni kammāni, atthi sucaritassa vipāko ti, idam assa anujānāmi. Yañ ca kho so evam āha: Apāhaṁ puggalaṁ addasaṁ idha pāṇātipātā paṭivirataṁ adinnādānā paṭivirataṁ—pe—sammādiṭṭhiṁ, kāyassa bhedā param maraṇā passāmi sugatiṁ saggaṁ lokaṁ upapannan ti,—idam pi 'ssa anujānāmi. Yañ ca kho so evam āha: Yo kira bho pāṇātipātā paṭivirato adinnādānā paṭivirato—pe—sammādiṭṭhī, sabbo so kāyassa bhedā param maraṇā sugatiṁ saggaṁ lokaṁ uppajjatīti,—idam assa nānujānāmi. Yam pi so evam āha: Ye evaṁ jānanti te sammā jānanti, ye aññathā jānanti micchā tesaṁ ñāṇan ti,—idam pi 'ssa nānujānāmi. Yam pi so yad eva tassa sāmaṁ ñātaṁ sāmaṁ diṭṭhaṁ sāmaṁ viditaṁ, tad eva tattha thāmasā parāmassa abhinivissa voharati: Idam eva saccaṁ mogham aññan ti,—idam pi 'ssa nānujānāmi. Taṁ kissa hetu? Aññathā hi, Ānanda, Tathāgatassa mahākammavibhaṅge ñāṇaṁ hoti.

Tatr', Ānanda, yvāyaṁ samaṇo vā brāhmaṇo vā evam āha: Na 'tthi kira bho kalyāṇāni kammāni na 'tthi sucaritassa vipāko ti, idaṁ assa nānujānāmi. Yañ ca kho so evam āha: Apāhaṁ puggalaṁ addasaṁ idha pāṇātipātā paṭivirataṁ adinnādānā paṭivirataṁ—pe—sammādiṭṭhiṁ, kāyassa bhedā param maraṇā passāmi apāyaṁ duggatiṁ vinipātaṁ nirayaṁ upapannan ti,—idam assa anujānāmi. Yañ ca kho so evam āha: Yo kira bho pāṇātipātā paṭivirato adinnādānā paṭivirato—pe—sammādiṭṭhī, sabbo so kāyassa bhedā param maraṇā apāyaṁ duggatiṁ vinipātaṁ nirayaṁ uppajjatīti,—idam assa nānujānāmi. Yam pi so evam āha:

Ye evaṁ jānanti te sammā jānanti, ye aññathā jānanti micchā tesaṁ ñāṇan ti,—idam pi 'ssa nānujānāmi. Yam pi so yad eva tassa sāmaṁ ñātaṁ . . . mogham aññan ti,—idam pi 'ssa nānujānāmi. Taṁ kissa hetu? Aññathā hi, Ānanda, Tathāgatassa mahākammavibhaṅge ñāṇaṁ hoti.

Tatr', Ānanda, yvāyaṁ puggalo idha pāṇātipātī adinnādāyī—pe—micchādiṭṭhī, kāyassa bhedā paraṁ maraṇā apāyaṁ duggatiṁ vinipātaṁ nirayaṁ uppajjati, pubbe vā 'ssa taṁ kataṁ hoti pāpakammaṁ dukkhavedanīyaṁ, pacchā vā 'ssa taṁ kataṁ hoti pāpakammaṁ dukkhavedanīyaṁ, maraṇakāle vā 'ssa hoti micchādiṭṭhi samattā samādiṇṇā; tena so kāyassa bhedā paraṁ maraṇā apāyaṁ duggatiṁ vinipātaṁ nirayaṁ uppajjati. Yañ ca kho so idha pāṇātipātī hoti adinnādāyī hoti—pe—micchādiṭṭhī hoti, tassa diṭṭhe va dhamme vipākaṁ paṭisaṁvedeti uppajjaṁ [1] vā apare vā pariyāye.

Tatr', Ānanda, yvāyaṁ puggalo idha pāṇātipātī adinnādāyī—pe—micchādiṭṭhī, kāyassa bhedā paraṁ maraṇā sugatiṁ saggaṁ lokaṁ uppajjati, pubbe vā 'ssa taṁ kataṁ hoti kalyāṇakammaṁ sukhavedanīyaṁ, pacchā vā 'ssa taṁ kataṁ hoti kalyāṇakammaṁ sukhavedanīyaṁ, maraṇakāle vā 'ssa hotī sammādiṭṭhī samattā samādiṇṇā; tena so kāyassa bhedā paraṁ maraṇā sugatiṁ saggaṁ lokaṁ uppajjati. Yañ ca kho so idha pāṇātipātī hotī adinnādāyī hoti—pe—micchādiṭṭhī hoti, tassa diṭṭhe va dhamme vipākaṁ paṭisaṁvedeti uppajjaṁ [2] apare vā pariyāye.

Tatr', Ānanda, yvāyaṁ puggalo idha pāṇātipātā paṭivirato adinnādānā paṭivirato—pe—sammādiṭṭhī, kāyassa bhedā paraṁ maraṇā sugatiṁ saggaṁ lokaṁ uppajjati, pubbe vā 'ssa taṁ kataṁ hoti kalyāṇakammaṁ sukhavedanīyaṁ, pacchā vā 'ssa taṁ kataṁ hoti kalyāṇakammaṁ sukhavedanīyaṁ, maraṇakāle vā 'ssa hoti sammādiṭṭhī samattā samādiṇṇā; tena so kāyassa bhedā paraṁ maraṇā sugatiṁ saggaṁ lokaṁ upajjati. Yañ ca kho so idha pāṇātipātā paṭivirato

[1] So S^{t1}; Si (throughout) uppajja. [2] S^{tt} omit here.

hoti adinnādānā paṭivirato hoti—pe—sammādiṭṭhī hoti, tassa diṭṭhe va dhamme vipākaṁ paṭisaṁvedeti uppajjaṁ vā apare vā pariyāye.

Tatr', Ānanda, yvāyaṁ puggalo idha pāṇātipātā paṭivirato adinnādānā paṭivirato—pe—sammādiṭṭhī, kāyassa bhedā paraṁ maraṇā apāyaṁ duggatiṁ vinipātaṁ nirayaṁ uppajjati, pubbe vā 'ssa taṁ kataṁ hoti pāpakammaṁ dukkhavedanīyaṁ, pacchā vā 'ssa taṁ kataṁ hoti pāpakammaṁ dukkhavedanīyaṁ, maraṇakāle vā 'ssa hoti micchādiṭṭhi samattā samādinnā; tena so kāyassa bhedā paraṁ maraṇā apāyaṁ duggatiṁ vinipātaṁ nirayaṁ uppajjati. Yañ ca kho so idha pāṇātipātā paṭivirato hoti adinnādānā paṭivirato hoti—pe—sammādiṭṭhi hoti, tassa diṭṭhe va dhamme vipākaṁ paṭisaṁvedeti uppajjaṁ vā apare vā pariyāye.

Iti kho, Ānanda, atthi[1] kammaṁ abhabbaṁ abhabbābhāsaṁ; atthi kammaṁ abhabbaṁ bhabbābhāsaṁ[2]; atthi kammaṁ bhabbañ c' eva bhabbābhāsañ ca; atthi kammaṁ bhabbaṁ abhabbābhāsan ti.

Idam avoca Bhagavā. Attamano āyasmā Ānando Bhagavato bhāsitaṁ abhinandīti.

MAHĀKAMMAVIBHAṄGASUTTAṀ CHAṬṬHAṀ.

137.

Evam me sutaṁ. Ekaṁ samayaṁ Bhagavā Sāvatthiyaṁ viharati Jetavane Anāthapiṇḍikassa ārāme. Tatra kho Bhagavā bhikkhū āmantesi: Bhikkhavo ti. Bhadante ti te bhikkhū Bhagavato paccassosuṁ. Bhagavā etad avoca: Saḷāyatanavibhaṅgaṁ vo, bhikkhave, desissāmi. Taṁ suṇātha sādhukaṁ manasikarotha, bhāsissāmīti. Evaṁ bhante ti kho te bhikkhū Bhagavato paccassosuṁ. Bhagavā etad avoca:—

1 So Si; S^{tt} natthi.   2 So Si Bu; S^{tt} abh.

Cha ajjhattikāni āyatanāni veditabbāni, cha bāhirāni āyatanāni veditabbāni; cha viññāṇakāyā veditabbā, cha phassakāyā veditabbā; aṭṭhādasa manopavicārā veditabbā; chattiṁsa sattapadā veditabbā. Tatr' idaṁ nissāya idaṁ pajahatha. Tayo satipaṭṭhānā yad ariyo sevati, yad ariyo sevamāno Satthā gaṇam anusāsituṁ arahati. So vuccati yoggācariyānaṁ anuttaro purisadammasārathīti. Ayam uddeso saḷāyatanavibhaṅgassa.

Cha ajjhattikāni āyatanāni veditabbānīti iti kho pan' etaṁ vuttaṁ. Kiñ c' etaṁ paṭicca vuttaṁ? Cakkhāyatanaṁ[1] sotāyatanaṁ ghānāyatanaṁ jivhāyatanaṁ kāyāyatanaṁ manāyatanaṁ. Cha ajjhattikāni āyatanāni veditabbānīti iti yan taṁ vuttaṁ idam etaṁ paṭicca vuttaṁ.

Cha bāhirāni āyatanāni veditabbānīti iti kho pan' etaṁ vuttaṁ. Kiñ c' etaṁ paṭicca vuttaṁ? Rūpāyatanaṁ saddāyatanaṁ gandhāyatanaṁ rasāyatanaṁ phoṭṭhabbāyatanaṁ dhammāyatanaṁ. Cha bāhirāni āyatanāni veditabbānīti iti yan taṁ vuttaṁ idam etaṁ paṭicca vuttaṁ.

Cha viññāṇakāyā veditabbā ti iti kho pan' etaṁ vuttaṁ. Kiñ c' etaṁ paṭicca vuttaṁ? Cakkhuviññāṇaṁ sotaviññāṇaṁ ghānaviññāṇaṁ jivhāviññāṇaṁ kāyaviññāṇaṁ manoviññāṇaṁ. Cha viññāṇakāyā veditabbā ti iti yan taṁ vuttaṁ idam etaṁ paṭicca vuttaṁ.

Cha phassakāyā veditabbā ti iti kho pan' etaṁ vuttaṁ. Kiñ c' etaṁ paṭicca vuttaṁ? Cakkhusamphasso sotasamphasso ghānasamphasso jivhāsamphasso kāyasamphasso manosamphasso. Cha phassakāyā veditabbā ti iti yan taṁ vuttaṁ idam etaṁ paṭicca vuttaṁ.

Aṭṭhādasa manopavicārā veditabbā ti iti kho pan' etaṁ vuttaṁ. Kiñ c' etaṁ paṭicca vuttaṁ? Cakkhunā rūpaṁ disvā somanassaṭṭhānīyaṁ rūpaṁ upavicarati domanassaṭṭhānīyaṁ rūpaṁ upavicarati upekhaṭṭhānīyaṁ rūpaṁ upavicarati; sotena saddaṁ sutvā—pe—; ghānena gandhaṁ ghāyitvā—pe—; jivhāya rasaṁ sāyitvā—pe—; kāyena

[1] So S^kr Bu; Si cakkhvā°.

phoṭṭhabbaṁ phusitvā—pe—; manasā dhammaṁ viññāya somanassaṭṭhāniyaṁ dhammaṁ upavicarati domanassaṭṭhāniyaṁ dhammaṁ upavicarati upekhaṭṭhāniyaṁ dhammaṁ upavicarati. Iti cha somanassupavicārā cha domanassupavicārā cha upekhupavicārā. Aṭṭhārasa manopavicārā veditabbā ti iti yan taṁ vuttaṁ idam etaṁ paṭicca vuttaṁ.

Chattiṁsa sattapadā veditabbā ti iti kho pan' etaṁ vuttaṁ. Kiñ c' etaṁ paṭicca vuttaṁ? Cha gehasitāni somanassāni, cha nekkhammasitāni somanassāni; cha gehasitāni domanassāni, cha nekkhammasitāni domanassāni; cha gehasitā upekhā, cha nekkhammasitā upekhā.

Tattha katamāni cha gehasitāni somanassāni? Cakkhuviññeyyānaṁ rūpānaṁ iṭṭhānaṁ kantānaṁ manāpānaṁ manoramānaṁ lokāmisapaṭisaṁyuttānaṁ paṭilābhaṁ vā paṭilābhato samanupassato pubbe vā paṭiladdhapubbaṁ atītaṁ niruddhaṁ vipariṇataṁ samanussarato uppajjati somanassaṁ; yaṁ evarūpaṁ somanassaṁ, idaṁ vuccati gehasitaṁ somanassaṁ. Sotaviññeyyānaṁ saddānaṁ—pe—; ghānaviññeyyānaṁ gandhānaṁ—pe—; jivhāviññeyyānaṁ rasānaṁ—pe—; kāyaviññeyyānaṁ phoṭṭhabbānaṁ—pe—; manoviññeyyānaṁ dhammānaṁ iṭṭhānaṁ kantānaṁ manāpānaṁ manoramānaṁ lokāmisapaṭisaṁyuttānaṁ paṭilābhaṁ vā paṭilābhato samanupassato pubbe vā paṭiladdhapubbaṁ atītaṁ niruddhaṁ vipariṇataṁ samanussarato uppajjati somanassaṁ; yaṁ evarūpaṁ somanassaṁ, idaṁ vuccati gehasitaṁ somanassaṁ. Imāni cha gehasitāni somanassāni.

Tattha katamāni cha nekkhammasitāni somanassāni? Rūpānaṁ tveva aniccataṁ viditvā vipariṇāmavirāganirodhaṁ: Pubbe c' eva rūpā etarahi ca sabbe te rūpā aniccā dukkhā vipariṇāmadhammā ti evam etaṁ yathābhūtaṁ sammappaññāya passato uppajjati somanassaṁ; yaṁ evarūpaṁ somanassaṁ, idaṁ vuccati nekkhammasitaṁ somanassaṁ; saddānaṁ tveva—pe—; gandhānaṁ tveva—pe—; rasānaṁ tveva—pe—; phoṭṭhabbānaṁ tveva—pe—; dhammānaṁ tveva aniccataṁ viditvā vipariṇāmavirāganirodhaṁ: Pubbe c' eva dhammā etarahi ca sabbe te dhammā aniccā dukkhā vipariṇāmadhammā ti evam etaṁ yathābhūtaṁ sammappaññāya passato uppajjati somanassaṁ; yaṁ evarūpaṁ somanassaṁ, idaṁ vuccati nekkhammasitaṁ somanassaṁ. Imāni cha nekkhammasitāni somanassāni.

Tattha katamāni cha gehasitāni domanassāni? Cakkhuviññeyyānaṁ rūpānaṁ iṭṭhānaṁ kantānaṁ manāpānaṁ manoramānaṁ lokāmisapaṭisaṁyuttānaṁ appaṭilābhaṁ vā appaṭilābhato samanupassato pubbe vā appaṭiladdhapubbaṁ atītaṁ niruddhaṁ vipariṇataṁ samanussarato uppajjati domanassaṁ; yaṁ evarūpaṁ domanassaṁ, idaṁ vuccati gehasitaṁ domanassaṁ. Sotaviññeyyānaṁ saddānaṁ—pe—; ghānaviññeyyānaṁ gandhānaṁ—pe—; jivhāviññeyyānaṁ rasānaṁ—pe—; kāyaviññeyyānaṁ phoṭṭhabbānaṁ—pe—; manoviññeyyānaṁ dhammānaṁ iṭṭhānaṁ kantānaṁ manāpānaṁ manoramānaṁ lokāmisapaṭisaṁyuttānaṁ appaṭilābhaṁ vā appaṭilābhato samanupassato pubbe vā appaṭiladdhapubbaṁ atītaṁ niruddhaṁ vipariṇataṁ samanussarato uppajjati domanassaṁ; yaṁ evarūpaṁ domanassaṁ, idaṁ vuccati gehasitaṁ domanassaṁ. Imāni cha gehasitāni domanassāni.

Tattha katamāni cha nekkhammasitāni domanassāni? Rūpānaṁ tveva aniccataṁ viditvā vipariṇāmavirāganirodhaṁ: Pubbe c' eva rūpā etarahi ca sabbe te rūpā aniccā dukkhā vipariṇāmadhammā ti evam etaṁ yathābhūtaṁ sammappaññāya disvā anuttaresu vimokhesu pihaṁ upaṭṭhāpeti: Kadā 'ssu nām' ahaṁ tad āyatanaṁ upasampajja viharissāmi yad ariyā etarahi āyatanaṁ upasampajja viharantīti, iti anuttaresu vimokhesu pihaṁ upaṭṭhāpayato uppajjati pihapaccayā domanassaṁ; yaṁ evarūpaṁ domanassaṁ, idaṁ vuccati nekkhammasitaṁ domanassaṁ. Saddānaṁ tveva—pe—; gandhānaṁ tveva—pe—; rasānaṁ tveva—pe—; phoṭṭhabbānaṁ tveva—pe—; dhammānaṁ tveva aniccataṁ viditvā vipariṇāmavirāganirodhaṁ: Pubbe c' eva dhammā etarahi ca sabbe te dhammā aniccā dukkhā vipariṇāmadhammā ti evaṁ etaṁ yathābhūtaṁ sammappaññāya disvā anuttaresu vimokhesu pihaṁ upaṭṭhāpeti: Kadā 'ssu nām' ahaṁ tad āyatanaṁ upasampajja viharissāmi yad ariyā etarahi āyatanaṁ upasampajja viharantîti iti anuttaresu vimokhesu pihaṁ upaṭṭhāpayato uppajjati pihapaccayā domanassaṁ; yaṁ evarūpaṁ domanassaṁ, idaṁ vuccati nekkhammasitaṁ domanassaṁ. Imāni cha nekkhammasitāni domanassāni.

Tattha katamā cha gehasitā upekhā? Cakkhunā rūpaṁ disvā upekhā bālassa mūḷhassa puthujjanassa anodhijinassa avipākajinassa anādīnavadassāvino assutavato puthujjanassa; yā evarūpā upekhā, rūpaṁ sā nātivattati; tasmā sā upekhā gehasitā ti vuccati. Sotena saddaṁ sutvā—pe—; ghānena gandhaṁ ghāyitvā—pe—; jivhāya rasaṁ sāyitvā—pe—; kāyena phoṭṭhabbaṁ phusitvā—pe—; manasā dhammaṁ viññāya uppajjati upekhā bālassa mūḷhassa puthujjanassa anodhijinassa avipākajinassa anādīnavadassāvino assutavato puthujjanassa; yā evarūpā upekhā, dhammaṁ sā nātivattati; tasmā sā upekhā gehasitā ti vuccati. Imā cha gehasitā upekhā.

Tattha katamā cha nekkhammasitā upekhā? Rūpānaṁ tveva aniccataṁ viditvā vipariṇāmavirāganirodhaṁ: Pubbe c' eva rūpā etarahi ca sabbe te rūpā aniccā dukkhā vipariṇāmadhammā ti evaṁ etaṁ yathābhūtaṁ sammappaññāya passato uppajjati upekhā; yā evarūpā upekhā, rūpaṁ sā ativattati; tasmā sā upekhā nekkhammasitā ti vuccati. Saddānaṁ tveva—pe—; gandhānaṁ tveva—pe—; rasānaṁ tveva—pe—; phoṭṭhabbānaṁ tveva—pe—; dhammānaṁ tveva aniccataṁ viditvā vipariṇāmavirāganirodhaṁ: Pubbe c' eva dhammā etarahi ca sabbe te dhammā aniccā dukkhā vipariṇāmadhammā ti evaṁ etaṁ yathābhūtaṁ sammappaññāya passato uppajjati upekhā; yā evarūpā upekhā, dhammaṁ sā ativattati; tasmā sā upekhā nekkhammasitā ti vuccati. Imā cha nekkhammasitā upekhā.

Chattiṁsa sattapadā veditabbâti iti yan taṁ vuttaṁ idaṁ etaṁ paṭicca vuttaṁ.

Tatra idaṁ nissāya idam pajahathāti iti kho pan' etaṁ vuttaṁ. Kiñ c' etaṁ paṭicca vuttaṁ? Tatra, bhikkhave, yāni cha nekkhammasitāni somanassāni, tāni nissāya tāni āgamma, yāni cha gehasitāni somanassāni, tāni pajahatha tāni samatikkamatha; evam etesaṁ pahānaṁ hoti; evam etesaṁ samatikkamo hoti. Tatra, bhikkhave, yāni cha nekkhammasitāni domanassāni, tāni nissāya tāni āgamma, yāni cha gehasitāni domanassāni, tāni pajahatha tāni samatikkamatha; evam etesaṁ pahānaṁ hoti; evam etesaṁ samatikkamo hoti. Tatra, bhikkhave, yā cha nekkhammasitā upekhā, tā nissāya tā āgamma, yā cha gehasitā upekhā, tā pajahatha, tā samatikkamatha; evam etesaṁ pahānaṁ hoti; evam etesaṁ samatikkamo hoti. Tatra, bhikkhave, yāni cha nekkhammasitāni somanassāni, tāni nissāya tāni āgamma, yāni cha nekkhammasitāni domanassāni, tāni pajahatha tāni samatikkamatha; evam etesaṁ pahānaṁ hoti; evam etesaṁ samatikkamo hoti. Tatra, bhikkhave, yā cha nekkhammasitā upekhā, tā nissāya tā āgamma, yāni cha nekkhammasitāni somanassāni, tāni pajahatha tāni samatikkamatha; evam etesaṁ pahānaṁ hoti; evam etesaṁ samatikkamo hoti.

Atthi, bhikkhave, upekhā nānattā nānattasitā; atthi upekhā ekattā ekattasitā. Katamā ca, bhikkhave, upekhā nānattā nānattasitā? Atthi, bhikkhave, upekhā rūpesu, atthi saddesu, atthi gandhesu, atthi rasesu, atthi phoṭṭhabbesu. Ayaṁ, bhikkhave, upekhā nānattā nānattasitā. Katamā ca, bhikkhave, upekhā ekattā ekattasitā? Atthi, bhikkhave, upekhā ākāsānañcāyatananissitā; atthi viññāṇañcāyatananissitā; atthi ākiñcaññāyatananiss[illegible]; atthi nevasaññānāsaññāyatananissitā. Ayaṁ, bhikkhave, upek[illegible]ttā ekattasitā. Tatra, bhikkhave, yāyaṁ upekhā ekattā ekattasitā, taṁ nissāya taṁ āgamma, yāyaṁ upekhā nānattā nānattasitā, taṁ pajahatha taṁ samatikkamatha; evam etissā pahānaṁ hoti; evam etissā samatikkamo hoti. Atammayataṁ, bhikkhave, nissāya atammayataṁ āgamma, yāyaṁ upekhā ekattā ekattasitā, taṁ pajahatha taṁ samatikkamatha; evam etissā pahānaṁ hoti; evam etissā samatikkamo hoti. Tatr' idaṁ nissāya idaṁ pajahathāti iti yan taṁ vuttaṁ idam etaṁ paṭicca vuttaṁ.

Tayo satipaṭṭhānā yad ariyo sevati yad ariyo sevamāno satthā gaṇam anusāsituṁ arahatīti iti kho pan' etaṁ vuttaṁ. Kiñ c' etaṁ paṭicca vuttaṁ? Idha, bhikkhave, satthā sāvakānaṁ dhammaṁ deseti anukampako hitesī anukampaṁ upādāya: Idaṁ vo hitāya idaṁ vo sukhāyāti. Tassa sāvakā na sussūyanti,[1] na sotaṁ odahanti, na aññā cittaṁ upaṭṭhāpenti, vokkamma ca satthu sāsanā vattanti. Tatra, bhikkhave, Tathāgato na c' eva attamano hoti na ca attamanataṁ paṭisaṁvedeti, anavassuto ca viharati sato sampajāno. Idaṁ, bhikkhave, paṭhamaṁ satipaṭṭhānaṁ yad ariyo sevati yad ariyo sevamāno satthā gaṇam anusāsituṁ arahati.

Puna ca paraṁ, bhikkhave, satthā sāvakānaṁ dhammaṁ deseti anukampako hitesī anukampaṁ upādāya: Idaṁ vo hitāya idaṁ vo sukhāyāti. Tassa ekacce sāvakā na sussūyanti na sotaṁ odahanti na aññā cittaṁ upaṭṭhāpenti, vokkamma ca satthu sāsanā vattanti. Ekacce sāvakā sussūyanti sotaṁ odahanti aññā cittaṁ upaṭṭhāpenti na ca vokkamma satthu sāsanā vattanti. Tatra, bhikkhave, Tathāgato na c' eva attamano hoti na ca attamanataṁ paṭisaṁvedeti, na ca anattamano hoti na ca anattamanataṁ paṭisaṁvedeti; attamanatañ ca anattamanatañ ca tad ubhayaṁ[2] abhinivajjetvā so[3] upekhako viharati sato sampajāno. Idaṁ, bhikkhave, dutiyaṁ satipaṭṭhānaṁ yad . . . arahati.

Puna ca paraṁ, bhikkhave, satthā sāvakānaṁ dhammaṁ deseti . . . sukhāyāti. Tassa sāvakā sussūyanti sotaṁ odahanti aññā cittaṁ upaṭṭhāpenti na ca vokkamma satthu sāsanā vattanti. Tatra, bhikkhave, Tathāgato attamano c' eva hoti attamanatañ ca paṭisaṁvedeti anavassuto ca viharati sato sampajāno. Idaṁ, bhikkhave, tatiyaṁ satipaṭṭhānaṁ yad. . . . arahati.

---

[1] Si (and ? Bu) sussuyanti. [2] So Si; Sᵗ omits these four words and continues: na ca anattamanatañ ca tad ubhayaṁ. [3] Si omits.

Tayo satipaṭṭhānā yad ariyo sevati yad ariyo sevamāno satthā gaṇam anusāsituṁ arahatīti iti yan taṁ vuttaṁ idam etaṁ paṭicca vuttaṁ.

So vuccati yoggācariyānaṁ anuttaro purisadammasārathīti iti kho pan' etaṁ vuttaṁ. Kiñ c' etaṁ paṭicca vuttaṁ? Hatthidamakena, bhikkhave, hatthidammo sārito ekaṁ yeva disaṁ dhāvati,—puratthimaṁ vā pacchimaṁ vā uttaraṁ vā dakkhiṇaṁ vā. Assadammakena, bhikkhave, assadammo sārito ekaṁ yeva disaṁ . . . dakkhiṇaṁ vā. Godammakena, bhikkhave, godammo sārito . . . dakkhiṇaṁ vā. Tathāgatena, bhikkhave, arahatā sammāsambuddhena purisadammo sārito aṭṭha disā vidhāvati. Rūpī rūpāni passati: ayaṁ paṭhamā disā. Ajjhattaṁ arūpasaññī bahiddhā rūpāni passati; ayaṁ dutiyā disā. Subhan t' eva adhimutto hoti; ayaṁ tatiyā disā. Sabbaso rūpasaññānaṁ samatikkamā paṭighasaññānaṁ atthaṅgamā, nānattasaññānaṁ amanasikārā: Ananto ākāso ti ākāsānañcāyatanaṁ upasampajja viharati: ayaṁ catutthā disā. Sabbaso ākāsānañcāyatanaṁ samatikkamma: Anantaṁ viññāṇan ti viññāṇañcāyatanaṁ upasampajja viharati: ayaṁ pañcamī disā. Sabbaso viññāṇañcāyatanaṁ samatikkamma: Na 'tthi kiñcīti ākiñcaññāyatanaṁ upasampajja viharati, ayaṁ chaṭṭhā disā. Sabbaso ākiñcaññāyatanaṁ samatikkamma nevasaññānāsaññāyatanaṁ upasampajja viharati; ayaṁ sattamī disā. Sabbaso nevasaññānāsaññāyatanaṁ samatikkamma saññāvedayitanirodhaṁ upasampajja viharati; ayaṁ aṭṭhamī disā. Tathāgatena, bhikkhave, arahatā sammāsambuddhena purisadammo sārito imā aṭṭha disā vidhāvati. So vuccati yoggācariyānaṁ anuttaro purisadammasārathīti iti yan taṁ vuttaṁ idam etaṁ paṭicca vuttan ti.

Idam avoca Bhagavā. Attamanā te bhikkhū Bhagavato bhāsitaṁ abhinandun ti.

SAḶĀYATANAVIBHAṄGASUTTAṀ SATTAMAṀ.

138.

Evaṁ me sutaṁ. Ekaṁ samayaṁ Bhagavā Sāvatthiyaṁ viharati Jetavane Anāthapiṇḍikassa ārāme. Tatra kho Bhagavā bhikkhū āmantesi: Bhikkhavo ti. Bhadante ti te bhikkhū Bhagavato paccassosuṁ. Bhagavā etad avoca: Uddesavibhaṅgaṁ vo, bhikkhave, desissāmi. Taṁ suṇātha sādhukaṁ manasikarotha, bhāsissāmīti. Evaṁ bhante ti kho te bhikkhū Bhagavato paccassosuṁ. Bhagavā etad avoca:—Tathā tathā, bhikkhave, bhikkhu upaparikkheyya yathā yathā 'ssa upaparikkhato bahiddhā c' assa viññāṇaṁ avikkhittaṁ avisaṭaṁ ajjhattaṁ asaṇṭhitaṁ anupādāya na paritasseyya; bahiddhā, bhikkhave, viññāṇe avikkhitte avisaṭe sati ajjhattaṁ asaṇṭhite, anupādāya aparitassato āyatiṁ jātijarāmaraṇadukkhasamudayasambhavo na hotīti. Idam avoca Bhagavā, idaṁ vatvā Sugato uṭṭhāy' āsanā vihāraṁ pāvisi.

Atha kho tesaṁ bhikkhūnaṁ acirapakkantassa Bhagavato etad ahosi:—Idaṁ kho no, āvuso, Bhagavā saṅkhittena uddesaṁ uddisitvā vitthārena atthaṁ avibhajitvā uṭṭhāy' āsanā vihāraṁ paviṭṭho: Tathā tathā, bhikkhave, bhikkhu upaparikkheyya yathā yathā 'ssa upaparikkhato bahiddhā c' assa viññāṇaṁ avikkhittaṁ avisaṭaṁ ajjhattaṁ asaṇṭhitaṁ anupādāya na paritasseyya; bahiddhā, bhikkhave, viññāṇe avikkhitte avisaṭe sati ajjhattaṁ asaṇṭhite, anupādāya aparitassato āyatiṁ jātijarāmaraṇadukkhasamudayasambhavo na hotīti. Ko nu kho imassa Bhagavatā saṅkhittena uddesassa uddiṭṭhassa vitthārena atthaṁ avibhattassa vitthārena atthaṁ vibhajeyyāti?

Atha kho tesaṁ bhikkhūnaṁ etad ahosi: Ayaṁ kho āyasmā Mahā-Kaccāno Satthu c' eva saṁvaṇṇito sambhāvito ca viññūnaṁ sabrahmacārīnaṁ, pahoti c' āyasmā Mahā-Kaccāno imassa Bhagavatā saṅkhittena uddesassa uddiṭṭhassa vitthārena atthaṁ avibhattassa vitthārena atthaṁ vibhajituṁ; yannūna mayaṁ yen' āyasmā Mahā-

Kaccāno ten' upasaṅkameyyāma upasaṅkamitvā āyasmantaṁ Mahā-Kaccānaṁ etam atthaṁ paṭipuccheyyāmāti. Atha kho te bhikkhū yen' āyasmā Mahā-Kaccāno ten' upasaṅkamiṁsu upasaṅkamitvā āyasmatā Mahā-Kaccānena saddhiṁ sammodiṁsu sammodanīyaṁ kathaṁ sārāṇīyaṁ vītisāretvā ekamantaṁ nisīdiṁsu. Ekamantaṁ nisinnā kho te bhikkhū āyasmantaṁ Mahā-Kaccānaṁ etad avocuṁ: — Idaṁ kho no, āvuso Kaccāna, Bhagavā saṅkhittena uddesaṁ uddisitvā vitthārena atthaṁ avibhajitvā uṭṭhāy' āsanā vihāraṁ paviṭṭho: Tathā tathā . . . na hotīti. Tesaṁ no, āvuso Kaccāna, amhākaṁ acirapakkantassa Bhagavato etad ahosi: Idaṁ kho no, āvuso, Bhagavā saṅkhittena uddesaṁ uddisitvā . . . vihāraṁ paviṭṭho: Tathā tathā . . . na hotīti. Ko nu kho imassa Bhagavatā saṅkhittena uddesassa uddiṭṭhassa vitthārena atthaṁ avibhattassa vitthārena atthaṁ vibhajeyyāti? Tesaṁ no, āvuso Kaccāna, amhākaṁ etad ahosi: Ayaṁ kho āyasmā Mahā-Kaccāno . . . paṭipuccheyyāmāti. Vibhajat' āyasmā Mahā-Kaccāno ti.

Seyyathāpi, āvuso, puriso sāratthiko sāragavesī sārapariyesanaṁ caramāno mahato rukkhassa tiṭṭhato sāravato atikkamm' eva mūlaṁ atikamma khandhaṁ sākhāpalāse sāraṁ pariyesitabbaṁ maññeyya,—evaṁ-sampadam idaṁ. Āyasmantānaṁ Satthari sammukhībhūte taṁ Bhagavantaṁ atisitvā amhe etam atthaṁ paṭipucchitabbaṁ maññatha. So h', āvuso, Bhagavā jānaṁ jānāti passaṁ passati cakkhubhūto ñāṇabhūto dhammabhūto brahmabhūto vattā pavattā atthassa ninnetā amatassa dātā dhammasāmī Tathāgato. So c' eva pan' etassa kālo ahosi yaṁ Bhagavantaṁ yeva etam atthaṁ paṭipuccheyyātha; yathā vo Bhagavā byākareyya, tathā naṁ dhāreyyāthāti.

Addhā, 'vuso Kaccāna, Bhagavā jānaṁ jānāti passaṁ passati cakkhubhūto ñāṇabhūto dhammabhūto brahmabhūto vattā pavattā atthassa ninnetā amatassa dātā dhammasāmī Tathāgato. So c' eva pan' etassa kālo yaṁ Bhagavantaṁ yeva etam atthaṁ paṭipuccheyyāma; yathā no Bhagavā byākareyya, tathā naṁ dhāreyyāma. Api c' āyasmā Mahā-Kaccāno Satthu c' eva saṁvaṇṇito sambhāvito ca viññūnaṁ sabrahmacārīnaṁ, pahoti c' āyasmā Mahā-Kaccāno imassa Bhagavatā saṁkhittena uddesassa uddiṭṭhassa vitthārena atthaṁ avibhattassa vitthārena atthaṁ vibhajituṁ. Vibhajat' āyasmā Mahā-Kaccāno agarukaritvā ti.

Tena h', āvuso, suṇātha sādhukaṁ manasikarotha bhāsissāmīti. Evam āvuso ti kho te bhikkhū āyasmato Mahā-Kaccānassa paccassosuṁ. Āyasmā Mahā-Kaccāno etad avoca:—

Yaṁ kho no, āvuso, Bhagavā saṁkhittena uddesaṁ uddisitvā vitthārena atthaṁ avibhajitvā uṭṭhāy' āsanā vihāraṁ paviṭṭho: Tathā tathā, bhikkhave, bhikkhu . . na hotīti,—imassa kho ahaṁ, āvuso, Bhagavatā saṁkhittena uddesassa uddiṭṭhassa vitthārena atthaṁ avibhattassa evaṁ vitthārena atthaṁ ājānāmi.

Kathañ c', āvuso, bahiddhā viññāṇaṁ vikkhittaṁ visaṭan ti vuccati? Idh', āvuso, bhikkhuno cakkhunā rūpaṁ disvā rūpanimittānusārī viññāṇaṁ hoti rūpanimittassādagathitaṁ rūpanimittassādavinibaddhaṁ[1] rūpanimittassādasaṁyojanasaṁyuttaṁ, bahiddhā viññāṇaṁ vikkhittaṁ visaṭan ti vuccati. Sotena saddaṁ sutvā—pe—ghānena gandhaṁ ghāyitvā—pe—jivhāya rasaṁ sāyitvā—pe—kāyena phoṭṭhabbaṁ phusitvā—pe—manasā dhammaṁ viññāya dhammanimittānusārī viññāṇaṁ hoti dhammanimittassādagathitaṁ dhammanimittassādavinibaddhaṁ dhammanimittassādasaṁyojanasaṁyuttaṁ, bahiddhā viññāṇaṁ vikkhittaṁ visaṭan ti vuccati.—Evaṁ kho, āvuso, bahiddhā viññāṇaṁ vikkhittaṁ visaṭan ti vuccati.

Kathañ c', āvuso, bahiddhā viññāṇaṁ avikkhittaṁ avisaṭan ti vuccati? Idh', āvuso, bhikkhuno cakkhunā rūpaṁ disvā na rūpanimittānusārī viññāṇaṁ hoti na rūpanimittassādagathitaṁ na rūpanimittassādasaṁyojanasaṁyuttaṁ, bahiddhā viññāṇaṁ avikkhittaṁ avisaṭan ti

[1] So S[tt]; Si -bandhaṁ.

vuccati. Sotena saddaṁ sutvā—pe—ghānena gandhaṁ ghāyitvā—pe—jivhāya rasaṁ sāyitvā—pe—kāyena phoṭṭhabbaṁ phusitvā—pe—manasā dhammaṁ viññāya na dhammanimittānusārī viññāṇaṁ hoti na dhammanimittassādagathitaṁ na dhammanimittassādavinibaddhaṁ na dhammanimittassādasaṁyojanasaṁyuttaṁ, bahiddhā viññāṇaṁ avikkhittaṁ avisaṭan ti vuccati.—Evaṁ kho, āvuso, bahiddhā viññāṇaṁ avikkhittaṁ avisaṭan ti vuccati.

Kathañ c', āvuso, ajjhattaṁ cittaṁ saṇṭhitan ti vuccati? Idh', āvuso, bhikkhu vivicc' eva kāmehi vivicca akusalehi dhammehi savitakkaṁ savicāraṁ vivekajaṁ pītisukhaṁ paṭhamajjhānaṁ upasampajja viharati. Tassa vivekajapītisukhānusārī viññāṇaṁ hoti vivekajapītisukhassādagathitaṁ vivekajapītisukhassādavinibaddhaṁ vivekajapītisukhassādasaṁyojanasaṁyuttaṁ, ajjhattaṁ cittaṁ saṇṭhitan ti vuccati. Puna ca paraṁ, āvuso, bhikkhu vitakkavicārānaṁ vūpasamā ajjhattaṁ sampasādanaṁ cetaso ekodibhāvaṁ avitakkaṁ avicāraṁ samādhijaṁ pītisukhaṁ dutiyajjhānaṁ upasampajja viharati. Tassa samādhijapītisukhānusārī viññāṇaṁ hoti samādhijapītisukhassādagathitaṁ samādhijapītisukhassādavinibaddhaṁ samādhijapītisukhassādasaṁyojanasaṁyuttaṁ, ajjhattaṁ cittaṁ saṇṭhitan ti vuccati. Puna ca paraṁ, āvuso, bhikkhu pītiyā ca virāgā upekhako ca viharati, sato ca sampajāno sukhañ ca kāyena paṭisaṁvedeti yan taṁ ariyā ācikkhanti:—Upekhako satimā sukhavihārīti, tatiyajjhānaṁ upasampajja viharati. Tassa upekhānusārī viññāṇaṁ hoti upekhāsukhassādagathitaṁ upekhāsukhassādavinibaddhaṁ upekhāsukhassādasaṁyojanasaṁyuttaṁ, ajjhattaṁ cittaṁ saṇṭhitan ti vuccati. Puna ca paraṁ, āvuso, bhikkhu sukhassa ca pahānā dukkhassa ca pahānā pubbe va somanassadomanassānaṁ atthagamā adukkhamasukhaṁ upekhāsatipārisuddhiṁ catutthajjhānaṁ upasampajja viharati. Tassa adukkhamasukhānusārī viññāṇaṁ hoti adukkhamasukhassādagathitaṁ adukkhamasukhassādavinibaddhaṁ adukkhamasukhassādasaṁyojanasaṁyuttaṁ, ajjhattaṁ cittaṁ saṇṭhitan ti vuccati.—Evaṁ kho, āvuso, ajjhattaṁ cittaṁ saṇṭhitan ti vuccati.

Kathañ c', āvuso, ajjhattaṁ cittaṁ asaṇṭhitan ti vuccati? Idh', āvuso, bhikkhu vivicc' eva kāmehi —pe— paṭhamajjhānaṁ upasampajja viharati. Tassa na vivekajapītisukhānusārī viññāṇaṁ hoti na vivekajapītisukhassādagathitaṁ na vivekajapītisukhassādavinibaddhaṁ na vivekajapītisukhassādasaṁyojanasaṁyuttaṁ, ajjhattaṁ cittaṁ asaṇṭhitan ti vuccati. Puna ca paraṁ, āvuso, bhikkhu vitakkavicārānaṁ vūpasamā —pe— dutiyajjhānaṁ upasampajja viharati. Tassa na samādhijapītisukhānusārī viññāṇaṁ hoti na samādhijapītisukhassādagathitaṁ na samādhijapītisukhassādavinibaddhaṁ na samādhijapītisukhassādasaṁyojanasaṁyuttaṁ, ajjhattaṁ cittaṁ asaṇṭhitan ti vuccati. Puna ca paraṁ, āvuso, bhikkhu pītiyā ca virāgā —pe— tatiyajjhānaṁ upasampajja viharati. Tassa na upekhāsukhānusārī viññāṇaṁ hoti na upekhāsukhassādagathitaṁ na upekhāsukhassādavinibaddhaṁ na upekhāsukhassādasaṁyojanasaṁyuttaṁ, ajjhattaṁ cittaṁ asaṇṭhitan ti vuccati. Puna ca paraṁ, āvuso, bhikkhu, sukhassa ca pahānā —pe— catutthajjhānaṁ upasampajja viharati. Tassa na adukkhamasukhānusārī viññāṇaṁ hoti na adukkhamasukhassādagathitaṁ na adukkhamasukhassādavinibaddhaṁ na adukkhamasukhassādasaṁyojanasaṁyuttaṁ, ajjhattaṁ cittaṁ asaṇṭhitan ti vuccati.—Evaṁ kho, āvuso, ajjhattaṁ cittaṁ asaṇṭhitan ti vuccati.

Kathañ c', āvuso, anupādā paritassanā hoti? Idh', āvuso, assutavā puthujjano ariyānaṁ adassāvī ariyadhammassa akovido ariyadhamme avinīto sappurisānaṁ adassāvī sappurisadhammassa akovido sappurisadhamme avinīto rūpaṁ attato samanupassati rūpavantaṁ vā attānaṁ attani vā rūpaṁ rūpasmiṁ vā attānaṁ. Tassa taṁ rūpaṁ vipariṇāmati aññathā hoti, tassa rūpavipariṇāmaññathābhāvā rūpavipariṇāmānuparivatti viññāṇaṁ hoti, tassa rūpavipariṇāmānuparivattijā paritassanā dhammasamuppādā cittaṁ pariyādāya tiṭṭhanti, cetaso pariyādānā uttāsavā ca hoti vighātavā ca upekhavā ca anupādāya ca paritassati. Vedanaṁ

—pe— saññaṁ —pe— saṅkhāre —pe— viññāṇaṁ attato samanupassati viññāṇavantaṁ vā attānaṁ attani vā viññāṇaṁ viññāṇasmiṁ vā attānaṁ. Tassa taṁ viññāṇaṁ vipariṇāmati aññathā hoti, tassa viññāṇavipariṇāmaññathābhāvā viññāṇavipariṇāmānuparivatti viññāṇaṁ hoti, tassa viññāṇavipariṇāmānuparivattajā paritassanā dhammasamuppādā cittaṁ pariyādāya tiṭṭhanti, cetaso pariyādānā uttāsavā ca hoti vighātavā ca upekhavā ca anupādāya ca paritassati. —Evaṁ kho, āvuso, anupādā paritassanā hoti.

Kathañ c', āvuso, anupādā aparitassanā hoti? Idh', āvuso, sutavā ariyasāvako ariyānaṁ dassāvī ariyadhammassa kovido ariyadhamme suvinīto sappurisānaṁ dassāvī sappurisadhammassa kovido sappurisadhamme suvinīto na rūpaṁ attato samanupassati na rūpavantaṁ vā attānaṁ, na attani vā rūpaṁ na rūpasmiṁ vā attānaṁ. Tassa taṁ rūpaṁ vipariṇāmati aññathā hoti, tassa rūpavipariṇāmaññathābhāvā na rūpavipariṇāmānuparivatti viññāṇaṁ hoti, tassa na rūpavipariṇāmānuparivattajā paritassanā dhammasamuppādā cittaṁ na pariyādāya tiṭṭhanti, cetaso apariyādānā na c' ev' uttāsavā hoti na ca vighātavā na ca upekhavā anupādāya ca na paritassati. Na vedanaṁ—pe—na saññaṁ—pe—na saṅkhāre—pe—na viññāṇaṁ attato samanupassati na viññāṇavantaṁ vā attānaṁ, na attani vā viññāṇaṁ na viññāṇasmiṁ vā attānaṁ. Tassa taṁ viññāṇaṁ vipariṇāmati aññathā hoti, tassa viññāṇavipariṇāmaññathābhāvā na viññāṇavipariṇāmānuparivatti viññāṇaṁ hoti, tassa na viññāṇavipariṇāmānuparivattajā paritassanā dhammasamuppādā cittaṁ pariyādāya tiṭṭhanti, cetaso pariyādānā na c' ev' uttāsavā hoti na ca vighātavā na ca upekhavā anupādāya ca na paritassati.—Evaṁ kho, āvuso, anupādā aparitassanā hoti.

Yaṁ kho no, āvuso, Bhagavā saṅkhittena uddesaṁ uddisitvā vitthārena atthaṁ avibhajitvā uṭṭhāy' āsanā vihāraṁ paviṭṭho: Tathā, tathā, bhikkhave, bhikkhu . . na hotīti, —imassa kho ahaṁ, āvuso, Bhagavatā saṅkhittena uddesassa uddiṭṭhassa vitthārena atthaṁ avibhattassa evaṁ vitthārena atthaṁ ājānāmi. Ākaṅkhamānā ca pana tumhe āyasmanto Bhagavantaṁ yeva upasaṅkamitvā etam atthaṁ paṭipuccheyyātha. Yathā vo Bhagavā byākaroti, tathā naṁ dhāreyyathāti.

Atha kho te bhikkhū āyasmato Mahā-Kaccānassa bhāsitaṁ abhinanditvā anumoditvā uṭṭhāy' āsanā yena Bhagavā ten' upasaṅkamiṁsu upasaṅkamitvā Bhagavantaṁ abhivādetvā ekamantaṁ nisīdiṁsu. Ekamantaṁ nisinnā kho te bhikkhū Bhagavantaṁ etad avocuṁ: Yaṁ kho no, bhante, Bhagavā saṅkhittena uddesaṁ uddisitvā vitthārena atthaṁ avibhajitvā uṭṭhāy' āsanā vihāraṁ paviṭṭho: Tathā tathā, bhikkhave, bhikkhu . . . na hotīti; tesan no, bhante, amhākaṁ acirapakkantassa Bhagavato etad ahosi: Idaṁ kho no, āvuso, Bhagavā saṅkhittena uddesaṁ uddisitvā . . . vihāraṁ paviṭṭho: Tathā tathā, bhikkhave, bhikkhu . . . na hotīti. Ko nu kho imassa Bhagavatā saṅkhittena uddesassa uddiṭṭhassa vitthārena atthaṁ avibhattassa vitthārena atthaṁ vibhajeyyāti? Tesan no, bhante, amhākaṁ etad ahosi: Ayaṁ kho āyasmā Mahā-Kaccāno . . . paṭipuccheyyāmāti. Atha kho mayaṁ, bhante, yen' āyasmā Mahā-Kaccāno ten' upasaṅkamimha upasaṅkamitvā āyasmantaṁ Mahā-Kaccānaṁ etam atthaṁ paṭipucchimha. Tesan no, bhante, āyasmatā Mahā-Kaccānena imehi ākārehi imehi padehi imehi byañjanehi attho vibhatto ti.

Paṇḍito, bhikkhave, Mahā-Kaccāno; mahāpañño, bhikkhave, Mahā-Kaccāno. Mañ ce pi tumhe, bhikkhave, etam atthaṁ paṭipuccheyyātha, aham pi taṁ evam evaṁ byākareyyaṁ, yathā taṁ Mahā-Kaccānena byākataṁ. Eso c' etassa attho evañ ca naṁ dhārethāti.

Idam avoca Bhagavā. Attamanā te bhikkhū Bhagavato bhāsitaṁ abhinandun ti.

UDDESAVIBHAṄGASUTTAṀ AṬṬHAMAṀ.

139.

Evam me sutaṁ. Ekaṁ samayaṁ Bhagavā Sāvatthiyaṁ viharati Jetavane Anāthapiṇḍikassa ārāme. Tatra kho Bhagavā bhikkhū āmantesi: Bhikkhavo ti. Bhadante ti te bhikkhū Bhagavato paccassosuṁ. Bhagavā etad avoca: Araṇavibhaṅgaṁ vo, bhikkhave, desissāmi. Taṁ suṇātha sādhukaṁ manasikarotha bhāsissāmīti. Evaṁ bhante ti kho te bhikkhū Bhagavato paccassosuṁ. Bhagavā etad avoca:—Na kāmasukham anuyuñjeyya hīnaṁ gammaṁ pothujjanikaṁ anariyaṁ anatthasaṁhitaṁ, na ca attakilamathānuyogaṁ anuyuñjeyya dukkhaṁ anariyaṁ anatthasaṁhitaṁ; ete te[1] ubho ante anupagamma majjhimā paṭipadā Tathāgatena abhisambuddhā cakkhukaraṇī ñāṇakaraṇī upasamāya abhiññāya sambodhāya nibbānāya saṁvattati. Ussādanañ ca jaññā apasādanañ ca jaññā ussādanañ ca ñatvā apasādanañ ca ñatvā n' ev' ussādeyya na apasādeyya dhammam eva deseyya. Sukhavinicchayaṁ jaññā sukhavinicchayaṁ ñatvā ajjhattaṁ sukham anuyuñjeyya. Raho vādaṁ na bhāseyya. Sammukhā na khīṇaṁ[2] bhaṇe. Ataramāno va bhāseyya, no taramāno. Janapadaniruttiṁ[3] nābhiniveseyya, samaññaṁ nātidhāveyyāti.—Ayam uddeso araṇavibhaṅgassa.

Na kāmasukham anuyuñjeyya hīnaṁ gammaṁ pothujjanikaṁ anariyaṁ anatthasaṁhitaṁ, na ca attakilamathānuyogaṁ anuyuñjeyya dukkhaṁ anariyaṁ anatthasaṁhitan ti iti pan' etaṁ vuttaṁ. Kiñ c' etaṁ paṭicca vuttaṁ? Yo kāmapaṭisandhisukhino somanassānuyogo hīno gammo pothujjaniko anariyo anatthasaṁhito, sadukkho eso dhammo sa-upaghāto[4] sa-upāyāso sapariḷāho micchāpaṭipadā. Yo kāmapaṭisandhisukhino somanassānuyogaṁ

[1] So Si; S^{tr} ete tveva here and infra. [2] So S^{tr} Bu; Si nātikhīṇaṁ with note that Sinhalese reading is as in text. [3] Si janapathan°. [4] So Si Bu and S^{tr} eventually, S^{tr} savighāto (and avighāto) generally.

ananuyogo hīnaṁ gammaṁ pothujjanikaṁ anariyaṁ anatthasaṁhitaṁ, adukkho eso dhammo anupaghāto anupāyāso apariḷāho sammāpaṭipadā. Yo attakilamathānuyogo dukkho anariyo anatthasaṁhito, sadukkho eso dhammo sa-upaghāto sa-upāyāso sapariḷāho micchāpaṭipadā. Yo attakilamathānuyoge ananuyogo dukkhaṁ anariyaṁ anatthasaṁhitaṁ, adukkho eso dhammo anupaghāto anupāyāso apariḷāho sammāpaṭipadā. Na kāmasukham anuyuñjeyya hīnaṁ gammaṁ pothujjanikaṁ anariyaṁ anatthasaṁhitaṁ, na c' attakilamathānuyogaṁ anuyuñjeyya dukkhaṁ anariyaṁ anatthasaṁhitan ti iti yan taṁ vuttaṁ idam etaṁ paṭicca vuttaṁ.

Ete te ubho ante anupagamma majjhimā paṭipadā Tathāgatena abhisambuddhā cakkhukaraṇī ñāṇakaraṇī upasamāya abhiññāya sambodhāya nibbānāya saṁvattatīti iti kho pan' etaṁ vuttaṁ. Kiñ c' etaṁ paṭicca vuttaṁ? Ayam eva ariyo aṭṭhaṅgiko maggo, seyyathīdaṁ: sammādiṭṭhi sammāsaṅkappo sammāvācā sammākammanto sammā-ājīvo sammāvāyāmo sammāsati sammāsamādhi. Ete te ubho ante anupagamma majjhimā paṭipadā Tathāgatena abhisambuddhā . . . saṁvattatīti iti yan taṁ vuttaṁ idam etaṁ paṭicca vuttaṁ.

Ussādanañ ca jaññā apasādanañ ca jaññā ussādanañ ca ñatvā apasādanañ ca ñatvā n' ev' ussādeyya na apasādeyya dhammam eva deseyyāti iti kho pan' etaṁ vuttaṁ. Kiñ c' etaṁ paṭicca vuttaṁ? Kathañ ca, bhikkhave, ussādanā ca hoti apasādanā ca hoti no ca dhammadesanā? "Ye kāmapaṭisandhisukhino somanassānuyogaṁ anuyuttā hīnaṁ gammaṁ pothujjanikaṁ anariyaṁ anatthasaṁhitaṁ, sabbe te sadukkhā sa-upaghātā sa-upāyāsā sapariḷāhā micchāpaṭipannā ti" iti vadaṁ itth' eke apasādeti. "Ye kāmapaṭisandhisukhino somanassānuyogaṁ anuyuttā hīnaṁ gammaṁ pothujjanikaṁ anariyaṁ anatthasaṁhitaṁ, sabbe te adukkhā anupaghātā anupāyāsā apariḷāhā sammāpaṭipannā ti" iti vadaṁ itth' eke ussādeti. "Ye attakilamathānuyogaṁ anuyuttā dukkhaṁ anariyaṁ anatthasaṁhitaṁ, sabbe te sadukkhā sa-upaghātā sa-upāyāsā sapariḷāhā micchāpaṭipannā ti" iti vadaṁ itth' eke apasādeti. "Ye attakilamathānuyogaṁ ananuyuttā dukkhaṁ anariyaṁ anatthasaṁhitaṁ, sabbe te adukkhā anupaghātā anupāyāsā apariḷāhā sammāpaṭipannā ti" iti vadaṁ itth' eke ussādeti. "Yesaṁ kesañci bhavasaṁyojanaṁ appahīnaṁ, sabbe te sadukkhā sa-upaghātā sa-upāyāsā sapariḷāhā micchāpaṭipannā ti" iti vadaṁ itth' eke apasādeti. "Yesaṁ kesañci vibhavasaṁyojanaṁ pahīnaṁ, sabbe te adukkhā anupaghātā anupāyāsā apariḷāhā sammāpaṭipannā ti" iti vadaṁ itth' eke ussādeti. Evaṁ kho, bhikkhave, ussādanā ca hoti apasādanā ca no ca dhammadesanā. Kathañ ca, bhikkhave, n'ev' ussādanā hoti na apasādanā dhammadesanā ca? "Ye kāmapaṭisandhisukhino somanassānuyogaṁ anuyuttā hīnaṁ gammaṁ pothujjanikaṁ anariyaṁ anatthasaṁhitaṁ, sabbe te sadukkhā sa-upaghātā sa-upāyāsā sapariḷāhā micchāpaṭipannā ti" na evaṁ āha. "Anuyogo ca kho sadukkho eso dhammo sa-upaghāto sa-upāyāso sapariḷāho micchāpaṭipadā ti" iti vadaṁ dhammaṁ eva deseti. "Ye kāmapaṭisandhisukhino somanassānuyogaṁ anuyuttā hīnaṁ gammaṁ pothujjanikaṁ anariyaṁ anatthasaṁhitaṁ, sabbe te adukkhā anupaghātā anupāyāsā apariḷāhā sammāpaṭipannā ti" na evaṁ āha. "Ananuyogo ca kho adukkho eso dhammo anupaghāto anupāyāso apariḷāho sammāpaṭipadā ti" iti vadaṁ dhammaṁ eva deseti. "Ye attakilamathānuyogaṁ anuyuttā dukkhaṁ anariyaṁ anatthasaṁhitaṁ, sabbe te sadukkhā sa-upaghātā sa-upāyāsā sapariḷāhā micchāpaṭipannā ti" na evaṁ āha. "Anuyogo ca kho sadukkho eso dhammo sa-upaghāto sa-upāyāso sapariḷāho micchāpaṭipadā ti" iti vadaṁ dhammaṁ eva deseti. "Ye attakilamathānuyogaṁ ananuyuttā dukkhaṁ anariyaṁ anatthasaṁhitaṁ, sabbe te adukkhā anupaghātā anupāyāsā apariḷāhā sammāpaṭipannā ti" na evaṁ āha. "Ananuyogo ca kho adukkho eso dhammo anupaghāto anupāyāso apariḷāho sammāpaṭipadā ti" iti vadaṁ dhammaṁ eva deseti. "Yesaṁ kesañci bhavasaṁyojanaṁ appahīnaṁ, sabbe te sadukkhā sa-upaghātā sa-upāyāsā sapariḷāhā micchāpaṭipannā ti" na evaṁ āha. "Bhavasaṁyojane kho appahīne, bhavo appahīno hotīti" iti vadaṁ dhammaṁ eva deseti. "Yesaṁ kesañci bhavasaṁyojanaṁ pahīnaṁ, sabbe te adukkhā anupaghātā anupāyāsā apariḷāhā sammāpaṭipannā ti" na evaṁ āha. "Bhavasaṁyojane ca kho pahīne bhavo pahīno hotīti" iti vadaṁ dhammaṁ eva deseti. Evaṁ kho, bhikkhave, n' ev' ussādanā hoti na apasādanā dhammadesanā ca.

Ussādanañ ca jaññā apasādanañ ca jaññā ussādanañ ca ñatvā apasādanañ ca ñatvā n' ev' ussādeyya na apasādeyya dhammaṁ eva deseyyāti iti yan taṁ vuttaṁ idam etaṁ paṭicca vuttaṁ.

Sukhavinicchayaṁ jaññā sukhavinicchayaṁ ñatvā ajjhattaṁ sukhaṁ anuyuñjeyyāti iti kho pan' etaṁ vuttaṁ. Kiñ c' etaṁ paṭicca vuttaṁ? Pañc' ime, bhikkhave, kāmaguṇā. Katame pañca?—Cakkhuviññeyyā rūpā iṭṭhā kantā manāpā piyarūpā kāmūpasaṁhitā rajanīyā, sotaviññeyyā saddā—pe—ghānaviññeyyā gandhā—pe—, jivhāviññeyyā rasā—pe—, kāyaviññeyyā phoṭṭhabbā iṭṭhā kantā manāpā piyarūpā kāmūpasaṁhitā rajanīyā. Ime kho, bhikkhave, pañca kāmaguṇā. Yaṁ kho, bhikkhave, ime pañca kāmaguṇe paṭicca uppajjati sukhasomanassaṁ, idaṁ vuccati kāmasukhaṁ mīḷhasukhaṁ[1] puthujjanasukhaṁ anariyasukhaṁ. Na āsevitabbaṁ na bhāvetabbaṁ na bahulīkātabbaṁ bhāyitabbaṁ[2] etassa sukhassāti vadāmi. Idha, bhikkhave, bhikkhu vivicc' eva kāmehi vivicca akusalehi dhammehi savitakkaṁ savicāraṁ vivekajaṁ pītisukhaṁ paṭhamajjhānaṁ upasampajja viharati; vitakkavicārānaṁ vūpasamā ajjhattaṁ sampasādanaṁ cetaso ekodibhāvaṁ avitakkaṁ avicāraṁ samādhijaṁ pītisukhaṁ dutiyajjhānaṁ—pe—tatiyajjhānaṁ—pe—catutthajjhānaṁ upasampajja viharati. Idaṁ vuccati nekkhammasukhaṁ pavivekasukhaṁ upasamasukhaṁ sambodhisukhaṁ. Āsevitabbaṁ bhāvetabbaṁ bahulīkātabbaṁ na bhāyitabbaṁ etassa sukhassāti

---

[1] Si miḷhasukhaṁ, following puth. [2] St na bhāsitabbaṁ.

vadāmi. Sukhavinicchayaṁ jaññā sukhavinicchayaṁ ñatvā ajjhattaṁ sukham anuyuñjeyyāti iti yan taṁ vuttaṁ idam etaṁ paṭicca vuttaṁ.

Rahovādaṁ na bhāseyya; sammukhā na khīṇaṁ bhaṇe ti iti kho pan' etaṁ vuttaṁ. Kiñ c' etaṁ paṭicca vuttaṁ? Tatra, bhikkhave, yaṁ jaññā rahovādaṁ abhūtaṁ atacchaṁ anatthasaṁhitaṁ, sasakkaṁ taṁ rahovādaṁ na bhāseyya; yam pi jaññā rahovādaṁ bhūtaṁ tacchaṁ anatthasaṁhitaṁ, tassa pi sikkheyya avacanāya; yañ ca kho jaññā rahovādaṁ bhūtaṁ tacchaṁ atthasaṁhitaṁ, tatra kālaññū assa tassa rahovādassa vacanāya. Tatra, bhikkhave, yaṁ jaññā sammukhā khīṇavādaṁ abhūtaṁ atacchaṁ anatthasaṁhitaṁ, sasakkaṁ taṁ sammukhā khīṇavādaṁ na bhāseyya; yam pi jaññā sammukhā khīṇavādaṁ bhūtaṁ tacchaṁ anatthasaṁhitaṁ, tassa pi sikkheyya avacanāya; yañ ca kho jaññā sammukhā khīṇavādaṁ bhūtaṁ tacchaṁ atthasaṁhitaṁ, tatra kālaññū assa tassa sammukhā khīṇavādassa vacanāya. Rahovādaṁ na bhāseyya; sammukhā na khīṇaṁ bhaṇe ti iti yan taṁ vuttaṁ idam etaṁ paṭicca vuttaṁ.

Ataramāno va bhāseyya no taramāno ti iti kho pan' etaṁ vuttaṁ. Kiñ c' etaṁ paṭicca vuttaṁ? Tatra, bhikkhave, taramānassa bhāsato kāyo pi kilamati cittam pi upahaññati[1] saro pi upahaññati kaṇṭho pi āturīyati, avissaṭṭham pi hoti aviññeyyaṁ taramānassa bhāsitaṁ. Tatra, bhikkhave, ataramānassa bhāsato kāyo pi na kilamati cittam pi na upahaññati saro pi na upahaññati kaṇṭho pi na āturīyati, visaṭṭham pi hoti viññeyyaṁ ataramānassa bhāsitaṁ. Ataramāno va bhāseyya na taramāno ti iti yan taṁ vuttaṁ idam etaṁ paṭicca vuttaṁ.

Janapadaniruttiṁ nābhiniveseyya, samaññaṁ nātidhāveyyāti iti kho pan' etaṁ vuttaṁ. Kiñ c' etaṁ paṭicca vuttaṁ? Kathañ ca, bhikkhave, janapadaniruttiyā ca abhiniveso hoti samaññāya ca atisāro? Idha, bhikkhave, tad ev' ekaccesu janapadesu Pātiṁ sañjānanti,

---

[1] So Si; S[kv] Bu ūhaññati, followed by saro pi upah°.

Pattan ti sañjānanti, Vitthan[1] ti sañjānanti, Sarāvan ti sañjānanti, Dhāropan[2] ti sañjānanti, Poṇan ti sañjānanti,[3] Pisīlan[4] ti sañjānanti. Iti yathā yathā naṁ tesu tesu janapadesu sañjānanti, tathā tathā thāmasā parāmassa abhinivissa voharati: Idaṁ eva saccaṁ mogham aññan ti. Evaṁ kho, bhikkhave, janapadaniruttiyā ca abhiniveso hoti samaññāya ca atisāro. Kathañ ca, bhikkhave, janapadaniruttiyā ca anabhiniveso hoti samaññāya ca anatisāro? Idha, bhikkhave, tad ev' ekaccesu janapadesu pātī ti sañjānanti, pattan ti sañjānanti, vitthan ti sañjānanti, sarāvan ti sañjānanti, dhāropan ti sañjānanti, poṇan ti sañjānanti, pisīlan ti sañjānanti. Iti yathā yathā naṁ tesu tesu janapadesu sañjānanti: Idaṁ kira 'me āyasmanto sandhāya voharantīti, tathā tathā voharati aparāmasaṁ. Evaṁ kho, bhikkhave, janapadaniruttiyā ca anabhiniveso hoti samaññāya ca anatisāro. Janapadaniruttiṁ nābhiniveseyya, samaññaṁ nātidhāveyyāti iti yan taṁ vuttaṁ, idaṁ etaṁ paṭicca vuttaṁ.

Tatra, bhikkhave, yo kāmapaṭisandhisukhino somanassānuyogo hīno gammo pothujjano anariyo anatthasaṁhito, sadukkho eso dhammo sa-upaghāto sa-upāyāso sapariḷāho micchāpaṭipadā: tasmā eso dhammo saraṇo. Tatra, bhikkhave, yo kāmapaṭisandhisukhino somanassānuyogaṁ ananuyogo hīnaṁ gammaṁ pothujjanikaṁ anariyaṁ anatthasaṁhitaṁ, adukkho eso dhammo anupaghāto anupāyāso apariḷāho sammāpaṭipadā: tasmā eso dhammo araṇo. Tatra, bhikkhave, yo attakilamathānuyogo dukkho anariyo anatthasaṁhito, sadukkho eso dhammo sa-upaghāto sa-upāyāso sapariḷāho micchāpaṭipadā; tasmā eso dhammo saraṇo. Tatra, bhikkhave, yo attakilamathānuyogaṁ ananuyogo dukkhaṁ anariyaṁ anatthasaṁhitaṁ, adukkho eso dhammo anupaghāto anupāyāso apariḷāho sammāpaṭi-

---

[1] Si piṭṭhan, noting that Sinhalese reading is as in text.
[2] Si haroṇan,—noting that Sinhalese reading is as in text.
[3] Si here adds lunan ti sañjānanti, with note that Sinhalese MSS. omit this clause.
[4] Sbr; here allan, but pisīlan infra; Si pipilan ti with note that Sinhalese reading is pisīlan.

padā; tasmā eso dhammo araṇo. Tatra, bhikkhave, yā 'yaṁ majjhimā paṭipadā Tathāgatena abhisambuddhā cakkhukaraṇī ñāṇakaraṇī upasamāya abhiññāya sambodhāya nibbānāya saṁvattati, adukkho eso dhammo anupaghāto anupāyāso apariḷāho sammāpaṭipadā: tasmā eso dhammo araṇo. Tatra, bhikkhave, yā 'yaṁ ussādanā ca apasādanā ca no ca dhammadesanā, sadukkho eso dhammo sa-upaghāto sa-upāyāso sapariḷāho micchāpaṭipadā; tasmā eso dhammo saraṇo. Tatra, bhikkhave, yā 'yaṁ n' ev' ussādanā na apasādanā dhammadesanā vā,[1] adukkho eso dhammo anupaghāto anupāyāso apariḷāho sammāpaṭipadā; tasmā eso dhammo araṇo. Tatra, bhikkhave, yam idaṁ kāmasukhaṁ miḷhasukhaṁ puthujjanasukhaṁ anariyasukhaṁ, sadukkho eso dhammo sa-upaghāto sa-upāyāso sapariḷāho micchāpaṭipadā; tasmā eso dhammo saraṇo.[2] Tatra, bhikkhave, yam idaṁ nekkhammasukhaṁ pavivekasukhaṁ upasamasukhaṁ, adukkho eso dhammo anupaghāto anupāyāso apariḷāho sammāpaṭipadā; tasmā eso dhammo araṇo. Tatra, bhikkhave, yvāyaṁ rahovādo abhūto ataccho anatthasaṁhito, sadukkho eso dhammo sa-upaghāto sa-upāyāso sapariḷāho micchāpaṭipadā; tasmā eso dhammo saraṇo. Tatra, bhikkhave, yo pāyaṁ rahovādo bhūto taccho anatthasaṁhito, sadukkho eso dhammo sa-upaghāto sa-upāyāso sapariḷāho micchāpaṭipadā; tasmā eso dhammo saraṇo. Tatra, bhikkhave, yvāyaṁ rahovādo bhūto taccho atthasaṁhito, adukkho eso dhammo anupaghāto anupāyāso apariḷāho sammāpaṭipadā: tasmā eso dhammo araṇo. Tatra, bhikkhave, yvāyaṁ sammukhā khīṇavādo abhūto ataccho anatthasaṁhito, sadukkho eso dhammo sa-upaghāto sa-upāyāso sapariḷāho micchāpaṭipadā; tasmā eso dhammo saraṇo. Tatra, bhikkhave, yo pāyaṁ sammukhā khīṇavādo bhūto taccho anatthasaṁhito, sadukkho . . . micchāpaṭipadā . . . saraṇo. Tatra, bhikkhave, yo pāyaṁ sammukhā

[1] So Si; S[k] ca, omitting dhammadesanā. [2] Si omits the whole of this sentence from Tatra.

khīṇavādo bhūto taccho atthasaṃhito, adukkho . . . sammāpaṭipadā . . . araṇo. Tatra, bhikkhave, yaṃ idaṃ taramānassa bhāsitaṃ, sadukkho eso dhammo . . . micchāpaṭipadā . . . saraṇo. Tatra, bhikkhave, yaṃ idaṃ ataramānassa bhāsitaṃ, adukkho . . . sammāpaṭipadā . . . araṇo. Tatra, bhikkhave, yvāyaṃ janapadaniruttiyā ca abhiniveso samaññāya ca atisāro, sadukkho eso dhammo sa-upaghāto . . . micchāpaṭipadā . . . saraṇo. Tatra, bhikkhave, yvāyaṃ janapadaniruttiyā ca anabhiniveso samaññāya ca anatisāro, adukkho eso dhammo anupaghāto anupāyāso apariḷāho sammāpaṭipadā; tasmā eso dhammo araṇo.

Tasmāt iha, bhikkhave, saraṇañ ca dhammaṃ jānissāma araṇañ ca dhammaṃ jānissāma, saraṇañ ca dhammaṃ ñatvā araṇañ ca dhammaṃ ñatvā araṇapaṭipadaṃ paṭipajjissāmāti,—evaṃ kho, bhikkhave, sikkhitabbaṃ. Subhūti ca pana, bhikkhave, kulaputto araṇapaṭipadaṃ paṭipanno ti.

Idam avoca Bhagavā. Attamanā te bhikkhū Bhagavato bhāsitaṃ abhinandun ti.

ARAṆAVIBHAṄGASUTTAṂ[1] NAVAMAṂ.

140.

Evaṃ me sutaṃ. Ekaṃ samayaṃ Bhagavā Magadhesu cārikaṃ caramāno yena Rājagahaṃ tad avasari, yena Bhaggavo kumbhakāro ten' upasaṅkami, upasaṅkamitvā Bhaggavaṃ kumbhakāraṃ etad avoca:—Sace te, Bhaggava, agaru, viharāmu' āvesane[2] ekarattin ti.

Na kho me, bhante, garu. Atthi c' ettha pabbajito paṭhamaṃ vāsupagato; sace so anujānāti, vihara,[3] bhante, yathāsukhan ti.

[1] So Si Bu; S[kt] Araṇavibhaṅgiyasuttanto. [2] Si nivesane, with note that the Sinhalese reading is as in text. [3] Si viharatha.

Tena kho pana samayena Pukkusāti nāma kulaputto Bhagavantaṁ uddissa saddhāya[1] agārasmā anagāriyaṁ pabbajito. So tasmiṁ kumbhakārāvesane paṭhamaṁ vāsupagato hoti. Atha kho Bhagavā yen' āyasmā Pukkusāti ten' upasaṁkami, upasaṁkamitvā āyasmantaṁ Pukkusātiṁ etad avoca: Sace te, bhikkhu, agaru, viharām' āvesane ekarattin ti.

Urundaṁ,[2] āvuso, kumbhakārāvesanaṁ; viharat' āyasmā yathāsukhan ti.

Atha kho Bhagavā kumbhakārāvesanaṁ pavisitvā ekamantaṁ tiṇasantharakaṁ paññāpetvā nisīdi pallaṅkaṁ ābhujitvā ujuṁ kāyaṁ paṇidhāya parimukhaṁ satiṁ upaṭṭhapetvā. Atha kho Bhagavā bahud eva rattiṁ nisajjāya vītināmesi. Āyasmā pi kho Pukkusāti bahud eva rattiṁ nisajjāya vītināmesi. Atha kho Bhagavato etad ahosi: Pāsādikaṁ nu kho ayaṁ kulaputto iriyati? yaṁnūnāhaṁ puccheyyan ti. Atha kho Bhagavā āyasmantaṁ Pukkusātiṁ etad avoca:—Kaṁ si tvaṁ, bhikkhu, uddissa pabbajito? Ko vā te satthā? Kassa vā tvaṁ dhammaṁ rocesīti?

Atth', āvuso, samaṇo Gotamo Sakyaputto Sakyakulā pabbajito; taṁ kho pana Bhagavantaṁ Gotamaṁ evaṁ kalyāṇo kittisaddo abbhuggato: Iti pi so Bhagavā arahaṁ sammāsambuddho vijjācaraṇasampanno sugato lokavidū anuttaro purisadammasārathi satthā devamanussānaṁ Buddho bhagavā ti. Tāhaṁ Bhagavantaṁ uddissa pabbajito; so ca me Bhagavā satthā; tassāhaṁ Bhagavato dhammaṁ rocemīti.

Kahaṁ pana, bhikkhu, etarahi so Bhagavā viharati arahaṁ sammāsambuddho ti?

Atth', āvuso, uttaresu janapadesu Sāvatthī nāma nagaraṁ; tattha so Bhagavā etarahi viharati arahaṁ sammāsambuddho ti.

Diṭṭhapubbo pana te, bhikkhu, so Bhagavā? Disvā ca pana jāneyyāsīti?

1 Str saddha.

2 So Si Bu; Str ur.

Na kho me, āvuso, diṭṭhapubbo so Bhagavā; disvā cāhaṁ na jāneyyan ti.

Atha kho Bhagavato etad ahosi: Maṁ khvāyaṁ kulaputto uddissa pabbajito; yannūn' assāhaṁ dhammaṁ deseyyan ti. Atha kho Bhagavā āyasmantaṁ Pukkusātiṁ āmantesi: Dhammaṁ te,[1] bhikkhu, desissāmi: taṁ suṇāhi sādhukaṁ manasikarohi bhāsissāmīti.

Evam āvuso ti kho āyasmā Pukkusāti Bhagavato paccassosi.

Bhagavā etad avoca:—Chadhāturo ayaṁ, bhikkhu, puriso chaphassāyatano aṭṭhādasamanopavicāro caturādhiṭṭhāno (yattha ṭhitaṁ maññussavā[2] nappavattanti, maññussave kho pana nappavattamāne muni santo ti vuccati) paññaṁ nappamajjeyya, saccaṁ anurakkheyya, cāgam anubrūheyya, santim eva so sikkheyyāti ayaṁ uddeso chadhātuvibhaṅgassa.

Chadhāturo ayaṁ, bhikkhu, puriso ti iti kho pan' etaṁ vuttaṁ. Kiñ c' etaṁ paṭicca vuttaṁ?[3] Paṭhavīdhātu tejodhātu vāyodhātu ākāsadhātu viññāṇadhātu. Chadhāturo ayaṁ, bhikkhu, puriso ti iti yan taṁ vuttaṁ idam etaṁ paṭicca vuttaṁ.

Chaphassāyatano ayaṁ, bhikkhu, puriso ti iti kho pan' etaṁ vuttaṁ. Kiñ c' etaṁ paṭicca vuttaṁ? Cakkhusamphassāyatanaṁ sotasamphassāyatanaṁ[4] ghānasamphassāyatanaṁ jivhāsamphassāyatanaṁ kāyasamphassāyatanaṁ manosamphassāyatanaṁ. Chaphassāyatano ayaṁ, bhikkhu, puriso ti iti yan taṁ vuttaṁ idam etaṁ paṭicca vuttaṁ.

Aṭṭhādasamanopavicāro ayaṁ, bhikkhu, puriso ti iti kho pan' etaṁ vuttaṁ. Kiñ c' etaṁ paṭicca vuttaṁ? Cakkhunā rūpaṁ disvā somanassaṭṭhānīyaṁ rūpaṁ upavicarati, domanassaṭṭhānīyaṁ rūpaṁ upavicarati, upekkhaṭṭhānīyaṁ rūpaṁ upavicarati, sotena saddaṁ sutvā —pe— ghānena

---

1 So St Bu: Si vo. 2 So Bu: Stt maññassavā here, and infra maññussave; Si maññassavā. 3 Si continues (cf. A. I. 175-6): Chayimā, bhikkhu, dhātuyo. 4 Si cakkhuphassāyatanaṁ, &c.

gandhaṁ ghāyitvā—pe—jivhāya rasaṁ sāyitvā—pe—kāyena phoṭṭhabbaṁ phusitvā—pe—manasā dhammaṁ viññāya somanassaṭṭhāniyaṁ dhammaṁ upavicarati, domanassaṭṭhāniyaṁ dhammaṁ upavicarati, upekkhaṭṭhāniyaṁ dhammaṁ upavicarati; iti cha somanassupavicārā, cha domanassupavicārā, cha upekkhūpavicārā. Aṭṭhārasamanopavicāro ayaṁ, bhikkhu, puriso ti iti yan taṁ vuttaṁ, idam etaṁ paṭicca vuttaṁ.

Caturādhiṭṭhāno ayaṁ, bhikkhu, puriso ti iti kho pan' etaṁ vuttaṁ. Kiñ c' etaṁ paṭicca vuttaṁ? Paññādhiṭṭhāno saccādhiṭṭhāno cāgādhiṭṭhāno upasamādhiṭṭhāno. Caturādhiṭṭhāno ayaṁ, bhikkhu, puriso ti iti yan taṁ vuttaṁ idam etaṁ paṭicca vuttaṁ.

Paññaṁ nappamajjeyya, saccam anurakkheyya cāgam anubrūheyya, santim eva so sikkheyyāti iti kho pan' etaṁ vuttaṁ. Kiñ c' etaṁ paṭicca vuttaṁ? Kathañ ca bhikkhu paññaṁ nappamajjati? Chayimā dhātuyo:—paṭhavīdhātu, āpodhātu tejodhātu, vāyodhātu, ākāsadhātu, viññāṇadhātu.

Katamā ca, bhikkhu, paṭhavīdhātu? Paṭhavīdhātu siyā ajjhattikā siyā bāhirā. Katamā ca, bhikkhu, ajjhattikā paṭhavīdhātu? Yaṁ ajjhattaṁ paccattaṁ kakkhaḷaṁ[1] kharigataṁ upādiṇṇaṁ, seyyathīdaṁ: kesā lomā nakhā dantā taco maṁsaṁ nahārū aṭṭhī aṭṭhimiñjā[2] vakkaṁ hadayaṁ yakanaṁ kilomakaṁ pihakaṁ papphāsaṁ antaṁ antaguṇaṁ udariyaṁ karīsaṁ; yaṁ vā pan' aññam pi kiñci ajjhattaṁ paccattaṁ kakkhaḷaṁ kharigataṁ upādiṇṇaṁ:—ayaṁ vuccati, bhikkhu, ajjhattikā paṭhavīdhātu. Yā c' eva kho pana ajjhattikā paṭhavīdhātu, yā ca bāhirā paṭhavīdhātu paṭhavīdhātur ev' esā, taṁ: N' etaṁ mama, n' eso 'ham asmi, na me so attā ti, evam etaṁ yathābhūtaṁ sammappaññāya daṭṭhabbaṁ. Evam etaṁ yathābhūtaṁ sammappaññāya disvā paṭhavīdhātuyā nibbindati, paṭhavīdhātuyā cittaṁ virājeti.

Katamā ca, bhikkhu, āpodhātu? Āpodhātu siyā ajjhat-

[1] Si kakkhaḷaṁ. [2] Si aṭṭhimiñjaṁ as at III. 90.

tikā siyā bāhirā. Katamā ca, bhikkhu, ajjhattikā āpodhātu? Yaṁ ajjhattaṁ paccattaṁ āpo āpogataṁ upādiṇṇaṁ, seyyathīdaṁ: pittaṁ semhaṁ pubbo lohitaṁ sedo medo assu vasā khelo[1] siṅghāṇikā lasikā muttaṁ; yaṁ vā pan' aññam pi kiñci ajjhattaṁ paccattaṁ āpo āpogataṁ upādiṇṇaṁ; —ayaṁ vuccati, bhikkhu, ajjhattikā āpodhātu. Yā c'eva kho pana ajjhattikā āpodhātu, yā ca bāhirā āpodhātu, āpodhātur ev'esā, taṁ: N' etaṁ mama, n' eso 'ham asmi, na me so attā ti, evam etaṁ yathābhūtaṁ sammappaññāya daṭṭhabbaṁ. Evam etaṁ yathābhūtaṁ sammappaññāya disvā āpodhātuyā nibbindati, āpodhātuyā cittaṁ virājeti.

Katamā ca, bhikkhu, tejodhātu? Tejodhātu siyā ajjhattikā siyā bāhirā. Katamā ca, bhikkhu, ajjhattikā tejodhātu? Yaṁ ajjhattaṁ paccattaṁ tejo tejogataṁ upādiṇṇaṁ, seyyathīdaṁ: yena ca santappati yena ca jarīyati yena ca pariḍayhati yena ca asitapītakhāyitasāyitaṁ sammāpariṇāmaṁ gacchati; yaṁ vā pan' aññam pi kiñci ajjhattaṁ paccattaṁ tejo tejogataṁ upādiṇṇaṁ;—ayaṁ vuccati, bhikkhu, ajjhattikā tejodhātu. Yā c' eva kho pana ajjhattikā tejodhātu, yā ca bāhirā tejodhātu, tejodhātur ev'esā, taṁ: N'etaṁ mama, n' eso 'ham asmi, na me so attā ti, evaṁ etaṁ . . . cittaṁ virājeti.

Katamā ca, bhikkhu, vāyodhātu? Vāyodhātu siyā ajjhattikā siyā bāhirā. Katamā ca, bhikkhu, ajjhattikā vāyodhātu? Yaṁ ajjhattaṁ paccattaṁ vāyo vāyogataṁ upādiṇṇaṁ, seyyathīdaṁ: uddhaṅgamā vātā adhogamā vātā kucchisayā vātā koṭṭhasayā vātā aṅgamaṅgānusārino vātā assāso passāso; yaṁ vā pan' aññam pi kiñci ajjhattaṁ paccattaṁ vāyo vāyogataṁ upādiṇṇaṁ;—ayaṁ vuccati, bhikkhu, ajjhattikā vāyodhātu. Yā c' eva kho pana ajjhattikā vāyodhātu, yā ca bāhirā vāyodhātu vāyodhātur ev'esā, taṁ . . . cittaṁ virājeti.

Katamā ca, bhikkhu, ākāsadhātu? Ākāsadhātu siyā ajjhattikā siyā bāhirā. Katamā ca bhikkhu, ajjhattikā

---

[1] Si khelo

ākāsadhātu? Yaṁ ajjhattaṁ paccattaṁ ākāsaṁ ākāsagataṁ upādiṇṇaṁ, seyyathīdaṁ: kaṇṇacchiddaṁ nāsacchiddaṁ mukhadvāraṁ, yena ca asitāpītakhāyitasāyitaṁ ajjhoharati, yattha ca asitapītakhāyitasāyitaṁ santiṭṭhati, yena ca asitapītakhāyitasāyitaṁ adhobhāgā nikkhamati; yaṁ vā pan' aññam pi kiñci ajjhattaṁ paccattaṁ ākāsaṁ ākāsagataṁ upādiṇṇaṁ;—ayaṁ vuccati bhikkhu, ajjhattikā ākāsadhātu. Yā c' eva kho pana ajjhattikā ākāsadhātu, yā ca bāhirā ākāsadhātu, ākāsadhātur ev' esā, taṁ . . . cittaṁ virājeti.

Athāparaṁ viññāṇaṁ yeva avasissati parisuddhaṁ pariyodātaṁ, tena viññāṇena kiñci jānāti.—Sukhan ti pi vijānāti; Dukkhan ti pi vijānāti; Adukkhamasukhan ti pi vijānāti. Sukhavedanīyaṁ bhikkhu phassaṁ paṭicca uppajjati sukhā vedanā. So sukhaṁ vedanaṁ vediyamāno Sukhaṁ vedanaṁ vediyāmīti pajānāti. Tass' eva sukhavedanīyassa phassassa nirodhā yaṁ tajjaṁ vedayitaṁ sukhavedanīyaṁ phassaṁ paṭicca uppannā sukhā vedanā sā nirujjhati sā vūpasammatīti pajānāti. Dukkhavedanīyaṁ, bhikkhu, phassaṁ paṭicca uppajjati dukkhā vedanā. So dukkhaṁ vedanaṁ vediyamāno Dukkhaṁ vedanaṁ vediyāmīti pajānāti. Tass' eva dukkhavedanīyassa phassassa nirodhā yaṁ tajjaṁ vedayitaṁ dukkhavedanīyaṁ phassaṁ paṭicca uppannā dukkhā vedanā sā nirujjhati sā vūpasammatīti pajānāti. Adukkhamasukhavedanīyaṁ bhikkhu phassaṁ paṭicca uppajjati adukkhamasukhā vedanā. So adukkhamasukhaṁ vedanaṁ vediyamāno Adukkhamasukhaṁ vedanaṁ vediyāmīti pajānāti. Tass' eva adukkhamasukhavedanīyassa phassassa nirodhā yaṁ tajjaṁ vedayitaṁ adukkhamasukhavedanīyaṁ phassaṁ paṭicca uppannā adukkhamasukhā vedanā sā nirujjhati sā vūpasammatīti pajānāti.

Seyyathāpi, bhikkhu, dvinnaṁ kaṭṭhānaṁ samphassasamodhānā[1] usmā jāyati tejo abhinibbattati, tesaṁ yeva dvinnaṁ kaṭṭhānaṁ nānābhāvā vinikkhepā yā tajjā usmā sā nirujjhati sā vūpasammati,—evam eva kho, bhikkhu, sukha-

[1] So S^{ky}; Si saṅghaṭṭa samodhānā, with note that the Sinh. reading is as in text.

vedanīyaṁ phassaṁ paṭicca uppajjati sukhā vedanā. So sukhaṁ vedanaṁ vediyamāno Sukhaṁ vedanaṁ vediyāmīti pajānāti; tass' eva sukhavedanīyassa phassassa nirodhā yaṁ tajjaṁ vedayitaṁ sukhavedanīyaṁ phassaṁ paṭicca uppannā sukhā vedanā sā nirujjhati sā vūpasammatīti pajānāti. Dukkhavedanīyaṁ, bhikkhu, phassaṁ paṭicca uppajjati dukkhā vedanā. So dukkhaṁ vedanaṁ . . . vediyāmīti pajānāti; tass' eva dukkhavedanīyassa . . . sā vūpasammatīti pajānāti. Adukkhamasukhavedanīyaṁ, bhikkhu, phassaṁ paṭicca . . . sā vūpasammatīti pajānāti.

Athāparaṁ upekhā yeva avasissati parisuddhā pariyodātā mudu ca kammaññā ca pabhassarā ca. Seyyathāpi, bhikkhu, dakkho suvaṇṇakāro vā suvaṇṇakārantevāsī vā ukkaṁ bandheyya ukkaṁ bandhitvā ukkāmukhaṁ ālimpeyya[1] ukkāmukhaṁ ālimpetvā saṇḍāsena jātarūpaṁ gahetvā ukkāmukhe pakkhipeyya, tam enaṁ kālena kālaṁ abhidhameyya kālena kālaṁ udakena paripphoseyya kālena kālaṁ ajjhupekkheyya, taṁ hoti jātarūpaṁ dhantaṁ sudhantaṁ niddhantaṁ[2] nihataṁ[3] ninnītakasāvaṁ[4] mudu ca kammaññañ ca pabhassarañ ca, yassā yassā va piḷandhanavikatiyā ākaṅkhati yadi pavaṭṭikāya yadi kuṇḍalāya yadi gīveyyakāya yadi suvaṇṇamālāya, tañ c' assa atthaṁ anubhoti; evam eva kho, bhikkhu, athāparaṁ upekhā yeva avasissati parisuddhā pariyodātā mudu ca kammaññā ca pabhassarā ca. So evaṁ pajānāti: Imañ ce ahaṁ upekhaṁ evaṁ parisuddhaṁ evaṁ pariyodātaṁ ākāsānañcāyatanaṁ upasaṁhareyyaṁ, tadanudhammañ ca cittaṁ bhāveyyaṁ, evaṁ me ayaṁ upekhā tannissitā tadupādānā ciraṁ dīghamaddhānaṁ tiṭṭheyya; imañ ce ahaṁ upekhaṁ evaṁ parisuddhaṁ evaṁ pariyodātaṁ viññāṇañcāyatanaṁ upasaṁhareyyaṁ tadanudhammañ ca cittaṁ bhāveyyaṁ, evaṁ me ayaṁ upekhā tannissitā tadupādānā ciraṁ dīghamaddhānaṁ tiṭṭheyya; imañ ce

---

[1] So Si; S[kt] āl°; Bu ālamp°. [2] Si omits these three words, noting that they are inserted in Sinh. MSS. [3] So Bu; S[kt] Si nihataṁ. [4] So Si S[kt]; Bu nihatak°. Cf. III. 137.

ahaṁ upekhaṁ evaṁ parisuddhaṁ evaṁ pariyodātaṁ ākiñcaññāyatanaṁ upasaṁhareyyaṁ tadanudhammañ ca cittaṁ bhāveyyaṁ, evaṁ me ayaṁ upekhā tannissitā tadupādānā ciraṁ dīghamaddhānaṁ tiṭṭheyya; imañ ce ahaṁ upekhaṁ evaṁ parisuddhaṁ evaṁ pariyodātaṁ nevasaññānāsaññāyatanaṁ upasaṁhareyyaṁ tadanudhammañ ca cittaṁ bhāveyyaṁ, evaṁ me ayaṁ upekhā tannissitā tadupādānā ciraṁ dīghamaddhānaṁ tiṭṭheyyāti. So evaṁ pajānāti: Imañ ce ahaṁ upekhaṁ evaṁ parisuddhaṁ evaṁ pariyodātaṁ ākāsānañcāyatanaṁ upasaṁhareyyaṁ tadanudhammañ ca cittaṁ bhāveyyaṁ, saṁkhatam etaṁ; imañ ce ahaṁ upekhaṁ evaṁ parisuddhaṁ evaṁ pariyodātaṁ viññāṇañcāyatanaṁ upasaṁhareyyaṁ tadanudhammañ ca cittaṁ bhāveyyaṁ, saṁkhatam etaṁ; imañ ce ahaṁ upekhaṁ evaṁ parisuddhaṁ evaṁ pariyodātaṁ ākiñcaññāyatanaṁ upasaṁhareyyaṁ tadanudhammañ ca cittaṁ bhāveyyaṁ, saṁkhatam etaṁ; imañ ce ahaṁ upekhaṁ evaṁ parisuddhaṁ evaṁ pariyodātaṁ nevasaññānāsaññāyatanaṁ upasaṁhareyyaṁ tadanudhammañ ca cittaṁ bhāveyyaṁ, saṁkhatam etan ti. So n' eva abhisaṁkharoti nābhisañcetayati bhavāya vā vibhavāya vā. So anabhisaṁkharonto anabhisañcetayanto bhavāya vā vibhavāya vā na kiñci loke upādiyati anupādiyaṁ na paritassati aparitassaṁ paccattaṁ yeva parinibbāyati: Khīṇā jāti vusitaṁ brahmacariyaṁ kataṁ karaṇīyaṁ nāparaṁ itthattāyāti pajānāti. So sukhañ ce vedanaṁ vedeti, Sā aniccā ti pajānāti; Anajjhositā ti pajānāti; Anabhinanditā ti pajānāti. Dukkhañ ce vedanaṁ vedeti, Sā aniccā ti pajānāti; Anajjhositā ti pajānāti; Anabhinanditā ti pajānāti. Adukkhamasukhañ ce vedanaṁ vedeti, Sā . . . pajānāti. So sukhañ ce vedanaṁ vedeti, visaṁyutto naṁ vedeti; sa dukkhañ ce vedanaṁ vedeti, visaṁyutto naṁ vedeti; adukkhamasukhañ ce vedanaṁ vedeti, visaṁyutto naṁ vedeti. So kāyapariyantikaṁ[1] vedanaṁ vediyamāno: Kāyapariyantikaṁ vedanaṁ vediyāmīti pajānāti. Jīvitapa-

[1] So Stt Si.—cf. 2 D. 128. Bu (?) -pariyattikaṁ.

riyantikaṁ vedanaṁ vediyamāno: Jīvitapariyantikaṁ vedanaṁ vediyāmīti pajānāti. Kāyassa bhedā uddhaṁ jīvitapariyādānā idh' eva sabbavedayitāni abhinanditāni[1] sītibhavissantīti pajānāti.

Seyyathāpi, bhikkhu, telañ ca paṭicca vaṭṭiñ[2] ca paṭicca telappadīpo jhāyati, tass' eva telassa ca vaṭṭiyā pariyādānā aññassa ca anupāhārā anāhāro nibbāyati,—evam eva, bhikkhu, kāyapariyantikaṁ vedanaṁ vediyamāno: Kāyapariyantikaṁ vedanaṁ vediyāmīti pajānāti; jīvitapariyantikaṁ vedanaṁ vediyamāno: Jīvitapariyantikaṁ vedanaṁ vediyāmīti pajānāti; kāyassa bhedā uddhaṁ jīvitapariyādānā idh' eva sabbavedayitā abhinanditāni sītibhavissantīti pajānāti. Tasmā evaṁ samannāgato bhikkhu iminā paramena paññādhiṭṭhānena samannāgato hoti. Esā hi, bhikkhu, paramā ariyā paññā yadidaṁ sabbadukkhakkhaye ñāṇaṁ. Tassa sā vimutti sacce ṭhitā akuppā hoti. Taṁ hi, bhikkhu, musā yaṁ mosadhammaṁ,[3] taṁ saccaṁ yaṁ amosadhammaṁ nibbānaṁ; tasmā evaṁ samannāgato bhikkhu iminā paramena saccādhiṭṭhānena samannāgato hoti. Etaṁ hi, bhikkhu, paramaṁ ariyasaccaṁ, yadidaṁ amosadhammaṁ nibbānaṁ. Tass' eva kho pana pubbe aviddasuno upadhī honti samattā samādinnā. Tyassa pahīnā honti ucchinnamūlā tālāvatthukatā anabhāvakatā[4] āyatiṁ anuppādadhammā; tasmā evaṁ samannāgato bhikkhu iminā paramena cāgādhiṭṭhānena samannāgato hoti. Eso hi, bhikkhu, paramo ariyo cāgo, yadidaṁ sabbūpadhipaṭinissaggo. Tass' eva kho pana pubbe aviddasuno abhijjhā hoti chando sārāgo. Svāssa pahīno hoti ucchinnamūlo tālāvatthukato anabhāvakato āyatiṁ anuppādadhammo. Tass' eva kho pana pubbe aviddasuno āghāto hoti byāpādo sampadoso, svāssa pahīno hoti ucchinnamūlo tālāvatthukato anabhāvakato āyatiṁ anuppādadhammo. Tass' eva kho pana pubbe aviddasuno avijjā hoti sammoho sampadoso, svāssa pahīno hoti ucchin-

[1] So Bu Si; S^{kt} anabhin.
[2] S^{kt} vaddhiñ as usual.
[3] So Bu S^{t}; S^{k} Si mogh.
[4] Si anabhāvaṅkatā.

nnamūlo tālāvatthukato anabhāvakato āyatiṁ anuppādadhammo. Tasmā evaṁ samannāgato bhikkhu iminā paramena upasamādhiṭṭhānena samannāgato hoti. Eso hi, bhikkhu, paramo ariyo upasamo yadidaṁ rāgadosamohānaṁ upasamo.

Paññaṁ nappamajjeyya saccam anurakkheyya cāgam anubrūheyya santim eva so sikkheyyāti iti yaṁ taṁ vuttaṁ idam etaṁ paṭicca vuttaṁ.

Yattha ṭhitaṁ maññussavā nappavattanti, maññussave kho pana nappavattamāne muni santo ti vuccatīti iti kho pan' etaṁ vuttaṁ. Kiñ c' etaṁ paṭicca vuttaṁ? Asmīti bhikkhu maññitam etaṁ; Ayam aham asmīti[1] maññitam etaṁ; Bhavissan ti maññitam etaṁ; Na bhavissan ti maññitam etaṁ;[2] Rūpī bhavissan ti maññitam etaṁ; Arūpī bhavissan ti maññitam etaṁ; Saññī bhavissan ti maññitam etaṁ; Asaññī bhavissan ti maññitam etaṁ; Nevasaññīnāsaññī bhavissan ti maññitam etaṁ. Maññitaṁ, bhikkhu, rogo, maññitaṁ gaṇḍo,[3] maññitaṁ sallaṁ; sabbamaññitānaṁ tveva, bhikkhu, samatikkamā muni santo ti vuccati. Muni kho pana, bhikkhu, santo na jāyati na jiyyati[4] na kuppati nappiheti; tam pi 'ssa bhikkhu na 'tthi yena jāyetha, ajāyamāno kiṁ jiyyissati, ajiyyamāno kiṁ miyyissati, amiyyamāno kiṁ kuppissati, akuppamāno kissa pihessati? Yattha ṭhitaṁ maññussavā nappavattanti, maññussave kho pana nappavattamāne muni santo ti vuccatīti iti yaṁ taṁ vuttaṁ idam etaṁ paṭicca vuttaṁ.

Imaṁ kho me tvaṁ, bhikkhu, saṁkhittena chadhātuvibhaṅgaṁ dhārehīti.

Atha kho āyasmā Pukkusāti: Satthā kira me anuppatto, Sugato kira me anuppatto, Sammāsambuddho kira me anuppatto ti uṭṭhāy' āsanā ekaṁsaṁ cīvaraṁ katvā Bhagavato pādesu sirasā nipatitvā Bhagavantaṁ etad avoca: Accayo maṁ, bhante, accagamā yathābālaṁ yathāmūḷhaṁ

[1] So Bu S^{tb}; Si nāham asmīti.
[2] S^{tk} omit this clause.
[3] So S^{t}; S^{k} gaṇḍho; Si gaṇṭho
[4] So Si; S^{tk} omit these two words

yathā-akusalaṁ, yo 'haṁ Bhagavantaṁ āvuso-vādena samudācaritabbaṁ amaññissaṁ; tassa me, bhante, Bhagavā accayaṁ accayato paṭiggaṇhātu āyatiṁ saṁvarāyāti.

Taggha tvaṁ, bhikkhu, accayo accagamā yathābālaṁ yathāmūḷhaṁ yathā-akusalaṁ, yaṁ maṁ tvaṁ āvuso-vādena samudācaritabbaṁ amaññittho; yato ca kho tvaṁ, bhikkhu, accayaṁ accayato disvā yathādhammaṁ paṭikarosi, tan te mayaṁ paṭiggaṇhāma. Vuddhi h' esā, bhikkhu, ariyassa vinaye yo accayaṁ accayato disvā yathādhammaṁ paṭikaroti āyatiṁ saṁvaraṁ āpajjati.

Labheyyāhaṁ, bhante, Bhagavato santike upasampadan ti?

Paripuṇṇaṁ pana te, bhikkhu, pattacīvaran ti?

Na kho me, bhante, paripuṇṇaṁ pattacīvaran ti.

Na kho, bhikkhu, Tathāgatā aparipuṇṇapattacīvaraṁ upasampādentīti.

Atha kho āyasmā Pukkusāti Bhagavato bhāsitaṁ abhinanditvā anumoditvā uṭṭhāy' āsanā Bhagavantaṁ abhivādetvā padakkhiṇaṁ katvā pattacīvarapariyesanaṁ pakkāmi. Atha kho āyasmā Pukkusātiṁ pattacīvarapariyesanaṁ carantaṁ bhantagāvī jīvitā voropesi.

Atha kho sambahulā bhikkhū yena Bhagavā ten' upasaṅkamiṁsu upasaṅkamitvā Bhagavantaṁ abhivādetvā ekamantaṁ nisīdiṁsu. Ekamantaṁ nisinnā kho te bhikkhū Bhagavantaṁ etad avocuṁ:—Yo so, bhante, Pukkusāti nāma kulaputto Bhagavatā saṅkhittena ovādena ovadito so kālakato. Tassa kā gati ko abhisamparāyo ti?

Paṇḍito, bhikkhave, Pukkusāti kulaputto paccapādi dhammassānudhammaṁ, na ca maṁ dhammādhikaraṇaṁ viheṭhesi. Pukkusāti, bhikkhave, kulaputto pañcannaṁ orambhāgiyānaṁ saṁyojanānaṁ parikkhayā opapātiko tattha parinibbāyī anāvattidhammo tasmā lokā ti.

Idam avoca Bhagavā. Attamanā te bhikkhū Bhagavato bhāsitaṁ abhinandun ti.

DHĀTUVIBHAṄGASUTTAṀ DASAMAṀ.

141.

Evam me sutaṁ. Ekaṁ samayaṁ Bhagavā Bārāṇasiyaṁ viharati Isipatane migadāye. Tatra kho Bhagavā bhikkhū āmantesi: Bhikkhavo ti. Bhadante ti te bhikkhū Bhagavato paccassosuṁ. Bhagavā etad avoca:—Tathāgatena, bhikkhave, arahatā sammāsambuddhena Bārāṇasiyaṁ Isipatane migadāye anuttaraṁ dhammacakkaṁ pavattitaṁ appativattiyaṁ samaṇena vā brāhmaṇena vā devena vā Mārena va Brahmunā vā kenaci vā lokasmiṁ, yadidaṁ catunnaṁ ariyasaccānaṁ ācikkhanā desanā paññāpanā paṭṭhapanā vivaraṇā vibhajanā uttānīkammaṁ.[1]

Katamesaṁ catunnaṁ?—Dukkhassa ariyasaccassa ācikkhanā desanā paññāpanā paṭṭhapanā vivaraṇā vibhajanā uttānīkammaṁ. Dukkhasamudayassa ariyasaccassa ācikkhanā . . . uttānīkammaṁ. Dukkhanirodhassa ariyasaccassa . . . uttānīkammaṁ. Dukkhanirodhagāminiyā paṭipadāya[2] ariyasaccassa . . . uttānīkammaṁ. Tathāgatena, bhikkhave, arahatā sammāsambuddhena Bārāṇasiyaṁ Isipatane migadāye anuttaraṁ dhammacakkaṁ pavattitaṁ appativattiyaṁ samaṇena vā . . kenaci vā lokasmiṁ, yadidaṁ imesaṁ catunnaṁ ariyasaccānaṁ . . . uttānīkammaṁ. Sevatha, bhikkhave, Sāriputta-Moggallāne, bhajatha, bhikkhave, Sāriputta-Moggallāne, paṇḍitā bhikkhū anuggāhakā[3] brahmacārīnaṁ.—Seyyathāpi, bhikkhave, janettī,[4] evaṁ Sāriputto; seyyathāpi jātassa āpādetā, evaṁ Moggallāno. Sāriputto, bhikkhave, sotāpattiphale vineti, Moggallāno uttamatthe; Sāriputto, bhikkhave, pahoti cattāri ariyasaccāni vitthārena ācikkhituṁ desetuṁ paññāpetuṁ paṭṭhapetuṁ vivarituṁ vibhajituṁ uttānīkātun ti.

Idam avoca Bhagavā, idaṁ vatvā Sugato uṭṭhāy' āsanā vihāraṁ pāvisi.

---

[1] So Si Bu: Sᵀ; Sᵀ uttānik. Cf. Vol. ii. 248.
[2] So Si Bu (?): Sᵀ —gāminiyā.
[3] So Si Bu; Sᵀ an—ikā.
[4] So Sᵀ Bu; Si janetā.

Tatra kho āyasmā Sāriputto acirapakkantassa Bhagavato bhikkhū āmantesi: Āvuso bhikkhavo ti. Āvuso ti kho te bhikkhū āyasmato Sāriputtassa paccassosuṁ. Āyasmā Sāriputto etad avoca:—Tathāgatena, āvuso, arahatā sammāsambuddhena Bārāṇasiyaṁ Isipatane migadāye anuttaraṁ dhammacakkaṁ pavattitaṁ . . . dukkhanirodhagāminiyā paṭipadāya ariyasaccassa ācikkhanā desanā paññāpanā paṭṭhapanā vivaraṇā vibhajanā uttānikammaṁ.

Katamañ c' āvuso, dukkhaṁ ariyasaccaṁ?—Jāti pi dukkhā, jarā pi dukkhā, maraṇam pi dukkhaṁ, sokaparidevadukkhadomanassupāyāsā pi dukkhā. Yam p' icchaṁ na labhati, tam pi dukkhaṁ; saṁkhittena pañcupādānakkhandhā dukkhā.

Katamā c', āvuso, jāti?—Yā tesaṁ tesaṁ sattānaṁ tamhi tamhi sattanikāye jāti sañjāti okkanti, nibbatti[1] abhinibbatti, khandhānaṁ pātubhāvo āyatanānaṁ paṭilābho:—ayaṁ vuccat', āvuso, jāti.

Katamā c', āvuso, jarā?—Yā tesaṁ tesaṁ sattānaṁ tamhi tamhi sattanikāye jarā jīraṇatā[2] khaṇḍiccaṁ pāliccaṁ valittacatā[3] āyuno saṁhānī indriyānaṁ paripāko: ayaṁ vuccat', āvuso, jarā.

Katamañ c', āvuso, maraṇaṁ?—Yaṁ tesaṁ tesaṁ sattānaṁ tamhā tamhā sattanikāyā cuti cavanatā, bhedo antaradhānaṁ maccu maraṇaṁ kālakiriyā, khandhānaṁ bhedo kaḷebarassa[4] nikkhepo;—idaṁ vuccat', āvuso, maraṇaṁ.

Katamo c', āvuso, soko?—Yo kho, āvuso, aññataraññatarena byasanena samannāgatassa aññataraññatarena dukkhadhammena phuṭṭhassa soko socanā socitattaṁ, antosoko antoparisoko:—ayaṁ vuccat', āvuso, soko.

Katamo c', āvuso, paridevo?—Yo kho, āvuso, aññataraññatarena byasanena samannāgatassa aññataraññatarena dukkhadhammena phuṭṭhassa ādevo paridevo,

[1] Sᵏʳ omit. [2] So Si; Sᵏᵗ jīraṇaṁ. [3] Si vali. [4] So Sᵏᵗ, Si kaḷev. Cf. III. 1.

ādevanā paridevanā,[1] ādevitattaṁ paridevitattaṁ;—ayaṁ vuccat', āvuso, paridevo.

Katamañ c', āvuso, dukkhaṁ?—Yaṁ kho, āvuso, kāyikaṁ dukkhaṁ kāyikaṁ asātaṁ kāyasamphassajaṁ dukkhaṁ asātaṁ vedayitaṁ;—idaṁ vuccat', āvuso, dukkhaṁ.

Katamañ c', āvuso, domanassaṁ?—Yaṁ kho, āvuso, cetasikaṁ asātaṁ manosamphassajaṁ dukkhaṁ asātaṁ vedayitaṁ,—idaṁ vuccat', āvuso, domanassaṁ.

Katamo c', āvuso, upāyāso?—Yo kho, āvuso, aññataraññatarena byasanena samannāgatassa aññataraññatarena dukkhadhammena phuṭṭhassa āyāso upāyāso, āyāsitattaṁ upāyāsitattaṁ,—ayaṁ vuccat', āvuso, upāyāso.

Katamañ c', āvuso, yam p' icchaṁ na labhati tam pi dukkhaṁ?—Jātidhammānaṁ, āvuso, sattānaṁ evaṁ icchā uppajjati: Aho vata mayaṁ na jātidhammā assāma, na ca vata no jāti āgaccheyyāti; na kho pan' etaṁ icchāya pattabbaṁ; idam pi yam p' icchaṁ na labhati, tam pi dukkhaṁ. Jarādhammānaṁ, āvuso, sattānaṁ —pe— byādhidhammānaṁ, āvuso, sattānaṁ—pe— maraṇadhammānaṁ, āvuso, sattānaṁ —pe— sokaparidevadukkhadomanassupāyāsadhammānaṁ, āvuso, sattānaṁ evaṁ icchā uppajjati: Aho vata mayaṁ na sokaparidevadukkhadomanassupāyāsadhammā assāma, na ca vata no sokaparidevadukkhadomanassupāyāsā āgaccheyyun ti; na kho pan' etaṁ icchāya pattabbaṁ; idam pi yam p' icchaṁ na labhati tam pi dukkhaṁ.

Katame c', āvuso, saṁkhittena pañcupādānakkhandhā dukkhā?—Seyyathīdaṁ: rūpūpādānakkhandho vedanūpādānakkhandho saññūpādānakkhandho saṁkhārūpādānakkhandho viññāṇūpādānakkhandho;—ime vuccant', āvuso, saṁkhittena pañcupādānakkhandhā dukkhā.

Idaṁ vuccat', āvuso, dukkhaṁ ariyasaccaṁ.

Katamañ c', āvuso, dukkhasamudayaṁ[2] ariyasaccaṁ? Yāyaṁ taṇhā ponobbhavikā[3] nandirāgasahagatā tatratatrābhinandinī, seyyathīdaṁ: Kāmataṇhā bhavataṇhā vi-

---

[1] S^kt omit these two words. [2] Si d- yo. [3] Si ponobbh-

bhavataṇhā;—idaṁ vuccat', āvuso, dukkhasamudayaṁ ariyasaccaṁ.

Katamañ c', āvuso, dukkhanirodhaṁ ariyasaccaṁ? Yo tassā yeva taṇhāya asesavirāganirodho cāgo paṭinissaggo mutti anālayo;—idaṁ vuccat', āvuso, dukkhanirodhaṁ ariyasaccaṁ.

Katamañ c', āvuso, dukkhanirodhagāminī paṭipadā ariyasaccaṁ?—Ayam eva ariyo aṭṭhaṅgiko maggo, seyyathīdaṁ: sammādiṭṭhi sammāsaṅkappo sammāvācā sammākammanto sammā-ājīvo sammāvāyāmo sammāsati sammāsamādhi.

Katamā c', āvuso, sammādiṭṭhi?—Yaṁ kho, āvuso, dukkhe ñāṇaṁ dukkhasamudaye ñāṇaṁ dukkhanirodhe ñāṇaṁ dukkhanirodhagāminiyā paṭipadāya ñāṇaṁ;—ayaṁ vuccat', āvuso, sammādiṭṭhi.

Katamo c', āvuso, sammāsaṅkappo? Nekkhammasaṅkappo abyāpādasaṅkappo[1] avihiṁsāsaṅkappo;—ayaṁ vuccat', āvuso, sammāsaṅkappo.

Katamā c', āvuso, sammāvācā? Musāvādā veramaṇī, pisuṇāya vācāya veramaṇī, pharusāya vācāya veramaṇī, samphappalāpā veramaṇī;—ayaṁ vuccat', āvuso, sammāvācā.

Katamo c', āvuso, sammākammanto?—Pāṇātipātā veramaṇī, adinnādānā veramaṇī, kāmesu micchācārā veramaṇī;—ayaṁ vuccat', āvuso, sammākammanto.

Katamo c', āvuso, sammā-ājīvo?—Idh', āvuso, ariyasāvako micchā-ājīvaṁ pahāya sammā-ājīvena jīvikaṁ kappeti;—ayaṁ vuccat', āvuso, sammā-ājīvo.

Katamo c', āvuso, sammāvāyāmo? Idh', āvuso, bhikkhu anuppannānaṁ pāpakānaṁ akusalānaṁ dhammānaṁ anuppādāya chandaṁ janeti vāyamati viriyaṁ ārabhati cittaṁ paggaṇhāti padahati; uppannānaṁ pāpakānaṁ akusalānaṁ dhammānaṁ pahānāya chandaṁ janeti . . . padahati; anuppannānaṁ kusalānaṁ dhammā-

[1] Str avyābādha-.

mānaṁ uppādāya chandaṁ janeti . . . padahati; uppannānaṁ kusalānaṁ dhammānaṁ ṭhitiyā asammosāya[1] bhiyyobhāvāya vepullāya bhāvanāya pāripūriyā chandaṁ janeti . . . padahati:—ayaṁ vuccat', āvuso, sammāvāyāmo.

Katamo c', āvuso, sammāsati?—Idh', āvuso, bhikkhu kāye kāyānupassī viharati ātāpī sampajāno satimā, vineyya loke abhijjhādomanassaṁ; vedanāsu—pe—; citte—pe—; dhammesu dhammānupassī viharati ātāpī . . . abhijjhādomanassaṁ;—ayaṁ vuccat', āvuso, sammāsati.

Katamo c', āvuso, sammāsamādhi?—Idh', āvuso, bhikkhu vivicc' eva kāmehi vivicca akusalehi dhammehi savitakkaṁ savicāraṁ vivekajaṁ pītisukhaṁ paṭhamajjhānaṁ upasampajja viharati; vitakkavicārānaṁ vūpasamā ajjhattaṁ sampasādanaṁ cetaso ekodibhāvaṁ avitakkaṁ avicāraṁ samādhijaṁ pītisukhaṁ dutiyajjhānaṁ —pe—; tatiyajjhānaṁ—pe—; catutthajjhānaṁ upasampajja viharati:—ayaṁ vuccat', āvuso, sammāsamādhi.

Idaṁ vuccat', āvuso, dukkhanirodhagāminī paṭipadā ariyasaccaṁ.

Tathāgaten', āvuso, arahatā sammāsambuddhena Bārāṇasiyaṁ Isipatane migadāye anuttaraṁ dhammacakkaṁ pavattitaṁ appativattiyaṁ samaṇena vā brāhmaṇena vā devena vā Mārena vā Brahmunā vā kenaci vā lokasmiṁ, yadidaṁ imesaṁ catunnaṁ ariyasaccānaṁ ācikkhanā desanā paññāpanā paṭṭhapanā vivaraṇā vibhajanā uttānīkammaṁ ti.

Idam avoc' āyasmā Sāriputto. Attamanā te bhikkhū āyasmato Sāriputtassa bhāsitaṁ abhinandun ti.

SACCAVIBHAṄGASUTTAṀ EKĀDASAMAṀ.

[1] Si asammosāya, omitting the next four words before chandaṁ.

142.

[1] Evaṁ me sutaṁ. Ekaṁ samayaṁ Bhagavā Sakkesu viharati Kapilavatthusmiṁ Nigrodhārāme. Atha kho Mahāpajāpatī Gotamī navaṁ dussayugaṁ ādāya yena Bhagavā ten' upasaṁkami, upasaṁkamitvā Bhagavantaṁ abhivādetvā ekamantaṁ nisīdi. Ekamantaṁ nisinnā kho Mahāpajāpatī Gotamī Bhagavantaṁ etad avoca:—Idaṁ me, bhante, navaṁ dussayugaṁ Bhagavantaṁ uddissa sāmaṁ kantaṁ sāmaṁ vāyitaṁ; taṁ me, bhante, Bhagavā paṭigaṇhātu anukampaṁ upādāyāti. Evaṁ vutte Bhagavā Mahāpajāpatiṁ Gotamiṁ etad avoca:—Saṁghe, Gotami, dehi; saṁghe te dinne ahañ c' eva pūjito bhavissāmi saṁgho cāti. Dutiyam pi kho Mahāpajāpatī Gotamī Bhagavantaṁ etad avoca:—Idaṁ me . . . upādāyāti. Dutiyam pi kho Bhagavā Mahāpajāpatiṁ Gotamiṁ etad avoca:—Saṁghe . . . saṁgho cāti. Tatiyam pi kho Mahāpajāpatī . . . saṁgho cāti.

Evaṁ vutte āyasmā Ānando Bhagavantaṁ etad avoca:—Paṭigaṇhātu, bhante, Bhagavā Mahāpajāpatiyā Gotamiyā navaṁ dussayugaṁ; bahūpakārā,[2] bhante, Mahāpajāpatī Gotamī Bhagavato mātucchā āpādikā posikā khīrassa dāyikā Bhagavantaṁ janettiyā kālakatāya thaññaṁ pāyesi. Bhagavā pi, bhante, bahūpakāro Mahāpajāpatiyā Gotamiyā; Bhagavantaṁ, bhante, āgamma Mahāpajāpatī Gotamī Buddhaṁ saraṇaṁ gatā, dhammaṁ saraṇaṁ gatā, saṁghaṁ saraṇaṁ gatā. Bhagavantaṁ, bhante, āgamma Mahāpajāpatī Gotamī pāṇātipātā paṭiviratā adinnādānā paṭiviratā kāmesu micchācārā paṭiviratā musāvādā paṭiviratā surāmerayamajjapamādaṭṭhānā paṭiviratā. Bhagavantaṁ, bhante, āgamma Mahāpajāpatī Gotamī Buddhe aveccappasādena samannāgatā, dhamme aveccappasādena samannāgatā, saṁghe aveccappasādena samannāgatā, ariya-

[1] Cf. Milinda, p. 240.

[2] Si bahukārā.

kantehi sīlehi samannāgatā. Bhagavantaṁ, bhante, āgamma Mahāpajāpatī Gotamī dukkhe nikkaṅkhā dukkhasamudaye nikkaṅkhā dukkhanirodhe nikkaṅkhā dukkhanirodhagāminiyā paṭipadāya nikkaṅkhā. Bhagavā pi, bhante, bahūpakāro Mahāpajāpatiyā Gotamiyā ti.

Evam etaṁ, Ānanda; evam etaṁ, Ānanda. Yaṁ h', Ānanda, puggalo puggalaṁ āgamma Buddhaṁ saraṇaṁ gato hoti, dhammaṁ saraṇaṁ gato hoti, saṁghaṁ saraṇaṁ gato hoti, imass', Ānanda, puggalassa iminā puggalena na suppatikāraṁ vadāmi yadidaṁ abhivādanapaccupaṭṭhānañjalikammasāmīcikammaṁ cīvarapiṇḍapātasenāsanagilānapaccayabhesajjaparikkhārānuppadānena. Yaṁ h', Ānanda, puggalo puggalaṁ āgamma pāṇātipātā paṭivirato hoti adinnādānā paṭivirato hoti kāmesu micchācārā paṭivirato hoti musāvādā paṭivirato hoti surāmerayamajjapamādaṭṭhānā paṭivirato hoti, imass', Ānanda, puggalassa iminā puggalena na suppatikāraṁ vadāmi yadidaṁ . . . —uppadānena. Yaṁ h', Ānanda, puggalo puggalaṁ āgamma Buddhe aveccappasādena samannāgato hoti, dhamme . . sīlehi samannāgato hoti, imass', Ānanda, puggalassa iminā puggalena na suppatikāraṁ vadāmi yadidaṁ . . —uppadānena. Yaṁ h', Ānanda, puggalo puggalaṁ āgamma dukkhe nikkaṅkho hoti dukkhasamudaye nikkaṅkho hoti dukkhanirodhe nikkaṅkho hoti dukkhanirodhagāminiyā paṭipadāya nikkaṅkho hoti, imass', Ānanda, puggalassa iminā puggalena na suppatikāraṁ vadāmi yadidaṁ . . . —uppadānena.

Cuddasa kho pan' im', Ānanda, pāṭipuggalikā dakkhiṇā. Tathāgate arahante Sammāsambuddhe dānaṁ deti;—ayaṁ paṭhamā pāṭipuggalikā dakkhiṇā. Paccekabuddhe[1] dānaṁ deti;—ayaṁ dutiyā pāṭipuggalikā dakkhiṇā. Tathāgatasāvake arahante dānaṁ deti;—ayaṁ tatiyā pāṭipuggalikā dakkhiṇā. Arahattaphalasacchikiriyāya paṭipanne dānaṁ deti;—ayaṁ catutthī pāṭipuggalikā dakkhiṇā. Anāgāmissa dānaṁ deti;—ayaṁ pañcamī pāṭipuggalikā dakkhiṇā.

[1] So S^tr here; Si always and S^tr infra paccekasambuddha.

Anāgāmiphalasacchikiriyāya paṭipanne dānaṁ deti;—ayaṁ chaṭṭhā pāṭipuggalikā dakkhiṇā. Sakadāgāmissa dānaṁ deti;—ayaṁ sattamī pāṭipuggalikā dakkhiṇā. Sakadāgāmiphalasacchikiriyāya paṭipanne dānaṁ deti;—ayaṁ aṭṭhamī pāṭipuggalikā dakkhiṇā. Sotāpanne dānaṁ deti;—ayaṁ navamī pāṭipuggalikā dakkhiṇā. Sotāpattiphalasacchikiriyāya paṭipanne dānaṁ deti;—ayaṁ dasamī pāṭipuggalikā dakkhiṇā. Bāhirake kāmesu vītarāge dānaṁ deti;—ayaṁ ekādasamī pāṭipuggalikā dakkhiṇā. Puthujjanasīlavante[1] dānaṁ deti;—ayaṁ dvādasamī pāṭipuggalikā dakkhiṇā. Puthujjanadussīle dānaṁ deti;—ayaṁ terasamī pāṭipuggalikā dakkhiṇā. Tiracchānagate dānaṁ deti;—ayaṁ cuddasamī pāṭipuggalikā dakkhiṇā.

Tatr', Ānanda, tiracchānagate dānaṁ datvā satagunā dakkhiṇā pāṭikaṅkhitabbā; puthujjanadussīle dānaṁ datvā sahassagunā dakkhiṇā pāṭikaṅkhitabbā; puthujjanasīlavante dānaṁ datvā satasahassagunā dakkhiṇā pāṭikaṅkhitabbā; bāhirake kāmesu vītarāge dānaṁ datvā koṭisatasahassagunā dakkhiṇā pāṭikaṅkhitabbā; sotāpattiphalasacchikiriyāya paṭipanne dānaṁ datvā asaṅkheyyā appameyyā dakkhiṇā pāṭikaṅkheyyā. Ko pana vādo sotāpanne? Ko pana vādo sakadāgāmiphalasacchikiriyāya paṭipanne? Ko pana vādo sakadāgāmissa? Ko pana vādo anāgāmiphalasacchikiriyāya paṭipanne? Ko pana vādo anāgāmissa? Ko pana vādo arahattaphalasacchikiriyāya paṭipanne? Ko pana vādo Tathāgatasāvake arahante? Ko pana vādo Paccekabuddhe? Ko pana vādo Tathāgate arahante Sammāsambuddhe?

Satta kho pan' im', Ānanda, saṅghagatā dakkhiṇā. Buddhapamukhe ubhatosaṅghe dānaṁ deti;—ayaṁ paṭhamā saṅghagatā dakkhiṇā. Tathāgate parinibbute ubhatosaṅghe dānaṁ deti;—ayaṁ dutiyā saṅghagatā dakkhiṇā. Bhikkhusaṅghe dānaṁ deti,—ayaṁ tatiyā saṅghagatā dakkhiṇā. Bhikkhunisaṅghe dānaṁ deti;—ayaṁ catutthī saṅghagatā dakkhiṇā. Ettakā me bhikkhū ca bhikkhuniyo

[1] S^{ty} agree both here and infra in reading p—sīlañce.

ca saṅghato uddisathāti dānaṁ deti; ayaṁ pañcamī saṅghagatā dakkhiṇā. Ettakā me bhikkhū saṅghato uddisathāti dānaṁ deti;—chaṭṭhā saṅghagatā dakkhiṇā. Ettakā me bhikkhuniyo saṅghato uddisathāti dānaṁ deti;—ayaṁ sattamī saṅghagatā dakkhiṇā.

Bhavissanti kho pan', Ānanda, anāgatam addhānaṁ gotrabhuno kāsāvakaṇṭhā dussīlā pāpadhammā tesu dussīlesu saṅghaṁ uddissa dānaṁ dassanti. Tadā p' ahaṁ, Ānanda, saṅghagataṁ dakkhiṇaṁ asaṅkheyyaṁ appameyyaṁ vadāmi, na tv-evâhaṁ, Ānanda, kenaci pariyāyena saṅghagatāya dakkhiṇāya pāṭipuggalikaṁ dānaṁ mahapphalataraṁ vadāmi.

Catasso kho imā, Ānanda, dakkhiṇāvisuddhiyo. Katamā catasso? Atth', Ānanda, dakkhiṇā dāyakato visujjhati no paṭiggāhakato. Atth', Ānanda, dakkhiṇā paṭiggāhakato visujjhati no dāyakato. Atth', Ānanda, dakkhiṇā n' eva dāyakato visujjhati no paṭiggāhakato. Atth', Ānanda, dakkhiṇā dāyakato c' eva visujjhati paṭiggāhakato ca.

Kathañ c', Ānanda, dakkhiṇā dāyakato visujjhati no paṭiggāhakato? Idh', Ānanda, dāyako hoti sīlavā kalyāṇadhammo, paṭiggāhakā honti dussīlā pāpadhammā;—evaṁ kho, Ānanda, dakkhiṇā dāyakato visujjhati no paṭiggāhakato.

Kathañ c', Ānanda, dakkhiṇā paṭiggāhakato visujjhati no dāyakato? Idh', Ānanda, dāyako hoti dussīlo pāpadhammo, paṭiggāhakā honti sīlavanto kalyāṇadhammā;—evaṁ kho, Ānanda, dakkhiṇā paṭiggāhakato visujjhati no dāyakato.

Kathañ c', Ānanda, dakkhiṇā n' eva dāyakato visujjhati no paṭiggāhakato? Idh', Ānanda, dāyako ca hoti dussīlo pāpadhammo, paṭiggāhakā ca honti dussīlā pāpadhammā;—evaṁ kho, Ānanda, dakkhiṇā n' eva dāyakato visujjhati no paṭiggāhakato.

Kathañ c', Ānanda, dakkhiṇā dāyakato c' eva visujjhati paṭiggāhakato ca? Idh', Ānanda, dāyako ca hoti sīlavā kalyāṇadhammo, paṭiggāhakā ca honti sīlavanto kalyāṇadhammā;—evaṁ kho, Ānanda, dakkhiṇā dāyakato c' eva visujjhati paṭiggāhakato ca.

Imā kho, Ānanda, catasso dakkhiṇāvisuddhiyo ti.

Idam avoca Bhagavā, idaṁ vatvā Sugato athāparaṁ etad avoca satthā:—

Yo sīlavā dussīlesu dadāti
Dānaṁ dhammena laddhā[1] supasannacitto
Abhisaddhahaṁ kammaphalaṁ uḷāraṁ,
Sā dakkhiṇā dāyakato visujjhati.

Yo dussīlo sīlavantesu dadāti
Dānaṁ adhammena laddhā apasannacitto
Anabhisaddhahaṁ kammaphalaṁ uḷāraṁ,
Sā dakkhiṇā paṭiggāhakato visujjhati.

Yo dussīlo dussīlesu dadāti
Dānaṁ adhammena laddhā apasannacitto
Anabhisaddhahaṁ kammaphalaṁ uḷāraṁ,
Sā dakkhiṇā n' ev' ubhato visujjhati.[2]

Yo sīlavā sīlavantesu dadāti
Dānaṁ dhammena laddhā supasannacitto
Abhisaddhahaṁ kammaphalaṁ uḷāraṁ,
Taṁ ve dānaṁ vipullaphalan ti brūmi.

Yo vītarāgo vītarāgesu dadāti
Dānaṁ dhammena laddhā supasannacitto
Abhisaddhahaṁ kammaphalaṁ uḷāraṁ,
Taṁ ve dānaṁ āmisadānaṁ vipulan ti brūmi.[3]

DAKKHIṆĀVIBHAṄGASUTTAṀ DVĀDASAMAṀ.

VIBHAṄGAVAGGO CATUTTHO.

---

[1] Si laddhaṁ, with note that the Sinhalese reading is laddhā. S^{m} here laddhāna (but laddhā infra) followed by pasannacitto.
[2] So S^{m}; Si reads: Na taṁ dānaṁ vipullaphalan ti brūmi.
[3] So S^{m}; Si reads: Taṁ ve d. āmisadānānamaggaṁ.

143.

Evam me sutaṁ. Ekaṁ samayaṁ Bhagavā Sāvatthiyaṁ viharati Jetavane Anāthapiṇḍikassa ārāme. Tena kho pana samayena Anāthapiṇḍiko gahapati ābādhiko hoti dukkhito bāḷhagilāno. Atha kho Anāthapiṇḍiko gahapati aññataraṁ purisaṁ āmantesi: — Ehi tvaṁ, ambho purisa, yena Bhagavā ten' upasaṁkama, upasaṁkamitvā mama vacanena Bhagavato pāde sirasā vandāhi evañ ca vadehi: Anāthapiṇḍiko, bhante, gahapati ābādhiko dukkhito bāḷhagilāno, so Bhagavato pāde sirasā vandatīti. Yena c' āyasmā Sāriputto ten' upasaṁkama upasaṁkamitvā mama vacanena āyasmato Sāriputtassa pāde sirasā vandāhi evañ ca vadehi: Anāthapiṇḍiko, bhante, . . . vandatīti. Evañ ca vadehi. Sādhu kira, bhante, āyasmā Sāriputto yena Anāthapiṇḍikassa gahapatissa nivesanaṁ ten' upasaṁkamatu anukampaṁ upādāyāti.

Evaṁ bhante ti kho so puriso Anāthapiṇḍikassa gahapatissa paṭissutvā yena Bhagavā ten' upasaṁkami, upasaṁkamitvā Bhagavantaṁ abhivādetvā ekamantaṁ nisīdi. Ekamantaṁ nisinno kho so puriso Bhagavantaṁ etad avoca. Anāthapiṇḍiko, bhante, gahapati ābādhiko dukkhito bāḷhagilāno; so Bhagavato pāde sirasā vandatīti. Yena c' āyasmā Sāriputto ten' upasaṁkami upasaṁkamitvā āyasmantaṁ Sāriputtaṁ abhivādetvā ekamantaṁ nisīdi. Ekamantaṁ nisinno kho so puriso āyasmantaṁ Sāriputtaṁ etad avoca. Anāthapiṇḍiko, bhante, gahapati ābādhiko dukkhito bāḷhagilāno; so āyasmato Sāriputtassa pāde sirasā vandati evañ ca vadeti: Sādhu kira, bhante, āyasmā Sāriputto yena Anāthapiṇḍikassa gahapatissa nivesanaṁ ten' upasaṁkamatu anukampaṁ upādāyāti.

Adhivāsesi kho āyasmā Sāriputto tuṇhībhāvena. Atha kho āyasmā Sāriputto nivāsetvā pattacīvaraṁ ādāya āyasmatā Ānandena pacchāsamaṇena yena Anāthapiṇḍikassa gahapatissa nivesanaṁ ten' upasaṁkami, upasaṁkamitvā paññatte āsane nisīdi. Nisajja kho āyasmā Sāriputto Anāthapiṇḍikaṁ gahapatiṁ etad avoca: Kacci te, gahapati, khamanīyaṁ, kacci yāpanīyaṁ, kacci dukkhā vedanā paṭikkamanti no abhikkamanti, paṭikkamo 'sānaṁ paññāyati no abhikkamo ti?

Na me, bhante Sāriputta, khamanīyaṁ, na yāpanīyaṁ; bāḷhā me dukkhā vedanā abhikkamanti no paṭikkamanti, abhikkamo 'sānaṁ paññāyati no paṭikkamo. Seyyathāpi, bhante Sāriputta, balavā puriso tiṇhena sikharena . . . (&c. *as Vol. II. p.* 198, *line* 1 *to line* 23). . . . no paṭikkamo ti.

Tasmātiha te, gahapati, evaṁ sikkhitabbaṁ: Na cakkhuṁ upādiyissāmi, na ca me cakkhunissitaṁ viññāṇaṁ bhavissatīti. Evaṁ hi te, gahapati, sikkhitabbaṁ. Tasmātiha te, gahapati, evaṁ sikkhitabbaṁ: Na sotaṁ upādiyissāmi na ca me sotanissitaṁ viññāṇaṁ bhavissatīti. Evaṁ hi te, gahapati, sikkhitabbaṁ. Tasmātiha . . . Na ghānaṁ . . . sikkhitabbaṁ. Tasmātiha . . Na jivhaṁ . . . sikkhitabbaṁ. Tasmātiha . . . Na kāyaṁ . . . sikkhitabbaṁ. Tasmātiha . . . Na manaṁ . . . sikkhitabbaṁ. Tasmātiha . . . Na rūpaṁ . . sikkhitabbaṁ. Tasmātiha . . . Na saddaṁ upādiyissāmi—pe—Na gandhaṁ upādiyissāmi—pe—Na rasaṁ upādiyissāmi—pe—Na phoṭṭhabbaṁ upādiyissāmi—pe—Na dhammaṁ upādiyissāmi, na ca me dhammanissitaṁ viññāṇaṁ bhavissatīti. Evaṁ hi te, gahapati, sikkhitabbaṁ.

Tasmātiha te, gahapati, evaṁ sikkhitabbaṁ: Na cakkhuviññāṇaṁ upādiyissāmi, na ca me cakkhuviññāṇanissitaṁ viññāṇaṁ bhavissatīti. Evaṁ hi te, gahapati, sikkhitabbaṁ. Na sotaviññāṇaṁ upādiyissāmi—pe—Na ghānaviññāṇaṁ upādiyissāmi—pe—Na jivhāviññāṇaṁ upādiyissāmi—pe—Na kāyaviññāṇaṁ upādiyissāmi—pe—Na manoviññāṇaṁ upādiyissāmi, na ca me manoviññāṇanissitaṁ viññāṇaṁ bhavissatīti. Evaṁ hi te, gahapati, sikkhitabbaṁ.

Tasmātiha te, gahapati, evaṁ sikkhitabbaṁ: Na cakkhusamphassaṁ upādiyissāmi, na ca me cakkhusamphasnissitaṁ viññāṇaṁ bhavissatīti. Evaṁ hi te, gahapati, sikkhitabbaṁ. Tasmātiha . . . Na sotasamphassaṁ viññāṇaṁ upādiyissāmi—pe—Na ghānasamphassaṁ viññāṇaṁ upādiyissāmi—pe—Na jivhāsamphassaṁ viññāṇaṁ upādiyissāmi—pe—Na kāyasamphassaṁ viññāṇaṁ upādiyissāmi—pe—Na manosamphassaṁ viññāṇaṁ upādiyissāmi. na ca me manosamphassanissitaṁ viññāṇaṁ bhavissatīti. Evaṁ hi te, gahapati, sikkhitabbaṁ.

Tasmātiha . . . Na cakkhusamphassajaṁ vedanaṁ upādiyissāmi. na ca me cakkhusamphassajaṁ vedanānissitaṁ viññāṇaṁ bhavissatīti. Evaṁ hi te, gahapati, sikkhitabbaṁ. Tasmātiha . . . Na sotasamphassajaṁ vedanaṁ upādiyissāmi—pe—Na ghānasamphassajaṁ vedanaṁ upādiyissāmi—pe—Na jivhāsamphassajaṁ vedanaṁ upādiyissāmi—Na kāyasamphassajaṁ vedanaṁ—pe—Na manosamphassajaṁ vedanaṁ upādiyissāmi. na ca me manosamphassajaṁ vedanānissitaṁ viññāṇaṁ bhavissatīti. Evaṁ hi te, gahapati, sikkhitabbaṁ.

Tasmātiha . . . Na paṭhavīdhātuṁ upādiyissāmi. na ca me paṭhavīdhātunissitaṁ viññāṇaṁ bhavissatīti. Evaṁ hi te, gahapati, sikkhitabbaṁ. Tasmātiha . . . Na āpodhātuṁ upādiyissāmi . . . Na tejodhātuṁ upādiyissāmi—pe—Na vāyodhātuṁ upādiyissāmi—pe—Na ākāsadhātuṁ upādiyissāmi—pe—Na viññāṇadhātuṁ upādiyissāmi. na ca me viññāṇadhātunissitaṁ viññāṇaṁ bhavissatīti. Evaṁ hi te, gahapati, sikkhitabbaṁ.

Tasmātiha . . . Na rūpaṁ upādiyissāmi. na ca me rūpanissitaṁ viññāṇaṁ bhavissatīti. Evaṁ hi te, gahapati, sikkhitabbaṁ. Na vedanaṁ upādiyissāmi—pe—Na saññaṁ upādiyissāmi—pe—Na saṁkhāre upādiyissāmi—pe—Na viññāṇaṁ upādiyissāmi, na ca me viññāṇanissitaṁ viññāṇaṁ bhavissatīti. Evaṁ hi te, gahapati, sikkhitabbaṁ.

Tasmātiha . . . Na ākāsānañcāyatanaṁ upādiyissāmi. na ca me ākāsānañcāyatananissitaṁ viññāṇaṁ bhavissatīti. Evaṁ hi te, gahapati, sikkhitabbaṁ. Tasmātiha . . . Na viññāṇañcāyatanaṁ upādiyissāmi—pe—Na ākiñcaññāyatanaṁ upādiyissāmi—pe—Na nevasaññānāsaññāyatanaṁ upādiyissāmi, na ca me nevasaññānāsaññānissitaṁ viññāṇaṁ bhavissatīti. Evaṁ hi te, gahapati, sikkhitabbaṁ.

Tasmātiha te, gahapati, evaṁ sikkhitabbaṁ: Na idhalokaṁ upādiyissāmi, na ca me idhalokanissitaṁ viññāṇaṁ bhavissatīti. Evaṁ hi te, gahapati, sikkhitabbaṁ. Tasmātiha . . . Na paralokaṁ upādiyissāmi, na ca me paralokanissitaṁ viññāṇaṁ bhavissatīti. Evaṁ hi te, gahapati, sikkhitabbaṁ.

Tasmātiha te, gahapati, evaṁ sikkhitabbaṁ: Yam p' idaṁ[1] diṭṭhaṁ sutaṁ mutaṁ[2] viññātaṁ pariyesitaṁ anuvicaritaṁ manasā, tam pi na upādiyissāmi na ca me tannissitaṁ viññāṇaṁ bhavissatīti. Evaṁ hi te, gahapati, sikkhitabbaṁ.

Evaṁ vutte Anāthapiṇḍiko gahapati parodi assūni pavattesi. Atha kho āyasmā Ānando Anāthapiṇḍikaṁ gahapatiṁ etad avoca:—Oliyasi[3] kho tvaṁ, gahapati, saṁsīdasi[4] kho tvaṁ gahapatīti?

Nāhaṁ, bhante Ānanda, oliyāmi, na saṁsīdāmi.[5] Api me dīgharattaṁ Satthā payirupāsito, manobhāvaniyo ca bhikkhū, na ca me evarūpī dhammī kathā sutapubbā ti.

Na kho, gahapati, gihīnaṁ odātavasanānaṁ evarūpī dhammī kathā paṭibhāti. Pabbajitānaṁ kho, gahapati, evarūpī dhammī kathā paṭibhātīti.

Tena hi, bhante Sāriputta, gihīnaṁ odātavasanānaṁ evarūpī dhammī kathā paṭibhātu. Santi hi, bhante Sāriputta, kulaputtā apparajakkhajātikā, assavanatā dhammassa parihāyanti, bhavissanti dhammassa aññātāro ti.[6]

Atha kho āyasmā ca Sāriputto āyasmā ca Ānando Anāthapiṇḍikaṁ gahapatiṁ iminā ovādena ovaditvā uṭṭhāy' āsanā pakkamiṁsu. Atha kho Anāthapiṇḍiko gahapati acirapakkante āyasmante ca Sāriputte āyasmante ca

---

[1] So S^tr; Si yam pi me. [2] Si muttaṁ. [3] So Bu, S^tr oliyissasīti; Si oleyyāsi here and oleyyāmi infra. Cf. Asl. 377. [4] So S^tr; Si saṁsīdi. [5] S^tr omit na s°. [6] Cf. I Maj. 168; Si omits bhavissanti.

Ānando kāyassa bhedā paraṁ maraṇā Tusitaṁ kāyaṁ uppajji.[1] Atha kho Anāthapiṇḍiko devaputto abhikkantāya rattiyā abhikkantavaṇṇo kevalakappaṁ Jetavanaṁ obhāsetvā yena Bhagavā ten' upasaṁkami, upasaṁkamitvā Bhagavantaṁ abhivādetvā ekamantaṁ aṭṭhāsi. Ekamantaṁ ṭhito kho Anāthapiṇḍiko devaputto Bhagavantaṁ gāthāhi ajjhabhāsi:—

[2] Idaṁ hitaṁ Jetavanaṁ isisaṁghanisevitaṁ
Āvutthaṁ dhammarājena pītisañjananaṁ mama.
Kammaṁ vijjā ca dhammo[3] ca sīlaṁ jīvitam[4] uttamaṁ,
Etena maccā[5] sujjhanti na gottena na dhanena vā.
Tasmā hi paṇḍito poso sampassaṁ attham attano
Yoniso vicine dhammaṁ, evaṁ tattha visujjhati.
Sāriputto va paññāya sīlena upasamena ca
Yo hi pāragato bhikkhu etāva paramo siyā.

Idam avoca Anāthapiṇḍiko devaputto. Samanuñño Satthā ahosi. Atha kho Anāthapiṇḍiko devaputto: Samanuñño me Satthā ti Bhagavantaṁ abhivādetvā padakkhiṇaṁ katvā tatth' ev' antaradhāyi. Atha kho Bhagavā tassā rattiyā accayena bhikkhū āmantesi: Imaṁ, bhikkhave, rattiṁ aññataro devaputto abhikkantāya rattiyā abhikkantavaṇṇo kevalakappaṁ Jetavanaṁ obhāsetvā yenāhaṁ ten' upasaṁkami, upasaṁkamitvā maṁ abhivādetvā ekamantaṁ aṭṭhāsi. Ekamantaṁ ṭhito kho so devaputto maṁ gāthāhi ajjhabhāsi:—

Idaṁ hitaṁ Jetavanaṁ . . .
. . . (*&c., as above*) . . .
. . . etāva paramo siyā ti.

[1] Si after Ānande reads kālam akāsi, Tusitaṁ kāyaṁ uppajji.
[2] Cf. I Saṁyutta, p. 33 and 55.
[3] So S^tr Bu; Si dhammā.
[4] So MSS.; Bu (?) sīlaṁ.
[5] So S^tr Si; Bu manussā.

Idam avoca, bhikkhave, so devaputto. Samanuñño me Satthā ti maṁ abhivādetvā padakkhiṇaṁ katvā tatth' ev' antaradhāyīti.

Evaṁ vutte āyasmā Ānando Bhagavantaṁ etad avoca: So hi nūna so, bhante, Anāthapiṇḍiko devaputto bhavissati; Anāthapiṇḍiko, bhante, gahapati āyasmante Sāriputte aveccappasanno[1] ahosīti.

Sādhu sādhu, Ānanda. Yāvatakaṁ kho, Ānanda, takkāya pattabbaṁ, anuppattaṁ tayā. Anāthapiṇḍiko so, Ānanda, devaputto n' añño[2] ti.

Idam avoca Bhagavā. Attamano āyasmā Ānando Bhagavato bhāsitaṁ abhinandīti.

ANĀTHAPIṆḌIKOVĀDASUTTAṀ PAṬHAMAṀ.

144.

Evaṁ me sutaṁ. Ekaṁ samayaṁ Bhagavā Rājagahe viharati Veḷuvane Kalandakanivāpe. Tena kho pana samayena āyasmā ca Sāriputto āyasmā ca Mahācundo āyasmā ca Channo Gijjhakūṭe pabbate viharanti. Tena kho pana samayena āyasmā Channo ābādhiko hoti dukkhito bāḷhagilāno. Atha kho āyasmā Sāriputto sāyaṇhasamayaṁ paṭisallānā vuṭṭhito yen' āyasmā Mahācundo ten' upasaṁkami, upasaṁkamitvā āyasmantaṁ Mahācundaṁ etad avoca:—Āyām', āvuso Cunda, yen' āyasmā Channo ten' upasaṁkamissāma gilānapucchakā[3] ti. Evam āvuso ti kho āyasmā Mahācundo āyasmato Sāriputtassa paccassosi. Atha kho āyasmā ca Sāriputto āyasmā ca Mahācundo yen' āyasmā Channo ten' upasaṁkamiṁsu, upasaṁkamitvā āyasmatā Channena saddhiṁ sammodiṁsu sammodanīyaṁ

[1] Si abhippasanno, with note that the Sinhalese reading is as in text. [2] S^tt (which omit preceding Ānanda) read na nañño. [3] So Si Bu; S^tt gilānaṁ p.

kathaṁ sārāṇīyaṁ vītisāretvā ekamantaṁ nisīdiṁsu. Ekamantaṁ nisinno kho āyasmā Sāriputto āyasmantaṁ Channaṁ etad avoca:—Kacci te, āvuso Channa, khamanīyaṁ, kacci yāpanīyaṁ, kacci dukkhā vedanā paṭikkamanti no abhikkamanti, paṭikkamo 'sānaṁ paññāyati no abhikkamo ti?

Na me, āvuso Sāriputta, khamanīyaṁ na yāpanīyaṁ, bāḷhā me dukkhā vedanā . . . (&c., as at p. 259 supra) . . . no paṭikkamo. Satthaṁ, āvuso Sāriputta, āharissāmi, nāvakaṅkhāmi jīvitan ti.

Māyasmā Channo satthaṁ āharesi. Yāpet' āyasmā Channo, yāpentaṁ mayaṁ āyasmantaṁ Channaṁ icchāma. Sace āyasmato Channassa na 'tthi sappāyāni bhojanāni, ahaṁ āyasmato Channassa sappāyāni bhojanāni pariyesissāmi.[1] Sace āyasmato Channassa na 'tthi sappāyāni bhesajjāni, ahaṁ āyasmato Channassa sappāyāni bhesajjāni pariyesissāmi. Sace āyasmato Channassa na 'tthi patirūpo upaṭṭhāko, ahaṁ āyasmantaṁ Channaṁ upaṭṭhahissāmi. Māyasmā Channo satthaṁ āharesi. Yāpet' āyasmā Channo, yāpentaṁ mayaṁ āyasmantaṁ Channaṁ icchāmāti.

Na pi me, āvuso Sāriputta, na 'tthi sappāyāni bhojanāni, na pi na 'tthi sappāyāni bhesajjāni na pi me na 'tthi patirūpo upaṭṭhāko. Api c', āvuso Sāriputta, pariciṇṇo me Satthā dīgharattaṁ manāpen' eva no amanāpena. Etaṁ hi, āvuso Sāriputta, sāvakassa patirūpaṁ yaṁ satthāraṁ paricareyya manāpen' eva no amanāpena. Anupavajjaṁ Channo bhikkhu satthaṁ āharissatīti, evam etaṁ, āvuso Sāriputta, dhārehīti.

Puccheyyāma mayaṁ āyasmantaṁ Channaṁ kañcid eva desaṁ,[2] sace āyasmā Channo okāsaṁ karoti pañhassa veyyākaraṇāyāti.

Pucch', āvuso Sāriputta; sutvā vedissāmāti.

Cakkhuṁ, āvuso Channa, cakkhuviññāṇaṁ cakkhuviññāṇaviññātabbe dhamme: Etaṁ mama, Eso 'ham asmi,

---

[1] Si omits this sentence.   [2] Si Kiñci desaṁ, as at p. 15 supra

Eso me attā ti samanupassasi? Sotaṁ, āvuso Channa, sotaviññāṇaṁ—pe—; Ghānaṁ, āvuso Channa, ghānaviññāṇaṁ; Jivhaṁ, āvuso Channa, jivhāviññāṇaṁ; Kāyaṁ, āvuso Channa, kāyaviññāṇaṁ; Manaṁ, āvuso Channa, manoviññāṇaṁ manoviññāṇaviññātabbe dhamme: Etaṁ mama, Eso 'ham asmi, Eso attā ti samanupassasîti?

Cakkhuṁ, āvuso Sāriputta, cakkhuviññāṇaṁ cakkhuviññāṇaviññātabbe dhamme: N' etaṁ mama, N' eso 'ham asmi, Na me so attā ti samanupassāmi; sotaṁ, āvuso Sāriputta, sotaviññāṇaṁ; ghānaṁ, āvuso Sāriputta, ghānaviññāṇaṁ; jivhaṁ, āvuso Sāriputta, jivhāviññāṇaṁ; kāyaṁ, āvuso Sāriputta, kāyaviññāṇaṁ; manaṁ, āvuso Sāriputta, manoviññāṇaṁ manoviññāṇaviññātabbe dhamme: N' etaṁ mama, N' eso 'ham asmi, Na me so attā ti samanupassāmîti.

Cakkhusmiṁ, āvuso Channa, cakkhuviññāṇe cakkhuviññāṇaviññātabbesu dhammesu kiṁ disvā kiṁ abhiññāya cakkhuṁ cakkhuviññāṇaṁ cakkhuviññāṇaviññātabbe dhamme: N' etaṁ mama, N' eso 'ham asmi, Na me so attā ti samanupassasi? Sotasmiṁ, āvuso Channa, sotaviññāṇe; ghānasmiṁ, āvuso Channa, ghānaviññāṇe; jivhāya . . .; kāyasmiṁ . . .; manasmiṁ, āvuso Channa, manoviññāṇe manoviññāṇaviññātabbesu dhammesu kiṁ disvā kiṁ abhiññāya manaṁ manoviññāṇaṁ manoviññāṇaviññātabbe dhamme: N' etaṁ mama, N' eso 'ham asmi, Na me so attā ti samanupassasîti?

Cakkhusmiṁ, āvuso Sāriputta, cakkhuviññāṇe cakkhuviññāṇaviññātabbesu dhammesu nirodhaṁ disvā nirodhaṁ abhiññāya cakkhuṁ cakkhuviññāṇaṁ cakkhuviññāṇaviññātabbe dhamme: N' etaṁ mama, N' eso 'ham asmi, Na me so attā ti samanupassāmi. Sotasmiṁ, āvuso Sāriputta, sotaviññāṇe; ghānasmiṁ, āvuso Sāriputta, ghānaviññāṇe; jivhāya, āvuso Sāriputta, jivhāviññāṇe; kāyasmiṁ, āvuso Sāriputta, kayāviññāṇe; manasmiṁ, āvuso Sāriputta, manoviññāṇe manoviññāṇaviññātabbesu dhammesu nirodhaṁ disvā nirodhaṁ abhiññāya manaṁ manoviññāṇaṁ manoviññāṇaviññātabbe dhamme: N' etaṁ mama, N' eso 'ham asmi, Na me so attā ti samanupassāmīti.

Evaṁ vutte āyasmā Mahācundo āyasmantaṁ Channaṁ etad avoca:—Tasmātih', āvuso Channa, idam pi tassa Bhagavato sāsanaṁ niccakappaṁ manasikātabbaṁ; nissitassa calitaṁ, anissitassa calitaṁ na 'tthi; calite asati passaddhi; passaddhiyā sati, nati na hoti; natiyā asati āgatigati na hoti; āgatigatiyā asati cutūpapāto na hoti; cutūpapāte asati n' ev' idha na huraṁ na ubhayam antarena es' ev' anto dukkhassāti.

Atha kho āyasmā Sāriputto āyasmā ca Mahācundo āyasmantaṁ Channaṁ iminā ovādena ovaditvā uṭṭhāy' āsanā pakkamiṁsu. Atha kho āyasmā Channo, acirapakkante āyasmante ca Sāriputte āyasmante ca Mahācunde, satthaṁ āharesi. Atha kho āyasmā Sāriputto yena Bhagavā ten' upasaṅkami, upasaṅkamitvā Bhagavantaṁ abhivādetvā ekamantaṁ nisīdi. Ekamantaṁ nisinno kho āyasmā Sāriputto Bhagavantaṁ etad avoca: Āyasmatā, bhante, Channena satthaṁ āharitaṁ. Tassa kā gati ko abhisamparāyo ti?

Nanu te, Sāriputta, Channena bhikkhunā sammukhā yeva anupavajjatā byākatā ti?

Atthi, bhante, Pubbajiraṁ nāma Vajjigāmo. Tatr' āyasmato Channassa mittakulāni suhajjakulāni upavajjakulānīti.

Honti h' ete[1], Sāriputta, Channassa bhikkhuno mittakulāni suhajjakulāni upavajjakulāni; nāhaṁ, Sāriputta, ettāvatā sa-upavajjo ti vadāmi. Yo kho, Sāriputta, imañ ca kāyaṁ nikkhipati aññañ ca kāyaṁ upādiyati, tam ahaṁ Sa-upavajjo ti vadāmi. Taṁ Channassa bhikkhuno na 'tthi, anupavajjo[2] Channo bhikkhu satthaṁ āharesīti.

Idam avoca Bhagavā. Attamano āyasmā Sāriputto Bhagavato bhāsitaṁ abhinanditi.

CHANNOVĀDASUTTAṀ DUTIYAṀ.

---

[1] So S^{tr} Bu; Si etāni. [2] So S^{ts}; Si anupavajjaṁ.

145.

[1] Evaṁ me sutaṁ. Ekaṁ samayaṁ Bhagavā Sāvatthiyaṁ viharati Jetavane Anāthapiṇḍikassa ārāme. Atha kho āyasmā Puṇṇo sāyaṇhasamayaṁ paṭisallānā vuṭṭhito yena Bhagavā ten' upasaṁkami upasaṁkamitvā Bhagavantaṁ abhivādetvā ekamantaṁ nisīdi. Ekamantaṁ nisinno kho āyasmā Puṇṇo Bhagavantaṁ etad avoca: Sādhu maṁ. bhante, Bhagavā saṁkhittena ovādena ovadatu yam ahaṁ Bhagavato dhammaṁ sutvā eko vūpakaṭṭho appamatto ātāpī pahitatto vihareyyan ti. Tena hi, Puṇṇa, suṇohi sādhukaṁ manasikarohi bhāsissāmīti. Evam bhante ti kho āyasmā Puṇṇo Bhagavato paccassosi.

Bhagavā etad avoca:—Santi kho, Puṇṇa, cakkhuviññeyyā rūpā iṭṭhā kantā manāpā piyarūpā kāmūpasaṁhitā rajanīyā. Tañ ce bhikkhu abhinandati abhivadati ajjhosāya tiṭṭhati, tassa taṁ abhinandato abhivadato ajjhosāya tiṭṭhato uppajjati nandī; nandīsamudayā dukkhasamudayo Puṇṇāti vadāmi. Santi kho, Puṇṇa, sotaviññeyyā saddā; ghānaviññeyyā gandhā; jivhāviññeyyā rasā; kāyaviññeyyā phoṭṭhabbā; manoviññeyyā dhammā iṭṭhā kantā manāpā piyarūpā kāmūpasaṁhitā rajanīyā. Tañ ce bhikkhu abhinandati abhivadati ajjhosāya tiṭṭhati, tassa taṁ abhinandato abhivadato ajjhosāya tiṭṭhato uppajjati nandī: nandīsamudayā dukkhasamudayo Puṇṇāti vadāmi.

Santi ca kho, Puṇṇa, cakkhuviññeyyā rūpā iṭṭhā kantā manāpā piyarūpā kāmūpasaṁhitā rajanīyā. Tañ ce bhikkhu nābhinandati nābhivadati nājjhosāya tiṭṭhati, tassa taṁ anabhinandato anabhivadato anajjhosāya tiṭṭhato nandī nirujjhati: nandīnirodhā dukkhanirodho Puṇṇāti vadāmi. Santi kho, Puṇṇa, sotaviññeyyā saddā: ghānaviññeyyā gandhā; jivhāviññeyyā rasā; kāyaviññeyyā phoṭṭhabbā; manoviññeyyā dhammā iṭṭhā manāpā piyarūpā kāmūpasaṁ-

[1] Cf. Saṁyutta iv. 60; Divy. 37–39; J.P.T.S. 1887, 23.

hitā rajanīyā. Tañ ce bhikkhu nābhinandati nābhivadati nājjhosāya tiṭṭhati, tassa taṁ anabhinandato anabhivadato anajjhosāya tiṭṭhato nandī nirujjhati; nandīnirodhā dukkhanirodho Puṇṇāti vadāmi.

Iminā ca tvaṁ, Puṇṇa, mayā saṁkhittena ovādena ovadito katarasmiṁ janapade viharissasīti?

Iminā 'haṁ, bhante, Bhagavatā saṁkhittena ovādena ovadito, atthi Sunāparanto nāma janapado, tatthāhaṁ viharissāmi.

Caṇḍā kho, Puṇṇa, Sunāparantakā manussā; pharusā kho, Puṇṇa, Sunāparantakā manussā. Sace taṁ, Puṇṇa, Sunāparantakā manussā akkosissanti paribhāsissanti, tattha te, Puṇṇa, kinti bhavissatīti?

Sace maṁ, bhante, Sunāparantakā manussā akkosissanti paribhāsissanti, tattha me evaṁ bhavissati: Bhaddakā vat' ime Sunāparantakā manussā, subhaddakā vat' ime Sunāparantakā manussā yaṁ me na-y-ime pāṇinā pahāraṁ dentīti. Evam ettha, Bhagavā, bhavissati; evam ettha, Sugata, bhavissatīti.

Sace pana te, Puṇṇa, Sunāparantakā manussā pāṇinā pahāraṁ dassanti, tattha pana te, Puṇṇa, kinti bhavissatīti?

Sace me, bhante, Sunāparantakā manussā pāṇinā pahāraṁ dassanti, tattha me evaṁ bhavissati: Bhaddakā vat' ime Sunāparantakā manussā, subhaddakā vat' ime Sunāparantakā manussā yaṁ me na-y-ime leḍḍunā pahāraṁ dentīti. Evam ettha, Bhagavā, bhavissati; evam ettha, Sugata, bhavissatīti.

Sace pana te, Puṇṇa, Sunāparantakā manussā leḍḍunā pahāraṁ dassanti, tattha pana te, Puṇṇa, kinti bhavissatīti?

Sace me, bhante, Sunāparantakā manussā leḍḍunā pahāraṁ dassanti, tattha me evaṁ bhavissati: Bhaddakā vat' ime Sunāparantakā manussā, subhaddakā vat' ime Sunāparantakā manussā yaṁ me na-y-ime daṇḍena pahāraṁ dentīti. Evam ettha, Bhagavā, bhavissati; evam ettha, Sugata, bhavissatīti.

Sace pana te . . . daṇḍena . . . kinti bhavissatīti?

Sace me, bhante, Sunāparantakā manussā daṇḍena . . . yaṃ me na-y-ime satthena . . . Sugata bhavissatīti.

Sace pana te . . . satthena . . . kinti bhavissatīti?

Sace maṃ . . . satthena . . . yaṃ maṃ na-y-ime tiṇhena satthena jīvitā voropentīti . . . Sugata bhavissatīti.

Sace pana te . . . jīvitā voropessanti . . . kinti bhavissatīti?

Sace maṃ . . . jīvitā voropessanti, tattha me evaṃ bhavissati: Santi kho Bhagavato sāvakā kāyena ca jīvitena ca aṭṭīyamānā[1] jigucchamānā satthahārakaṃ pariyesanti. Taṃ me idaṃ apariyiṭṭhaṃ[2] yeva satthahārakaṃ laddhan ti. Evaṃ ettha, Bhagavā, bhavissati; evaṃ ettha, Sugata, bhavissatīti.

Sādhu sādhu, Puṇṇa. Sakkhissasi kho tvaṃ, Puṇṇa, iminā damupasamena samannāgato Sunāparantasmiṃ janapade viharituṃ. Yassa dāni tvaṃ, Puṇṇa, kālaṃ maññasīti.

Atha kho āyasmā Puṇṇo Bhagavato bhāsitaṃ abhinanditvā anumoditvā uṭṭhāy' āsanā Bhagavantaṃ abhivādetvā padakkhiṇaṃ katvā senāsanaṃ saṃsāmetvā pattacīvaraṃ ādāya yena Sunāparanto janapado tena cārikaṃ pakkāmi. Anupubbena cārikaṃ caramāno yena Sunāparanto janapado tad avasari. Tatra sudaṃ āyasmā Puṇṇo Sunāparantasmiṃ janapade viharati. Atha kho āyasmā Puṇṇo ten' ev' antaravassena pañcamattāni upāsakasatāni paṭipādesi,[3] ten' ev' antaravassena pañcamattāni upāsikāsatāni paṭipādesi, ten' ev' antaravassena tisso vijjā sacchi-akāsi.[4] Atha kho āyasmā Puṇṇo aparena samayena parinibbāyi.

Atha kho sambahulā bhikkhū yena Bhagavā ten' upasaṅkamiṃsu, upasaṅkamitvā Bhagavantaṃ abhivādetvā ekamantaṃ nisīdiṃsu. Ekamantaṃ nisinnā kho te bhikkhū Bhagavantaṃ etad avocuṃ: Yo so, bhante, Puṇṇo

---

[1] So Si; S^{kt} aḍḍhiyamānā,—S^{t} adding hariyamānā. [2] So S^{kt}; Si apariyiṭṭhaṃ. [3] So S^{kt}; Si paṭidesesi. [4] Si sacchākāsi.

nāma kulaputto Bhagavatā saṁkhittena ovādena ovadito, so kālakato. Tassa kā gati, ko abhisamparāyo ti?

Paṇḍito, bhikkhave, Puṇṇo kulaputto; paccapādi dhammassānudhammaṁ; na ca maṁ dhammādhikaraṇaṁ viheṭhesi. Parinibbuto, bhikkhave, Puṇṇo kulaputto ti.

Idam avoca Bhagavā. Attamanā te bhikkhū Bhagavato bhāsitaṁ abhinandun ti.

PUṆṆOVĀDASUTTAṀ TATIYAṀ.

146.

Evam me sutaṁ. Ekaṁ samayaṁ Bhagavā Sāvatthiyaṁ viharati Jetavane Anāthapiṇḍikassa ārāme. Atha kho Mahāpajāpatī Gotamī pañcamattehi bhikkhunīsatehi saddhiṁ yena Bhagavā ten' upasaṁkami, upasaṁkamitvā Bhagavantaṁ abhivādetvā ekamantaṁ aṭṭhāsi. Ekamantaṁ ṭhitā kho Mahāpajāpatī Gotamī Bhagavantaṁ etad avoca:—Ovadatu, bhante, Bhagavā bhikkhuniyo; anusāsatu, bhante, Bhagavā bhikkhuniyo; karotu, bhante, Bhagavā bhikkhunīnaṁ dhammikathan ti.

Tena kho pana samayena therā bhikkhū bhikkhuniyo ovadanti pariyāyena; āyasmā pana Nandako na icchati bhikkhuniyo ovadituṁ pariyāyena. Atha kho Bhagavā āyasmantaṁ Ānandaṁ āmantesi: Kassa nu kho, Ānanda, ajja pariyāyo bhikkhuniyo ovadituṁ pariyāyenāti?—Nandakassa, bhante, pariyāyo bhikkhuniyo ovadituṁ pariyāyena;[1] ayaṁ, bhante, āyasmā Nandako na icchati bhikkhuniyo ovadituṁ pariyāyenāti.—Atha kho Bhagavā āyasmantaṁ Nandakaṁ āmantesi: Ovada, Nandaka, bhikkhuniyo; anusāsa, Nandaka, bhikkhuniyo; karohi tvaṁ, brāhmaṇa, bhikkhunīnaṁ dhammikathan ti. Evam bhante ti kho so

[1] So S^{ky}. For Nandakassa . . . pariyāyena Si (which notes that Sinhalese reading is as in text) reads: sabbeh' eva bhante kato pariyāyo bhikkhuniyo ovadituṁ pariyāyena; ayaṁ (&c.).

āyasmā Nandako Bhagavato paṭissutvā pubbaṇhasamayaṁ nivāsetvā pattacīvaraṁ ādāya Sāvatthiṁ piṇḍāya pāvisi. Sāvatthiyaṁ piṇḍāya caritvā pacchābhattaṁ piṇḍapātapaṭikkanto attadutiyo yena Rājakārāmo ten' upasaṅkami. Addasāsuṁ kho tā bhikkhuniyo āyasmantaṁ Nandakaṁ dūrato va āgacchantaṁ, disvāna āsanaṁ paññāpesuṁ udakañ ca pādānaṁ upaṭṭhapesuṁ. Nisīdi kho āyasmā Nandako paññatte āsane, nisajja pāde pakkhālesi. Tā pi kho bhikkhuniyo āyasmantaṁ Nandakaṁ abhivādetvā ekamantaṁ nisīdiṁsu. Ekamantaṁ nisinnā kho tā bhikkhuniyo āyasmā Nandako etad avoca:—Paṭipucchakathā kho, bhaginiyo, bhavissati. Tattha ājānantīhi[1] Ājānāmāti 'ssa vacanīyaṁ; na ājānantīhi Na ājānāmāti 'ssa vacanīyaṁ. Yassā vā pan' assa kaṅkhā vā vimati vā, ahaṁ eva tattha paṭipucchitabbo:—Idaṁ bhante kathaṁ,—imassa kvattho ti.

Ettakena pi mayaṁ, bhante, ayyassa Nandakassa attamanā abhiraddhā[2] yaṁ no ayyo Nandako pavāretīti.

Taṁ kiṁ maññatha, bhaginiyo? Cakkhuṁ niccaṁ vā aniccaṁ vā ti?

Aniccaṁ, bhante.

Yaṁ panāniccaṁ, dukkhaṁ vā taṁ sukhaṁ vā ti?

Dukkhaṁ, bhante.

Yaṁ panāniccaṁ dukkhaṁ vipariṇāmadhammaṁ, kallaṁ nu taṁ samanupassituṁ: Etaṁ mama, eso 'ham asmi, eso me attā ti?

No h' etaṁ, bhante.

Taṁ kiṁ maññatha, bhaginiyo? Sotaṁ niccaṁ vā aniccaṁ vā ti? Aniccaṁ, bhante.—Ghānaṁ niccaṁ vā aniccaṁ vā ti? Aniccaṁ, bhante.—Jivhā niccā vā aniccā vā ti? Aniccā, bhante.—Kāyo nicco vā anicco vā ti? Anicco, bhante.—Mano nicco vā anicco vā ti? Anicco, bhante. Yaṁ panāniccaṁ dukkhaṁ vā taṁ sukhaṁ vā ti? Dukkhaṁ, bhante. Yaṁ panāniccaṁ dukkhaṁ vipariṇā-

[1] So S^{ky} here and infra. Si reads: tattha ājānantīhi ājānāmāti 'ssa v.; na ājānantīhi, &c.
[2] So S^{ky}; Si abhinanditā,—adding note that Sinhalese reading is as in text.

madhammaṁ kallan nu taṁ samanupassituṁ: Etaṁ mama, eso 'ham asmi, so me attā ti?

No h' etaṁ, bhante. Taṁ kissa hetu? Pubbe va no h' etaṁ, bhante, yathābhūtaṁ sammappaññāya sudiṭṭhaṁ: Iti p' ime cha ajjhattikā āyatanā aniccā ti.

Sādhu sādhu, bhaginiyo; evaṁ h' etaṁ, bhaginiyo, hoti ariyasāvakassa yathābhūtaṁ sammappaññāya passato. Taṁ kiṁ maññatha, bhaginiyo? Rūpā niccā vā aniccā vā ti?

Aniccā, bhante.

Yaṁ panāniccaṁ dukkhaṁ vā taṁ sukhaṁ vā ti?

Dukkhaṁ, bhante.

Yam panāniccaṁ dukkhaṁ vipariṇāmadhammaṁ kallan nu taṁ samanupassituṁ: Etaṁ mama, eso 'ham asmi, so me attā ti?

No h' etaṁ, bhante.

Taṁ kiṁ maññatha, bhaginiyo? Saddā niccā vā aniccā vā ti? Aniccā, bhante. Gandhā niccā vā aniccā vā ti? Aniccā, bhante. Rasā niccā vā aniccā vā ti? Aniccā, bhante. Phoṭṭhabbā niccā vā aniccā vā ti? Aniccā, bhante. Dhammā niccā vā aniccā vā ti? Aniccā, bhante. Yaṁ panāniccaṁ, dukkhaṁ vā taṁ sukhaṁ vā ti? Dukkhaṁ, bhante. Yaṁ panāniccaṁ dukkhaṁ vipariṇāmadhammaṁ kallan nu taṁ . . . attā ti?

No h' etaṁ, bhante. Taṁ kissa hetu? Pubbe va no h' etaṁ, bhante, yathābhūtaṁ sammappaññāya sudiṭṭhaṁ: Iti p' ime cha bāhirā āyatanā aniccā ti.

Sādhu sādhu, bhaginiyo; evaṁ h' etaṁ, bhaginiyo, hoti ariyasāvakassa yathābhūtaṁ sammappaññāya passato. Taṁ kiṁ maññatha, bhaginiyo? Cakkhuviññāṇaṁ niccaṁ vā aniccaṁ vā ti?

Aniccaṁ, bhante.

Yaṁ panāniccaṁ dukkhaṁ vā taṁ sukhaṁ vā ti?

Dukkhaṁ bhante.

Yaṁ panāniccaṁ dukkhaṁ vipariṇāmadhammaṁ kallan nu taṁ . . . . attā ti?

No h' etaṁ, bhante.

Taṁ kiṁ maññatha, bhaginiyo? Sotaviññāṇaṁ niccaṁ vā aniccaṁ vā ti? Aniccaṁ, bhante. Ghānaviññāṇaṁ niccaṁ vā aniccaṁ vā ti? Aniccaṁ, bhante. Kāyaviññāṇaṁ niccaṁ vā aniccaṁ vā ti? Aniccaṁ, bhante. Manoviññāṇaṁ niccaṁ vā aniccaṁ vā ti? Aniccaṁ, bhante. Yaṁ panāniccaṁ dukkhaṁ vā taṁ sukhaṁ vā ti? Dukkhaṁ, bhante. Yaṁ panāniccaṁ dukkhaṁ vipariṇāmadhammaṁ kallaṁ nu taṁ . . . . attā ti?

No h' etaṁ, bhante. Taṁ kissa hetu? Pubbe va no etaṁ, bhante, yathābhūtaṁ sammappaññāya sudiṭṭhaṁ: Iti p' ime cha viññāṇakāyā aniccā ti.

Sādhu, sādhu, bhaginiyo; evaṁ h' etaṁ, bhaginiyo, hoti ariyasāvakassa yathābhūtaṁ sammappaññāya passato.

Seyyathāpi, bhaginiyo, telappadīpassa jhāyato telam pi aniccaṁ vipariṇāmadhammaṁ vaṭṭi pi aniccā vipariṇāmadhammā accī pi aniccā vipariṇāmadhammā ābhā pi aniccā vipariṇāmadhammā; yo nu kho, bhaginiyo, evaṁ vadeyya: Amussa telappadīpassa jhāyato telam pi aniccaṁ vipariṇāmadhammaṁ vaṭṭī pi aniccā vipariṇāmadhammā accī pi aniccā vipariṇāmadhammā, yā ca khvāssa ābhā sā niccā dhuvā sassatā avipariṇāmadhammā ti,—sammā nu kho so, bhaginiyo, vadamāno vadeyyāti?

No h' etaṁ, bhante. Taṁ kissa hetu? Amussa hi, bhante, telappadīpassa jhāyato telam pi aniccaṁ vipariṇāmadhammaṁ vaṭṭī pi aniccā vipariṇāmadhammā accī pi aniccā vipariṇāmadhammā, pagev' assa ābhā aniccā vipariṇāmadhammā ti.

Evam eva kho, bhaginiyo, yo nu kho evaṁ vadeyya: Cha kho 'me ajjhattikā āyatanā aniccā, yañ ca kho cha ajjhattike āyatane paṭicca paṭisaṁvedemi sukhaṁ vā dukkhaṁ vā adukkhamasukhaṁ vā, taṁ niccaṁ dhuvaṁ sassataṁ avipariṇāmadhamman ti,—sammā nu kho so, bhaginiyo, vadamāno vadeyyāti?

No h' etaṁ, bhante. Taṁ kissa hetu? Tajjaṁ tajjaṁ, bhante, paccayaṁ paṭicca tajjā tajjā vedanā uppajjanti.

Tajjassa tajjassa paccayassa nirodhā tajjā tajjā vedanā nirujjhantîti.[1]

Sādhu sādhu, bhaginiyo; evaṁ h' etaṁ, bhaginiyo, hoti ariyasāvakassa yathābhūtaṁ sammappaññāya passato.

Seyyathāpi, bhaginiyo, mahato rukkhassa tiṭṭhato sāravato mūlam pi aniccaṁ vipariṇāmadhammaṁ khandho pi anicco vipariṇāmadhammo sākhāpalāsam pi aniccaṁ vipariṇāmadhammaṁ chāyā pi aniccā vipariṇāmadhammā; yo nu kho evaṁ vadeyya: Amussa mahato rukkhassa tiṭṭhato sāravato mūlam pi aniccaṁ vipariṇāmadhammaṁ khandho pi anicco vipariṇāmadhammo sākhāpalāsam pi aniccaṁ vipariṇāmadhammaṁ, yā ca khvāssa chāyā sā niccā dhuvā sassatā avipariṇāmadhammā ti,—sammā nu kho so, bhaginiyo, vadamāno vadeyyāti?

No h' etaṁ, bhante. Taṁ kissa hetu? Amussa hi, bhante, mahato rukkhassa tiṭṭhato sāravato mūlam pi aniccaṁ vipariṇāmadhammaṁ khandho pi anicco vipariṇāmadhammo sākhāpalāsam pi aniccaṁ vipariṇāmadhammaṁ, pagev' assa chāyā aniccā vipariṇāmadhammā ti.

Evam eva kho, bhaginiyo, yo nu kho evaṁ vadeyya: Cha kho 'me bāhirā āyatanā aniccā vipariṇāmadhammā yañ ca kho cha bāhire āyatane paṭicca paṭisaṁvedeti sukhaṁ vā dukkhaṁ vā adukkhamasukhaṁ vā taṁ niccaṁ dhuvaṁ sassataṁ avipariṇāmadhamman ti,—sammā nu kho so, bhaginiyo, vadamāno vadeyyāti?

No h' etaṁ, bhante. Taṁ kissa hetu? Tajjaṁ tajjaṁ, bhante, paccayaṁ paṭicca tajjā tajjā vedanā uppajjanti, tajjassa tajjassa paccayassa nirodhā tajjā tajjā vedanā nirujjhantîti.

Sādhu sādhu, bhaginiyo; evam h' etaṁ, bhaginiyo, hoti ariyasāvakassa yathābhūtaṁ sammappaññāya passato.

Seyyathāpi, bhaginiyo, dakkho goghātako vā goghātakantevāsī vā gāviṁ vadhitvā tiṇhena govikantanena gāviṁ vikanteyya, anupahacca antaraṁ maṁsakāyaṁ, anupahacca bāhiraṁ cammakāyaṁ, yaṁ yad eva tattha antarā cilimaṁ antarā nahāru antarā bandhanaṁ, taṁ tad eva tiṇhena

[1] So S^{tt}; Si nirujjhatîti and (supra) uppajjati.

govikantanena sañchindeyya saṁkanteyya samparikanteyya, sañchinditvā saṁkantitvā samparikantitvā vidhūnitvā bāhiraṁ cammakāyaṁ ten' eva cammena taṁ gāviṁ paṭicchādetvā evaṁ vadeyya: Tathevāyaṁ gāvī saṁyuttā iminā cammenāti,—sammā nu kho so, bhaginiyo, vadamāno vadeyyāti?

No h' etaṁ, bhante. Taṁ kissa hetu? Asu hi, bhante, dakkho goghātako vā goghātakantevāsī vā gāviṁ vadhitvā . . . taṁ gāviṁ paṭicchādetvā kiñcāpi so evaṁ vadeyya: Tathevāyaṁ gāvī saṁyuttā iminā cammenāti, atha kho sā gāvī visaṁyuttā tena cammenāti.[1]

Upamā kho me ayaṁ, bhaginiyo, katā atthassa viññāpanāya. Ayam ev' ettha attho: Antaro maṁsakāyo ti kho, bhaginiyo, channetaṁ ajjhattikānaṁ āyatanānaṁ adhivacanaṁ; bāhiro cammakāyo ti kho, bhaginiyo, channetaṁ bāhirānaṁ āyatanānaṁ adhivacanaṁ; antarā cilimaṁ antarā nahāru antarā bandhanan ti kho, bhaginiyo, nandirāgass' etaṁ adhivacanaṁ; tiṇhaṁ govikantanan ti kho, bhaginiyo, ariyāy' etaṁ paññāya adhivacanaṁ, yāyaṁ ariyā paññā antarā kilesaṁ antarā saṁyojanaṁ antarā bandhanaṁ sañchindati saṁkantati samparikantati.

Satta kho ime, bhaginiyo, bojjhaṅgā yesaṁ bhāvitattā bahulīkatattā bhikkhu āsavānaṁ khayā anāsavaṁ cetovimuttiṁ paññāvimuttiṁ diṭṭh' eva dhamme sayaṁ abhiññā sacchikatvā upasampajja viharati. Katame satta? Idha, bhaginiyo, bhikkhu satisambojjhaṅgaṁ bhāveti vivekanissitaṁ virāganissitaṁ nirodhanissitaṁ vossaggapariṇāmiṁ,[2] dhammavicayasambojjhaṅgaṁ bhāveti, viriyasambojjhaṅgaṁ bhāveti, pītisambojjhaṅgaṁ bhāveti, passaddhisambojjhaṅgaṁ bhāveti, samādhisambojjhaṅgaṁ bhāveti, upekhāsambojjhaṅgaṁ bhāveti vivekanissitaṁ virāganissitaṁ nirodhanissitaṁ vossaggapariṇāmiṁ. Ime kho, bhaginiyo, satta bojjhaṅgā yesaṁ bhāvitattā bahulīkatattā bhikkhu āsavānaṁ khayā . . . upasampajja viharatīti.

[1] Sᵗˢ Si cammena. [2] So Sᵗˢ; Si v—aṁ,—with note that the Sinhalese reading is as in text.

Atha kho āyasmā Nandako tā bhikkhuniyo iminā ovādena ovaditvā uyyojesi: Gacchatha, bhaginiyo; kālo ti.

Atha kho tā bhikkhuniyo āyasmato Nandakassa bhāsitaṁ abhinanditvā anumoditvā uṭṭhāy' āsanā āyasmantaṁ Nandakaṁ abhivādetvā padakkhiṇaṁ katvā yena Bhagavā ten' upasaṅkamiṁsu upasaṅkamitvā Bhagavantaṁ abhivādetvā ekamantaṁ aṭṭhaṁsu. Ekamantaṁ ṭhitā kho tā bhikkhuniyo Bhagavā etad avoca: Gacchatha, bhikkhuniyo; kālo ti. Atha kho tā bhikkhuniyo Bhagavantaṁ abhivādetvā padakkhiṇaṁ katvā pakkamiṁsu. Atha kho Bhagavā acirapakkantāsu tāsu bhikkhunīsu bhikkhū āmantesi:—Seyyathāpi, bhikkhave, tadahu 'posatho cātuddaso' na hoti bahuno janassa kaṅkhā vā vimati vā: Ūno nu kho cando, puṇṇo nu kho cando ti: atha kho ūno cando tveva hoti; evaṁ eva kho, bhikkhave, tā bhikkhuniyo Nandakassa dhammadesanāya attamanā c'eva honti no ca kho paripuṇṇasaṅkappā ti.

Atha kho Bhagavā āyasmantaṁ Nandakaṁ āmantesi: Tena hi tvaṁ, Nandaka, svo pi tā bhikkhuniyo ten' ev' ovādena ovadeyyāsīti.

Evaṁ bhante ti kho āyasmā Nandako Bhagavato paccassosi.

Atha kho āyasmā Nandako tassā rattiyā accayena pubbaṇhasamayaṁ nivāsetvā pattacīvaraṁ ādāya Sāvatthiṁ piṇḍāya pāvisi. Sāvatthiyaṁ piṇḍāya caritvā pacchābhattaṁ piṇḍapātapaṭikkanto attadutiyo yena Rājakārāmo ten' upasaṅkami. Addasāsuṁ kho tā bhikkhuniyo āyasmantaṁ Nandakaṁ dūrato va āgacchantaṁ disvāna āsanaṁ paññāpesuṁ udakañ ca pādānaṁ upaṭṭhapesuṁ. Nisīdi kho āyasmā Nandako paññatte āsane, nisajja pāde pakkhālesi. Tā pi kho bhikkhuniyo āyasmantaṁ Nandakaṁ abhivādetvā ekamantaṁ nisīdiṁsu. Ekamantaṁ nisinnā kho tā bhikkhuniyo āyasmā Nandako etad avoca:—Paṭipucchakathā kho, bhaginiyo, bhavissati. Tattha ājānantīhi Ājānāmāti 'ssa vacanīyaṁ, na ājānantīhi Na ājānāmāti 'ssa vacanīyaṁ. Yassā vā pan' assa kaṅkhā vā vimati vā, ahaṁ eva tattha paṭipucchitabbo. Idaṁ, bhante, kathaṁ,—imassa kv-attho ti?

Ettakena pi mayaṁ, bhante, ayyassa Nandakassa attamanā abhiraddhā, yaṁ no ayyo Nandako pavāretīti.

Taṁ kiṁ maññatha, bhaginiyo? Cakkhuṁ niccaṁ vā aniccaṁ vā ti?—Aniccaṁ, bhante.—Yaṁ panāniccaṁ . . . (*&c. as above, page 271, line 21, to page 276, line 2*). . . . . . Gacchatha, bhikkhuniyo: kālo ti.

Atha kho Bhagavā acirapakkantāsu tāsu bhikkhunīsu bhikkhū āmantesi:—Seyyathāpi, bhikkhave, tadahu 'posathe paṇṇarase na hoti bahuno janassa kaṅkhā vā vimati vā: Ūno nu kho cando, puṇṇo nu kho cando ti: atha kho puṇṇo cando tveva hoti;—evaṁ eva kho, bhikkhave, tā bhikkhuniyo Nandakassa dhammadesanāya attamanā c' eva paripuṇṇasaṅkappā ca. Tāsaṁ, bhikkhave, pañcannaṁ bhikkhunisatānaṁ yā pacchimā bhikkhunī sā sotāpannā avinipātadhammā niyatā sambodhiparāyanā ti.

Idam avoca Bhagavā. Attamanā te bhikkhū Bhagavato bhāsitaṁ abhinandun ti.

NANDAKOVĀDASUTTAṀ CATUTTHAṀ.

147.

Evam me sutaṁ. Ekaṁ samayaṁ Bhagavā Sāvatthiyaṁ viharati Jetavane Anāthapiṇḍikassa ārāme. Atha kho Bhagavato rahogatassa paṭisallīnassa evaṁ cetaso parivitakko udapādi:[1] Paripakkā kho Rāhulassa vimuttiparipācaniyā dhammā; yannūnāhaṁ Rāhulaṁ uttariṁ āsavānaṁ khaye vineyyan ti. Atha kho Bhagavā pubbaṇhasamayaṁ nivāsetvā pattacīvaram ādāya Sāvatthiṁ piṇḍāya pāvisi. Sāvatthiyaṁ piṇḍāya caritvā pacchābhattaṁ piṇḍapātapaṭikkanto āyasmantaṁ Rāhulaṁ āmantesi: Gaṇhāhi, Rāhula, nisīdanaṁ, yen' Andhavanaṁ ten' upasaṅkamissāma

[1] Cf. I Saṁ. VI p. 50.

divāvihārāyāti. Evaṁ bhante ti kho āyasmā Rāhulo Bhagavato paṭissutvā nisīdanaṁ ādāya Bhagavantaṁ [1] piṭṭhito piṭṭhito anubandhi.

Tena kho pana samayena anekāni devatāsahassāni Bhagavantaṁ anubandhāni honti: Ajja Bhagavā āyasmantaṁ Rāhulaṁ uttariṁ āsavānaṁ khaye vinessatīti.

Atha kho Bhagavā Andhavanaṁ ajjhogahetvā aññatarasmiṁ rukkhamūle paññatte āsane nisīdi. Āyasmā pi kho Rāhulo Bhagavantaṁ abhivādetvā ekamantaṁ nisīdi. Ekamantaṁ nisinnaṁ kho āyasmantaṁ Rāhulaṁ Bhagavā etad avoca: Taṁ kiṁ maññasi, Rāhula? Cakkhuṁ niccaṁ vā aniccaṁ vā ti?

Aniccaṁ, bhante.

Yaṁ panāniccaṁ, dukkhaṁ vā taṁ sukhaṁ vā ti?

Dukkhaṁ, bhante.

Yaṁ panāniccaṁ dukkhaṁ vipariṇāmadhammaṁ, kallan nu taṁ samanupassituṁ: Etaṁ mama, eso 'ham asmi, eso me attā ti?

No h' etaṁ, bhante.

Taṁ kiṁ maññasi, Rāhula? Rūpā niccā vā aniccā vā ti?

Aniccā, bhante.

Yaṁ panāniccaṁ, dukkhaṁ vā taṁ sukhaṁ vā ti?

Dukkhaṁ, bhante.

Yaṁ panāniccaṁ dukkhaṁ vipariṇāmadhammaṁ, kallan nu taṁ samanupassituṁ: Etaṁ mama, eso 'ham asmi, eso me attā ti?

No h' etaṁ, bhante.

Taṁ kiṁ maññasi, Rāhula? Cakkhuviññāṇaṁ niccaṁ vā aniccaṁ vā ti?

Aniccaṁ, bhante.

Yaṁ panāniccaṁ, dukkhaṁ vā taṁ sukhaṁ vā ti?

Dukkhaṁ, bhante.

Yaṁ panāniccaṁ dukkhaṁ vipariṇāmadhammaṁ . . . attā ti?

---

[1] So Sb; Stk Bhagavato,—omitting second piṭṭhito.

No h' etaṁ bhante.

Taṁ kiṁ maññasi Rāhula? Cakkhusamphasso nicco vā anicco vā ti?—Anicco, bhante . . . No' h' etaṁ, bhante.

Taṁ kiṁ maññasi, Rāhula? Yaṁ idaṁ[1] cakkhusamphassapaccayā uppajjati vedanāgataṁ saññāgataṁ saṅkhāragataṁ viññāṇagataṁ, tam pi niccaṁ vā aniccaṁ vā ti?—Aniccaṁ, bhante . . . No h' etaṁ, bhante.

Taṁ kiṁ maññasi, Rāhula? Sotaṁ niccaṁ vā aniccaṁ vā ti?—Aniccaṁ, bhante—pe—. Ghānaṁ niccaṁ vā aniccaṁ vā ti? Aniccaṁ, bhante—pe—. Jivhā niccā vā aniccā vā ti? Aniccā, bhante—pe—. Kāyo nicco vā anicco vā ti? Anicco, bhante—pe—. Mano nicco vā anicco vā ti?—Anicco, bhante. Yam pan' āniccaṁ . . . No h' etaṁ, bhante.

Taṁ kiṁ maññasi, Rāhula? Dhammā niccā vā aniccā vā ti?—Aniccā, bhante. . . . No h' etaṁ, bhante.

Taṁ kiṁ maññasi, Rāhula? Manoviññāṇaṁ niccaṁ vā aniccaṁ vā ti?—Aniccaṁ, bhante . . . No h' etaṁ bhante.

Taṁ kiṁ maññasi, Rāhula? Manosamphasso nicco vā anicco vā ti?—Anicco, bhante . . . No h' etaṁ, bhante.

Taṁ kiṁ maññasi, Rāhula? Yam p' idaṁ manosamphassapaccayā uppajjati vedanāgataṁ saññāgataṁ saṅkhāragataṁ viññāṇagataṁ, tam pi niccaṁ vā aniccaṁ vā ti?—Aniccaṁ, bhante . . . No h' etaṁ, bhante.

Evaṁ passaṁ, Rāhula, sutavā ariyasāvako cakkhusmiṁ[2] nibbindati rūpesu nibbindati cakkhuviññāṇe nibbindati cakkhusamphasse nibbindati; yam p' idaṁ cakkhusamphassapaccayā uppajjati vedanāgataṁ saññāgataṁ saṅkhāragataṁ viññāṇagataṁ, tasmim pi nibbindati. Sotasmiṁ nibbindati, saddesu nibbindati, ghānasmiṁ nibbindati, gandhesu nibbindati, jivhāya nibbindati, rasesu nibbindati, kāyasmiṁ nibbindati, phoṭṭhabbesu nibbindati, manasmiṁ nibbindati, dhammesu nibbindati,[3] manoviññāṇe nibbindati, manosamphasse nibbindati. Yam p' idaṁ manosamphassa-

[1] Si yam idaṁ,—with note that the Sinhalese reading is yam p' idaṁ. [2] Si cakkhusmiṁ pi (and infra rūpesu pi, &c.) [3] Skt omit dh. n.

paccayā uppajjati vedanāgataṁ saññāgataṁ saṅkhāragataṁ viññāṇagataṁ, tasmim pi nibbindati, nibbindaṁ virajjati, virāgā vimuccati, vimuttasmiṁ vimuttam iti ñāṇaṁ hoti: Khīṇā jāti, vusitaṁ brahmacariyaṁ, kataṁ karaṇīyaṁ, nāparaṁ itthattāyāti pajānātīti.

Idam avoca Bhagavā. Āyasmā Rāhulo Bhagavato bhāsitaṁ abhinandīti. Imasmiñ ca pana veyyākaraṇasmiṁ bhaññamāne, āyasmato Rāhulassa anupādāya āsavehi cittaṁ vimucci. Tāsañ c' anekānaṁ devatāsahassānaṁ virajaṁ vītamalaṁ dhammacakkhuṁ udapādi: Yaṁ kiñci samudayadhammaṁ, sabban taṁ nirodhadhamman ti.

CŪḶARĀHULOVĀDASUTTAṀ PAÑCAMAṀ.

148.

Evam me sutaṁ. Ekaṁ samayaṁ Bhagavā Sāvatthiyaṁ viharati Jetavane Anāthapiṇḍikassa ārāme. Tatra kho Bhagavā bhikkhū āmantesi: Bhikkhavo ti. Bhadante ti te bhikkhū Bhagavato paccassosuṁ. Bhagavā etad avoca:— Dhammaṁ vo, bhikkhave, desissāmi ādikalyāṇaṁ majjhe kalyāṇaṁ pariyosānakalyāṇaṁ sātthaṁ sabyañjanaṁ kevalaparipuṇṇaṁ parisuddhaṁ brahmacariyaṁ pakāsissāmi, yadidaṁ cha chakkāni. Taṁ suṇātha sādhukaṁ manasikarotha bhāsissāmīti. Evaṁ bhante ti kho te bhikkhū Bhagavato paccassosuṁ. Bhagavā etad avoca:—Cha ajjhattikāni āyatanāni veditabbāni, cha bāhirāni āyatanāni veditabbāni, cha viññāṇakāyā veditabbā, cha phassakāyā veditabbā, cha vedanākāyā veditabbā, cha taṇhākāyā veditabbā.

Cha ajjhattikāni āyatanāni veditabbānīti iti kho pan' etaṁ vuttaṁ. Kiñ c' etaṁ paṭicca vuttaṁ? Cakkhāyatanaṁ sotāyatanaṁ ghānāyatanaṁ jivhāyatanaṁ kāyāyatanaṁ manāyatanaṁ. Cha ajjhattikāni āyatanāni veditabbānīti iti yan taṁ vuttaṁ idam etaṁ paṭicca vuttaṁ. Idaṁ paṭhamaṁ chakkaṁ.

Cha bāhirāni āyatanāni veditabbānīti iti kho pan' etaṁ vuttaṁ. Kiñ c' etaṁ paṭicca vuttaṁ? Rūpāyatanaṁ saddāyatanaṁ gandhāyatanaṁ rasāyatanaṁ phoṭṭhabbāyatanaṁ dhammāyatanaṁ. Cha bāhirāni āyatanāni veditabbānīti iti yan taṁ vuttaṁ idam etaṁ paṭicca vuttaṁ. Idaṁ dutiyaṁ chakkaṁ.

Cha viññāṇakāyā veditabbā ti iti kho pan' etaṁ vuttaṁ. Kiñ c' etaṁ paṭicca vuttaṁ? Cakkhuñ ca paṭicca rūpe ca uppajjati cakkhuviññāṇaṁ; sotañ ca paṭicca sadde ca uppajjati sotaviññāṇaṁ; ghānañ ca paṭicca gandhe ca uppajjati ghānaviññāṇaṁ; jivhañ ca paṭicca rase ca uppajjati jivhāviññāṇaṁ; kāyañ ca paṭicca phoṭṭhabbe ca uppajjati kāyaviññāṇaṁ; manañ ca paṭicca dhamme ca uppajjati manoviññāṇaṁ. Cha viññāṇakāyā veditabbā ti iti yan taṁ vuttaṁ idaṁ etaṁ paṭicca vuttaṁ. Idaṁ tatiyaṁ chakkaṁ.

Cha phassakāyā veditabbā ti iti kho . . paṭicca vuttaṁ? Cakkhuñ ca paṭicca rūpe ca uppajjati cakkhuviññāṇaṁ, tiṇṇaṁ saṅgati phasso; sotañ ca paṭicca sadde ca uppajjati sotaviññāṇaṁ, tiṇṇaṁ saṅgati phasso; ghānañ ca paṭicca gandhe ca uppajjati ghānaviññāṇaṁ, tiṇṇaṁ saṅgati phasso; jivhañ ca paṭicca rase ca uppajjati jivhāviññāṇaṁ, tiṇṇaṁ saṅgati phasso; kāyañ ca paṭicca phoṭṭhabbe ca uppajjati kāyaviññāṇaṁ, tiṇṇaṁ saṅgati phasso; manañ ca paṭicca dhamme ca uppajjati manoviññāṇaṁ, tiṇṇaṁ saṅgati phasso. Cha phassakāyā veditabbā ti iti yan taṁ vuttaṁ idam etaṁ paṭicca vuttaṁ. Idaṁ catutthaṁ chakkaṁ.

Cha vedanākāyā veditabbā ti iti . . . paṭicca vuttaṁ? Cakkhuñ ca paṭicca rūpe ca uppajjati cakkhuviññāṇaṁ, tiṇṇaṁ saṅgati phasso, phassapaccayā vedanā; sotañ ca paṭicca sadde ca uppajjati sotaviññāṇaṁ; ghānañ ca paṭicca gandhe ca uppajjati ghānaviññāṇaṁ; jivhañ ca paṭicca rase ca uppajjati jivhāviññāṇaṁ; kāyañ ca paṭicca phoṭṭhabbe ca uppajjati kāyaviññāṇaṁ; manañ ca paṭicca dhamme ca uppajjati manoviññāṇaṁ, tiṇṇaṁ saṅgati phasso, phassapaccayā vedanā. Cha vedanākāyā veditabbā ti iti yan taṁ vuttaṁ idam etaṁ paṭicca vuttaṁ. Idaṁ pañcamaṁ chakkaṁ.

Cha taṇhākāyā veditabbā ti iti . . . vuttaṁ? Cakkhuñ ca paṭicca rūpe ca uppajjati cakkhuviññāṇaṁ, tiṇṇaṁ saṅgati phasso, phassapaccayā vedanā, vedanāpaccayā taṇhā; sotañ ca paṭicca sadde ca uppajjati sotaviññāṇaṁ; ghānañ ca paṭicca gandhe ca uppajjati ghānaviññāṇaṁ; jivhañ ca paṭicca rase ca uppajjati jivhāviññāṇaṁ; kāyañ ca paṭicca phoṭṭhabbe ca uppajjati kāyaviññāṇaṁ; manañ ca paṭicca dhamme ca uppajjati manoviññāṇaṁ, tiṇṇaṁ saṅgati phasso, phassapaccayā vedanā, vedanāpaccayā taṇhā. Cha taṇhākāyā veditabbā ti iti yan taṁ vuttaṁ idam etaṁ paṭicca vuttaṁ. Idaṁ chaṭṭhaṁ chakkaṁ.

Cakkhuṁ attā ti yo vadeyya, taṁ na uppajjati. Cakkhussa uppādo pi vayo pi paññāyati. Yassa kho pana uppādo pi vayo pi paññāyati, Attā me uppajjati ca veti cāti icc' assa evam āgataṁ[1] hoti; tasmā taṁ na uppajjati. Cakkhuṁ attā ti yo vadeyya: iti cakkhuṁ anattā. Rūpā attā ti yo vadeyya, taṁ na uppajjati. Rūpānaṁ uppādo pi vayo pi uppajjati. Yassa kho pana uppādo pi vayo pi paññāyati, Attā me uppajjati ca veti cāti icc' assa evam āgataṁ hoti, tasmā taṁ na uppajjati. Rūpā attā ti yo vadeyya; iti cakkhuṁ anattā, rūpā anattā. Cakkhuviññāṇaṁ attā ti yo vadeyya, taṁ na uppajjati. Cakkhuviññāṇassa uppādo pi vayo pi paññāyati. Yassa kho pana uppādo pi vayo pi paññāyati, Attā me uppajjati ca veti cāti icc' assa evam āgataṁ hoti; tasmā taṁ na uppajjati. Cakkhuviññāṇaṁ attā ti yo vadeyya; iti cakkhuṁ anattā rūpā anattā cakkhuviññāṇaṁ anattā. Cakkhusamphasso attā ti yo vadeyya, taṁ na uppajjati. Cakkhusamphassassa uppādo pi vāyo pi paññāyati. Yassa kho pana uppādo pi vayo pi paññāyati, Attā me uppajjati ca veti cāti icc' assa evam āgataṁ hoti; tasmā taṁ na uppajjati, Cakkhusamphasso attā ti yo vadeyya; iti cakkhuṁ anattā rūpā anattā cakkhuviññāṇaṁ anattā cakkhusamphasso anattā. Vedanā attā ti yo vadeyya,

[1] So Si.—and S^{k} infra; S^{ky} here āhataṁ.

taṁ na uppajjati. Vedanāya uppādo pi vayo pi paññāyati. Yassa kho pana uppādo pi vayo pi paññāyati, Attā me uppajjati ca veti cāti icc' assa evaṁ āgataṁ hoti; tasmā taṁ na uppajjati, Vedanā attā ti yo vadeyya; iti cakkhuṁ anattā rūpā anattā cakkhuviññāṇaṁ anattā cakkhusamphasso anattā vedanā anattā. Taṇhā attā ti yo vadeyya, taṁ na uppajjati. Taṇhāya uppādo pi vayo pi paññāyati. Yassa kho pana uppādo pi vayo pi paññāyati, Attā me uppajjati ca veti cāti icc' assa evaṁ āgataṁ hoti; tasmā taṁ na uppajjati, Taṇhā attā ti yo vadeyya; iti cakkhuṁ anattā rūpā anattā cakkhuviññāṇaṁ anattā cakkhusamphasso anattā vedanā anattā taṇhā anattā. Sotaṁ attā ti yo vadeyya. Ghānaṁ attā ti yo vadeyya. Jivhā attā ti yo vadeyya. Kāyo attā ti yo vadeyya. Mano attā ti yo vadeyya, taṁ na uppajjati. Manassa uppādo pi vayo pi paññāyati. Yassa kho pana uppādo pi vayo pi paññāyati, Attā me uppajjati ca veti cāti icc' assa evaṁ āgataṁ hoti; tasmā taṁ na uppajjati. Mano attā ti yo vadeyya; iti mano anattā. Dhammā attā ti yo vadeyya, taṁ na uppajjati. Dhammassa uppādo pi vayo pi paññāyati. Yassa kho pana uppādo pi vayo pi paññāyati. Attā me uppajjati ca veti cāti icc' assa evaṁ āgataṁ hoti; tasmā taṁ na uppajjati. Dhammā attā ti yo vadeyya; iti mano anattā dhammā anattā. Manoviññāṇaṁ attā ti yo vadeyya, taṁ na uppajjati. Manoviññāṇassa uppādo pi vayo pi paññāyati. Yassa kho pana uppādo pi vayo pi paññāyati, Attā me uppajjati ca veti cāti icc' assa evaṁ āgataṁ hoti, tasmā taṁ na uppajjati, Manoviññāṇaṁ attā ti yo vadeyya; iti mano anattā dhammā anattā manoviññāṇaṁ anattā. Manosamphasso attā ti yo vadeyya, taṁ na uppajjati. Manosamphassassa uppādo pi vayo pi paññāyati. Yassa kho pana uppādo pi vayo pi paññāyati, Attā me uppajjati ca veti cāti icc' assa evaṁ āgataṁ hoti; tasmā taṁ na uppajjati. Manosamphasso attā ti yo vadeyya; iti mano anattā dhammā anattā manoviññāṇaṁ anattā manosamphasso anattā. Vedanā attā ti yo vadeyya, taṁ na uppajjati. Vedanāya uppādo pi vayo pi paññāyati. Yassa kho pana

. . . vedeti cāti icc' assa evaṁ āgataṁ hoti; tasmā taṁ na upapajjati. Vedanā attā ti yo vadeyya; iti mano anattā dhammā anattā manoviññāṇaṁ anattā manosamphasso anattā vedanā anattā. Taṇhā attā ti yo vadeyya, taṁ na upapajjati. Taṇhāya uppādo pi . .; tasmā taṁ na upapajjati. Taṇhā attā ti yo vadeyya; iti mano anattā dhammā anattā manoviññāṇaṁ anattā manosamphasso anattā vedanā anattā taṇhā anattā.

Ayaṁ kho pana, bhikkhave, sakkāyasamudayagāminī paṭipadā:—Cakkhuṁ: Etaṁ mama eso 'ham asmi eso me attā ti samanupassati. Rūpe: Etaṁ mama . . . attā ti samanupassati. Cakkhuviññāṇaṁ. Etaṁ mama . . . attā ti samanupassati. Cakkhusamphassaṁ: Etaṁ mama . . attā ti samanupassati. Vedanaṁ:[1] Etaṁ mama . . . attā ti samanupassati. Taṇhaṁ: Etaṁ mama . . . attā ti samanupassati. Sotaṁ: Etaṁ mama; ghānaṁ: Etaṁ mama: Jivhaṁ: Etaṁ mama; Kāyaṁ: Etaṁ mama; Manaṁ: Etaṁ mama . . . attā ti samanupassati; Dhamme. Etaṁ mama . . . attā ti samanupassati; Manoviññāṇaṁ: Etaṁ mama . . . . attā ti samanupassati:[2] Manosamphassaṁ: Etaṁ mama . . . samanupassati: Vedanaṁ: Etaṁ mama . . . attā ti samanupassati; Taṇhaṁ: Etaṁ mama . . . attā ti samanupassati.

Ayaṁ kho pana, bhikkhave, sakkāyanirodhagāminī paṭipadā:—Cakkhuṁ: N' etaṁ mama n' eso 'ham asmi na me so attā ti samanupassati, rūpe: N' etaṁ . . . attā ti samanupassati; cakkhuviññāṇaṁ: N' etaṁ . . . samanupassati: cakkhusamphassaṁ: N' etaṁ ti . . . samanupassati; vedanaṁ: N' etaṁ . . . samanupassati; taṇhaṁ: N' etaṁ mama . . . samanupassati. Sotaṁ: N' etaṁ mama; ghānaṁ: N' etaṁ mama: jivhaṁ: N' etaṁ mama; kāyaṁ: N' etaṁ mama; manaṁ: N' etaṁ mama . . . samanupassati; dhamme: N' etaṁ mama . . . samanupassati: manoviññāṇaṁ: N' etaṁ mama samanupassati; manosamphassaṁ: N' etaṁ . . . samanupassati; vedanaṁ:

[1] S^{tk} rūpe vedanaṁ.

[2] Si omits all down to taṇhaṁ.

N'etaṁ . . . samanupassati; taṇhaṁ . N' etaṁ . . . samanupassati.

Cakkhuñ ca, bhikkhave, paṭicca rūpe ca uppajjati cakkhuviññāṇaṁ, tiṇṇaṁ saṅgati phasso; phassapaccayā uppajjati vedayitaṁ sukhaṁ vā dukkhaṁ vā adukkhamasukhaṁ vā. So sukhāya vedanāya phuṭṭho samāno abhinandati abhivadati ajjhosāya tiṭṭhati; tassa rāgānusayo anuseti. Dukkhāya vedanāya phuṭṭho samāno socati kilamati paridevati urattāḷiṁ kandati sammohaṁ āpajjati; tassa paṭighānusayo anuseti. Adukkhamasukhāya vedanāya phuṭṭho samāno tassā vedanāya samudayañ ca atthaṅgamañ ca assādañ ca ādīnavañ ca nissaraṇañ ca yathābhūtaṁ nappajānāti; tassa avijjānusayo anuseti. So vata, bhikkhave, sukhāya vedanāya rāgānusayaṁ appahāya dukkhāya vedanāya paṭighānusayaṁ appaṭivinodetvā adukkhamasukhāya vedanāya avijjānusayaṁ asamūhanitvā avijjaṁ appahāya vijjaṁ anuppādetvā diṭṭhe va dhamme dukkhass' antakaro bhavissatīti n' etaṁ ṭhānaṁ vijjati. Sotañ ca, bhikkhave, paṭicca sadde ca uppajjati sotaviññāṇaṁ. Ghānañ ca, bhikkhave, paṭicca gandhe ca . . . *&c. to* . . . manañ ca, bhikkhave, paṭicca dhamme ca uppajjati manoviññāṇaṁ, tiṇṇaṁ saṅgati phasso; phassapaccayā uppajjati vedayitaṁ sukhaṁ vā dukkhaṁ vā adukkhamasukhaṁ vā. So sukhāya vedanāya phuṭṭho samāno abhinandati abhivadati ajjhosāya tiṭṭhati; tassa rāgānusayo anuseti. Dukkhāya vedanāya phuṭṭho samāno socati kilamati paridevati urattāḷiṁ kandati sammohaṁ āpajjati; tassa paṭighānusayo anuseti. Adukkhamasukhāya vedanāya phuṭṭho samāno tassā vedanāya samudayañ ca atthaṅgamañ ca assādañ ca ādīnavañ ca nissaraṇañ ca yathābhūtaṁ nappajānāti; tassa avijjānusayo anuseti. So vata, bhikkhave, sukhāya vedanāya rāgānusayaṁ appahāya dukkhāya vedanāya paṭighānusayaṁ appaṭivinodetvā adukkhamasukhāya vedanāya avijjānusayaṁ asamūhanitvā avijjaṁ appahāya vijjaṁ anuppādetvā diṭṭhe va dhamme dukkhass' antakaro bhavissatīti n' etaṁ ṭhānaṁ vijjati.

Cakkhuñ ca kho, bhikkhave, paṭicca rūpe ca uppajjati cakkhuviññāṇaṃ tiṇṇaṃ saṅgati phasso phassapaccayā uppajjati vedayitaṃ sukhaṃ vā adukkhaṃ vā adukkhamasukhaṃ vā. So sukhāya vedanāya phuṭṭho samāno nābhinandati nābhivadati nājjhosāya tiṭṭhati; tassa rāgānusayo nānuseti. Dukkhāya vedanāya phuṭṭho samāno na socati na kilamati na paridevati na urattāḷiṃ kandati na sammohaṃ āpajjati; tassa paṭighānusayo nānuseti. Adukkhamasukhāya vedanāya phuṭṭho samāno tassā vedanāya samudayañ ca atthaṅgamañ ca assādañ ca ādīnavañ ca nissaraṇañ ca yathābhūtaṃ pajānāti, tassa avijjānusayo nānuseti. So vata, bhikkhave, sukhāya vedanāya rāgānusayaṃ pahāya dukkhāya vedanāya paṭighānusayaṃ paṭivinodetvā adukkhamasukhāya vedanāya avijjānusayaṃ samūhanitvā avijjaṃ pahāya vijjaṃ uppādetvā diṭṭhe va dhamme dukkhassa antakaro bhavissatīti, ṭhānam etaṃ vijjati. Sotañ ca, bhikkhave, paṭicca sadde ca uppajjati sotaviññāṇaṃ; ghānañ ca, bhikkhave, paṭicca gandhe ca uppajjati gandhaviññāṇaṃ; jivhañ ca, bhikkhave, paṭicca rase ca uppajjati jivhāviññāṇaṃ; kāyañ ca, bhikkhave, paṭicca phoṭṭhabbe ca uppajjati kāyaviññāṇaṃ; manañ ca, bhikkhave, paṭicca dhamme ca uppajjati manoviññāṇaṃ, tiṇṇaṃ saṅgati phasso, phassapaccayā uppajjati vedayitaṃ sukhaṃ vā dukkhaṃ vā adukkhamasukhaṃ vā. So sukhāya vedanāya phuṭṭho samāno nābhinandati nābhivadati nājjhosāya tiṭṭhati; tassa rāgānusayo nānuseti . . . antakaro bhavissatīti ṭhānaṃ etaṃ vijjati.

Evaṃ passaṃ, bhikkhave, sutavā ariyasāvako cakkhusmiṃ nibbindati rūpesu nibbindati cakkhuviññāṇe nibbindati cakkhusamphasse nibbindati vedanāya nibbindati taṇhāya nibbindati. Sotasmiṃ nibbindati saddesu nibbindati; ghānasmiṃ nibbindati gandhesu nibbindati; jivhāya nibbindati rasesu nibbindati; kāyasmiṃ nibbindati phoṭṭhabbesu nibbindati; manasmiṃ nibbindati dhammesu nibbindati manoviññāṇe nibbindati manosamphasse nibbindati vedanāya nibbindati taṇhāya nibbindati. Nibbindaṃ virajjati, virāgā vimuccati, vimuttasmiṁ vimuttam iti ñāṇaṁ hoti: Khīṇā jāti, vusitaṁ brahmacariyaṁ, kataṁ karaṇīyaṁ, nâparaṁ itthattâyāti pajānātîti.

Idam avoca Bhagavā. Attamanā te bhikkhū Bhagavato bhāsitaṁ abhinandun ti. Imasmiṁ kho pana veyyākaraṇasmiṁ bhaññamāne saṭṭhimattānaṁ bhikkhūnaṁ anupādāya āsavehi cittāni vimucciṁsûti.

CHACHAKKASUTTAṀ[1] CHATTHAṀ.

—

149.

Evaṁ me sutaṁ. Ekaṁ samayaṁ Bhagavā Sāvatthiyaṁ viharati Jetavane Anāthapiṇḍikassa ārāme. Tatra kho Bhagavā bhikkhū āmantesi: Bhikkhavo ti. Bhadante ti te bhikkhū Bhagavato paccassosuṁ. Bhagavā etad avoca: Mahāsaḷāyatanikaṁ vo, bhikkhave, desissāmi. Taṁ suṇātha sādhukaṁ manasikarotha bhāsissāmîti. Evaṁ bhante ti kho te bhikkhū Bhagavato paccassosuṁ. Bhagavā etad avoca:—

Cakkhuṁ, bhikkhave, ajānaṁ apassaṁ yathābhūtaṁ, rūpe ajānaṁ apassaṁ yathābhūtaṁ, cakkhuviññāṇaṁ ajānaṁ apassaṁ yathābhūtaṁ, cakkhusamphassaṁ ajānaṁ apassaṁ yathābhūtaṁ, yam p' idaṁ cakkhusamphassapaccayā uppajjati vedayitaṁ sukhaṁ vā dukkhaṁ vā adukkhamasukhaṁ vā, tam pi ajānaṁ apassaṁ yathābhūtaṁ, cakkhusmiṁ sārajjati rūpesu sārajjati cakkhuviññāṇe sārajjati cakkhusamphasse sārajjati, yam p' idaṁ cakkhusamphassapaccayā uppajjati vedayitaṁ sukhaṁ vā dukkhaṁ vā adukkhamasukhaṁ vā tasmim pi sārajjati. Tassa sārattassa saṁyuttassa sammūḷhassa assādānupassino viharato āyatiṁ pañcupādānakkhandhā upacayaṁ gacchanti; taṇhā c' assa ponobhavikā nandirāgasahagatā tatra tatrābhinandinī, sā c' assa pavaḍḍhati. Tassa kāyikā pi darathā pavaḍḍhanti,

[1] So Si Bu; S^{cy} Chachakkanāmoyasuttanto.

cetasikā pi darathā pavaḍḍhanti, kāyikā pi santāpā pavaḍḍhanti, cetasikā pi santāpā pavaḍḍhanti, kāyikā pi pariḷāhā pavaḍḍhanti, cetasikā pi pariḷāhā pavaḍḍhanti. So kāyadukkham[1] pi cetodukkham pi paṭisaṁvedeti.

Sotaṁ, bhikkhave, ajānaṁ apassaṁ yathābhūtaṁ ; ghānaṁ, bhikkhave, ajānaṁ apassaṁ yathābhūtaṁ ; jivhaṁ, bhikkhave, ajānaṁ apassaṁ yathābhūtaṁ ; kāyaṁ, bhikkhave, ajānaṁ appassaṁ yathābhūtaṁ ; manaṁ, bhikkhave, ajānaṁ apassaṁ yathābhūtaṁ, dhamme, bhikkhave, ajānaṁ apassaṁ yathābhūtaṁ, manoviññāṇaṁ ajānaṁ apassaṁ yathābhūtaṁ, manosamphassaṁ ajānaṁ apassaṁ yathābhūtaṁ, yam p' idaṁ manosamphassapaccayā uppajjati vedayitaṁ sukhaṁ vā dukkhaṁ vā adukkhamasukhaṁ vā tam pi ajānaṁ apassaṁ yathābhūtaṁ, manasmiṁ sārajjati dhammesu sārajjati manoviññāṇe sārajjati manosamphasse sārajjati, yam p' idaṁ manosamphassapaccayā . . . cetasikā pi pariḷāhā pavaḍḍhanti. So kāyadukkham pi cetodukkham pi paṭisaṁvedeti.

Cakkhuñ ca kho, bhikkhave, jānaṁ passaṁ yathābhūtaṁ, rūpe jānaṁ passaṁ yathābhūtaṁ, cakkhuviññāṇaṁ jānaṁ passaṁ yathābhūtaṁ, cakkhusamphassaṁ jānaṁ passaṁ yathābhūtaṁ, yam p' idaṁ cakkhusamphassapaccayā uppajjati vedayitaṁ sukhaṁ vā dukkhaṁ vā adukkhamasukhaṁ vā, tam pi jānaṁ passaṁ yathābhūtaṁ, cakkhusmiṁ na sārajjati rūpesu na sārajjati cakkhuviññāṇe na sārajjati cakkhusamphasse na sārajjati, yam p' idaṁ cakkhusamphassapaccayā uppajjati vedayitaṁ sukhaṁ vā dukkhaṁ vā adukkhamasukhaṁ vā tasmim pi na sārajjati. Tassa asārattassa asaṁyuttassa asammūḷhassa ādīnavānupassino viharato āyatiṁ pañcupādānakkhandhā apacayaṁ gacchanti ; taṇhā c' assa ponobbhavikā nandīrāgasahagatā tatratatrābhinandinī, sā c' assa pahīyati. Tassa kāyikā pi darathā pahīyanti, cetasikā pi darathā pahīyanti, kāyikā pi santāpā pahīyanti, cetasikā pi santāpā pahīyanti, kāyikā pi pariḷāhā

[1] So S^t Bm, Si kāyikaṁ.

pahīyanti, cetasikā pi pariḷāhā pahīyanti. So kāyasukham pi cetosukham pi paṭisaṁvedeti. Yā yathābhūtassa[1] diṭṭhi, sā 'ssa hoti sammādiṭṭhi; yo yathābhūtassa saṁkappo, svāssa hoti sammāsaṁkappo; yo yathābhūtassa vāyāmo, svāssa hoti sammāvāyāmo; yā yathābhūtassa sati, sā 'ssa hoti sammāsati; yo yathābhūtassa samādhi, svāssa hoti sammāsamādhi. Pubbe va kho pan' assa kāyakammaṁ vacīkammaṁ ājīvo suparisuddho hoti. Evam assāyaṁ ariyo aṭṭhaṅgiko maggo bhāvanāpāripūriṁ gacchati. Tassa evaṁ imaṁ ariyaṁ aṭṭhaṅgikaṁ maggaṁ bhāvayato cattāro pi satipaṭṭhānā bhāvanāpāripūriṁ gacchanti, cattāro pi sammappadhānā bhāvanāpāripūriṁ gacchanti, cattāro pi iddhipādā bhāvanāpāripūriṁ gacchanti, pañca pi indriyāni bhāvanāpāripūriṁ gacchanti, pañca pi balāni bhāvanāpāripūriṁ gacchanti, satta pi bojjhaṅgā bhāvanāpāripūriṁ gacchanti. Tass' ime dve dhammā yuganandhā[2] vattanti, samatho ca vipassanā ca. So ye dhammā abhiññā pariññeyyā, te dhamme abhiññā parijānāti; ye dhammā abhiññā pahātabbā, te dhamme abhiññā pajahati; ye dhammā abhiññā bhāvetabbā, te dhamme abhiññā bhāveti; ye dhammā abhiññā sacchikātabbā, te dhamme abhiññā sacchikaroti. Katame ca, bhikkhave, dhammā abhiññā pariññeyyā? Pañcupādānakkhandhā ti 'ssa vacanīyaṁ,—seyyathīdaṁ: rūpūpādānakkhandho vedanūpādānakkhandho saññūpādānakkhandho saṁkhārupādānakkhandho viññāṇūpādānakkhandho: ime dhammā abhiññā pariññeyyā. Katame ca, bhikkhave, dhammā abhiññā pahātabbā? Avijjā cā bhavataṇhā ca, ime dhammā abhiññā pahātabbā. Katame ca, bhikkhave, dhammā abhiññā bhāvetabbā? Samatho ca vipassanā ca, ime dhammā abhiññā bhāvetabbā. Katame

[1] So S[t] Bu; Si tathābhūtassa. [2] So S[t] (here) & Bu; Si (and S[t] infra) yuganaddhā. Bu: Yuganandhā ti ekakkhaṇikayuganandhā. Ete hi aññasmiṁ khaṇe samāpatti aññasmiṁ vipassanā ti evaṁ nānākhaṇikā pi honti. Ariyamaggena pana ekakkhaṇikā.

ca, bhikkhave, dhammā abhiññā sacchikātabbā? Vijjā ca vimutti ca, ime dhammā abhiññā sacchikātabbā.

Sotaṁ, bhikkhave, jānaṁ passaṁ yathābhūtaṁ; ghānaṁ, bhikkhave, jānaṁ passaṁ yathābhūtaṁ; jivhaṁ, bhikkhave, jānaṁ passaṁ yathābhūtaṁ; kāyaṁ, bhikkhave, jānaṁ passaṁ yathābhūtaṁ; manaṁ, bhikkhave, jānaṁ passaṁ yathābhūtaṁ; dhamme, bhikkhave, jānaṁ passaṁ yathābhūtaṁ; manoviññāṇaṁ, bhikkhave, jānaṁ passaṁ yathābhūtaṁ; manosamphassaṁ, bhikkhave, jānaṁ passaṁ yathābhūtaṁ, yam p' idaṁ manosamphassapaccayā uppajjati vedayitaṁ sukhaṁ vā dukkhaṁ vā adukkhamasukhaṁ vā tam pi jānaṁ passaṁ yathābhūtaṁ manasmiṁ na sārajjati dhammesu na sārajjati manoviññāṇe na sārajjati manosamphasse na sārajjati, yam p' idaṁ manosamphassapaccayā . . . cetasikā pi pariḷāhā pahīyanti. So kāyasukhaṁ pi cetosukhaṁ pi paṭisaṁvedeti. Yā yathābhūtassa diṭṭhi, sā 'ssa hoti sammādiṭṭhi; yo yathābhūtassa saṅkappo . . . suparisuddho hoti. Evam assāyaṁ ariyo aṭṭhaṅgiko maggo bhāvanāpāripūriṁ gacchati. Tassa evaṁ imaṁ ariyaṁ aṭṭhaṅgikaṁ maggaṁ. . . . Vijjā ca vimutti ca, ime dhammā abhiññā sacchikātabbā ti.

Idam avoca Bhagavā. Attamanā te bhikkhū Bhagavato bhāsitaṁ abhinandun ti.

MAHĀSAḶĀYATANIKASUTTAṀ[1] SATTAMAṀ.

150.

Evam me sutaṁ. Ekaṁ samayaṁ Bhagavā Kosalesu cārikaṁ caramāno mahatā bhikkhusaṅghena saddhiṁ yena Nagaravindaṁ nāma Kosalānaṁ brāhmaṇagāmo tad avasari. Assosuṁ kho Nagaravindeyyakā brāhmaṇagahapatikā:— Samaṇo khalu bho Gotamo Sakyaputto Sakyakulā pabbajito Kosalesu cārikaṁ caramāno mahatā bhikkhusaṅghena

[1] So Bu S^{te}; Si Saḷāyatanavibhaṅgasuttaṁ.

saddhiṁ Nagaravindaṁ anuppatto; taṁ kho pana bhavantaṁ Gotamaṁ evaṁ kalyāṇo kittisaddo abbhuggato: Iti pi so Bhagavā arahaṁ . . . tathārūpānaṁ arahataṁ dassanaṁ hotīti. Atha kho Nagaravindeyyakā brāhmaṇagahapatikā yena Bhagavā ten' upasaṁkamiṁsu, upasaṁkamitvā appekacce Bhagavatā saddhiṁ sammodiṁsu sammodanīyaṁ kathaṁ sārāṇīyaṁ vītisāretvā ekamantaṁ nisīdiṁsu,[1] appekacce yena Bhagavā ten' añjaliṁ paṇāmetvā ekamantaṁ nisīdiṁsu, appekacce Bhagavato santike nāmagottaṁ sāvetvā ekamantaṁ nisīdiṁsu, appekacce tuṇhībhūtā ekamantaṁ nisīdiṁsu. Ekamantaṁ nisinne kho Nagaravindeyyake brāhmaṇagahapatike Bhagavā etad avoca:—

Sace vo, gahapatayo, aññatitthiyā paribbājakā evaṁ puccheyyuṁ: Kathaṁrūpā, gahapatayo, samaṇabrāhmaṇā na sakkātabbā na garukātabbā na mānetabbā na pūjetabbā ti[2]—evaṁ puṭṭhā tumhe, gahapatayo, tesaṁ aññatitthiyānaṁ paribbājakānaṁ evaṁ byākareyyātha:—Ye te samaṇabrāhmaṇā cakkhuviññeyyesu rūpesu avītarāgā avītadosā avītamohā ajjhattaṁ avūpasantacittā samavisamaṁ caranti kāyena vācāya manasā, evarūpā samaṇabrāhmaṇā na sakkātabbā na garukātabbā na mānetabbā na pūjetabbā. Taṁ kissa hetu? Mayam pi hi cakkhuviññeyyesu rūpesu avītarāgā avītadosā avītamohā ajjhattaṁ avūpasantacittā samavisamaṁ carāma kāyena vācāya manasā; tesaṁ no samacariyam pi h' etaṁ uttariṁ apassataṁ; tasmā te bhonto samaṇabrāhmaṇā na sakkātabbā na garukātabbā na mānetabbā na pūjetabbā. Ye te samaṇabrāhmaṇā sotaviññeyyesu saddesu, ghānaviññeyyesu gandhesu, jivhāviññeyyesu rasesu, kāyaviññeyyesu phoṭṭhabbesu, manoviññeyyesu dhammesu avītarāgā avītadosā avītamohā ajjhattaṁ avūpasantacittā samavisamaṁ caranti kāyena vācāya manasā, evarūpā samaṇabrāhmaṇā na sakkātabbā na garukātabbā na mānetabbā na pūjetabbā. Taṁ kissa hetu? Mayam pi hi manoviññeyyesu dhammesu avītarāgā avītadosā avītamohā

[1] Si reads: Upasaṁkamitvā appekacce Bhagavantaṁ abhivādetvā ekamantaṁ nisīdiṁsu.

ajjhattaṁ avūpasantacittā samavisamaṁ carāma kāyena vācāya manasā; tesaṁ no samacariyam pi h' etaṁ uttariṁ apassataṁ: tasmā te bhonto samaṇabrāhmaṇā na sakkātabbā na garukātabbā na mānetabbā na pūjetabbā ti. Evaṁ puṭṭhā tumhe, gahapatayo, tesaṁ aññatitthiyānaṁ paribbājakānaṁ evaṁ byākareyyātha.

Sace pana vo, gahapatayo, aññatitthiyā paribbājakā evaṁ puccheyyuṁ:—Kathaṁrūpā, gahapatayo, samaṇabrāhmaṇā sakkātabbā garukātabbā mānetabbā pūjetabbā ti?—evaṁ puṭṭhā tumhe, gahapatayo, tesaṁ aññatitthiyānaṁ paribbājakānaṁ evaṁ byākareyyātha: —Ye te samaṇabrāhmaṇā cakkhuviññeyyesu rūpesu vītarāgā vītadosā vītamohā ajjhattaṁ vūpasantacittā samacariyaṁ caranti kāyena vācāya manasā, evarūpā samaṇabrāhmaṇā sakkātabbā garukātabbā mānetabbā pūjetabbā. Taṁ kissa hetu? Mayam pi hi cakkhuviññeyyesu rūpesu avītarāgā avītadosā avītamohā ajjhattaṁ avūpasantacittā samavisamaṁ carāma kāyena vācāya manasā; tesaṁ no samacariyam pi h' etaṁ uttariṁ passataṁ: tasmā te bhonto samaṇabrāhmaṇā sakkātabbā garukātabbā mānetabbā pūjetabbā. Ye te samaṇabrāhmaṇā sotaviññeyyesu saddesu, ghānaviññeyyesu gandhesu, jivhāviññeyyesu rasesu, kāyaviññeyyesu phoṭṭhabbesu, manoviññeyyesu dhammesu vītarāgā vītadosā vītamohā ajjhattaṁ vūpasantacittā samacariyaṁ caranti kāyena vācāya manasā, evarūpā samaṇabrāhmaṇā sakkātabbā garukātabbā mānetabbā pūjetabbā. Taṁ kissa hetu? Mayam pi hi manoviññeyyesu dhammesu avītarāgā avītadosā avītamohā ajjhattaṁ avūpasantacittā samavisamaṁ carāma kāyena vācāya manasā; tesaṁ no samacariyam pi h' etaṁ uttariṁ passataṁ: tasmā te bhonto samaṇabrāhmaṇā sakkātabbā garukātabbā mānetabbā pūjetabbā ti. Evaṁ puṭṭhā tumhe, gahapatayo, tesaṁ aññatitthiyānaṁ paribbājakānaṁ evaṁ byākareyyātha.

Sace te, gahapatayo, aññatitthiyā paribbājakā evaṁ puccheyyuṁ: Ke pan' āyasmantānaṁ ākārā, ke anvayā, yena tumhe āyasmanto evaṁ vadetha: Addhā te āyasmanto vītarāgā vā rāgavinayāya vā paṭipannā, vītadosā vā dosavinayāya vā paṭipannā, vītamohā vā mohavinayāya vā paṭipannā?—evaṁ puṭṭhā tumhe, gahapatayo, tesaṁ aññatitthiyānaṁ paribbājakānaṁ byākareyyātha: Tathā hi te āyasmanto araññavanapatthāni pantāni senāsanāni paṭisevanti; na 'tthi kho pana tattha tathārūpā cakkhuviññeyyā rūpā ye disvā disvā abhirameyyuṁ; na 'tthi kho pana tattha tathārūpā sotaviññeyyā saddā ye sutvā sutvā abhirameyyuṁ; na 'tthi kho pana tattha tathārūpā ghānaviññeyyā gandhā ye ghāyitvā ghāyitvā abhirameyyuṁ; na 'tthi kho pana tattha tathārūpā jivhāviññeyyā rasā ye sāyitvā sāyitvā abhirameyyuṁ; na 'tthi tattha tathārūpā kāyaviññeyyā phoṭṭhabbā ye phusitvā phusitvā abhirameyyuṁ. Ime kho no, āvuso, ākārā, ime anvayā, yena mayaṁ āyasmanto evaṁ vadema: Addhā te āyasmanto vītarāgā vā rāgavinayāya vā paṭipannā, vītadosā vā dosavinayāya vā paṭipannā, vītamohā vā mohavinayāya vā paṭipannā ti.—Evaṁ puṭṭhā tumhe, gahapatayo, tesaṁ aññatitthiyānaṁ paribbājakānaṁ evaṁ vyākareyyāthāti.

Evaṁ vutte Nagaravindeyyakā brāhmaṇagahapatikā Bhagavantaṁ etad avocuṁ: Abhikkantaṁ, bho Gotama, abhikkantaṁ bho Gotama. Seyyathāpi, bho Gotama, nikkujjitaṁ vā . . . upāsake no bhavaṁ Gotamo dhāretu ajjatagge pāṇupete saraṇaṁ gate ti.

NAGARAVINDEYYASUTTAṀ AṬṬHAMAṀ.

151.

Evaṁ me sutaṁ. Ekaṁ samayaṁ Bhagavā Rājagahe viharati Veḷuvane Kalandakanivāpe. Atha kho āyasmā Sāriputto sāyanhasamayaṁ paṭisallānā vuṭṭhito yena Bhagavā ten' upasaṅkami upasaṅkamitvā Bhagavantaṁ abhivādetvā ekamantaṁ nisīdi. Ekamantaṁ nisinnaṁ kho āyasmantaṁ Sāriputtaṁ Bhagavā etad avoca: Vippasannāni kho te, Sāriputta, indriyāni parisuddho chavivaṇṇo pariyodāto. Katamena tvaṁ, Sāriputta, vihārena etarahi bahulaṁ viharasīti?

Suññatāvihārena kho ahaṁ, bhante, etarahi bahulaṁ viharāmīti.

Sādhu sādhu, Sāriputta. Mahāpurisavihārena kira tvaṁ, Sāriputta, etarahi bahulaṁ viharasi. Mahāpurisavihāro h' esa, Sāriputta, yadidaṁ suññatā. Tasmātiha, Sāriputta, bhikkhu sace ākaṅkheyya: Suññatāvihārena etarahi[1] bahulaṁ vihareyyan ti, tena, Sāriputta, bhikkhunā iti paṭisañcikkhitabbaṁ: Yena cāhaṁ maggena gāmaṁ piṇḍāya pāvisiṁ, yasmiñ ca padese piṇḍāya acariṁ, yena ca maggena gāmato piṇḍāya paṭikkamiṁ, atthi nu kho me tattha cakkhuviññeyyesu rūpesu chando vā rāgo vā doso vā moho vā paṭighaṁ vā pi cetaso ti?

Sace, Sāriputta, bhikkhu paccavekkhamāno evaṁ jānāti: Yena cāhaṁ maggena gāmaṁ piṇḍāya pāvisiṁ, yasmiñ ca padese piṇḍāya acariṁ, yena ca maggena gāmato piṇḍāya paṭikkamiṁ, atthi me tattha cakkhuviññeyyesu rūpesu chando vā rāgo vā doso vā moho vā paṭighaṁ va pi cetaso ti,—tena, Sāriputta, bhikkhunā tesaṁ yeva pāpakānaṁ akusalānaṁ dhammānaṁ pahānāya vāyamitabbaṁ.

Sace pana, Sāriputta, bhikkhu paccavekkhamāno evaṁ jānāti: Yena cāhaṁ maggena . . . . paṭikkamiṁ, na 'tthi me tattha cakkhuviññeyyesu rūpesu chando vā rāgo vā doso vā moho vā paṭighaṁ vā pi cetaso ti,—tena, Sāriputta, bhikkhunā ten' eva pītipāmujjena vihātabbaṁ ahorattānusikkhinā kusalesu dhammesu.

Puna ca paraṁ, Sāriputta, bhikkhunā iti paṭisañcikkhitabbaṁ: Yena cāhaṁ maggena . . . . paṭikkamiṁ, atthi nu kho me tattha sotaviññeyyesu saddesu—pe—ghānaviññeyyesu gandhesu, jivhāviññeyyesu rasesu, kāyaviññeyyesu phoṭṭhabbesu, manoviññeyyesu dhammesu chando vā rāgo vā doso vā moho vā paṭighaṁ vā pi cetaso ti?

---

[1] Si omits.

Sace, Sāriputta, bhikkhu paccavekkhamāno evaṁ jānāti: Yena cāhaṁ maggena . . . . paṭikkamiṁ, atthi me tattha manoviññeyyesu dhammesu chando vā rāgo vā doso vā moho vā paṭighaṁ vā pi cetaso ti,—tena, Sāriputta, bhikkhunā tesaṁ yeva pāpakānaṁ akusalānaṁ dhammānaṁ pahānāya vāyamitabbaṁ.

Sace pana, Sāriputta, bhikkhu paccavekkhamāno evaṁ jānāti: Yena cāhaṁ maggena . . . . paṭikkamiṁ, na 'tthi me tattha manoviññeyyesu dhammesu chando vā rāgo vā doso vā moho vā paṭighaṁ vā pi cetaso ti,—tena, Sāriputta, bhikkhunā ten' eva pītipāmujjena vihātabbaṁ ahorattānusikkhinā kusalesu dhammesu.

Puna ca paraṁ, Sāriputta, bhikkhunā iti paṭisañcikkhitabbaṁ: Pahīnā nu kho me pañca kāmaguṇā ti? Sace, Sāriputta, bhikkhu paccavekkhamāno evaṁ jānāti: Appahīnā kho me pañca kāmaguṇā ti,—tena, Sāriputta, bhikkhunā pañcannaṁ kāmaguṇānaṁ pahānāya vāyamitabbaṁ. Sace pana, Sāriputta, bhikkhu paccavekkhamāno evaṁ jānāti: Pahīnā kho me pañca kāmaguṇā ti,—tena, Sāriputta, bhikkhunā ten' eva pītipāmujjena vihātabbaṁ ahorattānusikkhinā kusalesu dhammesu.

Puna ca paraṁ, Sāriputta, bhikkhunā iti paṭisañcikkhitabbaṁ: Pahīnā nu kho me pañca nīvaraṇā ti? Sace, Sāriputta, bhikkhu paccavekkhamāno evaṁ jānāti: Appahīnā kho me pañca nīvaraṇā ti,—tena, Sāriputta, bhikkhunā pañcannaṁ nīvaraṇānaṁ pahānāya vāyamitabbaṁ. Sace pana, Sāriputta, bhikkhu paccavekkhamāno evaṁ jānāti: Pahīnā kho me pañca nīvaraṇā ti,—tena, Sāriputta, bhikkhunā ten' eva pītipāmujjena vihātabbaṁ ahorattānusikkhinā kusalesu dhammesu.

Puna ca paraṁ, Sāriputta, bhikkhunā iti paṭisañcikkhitabbaṁ: Pariññātā nu kho me pañc' upādānakkhandhā ti? Sace, Sāriputta, bhikkhu paccavekkhamāno evaṁ jānāti: Apariññātā kho me pañc' upādānakkhandhā ti,—tena, Sāriputta, bhikkhunā pañcannaṁ upādānakkhandhānaṁ pariññāya vāyamitabbaṁ. Sace pana, Sāriputta, bhikkhu paccavekkhamāno evaṁ jānāti: Pariññātā kho me pañc' upādānakkhandhā ti,—tena, Sāriputta, bhikkhunā ten' eva pītipāmujjena vihātabbaṁ ahorattānusikkhinā kusalesu dhammesu.

Puna ca paraṁ, Sāriputta, bhikkhunā iti paṭisañcikkhitabbaṁ: Bhāvitā nu kho me cattāro satipaṭṭhānā ti? Sace, Sāriputta, bhikkhu paccavekkhamāno evaṁ jānāti: Abhāvitā kho me cattāro satipaṭṭhānā ti,—tena, Sāriputta, bhikkhunā catunnaṁ satipaṭṭhānānaṁ bhāvanāya vāyamitabbaṁ. Sace pana, Sāriputta, bhikkhu paccavekkhamāno evaṁ jānāti: Bhāvitā kho me cattāro satipaṭṭhānā ti,—tena, Sāriputta, bhikkhunā ten' eva pītipāmujjena vihātabbaṁ ahorattānusikkhinā kusalesu dhammesu.

Puna ca paraṁ, Sāriputta, bhikkhunā iti paṭisañcikkhitabbaṁ: Bhāvitā nu kho me cattāro sammappadhānā ti? Sace .... vāyamitabbaṁ. Sace pana .... kusalesu dhammesu.

Puna ca paraṁ, Sāriputta, bhikkhunā iti paṭisañcikkhitabbaṁ: Bhāvitā nu kho me cattāro iddhipādā ti? Sace .... kusalesu dhammesu.

Puna ca paraṁ, Sāriputta, bhikkhunā iti paṭisañcikkhitabbaṁ: Bhāvitāni nu kho me pañc' indriyānīti? Sace .... kusalesu dhammesu.

Puna ca paraṁ, Sāriputta, bhikkhunā iti paṭisañcikkhitabbaṁ: Bhāvitāni nu kho me pañca balānīti? Sace .... kusalesu dhammesu.

Puna ca paraṁ, Sāriputta, bhikkhunā iti paṭisañcikkhitabbaṁ: Bhāvitā nu kho me satta bojjhaṅgā ti? Sace .... kusalesu dhammesu.

Puna ca paraṁ, Sāriputta, bhikkhunā iti paṭisañcikkhitabbaṁ: Bhāvito nu kho me ariyo aṭṭhaṅgiko maggo ti? Sace, Sāriputta, bhikkhu paccavekkhamāno evaṁ jānāti: Abhāvito kho me ariyo aṭṭhaṅgiko maggo ti,—tena, Sāriputta, bhikkhunā ariyassa aṭṭhaṅgikassa maggassa bhāvanāya vāyamitabbaṁ. Sace pana, Sāriputta, bhikkhu paccavekkhamāno evaṁ jānāti: Bhāvito kho me ariyo aṭṭhaṅgiko maggo,—tena, Sāriputta, bhikkhunā ten' eva pītipāmujjena vihātabbaṁ ahorattānusikkhinā kusalesu dhammesu.

Puna ca paraṁ, Sāriputta, bhikkhunā iti paṭisañcikkhitabbaṁ: Bhāvitā nu kho me samatho ca vipassanā cāti? Sace, Sāriputta, bhikkhu paccavekkhamāno evaṁ jānāti: Abhāvitā kho me samatho ca vipassanā cāti,—tena, Sāriputta, bhikkhunā samathavipassanānaṁ bhāvanāya vāyamitabbaṁ. Sace pana, Sāriputta, bhikkhu paccavekkhamāno evaṁ jānāti: Bhāvitā kho me samatho ca vipassanā cāti,—tena, Sāriputta, bhikkhunā ten' eva pītipāmujjena vihātabbaṁ ahorattānusikkhinā kusalesu dhammesu.

Puna ca paraṁ, Sāriputta, bhikkhunā iti paṭisañcikkhitabbaṁ: Sacchikatā nu kho me vijjā ca vimutti cāti? Sace, Sāriputta, bhikkhu paccavekkhamāno evaṁ jānāti: Asacchikatā kho me vijjā ca vipassanā cāti,—tena, Sāriputta, bhikkhunā vijjāya ca vimuttiyā ca sacchikiriyāya vāyamitabbaṁ. Sace pana, Sāriputta, bhikkhu paccavekkhamāno evaṁ jānāti: Sacchikatā kho me vijjā ca vimutti cāti,—tena, Sāriputta, bhikkhunā ten' eva pītipāmujjena vihātabbaṁ ahorattānusikkhinā kusalesu dhammesu.

Ye hi keci, Sāriputta, atītam addhānaṁ samaṇā vā brāhmaṇā vā piṇḍapātaṁ parisodhesuṁ, sabbe te evaṁ eva paccavekkhitvā paccavekkhitvā piṇḍapātaṁ parisodhesuṁ. Ye pi[1] hi keci, Sāriputta, anāgatam addhānaṁ samaṇā vā brāhmaṇā vā piṇḍapātaṁ parisodhessanti, sabbe te evam eva paccavekkhitvā paccavekkhitvā piṇḍapātaṁ parisodhessanti. Ye pi hi keci, Sāriputta, etarahi samaṇā vā brāhmaṇā vā piṇḍapātaṁ parisodhenti, sabbe te evam eva paccavekkhitvā paccavekkhitvā piṇḍapātaṁ parisodhenti. Tena hi[2] vo, Sāriputta, evaṁ sikkhitabbaṁ: Paccavekkhitvā paccavekkhitvā piṇḍapātaṁ parisodhessāmāti. Evaṁ hi vo, Sāriputta, sikkhitabban ti.

Idam avoca Bhagavā. Attamano āyasmā Sāriputto Bhagavato bhāsitaṁ abhinanditi.

PIṆḌAPĀTAPĀRISUDDHISUTTAṀ NAVAMAṀ.

[1] Si omits here et infra. [2] Si tasmātiha.

152.

Evaṁ me sutaṁ. Ekaṁ samayaṁ Bhagavā Kajaṅgalāyaṁ[1] viharati Mukheluvane.[2] Atha kho Uttaro māṇavo Pārāsariyantevāsī[3] yena Bhagavā ten' upasaṅkami, upasaṅkamitvā Bhagavatā saddhiṁ sammodi, sammodanīyaṁ kathaṁ sārāṇīyaṁ vītisāretvā ekamantaṁ nisīdi. Ekamantaṁ nisinnaṁ kho Uttaraṁ māṇavaṁ Pārāsariyantevāsiṁ Bhagavā etad avoca: Deseti,[4] Uttara, Pārāsariyo brāhmaṇo sāvakānaṁ indriyabhāvanan ti?

Deseti, bho Gotama, Pārāsariyo brāhmaṇo sāvakānaṁ indriyabhāvanan ti.

Yathākathaṁ pana,[5] Uttara, deseti Pārāsariyo brāhmaṇo sāvakānaṁ indriyabhāvanan ti?

Idha, bho Gotama, cakkhunā rūpaṁ na passati, sotena saddaṁ na suṇāti; evaṁ kho, bho Gotama, deseti Pārāsariyo brāhmaṇo sāvakānaṁ indriyabhāvanan ti.

Evaṁ sante kho, Uttara, andho bhāvitindriyo bhavissati, badhiro bhāvitindriyo bhavissati, yathā Pārāsariyassa brāhmaṇassa vacanaṁ. Andho hi, Uttara, cakkhunā rūpaṁ na passati, badhiro sotena saddaṁ na suṇātīti.

Evaṁ vutte Uttaro māṇavo Pārāsariyantevāsī tuṇhībhūto maṅkubhūto pattakkhandho adhomukho pajjhāyanto appaṭibhāṇo nisīdi.

Atha kho Bhagavā Uttaraṁ Pārāsariyantevāsiṁ tuṇhībhūtaṁ maṅkubhūtaṁ pattakkhandhaṁ adhomukhaṁ pajjhāyantaṁ appaṭibhāṇaṁ viditvā āyasmantaṁ Ānandaṁ āmantesi: Aññathā kho, Ānanda, deseti Pārāsariyo brāhmaṇo[6] sāvakānaṁ indriyabhāvanaṁ; aññathā ca pana ariyassa vinaye anuttarā indriyabhāvanā hotīti.

Etassa Bhagavā kālo, etassa Sugata kālo, yaṁ Bhagavā

---

[1] Si Kajj°. [2] So Bu (one MS. Mukheḷuvane); Sᵏʳ Muñceluvane; Si Veḷuvane. [3] So Sᵏʳ; Si Pārāsiriyant—. [4] Sᵏʳ add no. [5] Si omits. [6] Si adds ca.

ariyassa vinaye anuttaraṁ indriyabhāvanaṁ deseyya. Bhagavato sutvā bhikkhū dhāressantīti.

Tena h', Ānanda, suṇāhi sādhukaṁ manasikarohi bhāsissāmīti. Evaṁ bhante ti kho āyasmā Ānando Bhagavato paccassosi. Bhagavā etad avoca:

Kathañ ca pan',[1] Ānanda, ariyassa vinaye anuttarā indriyabhāvanā hoti? Idh', Ānanda, bhikkhuno cakkhunā rūpaṁ disvā uppajjati manāpaṁ uppajjati amanāpaṁ uppajjati manāpāmanāpaṁ. So evaṁ pajānāti: Uppannaṁ kho me idaṁ manāpaṁ uppannaṁ amanāpaṁ uppannaṁ manāpāmanāpaṁ, tañ ca kho saṅkhataṁ oḷārikaṁ paṭicca samuppannaṁ, etaṁ santaṁ etaṁ paṇītaṁ yadidaṁ upekhā ti. Tassa taṁ uppannaṁ manāpaṁ uppannaṁ amanāpaṁ uppannaṁ manāpāmanāpaṁ nirujjhati, upekhā saṇṭhāti. Seyyathāpi, Ānanda, cakkhumā puriso ummīletvā[2] vā nimīleyya[3] nimīletvā vā ummīleyya,—evam eva kho, Ānanda, yassa kassaci evaṁ sīghaṁ evaṁ tuvaṭaṁ evaṁ appakasirena uppannaṁ manāpaṁ uppannaṁ amanāpaṁ uppannaṁ manāpāmanāpaṁ nirujjhati upekhā saṇṭhāti. Ayaṁ vuccat', Ānanda, ariyassa vinaye anuttarā indriyabhāvanā cakkhuviññeyyesu rūpesu.

Puna ca paraṁ, Ānanda, bhikkhuno sotena saddaṁ sutvā uppajjati manāpaṁ uppajjati amanāpaṁ uppajjati manāpāmanāpaṁ. So evaṁ pajānāti: . . . upekhā saṇṭhāti. Seyyathāpi, Ānanda, balavā puriso appakasirena accharikaṁ pahareyya,—evam eva kho, Ānanda, yassa kassaci evaṁ sīghaṁ evaṁ tuvaṭaṁ evaṁ appakasirena uppannaṁ manāpaṁ uppannaṁ amanāpaṁ uppannaṁ manāpāmanāpaṁ nirujjhati upekhā saṇṭhāti. Ayaṁ vuccat', Ānanda, ariyassa vinaye anuttarā indriyabhāvanā sotaviññeyyesu saddesu.

Puna ca paraṁ, Ānanda, bhikkhuno ghānena gandhaṁ ghāyitvā uppajjati manāpaṁ . . . saṇṭhāti. Seyyathāpi,

---

[1] Si Kathañ ca. [2] So S^{ky}; Si ummiletvā. [3] So S^{ky}; Si nimmileyya.

Ānanda, īsakapoṇe[1] padumiṇipatte udakaphusitāni[2] pavattanti na saṇṭhanti, evam eva kho, Ānanda, yassa kassaci . . . . saṇṭhāti. Ayaṁ vuccat', Ānanda, ariyassa vinaye anuttarā indriyabhāvanā ghānaviññeyyesu gandhesu.

Puna ca paraṁ, Ānanda, bhikkhuno jivhāya rasaṁ sāyitvā uppajjati manāpaṁ . . . . saṇṭhāti. Seyyathāpi, Ānanda, balavā puriso jivhagge kheḷapiṇḍaṁ saṁyūhitvā appakasirena vameyya,[3]—evam eva kho, Ānanda, yassa kassaci . . . . saṇṭhāti. Ayaṁ vuccat', Ānanda, ariyassa vinaye anuttarā indriyabhāvanā jivhāviññeyyesu rasesu.

Puna ca paraṁ, Ānanda, bhikkhuno kāyena phoṭṭhabbaṁ phusitvā uppajjati manāpaṁ . . . . saṇṭhāti. Seyyathāpi, Ānanda, balavā puriso samiñjitaṁ vā bāhaṁ pasāreyya pasāritaṁ vā bāhaṁ samiñjeyya, evam eva kho, Ānanda, yassa kassaci . . . . saṇṭhāti. Ayaṁ vuccat', Ānanda, ariyassa vinaye anuttarā indriyabhāvanā kāyaviññeyyesu phoṭṭhabbesu.

Puna ca paraṁ, Ānanda, bhikkhuno manasā dhammaṁ viññāya uppajjati manāpaṁ . . . . saṇṭhāti. Seyyathāpi, Ānanda, puriso divasaṁ santatte ayokaṭāhe[4] dve vā tīṇi vā udakaphusitāni nipāteyya, dandho, Ānanda, udakaphusitānaṁ nipāto, atha kho taṁ khippam eva parikkhayaṁ pariyādānaṁ gaccheyya,[5]—evam eva kho, Ānanda, yassa kassaci . . . . saṇṭhāti. Ayaṁ vuccat', Ānanda, ariyassa vinaye anuttarā indriyabhāvanā manoviññeyyesu dhammesu.

Evaṁ kho, Ānanda, ariyassa vinaye anuttarā indriyabhāvanā hoti.

Kathañ c', Ānanda, sekho hoti pāṭipado?[6] Idh', Ānanda, bhikkhuno cakkhunā rūpaṁ disvā uppajjati manāpaṁ uppajjati amanāpaṁ uppajjati manāpāmanāpaṁ. So tena uppannena manāpena uppannena amanāpena uppannena manāpāmanāpena aṭṭīyati[7] harāyati jigucchati. Sotena

[1] So S^mr Si; Bu (?) īsakaphaṇe. [2] Si throughout -phusitāni. [3] Si vameyya. [4] Si ayokaṭāhe. [5] S^mr gaccheyyuṁ. [6] So S^mr infra (here paṭipado); Si pāṭipādo. [7] So Si; S^mr aṭṭhīyati.

saddaṃ sutvā, ghānena gandhaṃ ghāyitvā, jivhāya rasaṃ sāyitvā, kāyena phoṭṭhabbaṃ phusitvā, manasā dhammaṃ viññāya uppajjati manāpaṃ uppajjati amanāpaṃ uppajjati manāpāmanāpaṃ. So tena uppannena manāpena uppannena amanāpena uppannena manāpāmanāpena aṭṭiyati harāyati jigucchati.—Evaṃ eva kho, Ānanda, sekho hoti pāṭipado.

Kathañ c', Ānanda, ariyo hoti bhāvitindriyo? Idh', Ānanda, bhikkhuno cakkhunā rūpaṃ disvā uppajjati manāpaṃ uppajjati amanāpaṃ uppajjati manāpāmanāpaṃ. So sace ākaṅkhati: Paṭikkūle[1] appaṭikkūlasaññī vihareyyan ti, appaṭikkūlasaññī tattha viharati. Sace ākaṅkhati: Appaṭikkūle paṭikkūlasaññī vihareyyan ti, paṭikkūlasaññī tattha viharati. Sace ākaṅkhati: Paṭikkūle ca appaṭikkūle ca appaṭikkūlasaññī vihareyyan ti, appaṭikkūlasaññī tattha viharati. Sace ākaṅkhati: Appaṭikkūle ca paṭikkūle ca paṭikkūlasaññī vihareyyan ti, paṭikkūlasaññī tattha viharati. Sace ākaṅkhati: Paṭikkūlañ ca appaṭikkūlañ ca tad ubhayaṃ abhinivajjetvā upekhako vihareyyaṃ sato sampajāno ti, upekhako tattha viharati sato sampajāno.

Puna ca paraṃ, Ānanda, bhikkhuno sotena saddaṃ sutvā, ghānena gandhaṃ ghāyitvā, jivhāya rasaṃ sāyitvā, kāyena phoṭṭhabbaṃ phusitvā, manasā dhammaṃ viññāya uppajjati manāpaṃ uppajjati amanāpaṃ uppajjati manāpāmanāpaṃ. So sace ākaṅkhati: Paṭikkūle appaṭikkūlasaññī vihareyyan ti, appaṭikkūlasaññī tattha viharati. Sace ākaṅkhati: Appaṭikkūle paṭikkūlasaññī vihareyyan ti, paṭikkūlasaññī tattha viharati. Sace ākaṅkhati: Paṭikkūle ca appaṭikkūle ca appaṭikkūlasaññī vihareyyan ti, appaṭikkūlasaññī tattha viharati. Sace ākaṅkhati: Appaṭikkūle ca paṭikkūle ca paṭikkūlasaññī vihareyyan ti, paṭikkūlasaññī tattha viharati. Sace ākaṅkhati: Appaṭikkūle ca paṭikkūle ca paṭikkūlasaññī vihareyyan ti, paṭikkūlasaññī tattha viharati. Sace ākaṅkhati: Paṭikkūlañ ca appaṭikkūlañ ca

[1] Si paṭikkule, &c.

tad ubhayaṁ abhinivajjetvā upekhako vihareyyaṁ sato sampajāno ti, upekhako tattha viharati sato sampajāno.

Evaṁ kho, Ānanda, ariyo hoti bhāvitindriyo.

Iti kho, Ānanda, desitā mayā ariyassa vinaye anuttarā indriyabhāvanā, desito sekho pāṭipado, desito ariyo bhāvitindriyo. Yaṁ kho, Ānanda, satthārā karaṇīyaṁ sāvakānaṁ hitesinā anukampakena anukampaṁ upādāya, kataṁ vo taṁ mayā. Etāni, Ānanda, rukkhamūlāni, etāni suññāgārāni. Jhāyath', Ānanda, mā pamādattha, mā pacchā vippaṭisārino ahuvattha. Ayaṁ vo amhākaṁ anusāsanī ti.

Idam avoca Bhagavā. Attamano āyasmā Ānando Bhagavato bhāsitaṁ abhinandīti.

INDRIYABHĀVANĀSUTTAṀ DASAMAṀ.

SAḶĀYATANAVAGGO PAÑCAMO.

UPARIPAṆṆĀSAṀ SAMATTAṀ.[1]

[1] Si Uparippaṇṇāsakaṁ niṭṭhitaṁ. MSS. do not add: Majjhima-Nikāyo niṭṭhito,—on analogy with Si in connection with the Dīgha Nikāya.

INDICES

TO THE

MAJJHIMA-NIKĀYA

BY MABEL BODE Ph.D

TABLE OF INDICES

I.

GĀTHĀS.

Atītaṁ nānvāgameyya nappaṭikaṅkhe anāgataṁ (Bhaddekarattiyo gāthā), III. 187, 190, 193, 198, 200
Apārutā tesaṁ amatassa dvārā (Brahmā), I. 159
Ayaṁ loko paraloko jānatā suppakāsito, I. 227
Ārogyaparamā lābhā nibbānaṁ paramaṁ sukhaṁ, I. 309

Idaṁ hitaṁ Jetavanaṁ isisaṅghanisevitaṁ, III. 262

Kathaṁ kho brāhmaṇo hoti? Kathaṁ bhavati vedagū? II. 144
Kicchena me adhigataṁ, halan-dāni pakāsituṁ, I. 168
Khīṇo nirayo āsi yattha Dūsī apaccatha, I. 337
Khattiyo seṭṭho jane tasmiṁ ye gottapaṭisārino, I. 358

Gacchaṁ vadesi, samaṇa, ṭhito 'mhi mamañ ca brūsi ṭhitaṁ aṭṭhito ti, II. 180

Catukkaṇṇo catudvāro vibhatto bhāgaso mito, III. 183
Coditā devadūtehi ye pamajjanti māṇavā, III. 187

Dhīrassa vigatamohassa . . . Bhagavato tassa sāvako 'ham asmi, I. 386

Passa cittakataṁ bimbaṁ arukāyaṁ samussitaṁ, II. 64
Passāmi loke sadhane manusse, laddhāna vittaṁ na dadanti mohā, II. 72
Pāturahosi Magadhesu pubbe I. 168
Puthusaddo samajano na bālo koci maññatha, III. 154
Pubbenivāsaṁ yo vedi saggāpāyañ ca passati, II. 144

Bāhukaṁ Adhikakkañ ca, Gayaṁ Sundarikām api, I. 39
Bhave vāhaṁ bhayaṁ disvā bhavañ ca vibhavesinaṁ, I. 330

II.

PROPER NAMES, SUTTAS AND VAGGAS.

III.

WORDS AND SUBJECTS.

IV

SIMILES OCCURRING IN THE TEXT.

www.ingramcontent.com/pod-product-compliance
Lightning Source LLC
Chambersburg PA
CBHW020942030726
47496CB00005B/1309

* 9 7 8 3 3 3 7 3 8 4 8 0 7 *